À propos de l'auteur

Nora Roberts est l'un d[illegible]s les plus lus dans le monde, avec plus [illegible] de livres vendus dans 34 pays. Ell[illegible]utre apporter au roman fém[illegible] elle fascine par ses m[illegible]extraordinaire vi[illegible]s.

Nora Roberts

Le clan des Donovan

Volume 1

Nora Roberts

Le clan des Donovan
Volume 1

Traduction française de
MARIE-CLAUDE CORTIAL
JEANNE DESCHAMP

HARLEQUIN

Titres originaux :

PARTIE 1 : CAPTIVATED
PARTIE 2 : ENTRANCED

Ces romans ont déjà été publiés en 2014 et en 2015

HARPERCOLLINS FRANCE
83-85, boulevard Vincent-Auriol, 75646 PARIS CEDEX 13
Service Lectrices — Tél. : 01 45 82 47 47 - www.harlequin.fr
ISBN 978-2-2804-5540-4

Composé et édité par HarperCollins France. Achevé d'imprimer en janvier 2021.
par CPI Black Print - Barcelone - Espagne
Dépôt légal : février 2021.

MIXTE
Papier issu de sources responsables
FSC® C159065

Pour limiter l'empreinte environnementale de ses livres, HarperCollins France s'engage à n'utiliser que du papier fabriqué à partir de bois provenant de forêts gérées durablement et de manière responsable.

LE RIVAGE DES BRUMES

Prologue

Le jour où elle naquit, l'Arbre de la Sorcière fut abattu. Dès son premier souffle, elle goûta la richesse du pouvoir, en même temps que son amertume. Son arrivée au monde apportait un maillon supplémentaire à la chaîne qui se déroulait sur plusieurs siècles, une chaîne souvent dorée par l'éclat du folklore et des légendes.

Dans d'autres lieux, bien éloignés de la côte de Monterey, où les hurlements de l'enfant avaient résonné dans la vieille maison de pierre, on fêtait cette vie nouvelle. Dans les endroits secrets où la magie prospérait encore, au fin fond des vallées verdoyantes de l'Irlande, sur les landes de Cornouailles balayées par le vent, au fond des grottes du pays de Galles, et le long de la côte rocheuse de la Bretagne, ce doux chant de la vie était le bienvenu.

Et la mort du vieil arbre noueux, courbé par les années et par ses épousailles avec le vent, n'était qu'un doux sacrifice.

Avec sa disparition et la douleur de l'enfantement d'une mère, une nouvelle sorcière venait de naître.

Bien que le choix soit exclusivement le sien — après tout, il était toujours possible de refuser, de cultiver ou d'ignorer un don —, ce don particulier allait faire partie de la fillette, puis de la femme qu'elle allait devenir, au même titre que la couleur de ses yeux. Mais pour l'instant, elle n'était encore qu'un bébé aux pensées informes, et qui brandit rageusement ses petits poings quand son père, en riant, vint déposer son premier baiser sur sa tête duveteuse.

Sa mère pleura en lui donnant le sein, de chagrin autant que de joie. Elle savait déjà qu'elle n'aurait que cette fille pour témoigner de l'amour de son mari et de leur union.

Elle avait regardé, et elle avait vu.

Tandis qu'elle berçait le nouveau-né en fredonnant une vieille comptine, elle avait compris qu'il y aurait des leçons à enseigner et qu'elle ferait des erreurs. Et qu'un jour, assez proche, le temps serait venu où sa fille chercherait l'amour.

Et elle ne put espérer qu'une chose : qu'avec tous les dons qu'elle lui transmettrait, toutes les vérités qu'elle lui apprendrait, son enfant ne passerait pas à côté du message vital selon lequel la magie la plus pure se loge toujours dans le cœur.

1

Il y avait un rond dans le sol, à l'emplacement où, autrefois, se dressait l'Arbre de la Sorcière. Les habitants de Monterey et de Carmel vénéraient la nature. Il n'était pas rare que des touristes viennent examiner les mots inscrits au centre de cette marque, ou simplement admirer la côte rocheuse et les vieux arbres aux formes torturées.

Les autochtones, qui avaient vu l'arbre de leurs propres yeux et se rappelaient le jour de sa chute, faisaient souvent remarquer que Morgana Donovan était née cette nuit-là.

Certains prétendaient que c'était un signe, d'autres haussaient les épaules en parlant de pure coïncidence. Mais personne ne niait le fait que la naissance d'une soi-disant sorcière, à un jet de pierre d'un arbre aussi réputé, constituait un élément attractif de plus dans le paysage.

Nash Kirkland, quant à lui, trouvait cela plutôt amusant, et dans un certain sens, intéressant. Il passait une grande partie de sa vie à étudier le surnaturel. Les vampires, les loups-garous et autres mystérieux êtres nocturnes représentaient pour lui un moyen agréable de gagner sa vie. Pour rien au monde il n'aurait fait autre chose.

Naturellement, il ne croyait pas aux goules, aux lutins, aux sorcières et autres farfadets. Les hommes ne se transformaient pas en chauves-souris ou en loups à la pleine lune, les morts ne sortaient pas de leurs tombes, et les femmes ne galopaient pas en pleine nuit sur des manches à balais. Sauf dans les livres ou au cinéma.

Mais en dehors de cela, il avait coutume de dire que tout était possible.

Nash Kirkland était un homme raisonnable, qui connaissait la valeur des illusions et l'importance des divertissements simples. Mais il était aussi assez rêveur pour être capable de concocter des images à partir du folklore et des superstitions, et pour les offrir ensuite à un public qui en demandait toujours plus.

Depuis sept ans, il était la coqueluche des fanatiques du film d'horreur. Il adorait voir son imagination prendre forme sur le grand écran. Dès qu'il en avait le temps, il était le premier à passer la soirée dans une salle noire, dévorant joyeusement du pop-corn pendant que les spectateurs retenaient leur souffle, étouffaient leurs cris ou se couvraient les yeux.

C'était bon de savoir que les gens qui achetaient un billet de cinéma pour voir un de ses films en avaient pour leur argent.

Il faisait toujours des recherches approfondies. En écrivant le scénario de *Midnight Blood, il* avait passé une semaine en Roumanie pour interviewer un homme qui affirmait être le descendant direct du comte Dracula. Malheureusement, ce monsieur n'avait ni les canines saillantes, ni le don de se transformer en chauve-souris, mais il lui avait raconté un nombre incroyable de légendes et d'histoires de vampires.

C'était ce genre d'histoires locales qui inspiraient Nash pour ses films, en particulier quand elles étaient racontées par quelqu'un qui y croyait, ce qui leur donnait un accent de vérité.

Un vague sourire aux lèvres, il entra sur la Seventeen Mile Drive. Les gens le trouvaient bizarre, alors qu'il était parfaitement ordinaire et plutôt terre à terre. Du moins, selon les critères californiens. Il gagnait sa vie en créant l'illusion, en jouant sur des craintes et des superstitions ancestrales, et en permettant aux amateurs du genre de s'offrir une bonne tranche de peur. Sa contribution à la société, c'était sa capacité à faire sortir le monstre de sa boîte pour l'exposer en Technicolor sur écran géant, en ajoutant par-ci par-là, sans vergogne, une pincée d'humour et de sexualité.

Il soupira de plaisir. Oui, il pouvait donner corps au croquemitaine, ou invoquer la malédiction de la momie, et cela, sans rien faire de plus qu'en couchant des mots sur le papier. C'était peut-être la raison de son cynisme. Oh, il raffolait d'histoires surnaturelles, mais lui entre tous savait qu'elles n'étaient rien de plus que des histoires. Et il en possédait un million dans sa manche.

Il espérait que Morgana Donovan, la sorcière favorite des habitants de Monterey, allait l'aider dans son nouveau projet. Après avoir passé beaucoup de temps à aménager son nouvel appartement, à tenter sans résultat d'apprendre à jouer au golf et à admirer la vue de son balcon, il éprouvait le besoin de raconter une histoire de sorcellerie. Et la chance — à supposer qu'elle existe — lui avait souri justement en le faisant s'installer à proximité d'une experte en la matière.

Il se mit à siffloter joyeusement. A quoi pouvait bien ressembler Morgana Donovan ? Portait-elle un turban, était-elle enveloppée de voiles noirs ? A moins qu'elle ne fasse partie de ces fanatiques du New Age qui ne s'exprimaient pas sans l'avis éclairé de leur gourou ?

Cela n'avait aucune importance. C'était grâce aux originaux comme elle que la vie était pleine de saveur.

Il avait préféré ne mener aucune recherche sur la fameuse sorcière. Il voulait se faire sa propre opinion, avoir ses propres impressions, garder la tête claire pour amorcer le scénario. Tout ce qu'il savait d'elle, c'est qu'elle était née ici même, à Monterey, quelque vingt-huit années plus tôt, et qu'elle tenait avec succès une boutique où l'on pouvait acheter des herbes, des cristaux de roche et toutes sortes de talismans.

Relevant un sourcil, Nash hocha légèrement la tête. C'était formidable que Morgana Donovan soit restée dans sa ville natale. Comme il la comprenait ! Lui-même n'était là que depuis un mois, mais il se demandait déjà comment il avait pu vivre ailleurs. Et pourtant, il avait roulé sa bosse un peu partout.

Une fois de plus, il devait remercier sa bonne étoile. Tous ses films faisaient un tabac. Grâce à son imagination, il avait pu quitter l'atmosphère polluée de Los Angeles pour s'installer dans ce petit paradis, au nord de la Californie.

Et bien que le mois de mars en soit encore à ses balbutiements, il pouvait déjà rouler avec le toit de sa Jaguar ouvert, laissant la brise fraîche jouer dans ses cheveux. C'était un vrai bonheur. Sans parler de l'odeur d'eau salée, toujours présente dans cette région, mêlée à celle de l'herbe fraîchement tondue et des fleurs qui s'épanouissaient en toutes saisons dans ce climat tempéré.

Nash poussa encore un petit soupir de satisfaction. En ce qui le concernait, la vie était parfaite. Le ciel sans nuage était d'un bleu profond, et sa voiture ronronnait comme un gros chat. Il venait de se libérer d'une relation qui partait en quenouille depuis pas mal de temps. Il était libre comme l'air, et il avait un nouveau projet de film. Que demander de plus ?

Au coin d'une rue, il aperçut la boutique, entre un magasin de disques et un restaurant. Apparemment, les affaires allaient bon train, car les places de stationnement étaient plutôt rares. Mais il ne détestait pas faire un peu de marche. Il put se garer trois rues plus loin et bientôt, ses longues jambes moulées dans un jean bleu délavé avalèrent la distance qui le séparait de Morgana Donovan.

Quelques minutes plus tard, il s'arrêta devant la boutique. Sur la vitrine étaient inscrits deux mots : « Sorcellerie ancienne ». Il hocha la tête en souriant. Voilà qui évoquait de vieilles femmes au dos courbé arpentant les villages pour jeter des sorts et faire disparaître les verrues.

Aussitôt, la scène de son prochain film se forma dans son esprit : décor extérieur, de jour. Ciel plombé de nuages, vent hurlant dans les arbres. Dans un petit village délabré aux clôtures défoncées et aux volets hermétiquement clos, une vieille femme ridée se hâte le long d'un chemin de terre, portant au bras un lourd panier. Un énorme corbeau passe au-dessus de sa tête en croassant. Dans un bruissement d'ailes, il va se percher sur un poteau rouillé. L'oiseau et la femme se regardent. Quelque part, dans le lointain, jaillit un long cri de désespoir.

Nash redescendit brusquement sur terre. Un client sortant de la boutique venait de le heurter.

— Désolé, dit l'homme d'une voix étouffée.

Nash fit un petit signe de tête. C'était aussi bien ainsi. Il valait mieux qu'il n'aille pas trop loin dans l'élaboration de son histoire avant de s'être entretenu avec la spécialiste. Pour l'instant, il allait déjà examiner ce qu'elle avait à vendre.

L'étalage de la vitrine était impressionnant, dénotant un goût certain pour le spectaculaire. Des tissus de velours violets drapaient des présentoirs de diverses tailles, faisant ressembler l'ensemble à une large rivière animée de sombres cascades. Par-dessus flottaient des cristaux aux couleurs chatoyantes qui jetaient leur éclat magnétique sous les rayons du soleil matinal.

Serrant les lèvres, Nash secoua lentement la tête. Oui, on voyait bien comment ces objets pouvaient attirer les gens, avec leurs couleurs, leurs formes, leur éclat. Mais tout de même, comment pouvait-on croire qu'un morceau de caillou puisse détenir un pouvoir quelconque ? C'était une raison supplémentaire pour s'émerveiller de la façon dont le cerveau humain fonctionnait. Quoi qu'il en soit, il fallait reconnaître que ces objets étaient beaux. Enfilées sur des fils très fins, des pierres en forme de gouttes jetaient des reflets aux couleurs d'arcs-en-ciel.

Tout à coup, Nash retint une envie de rire. Morgana Donovan cachait-elle son chaudron dans l'arrière-boutique ?

Retrouvant son sérieux, il jeta un dernier coup d'œil sur la vitrine et se décida à pousser la porte. C'était tentant d'acheter quelque chose, un de ces magnifiques presse-papiers en cristal de roche, par exemple. Pourquoi pas, après tout ! A moins qu'il ne jette son dévolu sur des écailles de dragons ou des dents de loup…

La boutique était pleine à craquer. Il n'avait qu'à s'en prendre à lui-même. Jamais il n'aurait dû venir un samedi ! Mais au fond, ce n'était pas plus mal. Il aurait tout son temps pour examiner les lieux et se faire une idée de la façon dont une « sorcière moderne » tenait une boutique au XXIe siècle.

A l'intérieur, les étalages étaient aussi spectaculaires que dans la vitrine. Pierres énormes — certaines coupées dans la tranche pour révéler des centaines de dents de cristal —, petites fioles remplies de liquides colorés… Il en prit une et lut l'étiquette. Hum… c'était plutôt décevant. Il ne s'agissait guère que de sels de bain au romarin, dont les vertus relaxantes étaient largement vantées. Rien à voir avec le philtre d'amour qu'il espérait trouver !

Des pots-pourris odorants voisinaient avec des boîtes de thés et d'herbes aromatiques, des bougies aux couleurs pastel, et encore des cristaux de toutes formes et de toutes tailles. Quelques bijoux intéressants brillaient sous une vitrine intérieure. Et des œuvres d'art — peintures, sculptures — étaient disposées avec une telle habileté que la vitrine ressemblait presque à une galerie.

Suivant ses goûts pour l'insolite, Nash examina de

plus près une lampe en étain en forme de dragon ailé aux yeux rougeoyants.

C'est à ce moment-là qu'il la vit. Aucun doute, cette blonde pulpeuse qui discutait avec deux clients, près d'une table garnie de pierreries, était l'image même d'une magicienne. Son corps lascif était moulé dans un tailleur-pantalon noir. Des boucles d'oreilles scintillantes tombaient à hauteur de ses épaules, et chacun de ses doigts était orné d'une bague. Ses ongles longs et pointus étaient d'un rouge éblouissant.

— Fascinant, n'est-ce pas ?

— Pardon ?

La voix un peu rauque le fit détourner la tête de la lampe dragon. Cette fois, un regard suffit à lui faire oublier la jeune magicienne blonde. Il se trouva immergé pendant plusieurs battements de cœur dans une paire d'yeux bleu saphir.

— Pardon ? répéta-t-il.

En souriant, elle passa une main légère sur la tête du monstre.

— Je me demandais si j'allais l'emporter chez moi.

Ses lèvres étaient pulpeuses, tendres et dépourvues de maquillage.

— Aimez-vous les dragons ? demanda-t-elle.

Il ne lui fallut pas longtemps pour se décider.

— J'en suis fou. Est-ce que vous venez souvent ici ?

— Souvent ?

Elle eut un sourire amusé.

— On peut dire que oui.

Elle porta une main à ses cheveux. Des cheveux noirs comme la nuit, qui cascadaient en vagues ondulantes jusqu'à sa taille. Faisant un violent effort, Nash essaya de garder les idées claires. Elle avait des cheveux d'ébène contrastant avec sa peau laiteuse. Des yeux immenses ornés de longs cils, un nez petit et légèrement pointu.

Elle était presque aussi grande que lui, et d'une minceur d'elfe. Sa robe bleue toute simple dénotait un style et un goût très sûrs, et laissait deviner des courbes subtiles.

Cette femme avait quelque chose de stupéfiant.

Comme il la contemplait, elle eut encore un sourire amusé.

— C'est la première fois que vous venez ici ? demanda-t-elle.

— Non. Je dois dire que je suis impressionné. Ce lieu est fantastique.

— Vous vous intéressez aux cristaux ?

— Ce n'est pas impossible.

D'un geste faussement nonchalant, il s'empara d'une améthyste.

— Dommage que j'aie jeté mes cours de sciences naturelles, dit-il.

— Je ne crois pas que vous en ayez besoin ici.

Regardant la pierre qu'il tenait dans sa main, elle hocha la tête.

— Si vous voulez communiquer avec votre ego vous devez la garder dans la main gauche.

— Ah oui ?

Pour lui faire plaisir, il changea la pierre de main.

Il n'allait pas lui dire qu'il ne ressentait rien du tout, excepté une délectation réelle en voyant sa jupe danser autour de ses genoux.

— Alors, si vous venez régulièrement, peut-être pouvez-vous me présenter la magicienne ? suggéra-t-il.

Relevant des sourcils étonnés, elle suivit son regard quand il le tourna vers la blonde, qui terminait une vente.

— Vous avez besoin de voir une magicienne ?

— Mmm, on peut formuler la chose ainsi.

Elle posa ses splendides yeux bleus sur lui.

— Vous n'êtes pas du genre à avoir besoin d'un philtre d'amour.

Il inclina la tête.

— Merci. En fait, je me livre à quelques recherches. J'écris un scénario. Je veux concocter une histoire sur les sorcières modernes. Vous imaginez un peu… assemblées secrètes, sexe et sacrifices.

— Ah, je vois !

Elle baissa la tête, faisant tintinnabuler ses boucles de cristal.

— N'oubliez surtout pas les jeunes filles nubiles faisant la danse du ventre sous les étoiles, poursuivit-elle d'un ton ironique. Nues comme le jour de leur naissance, naturellement. Mélangeant des potions les soirs de lune noire pour séduire leurs victimes innocentes et les entraîner dans des délices orgiaques.

— En effet, c'est à peu près ainsi que je vois les choses, répliqua-t-il sans se vexer de son ton sarcastique.

Il s'approcha d'elle. Elle avait l'odeur de la forêt au clair de lune.

— Cette madame… Morgana, je crois, se prend-elle vraiment pour une magicienne ? demanda-t-il.

— Elle doit bien savoir qui elle est réellement, monsieur… ?

— Kirkland. Nash Kirkland.

Elle eut un petit rire satisfait.

— Naturellement ! Je connais vos films, et je les aime beaucoup, surtout *Midnight Blood*. Vous donnez énormément d'esprit et de sensualité à vos vampires, et vous savez bousculer la tradition.

— Il y a autre chose à montrer que les cimetières et les cercueils.

— Je suppose. Et les sorcières ne se contentent certainement pas de faire bouillir des herbes dans un chaudron.

— Absolument. C'est pourquoi je veux interviewer

Morgana. Je présume qu'elle doit avoir le sens des affaires pour en être arrivée là.

— Arrivée là ? répéta-t-elle.

Se baissant, elle saisit un gros chat blanc venu se frotter à ses jambes.

— Je parle de sa renommée, expliqua-t-il. J'ai entendu parler d'elle à Los Angeles. Les gens m'ont rapporté des histoires étranges.

— Je n'en doute pas.

Elle caressa la tête du matou. Nash les observa un instant. C'était de plus en plus impressionnant. Maintenant, il avait deux paires d'yeux qui le fixaient. Une paire bleu saphir, une paire ambre.

— Mais j'ai l'impression que vous ne croyez pas à la magie, fit-elle remarquer.

— Peu importe. Je suis sûr de pouvoir écrire une histoire formidable.

Il lui adressa un sourire charmeur.

— Alors, êtes-vous d'accord pour me présenter la dame ?

Au lieu de lui répondre, elle l'examina un instant sans rien dire. Cet homme était cynique, et bien trop sûr de lui. A l'évidence, la vie était un long fleuve tranquille pour Nash Kirkland. Il était peut-être temps qu'il rencontre quelques embûches sur son chemin.

— Je ne crois pas que ce sera nécessaire, répondit-elle.

Elle lui tendit une main fine, ornée d'une seule bague en argent martelé. Il la prit et tressaillit tandis qu'une décharge électrique lui vrillait le bras.

La jeune femme se contenta de sourire.

— C'est moi, votre sorcière.

« Simple électricité statique », se dit Nash quand Morgana se détourna de lui pour répondre à un client. Ce qui s'expliquait par le fait qu'elle avait porté le chat dans ses bras et l'avait longuement caressé. C'était aussi simple que cela.

Morgana avait dit « votre sorcière ». Hum… il n'était pas très sûr que cet adjectif possessif lui convienne vraiment. Cela rendait la situation un peu trop intime, c'était inconfortable. Bien sûr, cette femme était renversante, mais elle lui avait souri d'une façon qui l'avait plutôt agacé, quand il avait sursauté sous le coup de la décharge électrique.

Visiblement, elle aimait exercer un certain pouvoir. Pas forcément celui de la magie. Pendant quelques secondes, il la regarda peser une poignée d'herbes sèches. Non, c'était le pouvoir qui semblait accompagner dès leur naissance certaines femmes particulièrement belles : une sensualité innée et une indéfectible confiance en soi. Il soupira. Ce n'était pas agréable de se découvrir facilement impressionné par une femme très volontaire. Oui, il préférait avoir affaire à des femmes plus douces.

Il soupira. Quoi qu'il en soit, l'intérêt qu'il lui portait était uniquement professionnel. Enfin, pas tout à fait. Il faudrait être un eunuque ou un zombi pour regarder Morgana et en rester au plan strictement professionnel. Il secoua imperceptiblement la tête. Fort heureusement, il savait quelles étaient ses priorités.

Il attendit qu'elle en ait terminé avec son client, puis, affichant un sourire modeste, il s'approcha du comptoir.

— Je me demandais si vous aviez un sortilège facile à utiliser pour que j'arrive à écrire un scénario satisfaisant.

— Je crois que vous vous débrouillerez très bien tout seul, répondit-elle sèchement.

En temps normal, elle se serait rapidement débarrassée de la présence d'un client comme lui, mais pour une raison inconnue, elle avait été attirée par ce Nash Kirkland. Or elle ne croyait pas aux accidents. Et un homme possédant des yeux noirs si doux ne pouvait pas être un parfait crétin.

— Je crains de ne pouvoir vous retenir plus longtemps, dit-elle d'une voix un peu plus agréable. Nous avons un travail fou ce matin.

— Vous fermez à 18 heures ? Puis-je revenir à ce moment-là ? J'apporterai des boissons, ou mieux encore, un dîner ? proposa-t-il.

Son premier réflexe fut de refuser. Elle aurait préféré prendre le temps de réfléchir, ou, pourquoi pas, de consulter sa boule de cristal. Mais avant qu'elle ait le temps de parler, la chatte avait sauté sur le comptoir avec la légèreté typique des félins, et Nash tendit automatiquement la main vers elle pour la caresser. Au lieu de s'éloigner, ou de cracher comme elle le faisait d'ordinaire avec les étrangers, Luna fit le dos rond sous ses doigts. Ses yeux d'ambre se réduisirent à deux fentes qui se plantèrent dans le regard de Morgana.

— Apparemment, vous avez l'approbation de Luna, marmonna la jeune femme. D'accord, revenez à 18 heures.

La chatte s'était mise à ronronner bruyamment.

— Je déciderai de ce que je ferai de vous, ajouta Morgana.

Nash donna une dernière caresse à la minette.

— Parfait, dit-il.

Et il sortit.

Le front rembruni, Morgana se pencha vers sa chatte.

— J'espère que tu sais ce que tu fais, chuchota-t-elle.

Luna se contenta de changer de position pour commencer sa toilette.

Morgana n'eut pas le loisir de penser longtemps à Nash. La boutique ne désemplissait pas. C'était dommage. Elle aurait aimé avoir une bonne heure pour méditer sur la façon dont elle allait s'y prendre avec lui. Elle luttait toujours contre sa nature impulsive. Elle soupira. En fin de compte, elle n'aurait certainement aucun problème avec ce raconteur d'histoires aux bons yeux de chiot.

Mindy, la blonde pulpeuse, vint s'affaler sur le tabouret derrière le comptoir.

— Ouah ! Nous n'avons pas eu autant de monde depuis Noël, s'exclama-t-elle.

— Je crois que c'est bien parti pour qu'il en soit ainsi tous les samedis du mois, dit Morgana.

En souriant, Mindy sortit un chewing-gum de la poche de son jean.

— As-tu fait un sortilège pour que nous gagnions beaucoup d'argent ?

Morgana rangea quelques cristaux avant de répondre :

— Les étoiles sont favorables aux affaires.

Elle sourit malicieusement.

— Sans parler du fait que notre nouvelle vitrine est tout simplement somptueuse. Tu peux rentrer chez toi, Mindy. Je vais bientôt fermer.

Mindy se leva et s'étira en bâillant. Puis, relevant un sourcil, elle s'exclama :

— Non, mais regarde un peu ! Grand, bronzé et sexy...

Suivant son regard, Morgana aperçut Nash. Il s'était garé devant la vitrine et il sortait de sa Jaguar étincelante.

Morgana secoua la tête.

— Calme-toi, ma belle. Les hommes comme lui brisent les cœurs sans verser une goutte de sang.

— Pas de problème. Il y a longtemps que je n'ai pas eu le cœur brisé. Voyons un peu...

Elle tendit le cou et observa sans vergogne le nouveau venu.

— Un mètre quatre-vingt, soixante-dix kilos... Quelques mèches décolorées, sans doute à cause du soleil. Il doit aimer cela. Une belle architecture de visage. Il vieillira bien. Et ne parlons pas de sa bouche sensuelle...

— Arrête de le détailler comme s'il s'agissait d'une bête de concours !

Gloussant de rire, Mindy s'ébouriffa les cheveux. Elle allait répliquer, mais la porte s'ouvrit.

— Bonjour ! Vous voulez acheter un peu de magie ? dit-elle avec un sourire engageant.

Toujours prêt à satisfaire une jolie femme, Nash lui renvoya un sourire éblouissant.

— Que me conseillez-vous ?

— Eh bien…

Morgana l'interrompit.

— Mindy, M. Kirkland n'est pas un client. Nous avons rendez-vous pour discuter.

— La prochaine fois, peut-être, dit Nash en prenant un air faussement désolé.

— Quand vous voudrez, roucoula Mindy.

Elle lui jeta un dernier regard ravageur avant de se faufiler dans l'arrière-boutique.

— Je parie qu'elle fait exploser vos ventes, commenta Nash.

— Et la tension artérielle des hommes qui franchissent le seuil de cette boutique. Comment va la vôtre ?

Il soupira.

— Vous avez un peu d'oxygène ?

En souriant, elle lui tapota amicalement le bras.

— Asseyez-vous. J'ai encore quelques détails à… bon sang !

— Pardon ?

— J'ai oublié de mettre la pancarte « fermé », dit-elle avec une petite grimace.

Elle offrit son plus gracieux sourire à l'intruse.

— Bonjour, madame Littleton.

— Morgana !

La nouvelle venue se précipita vers eux. La saluant d'un léger signe de tête, Nash l'observa. Elle était bâtie comme un bateau de croisière, solide de la poupe à la proue. Des foulards multicolores flottaient autour de son cou comme des drapeaux. Ses cheveux encadraient son visage lunaire d'une multitude de petites boucles d'un roux très vif. Un trait vert émeraude soulignait ses yeux, et ses lèvres étaient peintes en rouge écarlate.

Tendant des mains couvertes de bagues, elle prit celles de Morgana.

— Je n'ai absolument pas pu venir plus tôt, ma chère petite. Je me suis trouvée aux prises avec un jeune agent de police qui voulait me donner une contravention. Imaginez un peu ! Un gamin qui prétendait me donner une leçon sur nos lois !

Elle poussa un petit soupir, exhalant une odeur de menthe.

— J'espère que vous avez quand même quelques minutes à me consacrer ! continua-t-elle.

— Pas de problème, dit doucement Morgana.

C'était plus fort qu'elle. Elle aimait trop la vieille dame pour rejeter sa demande.

— Vous êtes un amour, s'exclama Mme Littleton.

Puis, se tournant vers Nash dans un concert de chaînes et de bracelets :

— N'est-ce pas que Morgana est un amour ?

— Je ne vous le fais pas dire.

Mme Littleton eut un sourire ravi.

— Vous êtes Sagittaire, je parie.

— Ah...

Sans hésiter, Nash changea sa date de naissance pour lui faire plaisir.

— Absolument. Vous êtes stupéfiante !

Mme Littleton bomba son opulente poitrine.

— Je me vante d'être excellente dans ce domaine.

Elle se tourna vers Morgana.

— Je ne vais pas vous retarder longtemps.

— Que puis-je faire pour vous ?

— J'ai une petite faveur à vous demander.

Mme Littleton la regarda avec une lueur bizarre dans les yeux. Morgana étouffa un gémissement.

— Ma petite-nièce... vous savez qu'elle va aller au bal du collège... elle voudrait être accompagnée par ce garçon adorable dont je vous ai déjà parlé. Mais elle n'ose pas le lui demander. Et lui, il est beaucoup trop timide.

Morgana tripota son bracelet. Cette fois, elle allait être ferme. Elle allait dire non !

Prenant Mme Littleton par le bras, elle s'éloigna de Nash.

— Je vous ai déjà expliqué que je ne travaille pas de cette façon.

Mme Littleton fit papillonner ses faux cils.

— Je sais que *d'habitude*, vous ne travaillez pas ainsi. Mais exceptionnellement ? Ce serait pour la bonne cause.

— Ce sont toujours de bonnes causes, répliqua Morgana.

Comme Nash s'était rapproché, elle le regarda d'un œil perçant et entraîna la vieille dame de l'autre côté de la boutique.

— Je suis sûre que votre nièce est une jeune fille merveilleuse, mais ce ne serait pas sérieux d'arranger un rendez-vous pour elle... ce genre de choses peut avoir de graves conséquences.

Mme Littleton allait protester, mais Morgana l'en empêcha :

— Non, affirma-t-elle. Si j'intervenais pour changer quelque chose qui ne doit pas être changé, cela pourrait affecter toute sa vie.

— Ce n'est que pour une soirée.

— Modifier le destin pour une soirée le modifie potentiellement pour le restant de la vie.

Mme Littleton parut soudain terriblement déprimée.

Morgana poussa un profond soupir. Elle se donnait l'impression d'être une vieille avare refusant quelques miettes de pain à quelqu'un qui mourait de faim.

— Je sais que vous voulez qu'elle passe une soirée inoubliable, mais je ne peux pas jouer avec l'avenir.

Mme Littleton releva la tête. Non, elle n'allait pas s'avouer vaincue. N'avait-elle pas perçu une petite hésitation dans la voix de Morgana ?

— Comprenez-moi, Morgana, ils sont si timides ! Mais le pire, c'est que ma petite-nièce se trouve laide. Elle est pourtant adorable.

Avant que Morgana puisse protester, elle lui montra une photographie de la jeune fille.

— Vous voyez ?

Morgana baissa les yeux. Non, elle ne voulait rien voir. Mais elle regarda, et la jolie adolescente aux yeux sombres fit le reste. Vaincue, Morgana poussa un soupir. Et voilà, elle s'était encore laissé attendrir. Elle était aussi faible qu'un oisillon face à cette vieille dame. Elle ne pouvait rien lui refuser.

— Je ne vous garantis aucun résultat, dit-elle à contrecœur. J'essaierai...

— Je l'ai toujours dit, vous êtes une petite fée !

Sans perdre une seconde, Mme Littleton extirpa un autre cliché de son sac.

— C'est Mathieu. Joli nom, n'est-ce pas ? Mathieu Brody et Leslie Littleton. La fête aura lieu le premier week-end de mai.

Hochant la tête, Morgana prit les deux photographies et les empocha.

— Soyez bénie, dit la vieille dame avec un sourire reconnaissant.

Elle se pencha et l'embrassa sur la joue.

— Je me sauve. Je reviendrai lundi faire quelques emplettes.

— Passez un bon week-end, dit Morgana.

Furieuse d'avoir encore fait preuve de faiblesse, elle la regarda partir.

Nash ne put s'empêcher de rire.

— Je suis désolé de vous le faire remarquer, mais elle vous a bien eue.

Laissant fuser la colère qu'elle éprouvait contre elle-même, Morgana le fusilla du regard. C'était odieux de manquer de caractère, mais en manquer devant témoin, et surtout devant un inconnu, était mille fois pire. Surtout quand le témoin avait le regard moqueur et le sourire renversant de ce Nash quelque chose.

— Je le sais, répliqua-t-elle sèchement.

Il leva une main vers elle et lui effleura la joue.

— Je croyais que les magiciennes étaient inflexibles ?

Elle s'écarta comme si elle avait été piquée par un serpent.

— J'ai un faible pour les excentriques et les gens qui ont un grand cœur, rétorqua-t-elle. Et vous, vous n'êtes pas Sagittaire !

Nash laissa retomber sa main. Dommage. Morgana avait la peau d'une douceur extraordinaire.

Prenant un air faussement étonné, il interrogea :

— Je ne suis pas Sagittaire ? Je suis quoi, alors ?

— Gémeaux.

Il releva un sourcil et fourra une main dans sa poche.

— Bravo.

Elle fixa sur lui un regard un peu plus assuré. Nash paraissait stupéfait. Voilà qui était réconfortant.

— Comme vous avez été assez prévenant pour ne pas heurter les sentiments de Mme Littleton, je ne vais pas passer ma colère sur vous. Venez, nous allons nous installer dans l'arrière-boutique. Je vais préparer du thé.

Nash ne put cacher une moue de dépit. Elle se mit à rire.

— Bon, d'accord, je vous offrirai du vin.

— Hum... j'aime mieux cela.

Il la suivit dans une petite pièce qui servait à la fois de lieu de stockage et de cuisine. Tous les murs étaient garnis d'étagères sur lesquelles s'alignaient des boîtes de diverses dimensions et des livres. Sur un petit bureau en cerisier trônait une lampe de cuivre en forme de sirène, à côté d'un élégant téléphone ivoire. Une pile de papiers était maintenue par un presse-papiers de verre qui lançait des reflets multicolores.

Au fond, un miniréfrigérateur, une plaque à deux feux et une table pliante avec deux chaises complétaient l'ameublement. Sur le bord de l'unique fenêtre prospérait une quantité invraisemblable d'herbes en pots, d'où s'élevaient des odeurs fraîches de sauge, d'origan et de lavande.

Morgana prit deux verres sur une étagère.

— Asseyez-vous, dit-elle. Je ne peux pas vous consacrer énormément de temps, mais vous n'allez pas rester debout.

Sortant une bouteille du réfrigérateur, elle versa un liquide doré dans les verres.

— Pas d'étiquette ? fit remarquer Nash.

— C'est une de mes recettes.

En souriant, elle se mit à siroter la boisson.

— Soyez tranquille, il n'y a pas la moindre trace de bave de crapaud !

Nash avait envie de rire, mais la façon dont elle le regardait par-dessus le bord de son verre lui en coupa l'envie. Cependant, il n'allait pas refuser un défi. Il goûta le vin. Il était frais et onctueux, quoique un peu trop doux à son goût.

— Très bon, dit-il.

— Merci.

Elle s'assit sur la chaise qui était à côté de lui.

— Je n'ai pas encore décidé si j'allais vous aider ou

non. Mais votre art m'intéresse, surtout si vous vous apprêtez à parler du mien.

— Vous aimez mes films, dit-il en plantant dans ses yeux un regard pénétrant.

Il appuya un bras sur le dossier de la chaise, et se mit à caresser du pied la chatte qui venait se frotter contre ses jambes.

— Parmi d'autres choses, j'aime l'étendue de l'imagination humaine, commença-t-elle.

— D'accord...

— Mais je ne suis pas sûre de vouloir que mes vues personnelles entrent à Hollywood.

— Nous en parlerons.

Il lui adressa un sourire étincelant. Morgana plissa les paupières. Cet homme avait un pouvoir avec lequel il fallait compter. Elle devait rester sur ses gardes. La chatte profita du court silence pour sauter sur la table. Pour la première fois, Nash remarqua qu'elle portait au cou, accroché à un ruban, un cristal rond taillé en facettes.

— Ecoutez, Morgana, je n'essaie pas de prouver quoi que ce soit, ni de changer le monde. Je veux seulement faire un film.

— Pourquoi un film d'horreur et d'occultisme ?

— Pourquoi ?

Il haussa les épaules. C'était toujours agaçant que les gens lui demandent d'analyser les raisons de ses choix.

— Je n'en sais fichtre rien. Peut-être parce que, lorsque les gens vont voir un film qui fait peur, ils oublient tous leurs problèmes dès la première image.

Une lueur amusée traversa ses prunelles.

— A moins que ce ne soit à cause de ma première amourette avec une fille, dans une salle noire projetant *Halloween*.

Morgana but lentement son vin en méditant. Après tout, il y avait peut-être une âme sensible derrière cet aspect hâbleur. A coup sûr, Nash avait du talent, et un charme indéniable. Quoi qu'il en soit, c'était assez horripilant de se sentir poussée à... oui, poussée à accepter de l'aider.

Après tout, si au bout du compte elle préférait refuser, elle le lui dirait tout bonnement. Mais avant, elle devait tâter un peu le terrain.

— Racontez-moi votre scénario.

Nash leva les mains.

— Je ne l'ai pas encore écrit. Je voulais discuter avec vous avant. J'ai besoin d'un contexte intéressant. Je peux obtenir beaucoup d'informations dans les livres, j'en ai déjà un certain nombre. Mes recherches vont tous azimuts, dans tous les coins et recoins de l'occultisme. Mais ce que je n'ai pas, c'est le point de vue personnel de quelqu'un qui se livre à cette activité. Les raisons qui vous ont poussée vers la magie. Vous rendez-vous à des cérémonies secrètes ? Quel genre de tours préférez-vous ?

Pensivement, Morgana passa un doigt sur le bord de son verre.

— J'ai peur que vous ne fassiez fausse route. A vous entendre, on a l'impression que je fais partie d'une espèce de secte.

— Secte, club... appelez cela comme vous voulez. Un groupe partageant les mêmes centres d'intérêt.

— Je n'appartiens à aucune secte. Je préfère travailler seule.

De plus en plus intrigué, il se pencha en avant.

— Pourquoi ?

— Il existe des groupes tout à fait sincères, mais beaucoup ne le sont pas. Et d'autres fouinent dans des domaines auxquels il vaut mieux ne pas toucher.

— Je vois... la magie noire. Et vous, vous faites de la magie blanche.

— Vous aimez les étiquettes, apparemment.

D'un geste impatient, elle saisit la bouteille de vin. Contrairement à lui, elle ne répugnait pas à parler de son art. Mais le moins qu'elle pouvait attendre, c'était que ses idées soient respectées.

— Nous avons tous un certain nombre de dons dès la naissance. Un des vôtres est d'imaginer des scénarios divertissants.

Elle fit une pause. Nash avait aussi le pouvoir de séduire les femmes, si elle ne se trompait pas.

Ses lèvres se retroussèrent sur le bord de son verre.

— Je suis sûre que vous respectez et utilisez vos propres dons, continua-t-elle. Moi, je fais exactement la même chose avec les miens.

Il hocha la tête.

— Parlez-m'en.

Prenant son temps, elle l'observa avec un mélange de dédain et de fureur. Nash sentit sa gorge se dessécher. Voilà où était le pouvoir de cette femme : donner envie à un homme de ramper. Pour se donner une contenance, il sirota une gorgée de vin, mais il aurait aussi bien pu avaler du sable.

— Que voulez-vous ? Une démonstration ? interrogea-t-elle sur un ton impatient.

Prenant sur lui, il repoussa l'état de torpeur — ou de transe ? — dans lequel le regard de Morgana semblait l'avoir plongé.

— Pourquoi pas ! répondit-il.

Il tentait peut-être le diable, mais comment résister ? La colère qu'elle avait laissée sourdre teintait les joues de Morgana, leur donnant l'aspect de pêches fraîchement cueillies.

— A quoi vous attendez-vous ? dit-elle encore sans chercher à masquer sa colère.

Elle était de plus en plus agacée. Cet homme se moquait d'elle. Et voilà que, pour tout arranger, elle sentait naître au fond d'elle un désir irrésistible pour lui. C'était très malvenu, elle devait réagir. Prenant sur elle, elle afficha un air faussement indifférent.

— Espérez-vous que je vais envoyer des éclairs du bout des doigts ? Ou siffler, pour que le vent se lève ou que la lune disparaisse ?

— Tout ce que vous voulez, répondit Nash.

Son envie de rire était visible. Morgana se leva brusquement, le sang aux tempes. Cet homme ne manquait pas de culot. Cela lui ferait les pieds si elle…

— Morgana !

Elle fit volte-face. Faisant un effort sur elle-même, elle rejeta en arrière ses cheveux flamboyants et se détendit.

— Ana !

Nash secoua lentement la tête. C'était curieux, mais il aurait juré qu'il venait d'échapper à une catastrophe. Pendant un moment dont il était incapable d'évaluer la durée, tout son être avait été tellement absorbé par Morgana qu'il n'aurait rien perçu s'il y avait eu un tremblement de terre. Elle l'avait accroché à son hameçon, et maintenant il était là, un peu étourdi et hébété, les yeux fixés sur la jeune femme blonde qui venait d'entrer.

Elle était très jolie. Un peu plus petite que Morgana, elle dégageait une sérénité apaisante. Ses yeux étaient d'un gris clair très doux. Pour l'instant, ils étaient plantés sur Morgana. Elle portait une boîte débordant d'herbes en fleurs.

— Tu n'as pas indiqué que c'était fermé…, dit-elle en guise d'excuse.

— Donne-moi cela.

Des messages passèrent entre les deux femmes. Nash n'avait pas besoin de les écouter pour le savoir.

— Ana, je te présente Nash Kirkland. Nash, voici ma cousine, Anastasia.

— Je suis désolée de vous interrompre, dit Ana d'une voix basse et chaleureuse.

Nash se leva.

— Tu ne nous interromps pas, dit Morgana. Nous avions juste terminé.

— Hum... nous venions juste de commencer, corrigea Nash avec un sourire à l'intention d'Ana. Mais nous pourrons reprendre notre conversation plus tard.

Il lui tendit la main.

— Ravi de vous connaître.

Souriant à Morgana, il lui glissa une mèche de cheveux derrière l'oreille. Elle s'éloigna d'un mouvement brusque.

— A la prochaine fois.

— Nash !

Morgana posa la boîte, d'où elle sortit un petit pot d'herbes en fleurs. Elle le lui tendit, accompagné de son plus doux sourire.

— Un petit cadeau. Ce sont des pois de senteur. Ils symbolisent le départ, expliqua-t-elle.

Nash ne put résister. Se penchant par-dessus la boîte, il déposa un baiser léger sur ses lèvres. Et il sortit précipitamment.

Les joues en feu, Morgana essaya de donner le change en riant. Mais visiblement, Anastasia n'était pas dupe. S'installant sur une chaise, elle dit d'un air gourmand :

— Alors, raconte !

— Rien à raconter. C'est un charmant emmerdeur, voilà tout. Mais aussi, et surtout, un écrivain qui a un point de vue très particulier sur la magie.

— Oh, ce Nash Kirkland !

Anastasia prit le verre à moitié plein de sa cousine et sirota tranquillement le vin.

— C'est lui qui a fait ce film d'horreur auquel vous m'avez traînée, toi et Sebastian ? demanda-t-elle.

Morgana hocha la tête.

— C'était un film très intelligent, et habile.

— Mmm. Et sanglant.

Anastasia but encore une gorgée.

— Tu as toujours aimé ce genre de film, continua-t-elle.

— Le fait de regarder le mal est un moyen distrayant de réaffirmer le bien, répliqua Morgana.

Elle fronça les sourcils.

— Mais je dois dire que Nash Kirkland a fait une œuvre d'exception.

— Peut-être. Cependant, tu ne m'empêcheras pas de préférer les Marx Brothers, dit Ana en riant.

Elle se leva et alla contempler les plantes exposées dans la vitrine.

— J'ai pu remarquer une certaine tension entre vous, dit-elle. Quand je suis entrée, l'air crépitait, littéralement. Et j'ai eu l'impression que tu n'avais qu'une envie : le transformer en crapaud !

Morgana eut un sourire enchanté. Cette idée était vraiment très drôle.

— Je dois dire que j'ai été tentée. Il affiche une telle assurance… c'est horripilant.

— Tu te laisses trop facilement déstabiliser. Tu m'avais bien dit que tu allais travailler sur le self-control, non ?

Jetant un regard noir à sa cousine, Morgana porta le verre de Nash à ses lèvres.

— Il est reparti sur ses deux jambes, il me semble !

Elle but du vin, et se rendit compte aussitôt qu'elle faisait une erreur. Nash avait laissé beaucoup trop de lui-même sur ce verre.

Elle le posa rapidement. Ce Nash Kirkland avait un pouvoir certain. Il ne fallait surtout pas se fier à son sourire facile et à ses manières nonchalantes.

Elle aurait dû jeter un charme sur les fleurs qu'elle lui avait offertes. Mais non, inutile d'y penser. Peut-être qu'une force inconnue les poussait l'un vers l'autre, mais elle serait bien capable de faire face. Elle affronterait Nash Kirkland. Et cela, comme n'importe quelle femme, sans avoir recours à la moindre magie.

2

Morgana aimait la sérénité des dimanches après-midi. Elle en profitait pour se bichonner, ce qu'elle avait toujours beaucoup apprécié. Elle avait aussi une énorme capacité de travail, et elle n'avait pas ménagé sa peine et son temps pour que sa boutique tourne régulièrement et lui apporte des profits substantiels, sans qu'elle ait à utiliser ses dons particuliers pour lui faciliter la vie. Mais elle croyait fermement que l'une des plus grandes récompenses après l'effort était la relaxation.

Et lorsqu'elle fermait sa boutique, que ce soit pour une journée entière ou pour une heure, elle oubliait le travail.

Si elle n'avait pas de gouvernante, c'était parce qu'elle n'aimait pas l'idée que quelqu'un vienne mettre son nez dans ses affaires personnelles. Elle était capable de s'occuper d'elle toute seule. Et bien que son jardin soit très grand, elle soignait elle-même ses fleurs, tout en ayant depuis longtemps renoncé à avoir la main aussi verte que sa cousine Anastasia. Rien ne lui plaisait autant que ce cycle naturel de plantation, arrosage, désherbage, sans parler des récoltes, qui étaient généralement très gratifiantes.

Elle s'agenouilla près de la rocaille où s'épanouissaient des bulbes de printemps. L'odeur du romarin, des jacinthes, la senteur délicate du jasmin, celle, plus riche, de l'anis, s'entremêlaient en un parfum grisant. La fenêtre ouverte lui envoyait les accents enjoués d'un air irlandais traditionnel, qui répondait au chuintement de l'eau jaillissant près des rochers, une dizaine de mètres plus loin.

C'était une de ces journées si parfaites qu'elle en était précieuse, avec un ciel sans nuage, un vent léger qui transportait l'odeur de l'eau et des fleurs sauvages. De derrière le mur et les arbres qui entouraient sa propriété, lui parvenait parfois un bruit de moteur. Des touristes ou des gens du pays venaient admirer le paysage.

Luna était étalée tout près d'elle dans un carré de soleil. Ses yeux presque fermés n'étaient plus que deux fentes luisantes. Immobile, elle remuait parfois la queue quand un oiseau passait au-dessus de sa tête.

Quand le chien s'approcha de Morgana et posa sa tête sur ses genoux, Luna poussa un petit soupir dégoûté. Décidément, les chiens n'avaient aucune fierté. Mieux valait dormir pour ne plus voir ce lamentable spectacle.

Morgana se mit à caresser le chien tout en gardant un œil sur ses plantations. Elle allait peut-être cueillir quelques pousses pour reconstituer son stock de baume à l'angélique et de poudre d'hysope. Ce soir, au clair de lune. Les cueillettes étaient meilleures dans de telles conditions.

Elle poussa un soupir de bien-être. C'était si bon de se reposer au soleil. Et ce lieu était d'une telle beauté. Elle y était née, mais cela ne l'empêchait pas de le voir toujours avec un regard neuf. Si elle avait beaucoup voyagé et senti la magie de certains sites, sa place était ici, indéniablement.

Voilà longtemps qu'elle avait compris : c'était ici qu'elle rencontrerait l'amour, et qu'elle en porterait les fruits. Avec un soupir, elle ferma les yeux. Tout cela pouvait attendre. Sa vie actuelle la satisfaisait pleinement. Et quand le temps viendrait d'en changer, elle resterait toujours elle-même.

Brusquement, le chien se dressa en poussant un

grognement. Morgana ne prit pas la peine de regarder autour d'elle. Elle savait qui avait dérangé leur tranquillité. Elle n'avait pas eu besoin de la boule de cristal ni du miroir pour le deviner. Ce n'était pas non plus de la clairvoyance. Non, la clairvoyance était plutôt le domaine de son cousin Sebastian. Pour savoir que Nash viendrait, il lui avait suffi d'être une femme.

Elle s'assit en souriant pendant que Pan s'époumonait. C'était intéressant de voir comment Nash Kirkland allait affronter la situation.

Pan était maintenant derrière le portillon du jardin, tous crocs dehors. Les mains prudemment enfouies dans ses poches, Nash soupira. Comment un homme était-il censé réagir quand la femme qu'il venait voir était gardée par un... voyons, ce n'était peut-être pas un loup mais cela y ressemblait étrangement. Autre certitude : si sa maîtresse lui en donnait l'ordre, ce molosse l'égorgerait sans hésiter.

Nash porta une main nerveuse à sa gorge. Quand Luna vint se frotter contre ses jambes, il tressaillit et se ressaisit aussitôt. Allons, c'était plutôt une bonne nouvelle que la chatte ait décidé d'être amicale avec lui. Il se pencha pour la caresser.

Morgana daigna jeter un coup d'œil par-dessus son épaule.

— Vous êtes en balade ?

— Plus ou moins.

Le chien s'était un peu calmé mais il continuait à gronder à voix basse. Puis il vint flairer ses chaussures. Nash sentit une goutte de sueur lui couler dans le dos.

— Je... euh...

Pan releva la tête. Ses yeux étaient d'un bleu profond qui se détachait sur sa fourrure gris argenté.

Malgré l'accueil plutôt angoissant qu'il recevait, Nash ne put retenir une exclamation admirative.

— Cet animal est superbe !

S'enhardissant, il tendit lentement la main vers lui. Pan la renifla avec précaution, puis il se mit à la lécher. L'affaire était dans le sac.

Les lèvres pincées, Morgana les observait. Pan n'avait jamais rien fait de plus grave que de mordiller la cheville de quelqu'un. Mais il n'était pas non plus du genre à se faire des amis si rapidement.

— Vous avez un don avec les animaux, dit-elle.

Nash était maintenant accroupi et grattait Pan derrière les oreilles. Pendant toute son enfance, il avait rêvé d'avoir un chien, et ce désir de jeunesse ne s'était jamais évanoui complètement.

— Les animaux sentent l'enfant qui est encore en moi, dit-il. Quelle est sa race ?

Un sourire mystérieux se dessina lentement sur les lèvres de Morgana.

— Disons seulement que c'est un Donovan. Que puis-je faire pour vous ?

Il leva les yeux sur elle. Le visage de Morgana était nimbé de soleil. Elle avait ramené ses cheveux sous un grand chapeau de paille. Son jean était trop étroit, et son T-shirt trop large, mais elle était absolument ravissante. Apparemment, elle n'utilisait pas de gants de jardinage et ses mains étaient noircies par la terre. Soufflé, Nash laissa descendre son regard. Elle était pieds nus. Il n'aurait jamais pensé que des pieds puissent être aussi sexy.

— A part cela ? continua-t-elle d'une voix ironique.

Il ne put s'empêcher de sourire.

— Excusez-moi. Mon esprit vagabondait.

Morgana esquissa un sourire. Après tout, il pouvait la trouver désirable, ce n'était pas offensant.

— Dites-moi déjà comment vous avez découvert mon adresse, l'encouragea-t-elle.

— Vous savez bien que vous êtes connue comme le loup blanc.

Il alla s'asseoir sur l'herbe à côté d'elle.

— J'ai pris un repas dans un des restaurants de cette rue, et j'ai engagé la conversation avec la serveuse.

— Je n'ai pas de mal à vous croire.

Il tendit la main vers l'amulette qu'elle portait à son cou. C'était une pièce intéressante, en forme de demi-lune, et gravée d'une inscription, probablement en grec.

— Quoi qu'il en soit, continua-t-il, la serveuse était intarissable à votre sujet. Je l'ai sentie à la fois fascinée et effrayée. Est-ce que vous produisez cet effet sur tout le monde ?

— Presque.

Et elle avait appris à l'apprécier.

— Vous a-t-elle raconté que je traverse la baie à cheval sur mon balai à chaque pleine lune ? interrogea-t-elle, mi-figue, mi-raisin.

— A peu près.

Il laissa retomber l'amulette.

— Voyez-vous, ce qui m'intéresse, c'est de comprendre comment des gens ordinaires mais d'une intelligence normale arrivent à croire à ce genre de sornettes.

Morgana tressaillit imperceptiblement. Décidément, ce Nash Kirkland était bien sûr de lui.

— Ces sornettes, comme vous dites, ne vous permettent-elles pas à vous aussi de gagner votre vie ? dit-elle d'un ton sec.

— Je ne peux pas vous dire le contraire. Et à propos, je crois que nous avons fait fausse route, vous et moi, dès le départ. Si nous repartions de zéro ?

Morgana hocha vaguement la tête. Difficile d'être de mauvaise humeur avec un homme aussi séduisant que Nash Kirkland, et par une si belle journée qui plus est.

— Vous connaissez bien les fleurs, entre autres choses ? dit-il.

— Je les connais un peu.

Elle termina la plantation d'un pot de citronnelle.

— Vous pourriez peut-être me donner des conseils pour mon jardin, suggéra-t-il.

— Louez plutôt les services d'un jardinier !

Elle lui jeta un coup d'œil par-dessus l'épaule. Comme il avait l'air déçu, elle se radoucit.

— Je trouverai certainement une minute pour aller voir à quoi ressemble votre jardin.

— J'en serais vraiment très heureux.

Il lui essuya un grain de poussière sur le menton.

— Vous pourriez vraiment m'aider pour mon scénario, Morgana. Ce n'est pas difficile de trouver des renseignements dans des livres, n'importe qui peut le faire. Mais je cherche une approche différente, plus personnelle. Et je...

Il fit une pause. Il avait du mal à parler de son film en la regardant.

— Oui ?

— Vous avez des étoiles dans les yeux, murmura-t-il. Des petites étoiles dorées... comme le soleil de minuit sur la mer. Mais le soleil à minuit, c'est un rêve.

— Vous pouvez avoir tout ce que vous voulez si vous savez comment l'obtenir.

Les yeux fabuleux de Morgana soutinrent son regard. Il n'aurait pas pu détourner le sien, sa vie eût-elle été en jeu.

— Que cherchez-vous, Nash ?

— Je cherche à offrir au public quelques heures d'évasion. Je veux m'assurer que les spectateurs vont oublier leurs problèmes en pénétrant dans mon univers. Une bonne histoire, c'est comme une porte, et vous pouvez la franchir chaque fois que vous en avez besoin. Quand vous l'avez lue, vue ou entendue, elle vous appartient.

Il fit une pause. C'était surprenant de voir à quel point il pouvait être prolixe. Il n'en avait jamais dit autant devant des journalistes. Et il avait suffi que Morgana lui pose une question.

— Naturellement, je veux aussi me faire des tombereaux de fric, continua-t-il en essayant de sourire.

Il avait la tête un peu floue, la peau trop chaude.

— L'un n'empêche pas l'autre, remarqua-t-elle. Dans ma famille, il y a toujours eu des conteurs, depuis les premiers contes de fées jusqu'à la génération de ma mère. Nous sommes bien placés pour comprendre l'importance d'une bonne histoire.

Elle hocha la tête. Oui, c'était peut-être bien la raison pour laquelle elle n'avait pas découragé Nash. Elle respectait ce qu'il faisait. Elle avait cela dans le sang. Elle se pencha en avant.

Nash eut un choc, une impression bizarre, étrangère à la beauté de la jeune femme. Elle plongea son regard magnétique dans le sien.

— Si j'accepte de vous aider, je refuse en revanche que vous mettiez dans votre film des clichés du genre : la vieille bique caquetante qui prépare ses potions magiques dans un vieux chaudron de cuivre.

Il sourit.

— Je ne demande qu'à être convaincu, dit-il.

— Ne soyez pas trop audacieux, Nash, murmura-t-elle avec une nuance de menace dans la voix.

Elle se leva.

— Rentrons, j'ai soif.

N'ayant plus la crainte d'être avalé tout rond par le chien, qui lui témoignait maintenant une affection un peu envahissante, Nash prit le temps d'admirer la maison. La plupart des demeures situées dans la péninsule de Monterey avaient un charme unique, et elles étaient souvent magnifiques. Lui-même en avait acheté une. Mais celle de Morgana avait quelque chose en plus : l'âge et la grâce.

Elle était en pierre et comptait trois étages et deux tourelles. Nash eut un sourire amusé. Quoi de plus approprié pour une sorcière ? Mais la façade n'était ni gothique ni inquiétante. De hautes fenêtres étincelaient sous les rayons du soleil, et des plantes grimpantes partaient à l'assaut des murs pour épouser des balcons en fer forgé aux savants entrelacs de dentelle. Sculptées dans la pierre, des sirènes et des fées ailées ajoutaient leur charme suranné à celui, incontestable, de l'ensemble.

Nash sourit. Voilà qui l'inspirait pour son film. Décor intérieur. La nuit. Dans la plus haute tour de la vieille demeure près de la mer, la belle et jeune sorcière est assise au centre d'un cercle de bougies. La pièce est envahie d'ombres dansantes causées par les petites flammes, dont la lumière caresse le visage des statues, les verres en argent, une boule de cristal. La jeune femme porte une simple robe blanche ouverte jusqu'à la taille. Une lourde amulette gravée pend entre ses seins. Un léger fredonnement semble provenir des pierres elles-mêmes tandis qu'elle élève deux photographies au-dessus de sa tête.

La flamme des bougies vacille. Le vent entre dans la pièce fermée, soulevant les cheveux de la jeune femme, faisant bouger sa robe. Elle se met à chanter. Avec des mots anciens, d'une voix basse et chaude. Elle approche les clichés de la flamme des bougies… Non, cela est à effacer… Elle… oui, elle asperge les photographies d'un liquide luisant qu'elle prend dans un bol bleu craquelé. Un sifflement de vapeur. Le fredonnement s'accompagne maintenant d'un rythme lent, lancinant. Elle se penche en avant et pose les clichés face à face sur un plateau d'argent. Un sourire mystérieux se forme sur ses lèvres tandis que les photographies semblent fusionner.

Avant de disparaître.

Il hocha la tête. Oui, ce n'était pas si mal. Mais Morgana pouvait sans doute ajouter plus d'intensité à la préparation d'un philtre d'amour.

Appréciant son silence, Morgana l'emmena au coin de la maison, où l'eau chuchotait sur les pierres, à l'ombre d'un bosquet de cyprès courbés, torturés par le vent et les siècles. Ils traversèrent une cour pavée en forme de pentagone, dans laquelle trônait une statue de femme. A ses pieds, un petit bassin recevait un filet d'eau.

— Cette statue représente une déesse ? interrogea Nash.

— Oui, elle a plusieurs noms.

Morgana prit une petite louche qu'elle plongea dans l'eau claire. Elle but quelques gorgées et versa le reste en offrande à la déesse. Sans un mot, elle traversa la cour et entra dans une cuisine ensoleillée, d'une propreté impeccable.

Mal à l'aise, Nash se balança d'un pied sur l'autre pendant que Morgana se dirigeait vers l'évier pour se laver les mains, toujours pieds nus sur le carrelage blanc.

— Votre... euh... la sorcellerie, cela a à voir avec une religion ?

Sortant un pichet du réfrigérateur, elle sourit d'un air indulgent.

— La vie entière est une religion. Mais ne craignez rien, Nash, je ne vais pas tenter de vous convertir.

Elle posa deux glaçons dans chaque verre.

— Mais cela ne devrait pas vous gêner, continua-t-elle. Vos scénarios tournent toujours autour du bien et du mal. Les gens passent leur temps à faire le choix entre ces deux possibilités.

— Et vous ?

Elle lui tendit un verre puis, lui tournant le dos, elle gagna une porte en arcade et sortit de la cuisine. Il la suivit.

— Disons que j'essaie toujours de mettre un frein à mes impulsions les moins reluisantes.

Elle lui coula un regard en biais.

— Et cela ne fonctionne pas chaque fois ?

En parlant, elle le conduisit dans un large couloir, dont les murs étaient décorés de tapisseries fanées décrivant des scènes folkloriques et mythologiques.

Elle le fit entrer dans un petit salon rose au plancher de chêne orné d'un magnifique tapis persan. La cheminée était garnie de petites bûches qui n'attendaient que la flamme d'une allumette, si la soirée se rafraîchissait.

Pour l'instant, une brise tiède faisait gonfler les rideaux en mousseline, laissant entrer les senteurs du jardin.

Comme la boutique, cette pièce regorgeait de cristaux, de bouquets de fleurs séchées, de fines baguettes de bois. Nash fronça les sourcils. Etaient-ce des baguettes « magiques » ? Des fées et des magiciens en bronze, des dragons en porcelaine complétaient le décor.

— Fantastique ! s'exclama-t-il.

Il passa un doigt léger sur les cordes d'une petite harpe dorée, qui produisirent un son très doux.

— Vous en jouez ?

— Quand je me sens d'humeur à le faire, répondit-elle en l'observant.

C'était amusant de le voir examiner chaque objet d'un œil à la fois admiratif et étonné. La franche curiosité qu'il manifestait était plutôt agréable. Prenant un gobelet d'argent ciselé, il l'approcha de ses narines.

— Cela sent…

— Le feu de l'enfer ? suggéra-t-elle d'un air faussement sérieux.

Riant doucement, il le remit en place et s'intéressa à un bâton d'améthyste incrusté de pierreries et entouré de fils d'argent.

— Baguette magique ?

— Naturellement. Prenez garde à vos souhaits en la touchant, dit-elle en la lui retirant délicatement des mains.

Haussant vaguement les épaules, il se détourna.

— La plupart de ces objets, je les ai collectionnés moi-même, dit-elle. Venez voir celui-ci.

Elle l'invita à se pencher sur une boule de cristal. Il y vit son propre reflet.

— Le mois dernier, dit-il, j'ai trouvé un masque de chaman à une vente aux enchères. Il semblerait que nous ayons au moins un point commun.

Elle hocha la tête.

— Notre goût pour l'art.

— Et pour la littérature.

Ses yeux parcoururent les titres des volumes rangés sur les étagères.

— Lovecraft, Bradbury. Moi aussi, j'ai cette édition de *Golden Dawn*. Hé, est-ce que… ?

Il tira un livre et l'ouvrit avec mille précautions.

— Mais c'est une des premières éditions du *Dracula* de Bram Stoker !

Il lui jeta un coup d'œil incrédule par-dessus son épaule.

— J'aime penser qu'il aurait approuvé mon *Midnight Blood*, ajouta-t-il.

Tandis qu'il remettait le livre sur l'étagère, un autre titre attira son attention.

— *Four Golden Ball. The Fairie King.*

Il glissa un doigt sur le mince volume.

— *Whistle Up the Wind*… Vous avez toute son œuvre. Et en première édition !

— Vous lisez Bryna ?

— Vous plaisantez ?

C'était vraiment comme s'il retrouvait un vieil ami. Il voulait toucher les livres, les regarder sous toutes les coutures, les sentir.

— J'ai lu au moins dix fois tout ce qu'elle a écrit. Les

gens qui croient que c'est de la littérature pour enfants sont à côté de la plaque. C'est un concentré de poésie, de magie et de morale. Sans parler des illustrations, qui sont fabuleuses. Je serais capable de tuer pour me procurer ses ébauches, mais elle ne veut pas les vendre.

Morgana inclina la tête. Décidément, Nash était plus intéressant qu'elle n'aurait imaginé.

— Lui avez-vous posé la question ?

— Je lui ai fait passer quelques requêtes pitoyables par son agent littéraire. Aucune chance. Elle vit dans un château en Irlande, dont j'imagine qu'elle a tapissé les murs avec ses ébauches. J'aimerais...

Le petit rire de Morgana l'interrompit. Il se tourna vers elle.

— En réalité, elle les garde dans de gros albums pour les petits-enfants qu'elle espère avoir un jour, expliqua-t-elle.

Brusquement, une lueur traversa le regard de Nash.

— Elle s'appelle Bryna Donovan...

L'air rêveur, il glissa ses pouces dans ses poches.

— Bryna Donovan... Morgana Donovan. C'est votre mère ?

— Excellente déduction ! se moqua-t-elle gentiment. Ma mère serait ravie de savoir que vous aimez ses livres.

Elle leva son verre.

— A tous les conteurs d'histoires ! Mes parents vivent plusieurs mois de l'année dans cette maison. En fait, ma mère a écrit son premier livre dans sa chambre, quand elle était enceinte de moi. Elle m'a toujours dit que c'était moi qui avais insisté pour qu'elle l'écrive !

— Votre mère croit-elle que vous êtes une sorcière ?

— Il vaudrait mieux lui poser la question directement à la première occasion.

Nash fronça les sourcils.

— Vous vous dérobez toujours, lui reprocha-t-il.

Il alla s'installer confortablement à côté d'elle sur le

canapé. C'était impossible de se sentir mal à l'aise près d'une femme qui s'entourait de tout ce qu'il appréciait lui-même.

— Alors, envisageons la question sous un autre angle, continua-t-il. Vos centres d'intérêt posent-ils des problèmes à votre famille ?

Elle sourit. La façon dont Nash se relaxait, appuyé contre les coussins, jambes étendues, faisait plaisir à voir. On aurait dit qu'il la connaissait depuis des années.

— Ma famille a toujours compris mon besoin d'orienter mes énergies dans la même direction. Et vos parents, ont-ils un problème avec ce qui vous intéresse ?

— Je n'ai jamais connu mes parents.

— Oh, je suis désolée, murmura-t-elle.

La petite lueur moqueuse qui n'avait pas quitté son regard disparut aussitôt pour faire place à une expression de sympathie. Sa propre famille avait toujours été au centre de sa vie. Elle n'aurait jamais pu vivre sans elle.

— Ce n'est pas grave, dit Nash à voix basse.

Il se leva brusquement. La main compatissante qu'elle avait posée sur son épaule le brûlait. Et de toute façon, il avait pris assez de recul avec son passé pénible pour refuser la compassion.

— Ce qui m'intéresse, ce sont les réactions de votre famille, reprit-il. J'aimerais aussi savoir comment la plupart des parents réagiraient s'ils découvraient que leurs enfants jettent des sorts ? Avez-vous commencé à faire des expériences quand vous étiez encore enfant ? s'enquit-il en plongeant son regard dans celui de la jeune femme.

L'expression chaleureuse qu'il y avait lue quelques secondes plus tôt s'évanouit instantanément. Les yeux de Morgana étaient maintenant réduits à deux fentes qui lançaient des éclairs.

— Des expériences ? répéta-t-elle.

— Voyez-vous, il me faudrait un prologue montrant

comment le principal personnage arrive à s'intéresser à la magie.

Il détourna les yeux et se mit à faire les cent pas en examinant ce qui les entourait. Sans nervosité ni impatience, mais à l'évidence, il engrangeait dans sa mémoire tout ce qu'il voyait.

— Quand la sorcière n'est encore qu'une petite fille, elle pourrait par exemple être agacée par son petit voisin et le transformer en crapaud, suggéra-t-il.

Morgana serra les dents. Sans s'en rendre compte, il poursuivit :

— Ou alors, elle rencontre une femme mystérieuse qui lui transmet son pouvoir. Oui, pourquoi pas, j'aime assez cela…

Les idées se bousculaient maintenant. De minces fils se mettaient en place, tissant une histoire bien ficelée. Sans regarder Morgana, il dit :

— Ce dont je ne suis pas sûr, c'est l'angle sous lequel je veux montrer les choses. C'est pourquoi je fais appel à vous. Racontez-moi ce qui vous a orientée vers la magie, les livres que vous avez lus, etc., ensuite, je pourrai écrire ma fiction.

Morgana prit une profonde inspiration. Elle n'allait pas se laisser aller à la colère. Après tout, ce n'était pas sa faute à lui s'il ne croyait pas en la sorcellerie. Elle réussit à parler d'une voix douce.

— Je suis née avec du sang d'elfe. Je suis sorcière de naissance, et mon héritage remonte jusqu'aux Celtes. Mon pouvoir est un don transmis de génération en génération. Quand je rencontrerai un homme de caractère, nous ferons des enfants qui, à leur tour, transmettront ce don à la génération suivante lorsque le moment sera venu.

Ne sachant si elle était sérieuse ou si elle plaisantait, Nash opta pour la prudence.

— C'est formidable, murmura-t-il.

Il soupira. Visiblement, Morgana n'avait aucune envie de lui raconter quoi que ce soit. Peut-être devrait-il essayer de la faire rire ? Mais si cette histoire de sang d'elfe était vraie ? Cela laissait entrevoir des possibilités terrifiantes.

— Quand avez-vous pris conscience pour la première fois que vous aviez des dons particuliers ? demanda-t-il d'une voix douce.

La colère de Morgana baissa d'un cran. Au même instant, la pièce se mit à trembler. Nash saisit Morgana par la main et l'arracha au canapé avant de l'entraîner vers la porte. Elle n'eut pas le temps de protester. Cependant, le tremblement s'arrêta aussi vite qu'il s'était manifesté.

— Rien qu'une petite secousse, commenta-t-il.

Mais il garda ses bras autour d'elle dans un geste protecteur.

— J'étais à San Francisco pendant le dernier tremblement de terre. Depuis, je n'arrive pas à réagir avec indifférence quand cela se produit.

Comme il se sentait soudain un peu ridicule, il lui adressa un sourire en coin.

Morgana ne dit rien. Ainsi, il croyait que c'était un tremblement de terre. Après tout, pourquoi pas ? Elle n'avait absolument aucune raison de s'énerver. Elle n'avait aucune raison non plus d'attendre que Nash l'accepte pour ce qu'elle était. Quoi qu'il en soit, la façon dont il s'était précipité sur elle pour la protéger était adorable.

— Vous pourriez partir pour le Midwest, suggéra-t-elle, un peu ironique. Là-bas, il n'y a pas de tremblements de terre.

— Non, mais il y a des tornades, dit-il d'une voix un peu rauque.

Il avait une folle envie de lui caresser le dos. Et il ne voyait aucune raison de résister, puisqu'ils en étaient là tous les deux. Après tout, seul le hasard était à blâmer…

Et Morgana semblait apprécier de se trouver dans ses bras. Elle s'était lovée contre lui comme un chat.

Elle renversa la tête en arrière. Elle avait beau vouloir entretenir un minimum de vigilance, c'était peine perdue. Impossible, alors que son cœur bondissait dans sa poitrine. C'était peut-être très déraisonnable, mais la sagesse était souvent fade.

— Essayez la côte Est, murmura-t-elle, laissant glisser des mains avides sur son torse puissant.

— Là-bas, c'est le blizzard..., souffla-t-il d'une voix à peine audible.

Il la serra de plus près. La façon dont elle semblait se fondre en lui était tout simplement merveilleuse.

— Le Sud... ? chuchota-t-elle.

Elle lui enlaça le cou, en le fixant de ses immenses yeux bleu saphir.

— Des tempêtes...

D'un geste très tendre, il lui ôta son chapeau, laissant ses cheveux tomber en cascade sur ses mains, véritable pluie de soie.

— Il y a des catastrophes partout, conclut-il d'une voix haletante. Autant rester ici et affronter celles que vous connaissez.

— Vous ne m'affronterez pas, Nash.

Elle effleura sa bouche de ses lèvres taquines.

— Bienvenue !

En toute confiance, il prit ses lèvres. En ce qui le concernait, il n'avait jamais considéré les femmes comme une catastrophe.

Mais peut-être avait-il tort.

C'était plus turbulent que n'importe quel tremblement de terre, plus dévastateur que n'importe quelle tempête. Le sol ne se mit pas à trembler, le vent ne se déchaîna pas, mais quand Morgana entrouvrit les lèvres, il se sentit happé par une force irrésistible à laquelle personne n'avait encore trouvé de nom.

Elle moula son corps dans le sien. Il était chaud, et doux comme de la cire fondue. S'il avait cru à de semblables choses, il aurait pensé qu'il avait été spécialement façonné dans ce but, rien que pour s'accorder parfaitement au sien. Il glissa une main sous son chemisier et se délecta de la sensation de sa peau douce. Il la serra encore plus fort dans ses bras. Il devait s'assurer qu'elle était bien réelle, qu'elle n'était pas le pur produit de son imagination.

Oui, elle était bien réelle, et cependant, même cela avait une espèce de parfum de rêve de minuit. Sa bouche veloutée se rendait sous la sienne, ses bras se nouaient comme des lianes de velours autour de son cou.

Un son flotta dans l'air, quelques paroles qu'elle murmura et qu'il n'arriva pas à comprendre. Pourtant, il y avait de l'étonnement, mêlé à une crainte, dans ce murmure qui se termina en soupir.

Morgana était une femme qui appréciait le goût d'un homme. On ne lui avait jamais appris qu'elle devait avoir honte de prendre du plaisir quand le moment serait venu. Elle n'avait jamais eu peur de sa propre sexualité. Bien au contraire, elle avait appris à la chérir et la respecter.

Et pourtant, elle ne pouvait se mentir à elle-même. Pour la première fois, elle éprouvait de la peur avec un homme.

La simplicité d'un baiser rassasiait un besoin basique. Mais ce baiser-là n'avait rien de simple. Comment aurait-il pu l'être, alors que l'excitation et la gêne menaient ensemble la sarabande sur toute la surface de sa peau ?

Elle voulait croire que le pouvoir émanait d'elle. Qu'elle était responsable de ce tourbillon de sensations qui les entraînait. Conjurer était souvent aussi rapide que faire un vœu, aussi fort qu'un charme.

Mais la peur était là. Et elle ne voulait pas se voiler la face. Si elle avait peur, elle le savait bel et bien, c'était parce que ces sensations échappaient à son contrôle, allaient plus loin que ses attentes. C'était toujours facile de jeter un sort sur les personnes fortes de caractère, aussi bien que sur les faibles. Mais pour briser un charme, il fallait prendre des précautions. Et agir.

Elle s'écarta lentement de lui. Il n'était pas question qu'il se rende compte qu'il avait un quelconque pouvoir sur elle. Refermant une main sur son pendentif, elle se sentit plus sûre d'elle.

Nash ouvrit les yeux. Il se sentait brusquement comme le dernier survivant d'une catastrophe ferroviaire. Réfrénant un soupir de frustration, il fourra les mains dans ses poches. Il n'allait pas reprendre Morgana dans ses bras, comme il en mourait d'envie. En règle générale, il ne craignait pas de jouer avec le feu, mais il préférait tenir lui-même l'allumette. Ce qui n'était pas le cas avec Morgana. Dieu sait qu'avec elle, il n'avait absolument pas dominé la situation. Feignant de prendre un ton enjoué, il demanda :

— Vous pratiquez aussi l'hypnose à vos moments perdus ?

Morgana prit une profonde inspiration. Tout allait bien, il le fallait. Elle retourna s'asseoir sur le canapé. Faisant un effort sur elle-même, elle lui adressa un sourire un peu provocant.

— Est-ce que je vous ai hypnotisé, Nash ?

Troublé, il se mit à arpenter la pièce.

— Quand j'embrasse une femme, je préfère être sûr que je l'ai bien voulu.

Elle releva vivement la tête. La fierté qui naviguait dans ses veines était aussi ancienne que la nuit des temps.

— Je n'ai pas besoin d'avoir recours à la magie pour qu'un homme me désire, rétorqua-t-elle.

Elle posa un doigt sur sa bouche, où la chaleur des lèvres de Nash s'attardait encore.

— Et si je décide de vous avoir, vous serez consentant.

Sous sa main, ses lèvres se retroussèrent.

— Et vous m'en serez reconnaissant.

Il n'en doutait pas, et son amour-propre en prenait un coup.

— Si je tenais de tels propos avec vous, vous me reprocheriez d'être sexiste et égocentrique, fit-il remarquer doucement.

D'un geste lent, elle leva son verre.

— La vérité n'a rien à voir avec la sexualité ou l'ego.

Sans bruit, la chatte sauta sur le dossier du canapé. Morgana se mit à lui caresser la tête, les yeux rivés dans ceux de Nash.

— Si vous préférez ne prendre aucun risque, nous pouvons rompre notre… association créative.

Nash eut un petit rire nerveux.

— Vous croyez que j'ai peur de vous ?

L'absurdité de cette idée lui rendit une partie de sa bonne humeur.

— Chérie, il y a longtemps que j'empêche mes pulsions de remplacer mon cerveau.

— Soulagée de l'apprendre. Je n'aimerais pas que vous soyez esclave de l'amour d'une femme, et calculateur.

Il serra les dents.

— Si nous devons travailler quelque temps ensemble, il vaudrait mieux que nous mettions au point quelques règles.

Il soupira imperceptiblement. Est-ce qu'il ne devenait pas complètement cinglé ? Voilà cinq minutes, il tenait dans ses bras une femme dont il n'aurait même pas osé rêver, et maintenant, il cherchait un moyen de l'empêcher de le séduire.

— Non.

Les lèvres pincées, Morgana réfléchit.

— Je n'aime pas les règles. Vous n'avez qu'à prendre

des risques. Mais je vais passer un marché avec vous. Je ne vous entraînerai pas dans une situation compromettante si vous cessez de me lancer des petites piques à propos de la sorcellerie.

Faisant une pause, elle se passa les doigts dans les cheveux.

— Cela m'agace prodigieusement, continua-t-elle, et quand je suis agacée, il m'arrive de faire des choses que je regrette par la suite.

— Je suis bien obligé de vous poser des questions, objecta-t-il.

— Alors apprenez à accepter les réponses.

Calme mais déterminée, elle se leva.

— Je ne mens jamais. Je ne sais pas très bien pourquoi j'ai décidé de vous parler de mon travail. Peut-être parce que vous avez quelque chose d'attirant, mais plus sûrement parce que je respecte beaucoup les écrivains. Vous avez une aura très forte, beaucoup de curiosité, bien qu'elle ne soit pas dénuée de cynisme, et surtout, vous avez beaucoup de talent. Peut-être aussi n'ai-je pas refusé parce que ceux qui sont les plus proches de moi vous ont accepté.

— Qui, par exemple ?

— Anastasia, Luna et Pan. Ils font preuve d'une remarquable finesse en ce qui concerne la personnalité des gens.

Il eut un sourire amusé. Ainsi, il avait la bénédiction de la cousine, du chat et du chien. Plongeant un regard de braise dans celui de Morgana, il demanda :

— Anastasia est-elle aussi une sorcière ?

Morgana soutint son regard sans ciller.

— Nous parlerons de moi et de l'art de la magie en général. Anastasia ne travaille pas comme moi.

— D'accord. Quand commencerons-nous ?

Elle hésita un instant. Ils avaient déjà commencé.

— Je ne travaille pas le dimanche. Vous pouvez revenir demain soir, à 9 heures.

— Pas à minuit ?

Voyant son regard s'enflammer de colère, il ajouta précipitamment :

— Pardon. La force de l'habitude. Me permettrez-vous d'enregistrer notre conversation ?

— Bien sûr.

— Dois-je apporter autre chose ?

— Une langue de chauve-souris et un peu de poison pour les loups.

Elle sourit avant d'ajouter :

— Pardon. La force de l'habitude !

Il éclata de rire et l'embrassa chastement sur la joue.

— J'aime votre style, Morgana.

— Nous verrons cela.

Elle attendit le coucher du soleil puis elle passa une robe blanche très légère. Il valait toujours mieux prévenir que guérir. Elle se hissa tout en haut de la tour. C'était horripilant d'admettre que Nash était assez important pour qu'elle s'inquiète, mais puisqu'elle s'inquiétait, autant agir.

Elle alluma les bougies. L'odeur du santal et des essences naturelles s'éleva entre les murs de pierre. S'agenouillant, elle éleva la boule de cristal, qui refléta la lumière des petites flammes.

Fumée, lumière et ombre.

Le globe transparent semblait absorber les lueurs. Puis soudain, la boule devint d'une blancheur aveuglante.

Morgana avait les yeux entrouverts. Elle perçut le bosquet de cyprès, les vieux arbres mystiques qui filtraient le clair de lune sur le sol de la forêt. Elle sentit le vent, elle pouvait même l'entendre, et l'appel de la mer dont certains disaient que c'était la voix d'une déesse.

Lumière des bougies dans la pièce. Dans la boule de cristal.

Morgana ferma les yeux et les rouvrit aussitôt. Elle portait sa robe blanche de cérémonie fermée par une ceinture de cristaux. Elle avait les cheveux détachés, les pieds nus. Elle avait allumé le feu avec sa main, et avec sa volonté, et il brûlait maintenant aussi sereinement que brillait le clair de lune. C'était une nuit de rituel.

Une chouette hulula. Tournant la tête, Morgana vit ses ailes blanches s'éloigner dans l'obscurité. Puis elle le vit, lui.

S'éloignant du cyprès, Nash entra dans la clairière. Il pensait à elle, elle le voyait dans ses yeux.

Désir, exigence, destinée.

Renversant la tête en arrière, elle referma ses bras sur lui.

Les murs de la tour résonnèrent d'un bref juron. Morgana leva une main. La flamme des bougies vacilla puis s'éteignit.

Se maudissant, Morgana resta immobile. Elle venait de faire une erreur. Il aurait mieux valu qu'elle ne devine rien des sentiments de Nash.

A quelques kilomètres, Nash se réveilla après une petite sieste. En face de lui, la télévision crachait son flot d'images et de son. Epuisé, il passa une main sur son visage et se redressa sur le canapé.

Il avait fait un rêve incroyable, et encore suffisamment présent à son esprit pour le faire souffrir. Mais il n'avait qu'à s'en prendre à lui-même, c'était sa faute. En bâillant, il attrapa le bol de pop-corn qu'il s'était servi avant sa sieste.

Il n'avait pas fait assez d'effort pour éviter de penser à Morgana. Ce qui expliquait ses fantasmes. Il la voyait exécuter une espèce de danse au milieu des bois, sous le clair de lune, en se débarrassant de ses vêtements de soie blanche. Il se voyait faire l'amour avec elle sur le sol moelleux du sous-bois. Il soupira. Oui, il n'avait qu'à s'en prendre à lui-même.

Haussant les épaules, il attrapa de l'autre main sa chope de bière. Voilà qui allait le remettre d'aplomb en un rien de temps. Ce rêve était franchement ahurissant. Il aurait même juré avoir senti l'odeur de bougies qui brûlaient.

3

Le lundi soir, Morgana était déjà énervée quand elle tourna dans son allée. La livraison qu'elle attendait était bloquée à Chicago à cause d'une grève. Elle soupira. Quelle perte de temps ! Elle avait passé une heure pendue au téléphone, à essayer de joindre l'entrepôt.

Et maintenant, il faisait presque nuit. Elle gara sa voiture. Elle avait espéré faire une petite promenade sous les arbres pour s'éclaircir les idées, et pour se calmer les nerfs avant d'affronter Nash. Mais elle n'en avait plus le temps.

Elle resta un instant assise dans sa voiture. Juste en face, une Harley Davidson luisait de tous ses feux.

Celle de son cousin Sebastian. De mieux en mieux ! Elle n'avait vraiment pas besoin de le voir en ce moment.

Luna se glissa hors du véhicule et alla se frotter contre la roue arrière de la moto.

Le regard sombre, Morgana s'extirpa de son siège et claqua la portière.

Pan vint les accueillir avec des aboiements joyeux. Tandis que Luna passait devant lui en l'ignorant ostensiblement, Morgana prit un moment pour le caresser. Il n'y avait rien de tel que le contact d'un animal familier pour vous calmer les nerfs.

De la fenêtre ouverte parvenaient les accords d'une symphonie de Beethoven. Morgana entra à pas lents dans la maison. Sebastian était exactement là où elle s'attendait à le trouver, étalé sur le canapé du salon, ses pieds bottés confortablement posés sur la table basse. Un verre à la main, il écoutait la musique, les yeux à demi fermés. Il arborait un sourire capable de faire perdre la tête à n'importe quelle femme ordinaire.

Paresseusement, il leva une main nonchalante pour lui adresser un signe de bienvenue.

— Morgana, mon seul et unique amour !

Elle secoua la tête. Il avait toujours été trop provocant, même quand il était petit.

— Fais comme chez toi, cousin, dit-elle en essayant de prendre un ton agréable.

— Merci, ma chérie.

Il leva son verre.

— Ce vin est excellent. C'est le tien ou celui d'Ana ?

— Le mien.

— Compliments.

Il se redressa avec la grâce d'un danseur.

— Tiens, bois un coup, dit-il en lui tendant un verre. Tu m'as tout l'air d'en avoir besoin.

— J'ai eu une sale journée.

Il sourit.

— Je sais.

Elle allait siroter le vin, mais elle pinça soudain ses lèvres.

— Tu sais que je déteste quand tu fouines dans ma pensée.

— Je n'en ai pas eu besoin.

Il écarta les mains, faisant briller à son petit doigt un anneau incrusté d'une améthyste carrée.

— Tu m'as envoyé des signaux. Tu sais que tu as du mal à le cacher quand tu es énervée.

Comme elle ne se décidait pas à boire, il lui reprit le verre.

— Ma chérie, je ne t'ai pas revue depuis Noël. Je ne t'ai pas manqué ? interrogea-t-il, les yeux rieurs.

Elle hocha la tête. Oui, il lui avait manqué. Peu importait qu'il ait toujours passé son temps à la taquiner, elle l'adorait. Mais elle ne se sentait pas d'humeur.

— J'ai été très occupée, répondit-elle.

— C'est ce que j'ai entendu dire.

En souriant, il lui saisit le menton. Elle allait certainement réagir comme d'habitude : en étant agacée.

— Parle-moi de Nash Kirkland, dit-il.

Les yeux de Morgana jetèrent des éclairs.

— Va au diable, Sebastian !

Sans se démonter, il continua :

— Je ne suis pas voyant extralucide. C'est Ana qui m'en a parlé.

— Oh !

Elle fit une petite moue.

— Eh bien, il n'y a pas grand-chose à dire. Nash Kirkland est écrivain.

— Je le sais. J'adore ses films. Mais qu'est-ce qu'il te veut ?

— Il fait des recherches. Il projette d'écrire une histoire de sorcière.

— Mmm… C'est tout ce qui l'intéresse en toi ?

Il rit.

— Moi, à sa place…

Le foudroyant du regard, elle lui tira très fort une boucle de cheveux qui retombait sur son col.

— Tu n'es pas à sa place. Je te remercie de te mêler de ce qui te regarde, Sebastian !

Il lui passa un bras amical autour des épaules.

— J'ai communiqué avec mes parents, ce week-end.

— Par téléphone ?

Les yeux de Sebastian s'élargirent. Quand il parlait, un léger accent irlandais colorait parfois sa voix.

— Franchement, Morgana, tu sais ce que coûtent les appels en Europe ?

Eclatant de rire, elle lui enlaça la taille.

— Bon, nous allons déjeuner tous les deux.

Elle ne pouvait jamais être fâchée très longtemps avec lui. Après tout, il faisait partie de sa famille. Et quand on était différent des autres, on ne pouvait parfois compter que sur la famille.

Pendant qu'ils déjeunaient dans la cuisine, Sebastian lui raconta les derniers exploits de ses parents et de ses oncles et tantes. Au bout d'une heure, elle se sentit complètement décontractée.

— Cela fait des années que je n'ai pas vu l'Irlande et ses clairs de lune, murmura-t-elle avec nostalgie.

— Vas-y. Tu sais bien qu'ils seraient tous heureux de te voir, là-bas.

— J'irai peut-être pour le solstice d'été.

— Et si nous y allions tous les trois, avec Anastasia ?

— Pourquoi pas ?

En soupirant, elle repoussa son assiette.

— Le problème, c'est que l'été est ma meilleure période de vente.

— Quelle idée tu as eue de te lancer dans le commerce ! C'est un véritable esclavage.

Il fit une pause pour finir sa côtelette. Puis, lorgnant celle que sa cousine avait vaguement entamée :

— Tu es sûre que tu n'en veux plus ?

Comme elle hochait la tête, il y planta sa fourchette.

Quand il ne resta plus un gramme de viande, il remplit leurs verres de vin.

Morgana soupira.

— Je sais, mais cette boutique me permet de rencontrer des gens différents. Et je les trouve vraiment intéressants, même ceux qui sont un peu bizarres.

Il sirota son vin.

— C'est-à-dire ?

Elle sourit.

— Il y a un type qui a hanté la boutique plusieurs jours. Il n'en démordait pas : il prétendait m'avoir connue dans une autre vie.

Sebastian secoua la tête.

— C'est pathétique.

Elle se mit à rire.

— Un jour, il y a quelques semaines, il a fait irruption au moment où j'allais fermer. Il m'a fait la grande scène du II et il a essayé de m'embrasser.

— Hum.

Sebastian s'essuya les lèvres avec sa serviette. Bien sûr, sa cousine était capable de se défendre elle-même, mais c'était néanmoins préoccupant de savoir que des hurluberlus de cette espèce pouvaient lui tomber dessus à n'importe quel moment de la journée.

— Qu'est-ce que tu as fait ? demanda-t-il.

— Je lui ai envoyé un bon coup de poing dans l'estomac. Ça lui a remis les idées en place.

Sebastian se mit à rire. Elle haussa les épaules.

— Tu as vraiment du style, Morgana. Mais pourquoi ne l'as-tu pas transformé en crapaud ?

Elle redressa les épaules.

— Tu sais bien que je ne travaille pas de cette façon.

— Tu as oublié Jimmy Pakipsky ?

— C'était différent, je n'avais que treize ans. De plus, je l'ai tout de suite fait revenir à l'état de méchant petit garçon qu'il était.

— Uniquement parce qu'Ana avait plaidé en sa faveur.

Souriant, elle lui saisit la main.

— Bon sang, Sebastian, tu m'as vraiment manqué !

— Toi aussi. Et Anastasia aussi. Comment va-t-elle ?

— Elle est en pleine forme.

Morgana fronça légèrement les sourcils. Le lien qui

l'unissait à Sebastian était vraiment très fort. Il l'avait toujours été, dès l'enfance. Et ils avaient vécu ensemble tant d'expériences inhabituelles.

Brusquement, une sale affaire lui revint à la mémoire.

— Tu te souviens du petit garçon qui avait été enlevé ? Tu avais travaillé sur une de ses photographies pour essayer de repérer le lieu où il se trouvait.

Elle éprouva une douleur aussi aiguë que soudaine à cette évocation.

— Ils ne l'ont pas retrouvé à temps. La police de San Francisco a fait l'impossible, mais les kidnappeurs ont paniqué.

Il soupira.

— Il n'avait que huit ans.

— Je suis vraiment désolée.

Leur chagrin était palpable. Morgana se leva péniblement et alla se blottir sur les genoux de son cousin.

— Oh, Sebastian, je suis si triste !

— On ne peut pas se laisser envahir par le chagrin.

Cherchant lui aussi un peu de réconfort, il frotta sa joue contre ses cheveux. Il avait tout fait pour sauver cet enfant, mais il avait échoué. Le fait que Morgana partage sa douleur atténuait légèrement la sienne. C'était cela aussi, la magie de leur entente.

— Si on laisse la tristesse prendre le dessus, continua-t-il, c'est l'anéantissement. Mais bon sang, j'étais si proche de ce gosse. Quand ce genre de chose arrive, tu ne peux pas t'empêcher de te demander pourquoi on t'a fait ce cadeau pour te l'enlever. Et pourquoi tu ne peux rien faire.

D'un geste très tendre, elle prit son visage entre ses mains et plongea son regard humide dans celui du jeune homme.

— Je suis heureuse que tu sois venu.

Elle lui caressa les cheveux. Il la serra fort contre lui puis il s'écarta.

Affichant un sourire forcé, il dit :

— Ecoute, je suis venu ici pour me faire nourrir et rigoler un peu, pas pour évoquer une histoire triste ! Excuse-moi.

— Ne sois pas bête, dit-elle d'une voix un peu brusque.

Il gloussa.

— D'accord. Mais si tu veux que je me sente mieux, tu dois me trouver de la crème fouettée.

Se redressant, elle lui déposa un baiser sonore sur le front.

— Que dirais-tu d'une glace au chocolat noyée sous la crème ?

Il posa une main sur son cœur.

— Je serais comblé !

Elle se leva. Connaissant l'appétit de son cousin, elle sortit du placard le plus grand bol qu'elle possédait. C'était décidé, elle n'allait plus lui parler de ce petit garçon. Cela ne servirait à rien, malheureusement.

Vive comme l'éclair, elle retourna dans le salon et changea en un clin d'œil la radio, passant du classique au rock.

— J'aime mieux cela, commenta Sebastian.

Il posa ses pieds sur une chaise.

— Quand vas-tu me raconter pourquoi tu aides ce Kirkland à faire ses recherches ?

— Ce qu'il fait m'intéresse.

Elle fit chauffer la crème au chocolat dans le micro-ondes.

— Tu veux dire que c'est lui qui t'intéresse, corrigea Sebastian avec une lueur moqueuse dans le regard.

— D'une certaine façon, oui.

Elle prit une cuillerée de vanille en poudre dans un bocal.

— Naturellement, il ne croit pas au surnaturel. Pour

lui, ce n'est qu'un thème pour faire des films ou écrire des romans. Mais cela ne me dérange pas.

Pensive, elle lécha la crème qui avait coulé sur son pouce.

— Ses films sont très distrayants. Quant à son attitude... Eh bien, il faudra que je m'y habitue jusqu'à ce que nous ayons terminé.

— Tu me parais être en terrain dangereux, cousine chérie.

— De toute façon, la vie est un terrain dangereux, d'un bout à l'autre, Sebastian !

Elle versa une rivière de crème sur la montagne de glace qu'elle avait déjà empilée dans le bol.

— Autant profiter des meilleurs côtés de l'existence, ajouta-t-elle.

Pour appuyer son commentaire, elle nappa le dessert de gros nuages blancs de crème fouettée.

Et, d'un geste théâtral, elle posa le tout devant Sebastian.

— Pas de noisettes ?

Elle lui colla une cuillère dans la main.

— Je n'aime pas les noisettes, et tu vas partager cette merveille avec moi, répondit-elle.

Elle s'assit en face de lui et plongea sa cuillère dans la coupe. La bouche pleine, elle dit :

— Je suis sûre que tu l'apprécieras. Je parle de Nash. Il affiche cette espèce de nonchalance arrogante que les hommes aiment tant. Vous trouvez cela très viril, si je ne me trompe ?

Elle fit une pause. Après tout, ils n'avaient pas tort, même si elle ne voulait pas le reconnaître.

— Comme tu t'en doutes, il a une imagination très fertile. Et il aime les animaux, ce qui ne gâte rien, Demande à Pan et à Luna. Ils l'ont accepté immédiatement. De plus, c'est un fan des livres de maman, et il a un humour d'enfer. J'ajouterai qu'il possède une voiture de rêve.

— Et moi, j'ajouterai que tu m'as tout l'air d'avoir mordu à l'hameçon.

Si elle avait eu encore la bouche pleine, elle se serait étouffée.

— Ne sois pas insultant. Ce n'est pas parce que je le trouve intéressant et séduisant que j'ai, selon ton expression pitoyable, « mordu à l'hameçon ».

Sebastian eut un petit sourire satisfait. Bien, elle se mettait à bouder. C'était toujours bon signe. Plus Morgana était près de se mettre en colère, plus c'était facile d'en obtenir des informations.

— Alors, es-tu montée dans la tour, as-tu regardé ?

— Bien sûr que j'ai regardé. Surtout par précaution.

— Tu as regardé parce que tu étais nerveuse.

— Nerveuse ? Ne sois pas ridicule.

Mais elle se mit à tambouriner du bout des doigts sur la table.

— Après tout, Nash Kirkland n'est qu'un homme.

— Et toi, malgré tes dons particuliers, tu n'es qu'une femme. Dois-je t'apprendre ce qui arrive quand un homme et une femme se plaisent ?

Enfonçant ses ongles dans ses paumes, elle prit une profonde inspiration. Allons, elle n'allait pas piquer une crise. Sebastian ne faisait que la provoquer, comme d'habitude.

— Je connais la vie, mon cher, merci. Si je décide qu'il deviendra mon amant, ce sera mon affaire. Et mon bon plaisir.

Sebastian hocha la tête. Morgana semblait avoir oublié le dessert. Il mit les bouchées doubles.

— Le problème, continua-t-il, c'est qu'en ayant un amant, tu risques de tomber amoureuse. Sois prudente, Morgana. Car dans ce cas, adieu la liberté !

Il se mit à chanter à tue-tête :

— Liberté, liberté chérie… !

— Il y a une différence entre l'amour et le plaisir, répondit-elle d'un ton pincé.

— A propos…

Lui jetant un regard lourd de reproches, Morgana se leva.

— Tiens ta langue, Sebastian, si tu ne veux pas que je me fâche. Je parle sérieusement.

Quand la sonnette de la porte d'entrée retentit, Morgana fit un bond. La suivant du regard, Sebastian se mit à rire.

Elle ouvrit la porte et resta interdite. Bon sang, Nash était vraiment charmant, avec ses cheveux ébouriffés. Il portait sur l'épaule un sac à dos défraîchi, et son jean était troué au milieu de la cuisse.

— Bonjour. Je crains d'être un peu en avance.

— C'est très bien. Entrez et asseyez-vous. J'ai deux ou trois bricoles à ranger dans la cuisine.

Son bol à la main, Sebastian apparut dans le couloir.

— Quelle drôle de façon de parler de ton cousin !

Il fit un petit signe de tête à l'adresse de Nash.

— Salut ! Vous devez être Kirkland ?

Morgana plissa les paupières, mais elle arriva à prendre un ton agréable.

— Nash, je vous présente mon cousin Sebastian. Il était sur le point de partir.

— Oh, il n'y a pas le feu. Ravi de vous rencontrer, Nash. J'aime beaucoup votre œuvre.

Fronçant les sourcils, Nash le dévisagea.

— Merci. Mais, je vous connais ? Vous êtes médium ?

— J'en ai peur.

— J'ai suivi quelques cas parmi ceux que vous avez traités. Même les flics les plus obtus reconnaissent que c'est grâce à vous qu'ils ont pu mettre la main sur le tueur de Youpies à Seattle. Vous pourriez peut-être…

— Sebastian déteste parler boutique, coupa Morgana.

Les yeux pleins de menace, elle se tourna vers son cousin.

— N'est-ce pas ?

— A vrai dire…

Lui arrachant littéralement le bol des mains, elle dit avec un sourire crispé :

— Je suis si heureuse que tu sois passé me voir, mon chéri. Tu devrais retrouver plus souvent le chemin de la maison !

Sebastian hocha la tête. Pour cette fois, il se rendait. Après tout, il pourrait toujours aller voir Anastasia et approfondir avec elle le cas de sa cousine.

Il lui donna un baiser chaleureux.

— A bientôt, ma chérie.

Morgana l'accompagna à la porte et résista à l'envie de le pousser dehors.

Quand elle entendit enfin le moteur de sa moto, elle soupira.

— J'en ai pour une minute et nous pourrons commencer, dit-elle en revenant près de Nash. Voulez-vous du thé ?

Mains dans les poches, sourcils froncés, il mar-monna :

— Volontiers.

Il la suivit dans la cuisine.

— C'est un cousin… comment ?

— Sebastian ? Oh, il est plutôt du genre horripilant.

— Non, je voulais dire… C'est un cousin germain, ou un cousin au deuxième ou troisième degré ?

Nash suivait du regard le moindre de ses gestes. Elle posa une bouilloire sur le gaz, puis elle se mit à remplir la machine à laver la vaisselle à mesure qu'elle débarrassait la table.

— Cousin germain. Son père est le frère du mien.

Captant le regard soulagé de Nash, elle refréna une petite envie de rire.

— Dans cette vie, ne put-elle s'empêcher de préciser.

— Dans cette vie… ? Oh, je vois !

Nash posa son sac à dos. Ainsi donc, Morgana donnait dans la réincarnation.

— Mon père, celui de Sebastian et celui d'Anastasia sont nés en Irlande. Ce sont des triplés.

— Vraiment ?

La regardant ouvrir un petit sachet, il posa une fesse sur le bord de la table.

— Ils ont épousé trois sœurs, qui sont elles-mêmes des triplées.

— Formidable, dit Nash en caressant Pan, venu se frotter à sa jambe.

— C'est assez inhabituel, paraît-il. En tout cas, ils ont tous eu le coup de foudre. C'était leur destinée.

Elle lui jeta un coup d'œil en souriant avant de verser l'eau bouillante sur le thé.

— Leur destinée, c'était aussi que chaque couple n'ait qu'un seul enfant. Ils sont tous très déçus. Ils ont beaucoup d'amour à donner, ils auraient pu en avoir une ribambelle. Mais ce n'était pas prévu ainsi.

Elle posa la théière sur un plateau d'argent, à côté de fines tasses de porcelaine de Chine et d'un sucrier en forme de crâne souriant.

— Je vais l'emporter, proposa Nash.

Examinant le service à thé, il demanda :

— C'est un héritage ?

— Non, un achat. Je savais que vous le trouveriez amusant.

Elle le précéda dans le salon, où Luna était lovée au milieu du canapé. Elle fit signe à Nash de poser le plateau sur la petite table.

— Crème et sucre ? demanda-t-elle.

— Oui, merci.

— Vous devez avoir de la visite pour Halloween, fit-il remarquer.

Elle lui tendit une tasse.

— Les enfants parcourent des kilomètres pour le plaisir de voir une sorcière, ou pour essayer de lui jouer un tour. Je suppose que certains sont déçus de ne pas me voir porter un chapeau pointu et chevaucher un manche à balai.

Elle versa le thé délicatement parfumé au jasmin, faisant miroiter l'anneau d'argent qui ornait son annulaire droit. Après un court silence, Nash déclara :

— La plupart des gens ont une idée bien arrêtée sur les sorcières : soit ils l'imaginent avec un nez crochu et distribuant des pommes rouges empoisonnées, soit ils la voient comme un esprit lumineux arborant une baguette en forme d'étoile, et vous affirmant qu'on n'est nulle part mieux que chez soi.

— J'ai bien peur de ne correspondre à aucune de ces deux catégories.

— C'est bien pour cela que vous êtes exactement la personne qu'il me faut.

Après avoir posé sa tasse, il fourragea dans son sac à dos, d'où il sortit un petit magnétophone.

— Nous pouvons commencer ?

— Quand vous voulez.

Il enfonça le bouton d'enregistrement.

— J'ai passé la journée à la recherche de bouquins dans des bibliothèques et des librairies.

Il lui tendit un volume.

— Que pensez-vous de celui-ci ?

Un sourcil arqué, Morgana lut le titre à voix haute :

— « *Gloire, Fortune et Amour : Rituel aux chandelles pour chaque occasion.* »

Se tournant vers lui, elle laissa tomber le livre sur ses genoux. Il fit une petite grimace.

— J'espère que vous ne l'avez pas payé cher, dit-elle.

— Si je comprends bien, il ne vous intéresse pas ?

Morgana serra les lèvres. Elle s'était promis de rester

patiente. Se débarrassant de ses chaussures, elle croisa les jambes, faisant du même coup remonter sa petite jupe au milieu de ses cuisses.

— Allumer des bougies et réciter des incantations... croyez-vous vraiment que n'importe quel novice puisse apprendre la magie par un livre ? interrogea-t-elle.

— Il faut bien apprendre quelque part.

Avec un bruit de gorge, elle reprit le livre d'un geste nerveux et l'ouvrit.

— « Comment faire naître la jalousie, lut-elle avec une moue dégoûtée. Comment obtenir l'amour d'une femme. Comment obtenir de l'argent... »

Elle le referma avec un claquement sec.

— Réfléchissez, Nash, et soyez reconnaissant que cela ne fonctionne pour personne. Imaginez que vous ayez des petits problèmes d'argent, et que vos factures s'empilent. Vous rêvez de changer de voiture, mais vous n'avez plus de possibilité de crédit. Il ne vous reste qu'à allumer quelques bougies, faire un vœu, peut-être danser nu devant les flammes pour faire plus d'effet. Abracadabra...

Elle écarta les mains.

— Trois jours plus tard, vous recevez un chèque de dix mille dollars. Le seul problème, c'est que votre grand-mère adorée est morte, et que vous venez d'hériter de son argent...

— Je vois... il faut donc être prudent quant à la manière de formuler ses sortilèges.

Avec un signe de tête, elle continua :

— Ecoutez un peu, vous voulez. Toute action est suivie de conséquences. Une femme aimerait que son mari soit plus romantique. Voilà qu'il devient brusquement un vrai don Juan. Un beau jour, vous allez lancer un sortilège pour une très noble cause : faire cesser une guerre. Vous obtenez le résultat espéré, mais en même temps, il s'ensuit une dizaine de guérillas à droite et à gauche.

Elle poussa un léger soupir.

— La magie n'est ni pour les novices, ni pour les irresponsables. Et ce n'est certainement pas un livre idiot qui peut la leur enseigner.

— D'accord.

Impressionné par son raisonnement, il leva à son tour les deux mains.

— Je suis convaincu que vous avez raison. Mon propos était juste de souligner que l'on peut acheter ce genre de livre pour sept dollars. Les gens s'intéressent à ces choses-là.

— Les gens s'y sont toujours intéressés.

Comme elle remuait sur sa chaise, ses cheveux glissèrent sur son épaule. Fasciné, Nash la dévora des yeux en se forçant à faire fonctionner son cerveau.

— A une époque, continua-t-elle, quand les gens s'intéressaient de trop près à la magie, ils finissaient par être pendus, brûlés vifs ou écartelés.

Elle sirota son thé.

— Heureusement, nous sommes un peu plus civilisés de nos jours.

Nash hocha la tête.

— Justement. C'est la raison pour laquelle je veux écrire une histoire qui se passe à notre époque. A l'époque d'Internet, des téléphones portables et des fours à micro-ondes. Ce qui n'empêche pas les gens d'être toujours aussi passionnés par la magie. Je peux entrevoir les choses de deux ou trois façons. Faire figurer des fous qui sacrifient leurs chèvres…

— Dans ce cas, n'attendez pas que je vous aide.

— D'accord. J'avais imaginé cela, mais c'est un peu trop facile… et trop ordinaire. J'aimerais aussi accentuer l'aspect humoristique que j'avais développé dans *Repose en paix*, en ajoutant peut-être une histoire d'amour. Pas uniquement de la sexualité.

Luna sauta d'un bond sur ses genoux et il caressa son épaisse fourrure lustrée.

— L'idée est de mettre une femme au centre de l'histoire, une femme très belle, douée de quelques talents inhabituels. Comment s'y prend-elle avec les hommes, avec son travail, avec… je ne sais pas moi… comment vit-elle dans le quotidien ? Fréquente-t-elle d'autres sorcières ? Le cas échéant, de quoi parlent-elles ? Qu'est-ce qui les fait rire ? Mais dites-moi, quand avez-vous décidé de devenir une sorcière ?

— Probablement le jour où j'ai commencé à léviter autour de mon berceau, dit doucement Morgana en observant attentivement sa réaction.

Elle ne fut pas déçue. Nash la regarda d'un air à la fois sceptique et amusé.

— C'est exactement le genre de chose qu'il me faut.

Il se renversa sur son dossier et Luna s'installa plus confortablement sur ses genoux.

— Votre mère a dû avoir un choc, fit-il remarquer.

— Elle s'y attendait.

Quand elle changea de position, ses genoux vinrent effleurer les siens. Il n'y avait rien de magique dans le court accès de chaleur qu'il éprouva. Ce n'était que de la chimie à l'état pur.

— Je vous ai dit que j'étais sorcière de naissance.

— C'est vrai, vous me l'avez déjà dit.

Morgana prit une profonde inspiration. Elle n'aimait pas le ton qu'il venait de prendre.

— Est-ce que cela vous a dérangée, quand vous avez appris que vous étiez différente des autres enfants ? s'enquit-il.

— Quand j'ai *ressenti* que j'étais différente, corrigea-t-elle. Naturellement. Etant enfant, c'était plus difficile pour moi de maîtriser mes pouvoirs. Les émotions font facilement perdre le contrôle, de la même façon qu'une femme peut paraître stupide quand elle se trouve avec certains hommes.

Elle fit une pause. Nash eut brusquement envie de caresser sa longue chevelure soyeuse.

— Est-ce que cela vous arrive souvent de ne plus maîtriser la situation ? demanda-t-il.

Elle attendit avant de répondre. Ce qu'elle avait éprouvé, la veille, quand il avait déposé ce rapide baiser sur ses lèvres, ressemblait à s'y méprendre à une perte totale de contrôle de soi. Chassant ce souvenir dérangeant, elle finit par dire :

— Pas aussi souvent qu'avant l'adolescence. J'ai des réactions parfois un peu vives, qui me font faire des choses que je regrette, mais il y a un point essentiel que les sorcières irresponsables ont tendance à oublier.

Elle fit une pause. Nash buvait ses paroles. C'était extrêmement satisfaisant.

— Ce point essentiel, le voici : le pouvoir ne doit jamais être utilisé pour faire le mal, dit-elle.

— Vous êtes donc une sorcière responsable, résuma très sérieusement Nash. Et vous faites des philtres et des sortilèges d'amour pour vos clients.

Elle redressa le menton.

— Certainement pas !

— Pourtant, vous avez pris les photographies que cette dame vous a montrées…

Irritée, elle fronça les sourcils. Décidément, rien ne lui échappait.

— Elle ne m'a pas laissé le choix.

Gênée, elle posa sa tasse un peu bruyamment.

— Et le fait que j'aie pris ces clichés ne signifie pas que je vais les asperger de poussière de lune.

— C'est ce qu'il faut faire pour que cela fonctionne ?

— Oui, mais…

Elle se mordilla la lèvre inférieure.

— Vous vous moquez de moi. Pourquoi posez-vous des questions puisque vous ne croyez pas aux réponses que je vous donne ?

— Je n'ai pas besoin de les croire pour être intéressé, dit-il d'un ton persuasif.

Il se rapprocha d'elle.

— Ainsi, vous n'avez rien fait pour cette fameuse soirée des lycéennes ? continua-t-il doucement, l'air un peu déçu.

— Je n'ai pas dit cela.

Elle fit une petite moue. Incapable de résister, il tendit la main et joua avec une mèche de ses cheveux.

— Je me suis contentée de faire sauter une petite barrière. Toute autre chose aurait été de l'interférence.

— Quelle sorte de barrière ?

Il n'avait pas la moindre idée de l'odeur que pouvait avoir la poussière de lune, mais il aurait parié qu'elle avait le même parfum que les cheveux de Morgana.

— Cette jeune fille est d'une timidité désespérante. Je n'ai fait qu'encourager un peu sa confiance en elle. Pour la suite, c'est à elle de jouer.

Il hocha la tête, les yeux rivés sur son cou. Il était superbe, long et fin, un cou de cygne. Ce devait être grisant de le butiner. Avec un violent effort, il revint sur terre. Le travail avant tout. Il devait se concentrer sur cette interview.

— C'est ainsi que vous travaillez ? En encourageant la confiance des gens ?

Tournant la tête vers lui, elle le regarda droit dans les yeux.

— Cela dépend de la situation, répondit-elle.

— J'ai lu beaucoup de livres sur le sujet. Autrefois, dans les villages, les sorcières étaient considérées comme des femmes pleines de sagesse. Elles fabriquaient des potions médicinales, des charmes, elles prévoyaient les événements à venir, elles soignaient les malades et…

— Ma spécialité n'est ni la guérison, ni la prévoyance, coupa Morgana.

— Quelle est votre spécialité ?

— La magie.

Au même instant, un coup de tonnerre retentit. Nash regarda par la fenêtre.

— On dirait que l'orage approche.

— Possible. Posez-moi d'autres questions, et vous pourrez rentrer chez vous.

Elle serra les dents. Elle n'avait qu'une hâte, c'était qu'il sorte de chez elle. Elle n'avait pas oublié ce qu'elle avait vu dans la boule de cristal après leur première entrevue. Heureusement, avec des précautions et un peu d'habileté, ces choses-là pouvaient parfois être modifiées. Mais quoi qu'il doive arriver, elle ne voulait pas que les événements se précipitent.

Or ils évoluaient beaucoup trop vite. La façon dont Nash la touchait… effleurant ses cheveux de ses longs doigts fins, provoquait tout au fond d'elle de petits éclairs de panique.

Rien n'était plus agaçant.

La regardant d'un œil rêveur, Nash répliqua :

— Il n'y a pas le feu.

Que se passerait-il s'il l'embrassait de nouveau ? Eprouverait-il l'impression qu'il avait éprouvée la veille, celle d'être dans un autre monde ?

— Un peu de pluie ne me fait pas peur, ajouta-t-il.

— Il va tomber des cordes.

Et elle s'en occuperait personnellement.

— Certains de vos livres peuvent vous aider. S'ils contiennent des faits, des histoires et une vue d'ensemble des rituels, dit-elle.

Elle indiqua du doigt l'un des premiers qu'il lui avait montrés.

— La terre de cimetière ? Vous me conseillez celui-ci ?

S'approchant d'elle, il posa une main sur la sienne.

— Je vois une scène d'extérieur, la nuit. Notre belle héroïne chemine à travers le brouillard, traversant les ombres jetées par les pierres tombales. Une chouette pousse un long cri lugubre. Au loin, le hurlement strident d'un chien lui fait écho. Premier plan sur le visage parfait, et très pâle, de la jeune fille, encadré d'un capuchon sombre. Elle s'arrête près d'une tombe toute fraîche et, en chantant des incantations, verse une poignée de terre nouvellement retournée dans son petit sac magique. Le tonnerre gronde.

Faisant un violent effort sur elle-même, Morgana regarda fixement devant elle. Elle n'allait pas se sentir offensée. Mais tout de même ! Qu'on puisse l'imaginer rôdant dans les cimetières !

— Nash, j'essaie de me rappeler que vous voulez écrire un scénario de film, et vous avez certainement le droit de faire beaucoup d'entorses à la réalité, au nom de votre art.

Il voulait embrasser ses mains fines. Il le fallait.

— Je dois donc comprendre que vous ne passez pas beaucoup de temps dans les cimetières ?

Tempérant sa colère, et luttant contre un violent accès de désir, elle répondit le plus calmement possible :

— Je peux accepter le fait que vous ne croyez pas à ce que je suis. Mais je ne peux absolument pas tolérer que vous vous moquiez de moi.

— Ne soyez pas si véhémente.

Il repoussa ses cheveux derrière son épaule et lui massa brièvement la nuque.

— J'admets que, d'habitude, je fais du meilleur travail. Mais j'ai eu douze heures d'interview avec ce dingue de Roumain qui prétendait être un vampire. Il n'avait pas un seul miroir chez lui. Il m'a obligé à porter une croix pendant toute la durée de notre entrevue. Sans parler de l'ail…

Nash fit une légère grimace à cette évocation.

— Mais je n'ai pas eu de problème pour le mettre de bonne humeur. Ce type était une mine d'informations. Vous par contre...

Il fit une pause. Essayant d'ignorer qu'il lui caressait le bras avec la même sensualité que lorsqu'il avait caressé Luna, elle répéta le plus sèchement possible :

— Mais moi ?

— Je n'arrive pas à vous croire, Morgana. Vous êtes une femme forte, intelligente. Vous avez du goût, un style très personnel, et je ne parle pas de votre parfum, absolument délicieux. Je n'arrive pas à me convaincre que vous croyez à toutes ces fadaises.

Les joues de Morgana s'empourprèrent. Son sang commençait à s'échauffer. Elle n'allait pas, elle ne pouvait pas, admettre qu'il la rende furieuse et qu'il la séduise en même temps. Elle ouvrit la bouche pour parler, mais Nash fut plus rapide qu'elle.

— Quand une vieille dame de quatre-vingt-dix ans me raconte que son amant a été tué en 1922 par un loup-garou, je ne vais pas lui dire que c'est une menteuse. Je pense que c'est une conteuse hors pair, ou qu'elle a perdu la tête. L'un ou l'autre, cela m'est égal.

— Tant que vous voyez sous quel angle vous allez construire votre film.

— Absolument. L'illusion est mon gagne-pain. Et cela ne fait de mal à personne.

— Oh, j'en suis bien persuadée, cela ne fait aucun mal quand vous allez boire un verre avec les amis, et que vous rigolez bien après avoir entendu les élucubrations d'un détraqué.

Ses yeux jetaient des éclairs de fureur.

— Mais essayez avec moi, Nash, et vous aurez des verrues qui vous pousseront sur la langue.

Voyant qu'elle était vraiment en colère, il ravala son sourire.

— Tout ce que je dis, c'est que vous avez beaucoup d'imagination, et que c'est précisément ce que je cherche. Je suppose que le fait d'avoir une réputation de sorcière fait grimper votre chiffre d'affaires annuel de cinquante pour cent. Je n'ai rien contre. Mais vous n'êtes pas obligée de jouer le jeu avec moi.

— Vous croyez que je prétends être une sorcière pour augmenter mon chiffre d'affaires ?

Suffoquant d'indignation, elle se leva lentement. Si elle restait trop près de lui, elle allait peut-être lui faire du mal. Et ce n'était pas ce qu'elle voulait.

— Je ne... Aïe !

Il sursauta quand Luna lui enfonça ses griffes dans la cuisse.

Morgana envoya un regard reconnaissant à la chatte.

— Vous ne manquez pas de culot. Vous venez me dire sous mon toit que je suis une menteuse et une voleuse !

— Pas du tout !

Arrivant à faire descendre le félin de ses genoux sans se faire griffer de nouveau, il se leva.

— Ce n'est pas du tout ce que je voulais dire. Je suggérais seulement que vous restiez vous-même avec moi.

Le fusillant des yeux, Morgana se mit à arpenter la pièce d'un pas furibond. Par tous les diables, elle n'allait pas lui faire le plaisir de se mettre dans tous ses états. Il se permettait de la séduire, alors qu'elle ne voulait pas en entendre parler, et en même temps, il lui riait au nez en insinuant qu'elle escroquait les gens. Quel sombre crétin ! Prenant une profonde inspiration, elle se calma et afficha un sourire malicieux.

— Vous voulez que je sois moi-même avec vous ?

Son sourire était un soulagement. Nash poussa un

léger soupir. Il avait commencé à craindre vaguement qu'elle se déchaîne contre lui.

— Je veux juste que vous sachiez que vous pouvez vous détendre. Vous me donnez des informations, et moi, j'écrirai ma fiction.

— Se détendre, dit-elle en hochant la tête. Quelle bonne idée ! Nous devrions nous détendre tous les deux.

Les yeux brillants, elle se dirigea droit sur lui.

— Pourquoi ne ferions-nous pas un petit feu de bois ? Il n'y a rien de tel qu'un bon feu pour se détendre, n'est-ce pas ? dit-elle d'un ton presque menaçant.

Nash grimaça un sourire.

— Bonne idée.

Au moins, c'était une idée pleine de sensualité.

— Je vais l'allumer, dit-il.

— Oh non !

Elle posa une main sur son bras.

— Laissez-moi faire.

Lui tournant le dos, elle tendit les bras vers le foyer. Elle sentit aussitôt son sang courir plus vite dans ses veines. Ses yeux, puis son esprit, se concentrèrent sur les morceaux de bois sec. L'instant d'après, des flammes jaillirent, les bûches craquèrent, la fumée s'éleva.

Baissant les bras, elle se tourna vers lui. Blanc comme un linge, Nash la regardait bouche bée. C'était un spectacle délectable.

— Cela vous a plu ? demanda-t-elle avec une douceur composée.

Chancelant, Nash se laissa tomber sur le canapé… et s'assit sur le chat. Luna poussa un hurlement avant de s'enfuir. Il marmonna quelques paroles d'excuses.

— Je crois que…

— Vous avez besoin d'un petit verre, conclut-elle.

Elle tendit une main. Une carafe surgit de la table pour atterrir dans sa paume ouverte.

— Cognac ?

Il poussa un profond soupir.

— Non, merci.

— Moi, j'en prends un.

Elle claqua dans ses doigts. Un petit verre fit son apparition, et elle se mit à le remplir. Bien sûr, elle se donnait en spectacle. Mais c'était si bon de voir la mine déconfite de Nash.

— Vous êtes sûr que vous ne voulez rien boire ?

— Oui.

Avec un haussement d'épaule, elle renvoya la carafe. Puis elle vint se blottir sur le canapé à côté de lui.

— Bien, où en étions-nous ? dit-elle d'une voix moqueuse.

Hébété, Nash secoua la tête. C'était une séance d'illusionnisme. Il en était certain. Hypnose, ou quelque chose de semblable. Il ouvrit la bouche, mais il ne put rien émettre d'autre qu'un petit bégaiement. Morgana lui souriait de son sourire de chat. Effets spéciaux, pensa-t-il. Tout cela était si évident que, brusquement, il se mit à rire. Il avait failli se faire avoir ! Vraiment, il était stupide !

— Il doit y avoir un fil invisible, dit-il en se levant pour vérifier lui-même. Beau numéro, ma chère. Première classe. J'ai bien failli y croire.

— Vraiment ? murmura-t-elle.

— J'ai engagé des gars spécialisés dans les tours d'illusionnisme, pour mon dernier film. Vous auriez vu le travail !

Cherchant des fils invisibles, il s'empara de la carafe. Mais il ne trouva qu'un flacon de cristal taillé. Haussant les épaules, il alla s'allonger devant le feu. Morgana avait dû disposer une petite charge sous le bois, quelque chose qu'elle pouvait allumer à distance, à l'aide d'un minuscule objet qu'elle tenait dans la main. Inspiré, il se leva d'un bond.

— Que pensez-vous de cette idée ? Nous emmenons un gars en ville. C'est un scientifique, et il tombe amoureux de la sorcière, et il devient à moitié fou en essayant d'expliquer rationnellement tout ce qu'elle fait.

Son imagination tournait à plein volume.

— Il pourrait aussi assister à l'une de ses cérémonies. Avez-vous déjà participé à quelque chose de ce genre ?

Elle avait réussi à substituer son sens de l'humour à sa mauvaise humeur.

— Naturellement, répondit-elle.

— Fantastique. Vous pouvez donc me parler de ce qui s'y passe. J'imagine mon scientifique voyant la sorcière de son cœur faire quelque chose de peu commun. Léviter, par exemple. Ou faire comme vous avec le feu. C'était très fort. Je pourrais mettre une cheminée, et elle allume le feu sans allumette. Mais il ne sait pas très bien si c'est un tour de passe-passe ou si c'est vrai. Et le public ne le sait pas davantage.

Il fit une pause. Morgana attendit que le cognac finisse de lui rendre sa bonne humeur. Les accès de fureur étaient trop épuisants.

— Quel est le but de votre histoire ?

— Des effets effrayants, bien sûr, mais l'idée centrale, c'est de savoir comment ce type rationnel, ce scientifique, va réagir en comprenant qu'il est amoureux d'une sorcière.

Morgana contempla son verre. Elle se sentait très triste, soudain.

— Vous pourriez aussi vous demander comment une sorcière peut réagir en comprenant qu'elle est amoureuse d'un homme ordinaire.

— C'est exactement pour cela que j'ai besoin de vous.

En deux enjambées, il s'approcha d'elle et se laissa tomber à ses pieds.

— Pas uniquement pour me donner le point de vue de la sorcière, mais celui de la femme. Et maintenant, dites-moi comment vous faites quand vous jetez un sort.

En secouant la tête, elle posa son verre et se mit à rire.

— D'accord, Nash. Parlons de magie.

4

Il ne s'était jamais senti seul. Comment l'aurait-il pu en passant la journée entière, ou presque, plongé dans des livres, avivant sa pensée et son univers avec des faits et des idées plus imaginatifs les uns que les autres ? Depuis l'enfance, il aimait la solitude. Ce qui avait été à une époque une nécessité pour survivre était ensuite devenu un mode de vie.

Le temps passé chez sa grand-mère ou sa tante, ou ses séjours sporadiques dans des foyers d'accueil lui avaient fait comprendre qu'il avait tout à gagner en concevant lui-même ses distractions plutôt qu'en attendant que les adultes lui en procurent. Le plus souvent, leurs distractions se résumaient à des corvées, des réprimandes, ou quand il était chez sa grand-mère, à recevoir une gifle d'une main preste.

N'ayant jamais eu la permission de s'amuser beaucoup ni d'avoir des copains, il avait fait de son esprit un jouet particulièrement agréable.

Il avait souvent pensé que cela lui donnait un avantage sur les enfants trop gâtés. Après tout, il pouvait emporter son imagination avec lui, où il voulait. Elle était incassable, et merveilleusement malléable. Aucun adulte coléreux ne pouvait la lui supprimer quand il avait commis quelque bêtise. Et il n'avait pas à la laisser derrière lui quand on l'envoyait dans un nouveau lieu.

Maintenant qu'il pouvait se permettre d'acheter tout ce qu'il voulait — et il n'était pas le dernier à reconnaître que les jouets pour adultes étaient une extraordinaire source de plaisir —, il était encore heureux de la fluidité de son imagination.

Il pouvait se couper du monde réel pendant plusieurs heures consécutives. Cela ne signifiait pas qu'il était seul. Cela aurait été impossible, avec tous les personnages et les événements qui se partageaient sa tête. Mais il s'était toujours trouvé en bonne compagnie avec lui-même. S'il se permettait parfois de faire la bringue, c'était autant pour apporter de l'eau à son moulin que pour contrebalancer ces périodes solitaires.

Mais seul ? Non, il ne l'était jamais.

Maintenant, il avait des amis, il maîtrisait sa vie. C'était son choix de rester ou de partir. Et c'était un délice d'avoir cette grande maison. Il pouvait manger quand il avait faim, dormir quand il était fatigué, et jeter ses vêtements dès qu'il les avait assez portés. La plupart de ses amis et relations avaient raté leur mariage ou venaient de divorcer, et ils perdaient beaucoup de temps et d'énergie à se plaindre de leurs partenaires.

Mais pas lui. Pas Nash Kirkland.

Il était célibataire. Un vrai loup solitaire. Et heureux de l'être.

Il savait ce qui le rendait heureux : avoir la possibilité d'ouvrir son ordinateur portable sur la table du patio, travailler au soleil et au grand air, avec comme bruit de fond le gargouillis de l'eau dans le petit bassin. Avoir tout son temps pour élaborer un nouveau scénario, sans subir la présence pesante d'un supérieur hiérarchique. Et ne pas avoir une femme impatiente de le voir s'arrêter de travailler pour qu'il s'intéresse à elle.

Cela ressemblait-il de près ou de loin aux lamentations d'un homme seul ?

Il savait pertinemment qu'il n'était pas fait pour un travail conventionnel, ni pour des relations conventionnelles. Dieu sait que sa grand-mère lui avait assez répété qu'il ne ferait jamais rien de bon dans la vie, qu'il n'atteindrait jamais une position respectable. Et elle lui avait seriné tout aussi souvent qu'aucune femme ayant un brin de jugeote ne s'intéresserait à lui.

Nash sourit. La vieille dame collet monté n'aurait sans doute rien trouvé de respectable dans le fait qu'il écrive des histoires à faire peur. Si elle était encore de ce monde, elle secouerait la tête d'un air dégoûté : elle l'avait bien dit qu'aucune femme ne voudrait de lui. Il avait trente-trois ans, et il était encore célibataire.

Pourtant, il avait essayé de vivre autrement. Il avait passé quelques semaines mémorables dans une compagnie d'assurances, à Kansas City. Et cette tentative ne lui avait confirmé qu'une chose : il ne serait jamais fait pour travailler de 9 heures du matin à 5 heures de l'après-midi, jour après jour, semaine après semaine, tout au long de sa vie. Quant à sa dernière tentative pour entretenir une relation durable avec une femme, elle avait lamentablement échoué.

Comme le lui avait fait remarquer DeeDee Driscol, une de ses anciennes conquêtes, au cours d'une dispute qui avait failli être sanglante : « Tu n'es qu'un petit garçon égoïste, et coincé affectivement. Tu crois que le fait d'être une bête au lit te permet d'avoir un comportement irresponsable. Tu ferais mieux de continuer à jouer avec tes monstres au lieu d'essayer d'avoir une relation adulte avec une femme. »

Elle en avait dit encore plus, mais l'essentiel était là. Il soupira. Au fond, il ne pouvait pas la blâmer de lui avoir jeté son irresponsabilité à la figure. Ni le cendrier de marbre… s'il se rappelait bien la scène telle qu'elle s'était vraiment déroulée. Il avait laissé tomber DeeDee.

Il n'était pas du bois dont on fait les maris, comme elle l'avait espéré.

Finalement, elle allait épouser son dentiste. Il eut un sourire narquois. Voilà où menaient les dents de sagesse.

Mieux valait que ce soit le dentiste que lui. DeeDee était une jeune femme intelligente, agréable, avec un corps attirant.

Il sourit. Elle en avait choisi un autre que lui pour le mariage, et c'était très bien ainsi. Il n'éprouvait pas l'ombre d'un regret. La liberté avant tout ! Voilà ce à quoi il aspirait, quelle que soit la foutue signification de ce mot.

Il se laissa tomber sur le bord du canapé. Oui, tout cela était la stricte vérité. Mais alors, pourquoi, depuis quelques jours, tournait-il comme un lion en cage dans sa grande maison ?

Mais surtout, surtout, pourquoi avait-il saisi le téléphone une dizaine de fois avec l'intention d'appeler Morgana ?

Ce soir, ils ne se voyaient pas. Morgana avait été très ferme : elle ne lui consacrerait pas plus de deux soirées par semaine. Après les premiers accrocs avec elle, il avait fait attention à ne pas laisser libre cours à ses sarcasmes, moyennant quoi ils s'entendaient plutôt bien.

Morgana avait un humour délicieux, et un sens de la narration évident. Ce qui était parfait, car il avait besoin des deux pour son histoire.

Il se frotta le menton. Oui, ce n'était pas exactement un sacrifice de passer quelques heures par semaine en sa compagnie. Morgana était intraitable en ce qui concernait son statut de sorcière, mais cela ajoutait du sel à la situation. C'était même décevant qu'elle ne lui ait pas fait d'autres démonstrations spectaculaires.

Quoi qu'il en soit, il pouvait être satisfait de sa propre attitude. Il hocha lentement la tête. N'avait-il pas réussi à garder ses distances avec elle ? Enfin, presque toujours. Le fait d'effleurer ses doigts ou ses cheveux ne comptait pas vraiment, alors qu'il avait résisté devant sa bouche pulpeuse, son long cou crémeux, ses seins adorables dont il entrevoyait toujours la naissance dans l'encolure de ses robes.

Nash se leva d'un bond et se remit à arpenter la pièce d'un pas nerveux. Dommage qu'il n'ait rien d'autre que le divan pour y donner des coups de pied. Cette petite activité lui aurait fait le plus grand bien.

Mais pourquoi se mettait-il martel en tête ? Après tout, c'était parfaitement normal de désirer une femme. Et d'imaginer à quoi cela ressemblerait de froisser les draps avec elle. Cependant, Morgana était beaucoup trop présente à son esprit. Il finissait par en oublier son travail. Il fourra rageusement ses mains dans les poches. « Attention, mon vieux, tu commences à être obsédé. Autant dire que tu files un mauvais coton ! » marmonna-t-il entre ses dents.

Il était temps qu'il se ressaisisse.

Non pas qu'il n'arrivait plus à se maîtriser, au contraire. Il s'était comporté comme un saint. Même le jour où elle lui avait ouvert la porte en short et T-shirt qui jouaient assez mal leur rôle de vêtements, il avait maté ses instincts les plus bas. Bien sûr, son raisonnement avait plus à voir avec l'instinct de conservation qu'avec de l'altruisme. S'il se laissait aller à une aventure avec elle, cela risquait de retarder considérablement l'élaboration de son scénario, pour ne pas dire pire. Une femme qui pouvait lui faire perdre la tête avec un seul baiser devait être approchée avec prudence.

Mais il avait envie de lui téléphoner, d'entendre sa voix, de lui demander s'il pouvait passer chez elle pour discuter un moment.

Bon sang, il n'était pourtant pas seul. Ou du moins, il ne l'était pas avant de fermer son ordinateur et d'aller faire une promenade sur la plage. Tous ces gens qu'il avait vus — familles, couples, groupes d'amis —, pourquoi les avait-il enviés brusquement ? Ensuite, il s'était assis pour contempler le coucher du soleil, en soupirant après quelque chose qu'il n'était pas sûr de vouloir. Quelque chose dont il ne saurait sûrement pas quoi faire s'il l'obtenait.

Certaines personnes n'étaient pas nées pour créer une famille. Cela, il le savait par expérience. Voilà longtemps qu'il l'avait décidé : il ne ferait pas l'erreur d'engendrer un pauvre gosse, qui se retrouverait coincé avec un père incapable de l'élever.

Mais d'avoir été seul face à toutes ces familles… La maison, quand il était rentré, lui avait paru gigantesque et vide. Il aurait aimé que Morgana soit là avec lui, ils auraient pu marcher main dans la main le long de l'eau. Ou s'asseoir sur une vieille souche. Il aurait passé un bras autour de ses épaules et ils auraient attendu l'apparition des premières étoiles.

Poussant un juron, il se jeta sur le téléphone et composa son numéro. Il sourit en entendant sa voix, mais son sourire s'évanouit aussitôt. Ce n'était qu'un répondeur l'informant qu'elle n'était pas disponible.

Il eut l'idée de laisser un message, mais au lieu de cela, il raccrocha. Que lui aurait-il dit ? Qu'il voulait parler un moment avec elle ? Qu'il avait besoin de la voir ? Qu'il ne pouvait pas la chasser de son esprit ?

Secouant la tête, il se remit à faire les cent pas. Les masques océaniens accrochés au mur le regardaient d'un air sombre. Dans de petites vitrines, des couteaux aux lames affûtées et aux manches gravés luisaient sous la lumière artificielle. N'y tenant plus, il ouvrit une vitrine dont il sortit une petite poupée vaudou, et il lui planta furieusement une épingle dans le cœur. Ah, voilà qui soulageait !

— On va voir comment vous réagissez, ma belle.

Posant la poupée, il enfonça les poings dans ses poches.

Il était grand temps qu'il sorte de cette maison et qu'il aille au cinéma. Il n'y avait rien de tel qu'un bon film pour vous aérer l'esprit.

— C'est à ton tour d'acheter les billets, dit patiemment Morgana à Sebastian. C'est à moi d'acheter du pop-corn, et à Ana de choisir le film.

Les trois cousins descendaient l'avenue en direction du cinéma. Sebastian fronça les sourcils.

— C'est moi qui ai acheté les billets la dernière fois, objecta-t-il. Aujourd'hui, je choisis le film.

— Non.

Anastasia sourit quand il se tourna vers elle, mais elle secoua la tête.

— C'est moi qui les ai achetés, confirma-t-elle. Tu essaies encore de te défiler.

— Me défiler ?

Vexé, il s'arrêta au milieu du trottoir et poursuivit :

— Et je me souviens très bien…

— De ce dont tu veux te souvenir, termina Anastasia en riant.

Elle glissa un bras sous le sien.

— Allez, courage, mon Sebastian ! Fais un petit effort de mémoire.

Marmonnant quelques mots incompréhensibles, il se remit à marcher.

En tout cas, il ne laisserait pas ses cousines choisir le film, cette fois. Il ne voulait pas voir encore une de ces histoires larmoyantes dont elles raffolaient.

— Allons, ne fais pas la tête, dit doucement Morgana. La prochaine fois, c'est toi qui choisiras.

Elle adorait leurs petites soirées cinéma. Dès que leur emploi du temps leur permettait de se retrouver, ils se rendaient ensemble à une séance. Le système qu'ils avaient mis au point était loin d'être parfait, mais il évitait une discussion serrée devant le guichet du cinéma.

— Et n'essaie pas de m'influencer, dit Anastasia tandis que Sebastian commençait à nommer un titre de film. J'ai déjà décidé.

— J'essaie juste de t'empêcher de gaspiller mon argent.

Résigné, il parcourut du regard la file de gens qui attendaient. Son moral remonta brusquement. Il venait d'apercevoir un visage connu.

— Hé, hé, est-ce que vous voyez qui je vois ?

Morgana hocha vaguement la tête. Elle avait déjà vu Nash au milieu de la file d'attente. Et si son cœur battait beaucoup plus vite, était-ce de joie, ou parce qu'elle était agacée par cette rencontre ? Elle n'aurait su le dire. Elle était arrivée à maintenir un certain équilibre dans leur relation, chaque fois qu'ils se retrouvaient pour parler du film en préparation. Ce qui était un exploit, car l'air crépitait dès qu'ils se trouvaient à moins d'un mètre l'un de l'autre.

Mais elle pouvait affronter la situation. Comme Nash approchait, elle lui adressa un sourire poli.

Nash sentit aussitôt sa mauvaise humeur s'évaporer. Morgana était mi-ange mi-démon avec ses cheveux flottant sur ses épaules, sa minirobe rouge qui moulait fidèlement ses courbes.

Il fit un violent effort pour détourner les yeux et les poser sur Anastasia puis sur Sebastian.

— Bonjour !

— Je suis ravie de vous revoir, dit Anastasia. C'est drôle, mais la dernière fois que nous sommes allés au cinéma tous les trois, nous avons vu votre film *Play Dead*.

— Ah oui ?

— Je me suis régalée, dit-elle.

— Merci.

Ils continuèrent à discuter tout en se dirigeant vers le

bout de la file. Quelques minutes plus tard, Nash était assis à côté de Morgana. Il n'arrivait pas à y croire.

Tandis que les lumières s'éteignaient, Morgana tourna la tête vers lui et lui adressa un sourire éclatant, provoquant une décharge d'adrénaline comme il n'en avait jamais eu.

En temps normal, il s'échappait immédiatement de la réalité si l'histoire l'accrochait dès le début. Il se sentait toujours chez lui dans un film, qu'il le voie pour la première ou pour la cinquième fois. Mais aujourd'hui, il n'arrêtait pas de perdre le fil.

Il avait bien trop conscience de la présence de la femme qui était à côté de lui pour s'éloigner de la réalité. Elle avait un parfum capiteux qui lui faisait tourner la tête. L'air était frais dans le cinéma, presque un peu trop. Il n'avait jamais compris pourquoi la climatisation était toujours aussi mal réglée dans une salle où les gens restaient assis pendant au moins deux heures. Cependant, la peau de Morgana avait une odeur chaude, comme si elle était assise sous un soleil de feu.

Elle ne sursauta pas, et elle ne vint pas se blottir contre lui quand les envahisseurs attaquèrent le héros. Elle resta les yeux fixés intensément sur l'écran, grignotant de temps à autre quelques grains de pop-corn.

A un moment donné, elle s'agrippa aux accoudoirs, puis elle poussa un petit soupir de soulagement. Sans hésiter, Nash recouvrit sa main avec la sienne.

Elle ne bougea pas la tête, mais elle retourna sa main et entrelaça ses doigts aux siens.

Cela avait été plus fort qu'elle. Bon sang, elle était une femme de chair et de sang, et elle trouvait l'homme assis à côté d'elle outrageusement séduisant. Et d'une douceur à vous damner. C'était tellement exquis d'être à côté de lui dans cette salle noire, la main dans la sienne.

Et cela ne pouvait faire de mal à personne.

Quand ils étaient seuls, elle restait vigilante. Pas question que les choses dérapent dans une direction qu'elle ne voulait pas leur donner. Bien sûr, elle n'avait pas eu à le repousser. Curieusement, cette idée provoqua en elle un petit accès de rancune. Il n'avait jamais recommencé à essayer de l'embrasser.

Sauf qu'il n'arrêtait pas de la toucher de cette façon amicale, insouciante, qui lui était particulière. Et qui la faisait se tourner et se retourner dans son lit pendant des heures après son départ.

Ignorant la secousse éprouvée quand Nash lui passa lentement le doigt sur la main, elle prit sur elle et essaya de concentrer son attention sur le film.

Le côté positif, c'est qu'elle aimait l'aider dans ses recherches. Non seulement parce qu'il était amusant, qu'il avait un esprit et un talent qu'elle respectait, mais aussi parce que cela lui offrait l'opportunité d'expliquer ce qu'elle était, à sa façon.

Naturellement, il n'en croyait pas un mot.

Mais au fond, quelle importance ? Son cœur s'emballa quand elle sentit la chaleur de son avant-bras sur le sien. Non, Nash n'avait pas besoin de croire à ce qu'elle lui racontait pour écrire un bon scénario. Elle poussa un léger soupir. C'était tout de même décevant. S'il avait cru à ce qu'elle lui disait, tout aurait été parfait.

Quand les lumières de la salle se rallumèrent, elle libéra sa main. Elle n'avait pas envie de subir les questions sarcastiques de Sebastian.

Ils se retrouvèrent dans la chaleur de la ville.

— Pizza ? interrogea Sebastian.

Il jeta un coup d'œil à Nash.

— Vous avez faim ? dit Anastasia.

— Ma foi, je mentirais en disant le contraire, reconnut Nash.

— Alors on y va ?

Savourant sa pizza au fromage, Nash observa les

trois cousins. Ils formaient un fameux trio. Visiblement, ils s'entendaient comme larrons en foire, même s'ils s'obstinaient à faire semblant de se disputer pour un oui ou pour un non. A l'évidence, ils étaient très unis, et leurs prises de bec, au demeurant plutôt amusantes, dissimulaient une véritable affection.

Les écoutant parler, il repoussa le petit accès d'envie qu'il avait éprouvé sur la plage, au coucher du soleil.

Comme lui, chacun des trois était enfant unique. Et pourtant, contrairement à lui, ils n'étaient pas seuls.

Se tournant vers lui, Anastasia lui jeta un regard qui semblait pénétrer ses pensées. Pendant un bref instant, il se sentit gêné, mais elle lui adressa un sourire adorable et tout rentra dans l'ordre.

Sebastian et Morgana se chamaillaient de nouveau.

— Ils ne font pas exprès d'être désagréables, commenta Ana. Ils ne peuvent pas s'empêcher de se disputer.

— Désagréables ? répéta Morgana.

Ses cheveux attachés sur le côté retombaient en cascade sur son épaule. Levant son verre de vin, elle poursuivit :

— Ce n'est pas désagréable de souligner les points faibles de Sebastian. Surtout qu'ils sont plutôt voyants.

Comme il tendait une main vers son assiette, elle lui donna une petite claque.

— Vous voyez ? Il a toujours été vorace.

— Trop généreux, au contraire, dit Sebastian.

— Et prétentieux, ajouta Morgana en lui adressant son plus beau sourire.

Elle mordit dans une part de pizza.

— Et mauvais caractère, avec ça !

— Mensonges !

Sirotant son vin, Sebastian se renversa contre son dossier.

— J'ai un caractère angélique. C'est toi qui passes ton temps à piquer des colères. N'est-ce pas, Ana ?

— A vrai dire, vous êtes tous les deux...

— Elle n'a jamais réussi à s'améliorer sur ce plan-là, coupa Sebastian. Enfant, si elle n'obtenait pas ce qu'elle voulait, elle se mettait à pousser des hurlements ou à bouder dans un coin. La maîtrise de soi n'a jamais été son point fort.

— Désolé de te le faire remarquer, mon chéri, mais chaque fois que Morgana piquait une colère, c'est toi qui l'avais provoquée, dit Anastasia en riant.

— Naturellement.

Content de lui, il haussa les épaules.

— C'était si facile de la mettre dans tous ses états.

Il adressa un clin d'œil à Morgana.

— C'est toujours facile, d'ailleurs, ajouta-t-il.

— Je n'aurais jamais dû te décrocher du plafond, il y a tant d'années, dit Morgana avec un faux air de regret.

— Pardon ? dit Nash, ahuri.

— Un sale tour qu'elle m'avait joué, expliqua Sebastian.

— Et que tu avais amplement mérité. Je ne suis pas sûre de t'avoir pardonné.

Anastasia renchérit :

— C'est vrai, c'était nul de ta part, Sebastian.

— Bon, j'avais onze ans, d'accord ? Les petits garçons ont le droit de faire des bêtises. De toute façon, ce n'était pas un vrai serpent.

— Il paraissait vrai, dit Morgana.

Gloussant de rire, Sebastian se pencha vers Nash.

— Nous étions chez notre tante Bryna et notre oncle Matthew pour le 1er mai. Je dois avouer que je cherchais toujours à faire hurler de peur ces petites morveuses. Morgana avait horreur des serpents.

— C'était bien de toi d'exploiter cette phobie, marmonna Morgana.

— En fait, elle n'avait peur de rien, sauf des serpents, continua Sebastian.

Ses yeux brillaient comme ceux d'un chat dans l'obscurité.

— Donc, comme les garçons ne changeront jamais, j'ai fourré un serpent en caoutchouc au milieu de son lit. Quand elle était couchée, bien sûr.

Nash ne put s'empêcher de rire, mais il se débrouilla pour transformer son rire en toux quand il vit le regard de Morgana.

— Cela ne me semble pas si terrible, commenta-t-il.

— Il l'a fait siffler et se tortiller, dit Ana.

Elle se mordit la lèvre pour ne pas rire.

Sebastian poussa un soupir nostalgique.

— J'avais travaillé pendant des semaines pour mettre au point ce petit tour. Mais je n'ai jamais été très doué pour la magie.

Il jeta un regard en biais à sa cousine.

— Et pourtant, ça a marché.

Nash hocha la tête. Aucun commentaire ne lui vint à l'esprit. Apparemment, il n'était pas à table en compagnie de trois personnes adultes.

— Quand je me suis arrêtée de crier, et que j'ai vu qu'il venait de me jouer un mauvais tour, je l'ai scotché au plafond. Combien de temps y es-tu resté, mon chéri ? interrogea-t-elle d'une voix douce.

— Deux heures interminables.

Elle sourit.

— Tu y serais encore si ma mère ne t'avait pas vu.

— Et pendant le reste de l'été, dit Anastasia, chacun de vous a rivalisé d'imagination pour faire mieux que l'autre, et vous n'avez pas arrêté d'avoir des ennuis.

Sebastian et Morgana échangèrent un sourire complice. Puis, inclinant la tête, Morgana coula un long regard velouté à Nash.

— Vous êtes sûr que vous ne voulez pas un verre de vin ? demanda-t-elle.

— Non, merci, je conduis.

Nash secoua imperceptiblement la tête. Ils le menaient

en bateau, mais qu'est-ce que cela pouvait bien faire ? Au contraire, c'était leur façon de l'inclure dans leur petit cercle. Et cela lui offrait de nouvelles perspectives pour son film. Il adressa un sourire radieux à Morgana.

— Alors, comme ça vous passiez votre temps à vous jouer des tours quand vous étiez gamins ?

— C'est difficile, quand on a des talents particuliers, de se contenter de jeux ordinaires, répondit-elle avec le plus grand sérieux.

— Ce qui est sûr, c'est que tu trichais toujours, dit Sebastian.

— Bien sûr.

Sans paraître offusquée, elle lui donna le reste de sa pizza.

— J'aime gagner, dit-elle.

Consultant sa montre, elle s'écria :

— Il se fait tard !

Elle se leva brusquement et embrassa ses cousins.

— Voulez-vous me raccompagner chez moi, Nash ?

— Avec plaisir.

C'était exactement ce qu'il avait espéré.

— Faites attention, Kirkland, dit Sebastian d'un ton nonchalant. Elle aime jouer avec le feu.

— C'est ce que j'ai cru remarquer.

Prenant Morgana par la main, il l'entraîna vers la sortie.

Anastasia poussa un soupir en appuyant son menton sur sa main.

— Avec toutes ces étincelles entre eux, je suis étonnée qu'il n'y ait pas eu un incendie ce soir.

— Il y aura des flammes bien assez tôt.

Le regard de Sebastian s'assombrit.

— Qu'elle le veuille ou non. Elle s'en sortira avec quelques égratignures. N'oublie pas que Morgana aime gagner.

Dans la voiture de Nash, dont le toit était ouvert,

Morgana se délecta de la douceur de l'air marin qui lui rafraîchissait les joues, et qui fleurait bon le sel et les algues. Renversant la tête en arrière, elle contempla le ciel où brillait un croissant de lune. Les étoiles étaient éblouissantes.

Nash conduisait lentement.

Elle tourna les yeux vers lui et examina son profil. Comme ce devait être bon de caresser du bout des doigts ce visage aux traits réguliers et virils, et d'effleurer cette bouche charnelle.

Pourquoi hésitait-elle ? Elle n'avait jamais considéré les hommes séduisants comme des amants potentiels, mais pour lui, elle éprouvait un désir profond. Quoi qu'il en soit, il serait bientôt à elle, elle l'avait décidé. Elle devait rester maîtresse de la situation. Il était hors de question qu'elle se laisse manipuler par le destin comme une marionnette. Elle faisait les choses parce qu'elle avait décidé de les faire.

A coup sûr, si elle choisissait Nash pour amant, si elle gardait le pouvoir, ce n'était pas du tout la même chose que de tomber sous le bon vouloir du destin.

— Pourquoi êtes-vous descendu en ville ce soir ? demanda-t-elle.

— J'étais fatigué de me trouver seul avec moi-même.

Elle hocha la tête. Ce sentiment était tout à fait compréhensible. Elle l'éprouvait elle-même rarement, mais quand cela se produisait, c'était franchement insupportable.

— Est-ce que votre scénario avance ?

— Plutôt bien. Normalement, je devrais pouvoir envoyer le début à mon agent dans quelques jours.

Il lui jeta un coup d'œil, et le regretta aussitôt. Morgana était si belle, si excitante, avec ses cheveux agités par le vent et son visage inondé par la clarté de la lune, qu'il avait du mal à détourner son regard. Ce n'était pas la façon la plus sage de conduire une voiture.

— Vous m'avez beaucoup aidé, dit-il.

— Voulez-vous dire que vous n'avez plus besoin de moi ?

— Non. Morgana, je…

Faisant une pause, il poussa un juron. Il venait de rater l'entrée de la propriété où Morgana habitait.

Faisant demi-tour, il s'engagea dans l'allée et s'arrêta. Mais il laissa tourner le moteur. Pendant un instant, il resta assis, l'air maussade et l'œil fixé sur la seule fenêtre éclairée de la maison.

Si Morgana l'invitait à entrer chez elle, il accepterait. Quelque chose allait se produire ce soir. Quelque chose s'était déjà produit au moment où il l'avait regardée dans les yeux. Il eut le sentiment pénible de reprendre un scénario élaboré par quelqu'un d'autre, et dont la fin n'était pas encore écrite.

— Vous paraissez anxieux, murmura-t-elle. Ce n'est pas votre genre.

Suivant une impulsion, elle tendit la main vers le tableau de bord et coupa le contact. Le silence s'installa autour d'eux. Leurs corps brûlants se frôlèrent.

— Savez-vous ce que j'aime faire quand je suis anxieuse ? demanda-t-elle à voix basse.

Il tourna la tête vers elle. Ses grands yeux bleus brillaient sous la clarté de la lune. Sans qu'il s'en rende compte, ses mains se tendirent vers elle.

— Non, mais vous allez me le dire.

Elle s'écarta, lui échappant comme un fantôme. Elle descendit et contourna lentement la voiture puis se pencha à sa portière, si près que leurs lèvres auraient pu se toucher.

— Je vais faire une promenade, continua-t-elle.

Les yeux rivés dans les siens, elle lui tendit la main.

— Venez avec moi. Je vais vous montrer un lieu magique.

Il aurait pu refuser. Mais l'homme qui ne serait pas descendu de voiture pour suivre Morgana n'était pas encore né.

S'éloignant de la maison où brillait une lumière dorée, ils traversèrent la pelouse et pénétrèrent dans l'ombre mystérieuse et le silence peuplé de chuchotements du bosquet de cyprès. La lune étincelait, projetant sur le sol la silhouette inquiétante des branches d'arbres torturées. Les feuilles bruissaient sous une brise très douce, évoquant la harpe qui se trouvait dans le salon de Morgana.

Sa main était chaude et ferme dans la sienne tandis qu'elle avançait, sans hâte mais dans un but bien précis.

— J'aime la nuit, dit-elle à voix basse, craignant de bousculer cette harmonie.

Elle respira profondément l'air frais.

— L'odeur, le parfum de la nuit. Parfois, je me réveille la nuit et je viens marcher ici.

Nash entendit une cascade tombant sur des rochers. Pour des raisons qu'il ne voulait pas approfondir, son propre cœur battait à grands coups dans sa poitrine.

Il se passait quelque chose.

— Les arbres…

Le son de sa propre voix paraissait bizarre et secret, dans ce bosquet étrange.

— Je suis tombé amoureux d'eux, continua-t-il.

S'arrêtant de marcher, Morgana lui jeta un coup d'œil étonné.

— Vraiment ?

— L'année dernière, je suis venu passer des vacances ici. Pour échapper à la canicule. Je ne pouvais plus me passer de ces arbres.

Il posa une main sur un tronc rugueux.

— Je ne suis pourtant pas spécialement attaché à la nature. J'ai toujours vécu en ville, ou à la périphérie. Mais l'année dernière, j'ai compris que je devais vivre à un endroit d'où je pouvais voir ces arbres par ma fenêtre.

— Il arrive que nous revenions à l'endroit où nous sommes vraiment à notre place.

Elle se remit à marcher d'un pas léger sur le tapis de mousse.

— Certains cultes anciens rendaient hommage à ces arbres.

Elle sourit.

— Je crois qu'il suffit de les aimer, d'apprécier leur âge, leur beauté, leur ténacité.

Elle s'arrêta encore et se tourna vers lui.

— Ici, c'est le centre, le cœur. La magie la plus pure se trouve toujours au cœur.

Il n'aurait su dire pourquoi il comprenait, ou pourquoi il la croyait. C'était peut-être un effet de la lune, ou du moment. Tout ce qu'il savait, c'est qu'il éprouvait quelque chose d'indéfinissable sur sa peau, et que son esprit vacillait. Brusquement, il eut l'impression de s'être déjà trouvé ici avec Morgana.

Levant une main, il toucha doucement son visage, en suivit du bout des doigts le contour ovale et pur. Sans bouger, elle soutint son regard. Et elle attendit.

— Je ne sais pas si j'aime ce qui m'arrive, dit-il doucement.

— Que vous arrive-t-il ?

— Vous êtes…

Incapable de résister, il leva l'autre main vers elle et ses doigts capturèrent son visage.

— Je rêve de vous. La nuit, le jour. Je n'y peux rien, malgré tous mes efforts.

Posant une main sur son poignet, elle sentit le battement fort et régulier de son pouls.

— C'est si mal ?

— Je ne sais pas. J'ai toujours évité les complications, Morgana. Je ne veux pas que cela change.

— Alors, nous resterons simples.

Il ne savait pas très bien si c'était elle ou lui qui avait

bougé, mais elle se retrouva dans ses bras, et il but à ses lèvres. Aucun rêve ne l'avait à ce point remué.

Morgana ferma les yeux. Sa langue se mit à jouer avec la sienne, l'invitant à approfondir son baiser. Elle l'accueillit avec un gémissement. Il s'offrit le plaisir de goûter à sa gorge, faisant glisser ses lèvres sur la pulsation qui battait à la base de son cou, mordillant la chair sensible. Il sentit bientôt le premier frisson qui l'agitait. Et il plongea, plus désespérément, quand sa bouche retrouva celle de Morgana.

Morgana avait le vertige. Comment avait-elle pu croire qu'elle pouvait choisir et maîtriser la situation ? Ce qu'ils s'apportaient mutuellement était vieux comme le monde, et aussi frais qu'une source.

Si seulement cela pouvait n'être rien d'autre que du plaisir ! Palpitante de sensations inconnues, elle ferma les yeux. Qu'elle le veuille ou non, c'était beaucoup plus que du simple plaisir.

Jamais elle n'avait donné son cœur à un homme, car elle n'avait jamais rencontré celui auquel elle avait envie de l'offrir. Mais aujourd'hui, sous le ciel étoilé et le regard muet des cyprès séculaires, elle l'offrit silencieusement à Nash.

Elle lui enlaça le cou en murmurant son nom. Brusquement, elle savait précisément pourquoi elle avait éprouvé le besoin de l'amener ici. En quel autre lieu aurait-elle été mieux placée pour lui donner son cœur ?

Pendant un long moment, elle se serra contre lui, son corps absorbant avidement la moindre sensation.

Elle soupira. Non, décidément, ce n'était pas si simple. Ni pour elle, ni pour lui. Tout ce qu'elle pouvait faire, c'était vivre intensément le moment présent.

Quand elle s'écarta, il l'attira de nouveau contre lui et dévora sa bouche.

— Nash...

Tournant la tête, elle frotta doucement une joue contre son visage.

— Cela ne peut pas arriver maintenant.

Nash entrouvrit les yeux. La voix calme de Morgana s'insinua dans le bourdonnement de son cerveau. Il avait envie de rouler par terre avec elle, de lui prouver qu'elle se trompait. Il fallait que ce soit maintenant, sans plus attendre. La vague de violence qui s'abattit sur lui le laissa stupéfait. Affolé, il desserra son étreinte et se rendit compte que ses doigts s'enfonçaient dans la chair de la jeune femme.

— Je suis désolé, dit-il, haletant.

Il laissa retomber ses mains.

— Je ne vous ai pas fait mal ?

Touchée, elle porta une main à ses lèvres.

— Non, bien sûr que non. Ne vous inquiétez pas.

Il hocha la tête. Bon sang, si, il s'inquiétait, et comment ! Il avait toujours été doux avec les femmes. Certaines pouvaient lui reprocher de ne pas s'engager sentimentalement, mais jamais d'être inattentif sur le plan physique.

Et cependant, il avait failli la jeter à terre et prendre ce qu'il convoitait si avidement sans se demander une seule seconde si elle était d'accord.

Secoué, il enfonça les mains dans ses poches.

— J'avais raison. Je n'aime pas ce qui nous arrive. C'est la seconde fois que je vous embrasse, et pour la seconde fois, j'ai eu le sentiment que c'était un besoin vital. Aussi vital pour moi que respirer, manger ou dormir.

La gorge sèche, Morgana dit prudemment :

— L'affection est aussi indispensable.

L'air sceptique, il secoua lentement la tête. Il s'était passé d'affection pendant la plus grande partie de sa vie. Plongeant un regard brûlant dans celui de la jeune femme, il dit :

— Vous savez, chérie, si je croyais vraiment que vous êtes une sorcière, je dirais que vous m'avez fait boire un philtre.

Elle resta silencieuse. Curieusement, cette réflexion lui faisait mal. En fait, ce n'étaient pas tant les mots que la distance qu'ils créaient entre elle et lui. Aussi loin que sa mémoire remontait, elle n'arrivait pas à se rappeler avoir été blessée moralement par un homme. C'était peut-être cela, être amoureuse. Avant, elle ne gardait pas jalousement son cœur, car c'était inutile, mais maintenant, elle pouvait essayer de le protéger.

— Dans ce cas, il est heureux que vous ne croyiez pas que je suis une sorcière. Car ce n'était qu'un baiser, Nash, rien de plus.

Essayant de lui cacher la tristesse qu'elle sentait croître en elle, elle sourit doucement.

— Il n'y a rien à craindre dans un baiser, dit-elle.

— Je vous désire, dit-il d'une voix rauque.

Les mains toujours rivées dans ses poches, il lui jeta un regard désespéré.

— Cela peut être dangereux, murmura-t-il.

Elle n'en doutait pas.

— Quand le moment sera venu, nous verrons bien. Pour l'instant, je suis fatiguée. Je vais rentrer chez moi.

Cette fois, en traversant le bosquet, elle ne lui tendit pas la main.

5

Morgana avait ouvert sa boutique cinq ans plus tôt. Elle devait le succès de son commerce à ses choix d'objets originaux, ses horaires d'ouverture d'une grande souplesse, et son goût jamais démenti pour le jeu de l'achat et de la revente.

Sa famille ayant toujours eu beaucoup d'argent, elle aurait pu mener une vie oisive. Mais elle était ambitieuse, et elle voulait gagner sa vie, c'était une question d'amour-propre. Sans hésiter, elle avait décidé de devenir une femme d'affaires et d'ouvrir ce magasin, faisant ainsi d'une pierre deux coups : elle allait gagner de l'argent tout en s'entourant d'objets qu'elle aimait. Et elle avait vite découvert le plaisir de les transmettre à des personnes qui les appréciaient autant qu'elle.

Enfin, le fait de diriger sa propre affaire offrait d'incontestables avantages, le moindre n'étant pas la constante diversité de sa clientèle et les rencontres intéressantes qui en découlaient. Mais naturellement, il y avait aussi le revers de la médaille. Il lui était notamment impossible de verrouiller la porte de sa boutique quand elle avait envie d'être seule.

Parmi ses nombreux dons, elle avait un sens indéniable de ses responsabilités.

Morgana poussa un profond soupir. Pour la première fois, elle regrettait que ses parents n'aient pas fait d'elle une femme évaporée et égoïste. S'ils ne lui avaient pas inculqué des valeurs essentielles, elle aurait bouclé sa porte à double tour, et elle aurait sauté dans sa voiture pour conduire jusqu'à ce que son moral remonte.

Elle n'avait pas l'habitude de se sentir perturbée à ce point. Et l'idée que cet état d'âme était dû à un homme ne faisait rien pour arranger les choses. Aussi loin qu'elle s'en souvienne, elle avait toujours affronté sans le moindre problème le sexe masculin.

Elle sourit. Oui, c'était un véritable don. Toute petite déjà, elle savait embobiner son père et ses oncles par un mélange de charme et d'obstination. Elle avait eu plus de difficultés avec Sebastian, mais même avec lui, elle était toujours arrivée à ses fins.

Et une fois adolescente, elle avait vite appris comment s'y prendre avec les garçons. Quelle attitude adopter si l'un d'eux l'intéressait, ou au contraire, quand ils la laissaient indifférente. Les années passant, elle était devenue experte en la matière, et capable d'apporter de subtiles variations dans sa façon de se comporter avec la gent masculine.

Quant à sa sexualité, c'était une véritable source de plaisir. Et elle se rendait bien compte que c'était aussi une source de pouvoir. Mais elle ne voulait pas l'utiliser à mauvais escient. Et ses histoires avec les hommes, qu'il s'agisse d'une aventure amoureuse ou d'une simple amitié, avaient toujours été de francs succès.

Jusqu'à présent du moins. Jusqu'à ce qu'elle rencontre Nash.

Songeuse, Morgana enveloppa un flacon de sels de bains au ginseng pour une cliente. Quand avait-elle commencé à déraper ? Quand elle avait écouté son sixième sens et qu'elle avait traversé la boutique afin de lui parler pour la première fois ? Ou quand elle s'était laissée aller à cet accès de curiosité et à l'attirance qu'elle éprouvait pour lui, et qu'elle l'avait embrassé ?

Peut-être avait-elle fait son premier faux pas la veille, en se laissant submerger par l'émotion. En l'emmenant dans le bosquet, vers cet endroit où l'air bourdonnait et où la lune répandait généreusement sa clarté.

C'était la première fois qu'elle y allait avec un homme. Et elle n'en emmènerait jamais un autre. Elle poussa un soupir imperceptible. Après tout, c'était peut-être tout simplement le lieu et la nuit étoilée qui lui avaient fait croire qu'elle était tombée amoureuse.

Elle ne pouvait pas accepter que cela lui arrive si vite, surtout pas sans lui laisser le moindre choix.

Non, elle ne se laisserait pas faire, c'était hors de question.

Relevant le front, elle sourit à sa cliente et lui tendit le paquet.

Dès qu'elle se retrouva seule, elle s'accouda au comptoir, et regarda la chatte dans les yeux.

— C'est à toi que je devrais faire des reproches, dit-elle doucement. Si tu n'avais pas été aussi amicale avec lui, je n'aurais pas pensé qu'il était inoffensif.

Luna se contenta de remuer la queue en soutenant son regard avec un air de grande sagesse.

— Vois-tu, il n'est pas du tout inoffensif, continua Morgana. Et maintenant, il est trop tard pour faire demi-tour.

Luna cligna des yeux.

— Oh ! bien sûr, je pourrais trouver des prétextes pour cesser de le voir, tout simplement. Mais ce serait admettre que je suis lâche, tu comprends ?

Prenant une profonde inspiration, elle posa le front sur celui du félin.

— Et comme tu le sais, je suis tout sauf lâche, ma belle.

Luna lui passa une patte de velours sur la joue.

La porte de la boutique s'ouvrit brusquement. Relevant la tête, Morgana eut un sourire soulagé. C'était Mindy.

— Salut ! Il est déjà 14 heures ? dit-elle d'un air faussement enjoué.

Mindy posa son sac derrière le comptoir et donna une petite tape affectueuse sur le dos de Luna.

— Bientôt. La matinée s'est passée comment ?

— Plutôt bien.

— J'ai vu que tu avais vendu le bloc de quartz rose.

— Oui, il y a une heure environ. C'est un jeune couple de Boston qui l'a acheté. Je l'ai mis dans l'arrière-boutique, il partira par bateau.

— Tu veux que je l'emballe maintenant ?

— Non, je préférerais que tu tiennes la boutique pour que je prenne une petite pause. Je m'en occuperai plus tard.

— D'accord. Mais dis-moi, Morgana, tu n'as pas l'air dans ton assiette.

Morgana arqua un sourcil.

— Tu trouves ?

— Absolument. Donne-moi donc ta main.

Prenant la main de son amie, elle en examina les lignes.

— Ah, il n'y a aucun doute : il s'agit d'un homme.

Malgré la véracité de cette déclaration, Morgana ne put s'empêcher de sourire.

— Je n'aime pas douter de tes capacités de diseuse de bonne aventure, Madame Mindy, mais tu dis toujours qu'il s'agit d'un homme.

Mindy se mit à rire.

— Tu serais étonnée de savoir combien de gens veulent que je leur lise les lignes de la main quand ils apprennent que je travaille pour une « sorcière ».

Intriguée, Morgana inclina la tête.

— Oui, c'est surprenant.

— La plupart n'osent pas t'approcher, cela les rend nerveux. On dirait qu'ils ont peur que tu leur jettes un sort. Mais moi, je suis sans danger.

Pour la première fois depuis des heures, Morgana se mit à rire.

— Je vois. Et je suppose qu'ils seraient très déçus en apprenant que je ne lis pas les lignes de la main.

Hochant la tête, Mindy vérifia son maquillage dans un miroir d'argent et de jade. Avec un petit sourire malicieux, elle reprit :

— Mais je peux t'affirmer une chose, ma chérie. Je n'ai pas besoin d'être voyante extralucide pour voir un grand blond avec des yeux à te faire tomber en pâmoison.

Elle tira une boucle sur le milieu de son front avant de jeter un coup d'œil à son amie.

— Il te mène la vie dure ?

— Non, rien que je ne puisse affronter.

— En général, ils sont faciles à affronter...

Mindy posa le miroir et sortit de son sac une barre de chewing-gum.

— Tant qu'ils ne deviennent pas trop importants...

Se tournant vers Morgana, elle lui adressa un sourire rayonnant.

— Tu n'as qu'un mot à dire et j'interviens en ta faveur, proposa-t-elle.

Amusée, Morgana lui tapota la joue.

— Merci, mais je peux me débrouiller toute seule.

Le moral un peu moins bas, elle entra dans l'arrière-boutique. Après tout, de quoi s'inquiétait-elle ? Elle était tout à fait capable d'affronter la situation. Elle le prouverait. Et de toute façon, Nash ne comptait certainement pas autant qu'elle le croyait. Elle le connaissait à peine.

Il fallait qu'il s'y mette, il avait une foule de choses à faire. Etalé sur le canapé, une bouteille de soda à portée de main, Nash ne cessait de se rabâcher ces paroles. Plusieurs livres étaient éparpillés autour de lui sur les coussins multicolores qu'il avait achetés à une vente d'usine. De l'autre côté de la pièce, la télévision diffusait un mélo sirupeux.

Dans la pièce adjacente, son ordinateur semblait souffrir d'abandon. Nash aurait juré qu'il l'entendait gémir.

Il soupira. Ce n'était pas comme s'il ne travaillait pas. Paresseusement, il arracha une feuille de papier d'un bloc et entreprit un pliage savant. D'accord, il était affalé sur le canapé depuis le début de la matinée, à regarder le plafond, mais il réfléchissait. Et s'il rencontrait quelques accrocs pour la suite de son scénario, il n'était pas bloqué à proprement parler. Il suffisait de laisser ses idées mûrir d'elles-mêmes.

Plissant les paupières, il lança le petit avion de papier qu'il venait de fabriquer. Pour parfaire sa mise en scène, il ajouta quelques effets sonores tandis que l'avion planait quelques secondes et venait s'écraser sur le plancher, au milieu d'autres maquettes.

— Sabotage, dit-il d'une voix lugubre.

Changeant de position, il arracha une autre feuille et retourna à ses réflexions.

Scène d'intérieur, le jour. Le gigantesque hangar plein d'échos est déserté. Une lumière blafarde filtre par l'ouverture centrale, éclairant sous un nouvel angle la carlingue du bombardier. Des pas se font entendre. C'est un bruit familier, un pas féminin, des talons aiguilles sur la dalle de ciment. La femme se glisse par l'ouverture, passe de la lumière à l'ombre. Le large bord de son chapeau lui cache le visage, et son corps est moulé dans une minirobe de cuir rouge qui découvre la quasi-totalité de ses longues jambes fuselées. Elle traverse le hangar. Dans une de ses petites mains délicates, elle porte un attaché-case de cuir noir.

Après avoir jeté un coup d'œil prudent autour d'elle, elle se dirige vers l'avion. Sa jupe remonte sur ses cuisses quand elle s'installe dans le cockpit. Avec des gestes précis, efficaces, elle s'assied sur le siège du pilote et, à l'aide d'une petite clé, ouvre l'attaché-case.

A l'intérieur se trouve une petite bombe, qu'elle place sous le tableau de bord. Elle se met à rire. D'un rire provocant, séduisant. Gros plan sur son visage.

Le visage de Morgana.

Couvert de sueur, Nash envoya son nouvel avion dans l'air. L'engin piqua immédiatement du nez. Nash soupira. A quoi jouait-il, au juste ? Il inventait des histoires autour de Morgana, et se faisait plaisir avec des symboles douteux. Bien sûr, il pouvait dire que Morgana était montée dans son cockpit et que la bombe qu'elle avait posée lui avait explosé en pleine figure ; mais cela ne lui donnait aucune raison de rêver debout à son sujet.

Il ne devait pas oublier qu'il avait du travail.

Et il était bien résolu à le faire. Il remua sur sa couche, envoyant les livres par terre, et il attrapa la télécommande pour éteindre la télévision. Puis il reprit son bloc-notes à moitié arraché et enfonça la touche de son magnétophone. Il se rendit vite compte que c'était une erreur. Il n'était pas en état d'entendre la voix de Morgana.

Il se leva et se fraya un chemin à travers les livres qui jonchaient le sol. Oui, il réfléchissait. Il se disait surtout qu'il fallait qu'il sorte de cette maison. Et il savait exactement où il avait envie d'aller.

Dénichant son trousseau de clés sous une pile de coussins, il fronça les sourcils. Il venait de prendre une décision très prudente. Après tout, lorsque cela vous démangeait, la solution n'était-elle pas tout simplement de se gratter ?

Finalement, son humeur s'était sensiblement améliorée. Morgana fredonnait en écoutant la radio. Elle avait trouvé exactement ce dont elle avait besoin : une bonne tasse de camomille apaisante, une heure de solitude et un travail agréable et constructif. Après avoir enveloppé le bloc de quartz et lui avoir apposé l'étiquette de ses destinataires, elle ouvrit son livre d'inventaire et se mit à l'étudier tout en sirotant sa boisson. Dieu merci, elle allait passer un moment agréable.

Mais elle avait compté sans une interruption.

Peut-être, si elle avait été à l'écoute de ses pressentiments, se serait-elle attendue à voir Nash franchir la porte. Mais de toute façon, il était trop tard pour imaginer quelle aurait pu être sa réaction. Il était en train de traverser la boutique d'un pas viril… Il la souleva dans ses bras avant de lui planter un long baiser sur les lèvres.

— Ceci était mon idée, dit-il quand il eut repris son souffle.

Les nerfs à vif, Morgana arriva à hocher la tête.

— Je vois…

Il laissa ses mains descendre sur ses hanches.

— J'avoue que cela m'a beaucoup plu, dit-il.

— Ravie pour vous.

Jetant un coup d'œil par-dessus son épaule, elle vit Mindy qui la regardait d'un air moqueur.

— Ne t'inquiète pas, Mindy, tout va bien.

— Oh, je n'en doute pas !

Avec un clin d'œil, elle ferma la porte.

— Bien, maintenant…

Essayant de se composer une attitude, Morgana posa les mains sur le torse de Nash pour le repousser. Il n'était pas question qu'il se rende compte de ce qui lui arrivait : son cœur battait la chamade, et elle se sentait littéralement fondre. Ce n'était pas l'idée qu'elle se faisait du contrôle de soi.

— Aviez-vous une autre communication à me faire ? interrogea-t-elle d'un ton ironique.

— Une quantité impressionnante.

Il planta un regard brûlant dans le sien et la renversa contre le bureau.

— Quand voulez-vous que nous commencions ?

Elle sourit.

— Je dois reconnaître que vous allez directement au but.

— Appelez cela comme vous voulez. C'est ma façon d'envisager les choses.

Comme Morgana portait des talons hauts, ils étaient à la même hauteur, et il n'eut qu'à se pencher un peu pour lui mordiller les lèvres.

— Je vous désire, et je ne pourrai jamais recommencer à réfléchir tant que je n'aurai pas passé quelques nuits à vous faire l'amour.

Morgana refréna une grimace. Elle sentait l'émotion la gagner. Elle agrippa le rebord du bureau pour garder son équilibre. Mais quand elle parla, ce fut d'une voix basse et pleine d'assurance.

— Laissez-moi vous dire que, quand nous aurons fait l'amour, vous ne pourrez plus jamais réfléchir calmement.

Prenant son visage entre ses mains, il effleura ses lèvres.

— Je veux bien courir le risque.

— Pourquoi pas…

Sa voix se brisa deux fois avant qu'elle puisse la contrôler.

— Mais moi, je n'ai rien décidé encore à ce sujet…, dit-elle.

Il sourit, et continua de l'embrasser. Il l'avait sentie tressaillir.

— Vivez dangereusement.

— C'est ce que je fais.

Elle s'offrit un instant pour savourer ce qu'il lui apportait.

— Que diriez-vous si je vous annonçais que ce n'est pas le bon moment ? s'enquit-elle. Et que lorsque le moment sera venu, nous le saurons tous les deux ?

Les mains de Nash remontèrent jusqu'à ses seins.

— Je vous dirais que vous vous trompez.

Subjuguée par la douceur de ses caresses, elle posa son front contre le sien.

— Croyez-moi, c'est vous qui vous trompez.

— Je me fiche pas mal que ce soit le bon ou le mauvais moment. Venez chez moi, Morgana.

S'écartant de lui, elle poussa un léger soupir.

— Je viendrai.

Voyant les yeux de Nash s'obscurcir de désir, elle secoua la tête.

— Je viendrai vous aider, travailler avec vous. Pas coucher avec vous. Pas aujourd'hui.

En souriant, il lui mordilla le lobe de l'oreille.

— Vous ne m'interdirez pas d'essayer de vous faire changer d'avis, murmura-t-il.

Elle recula, le regard très calme, presque triste.

— C'est peut-être vous qui changerez d'avis. Attendez-moi, je vais demander à Mindy de me remplacer jusqu'à l'heure de la fermeture.

Elle insista pour prendre sa voiture, et elle le suivit. Luna était roulée en boule sur le siège du passager. Morgana soupira. Elle allait consacrer deux heures à Nash, pas une seconde de plus. Et elle ferait de son mieux pour le laisser avec la tête claire, afin qu'il puisse travailler.

Elle aimait sa maison, le jardin luxuriant qui ne voyait jamais un jardinier, le bâtiment orné de stuc, avec ses fenêtres en berceau et son toit de tuiles rouges. Située plus près de la mer que sa propre maison, elle permettait d'entendre le bruit des vagues à toute heure du jour et de la nuit. Dans la petite cour latérale, deux cyprès se penchaient l'un vers l'autre, tel un couple près de s'embrasser.

Quand ils furent arrivés, Morgana se retrouva dans l'herbe jusqu'aux chevilles en descendant de voiture.

Elle examina longuement les lieux. Cette maison allait à Nash comme un gant.

— Depuis combien de temps vivez-vous ici ? demanda-t-elle.

— Quelques mois.

Il jeta un regard circulaire dans le jardin.

— Il faut que j'achète une tondeuse à gazon.

— Ce ne serait pas du luxe, en effet.

— Mais j'aime ce jardin tel qu'il est, naturel.

— Dites plutôt que vous êtes trop paresseux pour vous en occuper.

Elle sourit en regardant les jonquilles qui dressaient courageusement la tête au-dessus de l'herbe envahissante. Sans attendre l'invitation de Nash, elle se dirigea vers l'entrée, Luna sur les talons.

— Il faut que je sois motivé, expliqua Nash en ouvrant la porte. Jusque-là, j'ai surtout vécu en appartement. C'est ma première maison.

Au fond du hall, une rampe de bois sombre longeait l'escalier.

— Vous avez fait un bon choix, dit-elle. Dans quelle pièce travaillez-vous ?

— Un peu partout.

Traversant le hall à grands pas, elle regarda par la première porte ouverte. C'était une vaste pièce pleine de fouillis, au plancher nu et aux fenêtres dépourvues de rideaux. Morgana hocha pensivement la tête. Apparemment, le propriétaire des lieux n'avait pas encore pleinement décidé de s'installer entre ces murs.

Les meubles disparates étaient encombrés de livres, papiers et vêtements, et même de vaisselle, probablement oubliée là depuis longtemps. Une étagère dressée contre un mur contenait une grande quantité de livres.

De superbes masques étaient accrochés aux murs, et une gravure représentant une nymphe leur faisait face.

Sur le bureau, un presse-papiers en forme de patte de loup côtoyait une boîte en argent, elle-même posée près de l'Oscar que Nash avait gagné. Tout cela était très beau, mais avait besoin d'un sérieux dépoussiérage.

Comme elle poursuivait l'examen des lieux, son regard tomba sur la poupée vaudou, qui avait encore l'aiguille plantée dans le cœur. Elle la prit dans ses mains.

— Quelqu'un que je connais ? s'enquit-elle.

Il sourit. C'était bon que Morgana soit chez lui. Peu importait qu'elle voie le désordre ambiant.

— En général, c'est un producteur, parfois un politicien. Un jour, c'était un agent du fisc.

Son regard glissa sur sa courte jupe de soie.

— Je voulais vous dire que vous avez un excellent goût vestimentaire.

— Heureuse de savoir que vous appréciez.

Amusée, elle posa l'infortunée poupée vaudou là où elle l'avait prise et aperçut un jeu de tarot sur une table.

— Vous lisez les cartes ?

— Non. Quelqu'un me les a données. Elles sont censées avoir appartenu à un magicien célèbre, un certain Houdini.

— Mmm...

Prenant le paquet, elle battit les cartes et les présenta à Nash.

— Coupez, dit-elle. Si vous voulez savoir d'où elles viennent, demandez à Sebastian. Il pourra vous le dire.

Il s'exécuta pour lui faire plaisir.

— Allons-nous jouer ?

Pour toute réponse, elle se contenta de sourire.

— Puisque les sièges sont occupés, mettons-nous par terre, décida-t-elle.

S'agenouillant, elle lui fit signe d'en faire autant. Après avoir rejeté ses cheveux en arrière, elle distribua les cartes.

— Vous êtes préoccupé, déclara-t-elle. Mais votre

inspiration n'est pas épuisée, ni bloquée. Des changements vont survenir.

Elle leva les yeux vers lui. Ils étaient de ce bleu éblouissant capable de faire croire n'importe quoi même à un homme sain d'esprit. Ignorant le regard pénétrant de Nash, elle continua :

— Ce seront peut-être les changements les plus importants de votre vie. Et vous ne les accepterez pas facilement. Vous devez vous souvenir que certaines choses nous sont transmises par nos parents, mais d'autres disparaissent. Nous ne sommes pas toujours la somme de ceux qui nous ont engendrés.

Elle posa une main sur son bras.

— Et vous n'êtes pas aussi seul que vous le croyez. Vous ne l'avez jamais été.

Nash tressaillit. Il aurait aimé balayer ces paroles avec une plaisanterie bien sentie, mais elles le touchaient de trop près. Préférant jouer l'indifférence, il lui prit la main et la porta à ses lèvres.

— Je ne vous ai pas fait venir chez moi pour que vous lisiez mon avenir.

— Je sais pourquoi vous m'avez fait venir chez vous, et cela ne se produira pas.

A regret, elle libéra sa main.

— Et ce n'est pas votre avenir que je lis; c'est votre présent.

Avec des gestes calmes, elle ramassa les cartes.

— Je vous aiderai, dans la mesure du possible et de mes moyens. Dites-moi quel est le problème pour votre scénario.

— A part celui qui m'oblige à ne penser qu'à vous ?

Elle croisa ses jambes.

— Oui, à part celui-ci.

— Je suppose que c'est un problème de motivation. J'ai décidé de nommer mon héroïne Cassandra. Est-elle sorcière par amour du pouvoir, ou parce qu'elle désire changer le cours des événements ? Veut-elle se venger, cherche-t-elle l'amour ?

— Et pourquoi n'accepterait-elle pas tout simplement les dons naturels qui lui ont été attribués ?

— C'est trop facile.

Morgana secoua la tête.

— Non, ce qui est facile, bien plus facile, c'est d'être comme tout le monde. Quand j'étais petite, beaucoup de mères empêchaient leurs enfants de jouer avec moi. Elles trouvaient que j'exerçais une mauvaise influence sur eux. Que j'étais bizarre, trop différente. Cela fait mal d'être rejetée.

Il fit un petit signe de tête compréhensif.

— Moi, j'étais le nouveau. Je ne restais jamais assez longtemps au même endroit pour être accepté. Il y a toujours quelqu'un qui veut provoquer celui qui arrive. Ne me demandez pas pourquoi. A force d'aller à droite et à gauche, vous finissez par vous sentir mal à l'aise, et vous n'attendez qu'une chose : être assez grand pour tout envoyer balader.

Brusquement agacé par cette avalanche de confidences, il changea de sujet.

— Pour en revenir à Cassandra…

Morgana l'interrompit.

— Comment avez-vous fait ?

Elle, elle avait toujours été entourée. Il y avait Anastasia, Sebastian, et tout le reste de sa famille.

Avec un haussement d'épaules impatient, il tendit la main pour toucher l'amulette qu'elle portait autour du cou.

— J'ai appris à m'évader. Dans les livres, dans les films, ou simplement dans ma tête. Dès que j'ai pu, j'ai pris un boulot de caissier dans un cinéma. C'était impeccable. J'étais payé et je pouvais regarder les films autant de fois que j'en avais envie.

— Et maintenant, vous êtes payé pour en créer.

Il hocha pensivement la tête. Oui, mais cette fois, le scénario lui donnait du fil à retordre. A moins que ce soit lui qui n'arrive pas à se concentrer ? Au moins, il savait pourquoi. D'un geste vif, il s'enveloppa le poignet avec les cheveux de Morgana.

— J'ai besoin d'inspiration, murmura-t-il en l'attirant vers lui pour l'embrasser.

— Vous avez surtout besoin de concentration.

— Je suis en train de me concentrer.

Il lui butina la bouche.

— Croyez-moi, je me concentre. Vous ne voudriez pas entraver ma créativité, n'est-ce pas ?

— A vrai dire, non.

Elle soupira. Il était grand temps qu'il comprenne où il mettait les pieds. Et cela l'aiderait peut-être aussi à retrouver le fil de son histoire.

— Vous voulez trouver l'inspiration, dit-elle en glissant les mains autour de son cou. Voilà, elle arrive.

Tandis que leurs bouches se rencontraient, elle le fit s'élever à cinquante centimètres du sol. Mais il était trop occupé à se régaler du goût de ses lèvres pour le remarquer.

Quand ils s'écartèrent l'un de l'autre, ils flottaient à mi-chemin entre sol et plafond.

— Je crois que nous ferions mieux de nous arrêter, dit-elle tranquillement.

Il frotta son nez sur son cou.

— Pourquoi ?

Elle regarda en bas.

— Je n'ai pas pensé à vous demander si vous aviez le vertige ?

Suivant son regard, Nash devint blême.

— Comment diable avez-vous fait ? demanda-t-il d'une voix qu'il aurait voulue plus ferme.

Elle les ramena doucement au sol.

— C'est enfantin. Encore faut-il être un enfant un peu spécial.

Elle lui caressa la joue.

— Souvenez-vous du garçon qui hurlait comme un loup. Un jour, le loup est réellement venu. Vous, vous avez joué avec le surnaturel pendant des années. Et aujourd'hui, vous avez trouvé une véritable sorcière.

Très lentement, il secoua la tête d'un air sceptique. Mais ses doigts, sur l'épaule de Morgana, tremblaient un peu.

Elle poussa un soupir léger.

— Très bien. Réfléchissons. Quelque chose de simple mais d'élégant.

Fermant les yeux, elle leva les mains.

Pendant un instant, elle ne fut qu'une belle femme debout au centre d'une pièce en désordre, les bras levés gracieusement, les mains en coupe. Puis elle se transforma. Seigneur, il la voyait se métamorphoser sous ses yeux. Elle devint encore plus belle. Ce devait être dû à la lumière. Elle retroussait ses lèvres pulpeuses en un sourire étrange, ses longs cils ombraient ses joues et sa chevelure tombait en cascade jusqu'à sa taille.

Ses cheveux se mirent à bouger, à voleter d'abord comme sous l'effet d'une brise légère. Puis ils se soulevèrent littéralement. C'était très beau. Maintenant, Morgana ressemblait à la figure de proue d'un navire.

Cependant, il n'y avait pas de vent, mais il le sentait. Il courait sur sa peau, lui rafraîchissait les joues. Il l'entendait siffler en se faufilant dans la pièce.

Debout, immobile, Morgana se mit à chanter. Une pâle lueur dorée trembla autour d'elle quand le soleil s'infiltra par les hautes fenêtres. Et des flocons de neige presque transparents commencèrent à tomber du plafond. Nash resta muet de stupeur. Puis, faisant un effort sur lui-même, il dit d'une voix furieuse :

— Arrêtez cela immédiatement !

Il s'affala sur une chaise.

Laissant retomber ses bras, Morgana ouvrit les yeux. La neige cessa aussitôt de tomber, le vent se calma. Elle tourna la tête vers Nash. C'était à prévoir : il la regardait comme si elle avait trois têtes. Prenant une profonde inspiration, il bégaya :

— Com… qu'est-ce que vous avez fait ?

— J'ai convoqué les éléments. C'est très basique.

Nash reprenait des couleurs, mais ses yeux étaient encore élargis de stupeur.

— Je ne voulais pas vous faire peur, ajouta-t-elle.

— Je n'ai pas peur, je suis déconcerté, admit-il.

Se secouant comme un chien mouillé, il essaya de réfléchir. S'il avait vu ce qu'il avait vu, il y avait bien une raison. Il était impossible que Morgana se soit introduite chez lui pour installer des dispositifs de prestidigitation.

Et pourtant, il ne pouvait s'agir d'autre chose…

Se levant d'un bond, il se mit à inspecter nerveusement la pièce.

— D'accord, chérie. Comment vous y prenez-vous ? C'est un fameux tour, je suis admiratif, mais j'aimerais bien en connaître les ficelles.

— Nash…

La voix de Morgana était grave, calme, et irrésistible.

— Regardez-moi, ordonna-t-elle.

Se tournant vers elle, il obéit, et il comprit. Ce n'était ni possible ni raisonnable, mais il venait de comprendre. Laissant échapper un profond soupir, il balbutia :

— Bon sang, c'est donc vrai ?

— Oui. Voulez-vous vous asseoir ?

Il s'assit au bord de la table de salon.

— Alors tout ce que vous m'avez raconté… vous n'avez rien inventé ?

— Non, je n'ai rien inventé. Je suis née sorcière, comme

ma mère, mon père, comme la mère de ma mère et ainsi de suite sur toutes les générations précédentes.

Elle lui adressa un sourire très doux.

— Je ne chevauche pas un manche à balai. Je ne jette pas de sortilèges sur les jeunes princesses, et je ne fais manger à personne des pommes empoisonnées.

Encore sous le choc, Nash secoua la tête. Voyons, il devait rêver. Tout cela était impossible. Cependant…

— Faites-moi encore une démonstration, dit-il dans un souffle.

Une expression d'impatience passa sur le visage de Morgana.

— Je ne suis pas un animal de cirque.

— Je vous en prie. Est-ce que vous êtes capable de disparaître, comme cela…

Il fit claquer ses doigts.

— Nash ! J'essaie de vous aider. Vous pourriez peut-être…

Un livre tomba d'une étagère et heurta Nash au passage. Avec une grimace, il se frotta le crâne.

— D'accord, d'accord, n'en parlons plus.

— Ce n'est pas une démonstration, comme vous semblez le croire, dit-elle d'un air pincé. Ce que j'ai fait la première fois avait pour unique but de vous convaincre. Vous êtes tellement obstiné. Vous refusiez de me croire, et puisqu'apparemment nous développons une relation, vous et moi, je préfère que vous me croyiez.

Furieuse d'en avoir trop dit, elle baissa les yeux sur sa jupe, qu'elle lissa du plat de la main.

— Et maintenant que vous me croyez, nous allons prendre le temps de réfléchir à tout cela avant de continuer.

Il hocha la tête.

— Peut-être l'étape suivante consiste-t-elle à discuter.

— Pas maintenant.

Elle le regarda d'un air rêveur. Il avait déjà fait un pas en arrière, et il ne s'en rendait même pas compte.

— Bon sang, Morgana, vous n'avez pas le droit de déverser tout cela sur moi et de vous en aller tranquillement. Après tout, vous êtes une sorcière.

— Oui.

— Je crois que c'est un fait incontestable.

Nash hocha la tête. Ses pensées recommençaient à tourbillonner follement.

— J'ai un million de questions à vous poser, dit-il.

Morgana prit son sac à main.

— Vous m'en avez déjà posé un certain nombre. Ecoutez les enregistrements que vous avez faits. Toutes les réponses que je vous ai données sont véridiques.

— Je ne veux pas écouter une bande magnétique, je veux parler avec vous.

— Pour l'instant, c'est ce que je veux moi qui compte.

Ouvrant son sac, elle en sortit une petite émeraude en forme de baguette magique, suspendue à une chaîne argentée. Elle s'était sentie obligée de l'emporter, le matin. Maintenant, elle savait pourquoi.

— Tenez.

Elle lui passa la chaîne autour du cou. Nash eut un recul.

— Merci, mais je ne suis pas trop porté sur les bijoux.

— Alors, considérez que c'est une amulette.

Elle l'embrassa chastement sur les deux joues. D'un air circonspect, il examina l'objet.

— Quel genre d'amulette ?

— Elle est censée éclaircir les idées, renforcer la créativité et... vous voyez la petite pierre violette au-dessus de l'émeraude ?

— Oui.

— C'est une améthyste.

Souriant, elle lui effleura la bouche de ses lèvres chaudes.

— Elle protège contre la sorcellerie.

Elle se dirigea vers la sortie. Luna sauta de la table où elle s'était installée, pour lui emboîter le pas.

— Allez dormir une heure, Nash. Votre cerveau est fatigué. Quand vous vous réveillerez, vous vous mettrez au travail. Et quand le moment sera venu, vous me retrouverez.

Elle sortit.

Nash fronça les sourcils en caressant du bout des doigts la pierre verte. S'éclaircir les idées. Oui, cela ne lui ferait pas de mal. Pour l'instant, ses idées étaient aussi claires que de la fumée.

Levant les yeux vers la fenêtre, il regarda Morgana s'éloigner au volant de sa voiture. Il passa un doigt songeur sur l'améthyste. Mmm… Protection contre la sorcellerie. Cela aussi, il en aurait peut-être bien besoin.

6

Il fallait réfléchir, pas dormir. Nash soupira de bien-être. A vrai dire, un homme pouvait-il réfléchir après ce qui était arrivé au cours des quinze dernières minutes ? Tous les parapsychologues qu'il avait eu l'occasion d'interviewer au cours de sa carrière auraient donné leur chemise pour avoir un aperçu de ce que Morgana lui avait montré.

Mais la première réaction rationnelle n'était-elle pas de nier ce qu'il avait vu ?

Revenant à pas lents dans le salon, il lorgna le plafond. Il ne pouvait pas faire abstraction de ce qu'il avait vu, de ce qu'il avait éprouvé. Mais avec le temps, il allait certainement trouver à cela une explication logique.

Adoptant sa position préférée pour réfléchir, il s'allongea sur le canapé. L'hypnotisme… Après tout, même si ce n'était pas très flatteur, il pouvait bien avoir été victime d'une hallucination. Oui, c'était une possibilité. Et plus facile à admettre maintenant qu'il se retrouvait seul. S'il ne croyait pas à cette éventualité, ou à quelque autre explication rationnelle, il devrait accepter ce que Morgana avait toujours prétendu être.

Une sorcière héréditaire, qui possédait du sang d'elfe.

Se débarrassant de ses chaussures, il se força à se concentrer. Morgana hantait ses pensées. Son aspect physique, le goût de sa peau, l'expression mystérieuse de son regard avant qu'elle ferme les yeux et qu'elle lève les bras vers le plafond.

C'était la même expression, maintenant qu'il y pensait, que celle qu'elle avait eue en faisant apparaître le flacon de cognac.

Naturellement, ce ne pouvait être qu'un tour de prestidigitation. Oui, c'était évident. Mais par quels moyens avait-elle exécuté ces numéros savants ? Comment une femme pouvait-elle soulever un homme de quatre-vingts kilos ?

Il secoua la tête. La télékinésie ? Il avait toujours pensé qu'il y avait de réelles possibilités dans ce domaine. Après ses premières esquisses pour son film The Dark Gift, il avait fini par croire que certaines personnes arrivaient à faire bouger des objets par la force de leur pensée ou de leurs émotions. C'était plus logique que de croire à l'existence d'esprits frappeurs. D'autant plus que des scientifiques avaient mené des recherches approfondies sur ces phénomènes, objets volant à travers une pièce, livres sautant des étagères, entre autres. Ils pensaient que les jeunes filles avaient souvent ce don très particulier. Mais les jeunes filles devenaient des femmes. Et Morgana était une femme, il pouvait en témoigner.

Nash se gratta le front. N'importe quel scientifique lui demanderait d'apporter la preuve que Morgana l'avait soulevé de terre en même temps qu'elle. Aucun ne se contenterait de sa seule parole. Cependant, il pourrait peut-être…

Il secoua la tête. Qu'était-il en train de faire, sinon penser et réagir comme le personnage fictif de Jonathan McGillis dans sa dernière histoire ? C'était probablement ce que Morgana espérait.

« Ecoutez les enregistrements », lui avait-elle recommandé. Eh bien, d'accord, c'est ce qu'il allait faire. S'appuyant sur un coude, il tendit le bras pour mettre le magnétophone en marche.

La voix un peu voilée de Morgana s'éleva du petit appareil.

« Il n'est pas nécessaire de faire partie d'une assemblée de sorcières pour en être une, pas plus qu'il ne faut faire partie d'un club masculin pour être un homme. Certaines préfèrent cependant rejoindre un groupe, elles trouvent cela rassurant et gratifiant. D'autres apprécient l'aspect social. »

Il y eut une courte pause, puis un bruissement de soie. Nash revoyait la scène. Morgana venait de changer de position.

« — Avez-vous l'instinct grégaire, Nash ?

— Absolument pas. Je déteste suivre le mouvement des foules.

Morgana eut un petit rire cristallin, puis elle continua :

— Pour revenir à nos moutons, je dirai que les assemblées de sorcières ont toujours existé. Mon arrière-arrière-grand-mère était une grande prêtresse, en Irlande, et sa fille l'a été après elle. J'ai hérité d'une coupe sabbatique, d'une baguette magique et de quelques objets de cérémonie complémentaires. Vous avez certainement remarqué le plat rituel accroché au mur de l'entrée. Il remonte au temps des bûchers.

— Des bûchers ?

— Oui, quand les sorcières étaient persécutées. Cela a commencé au quatorzième siècle et a duré jusqu'au dix-septième. L'histoire ne dément malheureusement pas le besoin de persécution des hommes. Je suppose que notre tour était venu. »

Nash soupira. Les mots avaient du mal à pénétrer jusqu'à ses neurones. Il n'entendait que la voix de Morgana. C'était une voix envoûtante, faite pour dire des promesses, à minuit, sous le clair de lune, et pour chuchoter des secrets. En fermant les yeux, il sentait la jeune femme près de lui, lovée sur le canapé, ses longues jambes croisées. Il sentait son souffle sur sa joue.

Un sourire béat aux lèvres, il se laissa glisser dans le sommeil.

Quand il se réveilla, près de deux heures plus tard, il se frotta les yeux. Ses paupières étaient lourdes, il se sentait exténué. Il se passa les mains sur le visage et poussa un juron. Il avait mal au cou. Position viciée. Consultant sa montre, il se redressa vaguement et resta à moitié assis, à moitié couché.

Il n'aurait pas dû être surpris d'avoir dormi si profondément. Il avait brûlé toute son énergie en siestes, ces derniers jours. D'un geste mécanique, il saisit la bouteille de soda et se servit un verre. Le liquide était chaud, c'était écœurant.

Il écarquilla les yeux. Et si toute cette histoire avec Morgana n'était qu'un rêve, depuis le début ? Si Morgana elle-même n'était qu'un rêve ? Il se releva brusquement. C'était curieux de voir à quelle vitesse son cerveau retrouvait sa logique après ces petits sommes. Oui, c'était certainement un rêve… sauf que…

Il tripota les cristaux suspendus à son cou. Ceux-là étaient bel et bien réels. Et c'était Morgana qui les lui avait laissés, avec les effluves de son parfum, un parfum suave, qu'il n'avait jamais senti sur aucune autre femme.

Il soupira. Parfait, il allait cesser de douter de sa propre santé mentale. Morgana avait fait ce qu'elle avait fait, et il avait bien vu ce qu'il avait vu.

Au fond, ce n'était pas aussi compliqué qu'il croyait. Il s'agissait simplement d'ouvrir son esprit, d'accepter quelque chose de nouveau. Aux siècles précédents, les gens croyaient que les voyages dans l'espace ne pouvaient avoir lieu qu'en imagination. Et à d'autres époques, la sorcellerie avait été acceptée.

La réalité avait peut-être beaucoup à voir avec le siècle dans lequel on vivait. Oui, c'était très possible après tout.

Nash but une gorgée de soda et fit la grimace. La boisson sucrée commençait à lui creuser l'appétit.

Et pour la première fois, il voyait clairement le déroulement de son histoire. Brusquement impatient, il bondit sur ses pieds et se rua vers la cuisine.

Il allait se préparer un sandwich monstre, se faire un café à réveiller les morts, et se mettre au travail.

Sur la terrasse ensoleillée d'Anastasia, Morgana se prélassait en sirotant un thé glacé à la menthe. Elle promenait un regard rêveur sur le jardin luxuriant. La maison surplombait Pescaro Point, offrant une vue imprenable sur l'eau bleu turquoise de Carmel Bay et sur les bateaux qui se balançaient paresseusement dans la douce brise printanière.

D'ici, elle n'entendait pas le moindre ronflement de moteur, il était facile d'oublier les innombrables touristes. Seuls le chant des oiseaux, le bourdonnement des abeilles, le murmure de l'eau et du vent s'élevaient en une harmonie dont elle ne se lassait jamais.

Elle soupira de plaisir. Oui, il était facile de comprendre pourquoi Anastasia vivait ici. C'était pour la sérénité et l'éloignement de ce lieu. Naturellement, cette sérénité était parfois perturbée par le cri aigu des goélands, par la mer qui enflait et envoyait furieusement ses vagues écumantes se briser sur la grève. Mais la paix régnait toujours en maître entre ces murs un peu défraîchis et en partie recouverts par le lierre grimpant. Les parterres regorgeaient de fleurs multicolores et d'herbes odorantes.

Morgana se pelotonna dans le transat. C'était

merveilleux, elle se sentait toujours bien ici. Et chaque fois que son cœur était troublé, c'est là qu'elle venait se réfugier. Ce lieu ressemblait tant à Anastasia : accueillant, sans détours ni tromperies.

Ana apparut à la porte de la cuisine, un plat dans les mains.

— Ils sortent tout droit du four, annonça-t-elle avec un large sourire.

— Génial, des cookies au chocolat! Mes favoris! s'exclama Morgana en remuant le nez.

Sa cousine se mit à rire et posa le plateau sur la table de verre.

— Ce matin, j'ai éprouvé un besoin urgent d'en préparer. Maintenant, je sais pourquoi!

Sans se faire prier, Morgana en croqua un. Elle ferma les yeux pour savourer le chocolat qui fondait sur sa langue.

— Tu es ma cousine préférée!

Riant de plus belle, Anastasia vint s'asseoir près d'elle.

— J'étais plutôt surprise de te voir arriver à l'heure du déjeuner, dit-elle en regardant la mer.

— J'ai décidé de m'offrir une longue pause.

Elle croqua un autre cookie.

— Mindy s'occupe de la boutique.

Anastasia posa une main sur la sienne. Avant que Morgana puisse la retirer, elle sentit la tension qui était en elle.

— Je ne peux pas m'empêcher de sentir que tu es perturbée. Nous sommes trop proches l'une de l'autre.

— Je sais. Et moi, je n'ai pas pu m'empêcher de venir te voir aujourd'hui, même en sachant que j'allais t'encombrer avec mes problèmes.

— J'aimerais t'aider.

— Eh bien, tu es herboriste, dit doucement Morgana. Que dirais-tu de gouttes essentielles de Helleborus Niger?

Ana sourit d'un air complice. L'hellébore, plus connu

sous le nom de rose de Noël, était réputé pour soigner la folie.

— Tu as peur pour ta santé mentale, ma chérie ?

— C'est le moins qu'on puisse dire.

Haussant les épaules, elle tendit la main vers le plat.

— Ou alors, tu pourrais me préparer un mélange de rose et d'angélique, avec une pincée de ginseng, tout cela arrosé généreusement de poussière de lune.

— Un philtre d'amour ?

Ana prit un gâteau.

— Pour quelqu'un que je connais ? interrogea-t-elle encore.

— Pour Nash, bien sûr.

— Bien sûr. Tout ne va pas comme tu voudrais ?

Une fine ride apparut sur le front de Morgana.

— Je n'en sais rien. Tout ce que je sais, c'est que j'aimerais être moins consciencieuse. Si je voulais... c'est vraiment très facile d'attacher un homme.

— Mais ce n'est pas très satisfaisant.

— Non, j'imagine. C'est pourquoi je suis obligée de passer par les voies ordinaires.

Elle porta les yeux sur les voiles qui se gonflaient, au loin. Elle s'était toujours considérée comme une femme libre. Et maintenant, bien qu'elle n'ait attaché personne, elle se sentait elle-même pieds et poings liés.

— Tu veux que je te dise la vérité, Ana ?

Anastasia se lécha les doigts d'un air gourmand, et hocha la tête.

— Je ne me suis jamais demandé ce qui se passerait si un homme tombait amoureux de moi. Je veux dire, vraiment amoureux. Le problème, c'est que cette fois, mon cœur est trop impliqué pour pouvoir être réconforté.

Ana prit un air pensif. Elle pouvait difficilement l'aider pour ce genre de mal.

— Lui en as-tu parlé ? s'enquit-elle doucement.

Surprise par l'accès de douleur qui lui pinça le cœur, Morgana ferma les yeux.

— Je ne peux pas lui parler de ce dont je ne suis pas sûre moi-même. Je préfère attendre. « Du clair de lune à la lumière de l'aube, se mit-elle à chanter, de la nuit vers le jour, et du jour à la nuit. Jusqu'à ce que son cœur soit jumelé au mien, ni repos ni paix ne pourront être trouvés. »

Ouvrant les yeux, elle afficha un sourire triste.

— Cela me semblait terrible, avant.

— Trouver l'amour, c'est comme respirer. Nous en avons besoin pour survivre.

— Mais quand savons-nous que nous ne nous trompons pas ?

Cette question la taraudait depuis le dernier jour où elle avait vu Nash.

— Quand nous comprenons que nous sommes heureuses, je suppose, répondit Anastasia.

Morgana hocha lentement la tête. Oui, Ana avait sans doute raison. Mais était-ce vraiment accessible ?

— Crois-tu que nous soyons trop exigeantes, Ana ?

— Exigeantes ? Que veux-tu dire ?

— Dans nos attentes…

Elle leva la main dans un geste d'impuissance.

— Mes parents, les tiens, Sebastian. Il y a toujours eu tant d'amour entre nous, tant de soutien, de respect et de compréhension mutuelle. Tout le monde n'a pas la chance de connaître cela.

Elle fit une pause, puis, avec un petit soupir agacé, elle reprit :

— L'idéal serait de pouvoir se contenter d'un amour temporaire. Ne pas trop en attendre. Je dois dire aussi… que je déteste sentir la situation m'échapper.

Un sourire au coin des lèvres, Anastasia se leva à son tour.

— Je n'en doute pas, ma chérie. D'aussi loin que je me rappelle, tu as toujours fait les choses comme tu l'entendais, par la force de ta volonté.

Morgana lui coula un regard en biais.

— Cela signifie-t-il que tu me prends pour une brute ?

— Pas du tout. C'était Sebastian, la brute.

Ana se mordit l'intérieur de la joue.

— Disons que toi, tu as une forte personnalité.

Loin d'être rassérénée, Morgana fit une petite moue. Se penchant lentement vers le massif de pivoines, elle en huma le parfum.

— Dois-je prendre cela comme un compliment ? finit-elle par dire. Quoi qu'il en soit, ma forte personnalité, comme tu dis si bien, ne m'est d'aucun secours en ce moment.

Elle fit quelques pas le long de l'étroit sentier qui serpentait entre les parterres de fleurs et les feuilles de vigne enchevêtrées.

— Je ne l'ai pas vu depuis plus d'une semaine, Ana. Et je ne pense qu'à lui. Seigneur ! Je me fais l'impression d'être une midinette !

Ana ne put s'empêcher de rire.

— Moi, j'ai plutôt l'impression que tu es une femme impatiente.

— Oui, je suis impatiente, admit-elle à contrecœur. J'étais prête à l'éviter si nécessaire, mais je n'en ai même pas eu besoin. Il n'a rien fait pour me voir.

Elle jeta un regard triste à sa cousine.

— Mon amour-propre en a pris un coup.

— Lui as-tu téléphoné ?

— Non.

Les lèvres de Morgana se pincèrent.

— Au début, je ne l'ai pas fait parce que je pensais qu'il valait mieux que nous prenions le temps de réfléchir. Et puis…

Elle avait toujours été capable de se moquer d'elle-même, et elle ne s'en priva pas.

— Ensuite, je ne lui ai pas téléphoné parce que j'étais furieuse qu'il ne vienne pas défoncer ma porte. Il m'a appelée une ou deux fois à la boutique et chez moi. Pour me poser quelques questions sur la sorcellerie. Ensuite, il s'est mis à grommeler pendant que je lui répondais. J'ai entendu quelques grognements — des remerciements ? — et il a raccroché.

Elle fourra ses poings serrés dans les poches de sa jupe. Anastasia lui caressa le bras.

— Il doit être plongé dans son scénario. J'imagine qu'un écrivain est passablement absorbé quand il construit une histoire.

Morgana lui jeta un regard exaspéré.

— Ana… essaie de t'en tenir au programme. Tu es censée être désolée pour moi, ne l'oublie pas, et non pas lui trouver des excuses.

Ana étouffa une envie de rire.

— Je ne sais pas ce qui m'a pris.

— C'est encore ton fichu sentimentalisme.

Elle l'embrassa sur la joue.

— Mais je te pardonne.

Elles se promenèrent quelques secondes en silence. Puis Anastasia se tourna vers sa cousine.

— Tu ferais mieux de me dire ce que tu as l'intention de faire au sujet de cet écrivain qui te rend folle ?

Haussant une épaule, Morgana effleura du bout des doigts une fleur de glycine.

— J'ai eu l'idée de partir quelques semaines en Irlande, dit-elle.

— J'aimerais te souhaiter bon voyage, mais ce n'est pas en fuyant que tu vas résoudre tes problèmes.

— C'est bien pour cela que je n'ai pas fait mes valises, répondit tristement Morgana.

Elle soupira.

— Ana, je voulais lui laisser le temps de m'accepter telle que je suis.

Anastasia hocha la tête. Oui, toute la question était là. Tendant le bras vers elle, elle glissa une main rassurante autour de sa taille.

— Il risque d'y mettre le temps, dit-elle doucement. Mais cela vaut la peine de patienter.

— Je sais.

Elle posa son regard sur l'océan. On ne savait jamais ce qui se cachait à l'horizon.

— Ana, nous serons amants avant l'aube. Je le sais. Ce que j'ignore, c'est si cette nuit me rendra heureuse ou malheureuse.

Nash était en transe. Aussi loin qu'il se souvienne, jamais une histoire n'avait jailli de son cerveau à une telle vitesse, ni avec une telle clarté que celle-ci. Une copie du scénario, qu'il avait terminé au cours d'une seule nuit, était déjà sur le bureau de son agent. Cependant, pour la première fois, il ne pensait pas au processus production/réalisation qui allait aboutir à un film.

Il avait été trop absorbé, écrivant à n'importe quelle heure du jour et de la nuit. Il se réveillait à 3 heures du matin pour se jeter sur son ordinateur, buvait du café au milieu de l'après-midi, sa fiction continuant à bourdonner comme une ruche dans sa tête. Il mangeait ce qui lui tombait sous la main, s'endormait quand ses yeux faisaient grève, vivant dans la réalité déformée de sa propre imagination.

Quand il rêvait, c'était par petits flashes d'images érotiques, Morgana et lui se glissant dans le monde fictif qu'il imaginait.

Il se réveillait en la désirant, parfois avec une acuité

presque insupportable. Puis il se rendait à son obligation de terminer le travail grâce auquel ils s'étaient rencontrés.

Parfois, juste avant de sombrer dans un sommeil profond, il avait l'impression d'entendre sa voix.

Le moment n'est pas encore venu.

Mais le moment approchait, il le sentait.

Quand le téléphone sonnait, il l'ignorait, et il prenait rarement la peine de rappeler les gens qui lui avaient laissé un message. S'il avait besoin de changer d'air, il emportait son ordinateur dans le patio. S'il avait pu l'emporter sous la douche, il l'aurait fait.

Relisant son ouvrage, Nash sourit. Il n'avait jamais fait un meilleur travail. Et jamais aussi rapidement. Depuis qu'il avait commencé ce projet, dix jours seulement s'étaient écoulés. Il n'avait dû dormir que trente ou quarante heures, pendant ces dix jours, et il ne se sentait même pas fatigué.

Il était fou de joie.

Après avoir rassemblé ses feuillets, il chercha une enveloppe, éparpillant son fouillis de livres, notes et assiettes sales.

Maintenant, il n'avait plus qu'une idée : faire lire son histoire à Morgana. Elle l'avait inspiré, elle serait la première personne, après son éditeur, à le lire.

Il trouva une vieille enveloppe kraft couverte d'annotations et de petits dessins. Il y fourra la liasse de feuilles et sortit de son bureau. Arrivé dans le hall d'entrée, il s'aperçut dans la glace murale. Il avait les cheveux en bataille, son menton et ses joues étaient noircis par une barbe naissante. Songeur, il se frotta le menton. Peut-être devrait-il se laisser pousser la barbe ? Ce ne serait pas si mal, après tout. Mais pour l'instant, le problème n'était pas là… A en croire le miroir, il ne portait sur lui que la chaîne en argent que Morgana lui avait donnée, et un short rouge.

Il hocha la tête. Autant prendre le temps de se laver et de s'habiller.

Une demi-heure plus tard, il redescendait l'escalier, vêtu d'un jean et d'un sweat-shirt bleu, qui avait le mérite de n'avoir qu'un petit trou sous un bras. Il fallait bien l'admettre, il avait eu un choc en voyant l'état dans lequel se trouvaient l'appartement et ses vêtements entassés dans la salle de bains, attendant d'être enfin nettoyés. C'était un vrai miracle qu'il ait trouvé de quoi se changer. Et qu'il ait pu mettre la main sur son rasoir, son peigne et une paire de chaussures non dépareillée.

Ensuite, il avait mis un quart d'heure à retrouver ses clés. Dieu seul savait pourquoi, elles étaient sur l'étagère supérieure du réfrigérateur, à côté d'une pêche très avancée. Il avait pu constater que, outre la pêche bonne pour la poubelle, il ne restait plus qu'un quart de litre de lait. A quelle étape de transformation ? Il n'avait pas vérifié.

Il serait temps de s'en occuper plus tard.

Ce n'est qu'une fois dans l'escalier qu'il se rendit compte de l'heure : il était bientôt minuit. Il hésita. Allait-il appeler Morgana avant d'aller chez elle ou remettre sa visite au lendemain matin ?

Il secoua la tête. Ce ne serait ni l'un ni l'autre. Bon sang, il avait envie d'elle, maintenant et tout de suite.

Dans sa robe de cérémonie serrée à la taille par une ceinture de cristaux, Morgana sortit dans la lumière argentée dispensée par la pleine lune. Elle portait dans ses bras un panier contenant tout ce dont elle avait besoin pour célébrer l'équinoxe de printemps.

C'était une nuit de fête, de remerciement pour le renouveau apporté à la terre par le printemps. Mais ses yeux étaient troublés. Au cours de cette nuit, où l'obscurité et la clarté s'équilibraient, sa vie allait changer.

Elle le savait, bien qu'elle ne soit pas retournée dans la tour pour regarder de nouveau. Elle n'avait pas besoin de vérifier, son cœur le lui avait déjà annoncé.

C'était difficile d'admettre qu'elle avait failli rester à l'intérieur. Sans doute pour défier le destin. Mais elle aurait fait preuve de lâcheté. Elle allait continuer ce rite, comme elle et tous ceux qui lui ressemblaient l'avaient fait depuis la nuit des temps.

Nash viendrait le moment venu. Et elle l'accepterait.

Des ombres s'étirèrent sur la pelouse quand elle se dirigea vers le bosquet. L'air nocturne sentait le printemps, mélange de fleurs qui s'ouvraient la nuit, du parfum de la mer, et de la terre qu'elle avait retournée elle-même pour planter des fleurs.

Elle entendit le cri d'une chouette, lent et solitaire. Mais elle ne chercha pas à voir les ailes blanches. Pas encore.

Il y avait d'autres bruits : celui du vent dans les arbres, qui caressait les feuilles. Et le murmure d'une musique que tout le monde ne pouvait pas entendre. Le chant des fées, plus vieux que l'être humain.

Elle n'était pas seule ici, dans ce bosquet ombreux, sous cette mer d'étoiles. Elle n'avait jamais été seule dans ce lieu.

Alors qu'elle approchait du lieu magique, son humeur changea, et les nuages qui obscurcissaient son regard se dissipèrent. Posant le panier par terre, elle s'arrêta un instant. Debout, les yeux fermés, les mains en coupe, elle respira les senteurs et la beauté de la nuit.

Même les yeux fermés, elle voyait la lune blanche voguer sur l'océan noir du ciel. Elle voyait sa lumière généreuse se répandre à travers les arbres. Et la force qu'elle sentait monter du plus profond d'elle-même était aussi fraîche, aussi pure et agréable que cette clarté nocturne.

Sereinement, elle ouvrit le panier. Elle en sortit un tissu blanc brodé de fils d'argent, qui avait traversé les générations. Certains disaient qu'il avait été offert à Merlin par le jeune roi dont il était l'ami.

Elle l'étendit sur le sol moelleux et s'y agenouilla.

Un petit gâteau rond, un flacon transparent contenant du vin, des bougies, le couteau de sorcière, avec son manche gravé, le plat et le verre de cérémonie, un petit cercle formé par des fleurs de gardénia, de delphinium et d'ancolie. Et des brins de romarin et de thym, qu'elle éparpilla sur le tissu avec les pétales de rose.

Elle sentit le pouvoir fourmiller au bout de ses doigts, plus chaud maintenant, plus impatient. Se levant, elle déposa des bougies, pures comme de la glace, le long du cercle qu'elle avait formé. Quatorze bougies, en tout, pour symboliser les journées écoulées entre la pleine lune et la lune descendante. Lentement, elle se déplaça le long du cercle, les mains tendues.

L'une après l'autre, les bougies s'allumèrent. Elle se tint au centre du cercle de lumière et dégrafa sa ceinture de cristaux, qui glissa sur le tissu blanc comme une couronne de feu. Elle fit glisser ses bras hors de la robe, qui tomba à ses pieds comme de la neige fondante.

La lueur des bougies nimbait son corps d'une lumière dorée quand elle entama la danse séculaire.

A minuit moins cinq, Nash entra dans l'allée de Morgana. Levant les yeux sur les fenêtres, il poussa un juron. Aucune d'elles n'était éclairée. Morgana dormait.

Eh bien, il la réveillerait, tout simplement. Après tout, une sorcière n'avait sans doute pas besoin de dormir longtemps. Il sourit. C'était ce qu'il allait lui dire.

Cependant, Morgana était aussi une femme. Et les femmes avaient tendance à ne pas apprécier d'être réveillées en pleine nuit. Il ferait mieux de ne pas arriver les mains vides.

Il eut une idée. Calant l'enveloppe sous son bras, il se pencha sur les parterres de fleurs. Morgana n'y verrait que du feu. Elle avait des centaines de fleurs, il pouvait en prendre quelques-unes sans qu'elle s'en rende compte. Grisé par leur parfum, il cueillit une pleine brassée de tulipes, de pois de senteur et de narcisses.

Content de lui, il arrangea son bouquet et se dirigea à grands pas vers la maison. Pan se mit à aboyer avant même qu'il ait eu le temps de sonner. Mais aucune lumière ne s'alluma.

Nash jeta un coup d'œil sur l'allée. La voiture de Morgana était bien là. Il sonna de nouveau. Elle devait dormir profondément. Contrarié, il prit une lente inspiration. Cette urgence qu'il sentait croître en lui semblait ne vouloir tolérer aucune contrariété. Il fallait qu'il voie Morgana, cette nuit.

Refusant de faire demi-tour, il posa l'enveloppe sur le seuil et actionna le loquet. Pan aboya encore, mais d'une voix qui paraissait plus amusée que menaçante. La porte était fermée à clé. Nash se dirigea vers le côté de la maison. Quoi qu'il arrive, il entrerait, et il verrait Morgana avant l'aube.

Une impatience de plus en plus difficile à maîtriser lui fit accélérer le pas, mais quand il parvint à la terrasse latérale, son regard fut irrésistiblement attiré par le bosquet. Et brusquement, il sut. C'était là qu'il la trouverait. Même si son cerveau lui répétait que c'était ridicule. Il faisait nuit, et on ne partait pas dans les bois la nuit. Mais au diable la raison, il allait écouter son cœur !

C'étaient peut-être les ombres, ou les soupirs du vent qui l'incitèrent à se déplacer silencieusement. Il sentait vaguement que cela aurait été blasphématoire de déranger cette belle nuit en faisant du bruit. Il y avait une telle qualité dans l'atmosphère, quelque chose d'inexplicable.

A chaque pas qu'il faisait, son sang battait plus fort contre ses tempes.

Brusquement, il aperçut le pâle scintillement d'une lueur blanche. Il se mit à appeler, mais un bruissement lui fit lever les yeux. Juste au-dessus de lui, sur une branche de cyprès tortueuse, se tenait une grosse chouette blanche. L'oiseau s'envola silencieusement de son perchoir en direction du bosquet.

Nash fit une pause. Son cœur battait la chamade, il allait exploser dans sa poitrine. C'était de la pure folie d'être ici au cœur de la nuit. Cependant, même s'il partait maintenant, ses pas le ramèneraient ici un autre jour, il n'en doutait pas.

Aussi continua-t-il à avancer.

Morgana était là, agenouillée sur un tissu blanc, baignée par le clair de lune qui l'enveloppait d'une lumière argentée. Il ouvrit la bouche pour l'appeler, mais il resta sans voix. Morgana, la taille ceinte de bijoux, des fleurs dans les cheveux, installait un cercle de bougies.

Caché dans l'ombre, il resta sans bouger, les yeux rivés sur elle tandis qu'elle faisait naître les petites flammes sur les bougies blanches comme neige, et qu'elle faisait glisser sa robe pour se retrouver dans sa nudité glorieuse au centre des flammes. Et tandis qu'elle entamait une danse si gracieuse qu'il en eut le souffle coupé.

La lumière lunaire glissait sur sa peau, soulignait ses seins, caressait ses cuisses. Ses cheveux ruisselaient sur son dos, cascade d'ébène, quand elle leva le visage vers les étoiles.

Nash se rappela soudain son rêve, d'une façon si vivace que l'imaginaire et la réalité se fondirent en une seule image, Morgana dansant au milieu. L'odeur des fleurs devint si forte qu'il en fut presque étourdi. Pendant un instant, sa vision se troubla. Il secoua la tête pour l'éclaircir et fit un violent effort pour focaliser son regard.

L'image avait changé. Morgana s'était de nouveau agenouillée et buvait à une coupe d'argent. Autour d'elle, la flamme des bougies s'élevait à une hauteur impossible, l'encerclant comme une barrière d'or. A travers elle, il voyait son corps scintiller, l'éclat de l'argent entre ses seins, à ses poignets. Il entendait sa voix. Elle chantait doucement. Puis sa voix s'amplifia, comme si des milliers d'autres s'étaient jointes à elle.

Pendant un instant, le bosquet fut éclairé par une douce lueur éthérée, comme il n'en avait jamais vu. Elle frémissait, comme si elle avait une pulsation, et elle luisait tel le fil d'une épée argentée sous le soleil. Il sentit la chaleur de cette lumière sur son visage.

Puis les flammes des bougies redevinrent de petits points lumineux, et la voix de Morgana s'évanouit pour faire place au silence.

La chouette, qu'il avait oubliée, fasciné comme il l'était par Morgana, poussa deux cris avant de traverser la nuit tel un nuage.

Morgana se tourna, le souffle court. Il fit quelques pas pour sortir de l'ombre, le cœur battant à grands coups.

Elle hésita un instant. Un avertissement lui était chuchoté à l'oreille. Cette nuit allait lui procurer du plaisir. Plus qu'elle n'en avait jamais eu. Et son prix en serait la douleur. Plus qu'elle n'en souhaitait.

Puis, en souriant, elle sortit du cercle.

7

Des milliers de pensées lui assaillaient l'esprit. Des milliers de sensations faisaient déborder son cœur. Tandis qu'il la voyait marcher vers lui, sa robe flottant autour d'elle comme de la poussière de lune, toutes ces pensées, toutes ces sensations se réduisirent à une seule. Qui avait pour nom Morgana.

Il voulait parler, lui faire comprendre ce qu'il éprouvait en cet instant précis. Mais son cœur battait dans sa gorge, rendant impossible toute tentative de s'exprimer.

C'était plus que le simple désir d'un homme pour une femme. Ce qui montait en lui comme un tourbillon était si loin de son champ d'expériences qu'il aurait été incapable de le décrire, encore moins de l'expliquer.

Il ne savait qu'une chose : dans ce lieu magique, en ce moment enchanté, il n'y avait pour lui qu'une seule femme. Une voix discrète murmurait patiemment à son cœur qu'il n'y avait toujours eu qu'une seule femme et qu'il l'avait attendue toute sa vie.

Morgana s'arrêta, un bras écarté. Des ombres douces, silencieuses, valsaient autour d'eux. Elle n'avait qu'à entrer dans cette danse paresseuse pour se retrouver dans les bras de Nash. Il ne se détournerait pas d'elle, elle le savait. Mais elle, n'avait-elle pas dépassé la limite au-delà de laquelle il lui était possible de se détourner de lui ?

Elle garda les yeux rivés dans les siens. Elle avait

l'impression que des dizaines de doigts invisibles lui pinçaient la peau. Nash paraissait médusé. Elle ne pouvait pas le lui reprocher. Il avait même toutes les raisons de l'être s'il éprouvait le millième des craintes et des besoins qui la submergeaient.

Elle soupira imperceptiblement. Cela ne serait pas facile pour eux. A l'aube, le lien qui les unissait serait scellé. Quelles que soient les décisions que chacun d'eux prendrait dans les prochains jours, ce lien serait immuable.

Elle passa un doigt léger sur les fleurs qu'il portait dans ses bras. Savait-il qu'il avait choisi des fleurs qui symbolisaient l'amour, la passion, la fidélité et l'espoir ?

— Les fleurs cueillies au clair de lune sont porteuses des charmes et des secrets de la nuit, dit-elle à voix basse.

Il les avait oubliées. Comme un homme se réveillant après un rêve, il posa les yeux sur elles.

— Je les ai volées dans votre jardin.

Elle lui adressa un sourire magnifique. Il ne connaissait pas le langage des fleurs, mais sa main avait été guidée.

— Cela ne rend pas leur parfum moins doux, ni votre cadeau moins chargé de pensées.

Levant la main, elle lui effleura la joue.

— Vous saviez où me trouver.

— Je... oui.

Il ne pouvait pas nier le désir qui l'avait poussé vers le bosquet.

— Oui, je le savais, dit-il.

— Pourquoi êtes-vous venu ? demanda-t-elle.

— Je voulais...

Il fit une pause. Il avait ressenti un besoin frénétique de partir de chez lui. Il ne pouvait plus attendre, il fallait qu'il la voie. Mais non, c'était plus basique que cela. Et infiniment plus simple.

— J'avais besoin de vous, dit-il.

Pour la première fois, le regard de Morgana vacilla.

Elle sentait le désir qu'il irradiait, comme une chaleur intense ; il la réchauffait et la tentait. Si elle ne faisait rien pour l'arrêter, ce désir risquait de l'attacher à Nash si fermement qu'aucun charme, aucun sortilège ne pourrait la libérer.

Son pouvoir n'était pas absolu. Elle n'arrivait pas toujours à faire réaliser ses propres vœux. Si elle se donnait à Nash cette nuit, elle courrait tous les risques, et surtout celui de ne plus pouvoir être libre.

Jusqu'à ce soir, sa liberté avait été sa plus chère possession. Levant de nouveau les yeux vers lui, elle repoussa de côté ce bien inestimable.

— Ce que je vous donnerai ce soir, je vous le donnerai le cœur libre. Ce que je prendrai de vous, je le prendrai sans regrets.

Ses yeux luisaient de visions qu'il ne pouvait pas voir.

— N'oubliez pas cela, continua-t-elle. Venez avec moi.

Le prenant par la main, elle le conduisit à l'intérieur du cercle de lumière.

A l'instant où il traversa les flammes, il sentit le changement. Ici, l'air était plus pur, son odeur était plus vivifiante, comme au sommet d'une montagne encore vierge. Même les étoiles semblaient s'être rapprochées d'eux, et la voie lactée se laissait apercevoir entre les branches des pins.

Cependant, Morgana n'avait pas changé. Sa main était ferme dans la sienne.

— Quel est cet endroit ? demanda-t-il.

Instinctivement, il baissa la voix, non par crainte mais par respect. Elle parut dériver, se mariant au son de harpe qui vibrait dans l'air.

— Il n'a pas besoin de nom, répondit-elle.

Elle libéra sa main.

— Il y a de nombreuses formes de magie.

Elle dégrafa sa ceinture de cristaux.

— Nous allons opérer la nôtre ici, continua-t-elle.

Elle sourit et posa lentement la ceinture de cristaux sur le bord du tissu, puis elle se tourna vers Nash. Le clair de lune jetait une lueur argentée dans ses yeux.

Lui ouvrant ses bras, elle lui offrit sa bouche, chaude et moelleuse. La douceur du vin qu'elle avait bu s'attardait sur ses lèvres. Il la sentit, mêlée à la saveur plus riche, plus puissante de la jeune femme. Comment un homme pouvait-il survivre sans cette saveur grisante ? Sa tête se mit à tourner tandis que Morgana l'invitait à s'enivrer.

Avec un gémissement qui semblait monter tout droit de l'âme, il l'attira contre lui, écrasant entre eux le bouquet de fleurs, dont l'odeur délicieuse emplit l'air.

Sa bouche l'électrisait. Sous ses paupières closes, elle devinait la danse des flammes, et l'ombre unique dessinée par son propre corps et celui de Nash. Elle entendait l'écho profond et pur de la brise à travers le feuillage, la musique de la nuit qui exerçait sa propre forme de magie. Et elle entendit son nom chuchoté par les lèvres de Nash qui, une fois de plus, cherchèrent les siennes.

Mais ce qu'elle ressentait était tellement plus réel. Une avalanche d'émotions qu'elle n'avait jamais éprouvées pour personne. Comme elle lui offrait son cœur pour la seconde fois, cette avalanche enfla et l'emporta.

Pendant un instant, elle eut peur de s'y noyer, et cette peur lui donna des frissons. Murmurant à son oreille, Nash la serra plus fort. Elle ne résista pas.

Nash luttait contre l'exigence d'une espèce d'animal griffu qui rôdait dans son ventre, le poussant à la posséder tout de suite, à se nourrir d'elle.

Jamais il n'avait connu un tel accès de fringale pour quoi que ce soit, ni pour qui que ce soit.

Il serra les poings pour s'empêcher de lui arracher sa robe. Au fond de lui, son instinct lui disait qu'elle accepterait cette urgence, qu'elle répondrait à son appétit dévorant. Mais il ne voulait pas que cela se passe ainsi. Pas ici, et pas maintenant.

Pressant son visage dans le creux de son cou, il la serra contre lui en combattant la tyrannie de son désir.

Morgana comprenait, ce qui ne faisait rien pour ralentir les battements de son cœur. Le désir que Nash avait de prendre luttait contre son désir de donner, aussi puissants l'un que l'autre. Son choix serait de première importance. Et la texture de leur amour, ce soir, aurait de l'importance pour chacun d'eux, pour toutes les années futures.

— Nash, je...

Secouant la tête, il prit son visage entre ses mains et plongea dans ses yeux un regard sombre, intense. Elle frémit. Ces yeux-là pouvaient voir jusqu'au plus profond de son âme.

— Vous me faites une peur bleue, réussit-il à dire. Et je me fais une peur bleue moi-même. Maintenant, c'est différent, Morgana. Comprenez-vous ?

Morgana hocha imperceptiblement la tête. Il poussa un long soupir vibrant.

— J'ai peur de vous faire mal.

Elle ne dit rien. Oui, il lui ferait mal. Cette certitude la fit frissonner. La douleur viendrait, quelles que soient les défenses à sa disposition. Mais pas ce soir.

— Non, dit-elle en l'embrassant tendrement.

« Non », pensa-t-il en frottant une joue contre la sienne. Il ne le ferait pas. Il ne pouvait pas. Bien que le désir continue de battre dans son sang, il avait décru de vitesse. Ses mains étaient redevenues fermes tandis qu'il faisait glisser la robe de Morgana sur ses épaules, puis le long de ses bras.

C'était un plaisir sans bornes de la regarder. Il avait déjà vu son corps, quand elle dansait nue au centre du cercle de lumière. Mais c'était comme dans un rêve, elle lui avait paru inaccessible, un beau fantôme hors de sa portée.

Maintenant, elle n'était qu'une femme, et, quand il la touchait, ses mains ne passaient pas au travers de son corps.

Mais il voulait commencer par son visage. Il fit courir ses doigts sur ses joues, ses lèvres, sur la tendre colonne de sa gorge. Elle était bien réelle. N'avait-il pas senti la chaleur de ses seins contre sa poitrine ? Et n'était-ce pas son pouls qui tambourinait sous ses doigts ?

Sorcière ou mortelle, elle était à lui, il pouvait l'aimer. Et cela devait se passer ici, c'était prévu, au milieu des vieux arbres silencieux, dans une semi-obscurité. Par magie.

L'expression de Morgana changea, comme celle de toute femme pleine de désir et d'attente. Il plongea dans ses yeux un regard pénétrant, laissant ses doigts glisser lentement sur ses épaules, ses bras, son dos. La respiration de Morgana se fit plus saccadée et ses lèvres s'entrouvrirent.

Il fit descendre ses mains légères sur sa poitrine. Elle poussa un petit gémissement et oscilla entre ses bras. Lentement, il lui titilla le bout des seins, qui se redressèrent, durs et presque douloureux.

Elle était incapable de bouger. Le diable lui-même aurait pu jaillir des arbres, les yeux lançant des flammes, elle serait restée là, le corps frémissant, le regard rivé dans celui de Nash. Savait-il quel sortilège il avait jeté sur elle avec sa tendresse exquise ?

Rien d'autre n'existait plus que lui. Elle ne voyait que son visage, ne sentait que ses mains sur sa peau. A chaque inspiration, c'était lui qu'elle respirait, lui qui lui donnait l'air indispensable à la vie.

Du bout des doigts, Nash traça le cercle étroit de sa taille, puis ses mains remontèrent dans son dos, jusqu'à sa longue chevelure. C'était inutile de parler, il lui en disait tellement plus par ce contact qui faisait monter la fièvre en lui.

Le corps de Morgana était un régal de courbes tendres, de peau douce, de muscles subtils. Mais il n'éprouvait plus le besoin de se précipiter. C'était mille fois mieux de s'attarder, de savourer, de séduire. Il sentait sa peau chanter sous ses mains. Que lui fallait-il de plus ?

Il posa les paumes sur ses hanches, puis sur ses longues cuisses. En remontant, ses doigts firent un détour et il tressaillit de plaisir en découvrant qu'elle était déjà toute chaude et humide pour lui.

Il la serra plus fort et la renversa doucement sur le tissu étendu par terre, pour permettre à ses lèvres de faire le même voyage grisant.

Le souffle court, Morgana lui arracha sa chemise, et le contact de la peau soyeuse de Nash fit naître un autre cri de plaisir dans sa gorge. Les muscles de Nash étaient durs, la tendresse qu'il lui témoignait demandait plus de force qu'une passion sauvage. Elle murmura quelque chose, et il la bâillonna de baisers enflammés. D'une main preste, elle fit glisser le jean de Nash sur ses hanches, le rendant aussi vulnérable qu'elle.

La lune les éclairait d'une lumière fragile tandis qu'ils s'offraient mutuellement le cadeau le plus précieux au monde. Les fleurs éparpillées qui leur servaient de lit dégageaient des parfums exotiques qui se mêlaient aux odeurs de la nuit. Le vent agitait les feuilles des arbres, mais les flammes des bougies vacillaient à peine.

Quand la passion les saisit et qu'ils roulèrent sur les fleurs et la soie froissée, ils le firent sans hâte. Quelque part dans l'obscurité, la chouette poussa son cri, et l'anneau de flammes se dressa vers le ciel comme autant de lances dorées.

Morgana frissonnait de délices et d'attente, mais elle

n'éprouvait plus la moindre crainte. Fermant les yeux, elle l'enlaça quand il se glissa en elle.

Le sang cognant dans les tempes, il la regarda. Elle avait les yeux grands ouverts, des yeux brillants comme des étoiles contre le bleu profond du ciel. Leurs corps ne faisaient plus qu'un, suivaient le même rythme, dans une danse plus ancienne et plus puissante qu'aucune autre.

Morgana sentit toute la beauté, toute la magie de cet instant. Deux larmes scintillantes s'échappèrent de ses paupières tandis qu'elle s'arquait contre le corps puissant de Nash avant de sentir le sien se mettre à flotter de plaisir. Elle entendit Nash prononcer son nom, comme une prière.

Frissonnant, il enfouit son visage dans ses cheveux. Morgana ouvrit les yeux. Au-dessus d'eux, la voûte céleste fut brièvement illuminée par une étoile filante.

Le temps passait. Les minutes, les heures, quelle importance ? Cela ne le concernait pas. Tout ce qu'il savait, c'était que Morgana était aussi douce que le plus doux des rêves, son corps détendu mais toujours lové contre le sien. S'ils pouvaient ne plus bouger, rester ainsi jusqu'à l'aube !

Mais une idée plus réaliste vint remplacer ce vœu : il fallait peut-être qu'il la laisse respirer.

Il se souleva légèrement, mais Morgana s'accrocha à lui.

— Reste, dit-elle, à moitié endormie.

— Laisse-moi te regarder.

Il se redressa sur un coude et s'offrit le plaisir de la contempler.

Les cheveux de Morgana étaient étalés sur le tissu blanc comme autant de fils de soie enchevêtrés. Ils étaient parsemés de fleurs, ce qui la faisait ressembler à une fée. Ou plutôt à une sorcière ?

Il poussa un long soupir.

— Qu'arrive-t-il quand un pauvre mortel fait l'amour avec une sorcière ?

Elle lui adressa un sourire lent, envoûtant.

— As-tu vu les gargouilles sur la tour de la maison ?

Nash ouvrit la bouche et la referma aussitôt. Morgana éclata de rire.

— J'adore quand tu prends cet air crédule.

Trop heureux pour se sentir vexé, il se mit à jouer avec ses cheveux.

— Ma question est sensée. Je veux dire que… enfin tu es… je sais qui tu es, mais c'est encore difficile à digérer. Même après ce que j'ai vu ce soir.

Il plongea un regard scrutateur dans le sien.

— Je t'ai observée, tout à l'heure.

De ses ongles nacrés, elle suivit le contour de ses lèvres.

— Je sais.

— Je n'ai jamais rien vu de plus beau. Ton corps, la lumière, la musique.

Il fronça les sourcils.

— Il y avait bien de la musique ?

— Oui, pour ceux qui savent l'écouter. Pour ceux qui sont censés l'entendre.

Il hocha la tête. Après tout ce qu'il avait vu, ce n'était pas le plus difficile à accepter.

— Que faisais-tu, au juste ? On aurait dit une espèce de cérémonie.

— Ce soir, c'est l'équinoxe de printemps. Une nuit magique. Et ce qui nous est arrivé est magique aussi.

Ne pouvant résister, il lui embrassa tendrement l'épaule.

— Cela va te paraître banal, mais c'est pourtant vrai. Je n'avais jamais rien vécu d'aussi merveilleux. Avec personne, murmura-t-il.

— Non, avec personne.

Elle sourit encore. Son pouls s'accéléra quand elle le sentit durcir en elle.

— Encore, murmura-t-elle contre sa bouche.

L'aube commençait à poindre quand ils se décidèrent à bouger. Nash enfila sa chemise en regardant Morgana rassembler les fleurs qu'il lui avait offertes.

— Elles sont fanées. Je crains d'être obligé d'en voler encore quelques-unes dans ton jardin, dit-il.

En souriant, elle les prit dans ses bras.

— Celles-ci feront très bien l'affaire.

Sous les yeux ébahis de Nash, le bouquet à moitié fané redevint aussi frais que s'il venait d'être cueilli.

Il se passa une main nerveuse dans les cheveux.

— J'ai bien peur d'avoir du mal à m'habituer à tous ces phénomènes.

Elle déposa les fleurs entre ses bras.

— Garde-les pour moi. Il faut que je défasse le cercle.

Elle fit un geste gracieux, et les flammes s'éteignirent. Chantant une incantation à voix basse, elle ramassa lentement les bougies, qu'elle déposa dans le panier. Puis elle plia le tissu.

— Et voilà. C'est aussi simple que cela.

Elle lui tendit la main, et leurs doigts s'entrelacèrent.

— Veux-tu partager mon lit pour le reste de la nuit ? demanda-t-elle.

Portant leurs mains jointes à ses lèvres, il répondit simplement, sans la quitter des yeux :

— Oui.

Nash soupira de bonheur. Morgana n'en avait jamais assez de lui. Ils s'étaient tournés l'un vers l'autre encore et encore, passant du sommeil à l'amour tandis que la lune pâlissait. Et maintenant que le soleil formait un petit disque rouge sous ses paupières closes, Morgana était en train de lui mordiller le lobe de l'oreille.

Il sourit en murmurant son nom. La tête de Morgana reposait sur sa poitrine. A en juger par la façon dont elle le traitait, elle était prête à faire de nouveau l'amour. Désirant satisfaire ses moindres caprices, il tendit la main vers elle pour lui caresser les cheveux.

Mais il suspendit son geste. Comment Morgana pouvait-elle lui embrasser l'oreille alors que sa tête reposait sur sa poitrine ? Morphologiquement, c'était absolument impossible. Et effrayant. A demi éveillé, il laissa son imagination vagabonder. Il voulait ouvrir les yeux et regarder, mais il allait sûrement découvrir quelque chose de fantastique et se mettre à hurler.

Il soupira. Mais non, voyons, il faisait jour. Les sorcières restaient tranquilles quand il faisait jour.

Avec précaution, il baissa la main et la posa sur les cheveux de Morgana. Ils étaient épais et soyeux, mais cependant... Dieu, la forme de sa tête avait changé. Elle... elle était devenue...

Quand il la sentit bouger sous sa main, il laissa échapper un cri. La gorge nouée, il ouvrit les yeux.

Etendu de tout son long sur sa poitrine, Luna, la chatte, le regardait fixement de ses yeux couleur d'ambre. Elle semblait sourire, d'un petit air satisfait. En riant, Nash recommença à la caresser. Une sensation froide sur la joue le fit sursauter. Pan était là lui aussi, les pattes de devant posées sur le lit, sa grosse tête aux poils argentés penchée sur le côté. Il le regardait d'un air curieux. Avant que Nash puisse prononcer un mot, le chien lui lécha encore le visage.

— Salut, mon vieux, marmonna Nash.

Il attendit que son esprit s'éclaircisse et que les battements de son cœur ralentissent. Luna s'étira et remonta sur son torse à pattes de velours pour venir l'examiner de plus près. Son ronronnement ressemblait à un rire étouffé.

— D'accord, tu m'as bien eu, dit Nash en riant.

Tendant un bras vers elle et l'autre vers le chien, il leur caressa la tête.

— Ils t'ont apprivoisé ?

Morgana apparut sur le pas de la porte.

— Ils ont l'air de t'apprécier beaucoup, continua-t-elle.

— Oui, nous formons une famille unie.

Une tasse fumante à la main, Morgana s'approcha du lit. Elle avait passé une robe rouge à fines bretelles qui lui arrivait juste au-dessus du genou. A ses oreilles, des boucles composées de perles et de petites pierres jetaient des éclats irisés.

Nash la dévorait des yeux. Un fumet exotique flotta vers ses narines.

— C'est du café ? demanda-t-il.

Morgana s'assit au bord du lit et huma le contenu de la tasse.

— Je crois que oui.

Souriant, il joua avec une mèche de ses cheveux, qu'elle avait réunis en une tresse épaisse.

— C'est absolument adorable, dit-il.

Les yeux de Morgana s'emplirent d'étonnement.

— Pardon ? Oh, tu crois que j'ai apporté cette tasse pour toi !

Sans le quitter des yeux, elle tapota la tasse et dit d'un ton faussement sérieux :

— Monsieur croit que j'ai décidé de lui apporter son café au lit parce que je le trouve irrésistible !

Il jeta sur la tasse un regard plein de convoitise.

— Euh...

Elle éclata de rire devant sa mine déconfite.

— Eh bien, il s'avère que tu as parfaitement raison !

Elle lui tendit le breuvage noir.

Avec un sourire complice, il se mit à boire lentement et l'observa par-dessus le bord de la tasse. Il n'était pas spécialement difficile, pour le café, mais là... il n'en trouverait certainement pas de meilleur dans tout le Mississippi.

— Merci, Morgana...

Il lui effleura le cou du bout des doigts.

— Jusqu'à quel point suis-je irrésistible ?

Sans répondre, elle observa d'un regard amoureux ses cheveux emmêlés tombant sur ses yeux lourds de sommeil, son torse aux muscles harmonieux, et sa bouche au dessin parfait, qui la tentait au-delà de toute expression.

Elle l'embrassa doucement et recula en poussant un petit soupir.

— Je dois aller travailler.

— Aujourd'hui ?

Il tendit une main paresseuse vers sa nuque.

— Mais c'est une fête nationale aujourd'hui ! s'exclama-t-il.

— Tu en es sûr ?

Elle avait le parfum des fleurs qui ne s'ouvrent que la nuit. Il hocha la tête.

— C'est la journée nationale de l'Amour ! Tu es censée la fêter en...

— Je vois en gros ce que tu veux dire, chuchota-t-elle en lui mordillant la lèvre inférieure. Malheureusement, j'ai des clients qui m'attendent.

— Voilà qui n'est pas très patriotique, Morgana. Je suis choqué.

— Il y a de quoi. Bois ton café. Tu trouveras à manger dans le réfrigérateur si tu veux déjeuner.

— Tu aurais dû me réveiller plus tôt.

— Tu dormais comme un bébé. Et je ne voulais pas que tu me détournes du droit chemin, dit-elle en riant.

Lui attrapant la main avant qu'elle puisse s'éloigner, il planta ses yeux dans les siens.

— J'aimerais passer des heures à te détourner du droit chemin.

Elle sentit ses genoux faiblir.

— Je te donnerai une chance plus tard, dit-elle d'une voix mal assurée.

— Nous pourrions dîner ensemble ?

— Nous pourrions.

Son sang commençait à bouillir, mais elle ne se décidait pas à libérer sa main. Il la porta à ses lèvres.

— A 19 h 30 ? proposa-t-elle.

— Parfait.

— Tu feras sortir Pan ?

— Pas de problème.

Il lui mordilla le poignet, faisant accélérer les pulsations de son cœur.

— Morgana, j'ai encore une chose à te dire.

Elle lutta pour rester ferme.

— Nash, je ne peux vraiment pas...

— Ce n'est pas ce que tu crois. J'ai laissé quelque chose pour toi sous le porche, hier soir. J'espérais que tu prendrais le temps de le lire.

— Ton manuscrit ? Tu l'as terminé ?

Il hocha la tête.

— J'aimerais avoir ton avis.

— J'essaierai d'en avoir un.

Elle se pencha pour l'embrasser.

— Au revoir.

— A ce soir.

Comme elle tournait les talons, il poussa un juron.

— Qu'y a-t-il ?

— Ma voiture est garée derrière la tienne. Passe-moi mon pantalon.

Elle se mit à rire.

— Nash ! Tu exagères.

Elle sortit de la pièce, suivie de près par Luna.

— Ouais, dit Nash en s'adressant à Pan. Je suppose qu'elle est assez grande pour se débrouiller toute seule.

Il se cala contre les oreillers et sirota son café refroidi. Il examina la pièce. C'était la première fois qu'il pouvait voir de quoi Morgana s'entourait dans sa vie privée.

C'était spectaculaire, bien sûr. Elle aimait les ambiances théâtrales, où qu'elle soit. Ici, c'étaient les couleurs surtout qui attiraient l'attention. Les murs étaient turquoise. Le jeté de lit, qu'ils avaient repoussé du pied la veille, était vert émeraude. On retrouvait ces couleurs dans les rideaux par des touches plus ou moins appuyées. Le cannage du sofa placé sous la fenêtre avait une teinte saphir, et les coussins affichaient les couleurs rutilantes du grenat, de l'améthyste et de l'ambre. Le sofa était surmonté d'une lampe de cuivre, de forme sinueuse, accrochée au mur. Mais le plus magnifique, c'était encore le lit avec son fouillis de draps froissés, témoin de leur nuit d'amour.

Intrigué, Nash se leva. Nu, sa tasse de café à la main, il se promena dans la pièce.

Un dragon d'argent poli trônait sur la table de chevet, la tête en arrière, la queue dressée. La mèche de la lampe à huile entre ses mâchoires ouvertes laissait présager qu'il crachait du feu. Face au lit se trouvait une petite coiffeuse avec un tabouret rembourré de satin. C'était d'une féminité exquise. Il imagina Morgana assise devant le miroir ciselé, passant dans sa chevelure luxuriante la brosse au manche argenté incrusté de pierreries, ou s'enduisant la peau de crème ou de lotion prises dans un des nombreux flacons colorés qui garnissaient la coiffeuse et qui réfléchissaient les reflets du soleil.

Incapable de résister, il en prit un et ôta le long bouchon de cristal. Il en huma le contenu. A cet instant, Morgana semblait être si près de lui qu'il la voyait. Il y avait là toute la complexité et la force de la magie féminine.

A contrecœur, il reboucha le flacon et le remit à sa

place. Bon sang, il ne voulait pas attendre toute la journée pour la revoir. Il ne pouvait même pas attendre une heure.

Il prit une profonde inspiration. Allons, mon vieux, du calme ! Elle vient juste de partir. Il n'allait pas faire l'imbécile ou se conduire comme un homme ensorcelé. Il fronça les sourcils. Quelle idée ! Cependant, il ne put s'empêcher d'avoir un doute, qu'il rejeta aussitôt. Non, il n'était pas ensorcelé. Il savait exactement ce qu'il faisait, il contrôlait parfaitement ses actes. Mais Morgana était si présente dans cette chambre que cela lui donnait envie d'elle.

Poussant un soupir de frustration, il passa les doigts sur une pile de pierres colorées qu'elle gardait dans un compotier. S'il était obsédé par Morgana, cela s'expliquait très bien. Ce n'était pas une femme ordinaire. Après ce qu'il avait vu et appris, c'était normal qu'il pense à elle plus souvent qu'il ne le ferait pour une autre femme. Après tout, il avait toujours apprécié le surnaturel. Morgana était la preuve vivante qu'il existait dans le monde ordinaire.

De plus, elle était une amante incroyable. Généreuse, libre, outrageusement réactive. Elle avait de l'humour et de l'esprit, et un corps agile. Cette combinaison à elle seule pouvait faire perdre la tête à n'importe quel homme. Si l'on ajoutait la poussière magique, Morgana devenait carrément irrésistible.

Il hocha la tête. Sans oublier qu'elle l'avait considérablement aidé à construire son scénario. Plus il y pensait, plus il en était sûr : ce manuscrit était le meilleur qu'il ait jamais produit.

Cependant… si Morgana le détestait ? Cette idée s'imposa soudain à son esprit. Il regarda devant lui d'un air affolé. Le fait qu'ils aient partagé le même lit, et aussi autre chose, trop immatériel pour être nommé, ne garantissait pas qu'elle comprenne ou apprécie son travail.

Il serra les dents. Bon sang, à quoi avait-il pensé en lui demandant de le lire avant qu'il l'ait peaufiné ?

Décidément, il avait eu une idée idiote. Dégoûté, il ramassa son jean et l'enfila. Il avait de quoi s'angoisser pendant le reste de la journée. En soupirant, il se dirigea vers la douche. Comment avait-il pu se laisser à ce point influencer par une femme ? Il avait complètement perdu la tête.

8

Au bout d'un long après-midi de travail, Morgana put enfin se détendre quelques minutes. Entre le va-et-vient incessant de la clientèle, les coups de téléphone et les livraisons, elle n'avait pas eu le temps de lire une ligne du manuscrit de Nash.

Après avoir mis l'eau à bouillir pour le thé, elle commença à grignoter une tarte aux raisins. Elle poussa un petit soupir. Puisque Mindy la relayait à la boutique, elle allait pouvoir attaquer le fameux manuscrit.

Dès les premières lignes, elle fut intriguée. Une heure plus tard, elle avait oublié son thé. Fascinée, elle revint à la première page et recommença sa lecture. C'était formidable. Elle eut un élan de fierté. L'homme qu'elle aimait avait créé une histoire riche, intelligente, passionnante.

Oui, Nash avait du talent. Elle le savait déjà, ses films l'avaient toujours beaucoup intéressée et impressionnée. Mais c'était la première fois qu'elle lisait un scénario. Elle s'était imaginé que c'était une ébauche, une simple trame qui servait de base au travail du réalisateur et des acteurs. Mais c'était si riche, plein de vie et d'esprit, que c'était beaucoup plus que des mots écrits sur du papier. Elle voyait l'histoire se dérouler sous ses yeux, elle entendait les répliques.

Elle sourit. Il était bien possible que ce soit le film de l'année.

Elle était surprise que cet homme qui pouvait être parfois plein de suffisance possède tant de trésors cachés. Et, la veille, elle avait aussi découvert en lui un monde de tendresse.

Mettant le manuscrit de côté, elle se renversa sur le dossier du canapé. Elle s'était toujours crue psychologue, mais apparemment, Nash n'avait pas fini de l'étonner.

Nash s'était aussitôt attaqué au scénario suivant. Ce n'était pas le moment de laisser filer une bonne idée, il se sentait particulièrement inspiré.

Le fait de partir de chez Morgana sans fermer la porte d'entrée à clé l'avait ennuyé. Mais avec sa réputation, et son chien-loup, il y avait peu de chance que quelqu'un s'aventure chez elle.

Et elle avait probablement jeté un charme protecteur sur sa maison.

En chantonnant, il se débattit avec un bouquet de fleurs — qu'il avait achetées, cette fois — pour les mettre dans un vase. Tout allait être parfait, sans aucun doute. Mais elles semblaient vouloir le narguer, et ne se laissaient pas faire. Après quelques tentatives désespérées, il secoua la tête. Il devait se rendre à l'évidence : il était incapable d'arranger un bouquet. Prenant un vase un peu plus haut, il arriva à les disposer tant bien que mal. Il soupira. Plutôt mal, en fait. Ce n'était pas à proprement parler une réussite, mais c'était plus présentable.

Et elles sentaient si bon.

Il consulta sa montre. Fichtre, le temps passait à toute allure. S'accroupissant devant l'âtre, il prépara un feu. Cela lui prit plus de temps, et sans doute plus d'effort, que cela n'en aurait pris à Morgana, mais les flammes finirent par lécher joyeusement le bois. Un feu n'était pas vraiment nécessaire, cependant il ajoutait à l'atmosphère quelque chose d'inestimable.

Satisfait, il se leva et examina le décor qu'il avait eu tant de mal à planter. La table pour deux était dressée. Il avait trouvé une nappe blanche dans un tiroir. Il avait sorti d'un bahut ancien de superbes assiettes en porcelaine décorées sur leur pourtour de minuscules boutons de roses. Il avait disposé dans les règles de l'art les lourds couverts d'argent et les coupes à champagne en cristal. Toutes ces merveilles appartenaient à Morgana, bien sûr. Et pour finir, il avait plié en triangles les serviettes en damas vieux rose.

C'était parfait.

Mais il secoua brusquement la tête en poussant un juron. Et la musique ? Comment avait-il pu oublier la musique ? Et les chandelles ? Fonçant vers la stéréo, il fouilla dans une immense collection de CD. Chopin. Oui, c'était le bon choix, quoiqu'il se sente plus sensibilisé par les Rolling Stones que par la musique romantique. Il glissa le disque dans le lecteur et hocha la tête en entendant les premières notes. Puis il partit à la chasse aux bougies.

Dix minutes plus tard, il en posa une dizaine tout autour de la pièce et les alluma. Des parfums de santal, de vanille et de jasmin flottèrent dans le salon. Il avait préféré cette pièce, plus intime que la salle à manger aux proportions imposantes.

En entendant la voiture de Morgana, il se rua vers la porte, Pan sur les talons.

Morgana vit tout de suite la voiture de Nash. Il avait une demi-heure d'avance, mais cela ne la dérangeait pas le moins du monde. En souriant, elle se dirigea vers l'entrée, avec le manuscrit de Nash, et une bouteille de champagne à la main.

Nash la prit dans ses bras et lui donna un long baiser qui lui coupa le souffle.

Quand ils redescendirent sur terre, elle lui tendit la bouteille et l'enveloppe kraft contenant le scénario.

— Tu es en avance, dit-elle.

— Je sais.

Il jeta un coup d'œil à l'étiquette du champagne.

— Mmm… Nous allons fêter quelque chose ?

— Je crois que nous pouvons.

Elle redressa la tête, faisant glisser sa tresse sur son épaule.

— En réalité, c'est un petit cadeau de félicitations. Mais j'espère que tu voudras bien partager.

— Avec plaisir. Peux-tu me dire ce qui me vaut tes félicitations ?

Elle fit un signe de tête vers l'enveloppe.

— C'est ça… ton scénario.

Le petit nœud qui avait pesé sur son estomac toute la journée se desserra.

— Tu l'as déjà lu ? Il t'a plu ?

— Non, il ne m'a pas plu. Je l'ai adoré. Et quand je serai assise confortablement, je te dirai pourquoi.

— Allons dans le salon.

Il l'enlaça de son bras libre.

— Comment s'est passée ta journée ? s'enquit-il.

— Très bien. Un peu épuisante. Je vais demander à Mindy si elle peut me remplacer une ou deux heures de plus par jour. Nous sommes…

Elle fit une pause en entrant dans le salon.

La lueur des bougies était aussi mystique et romantique que le clair de lune. Elle faisait luire l'argenterie et jetait des arcs-en-ciel sur le cristal. Le parfum des fleurs et de la cire faisait écho aux violons qui jouaient en sourdine. Le feu brûlait doucement.

Elle avait rarement été émue à ce point. Les larmes lui montèrent aux yeux, des larmes jaillies d'une émotion si pure que c'était presque insupportable.

Elle le regarda, et les lueurs vacillantes jetèrent des étoiles dans ses yeux.

— Tu as fait ça pour moi ?

Un peu trop ému lui-même, il lui effleura la joue du bout des doigts.

— Ce n'est pas moi, ce sont les elfes, dit-il avec un sourire d'une infinie tendresse.

— J'aime beaucoup les elfes.

Elle posa ses lèvres souriantes sur sa bouche.

— Et les scénaristes, est-ce que tu les aimes ?

Elle passa les bras autour de sa taille.

— J'apprends à les apprécier, dit-elle, malicieuse.

Nash se rendit compte brusquement qu'il avait les bras trop encombrés pour serrer Morgana contre lui autant qu'il le voulait.

— Je vais me libérer les mains et déboucher la bouteille de champagne.

— Quelle bonne idée !

Avec un long soupir de plaisir, elle ôta ses chaussures tandis que Nash sortait d'un seau à champagne une bouteille déjà rafraîchie. Il la compara à celle de Morgana.

— C'est de la télépathie ? demanda-t-il.

S'approchant de lui, elle sourit d'un air complice.

— Tout est possible, répondit-elle.

Il jeta l'enveloppe sur le canapé, coinça la seconde bouteille dans la glace et fit promptement sauter le bouchon de la première. Il remplit les coupes et lui en tendit une. Ils trinquèrent.

— A la magie !

— Toujours, murmura-t-elle.

Elle se mit à boire à petites gorgées. Lui prenant la main, elle le conduisit vers le canapé, où elle se lova contre lui et contempla le feu.

— Eh bien, qu'as-tu fait aujourd'hui, à part convoquer les elfes ? s'enquit-elle joyeusement.

— Je voulais te montrer mon aspect gentleman.

Gloussant de rire, elle lui posa un baiser léger sur la joue.

— J'aime tous tes aspects.

Il posa les pieds sur la table basse.

— J'ai passé un temps fou à essayer de faire un bouquet de fleurs digne de ce nom. Comme dans les films.

— Je crois que tes efforts ont été récompensés.

Jouant avec une de ses boucles d'oreilles, il continua :

— J'ai fait aussi quelques corrections sur mon manuscrit. Et surtout, j'ai beaucoup pensé à toi. J'ai reçu un coup de fil de mon agent littéraire. Il était excité comme une puce. Et j'ai encore pensé à toi.

En riant, elle posa la tête sur son épaule.

Elle était à la maison. Complètement.

— J'ai l'impression que tu as eu une journée très fructueuse, conclut-elle. Pourquoi ton agent était-il excité ?

— Il venait de recevoir un appel d'un producteur qui lui a paru plus qu'intéressé.

Il la regarda dans les yeux. Visiblement, elle était ravie. Elle se redressa.

— Intéressé par ton scénario ?

— D'emblée. C'est vraiment un coup de chance.

Elle secoua la tête.

— Non, cela n'a rien à voir avec la chance. Il y a de la magie là-dedans.

Elle lui tapota le front.

— Et ici, ajouta-t-elle en posant l'index sur son cœur. Quel que soit l'endroit d'où vienne l'imagination.

Pour la première fois dans sa vie d'adulte, il se sentit rougir. Espérant le cacher à Morgana, il l'embrassa.

— Merci. Mais je n'aurais pas réussi sans toi.

Avec un petit rire de gorge, elle s'installa confortablement contre le dossier.

— Comme je n'aime pas te contredire, je ne vais pas le faire, plaisanta-t-elle.

Il passa une main langoureuse sur ses cheveux tressés. C'était si bon d'être assis côte à côte, la journée derrière soi, avec quelqu'un qui comptait vraiment pour lui.

— Pourquoi ne flattes-tu pas mon ego en me disant ce qui t'a plu dans mon histoire ?

Elle tendit sa coupe pour qu'il la remplisse de nouveau.

— Je doute que ton ego ait besoin d'être flatté. Mais je vais quand même te le dire.

— Prends ton temps. Je ne veux pas que tu oublies quelque chose.

— Tous tes films ont de la substance. Même quand il y a de l'hémoglobine ou un monstre qui gratte à la fenêtre, la qualité est là. Au-delà des effets effrayants. Dans celui-ci, tu vas certainement continuer à faire battre les cœurs plus vite avec la scène du cimetière, et celle du grenier, mais tu as franchi une étape supplémentaire.

Elle se tourna face à lui.

— Ce n'est pas une simple histoire de sorcellerie, de pouvoir et de conjuration des forces, qu'elles soient bonnes ou mauvaises. Il s'agit des gens, il y a une humanité indéniable. Il y est question de confiance dans son propre cœur, et de croyance dans le merveilleux. C'est une espèce de célébration de la différence, même quand celle-ci est difficile à vivre. Et à la fin, malgré la douleur, les peines de cœur et la peur, il y a l'amour. C'est ce que nous espérons tous rencontrer.

— Le fait que Cassandra lance des sorts en jetant de la terre de cimetière ou en chantant des incantations devant un chaudron ne t'a pas gênée ?

— Permission artistique, répondit-elle en relevant un sourcil. Je suis passée au-dessus de ces aspects dus à ton imagination. Même quand elle se prépare à vendre son âme au diable pour sauver Jonathan.

Haussant les épaules, il vida sa coupe de champagne.

— Cassandra ayant le pouvoir de faire le bien, l'histoire

n'aurait pas assez de sel si elle ne s'affrontait pas au moins une fois avec les forces du mal. Il y a quelques obligations de base pour les films d'horreur. Bien que celui-ci ne soit pas exactement classable dans cette catégorie, je crois qu'elles sont justifiées.

— Le bien finissant par triompher du mal ?

— Par exemple. L'innocent doit souffrir, fatalement. Puis il y a le rite de passage. Ce même innocent doit verser une partie de son sang.

— C'est une caractéristique de l'humanité, dit-elle sèchement.

— Masculine ou féminine, ajouta Nash. Je ne suis pas sexiste. Et à travers plusieurs sacrifices, le bien doit finir par l'emporter sur le mal.

— Cela me semble juste.

— Il y a encore autre chose. Que je préfère, personnellement.

Se penchant vers elle, il passa un doigt léger sur son cou. Elle frissonna.

— Le public devrait se demander si le mal qui a été vaincu finit par refaire surface, quand le film est fini.

Elle pinça les lèvres.

— Nous savons tous que le mal finit toujours par refaire surface.

Il sourit.

— De même, nous nous demandons tous, la nuit, quand nous sommes seuls, s'il n'y a pas quelqu'un caché dans le placard.

Il lui mordilla le lobe de l'oreille.

— Ou si ce qui agite les buissons devant la fenêtre, ce qui rôde dans l'ombre, prêt à se jeter sur nous…

Quand la sonnerie de l'entrée retentit, Morgana fit un bond. Nash éclata de rire. Morgana fronça les sourcils. Reprenant sa dignité, elle lissa sa jupe.

— Qu'attends-tu pour aller ouvrir ? dit-elle d'un air provocateur.

Quand il s'éloigna, elle se laissa aller au frisson qu'elle retenait depuis quelques minutes. Nash était vraiment doué. Si doué qu'elle s'était laissé piéger. Allait-elle lui pardonner ? Elle n'en savait trop rien. Avant qu'elle se décide, Nash revint, accompagné d'un homme dégingandé de haute taille, qui portait un grand plateau. Il était affublé d'un chapeau blanc et d'un nœud papillon rouge. Un badge agrafé au-dessus de la poche de sa veste indiquait : « Chez Maurice ».

— Posez-le sur la table, s'il vous plaît, Maurice, dit Nash.

— Je m'appelle George, monsieur, dit l'homme d'une voix chagrine.

— Excusez-moi.

Il adressa un clin d'œil à Morgana.

— Vous n'avez qu'à tout déposer ici.

— Je crains que cela ne me prenne un petit moment, fit remarquer George.

— Nous avons tout notre temps.

— La mousse au saumon doit rester au frais, dit George.

Morgana se leva.

— Je vais la mettre au réfrigérateur.

En s'éloignant, elle entendit George dire d'une voix plaintive qu'il n'avait pas trouvé de radis sur le marché, et qu'il les avait remplacés par des endives.

Quelques instants plus tard, Nash la rejoignit dans la cuisine.

— Il ne vit que pour et par la cuisine, dit-il. Il ne supporte pas qu'un livreur malmène un plat de champignons fourrés. Cela le fait pleurer, littéralement.

Elle se mit à rire.

— Qu'a-t-il apporté ? s'enquit-elle d'un air gourmand.

— Salade d'endives au crabe. Homards. Mais si nous passions au concret ? A table !

— C'est très inventif, dit-elle, admirative.

— J'avais pensé d'abord à un panier pique-nique avec du poulet, mais j'ai trouvé que cela t'impressionnerait davantage.

— C'est réussi.

Elle plongea une bouchée de homard dans le beurre fondu.

— Tu as composé un décor très agréable, dit-elle.

Elle posa une main légère sur la sienne.

— Merci.

— Nous referons cela souvent, dit-il sans la quitter des yeux.

Des dizaines, des centaines de fois, pensa-t-il. Rien que tous les deux, en tête à tête.

Il se ressaisit. Pourquoi faire des projets si sérieux ? Après tout, ça ne serait peut-être pas du goût de Morgana. Pour alléger son cœur, il versa du champagne dans les coupes.

— Morgana ?

— Oui ?

— Il y a quelque chose que je veux te demander depuis plusieurs jours...

Il prit sa main dans la sienne et l'embrassa. Sa peau était mille fois plus appétissante encore que ce menu alléchant.

— La nièce de Mme Littleton va-t-elle au bal des étudiants ?

Morgana cligna des yeux, puis elle rejeta la tête en arrière et éclata de rire.

— Mon Dieu, Nash, tu es vraiment romantique !

— Je suis curieux, c'est tout.

Ne pouvant résister à la lueur malicieuse qu'il lisait dans ses yeux, il sourit.

— Bon, d'accord. J'aime les dénouements heureux. Est-ce qu'elle l'a eu, son homme ?

Morgana dégusta une autre bouchée de homard.

— Apparemment, Leslie a eu le courage de demander à Matthew s'il l'accompagnerait au bal.

— Bravo. Et ensuite ?

— Je sais cela par Mme Littleton. Ce n'est donc pas très précis.

Nash se pencha vers elle pour lui tapoter le bout du nez.

— Ecoute, bébé, je suis écrivain. Tu n'as pas besoin de faire des grands effets. Contente-toi de raconter.

— D'après ce qu'elle m'a dit, Matthew a rougi, puis il a remonté ses lunettes sur son nez en répondant que oui, pourquoi pas ?

Nash leva solennellement sa coupe.

— A Leslie et Matthew !

Morgana en fit autant.

— A leur amour. Leur premier amour. C'est le plus délicieux.

Il releva un sourcil inquisiteur.

— Qu'est devenu ton flirt du lycée ? interrogea-t-il.

— Qu'est-ce qui te fait penser que j'en avais un ?

— Je suppose que tu en avais un, comme tout le monde.

Morgana hocha vaguement la tête.

— Oui, j'en ai eu un. Un seul. Il s'appelait Joe, et il jouait dans l'équipe de basket. Il était très grand. C'était important pour moi, à l'époque, car je dépassais d'une tête la moitié des garçons. Nous nous sommes vus régulièrement pendant toutes nos études secondaires. Nous nous retrouvions souvent dans sa voiture.

— Je vois la scène d'ici.

Il sourit.

— Scène d'extérieur, la nuit. La voiture garée sur une route sombre et déserte. Les deux amoureux enlacés, volant des baisers désespérés pendant que la radio joue *A Summer Place*.

— Je crois me souvenir que c'était Hotel California, corrigea Morgana en riant.

— Si tu veux. Puis, les derniers accords de guitare…

— Comme tu dis. Nous nous sommes quittés. Il est parti pour Radcliffe, et moi pour Berkeley. J'avoue que mon cœur n'est pas resté longtemps avec lui, à plus de trois mille kilomètres de distance.

Nash poussa un soupir faussement exaspéré.

— Voilà bien les femmes !

— Je sais que Joe s'en est bien remis. Il a épousé une étudiante en économie et ils sont partis vivre à Saint-Louis. Et là-bas, il a créé une équipe de basket.

— Ce bon vieux Joe.

Cette fois, c'est Morgana qui versa le champagne dans les coupes.

— Et toi ?

— Je n'ai jamais beaucoup joué au ballon.

— Je te parle de ta petite amie, idiot ! Ou plutôt, de tes petites amies !

— Oh !

Il se renversa sur les coussins, savourant l'instant présent, le feu qui craquait, la femme qui lui souriait dans la lumière des bougies, la légèreté due au champagne.

— Elle s'appelait Wicki. Avec un i. Elle était supporter de notre équipe de basket.

— Et quoi d'autre ?

— J'ai rêvé d'elle pendant deux mois avant de trouver le courage de l'aborder. J'étais plutôt du genre timide.

Morgana lui sourit par-dessus le bord de son verre.

— Dis-moi plutôt quelque chose de convaincant.

— C'est vrai, je t'assure. Mes parents avaient déménagé au milieu de l'année. L'équipe de basket et l'orchestre étaient composés depuis plusieurs semaines. J'ai eu du mal à m'intégrer, il ne me restait plus qu'à observer et imaginer.

Elle hocha la tête. Ces paroles lui provoquaient un petit pincement au cœur.

— Et c'est ainsi que tu as passé beaucoup de temps à observer Wicki avec un « i ».

— Pendant ce qui m'a paru être des décennies. Dès que je l'ai vue, je suis tombé amoureux d'elle.

Faisant une pause, il la regarda d'un air rêveur.

— Et toi, tu étais supporter d'une équipe ? finit-il par demander.

— Non, désolée.

— Un jour, j'ai pris mon courage à deux mains et j'ai invité Wicki à aller au cinéma. Voir Vendredi 13. Dans la salle noire, je lui ai pris la main. Wicki n'a pas protesté. Nous sommes sortis ensemble pendant le reste de l'année scolaire. Ensuite, elle m'a laissé tomber pour un type qui avait une moto et un tatouage.

— Quelle idiote !

Haussant les épaules avec philosophie, Nash termina son homard.

— J'ai appris qu'elle s'était enfuie avec lui à El Paso. Il paraît qu'ils vivent maintenant dans une caravane. Après tout, ça lui apprendra à m'avoir brisé le cœur.

Inclinant la tête, Morgana le regarda en plissant les paupières.

— Il me semble que tu t'en es remis.

— En partie, seulement.

Il n'aimait pas parler de cette période de sa vie, avec personne. Pour éluder le sujet, il se leva et changea le disque pour un Gershwin au rythme tranquille. Revenant à table, il attira doucement Morgana vers lui en la prenant par la main.

— Si on dansait ?

En souriant, elle se laissa guider, les bras autour de sa taille, les mains de Nash autour de son cou. Leurs corps soudés, ils se laissèrent aller au rythme lent de la musique.

Nash retint son souffle. Cet instant était de la pure magie. Les bougies jetaient une lueur dorée sur le visage et les épaules de Morgana, dont la peau blanche témoignait bien de ses origines irlandaises. Elle paraissait fragile comme la porcelaine. Ses cheveux aussi noirs que la nuit étaient éclaboussés de petites étoiles de lumière. Et il y avait encore des étoiles dans ses yeux, saupoudrées comme de la poussière de lune sur le bleu nuit profond de ses iris.

Leur premier baiser fut calme, une rencontre douce mais qui promettait tout ce qu'ils pouvaient espérer. Nash sentit l'effet du champagne dans sa tête tandis qu'il recommençait à l'embrasser et que leurs lèvres s'entrouvraient comme des pétales de roses.

Se serrant contre lui, Morgana fit lentement glisser ses doigts le long de son cou, titillant ses nerfs. Poussant un gémissement sourd qui lui fit bouillonner le sang, elle se mit à remuer contre lui en lui rendant un baiser encore plus profond.

Il remonta ses mains le long de son dos, excité par le frisson qui la secouait. La dévorant des yeux, il fit sauter l'élastique qui retenait le bout de sa tresse et enfonça des doigts avides dans sa lourde chevelure pour défaire les croisements compliqués des mèches. Il sentit qu'elle retenait son souffle. Ses yeux s'élargirent, plus sombres, quand il lui renversa la tête en arrière pour butiner ses lèvres.

Morgana avait le vertige. Ce baiser avait le goût du danger, du délice et du désespoir. Une combinaison qui tourbillonnait en elle, véritable philtre magique, plus entêtant que n'importe quel vin. Sous ses mains, elle sentait les muscles tendus de Nash. Elle frissonna, avec un mélange de crainte et de plaisir. Que se passerait-il quand ils s'écarteraient l'un de l'autre ?

Le désir prenait des formes variées. Ce soir, ce ne serait

pas l'exploration patiente à laquelle ils s'étaient livrés avant. Ce soir, un volcan menaçait d'être en éruption.

Brusquement, Nash n'y tint plus. Toutes ses barrières s'effondrèrent. S'écartant d'elle, il lui saisit les bras. Son corps n'était qu'un immense besoin urgent. Sans rien dire, elle le regarda dans les yeux, les lèvres lourdes de son baiser, les cheveux cascadant sur ses épaules. Les yeux embrumés et pleins de promesses secrètes.

Il l'attira de nouveau contre lui. Et tout en dévorant sa bouche, il la souleva dans ses bras.

Elle n'avait jamais pensé qu'elle se laisserait emporter un jour de la sorte. Elle s'était trompée. Impatiente, elle promena ses lèvres sur le visage de Nash, sur sa gorge, avant de remonter vers ses lèvres.

Il ne s'arrêta pas à la porte de la chambre, même en voyant qu'elle avait apporté les bougies et la musique avec eux. Le lit était au centre du cercle lumineux, comme une invitation. Il s'y laissa tomber avec elle.

Des mains impatientes, des bouches affamées, des mots passionnés. Il voulait que cela ne s'arrête jamais. Rien ne pourrait rassasier cette faim dévorante. Morgana était aussi exigeante que lui. Leurs flammes s'alimentaient mutuellement, les embrasant tout entiers. Mais il voulait la pousser plus loin, plus vite, et qu'il n'y ait plus que la chaleur aveuglante et le vent déchaîné de leur passion.

Morgana ne pouvait pas reprendre son souffle. L'air était trop lourd. Et chaud, si chaud que sa peau aurait dû s'embraser. Elle tendit une main vers le visage de Nash. Elle allait lui demander, le supplier de la laisser se ressaisir un instant. Mais elle n'en eut pas le temps. Les mots qu'elle voulait prononcer se noyèrent dans la bouche de Nash, et elle oublia le sursaut de raison qui venait de lui traverser l'esprit.

Sans plus réfléchir, il jeta ses mains sur le devant de sa robe. Les boutons explosèrent littéralement pour révéler sa peau nue et son soutien-gorge en dentelle noire. Marmonnant des mots insensés, il la débarrassa de cet accessoire et reçut ses seins dans les paumes de ses mains.

Elle poussa un petit cri de plaisir quand sa bouche vint lui brûler la peau.

Transpercé par les lames acérées du désir, il perdit la tête. Ses mains s'affolèrent sur le corps de Morgana, laissant des frissons délicieux sur leur chemin.

Le désir de Morgana enfla, aussi impérieux que celui qu'elle sentait en lui. De ses ongles pointus, elle lui infligea un véritable supplice de Tantale.

Ils culbutèrent sur le lit, emportés dans un corps à corps qui les consumait.

Le nom de Nash fusa de ses lèvres entrouvertes quand il la fit monter au sommet du plaisir. Et il se transforma en un sanglot quand il recommença. Epuisée, elle retomba sur les draps, un sourire béat aux lèvres.

Ebloui, il vit la lueur des flammes jouer sur sa peau, dans ses yeux, brillant de ce qu'il venait de lui donner. Il voulait que le temps s'arrête. Il allait mourir s'il ne pouvait la garder pendant des millions d'années.

La pressant contre le matelas, il plaqua ses paumes sur les siennes. Le souffle court, il attendit que leurs regards se rencontrent. Etait-ce du défi qu'il lisait dans ceux de Morgana ? Ou un sentiment de triomphe ?

Les mains de Morgana se fermèrent sous les siennes et son corps se souleva vers lui.

Il sentit bientôt son corps agile se convulser et entendit ses cris de plaisir. Puis le vide se fit dans son esprit quand il la suivit.

Un long moment après, il revint lentement à la raison. Roulant sur le côté, il prit une profonde inspiration. Maintenant, Morgana était couchée à plat ventre, allongée sur le lit. Se rappelant ce qui s'était passé entre eux, il sourit. Devait-il en être effrayé ou émerveillé ?

En fait, il se sentait pillé. Oui, c'était le mot juste. Il n'avait jamais vraiment cherché la perfection. Il avait déjà connu un plaisir intense avec des femmes, mais il n'avait jamais basculé dans la folie. Et il était probable que Morgana n'était pas ravie qu'il lui ait littéralement arraché ses vêtements.

Il posa une main hésitante sur son épaule. Elle tressaillit. Clignant des yeux, il retira sa main.

— Morgana… tu vas bien ?

Elle émit un son bizarre, entre le gémissement et le cri de bébé. Affolé, il se pencha sur elle. Etait-elle en train de pleurer ? Il lui caressa doucement les cheveux.

— Chérie… Morgana… je suis désolé si…

Il fit une pause, ne sachant comment continuer. Elle tourna lentement la tête et leva une main vers lui pour repousser une mèche de cheveux sur son front. Puis elle cligna des paupières.

— Qu'est-ce que tu dis ?

— Je dis… comment vas-tu ?

Elle soupira. Un long soupir, comme celui d'un chat, qui lui envoya une onde de choc dans le bas-ventre.

— Tu me demandes comment je vais ?

Elle articula lentement, comme si elle goûtait ces paroles du bout de la langue.

— Je ne sais pas trop, continua-t-elle. Redemande-le-moi plus tard, quand j'aurai trouvé l'énergie de bouger.

Elle glissa sa main sur les draps enchevêtrés pour trouver la sienne.

— Et toi ?

— Et moi quoi ?

— Tu vas bien ?

— Ce n'est pas moi qui ai été dévoré.

Elle lui adressa un sourire malicieux.

— Non ? Je croyais avoir fait du bon travail.

Elle s'étira. Tout allait bien, son corps fonctionnait à merveille.

— Donne-moi une heure, et je recommence.

Soulagé, Nash hocha la tête en lui rendant son sourire.

— Tu n'es pas furieuse ?

— Est-ce que j'en ai l'air ?

Il fit semblant de réfléchir. Morgana ressemblait à un chat qui aurait lapé un pot entier de crème.

— Non, pas vraiment, finit-il par répondre en riant.

— Alors tu es content de toi ?

— Peut-être.

Tendant les bras pour la rapprocher de lui, il se retrouva avec une bretelle de soutien-gorge entre les doigts.

— Et toi ?

En sifflotant, il fit tourner la bride autour d'un doigt. Les yeux rivés dans les siens, Morgana se mit à genoux. Il détourna le regard pour le faire voyager sur son corps.

— Tu sais quoi, Nash ?

— Non, mais je vais bientôt le savoir…

— Il va falloir que je fasse disparaître de tes lèvres ce petit sourire suffisant.

— Ah oui ? Et comment ?

Rejetant ses cheveux en arrière, elle se posta au-dessus de lui.

Lentement, d'un mouvement sinueux, elle se laissa glisser.

— Tu vas voir.

9

Nash poussa un soupir de satisfaction. La vie était belle. Son travail le passionnait, et il était très bien payé pour le faire. Il avait une santé resplendissante et un nouvel appartement. Mais surtout, il vivait une incroyable histoire d'amour avec une femme purement et simplement fascinante. Et il venait de découvrir au cours des dernières semaines que non seulement elle l'attirait irrésistiblement, mais qu'un lien très fort les unissait, bien au-delà de l'attraction physique.

Il savait par expérience qu'une relation avec une femme ne pouvait pas se limiter aux ébats amoureux. Entre Morgana et lui, il y avait aussi une complicité qui leur permettait d'avoir de longues conversations, de rire ensemble, dans une intimité qu'il n'avait jamais connue avant.

Et qu'il n'avait jamais cru souhaiter.

Parfois, il en oubliait même qu'elle était un peu plus qu'une simple femme.

Terminant sa série de pompes qu'il s'obligeait à faire trois fois par semaine, il pensa aux derniers jours qu'ils venaient de partager.

Ils avaient fait une longue balade à Big Sur, où ils avaient admiré la vue renversante sur la mer, les collines et les falaises. Jouant les touristes, ils avaient fait des photographies avec l'appareil photo de Morgana, et un petit film vidéo avec sa propre caméra.

Bien qu'il se soit senti un peu ridicule, il avait ramassé quelques galets, quand elle ne le regardait pas, qu'il avait subrepticement glissés dans sa poche pour garder un souvenir de cette merveilleuse journée.

Il avait accompagné Morgana dans les boutiques de Carmel, et il avait accepté avec bonne humeur qu'elle lui empile ses paquets sur les bras. Ensuite, ils avaient déjeuné à la terrasse fleurie d'un adorable petit restaurant. Et au crépuscule, ils étaient allés pique-niquer sur la plage. Enlacés, ils avaient contemplé le disque flamboyant du soleil qui allait se noyer dans la mer bleu indigo.

Ils avaient ri, et s'étaient jeté des regards complices dans les lieux bondés.

C'était presque comme s'il lui avait fait la cour.

Avec un grognement, il s'allongea sur le dos pour se détendre. Lui faire la cour ? Non, ce n'était pas du tout cela. Ils étaient bien ensemble, tout simplement. Faire la cour, c'était une coutume un peu tortueuse, qui conduisait invariablement au mariage.

Et le mariage était une expérience dont il préférait se passer.

Une petite inquiétude lui fit froncer les sourcils. N'avait-il pas fait ou dit quelque chose qui risque de faire croire à Morgana qu'elle pouvait compter sur une relation… légale et permanente ? Avec DeeDee, il avait été prudent, et pourtant, elle avait toujours été certaine qu'il changerait d'avis.

Il prit une profonde inspiration. Non, il n'avait pas à se mettre martel en tête. Il n'avait rien dit de compromettant à Morgana.

Mais la dernière chose qu'il souhaitait, c'était lui faire du mal. Elle était trop importante, elle comptait trop, elle…

« Allons, du calme, Kirkland, se dit-il. Elle est importante pour toi, ça ne fait aucun doute. Mais cela ne ressemble en aucune façon à de l'amour. L'amour a aussi la fâcheuse habitude de mener tout droit au mariage. »

Fronçant les sourcils, il se leva et resta planté au milieu de la pièce. Le front ruisselant de sueur, il poursuivit son introspection. Bon, d'accord, Morgana comptait beaucoup pour lui. Peut-être plus qu'aucune autre femme. Mais de là à imaginer la couronne de fleurs d'oranger et le wagon-lit pour le voyage de noces…

Absorbé dans ses réflexions, il se frotta distraitement le torse, à l'endroit du cœur. Pourquoi pensait-il si souvent à elle ? Il n'avait jamais rencontré une femme qui s'insinue dans ses pensées quotidiennes comme le faisait Morgana. Par moments, il interrompait son activité pour se demander ce qu'elle était en train de faire. Il n'arrivait pas à dormir quand il n'était pas près d'elle. Si elle n'était pas là quand il se réveillait, il commençait la journée avec un sentiment de vide qui ne le quittait pas jusqu'au soir.

Attrapant une serviette pour s'essuyer le visage, il secoua la tête. C'était plutôt mauvais signe. Il aurait dû s'en rendre compte avant. Pourquoi ses signaux d'alarme n'avaient-ils pas fonctionné ? Son petit doigt ne lui avait pas dit qu'il était temps de prendre quelque distance.

Au lieu de cela, il avait foncé en avant, tête baissée.

Mais il n'avait pas encore basculé par-dessus bord. Non, cela ne risquait pas d'arriver à Nash Kirkland. Il prit encore une profonde inspiration et posa la serviette sur une chaise. Au fond, il n'y avait pas de quoi s'affoler. C'était tout beau, tout nouveau, mais bientôt, il retrouverait sa tête et son sang-froid.

Il se dirigea d'un pas ferme vers la douche. Oui, il contrôlait parfaitement la situation. Il pouvait faire demi-tour quand bon lui semblerait.

Cependant, il continuait à se poser des questions. Il était peut-être très bien, et il dominait la situation, soit.

Mais Morgana ? Ne s'investissait-elle pas trop ? Ne commençait-elle pas à se faire des idées ?

Tendant le visage sous le jet d'eau fraîche, il sourit. Heureusement qu'il prétendait ne pas être sexiste ! Il pensait tout bonnement que Morgana se faisait des illusions, qu'elle se voyait déjà en train de l'épouser, de fonder une famille. Tout cela parce que c'était une femme. Ridicule ! Elle n'avait pas plus envie que lui de faire le grand saut.

Cependant, malgré l'action apaisante de l'eau, il laissa son imagination vagabonder.

Scène d'intérieur, le jour. La pièce est jonchée de jouets, de sacs de couches-culottes, et d'assiettes sales. Au milieu, un enfant qui commence à marcher s'accroche aux barreaux de son petit parc en pleurant. Le héros de la fiction entre, un attaché-case à la main. Il est vêtu d'un costume sombre et sa cravate est de travers. Il paraît las. Il a rencontré des problèmes toute la journée, et il rentre à la maison pour en affronter d'autres.

— Trésor, dit-il en essayant de prendre un air joyeux. Papa est de retour !

Hurlant de plus belle, le bébé devient écarlate. Résigné, notre héros pose son attaché-case et prend le bébé dans ses bras. La couche-culotte est trempée.

— Tu es encore en retard !

Sa femme entre en traînant les pieds. Ses cheveux en bataille encadrent un visage triste et coléreux. Elle porte un peignoir de bain râpé et des chaussons éculés...

Nash soupira. La scène venait de s'effacer de son esprit. A sa place, il vit un homme rentrant chez lui, un bouquet de fleurs dans les bras. Souriant, parce qu'il revenait là où il désirait être. La porte s'ouvre, et elle est là, les cheveux réunis en queue-de-cheval, un sourire accueillant aux lèvres. Elle porte sur la hanche un minuscule bébé, qui rit et tend vers lui ses petits bras potelés. Il le prend dans les siens.

« — Tu nous as manqué, » dit sa femme en lui donnant un baiser.

Nash plissa les paupières. D'un bref mouvement, il ferma le robinet d'eau et secoua la tête. Ça n'allait pas du tout, il devait bien l'admettre. Cependant, cette seconde scène était pure imagination. Elle ne voulait pas dire qu'il ne contrôlait plus la situation.

Il sortit de la douche et jeta un coup d'œil impatient à l'horloge. Dans combien de temps Morgana allait-elle arriver ?

Morgana freina légèrement avant de prendre un virage. C'était si bon… ou plutôt, c'était merveilleux de filer sur cette route bordée d'arbres, la vitre baissée laissant entrer la brise marine qui jouait dans ses cheveux. Mais il y avait plus fabuleux encore : elle allait bientôt retrouver l'homme qui avait changé sa vie.

Elle avait très bien vécu avant de le connaître. Et sans doute aurait-elle continué si elle ne l'avait jamais rencontré. Mais c'était fait, et rien ne serait plus jamais pareil dans sa vie.

Elle poussa un petit soupir. Nash savait-il ce que cela signifiait pour elle qu'il l'accepte telle qu'elle était ? Probablement pas. Il voyait toujours les choses sous un angle particulier, et il voyait toujours l'humour qu'elles pouvaient comporter. Il devait considérer ses… talents comme une espèce de pied de nez à la science. Et peut-être avait-il raison, d'une certaine façon.

Mais le fait qu'il sache et qu'il accepte était le plus important. Il ne la regardait pas comme s'il s'attendait à lui voir pousser à tout moment une seconde tête. Il la regardait comme une femme.

C'était facile d'être amoureuse de lui. Bien qu'elle ne se soit jamais prise pour une romantique, elle avait appris à apprécier tous les livres, les chansons, les poésies qui célébraient les caprices du cœur. Et ils avaient tous raison : pour une personne amoureuse, l'air paraît plus clair, les fleurs plus douces.

Elle poussa encore un petit soupir. Sa vie ressemblait à une fleur sur le point de s'épanouir.

Elle secoua la tête. Ce genre d'idée était un peu stupide. Mais c'était une pensée qui lui appartenait. Jusqu'à ce qu'elle en fasse part à quelqu'un d'autre. Tôt ou tard, il faudrait bien qu'elle la partage avec Nash.

Mais dans combien de temps les complications allaient-elles surgir ? Car elles surgiraient, à coup sûr. Pourtant il valait mieux jouir de l'instant présent, apprécier les émotions intenses qui la faisaient palpiter.

En se garant dans l'allée de Nash, elle sourit. Elle avait quelques surprises pour lui, à commencer par ses projets pour cette douce soirée de samedi. Une fois descendue de voiture, elle posa la main sur la portière. Elle avait l'impression de venir d'un lieu ensoleillé et d'entrer dans une zone d'ombre, où des mystères attendaient d'être dévoilés. Elle n'avait pas les pressentiments de Sebastian, ni l'empathie d'Anastasia, et cependant, elle sentit au plus profond d'elle-même qu'un changement radical allait bientôt avoir lieu. Et que ce ne serait peut-être pas quelque chose qu'elle souhaitait.

Elle remonta lentement l'allée. Demain pourrait toujours changer, surtout si l'on se concentrait sur l'instant présent. Et comme l'instant présent correspondait à Nash, elle voulait se battre pour le garder.

Nash ouvrit la porte avant qu'elle l'atteigne. Les mains dans les poches, il lui sourit.

— Bonjour, chérie.

— Bonjour.

Elle passa un bras autour de son cou et se plaqua contre lui pour l'embrasser.

— Sais-tu comment je me sens ?

— Oui.

Il fit glisser lentement ses mains sur ses hanches.

— Je crois le savoir : tu es dans une forme étincelante.

Elle se mit à rire et repoussa les derniers doutes qui rôdaient dans sa tête.

— Bravo.

Elle lui tendit une rose.

— C'est pour moi ?

Il ne fit rien pour cacher son étonnement. Comment un homme était-il censé réagir quand une femme lui offrait une rose ?

— C'est pour toi.

Elle l'embrassa encore.

— Aimerais-tu passer la soirée…

Elle approcha les lèvres de son oreille.

— … la soirée entière… à faire quelque chose…

Sa voix n'était plus qu'un souffle. Elle lui passa le bout de l'index sur le torse.

— … quelque chose de décadent ?

Nash sentit son sang bouillir dans ses veines, et rugir dans l'oreille qu'elle taquinait.

— Quand commençons-nous ?

Se frottant contre lui, elle renversa la tête en arrière pour le regarder dans les yeux.

— Pourquoi perdre du temps… ?

— Seigneur. J'adore les femmes qui prennent des initiatives.

— Parfait. Car j'ai des projets formidables pour toi…

Elle prit sa lèvre inférieure entre ses dents.

— Et cela va prendre des heures.

Il avait la gorge sèche. Retrouverait-il jamais une respiration normale ? Il espérait bien que non.

S'écartant un peu de lui, elle l'attrapa par la ceinture et l'entraîna à l'intérieur de la maison.

— Ce que j'ai en tête, nous ne pouvons pas le faire dehors. Suis-moi.

Lui coulant un regard lourd de promesses, elle commença à monter l'escalier.

— Je m'en doute, dit-il d'une voix rauque.

Il la rattrapa sur le palier. Elle fit semblant de se débattre un instant, puis elle se laissa embrasser.

Ce baiser était comme un bain chaud. Mais quand il baissa la fermeture de sa robe, elle fit un pas en arrière.

— Morgana…

Secouant la tête, elle entra dans la chambre.

— J'ai une petite surprise pour toi, Nash.

Elle fouilla dans son sac, d'où elle sortit un mince sous-vêtement de soie noire. Elle le jeta négligemment sur le lit. Nash le regarda, puis il reporta les yeux sur elle. Il l'imaginait dans ce petit rien vaporeux.

Et surtout, il s'imaginait en train de le lui ôter.

Ses doigts commencèrent à le chatouiller.

— J'ai fait quelques emplettes…

Sans la quitter des yeux, il posa la rose sur la coiffeuse.

— Jusque-là, elles me plaisent bien…

— Attends, tu n'as rien vu.

Elle sortit un paquet de son sac et le lui tendit. Nash fronça les sourcils. C'était une cassette vidéo. Un sourire flotta sur ses lèvres.

— Un film pour adultes ?

— Lis le titre.

Amusé, il s'exécuta. Et il poussa un petit cri de surprise.

— *Scream* ?

Son sourire s'épanouit.

— Content ? interrogea-t-elle.

— Quelle question ! C'est un classique. Je ne l'ai pas revu depuis des années.

— Attends, ce n'est pas fini !

Elle retourna son sac sur le lit. Parmi d'autres articles

de toilette apparurent trois autres cassettes. Nash se jeta dessus, comme un gosse découvrant ses cadeaux de Noël.

Le loup-garou de Londres, *Cauchemar dans Elm Street*, *Dracula*, lut-il.

Ravi, il la prit dans ses bras.

— Quelle femme ! Tu veux passer la soirée à regarder des films d'horreur ?

— Avec quelques intermèdes… assez prolongés, murmura-t-elle.

Cette fois, elle le laissa ouvrir sa robe. Il plongea un regard brûlant dans le sien.

— Commençons par le prologue, dit-il d'une voix rauque.

Nash ne pouvait imaginer un week-end plus parfait. Ils regardèrent des films — entre autres — jusqu'à l'aube. Ils firent la grasse matinée et prirent paresseusement le petit déjeuner au lit.

Il ne pouvait pas non plus imaginer une femme plus parfaite. Elle ne se contentait pas d'être belle, intelligente et sexy, elle savait aussi apprécier les subtilités d'un film comme *Scream*.

Il ne lui en voulait même pas de l'avoir fait travailler le dimanche après-midi : il avait tondu la pelouse, désherbé, planté, trouvant une nouvelle signification à ces activités quand il la regardait, agenouillée dans l'herbe, vêtue de son T-shirt trop court et d'un jean retenu à la taille par une ficelle.

Comment serait la vie, si Morgana était toujours là, sous ses yeux ?

Oubliant les mauvaises herbes, il se plongea dans la contemplation de la jeune femme.

Elle fredonnait. Il ne connaissait pas cet air, qui avait des accents exotiques. Une chanson de sorcière, sans doute. Transmise de mère en fille depuis la nuit des temps. Morgana était magique. Même sans les dons dont elle avait hérité, elle aurait été magique.

Elle avait caché ses cheveux sous la vieille casquette de base-ball qu'il lui avait prêtée. Elle n'avait pas la moindre trace de maquillage. Son jean s'élargissait autour de ses hanches, mais tout cela ne l'empêchait pas d'être érotique. En dessous de dentelle noire ou en jean usé jusqu'à la corde, elle irradiait la sensualité comme le soleil irradiait sa chaleur.

De plus, il y avait une pureté sur son visage, une confiance et une conscience de soi qu'il trouvait absolument irrésistibles.

Il n'avait aucun mal à l'imaginer une année plus tard, dix années plus tard. Elle le remuerait toujours jusqu'au plus profond de lui-même.

Soupirant, il cligna des paupières. Que lui arrivait-il ? Seigneur ! Il ne pouvait plus se voiler la face. Ce qu'il redoutait le plus lui était tombé dessus. Il était amoureux. Vraiment amoureux.

Abasourdi, il baissa les yeux. Il avait cru contrôler la situation ? Quelle blague ! Dire qu'il se croyait capable de faire demi-tour à tout instant !

Il se releva, les jambes tremblantes. Il avait l'estomac noué de peur. Pour eux deux. Morgana jeta un coup d'œil par-dessus son épaule, tirant la visière de sa casquette pour se protéger du soleil.

— Quelque chose ne va pas ? demanda-t-elle.

— Non. Non, je... je vais boire un coup.

Il se rua à l'intérieur de la maison. Morgana le suivit des yeux.

Il pesta intérieurement. Quel lâche ! Quel imbécile ! Il remplit un verre d'eau et l'avala d'un trait. Ce n'était peut-être qu'un coup de soleil qui lui faisait voir les choses différemment. Ou le manque de sommeil. Sa libido trop active.

Hagard, il posa lentement son verre sur la table. Non, inutile de se leurrer. Ce qu'il éprouvait pour Morgana, c'était de l'amour. Avec un grand A.

Se courbant au-dessus de l'évier, il se passa la tête sous le robinet. Comment cela lui était-il tombé dessus ? Il n'en savait fichtre rien, mais il allait devoir l'affronter. Il n'y avait aucune possibilité de fuir ou de se cacher. Il était adulte, et il allait réagir en adulte.

Et déjà, il allait peut-être lui parler de ses sentiments sans plus attendre.

« Morgana, je suis fou de toi. »

Il s'aspergea encore le visage d'eau. Non, ces paroles étaient trop faibles, trop équivoques.

« Morgana, je viens de comprendre que j'éprouve plus que de l'attirance pour toi. Et aussi, plus que de l'affection. »

Cette fois, sa respiration se fit haletante. Non, là, c'était trop pompeux. Stupide.

« Morgana, je t'aime ».

Voilà, c'était simple, direct. Et effrayant comme l'enfer.

Il avait toujours eu une peur bleue dès qu'il s'était agi de s'engager avec une femme. Il était peut-être temps qu'il se débarrasse de cette réaction. Redressant les épaules, il prit une profonde inspiration et sortit de la cuisine.

La sonnerie du téléphone lui fit faire un bond.

— Allons, du calme, marmonna-t-il.

— Nash ?

Morgana apparut sur le seuil, le regard inquiet et curieux.

— Tu vas bien ?

— Moi, oui, oui, très bien.

Il se passa une main nerveuse dans les cheveux.

— Et toi ?

— Très bien, dit-elle lentement. Tu ne réponds pas au téléphone ?

— Le téléphone ?

L'esprit vagabondant dans toutes les directions, il jeta un coup d'œil effaré à l'appareil.

— Bien sûr.

— Parfait, pendant ce temps je nous prépare une boisson fraîche.

Les sourcils froncés, elle se dirigea vers le réfrigérateur.

Nash ne s'était pas rendu compte que ses mains étaient moites avant de prendre le récepteur. Plaquant un sourire sur ses lèvres, il essuya sa main libre sur son jean.

— Allô !

Son sourire s'évanouit aussitôt. Stupéfaite, Morgana s'immobilisa, une main sur la bouteille de soda. Elle ne l'avait jamais vu dans un état pareil. Il avait un ton glacial. Quand il s'appuya contre le comptoir, il était visiblement tendu comme une corde de violon.

Morgana sentit un frisson dans son dos. Elle avait toujours su qu'il était dangereux, et maintenant l'homme qu'elle regardait avait laissé tomber le masque du charme et de l'humour. Comme un des personnages nés de son imagination, il était certainement capable de violence.

Quelle que soit la personne à l'autre bout de la ligne, elle aurait dû remercier le ciel de se trouver loin de lui.

— Leeanne, dit-il platement.

La voix qui lui perçait l'oreille était insupportable. Il serra les dents. De vieux souvenirs, de vieilles blessures refirent surface. Il la laissa parler un moment en attendant de retrouver son sang-froid. Leeanne n'était que récriminations, jérémiades, elle lui parlait de ses responsabilités, de ses obligations, de sa famille.

— Non, je m'en fiche complètement, ce n'est pas ma faute si tu es encore tombée sur un pauvre type.

Il eut un petit sourire amer.

— Oui, vraiment, ce n'est pas de chance. Combien veux-tu ? dit-il, arquant un sourcil devant la somme requise.

Résigné, il ouvrit un tiroir et fouilla à la recherche d'un morceau de papier et d'un stylo.

— Je l'envoie où ?

Il griffonna une adresse.

— Oui, j'ai compris. Demain. Je t'ai dit que je te l'enverrais, alors n'en parlons plus. J'ai autre chose à faire.

Il raccrocha violemment et laissa échapper un chapelet de jurons. Puis il vit Morgana. Il avait oublié sa présence. Quand elle commença à parler, il secoua la tête.

— Je vais faire une balade, dit-il brusquement.

Et il partit en claquant la porte. Lentement, Morgana referma le Frigidaire. La personne qui avait appelé Nash avait fait plus que le mettre en colère. Visiblement, elle l'avait chagriné aussi.

Elle refréna une envie de lui emboîter le pas. Mais il valait sans doute mieux qu'elle le laisse tranquille quelques minutes.

Nash traversa à grandes enjambées le jardin qui lui avait donné tant de plaisir une heure plus tôt. Il passa devant les parterres de fleurs sans les voir. Instinctivement, il se dirigea vers l'amas de rochers qui séparait sa propriété de la baie. C'était encore une des raisons qui l'avait attiré à cet endroit, le mélange de paysage sauvage et de sérénité. En soupirant, il enfonça les mains dans ses poches. Pour l'instant, la sérénité et l'insouciance qui le caractérisaient semblaient s'être envolées à tire-d'aile.

Il se laissa tomber sur un rocher et noya son regard dans la mer. Il allait contempler les vagues, les bateaux et les mouettes jusqu'à ce qu'il retrouve son calme habituel. Il prit une profonde inspiration. Dieu merci, il n'avait pas révélé ses sentiments à Morgana. Il avait suffi d'un coup de téléphone pour que le passé lui rappelle qu'il n'y avait pas de place pour l'amour dans sa vie. Il avait failli suivre son impulsion et lui dire qu'il l'aimait, et il aurait certainement fait des projets.

Puis il aurait probablement tout gâché. Saboter ses relations avec les femmes, c'était plus fort que lui, il avait ça dans le sang. Serrant les poings, il lutta pour retrouver son sang-froid. Leeanne... Il éclata d'un rire amer. Puisque c'était ainsi, il allait lui envoyer l'argent et elle disparaîtrait de sa vie. Une fois de plus, jusqu'à ce que la manne soit épuisée.

Et ce scénario se répéterait jusqu'à la fin de ses jours.

— C'est beau ici, dit Morgana dans son dos.

Il ne sursauta pas mais il soupira. Il aurait dû se douter qu'elle allait le suivre, et elle attendait certainement une explication. Qu'allait-il lui raconter ? Que Leeanne était une ancienne maîtresse, qu'il avait repoussée mais qui se rappelait sans cesse à son souvenir ? Ou allait-il se lancer dans une histoire loufoque, lui faire croire qu'il était victime d'un chantage de la part de la femme d'un mafioso avec laquelle il avait eu une histoire aussi brève que torride ? Tiens, cette idée n'était pas mal du tout !

Il pouvait faire vibrer la corde sensible et lui dire que Leeanne était une veuve sans ressources, plus précisément la veuve de son meilleur ami qui lui demandait de l'aider de temps à autre.

Bon sang, il pouvait lui raconter n'importe quoi, sauf l'amère vérité. Il sentit la main de Morgana sur son épaule tandis qu'elle s'asseyait à côté de lui. Restant silencieuse, elle tourna son regard vers la baie. Il éprouva un terrible besoin de se tourner vers elle et d'enfouir son visage dans sa poitrine. De la serrer dans ses bras jusqu'à ce que cette colère insupportable s'évanouisse.

De toute façon, peu importait qu'il lui raconte une histoire bien ficelée, elle ne croirait que la vérité.

Prenant une profonde inspiration, il se décida à parler,

comme s'il ne s'était rien passé de spécial depuis la dernière fois qu'ils avaient échangé quelques paroles.

— J'aime venir ici. A Los Angeles, quand je regardais par la fenêtre de mon appartement, je voyais un autre appartement. C'est en arrivant ici que je me suis rendu compte à quel point c'était oppressant.

— Cela arrive à tout le monde, au moins une fois dans la vie, quel que soit l'endroit où l'on se trouve.

Elle posa une main sur sa cuisse.

— Quand je me sens ainsi, je vais en Irlande. Je marche sur une plage déserte en pensant à tous les gens qui sont passés avant moi et à tous ceux qui viendront mettre leurs pas dans les miens. Et il me vient à l'esprit que rien ne dure éternellement. Bonne ou mauvaise, toute chose passe et prend une autre dimension.

Posant sur lui un regard limpide, elle prit son visage entre ses mains. D'une voix réconfortante, elle reprit :

— Parle-moi, Nash, je ne peux peut-être pas t'aider mais je peux t'écouter.

— Il n'y a rien à dire.

Elle lui jeta un regard blessé.

— Si je comprends bien, je suis la bienvenue dans ton lit, mais pas dans ta tête.

— Bon sang, ne dis pas n'importe quoi.

Il détourna les yeux. Il n'allait pas se laisser manœuvrer pour révéler des secrets qu'il préférait garder enfouis.

— Je vois…

Elle laissa retomber ses mains.

Pendant un instant, elle fut tentée de l'aider en jetant sur lui un sortilège qui lui rendrait la paix de l'âme. Mais ce ne serait pas bien, ce ne serait pas la réalité. Et si elle se servait de la magie pour changer ses sentiments, elle ne ferait que les blesser tous les deux.

— Comme tu voudras, je vais finir de désherber les soucis, dit-elle en se levant.

Il aurait préféré entendre des paroles acerbes plutôt que cette attitude résignée. Comme elle allait s'éloigner, il la saisit par le poignet. Elle le regarda dans les yeux. Visiblement, il luttait contre lui-même. Elle ne lui offrit que son silence.

— Leeanne est ma mère, dit-il d'une voix étranglée par l'émotion.

10

Sa mère.

L'angoisse qu'elle lut dans ses yeux l'obligea à cacher le choc qu'elle avait éprouvé. Cette femme était sa mère ! Il lui avait parlé avec une telle froideur et il avait pris une expression si dure !

Comment un homme pouvait-il éprouver un tel dégoût pour la femme qui lui avait donné la vie ?

Elle soupira. Mais cet homme était Nash. C'était une bonne raison pour qu'elle oublie son attachement à sa propre famille et qu'elle l'écoute.

Il y avait autant de souffrance que de colère dans sa voix et sur son visage. Et maintenant, elle voyait bien que son masque d'arrogance et de confiance en soi était tombé. Elle sentit son cœur saigner pour lui. Mais malheureusement cela ne lui était d'aucun secours. Comme elle aurait aimé avoir le don d'Anastasia et être capable de prendre à son compte une partie de sa souffrance !

Au lieu de cela, elle laissa ses mains dans les siennes et s'assit près de lui. Heureusement, elle pouvait au moins lui offrir son soutien et son amour.

— Raconte, dit-elle doucement.

Nash secoua la tête. Par où commencer ? Comment expliquer à Morgana ce qu'il n'avait jamais été capable de s'expliquer à lui-même ?

Il posa les yeux sur leurs mains jointes. Elle lui offrait

son soutien et sa compréhension, ce dont il n'aurait jamais cru avoir besoin.

Les sentiments qu'il avait toujours refusé d'exprimer à voix haute jaillirent presque malgré lui.

— Il faudrait que tu connaisses ma grand-mère. C'était…

Il chercha une expression qui ne soit pas désobligeante.

— Disons qu'elle était… carrée, et qu'elle attendait que tout le monde se conduise comme elle. Si je devais choisir un adjectif plus fort, je dirais qu'elle était franchement intolérante. Elle est devenue veuve quand Leeanne avait environ dix ans. Mon grand-père avait une assurance-vie, elle ne s'est donc pas retrouvée dans le besoin. Mais c'était plus fort qu'elle, il fallait qu'elle économise le moindre centime. Elle faisait partie de ces gens qui ne savent pas profiter de la vie.

Il fit une pause, contemplant les mouettes qui passaient en rase-mottes au-dessus de l'eau. Morgana respecta son silence.

— Bien sûr, cela paraît triste, une veuve qui a deux petites filles à élever. Mais il faut comprendre qu'elle aimait avoir une foule de responsabilités, et qu'elle ne détestait pas être veuve. Le veuvage lui avait rendu sa liberté, elle n'avait plus de comptes à rendre à personne. Elle a été particulièrement dure avec ses filles, brandissant au-dessus de leurs têtes la religion comme une éternelle menace de punition. Avec Leeanne, elle n'a pas eu beaucoup de succès. Ma mère s'est retrouvée enceinte à dix-sept ans et elle n'avait pas la moindre idée de l'identité du père.

Il haussa vaguement les épaules.

— Lui en as-tu fait le reproche ? s'enquit doucement Morgana.

— Non, sa mère lui a mené une vie d'enfer pendant la plus grande partie de sa grossesse. Au fond, Leeanne était une pauvre fille un peu paumée qui a été impitoyablement punie pour un petit dérapage. Ma grand-mère, qui se prenait pour une sainte, a recueilli sa fille pécheresse. Si tu veux connaître mon avis personnel, ces deux femmes étaient aussi égoïstes l'une que l'autre, et elles ont passé leur vie à ne s'intéresser qu'à elles-mêmes.

— Elle n'avait que dix-sept ans, Nash, dit Morgana sans le quitter des yeux.

Elle vit la colère creuser ses traits.

— Et alors ? Est-ce que le fait d'avoir dix-sept ans lui donnait le droit de coucher avec n'importe qui, et de ne même pas savoir qui était mon père ? Est-ce que cela lui donnait le droit de partir sans dire un mot quelques jours après ma naissance et de me laisser avec cette vieille femme amère, sans jamais donner signe de vie pendant vingt-six ans ?

Sa voix se brisa. Le cœur serré, Morgana pressa doucement sa main dans les siennes. Elle avait envie de le prendre dans ses bras, pour laisser le temps à ses pires souvenirs de s'écouler. Mais quand elle tendit un bras vers lui, il sursauta et se leva d'un bond.

— J'ai besoin de marcher.

Elle n'hésita pas longtemps. Elle aurait pu le laisser seul ou partager sa peine avec lui. Elle le rejoignit et prit de nouveau sa main.

— Je suis vraiment désolée, Nash.

Il secoua violemment la tête. L'air qu'il respirait était doux, et pourtant, il lui brûlait la gorge comme de la bile.

— Excuse-moi. Il n'y a aucune raison pour que tu supportes cela.

Elle lui caressa la joue.

— Je peux au moins t'écouter.

Il fronça les sourcils. Oui, Morgana pouvait sans doute l'écouter, mais lui ? Etait-il capable de tout lui raconter ? Il n'avait jamais parlé de son histoire à quiconque. En parler à voix haute laissait un goût terrible dans la bouche, un goût dont il ne pourrait plus se débarrasser.

Après un long silence, il continua :

— Je suis resté avec ma grand-mère jusqu'à l'âge de cinq ans. Ma tante Carolyn s'est mariée avec un militaire. Pendant quelques années, ils m'ont pris avec eux. J'ai été trimballé à droite et à gauche. Le mari de Carolyn n'arrêtait pas de changer de base. C'était un beau salaud, un ivrogne, qui me tolérait pour ne pas entendre pleurer sa femme.

Morgana hocha la tête. Ce n'était pas difficile d'imaginer ce qu'un gamin pouvait éprouver dans de telles conditions.

— Tu détestais cette vie, dit-elle doucement.

Il hocha tristement la tête.

— Au fond, Carolyn était aussi instable que ma mère, à sa façon. Quand elle ne me flattait pas bêtement, elle m'ignorait. Elle a longtemps cru qu'elle ne pouvait pas avoir d'enfant. Et un beau jour, je devais avoir huit ou neuf ans, elle s'est rendu compte qu'elle était enceinte. Alors elle m'a tout bonnement renvoyé chez ma grand-mère. Elle n'avait plus besoin d'un enfant de substitution.

Morgana avait les larmes aux yeux. Elle serra les dents. Comment des gens soi-disant adultes pouvaient-ils être aussi durs avec un enfant ?

— Ma grand-mère ne m'a jamais considéré comme un être humain, mais comme une erreur. C'était ça, le pire. Elle n'arrêtait pas de me dire que j'étais venu au monde parce qu'une fille insouciante avait commis une faute.

Ecœurée, Morgana murmura :

— C'est monstrueux.

— Ce genre de chose colle à la peau, on ne peut plus s'en débarrasser. J'en ai entendu sur le péché de chair. J'étais bien le fils de ma mère : aussi paresseux, indocile et mauvais qu'elle.

Se tournant vers Morgana, il lui adressa un sourire triste.

— Mais naturellement, elle ne s'attendait pas à autre chose, étant donné la façon dont j'avais été conçu.

— Elle était folle.

— Combien de fois ne m'a-t-elle pas dit que je devrais lui être reconnaissante qu'elle m'héberge et me nourrisse ! Mais je dois dire que je n'ai pas été très reconnaissant. Je me suis enfui plusieurs fois. Résultat : à partir de douze ans, j'ai été placé dans des foyers.

Ses épaules tressaillirent plusieurs fois, faible écho à son tumulte intérieur. Il s'était mis à faire les cent pas, accélérant au fur et à mesure que les souvenirs l'assaillaient.

— Certains étaient corrects. Ceux qui voulaient vraiment de moi. D'autres n'étaient intéressés que par le chèque mensuel que je leur apportais. Mais il m'est arrivé d'avoir de la chance et d'être envoyé dans une vraie famille. J'ai passé un Noël chez les Henderson.

Sa voix changea, prenant une note admirative.

— Ils étaient merveilleux. Ils m'ont traité comme leurs propres enfants. Ils avaient décoré un sapin et ils avaient déposé des cadeaux à son pied. J'ai été soufflé en voyant mon nom écrit sur un paquet. Ils m'ont aussi donné un vélo. M. Henderson l'avait acheté d'occasion, et il l'avait réparé dans son petit atelier, à la cave. Il l'avait peint en rouge et il avait poli les chromes. Il a passé un temps fou sur cette bicyclette.

Il fit une pause.

— Le problème, c'est que je n'avais jamais fait de vélo. Je ne savais pas par quel bout prendre cet engin.

Il lui adressa un regard contrit.

— Il n'y a pas de quoi avoir honte, dit doucement Morgana.

— C'est plutôt dur d'être un garçon de douze ans et d'être incapable de monter sur un vélo. Les autres ne se privent pas de se moquer de toi. J'ai trouvé des excuses pour ne pas m'en servir. J'avais du travail à faire à la maison, je m'étais tordu la cheville, il allait pleuvoir, que sais-je… Je me croyais très malin, mais Mme Henderson a vite compris. Un jour, elle m'a réveillé de bonne heure et elle m'a appris à en faire...

Sa voix se brisa.

— Ce devaient être des gens adorables, murmura Morgana.

— Oui. J'ai passé six mois chez eux. Les plus beaux mois de ma vie...

Il soupira.

— Mais dès que j'étais bien quelque part, ma grand-mère me ramenait chez elle. J'ai commencé à compter les jours. Dès que j'ai eu dix-huit ans, je suis parti.

— Et qu'as-tu fait ?

— Il fallait bien vivre, j'ai fait plusieurs petits boulots.

Il la regarda avec une lueur amusée dans les yeux.

— J'ai d'abord vendu des contrats d'assurance.

Pour la première fois depuis qu'il se confiait à elle, Morgana sourit.

— J'ai du mal à t'imaginer...

— Et moi donc ! Cela n'a pas duré. Je crois que c'est à ma grand-mère que je dois ma carrière d'écrivain. Elle avait l'habitude de me frapper dès qu'elle me voyait penché sur une feuille de papier...

Morgana poussa un petit cri.

— Quoi ? Elle te battait quand tu écrivais ?

— Elle n'avait pas beaucoup d'affection pour les vampires, dit-il sèchement. J'ai compris que c'était la dernière chose qu'elle voulait me voir faire, et je me suis accroché. Je suis parti pour Los Angeles, où j'ai trouvé un travail dans un studio, côté effets spéciaux. Puis j'ai fini par rencontrer des gens intéressés par mes idées. Ma grand-mère est morte quand le premier film tourné à partir d'un de mes scénarios était en cours de tournage. Je ne suis pas allé à son enterrement.

— Si tu espères que je vais te le reprocher, tu vas être déçu.

— Je ne sais pas ce que j'espère, marmonna-t-il.

S'arrêtant sous un cyprès, il se tourna vers elle.

— J'avais vingt-six ans quand le film est sorti. Il a fait un tabac. Brusquement, je me retrouvais en haut de la vague. Un réalisateur m'a acheté un autre scénario. J'ai été nominé pour le Golden Globe. Les appels téléphoniques de ma tante n'ont pas tardé. Pas pour me féliciter, non, pour me demander de l'argent. Elle avait besoin de quelques billets pour garder la tête hors de l'eau. Son mari n'avait jamais dépassé le grade de sergent, et elle avait trois enfants qu'elle voulait envoyer à l'université. Puis il y a eu Leeanne.

Il soupira et se frotta le visage avec les mains. Que ne pouvait-il en même temps effacer les blessures et la rancune que ces souvenirs faisaient resurgir !

— Elle t'a appelé ?

— Non. Elle a fait son apparition chez moi, un beau jour. Si ce n'était pas si pathétique, j'en rirais. Cette femme, qui m'était aussi étrangère que n'importe quelle femme de la rue, venant me dire dans le blanc de l'œil qu'elle était ma mère ! Le pire, c'est que je me voyais en elle. Pendant qu'elle me racontait sa vie, j'avais envie de lui claquer la porte au nez et de la fermer à double tour. Elle me disait que je lui devais bien cela, que j'avais gâché sa vie. Elle avait divorcé pour la seconde fois, et elle n'avait plus de ressources. Alors, je lui ai fait un chèque.

Epuisé par cette évocation, il s'appuya contre un tronc d'arbre et se laissa glisser sur le sol moussu. Le soleil était bas, projetant des ombres gigantesques. Morgana s'assit près de lui.

— Pourquoi lui as-tu donné de l'argent, Nash ?

— C'est ce qu'elle voulait. Je n'avais rien d'autre à lui donner. Ce premier paiement a duré presque un an. Entre-temps, j'ai reçu des appels de ma tante, et de mes cousins.

Il se donna un coup de poing sur la cuisse.

— Les mois passaient, et je croyais que ma vie avait pris une bonne tournure. Mais ils ne me laissaient pas oublier le passé. Si le prix de l'oubli ne représentait que quelques milliers de dollars de temps à autre, ce n'était pas une si mauvaise affaire.

Morgana lui adressa un regard courroucé.

— Ils n'ont pas le droit de se servir de toi.

Il haussa les épaules.

— J'ai beaucoup d'argent.

— Je ne parle pas d'argent. Je parle de toi.

Il plongea les yeux dans les siens.

— Ils me rappellent sans cesse qui… ce que je suis.

— Ils ne te connaissent même pas, dit-elle, furieuse.

— Non, et moi non plus, je ne les connais pas. Mais cela n'est pas très important. Tu connais la loi de l'hérédité, Morgana. Ce que tu as dans le sang. Ton héritage est la magie. Le mien, c'est l'égoïsme.

Elle secoua vigoureusement la tête.

— Quel que soit notre héritage, nous avons le choix de l'utiliser ou de le rejeter. Tu ne ressembles en rien aux gens de ta famille.

Il la prit fermement par les épaules.

— Si, plus que tu ne crois. J'ai fait mes choix. J'ai peut-être cessé de fuir parce que cela ne me menait jamais nulle part. Mais je sais qui je suis. Quelqu'un qui s'en sort mieux tout seul. Il n'y a pas de famille Henderson dans mon avenir, Morgana, parce que je ne le veux pas. De temps en temps, j'écris un chèque, et ensuite, je suis tranquille quelque temps. Je veux que cela continue ainsi. Pas de liens, pas d'obligations, pas d'engagements.

Morgana avait la gorge sèche. Elle n'allait pas discuter avec lui, pas avec la peine qu'elle éprouvait maintenant. Elle risquait de se mettre à pleurer. Un autre jour, elle lui montrerait qu'il se trompait. Il était capable de tendresse, de générosité, alors qu'il n'en avait jamais reçu, ou si peu, dans son enfance. Ces ressources, il les avait trouvées tout seul au fond de lui.

Mais elle pouvait lui donner quelque chose. Ne serait-ce que pour un court instant.

— Tu n'as pas à me raconter qui tu es, Nash.

D'une main légère, elle repoussa une mèche de cheveux qui lui tombait sur les yeux.

— Je ne te demanderai jamais ce que tu ne peux pas me donner.

Prenant sa main, elle la referma sur son amulette et la garda entre les siennes. Ses yeux s'élargirent.

— C'est un serment.

Il sentit le métal se réchauffer dans sa paume.

— Un serment que je ne pourrai pas briser, continua-t-elle tout bas. Je veux te donner quelque chose. Est-ce que tu me fais confiance ?

Nash leva les yeux. Une sensation légère s'empara de lui et ses muscles se détendirent brusquement, tandis que ses paupières s'alourdissaient. Il entendit sa propre voix, lointaine, prononcer le nom de Morgana. Et il s'endormit.

Quand il se réveilla, le soleil était haut dans le ciel. Les oiseaux pépiaient, et une petite cascade gazouillait sur des rochers. Désorienté, il s'assit.

Il se trouvait dans une grande prairie parsemée de fleurs sauvages et vibrant de papillons virevoltants. A deux mètres, un daim fixait sur lui son regard de velours. Le bourdonnement des abeilles se mêlait au murmure du vent.

Avec un petit rire, il se frotta le menton. Il avait peut-être dormi assez longtemps pour avoir de la barbe ? Mais non, sa peau était lisse. Et il se sentait incroyablement bien. Se levant, il parcourut des yeux les hautes herbes ondoyantes. Le ciel était d'un bleu profond, celui du printemps.

Quelque chose remua en lui, une sensation légère

comme la brise. Il hocha la tête. Oui, c'était de la sérénité. Il était de nouveau entièrement en paix avec lui-même.

Il entendit la musique. La beauté bouleversante de la harpe. Un sourire aux lèvres, il marcha dans sa direction.

Il trouva Morgana au bord du ruisseau, sa robe blanche étalée sur l'herbe autour d'elle. L'eau étincelait sous le soleil. Son chapeau à large bord était coquinement incliné sur un œil. Elle tenait sur ses genoux une petite harpe dorée dont elle caressait les cordes.

Tournant la tête, elle lui sourit.

— Que fais-tu ? demanda-t-il.

— Je t'attends. Tu t'es bien reposé ?

Il s'accroupit près d'elle et leva une main hésitante vers son épaule. Oui, Morgana était bien réelle, ce n'était pas un rêve. Il sentit la chaleur de sa peau à travers la soie.

— Morgana ?

Elle le regarda avec un rire dans les yeux.

— Nash ?

— Où sommes-nous ?

Elle se remit à jouer. La musique s'étira comme les ailes d'un oiseau.

— Dans des rêves, répondit-elle. Les tiens et les miens.

Mettant l'instrument de côté, elle lui prit les mains.

— Si tu veux, nous pouvons rester ici, mais si tu préfères, nous pouvons aller ailleurs.

Cela paraissait si facile, si naturel.

— Pourquoi ?

— Parce que tu en as besoin.

Elle porta sa main à ses lèvres.

— Et parce que je t'aime.

Il n'éprouva aucune panique. Les mots de Morgana se glissèrent tranquillement dans son cœur. Il sourit.

— Sommes-nous dans la réalité ? interrogea-t-il d'une voix un peu endormie.

Elle frotta une joue contre sa main avant de l'embrasser encore, envoyant dans tout son être des étincelles de désir.

— C'est possible, si tu le veux.

Il lui ôta son chapeau, faisant ruisseler sa chevelure sur ses épaules nues.

— Est-ce que je suis sous l'effet d'un sortilège, Morgana ?

— Pas plus que moi.

Elle prit son visage entre ses mains et embrassa sa bouche.

— J'ai envie de toi, murmura-t-elle. Fais-moi l'amour ici, Nash, comme si c'était la première fois, la dernière fois, l'unique fois.

Comment aurait-il pu résister ? Si c'était un rêve, qu'ils y restent. Tout ce qui comptait, c'était les bras de Morgana qui l'accueillaient, ses lèvres qui le tentaient.

Elle était tout ce qu'un homme pouvait désirer, soie et miel se fondant en lui. Son corps paraissait immatériel quand il l'étendit sur l'herbe moelleuse.

Le temps s'était arrêté. C'était bon de prendre son temps. De sentir le flot velouté de ses cheveux sous ses doigts, les parfums envoûtants au coin de sa bouche, l'odeur de sa peau. Les petits soupirs de Morgana étaient comme des pétales de rose s'élevant dans l'air chaud.

Morgana buvait à sa bouche. Aussi différents pouvaient-ils paraître, ils avaient les mêmes rêves. Pendant une heure, ou deux, ils pouvaient tout se donner l'un à l'autre. La paix qu'elle ressentait les enveloppa tous les deux.

Comme il relevait la tête, elle sourit et ses paupières s'abaissèrent tandis qu'il suivait le contour de sa joue du bout des doigts.

— Je veux que ce soit réel, finit-il par dire.

— C'est possible. Tout ce que tu prends ici, tout ce que tu veux pour nous est possible.

Il la bâillonna de baisers. Oui, c'était bien la réalité, tout comme le sentiment qui l'assaillait quand il sentait les lèvres de Morgana s'ouvrir sous les siennes. Il se noya dans ce long baiser voluptueux. Il sentait le cœur de Morgana battre follement contre sa poitrine.

Lentement, pour prolonger l'extase de cet instant, il dégrafa les petits boutons de sa robe. Le corps de Morgana était chaud, et si doux. Fasciné, il en goûta la texture. C'était une peau de satin et de soie.

Plongeant un regard pénétrant dans le sien, il promena ses doigts sur ses courbes lascives. Sous ses longs cils noirs, ses iris s'étaient élargis, embrumés. Doucement, il caressa ses seins du bout des lèvres.

Du miel et des pétales de roses.

Avec un murmure d'approbation, il caressa ses seins, embrassant leur globe parfait. Quand il prit un téton dans sa bouche, elle s'agrippa à ses cheveux en poussant un petit gémissement. Son corps s'arqua et frissonna, le suppliant d'aller plus loin. Il leva la tête pour la regarder. Les yeux de Morgana étaient agrandis de plaisir.

— De la magie à l'état pur, murmura-t-il. Laisse-moi te montrer.

Il lui fit faire un voyage qu'elle n'aurait même pas imaginé. Leurs corps emmêlés, ils soupirèrent. Incendiée par le désir, Morgana lui arracha sa chemise et se régala sur son torse brûlant et moite.

A l'intérieur de la petite tranche de paradis qu'elle avait entrouverte, ils créèrent leur propre paradis. Chaque fois que sa bouche se posait sur les lèvres de Morgana, Nash sentait le sortilège devenir plus fort. Possessives, persuasives, les mains de la jeune femme lui donnaient le vertige.

Il voulait, il avait besoin qu'elle ait le même désir brûlant que lui. Le cœur tambourinant dans sa poitrine, il entreprit un parcours tortueux le long de son corps. Du bout des dents, il en taquina les zones sensibles, faisant naître une plainte informulée sur ses lèvres.

Elle enfouit ses poings dans l'herbe quand Nash s'enhardit encore plus, la faisant vibrer des pieds à la tête sous les douces tortures qu'il lui infligeait avec sa langue. Aveuglée de désir, elle poussa un cri tandis qu'il la propulsait au sommet et s'enfonçait en elle. Il ferma les yeux. Morgana s'ouvrait pour lui, l'accueillait en elle.

Luttant contre l'impatience de son désir, il se força à bouger lentement en contemplant les expressions de son visage.

Elle ouvrit lentement les yeux et les fixa sur lui, en laissant ses mains glisser le long de ses bras. Entrelaçant leurs doigts, ils oublièrent une fois de plus la raison.

Nash posa la tête entre ses seins. Bercé par les pulsations de son cœur, il ferma les yeux. Il avait de nouveau conscience du monde qui l'entourait : la chaleur du soleil sur son dos, le cri des oiseaux, le parfum des fleurs qui poussaient à l'état sauvage sur les bords de la rivière.

Sous lui, Morgana soupira et leva une main pour lui caresser les cheveux. Elle lui avait donné la paix, et elle avait trouvé le plaisir. Mais elle avait enfreint un de ses règlements les plus fermes en manipulant ses émotions.

Peut-être avait-elle commis une erreur, mais elle ne le regrettait pas.

— Morgana.

Il avait la voix rauque. Elle sourit.

— Dors, maintenant, dit-elle à voix basse.

Dans l'obscurité, il la chercha à tâtons. Le lit était vide. Ereinté, il se força à ouvrir les yeux. Il se trouvait dans son propre lit, et le silence nocturne envahissait la maison.

— Morgana ?

Il se hissa péniblement sur un coude. Pourquoi l'appelait-il puisqu'il savait qu'elle n'était pas là ?

Avait-il rêvé ? Se débattant avec les draps, il sortit du lit. Si tout cela n'était qu'un rêve, rien dans le monde réel ne lui avait jamais paru plus vivant, plus important.

Pour s'éclaircir les idées, il se dirigea vers la fenêtre et respira longuement l'air frais.

Ils avaient fait l'amour, d'une façon extraordinaire, dans une prairie bordant un ruisseau.

Non, c'était impossible. S'appuyant sur le rebord de la fenêtre, il avala littéralement l'air, comme s'il buvait. La dernière chose qu'il se rappelait vraiment, c'était le moment où ils étaient assis sous l'arbre et où ils discutaient de…

Il sursauta. Il lui avait tout raconté. Toute cette sale histoire sur sa famille. Pourquoi diable s'était-il laissé aller ainsi ? Se passant une main fébrile dans les cheveux, il se mit à arpenter la pièce.

Ce satané coup de téléphone ! Mais en même temps, il ne devait pas oublier que ce même coup de téléphone l'avait empêché de faire une grosse erreur.

Cela aurait été pire s'il avait dit à Morgana qu'il l'aimait, bien pire que de lui parler de sa famille et de son enfance. Au moins, maintenant, elle ne se ferait pas d'idées sur l'aboutissement de leur relation.

Quoi qu'il en soit, c'était fait et il ne pouvait pas revenir en arrière. Bien sûr, c'était terriblement embarrassant pour lui, mais il devrait vivre avec.

Il secoua la tête. Il y avait autre chose encore.

Est-ce qu'il s'était endormi, après lui avoir parlé ?

Ce rêve… Mais était-ce bien un rêve ? Ce souvenir était si précis !

Nash soupira. Il pouvait encore sentir l'odeur des fleurs. Et surtout, il se rappelait comment le corps de Morgana avait réagi sous ses mains. Cependant, le plus important était la certitude que tout ce qu'il avait fait dans sa vie l'avait conduit à cet instant. A cet instant où il avait pu s'allonger dans l'herbe avec la femme qu'il aimait, dans une sensation de paix totale avec lui-même.

Brusquement, la panique s'empara de lui. Non, tout cela n'était qu'illusions. En réalité, il avait dû s'endormir sous un arbre et rêver.

Mais que faisait-il dans sa chambre, tout seul, au milieu de la nuit ?

Les jambes en coton, il s'assit sur le bord du lit. Morgana avait tout manigancé, puis elle l'avait laissé... Mais elle n'allait pas s'en tirer comme ça !

Quand il se leva, ses jambes refusèrent de le porter.

Il se rappelait encore cette paix, cette sérénité totale qu'il avait éprouvée en se réveillant, le visage inondé de soleil. Et en marchant dans l'herbe, en la voyant jouer de la harpe. Elle lui souriait.

Et quand il lui avait demandé pourquoi, elle avait répondu...

Elle avait dit qu'elle l'aimait.

Saisi de vertige, Nash se prit la tête entre les mains. N'avait-il pas tout imaginé ? Y compris Morgana ? Il était peut-être de retour dans son appartement de Los Angeles, et il venait de faire le plus beau rêve de son existence ?

Après tout, il ne croyait pas vraiment aux sorcières, ni aux sortilèges. D'un geste lent, il baissa une main et la referma sur la pierre suspendue à son cou.

Bon sang, il n'y croyait vraiment pas.

Mais Morgana était bien réelle, et elle l'aimait. Et le pire, c'était qu'il l'aimait aussi.

Pourtant, il ne voulait pas. C'était de la folie. Mais il l'aimait si passionnément qu'il ne passait pas une heure sans penser à elle. Sans la désirer. Et sans imaginer que peut-être leur histoire pourrait durer.

Et cette idée était bien la plus irrationnelle de toutes celles qu'il avait jamais eues.

Il avait besoin de réfléchir, de tout reprendre étape par

étape. S'abandonnant à la fatigue, il s'étendit sur le lit et contempla l'obscurité.

Non, il s'était entiché d'elle, rien de plus. Ce n'était pas de l'amour. Après tout, Morgana était une femme séduisante. Et un homme pouvait s'enticher d'une femme séduisante et le rester longtemps. La vie pouvait être simple : il se réveillerait tous les matins à côté d'elle, sachant qu'elle lui appartenait, et qu'il lui appartenait. Aussi longtemps que cela devait durer.

Il se laissa entraîner dans un rêve éveillé. Brusquement, il se ressaisit. Bon sang, à quoi pensait-il ?

Il soupira. Il pensait à Morgana, tout simplement. Il pensait toujours à Morgana.

La meilleure chose à faire serait peut-être de prendre quelques jours de vacances, de faire un court voyage, n'importe où, pour penser à autre chose.

S'il en était capable.

Le doute le taraudait.

Comment pouvait-il savoir, avant même d'avoir essayé, qu'il ne pourrait pas détourner ses pensées de Morgana ?

L'évidence s'infiltra insidieusement dans son esprit. La réponse était simple : parce que ce n'était pas un simple engouement, ni de près, ni de loin. Non, il s'agissait bien d'autre chose. Il avait fait le grand saut, il était amoureux.

Morgana avait fait en sorte qu'il tombe amoureux d'elle.

Il se redressa sur le lit. Elle lui avait jeté un sort. C'était une sorcière. Pourquoi n'avait-il pas cru qu'elle pouvait l'ensorceler et le faire ramper à ses pieds ?

Mais non, c'était absurde. Il était trop rationnel pour croire à ces sornettes. Et cependant, une autre partie de lui-même, celle qui avait peur et qui doutait de lui, s'accrochait à cette idée. Et plus il y réfléchissait, plus ses pensées étaient obscures.

Prenant une décision, il se rallongea. Ce matin, la situation devait changer. Que Morgana soit une sorcière ou non, il l'affronterait, et il recommencerait à contrôler ses propres réactions.

11

C'était bizarre de ne pas aller ouvrir la boutique, le lundi matin. Mais c'était nécessaire, non seulement pour son corps fatigué, mais aussi pour son esprit. Morgana appela Mindy, qui lui promit de la remplacer.

Enveloppée dans son peignoir, elle descendit l'escalier. Le fait de prendre une journée n'était pas ennuyeux en soi, mais il aurait mieux valu qu'elle soit plus en forme. Là, elle avait la tête floue, après la nuit qu'elle avait passée.

Les dés étaient jetés, elle n'avait plus la situation en mains. Entrant dans la cuisine pour se préparer du thé, elle soupira. Au fond, elle n'avait jamais vraiment géré cette histoire. Il y avait un problème avec le pouvoir : on ne pouvait pas l'exercer au point d'oublier qu'il y avait d'autres puissances, plus importantes, plus vitales.

Attendant que l'eau chauffe dans la bouilloire, elle s'approcha de la fenêtre. L'air était lourd. L'orage menaçait-il ou cette impression n'était-elle due qu'à ses pensées perturbées ? Luna vint se frotter à ses jambes puis, devinant l'humeur de sa maîtresse, elle s'éloigna à pattes de velours.

Morgana entoura sa taille de ses bras. Elle n'avait pas choisi d'aimer. Elle n'avait pas demandé de recevoir cette avalanche d'émotions qui menaçait de la submerger. Et de bouleverser sa vie. Car ce n'était rien moins que cela.

Bien sûr, il y avait toujours un choix possible. Et elle avait fait le sien.

Ce ne serait pas facile. Les choses prépondérantes étaient rarement faciles.

Les membres lourds, elle retourna vers la bouilloire. A peine avait-elle versé l'eau dans la théière que la porte d'entrée s'ouvrit.

— Morgana !

Avec une petite grimace involontaire, elle ajouta deux cuillerées de thé dans l'eau tandis que ses cousins entraient dans la pièce. Anastasia jeta un coup d'œil réprobateur à Sebastian.

— Tu vois ! s'écria-t-elle. Je t'avais dit qu'elle ne se sentait pas bien !

Morgana l'embrassa sur la joue.

— Mais si, je vais bien, objecta-t-elle.

— C'est ce que je disais, dit à son tour Sebastian en sortant un cookie d'une boîte posée sur le comptoir. Tu es de mauvais poil, et tu as envoyé des signaux assez forts pour que je saute de mon lit.

— Désolée.

Elle lui tendit une tasse de thé.

— Je suppose que je n'avais pas envie d'être seule.

— Je suis sûre que tu n'es pas bien, insista Anastasia.

Morgana s'éloigna.

— J'ai passé une nuit blanche, et je suis en train de la payer, c'est aussi bête que cela.

Sirotant son thé, Sebastian repéra les joues pâles et les yeux cernés de sa cousine. Et il sentit autre chose, que Morgana essayait de bloquer.

— Ennuis au paradis, dit-il d'un ton un peu sec.

Les yeux de Morgana flamboyèrent.

— Je suis assez grande pour m'occuper de mes affaires, dit-elle sur le même ton.

— Ne la taquine pas, Sebastian, dit Anastasia en

lui posant une main sur l'épaule. Tu t'es disputée avec Nash, Morgana ?

— Non.

Elle s'assit.

— Mais il me cause du souci. Il m'a confié deux ou trois détails sur lui hier. Ou plutôt, sur sa famille.

Elle fit une pause. Elle faisait confiance à ses cousins autant qu'elle les aimait. Elle pouvait se livrer à eux.

Elle leur raconta tout en détail, depuis l'appel téléphonique de Leeanne jusqu'au moment qu'ils avaient passé ensemble sous le cyprès. Mais elle garda jalousement pour elle ce qui était arrivé ensuite.

— Pauvre petit garçon, murmura Anastasia. Ce doit être horrible d'être rejeté et de ne pas se sentir aimé.

— Et incapable d'aimer, ajouta Morgana. Qui pourrait lui reprocher de ne pas oser faire confiance à ses sentiments ?

— Toi, apparemment.

Elle tourna les yeux vers Sebastian. Inutile de lui en vouloir d'être si perceptif, et d'avoir raison.

— Je ne le blâme pas. Cela me rend triste, c'est tout. Et je me demande comment aimer un homme qui ne peut pas, ou qui ne veut pas, m'aimer en retour.

— Laisse-lui un peu de temps, dit Anastasia.

— Oui. Combien de temps puis-je lui laisser ? Je n'en sais rien. En tout cas, j'ai fait un serment : ne pas prendre plus que ce qu'il veut me donner.

Sa voix faiblit. Elle avait la gorge sèche.

— Je ne briserai pas ce serment.

Ses défenses commençaient à se craqueler. Vif comme l'éclair, Sebastian lui attrapa la main. Il plongea un regard scrutateur dans le sien, puis ses doigts se relâchèrent.

— Bon sang, Morgana. Tu es enceinte.

Furieuse, Morgana bondit sur ses pieds. Elle allait lui dire ce qu'elle pensait de ses révélations, mais le regard de Sebastian l'arrêta net. Il paraissait inquiet.

— Tu aurais dû garder cela pour toi, Sebastian. C'est une nouvelle que les femmes préfèrent apprendre elles-mêmes.

— Assieds-toi, dit Sebastian.

Morgana ignora son ordre.

— Depuis combien de temps ? questionna Anastasia.

Morgana se contenta de soupirer.

— Depuis l'équinoxe de printemps. Mais il n'y a que quelques jours que j'en ai la certitude.

— Tu te sens bien ?

Avant qu'elle puisse répondre, Ana posa une main sur son ventre.

— Laisse-moi faire.

Les yeux rivés sur ceux de sa cousine, elle testa la chaleur de son ventre sous le peignoir, la pulsation de son sang. Et la vie, encore embryonnaire, endormie. Puis elle eut un sourire radieux.

— Tu vas bien. Vous allez bien tous les deux, affirma-t-elle.

— Juste un peu embrumée ce matin. Mais je ne veux pas que tu te fasses de souci pour moi.

— Je répète qu'elle devrait s'asseoir, ou se coucher pour retrouver des couleurs, dit Sebastian en leur jetant un regard sévère.

L'idée que sa cousine était fragilisée le mettait mal à l'aise. Avec un petit rire, Morgana se pencha sur lui pour l'embrasser.

— Vas-tu te faire du souci pour moi, mon chéri ? demanda-t-elle d'un ton malicieux.

Elle s'assit en souriant tandis qu'il restait silencieux.

— Je l'espère bien, continua-t-elle.

— Avec le reste de la famille en Irlande, c'est Ana et moi qui prendrons soin de toi.

Morgana murmura un vague remerciement tandis qu'Ana remplissait sa tasse.

— Qu'est-ce qui te fait penser que j'ai besoin qu'on prenne soin de moi ?

Sebastian rejeta la question d'un haussement d'épaules.

— Je suis le plus âgé des trois, lui rappela-t-il. En tant que tel, je veux connaître les intentions de Kirkland.

Ana sourit par-dessus sa tasse.

— Seigneur, on se croirait au Moyen Age ! Comptes-tu le provoquer en tournoi pour avoir batifolé avec ta cousine ?

— Je ne trouve pas ça drôle du tout, dit Sebastian d'un ton plein de reproche.

Comme ses cousines roulaient des yeux effarés, il fronça les sourcils.

— Soyons clairs. Morgana, as-tu envie d'avoir un bébé ?

— Mais je suis enceinte !

Il lui pressa la main pour qu'elle le regarde dans les yeux.

— Tu sais très bien ce que je veux dire.

— Bien sûr.

Elle soupira.

— Je n'ai eu qu'un jour ou deux pour y penser. Mais j'y ai réfléchi profondément. Je sais que je peux défaire ce qui a été fait.

Se tournant vers sa cousine, elle dit d'un air contrit :

— Je sais que cette idée te bouleverse, Ana.

Ana secoua la tête.

— C'est à toi de choisir.

— Oui, je sais. J'ai pris des précautions, mais apparemment, le destin les a ignorées. J'ai scruté mon cœur, et je crois que je dois avoir cet enfant maintenant, et avec cet homme. Aussi déstabilisée et effrayée que je sois, je ne peux ignorer cette certitude. Je réponds donc à ta question : oui, je veux avoir ce bébé.

Satisfait, Sebastian hocha la tête.

— Et Nash ? Comment a-t-il réagi ?

Il n'attendit pas sa réponse. Un simple coup d'œil sur Morgana venait de la lui donner.

— Tu ne lui en as pas parlé ? s'exclama-t-il.

Elle lui jeta un coup d'œil foudroyant.

— Fiche-moi la paix, ou je te promets de te transformer en limace.

Il se contenta de relever un sourcil.

— Réponds à ma question !

— Je voulais déjà en être sûre.

Rejetant ses cheveux en arrière, elle se leva.

— Et après ce qu'il m'a dit hier, je ne pouvais pas lui annoncer la nouvelle comme cela.

— Il a le droit de savoir, dit tranquillement Ana.

— Parfait.

Elle commençait à en avoir assez.

— C'est bon, je vais le lui dire, dès que je serai prête à le faire. Crois-tu que j'aie envie de l'attacher ?

Furieuse, elle sentit une larme rouler sur sa joue. Elle l'essuya d'un geste impatient.

— C'est à lui de choisir, tout seul, dit Sebastian.

Il hocha la tête. Si Nash prenait la mauvaise décision, il se ferait un plaisir de lui tordre le cou.

— Sebastian a raison, Morgana, dit Ana d'un ton préoccupé mais ferme.

Elle s'approcha d'elle et lui passa tendrement un bras sur les épaules.

— C'est à lui de savoir ce qu'il veut. Mais il ne peut pas se décider s'il ne sait pas qu'il a un choix à faire.

— Tu as raison.

Pour se réconforter, Morgana posa la tête sur les épaules de sa cousine.

— Je vais aller le voir ce matin.

S'approchant d'elle, Sebastian lui caressa les cheveux.

— Nous serons près de toi.

Retrouvant son humour habituel, elle sourit.

— Pas trop près quand même !

Roulant sur lui-même, Nash marmonna dans son oreiller. Il n'arrêtait pas de rêver. Ses rêves se déroulaient dans sa tête comme les scènes d'un film.

Morgana, toujours et encore Morgana. Lui souriant, le tentant, lui promettant l'impossible et le merveilleux. Lui donnant l'impression d'être entier, fort et heureux.

Puis Morgana faisait place à sa grand-mère. La vieille dame intransigeante avait les yeux brillant de colère et le frappait avec sa cuillère de bois en lui disant et lui répétant qu'il ne valait pas un clou.

Il se voyait aussi descendant une rue de banlieue sur une bicyclette rouge, le vent dans les cheveux.

Et Leeanne, debout près de lui, trop près, lui tendant la main pour lui rappeler qu'ils avaient le même sang. Qu'il lui devait la vie.

Et de nouveau Morgana, avec son rire un peu fou, ses cheveux se gonflant comme un nuage pendant qu'elle survolait les eaux sombres de la baie sur son balai.

Et lui-même, plongé dans un chaudron fumant, sa grand-mère remuant le bouillon avec sa satanée cuillère. La voix de Morgana — ou celle de sa mère ? — caquetante comme celle des sorcières de Macbeth.

Le cœur battant, la respiration haletante, il s'assit et cligna des yeux sous le soleil aveuglant. Il se frotta lentement le visage de ses mains tremblantes.

Parfait ! En plus de tout le reste, il était en train de perdre la raison.

Etait-ce aussi l'œuvre de Morgana ? S'était-elle insinuée dans son esprit pour lui imposer ses pensées ? Eh bien, si c'était le cas, elle n'allait pas s'en tirer aussi facilement.

Sortant du lit, il trébucha sur ses chaussures. Il poussa un juron et les envoya valdinguer de l'autre côté de la pièce avant de se diriger d'un pas mal assuré vers la douche. Dès qu'il aurait retrouvé ses esprits, il aurait une petite discussion avec la Merveilleuse Sorcière de l'Ouest.

En soupirant, Morgana se gara dans l'allée de Nash. Baissant le rétroviseur, elle examina son visage et fit la moue. Comment avait-elle pu croire que le maquillage masquerait son angoisse ?

Elle ne pouvait pas se présenter devant Nash et lui annoncer la fameuse nouvelle avec cette apparence vulnérable. Serrant les lèvres, elle prit une longue inspiration et se mit à fredonner. Bientôt, les ombres se dissipèrent sous ses yeux, et la couleur revint sur ses joues. Quand elle descendit de voiture, toutes les marques de sa nuit blanche avaient disparu. Elle sourit. Son cœur battait un peu trop vite, mais elle ferait avec. Cependant, elle ne laisserait pas voir à Nash qu'elle était amoureuse de lui, et surtout, que cela la terrifiait.

Redressant la tête, elle frappa à sa porte.

Poussant encore un juron, Nash enfila son jean à la hâte.

— Une minute ! cria-t-il.

Il dévala l'escalier, torse nu, en bougonnant. Qui avait le culot de le déranger avant qu'il ait pris son café ?

— Oui ? fit-il en ouvrant la porte d'un geste énergique.

Il resta bouche bée.

Morgana était sur le palier aussi fraîche que la rosée du matin.

— Bonjour, Nash !

Elle déposa un baiser léger sur ses lèvres.

— Je t'ai fait sortir de la douche ?

— Presque.

Décontenancé, il passa ses doigts dans ses cheveux trempés.

— Pourquoi n'es-tu pas à la boutique ?

— J'ai pris ma journée.

Elle entra d'un pas détendu.

— Tu as bien dormi ? demanda-t-elle.

— Tu devrais le savoir.

Voyant une lueur d'étonnement dans ses yeux, il demanda :

— Que m'as-tu fait, Morgana ?

— Qu'est-ce que je t'ai fait ? Mais je ne t'ai rien fait !

Elle se força à sourire.

— Si je ne me trompe pas, tu as besoin d'un bon café. Je vais t'en préparer un.

Il l'attrapa par un bras avant qu'elle puisse se diriger vers la cuisine.

— Merci, je suis assez grand pour le faire moi-même.

Devant son regard coléreux, elle hocha lentement la tête.

— Comme tu voudras. Préfères-tu que je revienne plus tard ?

— Non. Nous allons régler cela tout de suite.

Il traversa le couloir d'un pas rageur. Morgana plissa les paupières. Que voulait-il régler au juste ? Un frisson la parcourut de la tête aux pieds. Pourquoi ce mot rimait-il avec « terminer » ? Avec la prémonition d'un désastre, elle voulut le suivre dans la cuisine. Mais son courage l'abandonna et elle entra dans le salon. Elle s'assit sur le bord d'une chaise.

Se frottant le front, elle réfléchit. Nash avait dû faire un cauchemar. Avec un café, il retrouverait sa bonne humeur. Elle ne s'était pas attendue à le trouver si froid, comme il était la veille en lui parlant de Leeanne. Et ce regard glacial qu'il avait posé sur elle. Elle n'aurait jamais cru que cela pourrait être si douloureux.

Elle se leva et fit les cent pas dans la pièce, une main posée sur son ventre. Elle protégerait cette vie toute neuve. A tout prix.

Nash entra dans le salon, une tasse fumante à la main.

Morgana était près de la fenêtre. Elle paraissait blessée, vulnérable. Mais ce n'était sans doute qu'une apparence trompeuse. Une sorcière était par nature invulnérable.

— Tes fleurs ont soif, dit-elle. Il ne suffit pas de les planter, il faut s'en occuper.

Il avala son café d'un trait et se brûla la langue. La douleur l'empêcha d'aller vers elle et de la prendre dans ses bras pour effacer la tristesse qu'il percevait dans sa voix.

— Je ne suis pas vraiment d'humeur à parler de fleurs, grommela-t-il.

— Non, apparemment. De quoi as-tu envie de parler, Nash ?

— Je voudrais connaître la vérité. Toute la vérité.

Elle lui adressa un petit sourire amusé en tournant ses paumes vers le ciel.

— Par quoi veux-tu que je commence ?

— Arrête de jouer avec moi, Morgana, j'en ai assez.

Les muscles tendus, il arpenta le salon d'un pas nerveux et lui jeta un regard incendiaire.

— Toute cette histoire n'a été qu'un divertissement pour toi, n'est-ce pas ? Depuis le début, depuis la minute où je suis entré dans ta boutique, tu as décidé que je serais un candidat acceptable pour tes petits jeux.

Bon sang, comme il avait mal. Il avait mal en pensant à tout ce qu'il avait éprouvé, tout ce qu'il avait commencé à espérer.

— Mon attitude envers tes... dons t'irritait, c'est pourquoi tu m'as fait ton petit numéro.

Morgana avait le cœur serré, mais sa voix resta ferme.

— Je ne comprends pas. Si tu veux dire que je t'ai montré qui je suis, je ne peux pas le nier. Et je ne peux pas non plus en avoir honte.

Il posa violemment sa tasse sur la table basse. Le sens de la trahison était si fort qu'il balayait tout le reste. Bon Dieu, il aimait cette femme, elle avait tout fait pour qu'il l'aime. Et maintenant qu'il essayait de comprendre, elle restait là, tranquille… et adorable.

— Je veux savoir ce que tu m'as fait, répéta-t-il. Et je veux que tu le défasses.

— Je te l'ai déjà dit. Je n'ai rien…

Dans un élan de panique et de fureur, il lui saisit le bras.

— Regarde-moi dans les yeux, Morgana, et ose me dire que tu ne m'as pas jeté un sort pour que je me sente ainsi.

— Que tu te sentes comment ?

— Mais tu ne comprends pas à quel point je t'aime. Je ne passe pas une heure sans désirer être avec toi. Je ne peux pas penser à l'avenir, même lointain, sans te voir à côté de moi.

Elle baissa les yeux. Son cœur fondait littéralement.

— Nash…

Il repoussa la main qu'elle posait sur son épaule. Abasourdie, Morgana la laissa retomber.

— Comment as-tu fait ? demanda-t-il encore. Comment as-tu fait pour orienter le cours de mes pensées, pour me faire songer au mariage, pour me donner envie de créer une famille ? Que voulais-tu ? Jouer avec un pauvre mortel jusqu'à ce que tu t'en lasses ?

— Je suis aussi mortelle que toi, dit-elle d'une voix ferme. Je mange, je dors, je saigne quand je me coupe, je vieillis. Et j'ai des sentiments.

— Non, tu n'es pas comme moi.

Il cracha les mots plus qu'il ne les dit. Les joues de Morgana pâlirent.

— Oui, tu as raison. Je suis différente, et je ne peux rien y changer. Si tu trouves cela trop difficile à accepter, laisse-moi.

— Ne crois pas que tu vas t'en tirer aussi facilement.

La prenant par les épaules, il la secoua légèrement.

— Annule ton sortilège.

Elle posa sur lui des yeux ébahis.

— Quel sortilège ?

— Celui que tu as utilisé. Tu m'as fait dire des choses que je n'ai jamais racontées à personne. Tu m'as mis à nu, Morgana. Si j'avais eu toute ma tête, crois-tu que je t'aurais parlé de ma famille et de mon enfance comme je l'ai fait ?

Il la lâcha et s'écarta d'elle pour éviter de la brutaliser.

— Tu m'as fait parler, tu as manigancé tout cela, comme le reste. Tu t'es servie de mes sentiments pour arriver à tes fins.

— Je ne me suis jamais servie de tes sentiments, rétorqua-t-elle, furibonde.

Plus pâle que jamais, elle fit une pause. Voyant son regard profondément choqué, il serra les lèvres.

— Vraiment ?

— D'accord, je les ai utilisés hier. Après le coup de téléphone de ta mère et tes confidences, j'ai voulu te rendre un peu de tranquillité d'esprit.

— C'était bien un sortilège.

Elle releva le menton, mais elle n'en parut pas moins fragile. Comme du verre qui se casserait au moindre contact.

— Je laisse mes émotions prendre le dessus. Si j'ai eu tort, et cela me semble le cas, je te prie de m'excuser, dit-il.

— Oh, parfait. Désolée de t'avoir emmené en balade, Nash.

Il fourra les mains dans ses poches.

— Et le reste ? interrogea-t-il.

Elle leva une main tremblante vers ses cheveux.

— Le reste de quoi ?

— Vas-tu prétendre que tu n'as pas tout provoqué, que tu n'as pas manipulé mes sentiments ? Que je n'ai pas cru être amoureux de toi, et que je n'ai pas voulu commencer une nouvelle vie avec toi, parce que tu en avais décidé ainsi ? Et que je voulais des enfants de toi ?

Comme ces désirs étaient toujours vivaces, il laissa sa colère reprendre pied.

— Je sais très bien que ce n'était pas mon idée, continua-t-il.

Morgana le fusilla du regard. Sa blessure était profonde. Mais en même temps, elle venait de libérer quelque chose. La colère de Nash, son impression d'avoir été trahi, sa confusion n'étaient rien comparé à ce qui bouillonnait en elle.

— Veux-tu dire que je t'ai lié à moi par la magie ? Que j'ai utilisé mes dons, que je t'ai jeté un charme pour que tu tombes amoureux de moi ?

— Exactement.

Les yeux de Morgana luisaient comme des petits soleils.

— Espèce d'âne sans cervelle !

Indigné, il voulut répliquer, mais il n'arriva qu'à émettre quelques sons gutturaux. Les yeux écarquillés, il essaya encore pendant qu'elle se déplaçait comme une furie dans la pièce.

— Ainsi, tu te crois victime d'un sortilège, marmonna-t-elle en faisant voltiger quelques livres à travers le salon.

Nash les évita de justesse, sauf un, qui lui égratigna le nez. Il poussa un juron. Et se sentit rassuré. Il avait retrouvé sa voix.

— Ecoute, chérie.

— Non, c'est toi qui vas écouter, chéri. Crois-tu vraiment que j'aurais perdu mon temps à capturer quelqu'un comme toi ? Espèce de crétin arrogant ! Donne-moi une seule raison pour que je ne te transforme pas en serpent !

Les yeux plissés par la colère, il marcha vers elle.

— Je ne veux plus jouer à cela !

— Alors, regarde.

D'un bref mouvement de la main, elle l'envoya de l'autre côté de la pièce, où il atterrit dans un fauteuil. Pour se faire plaisir, elle cassa les assiettes dans la cuisine. Nash écouta le bruit avec résignation.

— Il ne faut jamais mettre une sorcière en colère, tu devrais le savoir.

Les bûches dans la cheminée se mirent à craquer avant de s'enflammer.

— Sais-tu ce que je pourrais faire si j'étais dépourvue de scrupules ? dit-elle d'une voix menaçante.

— J'en ai assez vu, Morgana.

Il se leva. Elle le fit rasseoir avec tant de violence qu'il en grinça des dents.

— Ne t'approche pas de moi. Plus jamais.

Sa respiration était lourde, malgré tous ses efforts pour la calmer.

— Sinon, je te jure que je te transformerai en une bestiole à quatre pattes hurlant à la lune.

Il poussa un soupir inquiet. Morgana ne mettrait certainement pas ses menaces à exécution ?

— Arrête, Morgana. Tout cela ne mène nulle part.

La colère s'en alla, la laissant vide, tremblante et malheureuse.

— Tu as tout à fait raison. Mon caractère, comme mes sentiments, prennent parfois le pas sur ma raison.

Il voulut se lever.

— Non ! Reste où tu es.

Comme elle se retournait, le feu s'éteignit et le vent tomba. Nash poussa un soupir de soulagement. Apparemment, l'orage était passé.

Ce en quoi il se trompait lourdement.

— Ainsi tu ne veux pas être amoureux de moi ? demanda-t-elle d'un ton indéchiffrable.

Il fronça les sourcils. Il aurait aimé voir son visage, mais elle lui tournait le dos et regardait par la fenêtre.

— Je ne veux être amoureux de personne, répondit-il lentement.

Il se frotta le front. Croyait-il lui-même à ce qu'il venait de dire ?

— Il n'y a rien de personnel là-dedans, ajouta-t-il.

— Rien de personnel…

— Ecoute, Morgana, je suis un mauvais parti. J'aime la vie que je menais avant…

— Avant de me connaître.

La façon dont elle prononça ces paroles lui fit froid dans le dos.

— Ce n'est pas toi qui es en cause, c'est moi. Et je… bon sang, je ne vais pas rester là à te présenter des excuses parce que je n'ai pas apprécié que tu m'ensorcelles.

Il se leva avec précaution.

— Tu es une femme superbe et…

— Oh, je t'en prie.

Elle fit une pause, laissant les larmes inonder ses joues pâles. Affolé, Nash serra les poings. Il ne désirait rien de plus au monde, à cet instant, que de la prendre dans ses bras et de l'embrasser pour tarir ses larmes.

— Morgana, ne pleure pas, je ne voulais pas…

Sa voix se brisa. Un mur semblait s'être dressé entre eux, invisible mais dur comme un roc. Etait-ce encore un tour qu'elle lui jouait ? Levant la main, il cria :

— Arrête, ça ne sert à rien !

Morgana posa les deux mains sur son ventre. Elle devait se calmer, elle avait désormais une autre vie que la sienne à protéger.

— Je ne supporte pas de te voir pleurer, dit Nash d'une voix chevrotante.

Elle eut un petit rire ironique.

— Désolée, mais une sorcière est une femme comme les autres. Faible et impuissante.

Se ressaisissant, elle cligna des paupières pour chasser ses larmes.

— Tu veux garder ta liberté, Nash ?

— Bon sang, je ne sais pas ce que je veux, tu ne le vois donc pas ?

— Quoi que ce soit, ce n'est pas moi, apparemment. Ni ce que nous avons fait ensemble. Je t'ai promis de ne pas prendre plus que ce que tu voulais me donner. Et je tiens toujours parole.

Nash écarquilla les yeux tandis qu'un nouvel accès de panique s'emparait de lui.

— Laisse-moi au moins te toucher, supplia-t-il.

— Si tu pensais à moi en tant que femme, je le ferais.

Elle s'appuya au mur.

— Crois-tu que je n'ai pas besoin d'être aimée comme n'importe quel être du genre humain ?

Il voulut s'approcher d'elle, mais il se heurta encore au mur invisible.

— Fais disparaître cette satanée séparation !

C'était tout ce qu'elle avait pour se défendre. Bien peu de chose en somme.

— Ce n'est la faute de personne si je t'aime tant.

— Morgana, je t'en prie.

Secouant la tête, elle l'observa, gravant son image dans son cœur, dans sa tête, là où elle pourrait la garder à tout jamais.

— Je n'ai jamais été amoureuse avant. C'est peut-être moi qui t'ai attiré, mais c'était sans le vouloir, et je ne voulais surtout pas te faire de mal.

Furieuse, elle ravala les larmes qui menaçaient de nouveau.

— Il faut que tu croies ce que je vais te dire : quel que soit le charme que j'aie pu exercer sur toi, il est brisé dès cet instant. Quels que soient les sentiments que j'ai provoqués en toi par mon pouvoir, je lève le sortilège. Tu es libéré, Nash, libéré de moi et de tout ce que nous avons vécu.

Elle ferma les yeux et tendit les mains devant elle.

— L'amour qui naît sous le coup d'un sortilège est un faux amour. Que ton cœur et ton esprit s'affranchissent de moi.

Elle ouvrit des yeux scintillant de larmes.

— Tu es plus que tu ne crois, dit-elle calmement, et moins que ce que tu pourrais être.

Nash avait la gorge serrée. Son cœur cognait dans sa poitrine.

— Morgana, écoute-moi…

Elle sourit.

— Je crois avoir au moins droit à une sortie un peu théâtrale, non ?

Bien qu'elle soit à plus d'un mètre de lui, il aurait juré qu'il sentait ses lèvres sur les siennes.

— Bonne chance, Nash.

Et elle s'en alla.

12

Il devenait fou, c'était certain. Il passait ses journées à rôder sans but dans la maison et le jardin. Et ses nuits à se retourner dans son lit sans fermer l'œil.

Il soupira. Pourtant, Morgana avait bien dit qu'il était libre, non ? Alors pourquoi ne le sentait-il pas ?

Pourquoi n'avait-il pas cessé de penser à elle, de la désirer ? Pourquoi voyait-il encore le regard blessé qu'elle lui avait adressé ce jour-là, et les larmes qui ruisselaient sur ses joues ?

Il secoua la tête. Non, non, elle l'avait berné. Il était toujours sous le coup de son sortilège.

Il poussa un profond soupir. Tout cela n'était que mensonge.

Au bout d'une semaine, vaincu, il prit le chemin de la maison de Morgana. Elle n'y était pas. Il se rendit aussitôt à la boutique, pour apprendre par la bouche d'une Mindy peu amène que Morgana était partie en voyage. Elle refusa de lui dire où, et quel jour elle devait revenir.

Il aurait dû se sentir soulagé. C'est du moins ce qu'il n'arrêtait pas de se répéter.

Obstinément, il repoussa la pensée de Morgana et retourna à la vie qu'il menait avant elle.

Mais quand il se retrouva sur la plage, il eut une drôle de sensation au creux de l'estomac. Qu'éprouverait-il en ce moment si Morgana marchait à côté de lui ? Et si un bambin trottinait entre eux ?

Affolé à cette idée, il reprit sa voiture et roula jusqu'à Los Angeles.

Une fois arrivé, il poussa un profond soupir. Il se sentait déjà mieux. Avec ce petit changement d'air, il oublierait toute cette histoire au bout de quelques jours. Il déjeuna avec son agent littéraire, discutant longuement du casting pour le film. Il passa ses soirées dans des clubs, s'étourdissant de musique et de rires. Et il se posa une question : avait-il fait une erreur en déménageant vers le nord ? Il était chez lui, ici, au cœur de cette ville, au milieu des étrangers et des distractions de toutes sortes.

Mais trois jours plus tard, il éprouva un besoin pressant de rentrer chez lui, d'entendre le bruit du vent dans les arbres et le gazouillement de l'eau. Et surtout, de la voir.

Il retourna à la boutique, interrogea Mindy avec insistance. Mais elle demeura intraitable.

Ne sachant plus que faire, il alla se garer dans l'allée de Morgana et resta vissé sur son siège, l'œil rivé sur sa maison. Cela faisait presque un mois qu'elle était partie. Elle allait bien finir par rentrer. Elle avait sa maison, ici, et son travail.

Et puis, il y avait lui, qui l'attendait depuis des jours interminables !

Comme le crépuscule s'annonçait, il posa les coudes sur le volant et enfouit son visage dans ses mains. Oui, c'était tout ce qu'il était capable de faire : attendre Morgana. Et contrairement à ce qu'il se forçait à croire depuis plusieurs semaines, il ne l'attendait pas pour avoir une conversation rationnelle avec elle.

Non, il attendait impatiemment de se jeter à ses pieds, de la supplier, de lui promettre tout ce qu'elle voudrait, de lutter, de faire n'importe quoi pour qu'elle revienne dans sa vie.

Il referma les doigts sur les cristaux qu'il portait toujours autour de son cou. Est-ce qu'ils l'aideraient s'il faisait un vœu ? Cela valait la peine d'essayer. Il fit une petite moue. En tout cas, c'était une meilleure idée que de passer une annonce dans le journal local. Fermant les yeux, il se concentra sur Morgana.

— Je sais que tu peux m'entendre si tu le veux. Tu ne vas pas te débarrasser de moi comme cela. Je me suis comporté comme un parfait crétin, d'accord, mais ce n'est pas une raison...

Brusquement, il sentit une présence. Ouvrant lentement les yeux, il tourna la tête, pour voir le visage amusé de Sebastian.

— Que faites-vous là ? dit le jeune homme.

Avant de réfléchir, Nash ouvrit brutalement la portière et saisit Sebastian par le col de sa chemise.

— Où est-elle ? hurla-t-il. Vous le savez, et vous allez me le dire, si vous ne voulez pas que je vous démolisse le portrait !

Les yeux de Sebastian s'assombrirent dangereusement.

— Attention, l'ami... Il se pourrait bien que ce soit vous qui vous retrouviez avec le nez cassé. Cela fait des semaines que j'en rêve !

Nash hocha la tête. La perspective d'une bonne bagarre lui plaisait énormément.

— Très bien, allons-y !

— Calmez-vous tous les deux !

De ses mains délicates, Anastasia sépara les deux hommes.

— Désolée de vous interrompre ! dit-elle d'un ton ironique.

Nash laissa tomber ses poings.

— Je veux savoir où est Morgana.

Haussant les épaules, Sebastian s'appuya au capot de la voiture.

— Vos désirs n'ont pas beaucoup de poids par ici, dit-il nonchalamment.

Il croisa les chevilles.

— Vous avez les nerfs à cran, on dirait, mon vieux Nash, continua-t-il d'un air ravi. Auriez-vous mauvaise conscience ?

— Sebastian !

La voix tranquille d'Ana était à la fois autoritaire et pleine de compassion.

— Arrête de faire de l'ironie. Tu ne vois pas qu'il est malheureux ?

Elle posa une main sur le bras de Nash.

— Tu vois bien qu'il est amoureux d'elle !

Pour toute réponse, Sebastian eut un rire bref.

— Ne te laisse pas avoir, Ana.

Elle lui jeta un coup d'œil exaspéré.

— Pour l'amour du ciel, tu n'as qu'à le regarder et tu comprendras !

Visiblement à contrecœur, Sebastian leva les yeux sur Nash. Ses prunelles s'agrandirent de surprise. Il lui posa une main sur l'épaule et se remit à rire.

— J'ai du mal à le croire mais tu as raison, Ana !

Il secoua la tête.

— Pourquoi avez-vous tout gâché ?

— Je n'ai pas à vous donner d'explications, rétorqua Nash.

Il se passa une main distraite à l'endroit où Sebastian avait posé la sienne. Il ressentait comme une brûlure.

— Ce que j'ai à dire, je veux le dire à Morgana.

Sebastian s'adoucit. Il hocha pensivement la tête. Bien sûr, Nash était amoureux, ça crevait les yeux. Mais il n'était pas nécessaire de lui rendre les choses trop faciles. Il avait besoin d'une bonne leçon.

— Elle pense que vous lui avez déjà tout dit. Je ne crois

pas qu'elle soit en état d'entendre encore vos lamentables accusations.

— En état ? répéta Nash, effrayé.

Son cœur se glaça.

— Est-elle malade ?

Il attrapa de nouveau Sebastian par sa chemise. Mais cette fois, il n'avait plus de force dans les mains.

— Qu'est-ce qu'elle a ?

Sebastian et Ana se jetèrent un regard entendu, si bref que Nash ne le remarqua pas.

— Elle n'est pas malade, dit Ana.

Elle fit une pause, essayant de garder une voix calme. C'était aberrant que Morgana n'ait pas annoncé à Nash qu'elle était enceinte.

— En fait, elle va même très bien. Sebastian voulait seulement dire qu'elle avait été bouleversée par ce qui s'était passé entre vous la dernière fois.

Nash relâcha son étreinte. Quand il retrouva son souffle, il fit un vague signe de tête.

— D'accord, vous voulez que je présente des excuses, je vous en présente. Je veux voir Morgana. Si elle décide de me jeter hors de sa vie quand elle m'aura entendu, j'accepterai.

— Elle est en Irlande, dans notre famille, dit Ana.

Elle lui adressa un sourire ravissant.

— Avez-vous un passeport ?

Morgana se sentait beaucoup mieux. Elle avait bien fait de venir. L'air irlandais était apaisant, que ce soit la douce brise qui descendait des collines ou le vent sauvage qui faisait moutonner la mer.

Bientôt, elle allait rentrer chez elle, guérie. Elle était reconnaissante à la vie de lui avoir offert ces quelques semaines pour panser ses blessures.

Et de lui avoir permis de voir sa famille.

Etendue sur le petit canapé, dans le salon de sa mère, elle se sentait chez elle, plus que n'importe où au monde. Le soleil lui réchauffait le visage, ce soleil d'une luminosité si particulière, qui semblait n'appartenir qu'à l'Irlande. Par les vitres taillées en biseau, elle voyait les falaises qui dominaient la plage. Si elle changeait d'angle de vue, ses yeux captaient la pelouse d'un vert presque fluorescent, parsemée de fleurs qui s'agitaient dans le vent.

A l'autre bout de la pièce, sa mère dessinait. Morgana poussa un petit soupir. C'était un moment si agréable, qui lui rappelait la douceur de son enfance. Et sa mère avait si peu changé pendant toutes ces années.

Elle l'examina avec tendresse. Ses cheveux étaient aussi épais et noirs que les siens. Mais elle les portait courts. Sa peau douce avait l'éclat magnifique de son héritage irlandais. Ses yeux bleu cobalt étaient souvent plus rêveurs que les siens, mais ils avaient la même acuité.

Morgana éprouva un immense élan de tendresse.

— Tu es si belle, maman.

Bryna leva les yeux en souriant.

— Je ne te dirai pas le contraire, c'est trop agréable à entendre de la bouche d'une grande fille, commenta Bryna en riant.

Elle avait un léger accent.

— Sais-tu à quel point je trouve merveilleux que tu sois chez nous, ma chérie ?

Morgana se redressa.

— Je sais, maman, je suis très heureuse moi aussi. Et je te suis reconnaissante de ne pas m'avoir posé toutes les questions qui te venaient à l'esprit.

— J'avoue que j'ai dû faire la leçon à ton père pour qu'il tienne sa langue. Il se fait du souci pour toi, il t'aime tant.

Morgana sentit les larmes lui monter aux yeux. Elle cligna des paupières pour les chasser.

— Je suis désolée… un petit coup de blues.

Elle se leva.

— Je n’arrive plus à contrôler mes larmes.

— Ma chérie.

Bryna lui tendit les mains. Morgana s’approcha d’elle et les prit dans les siennes.

— Tu sais que tu pourras tout me dire, quand tu te sentiras prête.

— Maman.

Cherchant le réconfort, elle s’accroupit près d’elle et posa la tête sur ses genoux. Bryna lui caressa doucement les cheveux. Poussant un petit soupir, Morgana dit d’une voix mouillée de larmes :

— Je viens juste de me rendre compte de la chance que j’ai de vous avoir, tous. Vous m’aimez, vous voulez que je sois près de vous, vous vous souciez de ce qui peut m’arriver. Je ne t’ai encore jamais dit combien je vous suis reconnaissante pour tout cela.

Bryna berça doucement sa fille.

— C’est ainsi qu’une famille est censée être, dit-elle doucement.

Relevant la tête, Morgana plongea dans les yeux de sa mère un regard intense.

— Toutes les familles ne sont pas ainsi.

— Elles ne savent pas ce qu’elles perdent. Mais qu’est-ce qui te fait mal, ma chérie ? Parle-moi.

Morgana lui saisit la main.

— J’ai beaucoup pensé à la douleur qu’on doit ressentir lorsqu’on ne reçoit pas d’amour dans son enfance. A quel point il doit être horrible d’être considéré comme un fardeau, de n’être toléré que par devoir.

— En effet, rien n’est plus horrible que de vivre sans amour.

Bryna caressa longuement les cheveux de sa fille. Puis elle demanda doucement :

— Es-tu amoureuse ?

Morgana eut un petit sanglot.

— Il a tant souffert. Il n'a jamais eu le millième de ce que tu m'as donné, de ce que vous m'avez tous donné. Et malgré tout, il a réussi à devenir quelqu'un de merveilleux. Je suis sûre que tu l'aimerais.

Elle posa la joue sur la main de sa mère.

— Il est drôle, et doux. Il est curieux d'esprit. Mais il y a une part de lui qui est fermée. Ce n'est pas sa faute, c'est à cause du mal qu'on lui a fait. Et mes pouvoirs ne peuvent rien pour faire sauter cette barrière.

Elle s'assit sur ses talons.

— Il ne veut pas m'aimer, et moi je ne peux pas prendre ce qu'il ne veut pas me donner.

— Non, bien sûr.

Bryna avait le cœur gros en regardant sa fille.

— Tu es si forte, si fière, et trop sage. Tu sais, les gens changent, Morgana. Il faut leur laisser le temps…

— Je n'ai plus le temps… je porte son enfant, il naîtra à Noël.

Toutes les paroles apaisantes que Bryna avait préparées restèrent coincées dans sa gorge. Ainsi sa fille, qu'elle considérait encore comme un bébé, attendait un enfant…

— Tu te sens bien ? parvint-elle à articuler.

Morgana sourit. Cette question allait sans doute avoir une suite.

— Oui.

— Es-tu certaine d'être enceinte ?

— Tout à fait certaine.

— Oh, ma chérie.

Bryna se leva et la prit dans ses bras.

— Ma petite fille.

— Je ne vais plus l'être très longtemps.

Elles éclatèrent de rire.

— Je suis si heureuse pour toi. Mais je suis triste, aussi.

— Je sais, maman. Je veux cet enfant, crois-moi, comme personne n'a jamais désiré en avoir un. Non seulement parce que c'est la seule chose que j'aurai jamais de son père, mais pour l'enfant lui-même.

— Comment te sens-tu ?

— Bizarre. Parfois très forte, et la seconde qui suit, terriblement fragile. Je ne me sens pas malade, mais de temps en temps, j'ai la tête qui tourne.

Compréhensive, Bryna hocha la tête.

— Et tu dis que le père est un homme bon ?

— Oui, c'est un homme bon.

— Alors, quand il l'a appris, il ne devait pas être prêt...

Morgana détourna les yeux.

— Morgana, déjà quand tu étais petite, tu regardais derrière moi quand tu voulais échapper à mes questions.

Avec une petite grimace, Morgana regarda sa mère.

— Il ne le sait pas encore. Je t'en prie ! dit-elle avant que Bryna se lance dans une leçon de morale. J'avais l'intention de le lui dire, mais tout a raté. Je sais que j'ai eu tort de ne pas lui en parler, mais cela aurait été aussi mal de l'attacher à moi en lui parlant du bébé. J'ai choisi.

— Tu as fait le mauvais choix.

Morgana releva le menton, comme sa mère l'avait fait quelques instants plus tôt.

— Bon ou mauvais, c'est mon choix. Je ne te demande pas de l'approuver, mais de le respecter. Et je te demande aussi de n'en parler à personne. Même pas à papa.

— Qu'est-ce qu'on veut cacher à son papa ?

Matthew Donovan entra d'un pas vif dans la pièce, suivi d'un loup qui était le cousin de Pan.

— Des histoires de fille, répondit doucement Morgana.

Elle l'embrassa sur les joues.

— Bonjour, papa.

De l'index, il lui effleura le bout du nez.

— Je sais quand mes femmes gardent un secret.

— C'est très mal d'écouter aux portes ! plaisanta Morgana.

Elle soupira. Inutile d'argumenter. Son père était presque aussi doué que Sebastian pour lire dans les pensées.

— Où sont passés les autres ? interrogea-t-elle pour faire diversion.

Matthew Donovan était patient. Si Morgana ne lui révélait pas son petit secret, il le découvrirait lui-même sans tarder. Après tout, n'était-il pas son père ?

— Douglas et Maureen sont dans la cuisine. Ils se disputent pour savoir qui va préparer le déjeuner. Et Camilla joue au rami avec Patrick.

Il eut un sourire malicieux.

— Patrick perd et, naturellement, il accuse Camilla d'avoir jeté un sortilège sur ses cartes.

Bryna afficha un sourire.

— Est-ce que c'est vrai ?

— Naturellement.

Matthew caressa la fourrure argentée de son loup.

— Ta sœur est une tricheuse-née. Elle a cela dans le sang.

— Et ton frère est toujours le perdant, ajouta Bryna avec un pâle sourire.

En riant, Morgana les prit chacun par le bras.

— Comment arrivez-vous à vivre tous les six sous le même toit ? C'est un grand mystère pour moi ! dit-elle d'un ton mi-sérieux, mi-moqueur. Si nous allions les voir ? Je pourrais peut-être apporter encore quelques agréments à cette petite dispute familiale.

Il n'y avait rien de tel qu'un repas en famille pour lui remonter le moral. Et c'était précisément ce dont elle avait le plus besoin pour l'instant.

Morgana sourit. Les Donovan ne s'entendaient pas

toujours à merveille. En ce moment, ils se chamaillaient pour une histoire ridicule. Mais quelles que soient les prises de bec qu'ils pouvaient avoir, ils finissaient toujours par retrouver des relations harmonieuses.

Son père et ses oncles avaient beau être des triplés, il y avait peu de ressemblance entre eux. Matthew Donovan était grand et mince. Avant de commencer à prendre une nuance argentée, ses cheveux avaient été très noirs. Patrick, le père d'Anastasia, n'était pas plus grand qu'elle. Il avait une carrure de boxeur et une mentalité de farceur. Quant à Douglas, il mesurait plus d'un mètre quatre-vingts, et ses cheveux formaient un V spectaculaire sur son front. L'excentricité était comme une seconde nature chez lui. En ce moment, il portait au cou un lorgnon avec lequel il regardait ses voisins quand l'envie l'en prenait.

Et s'il avait enlevé sa casquette à la Sherlock Holmes, c'était uniquement parce que sa femme avait refusé de le voir passer à table dans cette tenue.

Camilla, qui passait souvent pour le bébé de la maison, était potelée et gracieuse. Ravissante, elle n'en avait pas moins une volonté de fer. Elle répondait aux fantaisies de son mari par ses propres caprices. Ce matin, elle arborait une nouvelle coiffure bouclée d'un roux flamboyant. Une longue plume d'aigle pendait à l'une de ses oreilles.

Morgana regarda Maureen. Excellent médium, elle était grande, robuste, et elle avait un rire contagieux.

Avec ses propres parents, ils formaient une équipe bigarrée. Tous plus sorciers les uns que les autres. En les entendant discuter âprement, elle se sentit submergée par une gigantesque vague d'amour.

— Ton chat a encore grimpé aux rideaux dans ma chambre, reprocha Camilla à Maureen entre deux bouchées.

Maureen haussa les épaules.

— Il chassait une souris, c'est tout.

Les boucles de Camilla s'agitèrent.

— Tu sais très bien qu'il n'y a pas une seule souris dans cette maison. Douglas les chasse.

— Alors, il a fait son boulot à moitié, dit Matthew.

— Son boulot à moitié ? répéta Maureen, venant à la rescousse de son mari. Ce qui est fait à moitié, ici, c'est cette tarte. Elle n'est pas cuite !

— Aïe, c'est aussi Douglas qui l'a faite ! dit Patrick avec un sourire amusé. Moi, cela ne me dérange pas personnellement. J'aime quand les pommes restent craquantes.

— C'est une nouvelle recette, dit Douglas en coinçant son lorgnon sous ses sourcils broussailleux. Une recette diététique.

Morgana sourit. Ces petites querelles avaient toujours eu le don de l'amuser.

— Pourquoi ne manges-tu pas ta tarte aux pommes ? demanda Douglas d'un air chagrin.

— Elle est délicieuse, assura-t-elle. J'en garde un morceau pour tout à l'heure.

Prise d'une impulsion, elle se leva d'un bond et fit le tour de la table pour embrasser chacun sur la joue.

— Je vous aime, je vous aime tous !

Elle sortit de la pièce d'un pas léger.

— Morgana ! Où vas-tu ? appela sa mère.

— Je vais me promener sur la plage. Une longue promenade.

Douglas fronça les sourcils à travers son lorgnon.

— Cette petite est bizarre, dit-il à voix basse.

Comme le repas était presque terminé, il reprit sa casquette et la vissa sur sa tête.

— Vous ne trouvez pas ? demanda-t-il à la ronde.

Nash s'étira en bâillant. Il n'était pas dans son assiette. Ce qui avait peut-être un rapport avec le fait qu'il n'avait pas dormi depuis plus de quarante-huit heures. Il avait passé environ vingt heures dans des avions, des trains, des taxis et se sentait dans un état de torpeur, qui semblait ne jamais devoir finir. A vrai dire, ce n'était pas désagréable. Et cela ne l'avait pas empêché de rejoindre la côte Est et de prendre un autre avion à New York. Il s'était accordé un petit somme pendant la traversée de l'Atlantique. Ensuite, il avait repris le train à partir de Dublin. Et maintenant, au volant d'une voiture qu'il avait achetée à grands frais, et qui menaçait à tout instant de le planter là, il parcourait les derniers kilomètres qui séparaient Waterford du château des Donovan.

Il avait un mal fou à rester du bon côté de la route. Mais pouvait-on vraiment nommer route cette espèce de piste étroite pleine de dos-d'âne ?

Et voilà que la voiture menaçait de se couper en deux à la moindre secousse. Et Dieu sait qu'il y en avait.

Nash prit une profonde inspiration. Il devait se calmer les nerfs, coûte que coûte. Plus il s'énervait, plus il mettait ce tas de ferraille en danger.

Tout en avançant sur la pente de la colline, il se força à regarder la campagne environnante. Le paysage ne manquait pas de beauté, avec ses hautes falaises et ses prairies luxuriantes. A gauche, les monts Knockmealdown. Le marchand de chevaux qui lui avait fourgué cette vieille carcasse avait été prolixe en explications géographiques. Sans doute pour se faire pardonner le prix exorbitant qu'il avait exigé de son épave roulante. Qui avait prétendu que les Irlandais n'étaient pas des hommes d'affaires avisés ?

Quoi qu'il en soit, s'il continuait à avancer ainsi, lentement mais sûrement, il serait chez les Donovan pour l'heure du thé.

A moins qu'il ne se retrouve aspiré par une tourbière...

— Si je survis à cela, marmonna-t-il, si je survis et que je la trouve, je vais la tuer !

Ou plutôt, il l'emmènerait dans un lieu désert et il lui ferait l'amour pendant une semaine. Puis il dormirait pendant huit jours, et il recommencerait.

S'il survivait, bien sûr.

La voiture eut des soubresauts. Elle crachota, tremblota... Nash serra les dents. Il avait le dos en compote. Allait-il lui rester un seul organe en place ? Jurant tel un charretier, il encouragea le véhicule comme s'il s'agissait d'un animal. Il fallait absolument qu'il atteigne le haut de cette foutue côte ! Après, on verrait bien. Mais cette montée n'en finissait pas.

Contre tout espoir, il se retrouva au sommet de la colline. Et il appuya à fond sur le frein. La voiture avait retrouvé son souffle de jeune fille et filait sans hésiter dans la descente. Il fouilla des yeux le paysage. Le château ne devait plus être très loin.

Brusquement, il l'aperçut derrière un bouquet d'arbres, perché sur la falaise, face à la mer arrogante. Le mica des ardoises qui recouvraient le toit jetait des éclats argentés sous le soleil. Plusieurs tours et tourelles semblaient défier la voûte céleste, d'un bleu un peu laiteux. Un drapeau flottait au sommet de la plus haute tour.

Nash cligna des paupières. Ce château était-il vraiment réel ? Il semblait sorti tout droit d'un de ses films. Il ne manquait plus qu'un chevalier faisant irruption sur le pont-levis. Car il ne rêvait pas, il y avait bel et bien un pont-levis !

Aussi enchanté qu'abasourdi, Nash éclata de rire. Imprudemment, il accéléra et quand la direction lâcha, il fonça dans un fossé.

Egrenant tous les jurons qu'il connaissait, il sortit avec peine de la voiture. Furieux, il donna de grands coups de pied dans le pare-chocs, qui s'effondra.

Il plissa les yeux pour les protéger du soleil. Evaluant la distance qui le séparait du château, il soupira. Il avait bien encore cinq kilomètres à parcourir, à pied. Résigné, il arracha son sac du siège arrière et se mit en route.

Un cheval blanc traversa le pont au petit trot. Nash se frotta les yeux. Avait-il une hallucination ? Le cavalier ne portait pas d'armure, mais sa monture avait une allure étonnante, avec sa crinière de cheveux argentés. Sur son poing gauche ganté de cuir, il portait un faucon.

Matthew Donovan jeta un coup d'œil à l'homme qui zigzaguait sur la route. Il secoua la tête.

— C'est pitoyable, Ulysse, vraiment pitoyable. Dire qu'il ne ferait même pas un repas décent pour toi.

Le faucon se contenta de fermer les yeux pour acquiescer.

De l'endroit où il se trouvait, Matthew apercevait l'homme mal rasé, échevelé, avec une bosse sur le front et du sang coulant sur sa tempe.

Il avait vu cet imbécile se jeter dans le fossé, et s'apprêtait à lui venir en aide. Arrêtant sa monture, il regarda Nash de toute sa hauteur.

— Perdu, mon garçon ?

— Non. Je sais où je vais. Là-bas !

Il leva la main et fit un vague geste.

Matthew haussa un sourcil.

— Au château Donovan ? Ne savez-vous pas que ce lieu est plein de sorcières ?

— Si, et c'est bien la raison pour laquelle j'y vais.

Se déplaçant légèrement sur sa selle, Matthew le regarda d'un œil rêveur. Cet homme était débraillé, et ses yeux étaient lourds de fatigue, mais il avait une expression déterminée.

— Permettez-moi de vous dire que vous ne me paraissez pas en état de vous battre contre les sorcières, continua Matthew.

— Je ne compte pas en affronter plusieurs, une seule me suffira, dit Nash entre ses dents. Une seule sorcière !

— Mmm. Savez-vous que vous saignez ?

— Où ?

Avec précaution, Nash leva une main. Il regarda ses doigts gluants d'un air dégoûté.

— Elle a dû jeter un sort sur la voiture, grommela-t-il.

— De qui parlez-vous, jeune homme ?

— De Morgana. Morgana Donovan.

Il essuya ses mains sur son jean sale.

— J'ai fait un long chemin pour la retrouver.

— Faites attention où vous mettez les pieds, conseilla Matthew. C'est ma fille dont vous parlez.

Ereinté, au bout du rouleau, Nash plongea le regard dans les yeux gris ardoise de l'homme. Même s'il devait être transformé en scarabée, il ne reculerait pas.

— Je me nomme Kirkland, monsieur Donovan. Je suis venu pour votre fille. Un point c'est tout.

— Si c'est vraiment ce que vous voulez...

Amusé, Matthew inclina la tête.

— Eh bien, montez derrière moi, nous allons y aller ensemble.

Il fit partir le faucon et tendit sa main gantée à Nash.

— Je suis heureux de vous rencontrer, Kirkland.

— Oui. Moi aussi, dit Nash en se hissant sur le cheval avec une grimace de douleur.

Le trajet fut plus rapide à cheval qu'il n'aurait été à pied, d'autant plus que Matthew partit au galop. Dès qu'ils atteignirent le pont-levis et la cour intérieure, une grande femme aux cheveux noirs se rua vers la porte.

Serrant les dents, Nash sauta à terre et se dirigea vers elle.

— Tu vas avoir beaucoup de choses à m'expliquer, chérie. Et d'abord, pourquoi as-tu coupé tes cheveux ? Bon sang, qu'est-ce que tu...

Il s'arrêta brusquement. En face de lui, la femme le regardait d'un air ébahi.

— Oh, je suis désolé. Je croyais que vous étiez...

— Vous m'en voyez très flattée, commenta Bryna.

En riant, elle regarda son mari.

— Matthew, qu'est-ce que tu nous ramènes là, dis-moi ?

— Un jeune homme qui est tombé dans un fossé et qui semble vouloir voir Morgana.

Les yeux de Bryna se firent scrutateurs. Elle s'avança vers Nash.

— C'est vrai ? Vous voulez voir ma fille ?

— Je... oui, madame.

Un sourire flotta sur les lèvres de la dame.

— Est-ce qu'elle vous a rendu malheureux ?

— Oui... Non !

Il poussa un lourd soupir.

— Je suis responsable de tout. Je vous en prie, où est-elle ?

— Entrez.

Bryna le prit doucement par le bras.

— Je vais vous soigner d'abord. Puis je vous conduirai auprès d'elle.

— Si vous pouviez seulement...

Il fit une pause. Un œil énorme l'observait depuis la porte. Douglas laissa tomber son lorgnon et vint à sa rencontre.

— Qui est cet homme ?

— Un ami de Morgana, répondit Bryna en poussant Nash à l'intérieur du château.

— Ah ! Je disais bien que cette petite était bizarre, dit Douglas en donnant à Nash une bourrade amicale sur le dos. Entrez, mon ami. Vous allez tout nous raconter !

Morgana respira l'air salé. Le vent frais fouettait son visage et s'infiltrait à travers les grosses mailles de son pull-over. C'était si purifiant, si réconfortant. Dans quelques jours, elle serait prête à rentrer chez elle et à affronter de nouveau la réalité.

Avec un petit soupir de contentement, elle s'assit sur un rocher. Ici, en étant seule, elle pouvait l'admettre. Elle devait l'admettre : ses blessures ne guériraient jamais. Et elle ne se sentirait jamais complète. Elle organiserait une vie agréable pour elle et son enfant, parce qu'elle était forte, et fière. Cependant, il lui manquerait toujours quelque chose.

Mais elle avait assez pleuré, elle s'était assez apitoyée sur elle-même. L'Irlande avait séché ses larmes. Elle lui avait permis de se rappeler que rien ne dure éternellement. Pas même le chagrin.

Mais pour l'amour, c'était une autre histoire.

Faisant demi-tour, elle contempla l'écume des vagues qui bondissait des rochers. Dès qu'elle serait de retour chez ses parents, elle ferait du thé, peut-être lirait-elle les cartes du tarot de Camilla ou écouterait-elle une des longues histoires compliquées de Patrick. Ensuite, elle leur annoncerait qu'elle attendait un bébé.

Ils allaient tous la soutenir, sans aucun doute.

Elle poussa un soupir. Comme c'était triste de penser que Nash ne connaîtrait jamais la chaleur d'une famille aimante.

Brusquement, elle ralentit le pas. Elle venait de sentir la présence de Nash derrière elle. Prenant une profonde inspiration, elle secoua la tête. Non, c'était son imagination qui lui jouait un tour, qui la taquinait parce qu'elle prétendait être si courageuse. Très lentement, son pouls battant la chamade, elle se retourna.

Il marchait à longues enjambées sur la plage. Les embruns marins avaient humidifié ses cheveux, y laissant des gouttelettes qui rutilaient sous le soleil. Son visage était ombré par une barbe de deux jours, il avait un pansement blanc sur la tempe. Et dans les yeux, une expression terrible.

Elle recula. S'arrêtant net, il l'observa, les poings serrés dans ses poches.

Elle le regardait comme elle l'avait toujours regardé. Heureusement, elle avait les yeux secs, il ne serait pas attendri par ses larmes. Mais il y avait une curieuse lueur dans son regard. Comme si… oui, comme si elle avait peur de lui. Cela aurait été tellement plus facile si elle s'était jetée sur lui toutes griffes dehors, en l'insultant.

— Morgana.

Etourdie, elle posa une main sur le secret qu'elle portait dans son ventre.

— Que t'est-il arrivé ? Tu es blessé ? demanda-t-elle d'une voix inquiète.

— C'est… Rien, vraiment. Un petit dérapage en voiture. Ta mère m'a soigné.

— Ma mère ?

Elle jeta un coup d'œil ahuri vers les tours du château.

— Tu as vu ma mère ?

— Et toute ta famille.

Il afficha un bref sourire.

— Ils ne sont… pas ordinaires. En fait, ma voiture a versé dans un fossé à quelques kilomètres de chez tes parents. C'est là que j'ai rencontré ton père.

Il fit une petite pause. Que lui arrivait-il ? Il se mettait à bavarder, alors qu'il voulait être ferme, demander des explications à Morgana. Mais il ne put s'empêcher de continuer.

— Ils m'ont emmené dans la cuisine, ils m'ont fait boire du thé et… Bon sang, Morgana, je ne savais pas où tu étais ! J'aurais dû le deviner. Tu avais dit que tu viendrais en Irlande. J'aurais dû le savoir. J'aurais dû savoir un tas de choses.

Elle posa une main sur un rocher pour garder son équilibre. C'était horrible, cette impression qu'elle allait s'évanouir aux pieds de Nash.

— Tu as fait un long voyage, dit-elle d'une voix morne.

— J'aurais dû arriver plus tôt, mais... Hé !

Il se précipita en la voyant chanceler. Comme elle paraissait fragile dans ses bras !

Mais elle le repoussa d'un geste énergique.

— Laisse-moi !

Ignorant son ordre, Nash l'attira contre lui et enfouit son visage dans sa chevelure. Il respira son odeur comme si elle était aussi indispensable que l'air pour le maintenir en vie.

— Morgana, laisse-moi te tenir dans mes bras.

Elle secoua la tête, mais ses bras enlaçaient déjà le cou de Nash. Elle poussa un petit gémissement, qui n'était pas une protestation mais un besoin quand sa bouche se posa sur la sienne. Il but à ses lèvres comme un homme mourant de soif.

— Ne dis rien, murmura-t-il en embrassant frénétiquement son visage. Ne dis rien tant que je ne t'aurai pas dit ce que je suis venu te dire.

Se rappelant ses paroles, elle lutta pour lui échapper.

— Je ne veux pas recommencer, Nash.

— Moi non plus.

Il l'attrapa par les poignets et plongea un regard brûlant dans ses yeux éplorés.

— Ne mets pas de barrière entre nous cette fois, Morgana. Promets-le-moi.

Comme elle ouvrait la bouche pour protester, quelque chose dans les yeux de Nash l'en empêcha.

— D'accord, dit-elle aussi sèchement que possible. Je vais m'asseoir.

— Très bien.

Il valait mieux qu'il ne la touche pas pendant qu'il essaierait de réparer les dégâts qu'il avait faits.

Elle s'assit sur un rocher, les mains croisées sur ses

genoux, le menton relevé. Il secoua la tête. Dire qu'il avait pensé la tuer !

— Tu n'aurais pas dû partir sans rien dire.

Les yeux de Morgana s'élargirent, luisant de fureur.

— Moi ?

— Oui, toi. Je me suis peut-être comporté comme un imbécile, mais ce n'était pas une raison pour me faire souffrir.

— Alors, c'est ma faute !

— Si j'ai perdu la raison au cours du mois dernier ? Oui, c'est entièrement ta faute.

Il poussa un petit soupir entre ses dents serrées.

— Mais je suis responsable de tout le reste.

Prenant un risque, il lui effleura l'épaule.

— Je suis désolé.

Morgana détourna la tête. Elle n'allait pas lui montrer ses yeux pleins de larmes.

— Je ne peux pas accepter tes excuses avant de savoir pour quelles raisons tu m'en fais.

— Je savais que tu essaierais de me faire ramper devant toi, dit-il d'un air écœuré. Je suis désolé pour toutes les idioties que j'ai dites.

Un léger sourire flotta sur les lèvres de Morgana.

— Toutes ?

Impatient, il la fit mettre debout.

— Regarde-moi, bon sang ! Je veux que tu me regardes quand je te dis que je t'aime. Et que je sais que cela n'a rien à voir avec des sortilèges. Que cela n'a à voir qu'avec toi et moi.

Elle ferma les yeux, et il sentit la panique lui mordre le cœur.

— Ne me rejette pas, Morgana. Je sais que je t'ai repoussée, mais c'était complètement stupide. C'est parce que j'avais peur. J'étais même terrifié. Je t'en prie !

Il prit son visage entre ses mains.

— Ouvre les yeux, regarde-moi.

Elle obéit. Il poussa un soupir de soulagement. Ce qu'il lut dans ses yeux lui prouva une chose : rien n'était perdu.

— Pardonne-moi pour tout ce que j'ai dit la dernière fois que nous nous sommes vus. Je ne le pensais pas.

— Je comprends la peur.

Elle posa ses doigts sur son poignet.

— Si c'est mon pardon que tu veux, je te le donne.

— Aussi facilement ? Tu n'as pas envie de me transformer en crapaud pour deux ou trois ans ?

— Pas pour une première offense.

Elle s'écarta un peu de lui.

— Tu as fait un long voyage, tu dois être fatigué. Si nous rentrions ? Le vent s'est refroidi, et c'est bientôt l'heure du thé.

— Morgana… J'ai dit que je t'aimais. Tu es la première femme à qui je le dis. Cela a été difficile la première fois, mais maintenant, je trouve que c'est beaucoup plus facile.

Elle détourna le regard. Nash soupira.

— Toi aussi, tu m'as dit que tu m'aimais, dit-il d'une voix tendue.

— En effet.

Elle le regarda dans les yeux.

— Et c'est la vérité.

Il la prit dans ses bras et posa son front sur le sien.

— C'est si bon, dit-il d'une voix émerveillée. Je ne savais pas à quel point c'était bon d'aimer, et d'être aimé. Nous pouvons repartir de zéro, Morgana. Je ne suis pas un cadeau. Et je n'ai pas l'habitude qu'une femme se préoccupe de moi, je n'ai pas l'habitude non plus de me préoccuper d'une femme. Mais je ferai tout ce qui est en mon pouvoir pour ne pas gâcher cette chance. Je te le promets.

Morgana resta silencieuse quelques secondes avant de demander :

— Que veux-tu dire, au juste ?

Plus nerveux que jamais, il fit un pas en arrière en enfonçant les mains dans ses poches.

— Je te demande en mariage, ou quelque chose comme ça.

— Quelque chose comme ça ?

Il poussa un juron.

— Ecoute-moi, Morgana, je veux t'épouser. Je ne suis pas très fort pour ce genre de discours. Si tu préfères attendre que je vienne avec une bague dans ma poche et que je me mette à genou, pourquoi pas ?

— Je n'en ai pas besoin, Nash. Et j'aimerais que ce soit aussi simple.

Il serra les poings.

— Tu ne veux pas m'épouser ?

— Je veux passer ma vie avec toi. C'est ce que je désire le plus au monde. Mais ce n'est pas seulement moi qui vais entrer dans ta vie.

Pendant un court instant, il resta sans voix. Puis son visage s'éclaira d'un sourire radieux.

— Tu parles de ta famille et du… de l'héritage Donovan. Bon sang, tu es tout ce que je souhaite. Que la femme que j'aime soit une sorcière ne fait qu'ajouter du piment à la situation.

Touchée, elle leva la main vers lui pour lui effleurer la joue.

— Nash, tu es parfait. Absolument parfait. Mais je te le répète, il n'y aura pas que moi dans ta vie.

Elle soutint son regard.

— Je porte ton enfant.

Il devint d'une pâleur mortelle.

— Comment ?

Se laissant tomber sur le rocher où elle était assise un peu plus tôt, il prit une profonde inspiration.

— Un enfant ? Tu es enceinte ?

Apparemment calme, elle hocha la tête.

— Voilà qui résume assez bien la situation.

Elle attendit qu'il parle. Comme il se taisait, elle continua :

— Tu as été très clair quand tu m'as dit que tu ne voulais pas fonder une famille. Alors j'imagine que cette révélation va changer la donne et que…

— Tu le savais.

La gorge sèche, il força la voix pour se faire entendre par-dessus le vent et le bruit des vagues.

— Ce jour-là, le dernier jour, tu le savais déjà. Tu étais venue me le dire.

— Oui, je le savais. Et j'étais venue te le dire.

Les jambes flageolantes, il se leva et s'approcha du bord de l'eau. L'image de Morgana, lors de cette dispute, lui revint à la mémoire. Avec ce qu'il lui avait dit, ce n'était pas surprenant qu'elle l'ait quitté de cette façon, sans lui révéler sa grossesse.

— Tu crois que je ne veux pas de ce bébé ?

Morgana s'humecta les lèvres.

— J'ai cru comprendre que tu avais des doutes. Ce bébé n'était pas prévu.

Elle fit une pause.

— Je ne l'avais pas programmé.

Les yeux lançant des éclairs, il se rua sur elle.

— Quand doit-il arriver ?

Elle croisa les mains sur son ventre.

— Avant Noël. Il a été conçu lors de notre première nuit, celle de l'équinoxe de printemps.

— Noël, répéta-t-il d'un air rêveur.

Des scènes de bonheur défilèrent dans sa tête : une bicyclette rouge, l'arbre de Noël, la maison fleurant bon les gâteaux au chocolat, et résonnant du rire de la famille qui aurait pu être la sienne. Morgana lui offrait quelque chose qu'il n'avait jamais eu, et qu'il avait toujours souhaité dans le secret de son cœur.

— Tu m'as dit que j'étais libre, dit-il doucement. Libéré de toi, et de tout ce que nous avions fait ensemble. Tu parlais du bébé ?

Les yeux de Morgana s'assombrirent. Sa voix s'éleva, forte, magnifique.

— Cet enfant est aimé, il est désiré. Il n'est pas une erreur, mais un don. Je préférerais l'élever seule que de risquer une seule minute qu'il ne se sente pas aimé.

Nash hocha la tête. Il avait la gorge serrée.

— Je veux ce bébé, et je te veux toi, et tout ce que nous avons fait ensemble.

A travers le brouillard de ses larmes, elle examina longuement son visage.

— Dans ce cas, tu n'as qu'à demander.

Il se rapprocha d'elle et posa une main sur son ventre.

Morgana sourit.

— Nous t'avons attendu longtemps.

— Je vais être père, dit-il lentement, savourant ces paroles.

Poussant un cri de joie, il la prit dans ses bras et la souleva de terre.

— C'est merveilleux, Morgana, nous avons fait un bébé !

En riant, elle jeta les bras autour de son cou.

— Oui.

— Mais alors, nous formons une famille ?

— Absolument.

Il l'embrassa longuement et se mit à marcher, la portant toujours dans ses bras.

— Si nous réussissons bien le premier, nous pourrons en faire d'autres ?

— Pourquoi pas ? Mais où allons-nous ?

— Je te ramène chez nous.

— Mmm, voilà qui me paraît une idée assez bonne, mais tu n'as pas besoin de me porter.

— Bien sûr que si. Tu vas avoir un bébé. Mon bébé. Je vois déjà la scène. Une chambre ensoleillée aux murs bleu ciel.

— Jaunes !

— D'accord. Avec des murs flambant jaunes. Sous la fenêtre, un joli berceau ancien, avec, au-dessus, un mobile représentant des animaux. Un petit gazouillis s'en échappe, et une minuscule main potelée cherche à attraper le jouet.

Il fit une pause pour embrasser Morgana.

— Bon sang !

— Quoi ? Qu'y a-t-il ?

— Je viens juste d'y penser. Combien de chances y a-t-il ? Je veux dire, pour que le bébé hérite de tes dons ?

En souriant, elle joua avec une boucle de ses cheveux.

— Tu veux dire, combien de chances avons-nous que ce bébé ait des pouvoirs de sorcellerie ? Beaucoup. Les gènes des Donovan sont d'excellente qualité.

Gloussant de rire, il lui mordilla le cou.

— Mais je suis sûr qu'elle aura tes yeux.

— Elle ?

Nash hocha la tête.

— Oui. Tu verras. Moi aussi, j'ai quelques talents inhabituels. Je suis sûr que ce sera une fille.

— Si, en plus, c'est une sorcière... pauvre Nash ! dit Morgana en éclatant de rire.

LES OMBRES DU LAC

Prologue

Très tôt déjà, il avait pris conscience de la nature unique de ses pouvoirs. Avant même d'avoir été initié, il avait compris que les facultés qu'il possédait n'étaient pas de celles que le commun des mortels reçoit en partage.

Il était né avec le don de voyance.

Ses visions l'avaient toujours fasciné même si parfois elles étaient terrifiantes. Elles avaient commencé à le hanter alors qu'il tenait encore à peine debout sur ses deux jambes. Pourtant il les avait acceptées comme faisant partie de sa réalité, au même titre que le lever du soleil chaque matin.

Souvent il avait senti le regard interrogateur de sa mère plongé dans le sien, comme si elle cherchait à sonder les rouages secrets de son âme. Et s'il avait lu de l'amour dans ses yeux, il avait vu également de l'espoir. L'espoir insensé qu'il n'aurait pas à souffrir de ces facultés de perception paranormales.

« Qui es-tu, mon fils ? Et quelle forme prendront tes pouvoirs ? »

Il avait entendu ces questions aussi clairement que si sa mère les avait posées à voix haute. Mais il n'avait jamais été en mesure d'y répondre pour autant. Enfant déjà, il avait compris qu'il était plus facile de lire dans l'esprit des autres que de se déchiffrer soi-même.

Les années avaient passé. Et sur bien des plans, il avait grandi comme n'importe quel autre petit garçon au monde.

Il avait couru les bois et les champs, taillé des bâtons et chahuté avec ses deux cousines. Alors qu'il s'efforçait de développer ses pouvoirs et d'en repousser chaque jour les limites, il n'avait pas dédaigné pour autant les plaisirs ordinaires de l'enfance : manger des glaces pendant les chauds après-midi d'été, construire des cabanes dans les arbres, rire aux éclats en regardant les dessins animés à la télévision.

Il avait été un enfant normal, actif, malicieux, avec une intelligence vive et un esprit souvent facétieux. On avait toujours abondamment complimenté sa mère sur son petit garçon, auquel on s'accordait à trouver une beauté frappante, un regard bleu-gris à la force hypnotique et une expression volontiers souriante.

Les étapes qui menaient de l'enfance à l'âge adulte, il les avait franchies comme tout un chacun, passant des genoux écorchés aux fractures, des phases ordinaires de rébellion aux premiers battements de cœur devant le sourire d'une jolie fille. Comme tous les enfants du monde, il avait grandi et s'était éloigné de l'univers parental pour construire le sien propre.

Et ses pouvoirs avaient crû en même temps que lui.

Il considérait qu'il menait une existence équilibrée et bien adaptée au monde qui l'environnait. Et il acceptait, comme il l'avait toujours fait, sa nature de sorcier.

1

Elle rêva qu'un homme rêvait d'elle. Alors qu'elle-même le voyait et ne dormait pas. Avec une netteté étonnante, la silhouette de l'inconnu se détachait devant une haute fenêtre sombre. Il se tenait debout, immobile, les bras ballants. Mais l'expression de son visage était tendue, intense. Et son regard... son regard était grave et incroyablement pénétrant. Des yeux gris, songea-t-elle, tout en s'agitant dans son sommeil. Mais d'un gris riche en nuances qui tirait aussi sur le bleu. Par moments, leur couleur lui rappelait l'austérité de la roche ; à d'autres, elle évoquait plutôt la surface paisible d'un lac aux eaux profondes.

Etrangement, elle ne voyait rien de son visage, hormis ces yeux gris-bleu au regard étonnant. Et néanmoins, elle *savait* que son expression était marquée par une intense concentration.

Elle savait également que c'était à elle qu'il pensait. Penser n'était peut-être pas le mot, d'ailleurs. Voir aurait été un terme plus exact. Comme si elle s'était levée du lit où elle dormait pour se placer de l'autre côté de la vitre, directement dans son champ de vision.

Elle eut l'étrange certitude, soudain, que si elle levait la main pour la presser contre le verre, ses doigts franchiraient la barrière invisible et toucheraient les siens.

Et néanmoins, elle n'en fit rien.

Car même dans ses rêves, Mel Sutherland fuyait

l'irrationnel sous toutes ses formes. Pour elle, l'existence était régie par des lois complexes mais toujours logiques et vérifiables par l'expérience.

Renonçant à la tentation de tendre la main vers l'inconnu derrière la vitre, elle se retourna sur le côté droit avec tant de violence que son oreiller chuta à terre. Les contours du rêve s'estompèrent et disparurent. Avec un mélange de soulagement et de nostalgie, elle laissa la vision s'échapper et sombra dans un sommeil profond qu'aucune image ne traversa plus.

Quelques heures plus tard, lorsque la sonnerie de son réveil explosa dans le silence de la chambre, le rêve n'était plus qu'un souvenir lointain que Mel se hâta de repousser dans les profondeurs de son subconscient. Du plat de la main, elle imposa silence à la bruyante petite pendule qui annonçait l'heure du lever. Aucun danger qu'elle reste blottie sous la couette et qu'elle se rendorme jusqu'à 8 heures. Mel exerçait une discipline d'acier sur son esprit comme sur son corps.

Elle se dressa sur son séant et s'accorda le temps d'un bâillement tout en lissant d'une main ses courts cheveux blonds. Clignant des yeux — ses yeux verts comme la mousse qu'elle tenait d'un père dont elle avait perdu le souvenir —, Mel contempla ses draps froissés et entortillés.

— Mmm… Nuit houleuse, apparemment, murmura-t-elle, les sourcils froncés.

Elle dégagea ses jambes prisonnières de la literie et étira ses muscles ankylosés. Au fond, ce n'était pas étonnant si elle avait fait des rêves agités, vu ce qui l'attendait aujourd'hui. Mel soupira bruyamment et se baissa pour ramasser son short qu'elle enfila sans plus de façon sous le T-shirt dans lequel elle avait dormi. Cinq minutes plus tard, elle était prête et sortait dans la rue fraîche pour son jogging quotidien.

Avant de franchir la porte, Mel porta les doigts à ses

lèvres puis les appliqua brièvement contre le battant de bois. Parce que cette maison était *sa* maison. Et que même après quatre ans, cela restait comme un petit miracle.

Ce n'était pas le Ritz, bien sûr. Juste une modeste construction en stuc coincée entre une laverie automatique et les locaux d'une petite agence immobilière. Mais elle n'avait jamais eu de gros besoins.

Mel finit ses échauffements et partit à petites foulées, sans s'émouvoir du coup de Klaxon admiratif d'un automobiliste matinal qui passait à sa hauteur. Elle ne courait pas pour se forger une silhouette de rêve mais uniquement par souci de discipline. Un détective privé qui se relâchait un tant soit peu — que ce soit sur le plan mental ou physique — mettait sa vie en danger ou finissait par perdre sa clientèle. Et Mel n'avait pas l'intention de tomber dans l'un ou l'autre écueil. Elle débuta son jogging à un rythme encore peu soutenu, appréciant le claquement régulier de ses semelles sur le bitume, inspirant avec délice l'air frais du matin. L'éclat perlé du ciel à l'est annonçait une belle journée d'été. En ce mois d'août, la chaleur à Los Angeles devait être à peine tolérable. Mais ici, à Monterey, régnait un printemps éternel. Quelle que soit la date qu'indiquait le calendrier, l'air avait toujours la fraîcheur d'une rose à peine éclose.

A cette heure encore matinale, la circulation restait limitée. Si elle avait choisi de se rendre sur l'une des plages de la ville, elle aurait rencontré d'autres joggers. Mais, solitaire par nature, Mel préférait le centre-ville où elle était sûre de ne pas croiser d'autres sportifs matinaux.

Ses muscles s'échauffaient peu à peu ; sa respiration devenait plus profonde et régulière. Mel accéléra légèrement son allure et prit le rythme de base familier qu'elle adoptait chaque matin depuis quatre ans qu'elle vivait à Monterey. Sur les deux premiers kilomètres du parcours, elle fit le vide dans son esprit, se contentant d'observer et de noter mentalement certains détails dans le seul but d'exercer sa mémoire et d'améliorer son acuité perceptive. Une voiture au pot d'échappement troué passa à sa hauteur, ne marquant qu'une très légère hésitation devant un « Stop » qu'elle franchit allègrement.

Berline bleu marine. Une Plymouth. Eraflure sur la portière avant gauche. Immatriculée en Californie. ACR2289.

Mel ralentit le pas lorsqu'elle vit un homme gisant à plat ventre, immobile, dans l'herbe d'un parc. Elle était à deux doigts de vérifier s'il vivait encore, lorsqu'il se redressa pour s'étirer en bâillant. Sûrement un étudiant qui parcourait la Californie en auto-stop, conclut-elle, amusée, en poursuivant son chemin.

Reprenant son rythme de croisière, Mel passa devant une boulangerie d'où s'échappait la merveilleuse odeur matinale du pain fraîchement sorti des fours. Elle huma ces fumets avec délice.

Plus loin, ce furent les fragrances des roses s'élevant des jardins. Mel serait morte sous la torture plutôt que de l'avouer, mais elle avait toujours eu un faible pour les fleurs. Une brise légère faisait frissonner les feuilles des arbres. Et si elle se concentrait à fond, elle parvenait même à capter une légère odeur d'iode venant de l'océan.

Mel renversa un instant la tête en arrière pour regarder le bleu du ciel. C'était bon de percevoir les mouvements de son corps ; bon de sentir tous ses sens en éveil. Bon d'être seule et forte. Et bon surtout de savoir qu'elle appartenait à cette ville depuis quatre ans, qu'elle y avait sa maison, ses amis, ses attaches.

Rien ne l'empêchait de rester à Monterey jusqu'à la fin de ses jours si elle le souhaitait. L'époque était définitivement révolue où sa mère chargeait sur un coup de tête toutes leurs maigres possessions à l'arrière de leur vieux break en lui annonçant que l'heure était venue de reprendre la route.

— J'ai besoin de changer d'horizons, Mary Ellen. Il faut que je voie du pays, tu comprends ? Que je respire un autre air. Tiens, je me demande si ce ne serait pas une bonne idée de partir en direction du nord, cette fois-ci ?

Et Mel, qui adorait sa mère, se résignait à repartir pour un de ces interminables voyages qui aboutissaient chaque fois à un nouveau logement, une nouvelle école, de nouveaux visages autour d'elle.

Jamais, sa mère-enfant n'avait accepté de poser ses bagages plus de six mois d'affilée. Dès que Mel commençait à s'intégrer dans une classe et à se faire quelques amies, Alice avait une nouvelle crise de « bougeotte », comme elle disait. Et les valises à peine défaites étaient bouclées de nouveau. Si bien qu'elles n'avaient jamais appartenu à aucun lieu, sauf à la route elle-même, monotone, interminable.

Comme si elles n'avaient cessé de fuir des souvenirs trop tenaces.

C'était sans regret que Mel avait laissé cette période d'errance derrière elle. Alice Sutherland était désormais l'heureuse propriétaire d'un camping-car flambant neuf, pour lequel Mel s'était endettée jusqu'au cou.

Et pendant que sa mère poursuivait ses pérégrinations avec un plaisir inentamé, Mel, elle, avait décidé de se créer des racines. Son premier essai d'installation à Los Angeles n'avait pas été tout à fait concluant. Mais les deux années passées à travailler dans la police avaient constitué malgré tout une expérience instructive.

Ne serait-ce que parce qu'elles lui avaient permis de découvrir qu'elle aimait le travail d'investigation, mais que les formulaires à remplir et les contraventions à rédiger n'étaient *vraiment* pas sa tasse de thé.

Elle avait donc quitté Los Angeles pour Monterey et ouvert sa propre agence de détective. Et si elle n'avait pas échappé aux formulaires à remplir, c'était sur *sa* paperasse, désormais, qu'elle planchait le soir et les week-ends.

Parvenue à mi-parcours, Mel fit volte-face et prit le chemin du retour en maintenant un rythme soutenu, ravie de l'aisance avec laquelle elle se mouvait. Son rapport à son propre corps n'avait pas toujours été aussi serein. Petite fille, elle se souvenait d'avoir été trop longue et trop maigre, avec des coudes et des genoux qui semblaient vouloir se cogner partout.

Il lui avait fallu du temps et de la discipline. Mais aujourd'hui, à vingt-huit ans, elle avait acquis une excellente maîtrise d'elle-même. Le fait qu'elle ne se soit pas arrondie en grandissant ne lui avait jamais paru problématique. Au contraire. Dans le métier qu'elle exerçait, il était plus commode d'être mince et sportive que pulpeuse et tout en courbes.

Mais ses jambes qu'on avait si longtemps qualifiées de « grandes échasses » s'étaient galbées plutôt harmonieusement. Si Mel avait été du genre à se vanter, elle aurait précisé qu'elles valaient désormais la peine qu'on s'y arrête...

Le joyeux gazouillis d'un bébé qui s'échappait par une fenêtre ouverte brisa d'un coup son humeur légère. Une vision de David, le petit garçon de Rose, s'imposa à son esprit avec une acuité poignante. Il était si petit encore, rien qu'un nourrisson endormi dans son parc.

Livré sans défense à son ravisseur.

Mel continua à courir, parce que courir était devenu un automatisme. Mais de plaisir, il ne restait plus la moindre trace.

Elle avait beau ne pas se lier facilement, il lui avait été impossible de ne pas s'attacher à Rose. Rose avec son sourire désarmant, ses boucles rousses, sa spontanéité et ses moments de folie douce. Rose qui travaillait comme serveuse dans le restaurant italien où Mel allait régulièrement manger un plat de pâtes ou une pizza. Rose qui ne perdait jamais une occasion de bavarder avec elle en buvant un cappuccino.

Au début, Mel avait admiré la dextérité avec laquelle Rose faisait valser plats et assiettes, malgré sa grossesse déjà avancée. Les liens entre Rose et elle s'étaient resserrés peu à peu. Et elle avait sympathisé aussi avec Stan, son compagnon au regard timide et au sourire généreux.

Lorsque David était né, huit mois plus tôt, elle avait tout naturellement été voir le bébé à la clinique. Et pour Mel le coup de foudre avait été immédiat, en l'occurrence. En découvrant les nouveau-nés alignés dans leurs berceaux transparents, elle avait enfin compris pourquoi tant de couples étaient prêts à tous les sacrifices pour devenir parents.

Chacun de ces nourrissons lui était apparu comme une merveille d'entre les merveilles — un miracle de perfection.

En quittant la clinique, elle s'était sentie heureuse pour Rose et pour Stan. Mais sa solitude, pour la première fois, lui avait paru oppressante. Régulièrement, après la naissance, elle avait fait un saut chez Rose et Stan pour apporter un nouveau jouet ou une babiole quelconque à David. Tous ces cadeaux n'étant qu'un prétexte pour cajoler le nourrisson et jouer avec lui. Elle avait été tellement séduite qu'elle n'avait même pas eu besoin de faire *semblant* de s'intéresser à l'apparition de ses premières dents. Et elle avait poussé des exclamations aussi enthousiastes que Rose lorsque David avait réussi pour la première fois à se déplacer en rampant.

Puis, d'un coup, l'impensable était survenu : le cri d'horreur lancé par Rose au téléphone deux mois auparavant : « On me l'a volé, Mel ! Mon bébé... mon tout petit. »

Mel avait tout laissé en plan sur son bureau et s'était ruée chez les Merrick. La police, elle, venait juste de repartir. Elle avait trouvé Stan et Rose tassés côte à côte sur le canapé, comme deux rescapés au bord de la noyade.

On leur avait enlevé leur bébé. David avait été arraché de son parc alors qu'il faisait la sieste à l'ombre, dans le petit carré de pelouse à l'arrière de leur appartement situé au rez-de-chaussée d'un immeuble modeste.

A présent, deux mois s'étaient écoulés. Et le parc de David était toujours vide.

Mel avait tout fait pour le retrouver. Elle avait mis en œuvre les techniques d'investigation les plus sophistiquées qu'on lui avait enseignées. Elle s'était aidée de son intuition, de ses compétences, de son réseau de relations. Mais en vain. David demeurait introuvable et son enquête était au point mort.

Si bien que Rose, aveuglée par le désespoir, avait décidé de recourir à une méthode si absurde que Mel en aurait ri si elle n'avait pas vu la lueur farouchement déterminée dans le regard de son amie. Même si Stan, la police et elle-même s'étaient évertués à lui prouver que ce serait du temps et de l'argent perdus, Rose ne démordait pas de son idée fixe.

Pour retrouver son bébé, elle était décidée à ne négliger aucune possibilité.

Quitte à s'offrir les services d'un de ces imposteurs parmi les imposteurs : un médium.

Comme elles longeaient la côte en direction de Big Sur, Mel tenta une dernière fois de ramener son amie à la raison.

— Rose, écoute-moi…

Mais la jeune femme secoua la tête.

— Inutile de gaspiller ta salive, Mel. Tu ne me feras pas changer d'avis. Stan a déjà passé toute la soirée d'hier à essayer.

— Parce que Stan et moi, nous tenons à toi, Rose. Nous

n'avons pas envie de te voir souffrir inutilement parce qu'un charlatan quelconque t'aura donné de faux espoirs.

Rose serra les dents. Elle n'avait que vingt-trois ans, mais depuis deux mois, elle se sentait vieille comme l'océan qui grondait à leurs pieds. Et aussi dure et aride à l'intérieur que la roche abrupte des falaises.

— *Souffrir* ? Parce que tu crois sérieusement que ça peut être pire que ça ne l'est déjà ? Je sais que tu aimes David aussi, Mel. Et je sais que c'est une épreuve pour toi de m'accompagner aujourd'hui.

— Ce n'est pas une épreuve. C'est juste que…

Rose secoua la tête. Elle se sentait lasse, tellement lasse. Aux prises jour et nuit avec une terreur paralysante qui la vidait peu à peu de ses forces.

— C'est juste que tu n'y crois pas et que tu trouves ma démarche ridicule. Et même vexante, sans doute, car tu fais tout ce qui est en ton pouvoir pour retrouver David. Mais je sens qu'il *faut* que j'aille voir cet homme, tu comprends ?

Mel hocha la tête et continua à conduire en silence pendant quelques minutes. Elle devait admettre à sa grande honte qu'elle se sentait effectivement humiliée par la décision de Rose. Son amie avait la chance de disposer de l'aide d'une vraie professionnelle, formée aux méthodes d'investigation les plus modernes. Qu'elle décide quand même de s'adresser à un charlatan était un peu difficile à avaler.

Mais Mel avait conscience que ce n'était pas *son* bébé qui avait été volé. Ce n'était pas elle qui se trouvait heure après heure face au cauchemar d'un berceau vide.

Elle détacha une main du volant pour prendre celle de son amie dans la sienne.

— Nous allons retrouver David, Rose. Je te le jure.

Rose ne répondit pas. Elle hocha simplement la tête et tourna les yeux vers les falaises abruptes. Si son bébé ne lui était pas rendu bientôt, la tentation de se jeter de ces hauts murs de roche sévère deviendrait si impérieuse qu'elle doutait d'avoir la force d'y résister.

Sebastian savait que les deux femmes étaient en chemin. Non pas parce qu'il avait eu une vision de leur arrivée mais, banalement, parce qu'elles avaient annoncé leur venue par téléphone. Il avait pris l'appel lui-même, comme un imbécile qu'il était. Et il avait reçu de plein fouet l'impact de la jeune voix égarée, suppliante.

Il avait pris la précaution de se mettre sur liste rouge, pourtant. Et il avait l'habitude de filtrer ses communications afin d'échapper à ceux qui s'entêtaient et finissaient par dénicher son numéro quand même.

Aujourd'hui, pourtant, il avait décroché son téléphone. Parce qu'il avait su — senti — qu'il devait le faire. Que c'était inscrit quelque part. Si bien qu'il attendait de pied ferme l'arrivée des deux femmes. En se préparant mentalement à opposer un non catégorique et définitif à leur requête.

Quelle que soit la tragédie à laquelle ses visiteuses venaient le confronter.

Il était mûr pour des vacances, bon sang ! Après les trois semaines qu'il venait de passer à Chicago, il estimait avoir droit à un minimum de tranquillité. Aider la police à retrouver la trace de celui que la presse avait nommé le Boucher du South Side avait été un cauchemar de bout en bout.

Et cette longue traversée de l'horreur ne l'avait pas laissé indemne. Les visions qu'il avait reçues étaient de celles qu'il espérait ne plus jamais rencontrer.

Sebastian se dirigea vers la grande fenêtre qui donnait sur les étendues vallonnées d'herbe verte, puis les roches colorées et l'océan au pied des falaises.

Il aimait le côté sauvage, spectaculaire de Big Sur. Avec le bouillonnement des eaux, les pentes abruptes et même la route étroite creusée dans la roche, témoin de la détermination de l'homme à toujours affronter les éléments.

Mais plus que tout, il appréciait son isolement qui lui permettait de tenir les intrus à distance. Et pas seulement ceux qui envahissaient son espace physique. C'était également une façon de maintenir son esprit au repos, loin de toute interférence étrangère.

Quelqu'un, cependant, était venu le visiter en pensée cette nuit même. Une femme. Il avait rêvé qu'il se tenait debout devant cette même fenêtre. Et qu'elle le regardait de l'autre côté de la vitre.

Il avait ressenti un intense désir pour elle. Mais sa fatigue avait été telle qu'il n'avait pas eu la force d'user de son pouvoir de concentration. Et il avait laissé la vision s'estomper puis disparaître.

Ce qui au fond l'arrangeait assez bien.

Il n'avait qu'une envie pour le moment : dormir au moins douze heures d'affilée. Puis passer quelques journées paisibles chez lui à s'occuper de ses chevaux, gérer son portefeuille de titres et se mêler de la vie de ses deux cousines.

Sa famille lui manquait. Il y avait une éternité qu'il n'était pas rentré en Irlande pour voir ses parents et ses oncles et tantes. Ses cousines, elles, vivaient beaucoup plus près et il n'était éloigné d'elles que par les quelques kilomètres de route escarpée qui séparaient Monterey de Big Sur. Mais après ce qu'il venait de vivre à Chicago, il avait l'impression de ne pas les avoir vues depuis des siècles.

La grossesse de Morgana était déjà avancée. Commençait-elle à se douter que ce n'était pas un mais *deux* enfants qu'elle attendait ? Anastasia, elle, avait dû s'en apercevoir d'emblée. La plus jeune de ses deux cousines avait la douceur et la sagesse des grandes guérisseuses. Elle connaissait les simples comme personne. Et le corps humain n'avait que peu de secrets pour elle. Mais la discrète Ana ne dirait rien tant que Morgana ne lui poserait pas directement la question.

Sebastian soupira avec impatience. Il avait envie de les voir, bon sang ! Tout de suite. Envie d'embrasser Ana, de taquiner Morgana, de partager une bière avec Nash, son beau-frère, même si ce dernier était immergé jusqu'au cou dans l'écriture du scénario de son prochain film.

Il brûlait d'impatience d'enfourcher sa moto et de descendre jusqu'à Monterey pour s'entourer de ceux qu'il aimait. De s'imprégner des êtres et des lieux qui avaient la faculté de le régénérer. La dernière chose au monde à laquelle il aspirait, en revanche, était de se retrouver face aux deux jeunes femmes qui montaient vers lui. Face à leurs demandes, à leur douleur.

Et pourtant, il savait qu'il ne pouvait se soustraire à cette rencontre.

Parce que posséder un don, c'était aussi être investi d'une responsabilité. Sebastian ne s'était jamais considéré comme un héros désintéressé ni comme un bienfaiteur de l'humanité. Il ne pouvait répondre à tous les appels à l'aide qui lui étaient adressés. Dire oui systématiquement, c'était se condamner soi-même à la folie, à plus ou moins brève échéance. Il lui arrivait d'accepter et d'échouer. Ainsi le voulait le destin.

En d'autres circonstances, il avait éprouvé un besoin presque irrépressible de refuser, pour des raisons qu'il ne parvenait pas toujours à élucider. Mais il avait également connu des situations où sa volonté devenait insignifiante. Des situations où il lui avait fallu s'incliner devant des impératifs plus puissants que ses désirs et ses envies propres.

Et il avait le pressentiment inconfortable que c'était précisément ce cas de figure qui risquait de se présenter aujourd'hui.

Avant même de distinguer la voiture, il entendit le grondement du moteur peinant dans la montée. L'ombre d'un sourire joua sur ses lèvres. Il avait bâti sa maison en hauteur, au cœur de la nature sauvage des montagnes Santa Lucia. Et le chemin étroit et creusé d'ornières qui grimpait en lacets jusqu'à son nid d'aigle n'avait rien d'accueillant pour le visiteur. Même un voyant, après tout, avait droit à sa tranquillité. Il repéra le véhicule — une terne tache grise à mi-pente — et soupira.

Quittant sa chambre à coucher, il descendit au rez-de-chaussée. Et prit soin de prendre une expression austère et fermée.

Lorsqu'elle atteignit enfin le terme de leur périple, Mel trouva le « sorcier » debout sur la galerie couverte devant chez lui. Sa demeure la surprit. A quoi s'attendait-elle ? Elle n'aurait su le dire. Mais sûrement pas à une construction aussi moderne, toute de bois et de verre, avec des lignes fluides et audacieuses, épousant étroitement les courbes du relief.

Elle descendit de voiture et huma non sans plaisir les odeurs mêlées qui vinrent lui caresser les narines : mélange de fleurs, de chevaux et d'océan.

Le médium en lui-même ne devait guère avoir plus de trente ans. Il était grand, large d'épaules, avec des hanches minces bien soulignées par le jean qu'il portait avec une indiscutable élégance. Ses cheveux noirs, légèrement ondulés, tombaient jusque sur le col de sa chemise, lui donnant un air de « poète ténébreux » qui n'était pas dépourvu de charme. Observant l'ossature de son visage, Mel identifia aussitôt une hérédité celte.

Rien de particulier, sinon, ne le distinguait du reste des mortels, hormis la riche bague en améthyste qu'il portait à son annulaire gauche.

Le regard de Sebastian se posa d'abord sur elle. Il fronça légèrement les sourcils puis concentra son attention sur Rose.

— Vous êtes Mme Merrick, je suppose ?

— Oui, c'est moi.

Rose réprima le sanglot qui lui comprimait la poitrine.

— Je vous suis tellement reconnaissante d'avoir accepté de me recevoir.

— Je ne sais pas encore si c'est un service que je vous rends, madame Merrick.

Glissant les pouces dans les poches de son jean, Sebastian examina les deux jeunes femmes. Rose Merrick portait une jolie robe bleue repassée avec soin qui bâillait un peu au niveau des hanches. Comme si elle avait perdu du poids récemment. Elle avait fait l'effort de se coiffer et de se maquiller. Mais à en juger par l'abîme de douleur qu'il lisait dans ses yeux, son mascara ne tiendrait pas longtemps.

Luttant contre un élan de sympathie involontaire, Sebastian se concentra sur sa seconde visiteuse. Qui, *elle*, en revanche, ne s'était donné aucun mal pour soigner son apparence. Elle portait comme lui un jean usé par les années sur une paire de boots en cuir. Son T-shirt, qui avait dû être rouge autrefois, avait pris une couleur indistincte. Bijoux et maquillage brillaient par leur absence. Son air d'insolence, lui par contre, était très présent.

« Toi, tu es une grande sceptique, on dirait ? Et ça ne t'amuse pas du tout que ta copine soit venue me trouver… »

Sebastian se brancha sur ses pensées pour lire son prénom et fut assailli par une vibration si violente qu'il fut incapable de déchiffrer quoi que ce soit.

« Eh bien…, songea-t-il en s'intéressant de nouveau à Rose. Voilà un duo prometteur ! »

Déjà, Rose faisait un pas dans sa direction. Sebastian tenta de se fermer pour maintenir une distance émotionnelle.

Mais il sentait qu'il perdait dangereusement du terrain. Parce que Rose Merrick luttait avec une émouvante dignité pour contenir les manifestations d'un chagrin trop lourd pour elle.

Et qu'il n'avait jamais pu rester insensible au courage des désespérés.

— Monsieur Donovan, je sais que vous êtes très occupé et je vous promets de ne pas abuser de votre temps, balbutia-t-elle. Mais… mais…

Notant que les mots s'étranglaient dans la gorge de Rose, Mel gratifia leur hôte d'un regard ulcéré.

— Dites-moi, Donovan. Vous avez l'intention de nous laisser debout sur le pas de la porte, comme des mendiantes, ou aurez-vous au moins la correction de…

La phrase de Mel se perdit dans un murmure indistinct. *Ce regard…*

C'était celui dont elle avait rêvé la nuit précédente ! Celui de l'homme debout qu'elle avait entrevu de l'autre côté de la fenêtre ! La pensée explosa si bruyamment dans son esprit que Sebastian en perçut comme un écho assourdi.

Mais Mel se ressaisit très vite. En règle générale, elle ne s'intéressait que très peu à ses rêves. Et ne leur accordait aucune signification particulière. Si elle avait été troublée un instant par le regard de Sebastian Donovan, c'était pour une raison qui n'avait rien de magique : ce type avait tout simplement des yeux magnifiques.

Sebastian examina la compagne de Rose Merrick une seconde fois et jugea qu'elle était jolie, même dans la lumière crue de cette fin de matinée d'été. Peut-être était-ce son air de défi qui l'attirait chez elle. Bizarrement, cette fille avait quelque chose de captivant. Même si elle était habillée à la diable et que ses cheveux courts semblaient avoir été coupés au sécateur.

Se détournant d'elle sans rien dire, il sourit à Rose.

— Entrez vous asseoir un moment, proposa-t-il en lui prenant la main.

Mel leur emboîta le pas et pénétra à leur suite dans une grande pièce très haute de plafond donnant sur un patio. Elle fronça légèrement les sourcils, contrariée de trouver un tel charme à des lieux qu'elle avait été prête à détester. L'ocre des murs était chaud, le canapé, long et élégant, semblait leur tendre les bras. Des sculptures modernes en bronze, bois et marbre offraient un contrepoint intéressant à la beauté classique des meubles anciens. Des bouquets de cristaux aux formes spectaculaires étaient posés ici et là sur des consoles. Certains minuscules, d'autres immenses — et tous étrangement attirants par leur beauté et leur éclat.

Notant que leur hôte l'observait avec un regard amusé, elle hocha brièvement la tête.

— Sympa, votre piaule.

Un discret sourire éclaira les traits du médium.

— Merci. Asseyez-vous, je vous en prie.

Rose avait déjà pris place sur le canapé. Mel, elle, choisit un fauteuil placé de l'autre côté d'une table basse en ébène sculpté.

Sebastian reprit la main de Rose dans la sienne.

— Je peux vous offrir un café, madame Merrick ?

— Oh, non, merci. Je ne veux surtout pas vous déranger. Je sais que vous souhaitez préserver votre tranquillité, monsieur Donovan. Mais j'ai lu des articles à votre sujet. Et une de mes voisines m'a dit que l'année dernière vous aviez aidé la police à retrouver la trace d'un adolescent qui avait fugué. Son nom m'échappe pour l'instant, mais…

Sebastian prit place à côté d'elle sur le canapé.

— Joe Cougar ? Oui, ce garçon avait décidé qu'il voulait tenter sa chance tout seul, comme un grand, en partant en auto-stop pour San Francisco. Sans même imaginer que ses parents seraient malades d'inquiétude à son sujet.

Les adolescents ne sont pas toujours très conscients des risques auxquels ils s'exposent.

— Mais ce Joe Cougar, au moins, était parti de son plein gré, argua Rose d'une voix tremblante. Alors que mon bébé ne demandait rien à personne. Il dormait si gentiment dans son parc...

Elle s'interrompit pour darder sur lui un regard déchirant.

— Je me suis éloignée moins d'une minute, juste le temps de répondre au téléphone. Et il était tout près de la porte ouverte. Jamais je ne l'aurais laissé dans la rue ou dans une voiture.

Malgré son désir de rester à distance de Sebastian, Mel se leva pour venir s'asseoir à côté de son amie.

— Tu n'es pas responsable de ce qui est arrivé, murmura-t-elle en lui prenant la main.

Rose regarda droit devant elle.

— Il n'empêche que je l'ai laissé seul. J'ai abandonné mon bébé un instant. Et quelqu'un en a profité pour le prendre.

— Rose ? Etes-vous une mauvaise mère ? demanda calmement Sebastian.

Il vit une expression d'horreur se peindre dans le regard écarquillé de Rose. Et une colère meurtrière flamber dans celui de Mel.

— Non, non. Je n'étais pas négligente avec mon bébé. Je m'en suis toujours bien occupée. C'est juste que...

— Alors cessez de vous infliger cette torture, l'interrompit-il doucement en lui prenant la main à son tour. Vous n'avez pas de reproches à vous faire par rapport à ce qui s'est passé. Et le fait de vous accabler d'une responsabilité qui n'est pas la vôtre ne vous sera d'aucune aide pour retrouver David.

La colère de Mel retomba aussi vite qu'elle était montée. Malgré les préjugés négatifs qu'elle avait envers les individus de son espèce, elle devait reconnaître qu'il avait eu exactement l'attitude qu'il fallait.

— Accepterez-vous de m'aider ? murmura Rose d'une voix qui tremblait de larmes contenues. La police cherche aussi, bien sûr. Et Mel fait tout ce qu'elle peut. Mais c'est tellement long, deux mois sans mon bébé, que par moments, j'ai peur de perdre espoir et de… de…

Ainsi la blonde s'appelait Mel. Intéressant, comme prénom, pour une grande fille longiligne, avec un caractère exécrable.

Visiblement agitée, la dénommée Mel se leva d'un bond souple.

— Bientôt, nous récupérerons David, Rose. Nous avons quand même quelques pistes. Encore minces, c'est vrai. Mais nous allons les explorer, avancer.

— « Nous » ? coupa Sebastian. Vous êtes dans la police, mademoiselle… euh… ?

Alors même qu'il posait la question, il eut un flash : Mel tenant un revolver à deux mains, hurlait un ordre, ses yeux verts, froids comme l'émeraude, rivés droit devant elle.

— Sutherland. Détective privé, lança-t-elle sèchement. Mais vous êtes censé lire à livre ouvert dans mes pensées, n'est-ce pas ? Vous ne devriez même pas avoir à poser la question.

— Mel ! protesta Rose, effarée.

Sebastian lui tapota la main d'un geste rassurant.

— User de la télépathie est un acte dérangeant, mademoiselle Sutherland. Il est impoli de faire effraction dans les pensées des gens qu'on ne connaît pas sans leur demander leur avis. Vous ne croyez pas ?

— C'est ça, oui, ironisa Mel en se laissant tomber de nouveau dans son fauteuil.

— Votre amie est une cynique, commenta Sebastian en se tournant vers Rose. Le cynisme peut avoir son utilité. Mais il est souvent la marque d'un manque de respect.

Sebastian tenta de se blinder pour annoncer à Rose qu'il ne pourrait pas l'aider. Il était touché par son histoire mais il ne se sentait pas la force, pour le moment, de passer par les tourments et les ravages intérieurs d'une nouvelle recherche.

Il ouvrait la bouche pour annoncer sa décision lorsque Mel se chargea de le faire changer d'avis.

— Je ne considère pas que ce soit du cynisme de démasquer un charlatan qui prend des airs de bon samaritain, lança-t-elle en dardant sur lui un regard dégoûté. Tout le monde sait que les médiums sont à peu près aussi crédibles que les magiciens en robe blanche qui sortent des lapins de leurs chapeaux.

Sebastian demeura parfaitement impassible.

— C'est votre opinion ?

— Il faut appeler un chat un chat, monsieur Donovan. Et c'est la vie d'un bébé qui est en jeu, en l'occurrence. Alors trouvez une autre victime si vous tenez absolument à voir votre nom apparaître dans les journaux.

Tremblant de colère de la tête aux pieds, Mel se leva et tendit la main à son amie.

— Viens, Rose. Partons d'ici. Je suis désolée mais je tiens trop à toi pour accepter de rester là sans rien dire pendant que tu te laisses embobiner par une espèce de cartomancien à la noix !

— Mais c'est *mon* bébé, protesta Rose dans un murmure. Les larmes qu'elle avait tant lutté pour refouler débordèrent et se mirent à couler lentement sur ses joues pâles.

— J'ai besoin de savoir où il est, comment on le traite et qui s'occupe de lui. Je veux savoir s'il a peur ou s'il est heureux. Il n'a même pas son nounours avec lui.

Rose enfouit son visage dans ses mains.

— Il n'a même pas son nounours, répéta-t-elle dans un sanglot si pathétique que Mel tomba instantanément à genoux à côté d'elle.

Elle se maudit elle-même, maudit son sale caractère, maudit tous les Sebastian Donovan de la Création et maudit même l'univers dans son ensemble. Mais ce fut avec la plus grande douceur qu'elle prit la main de Rose entre les siennes.

— Je suis désolée, ma belle. Vraiment désolée. Moi aussi, j'ai peur pour David et parfois je ne sais plus ce que je dis. Si tu veux que M. Donovan nous… nous aide, alors il nous aidera.

Elle leva un visage ulcéré vers Sebastian.

— J'imagine que nous pouvons compter sur vous, n'est-ce pas ?

Il hocha la tête, conscient que le destin forçait sa décision.

— Oui, Rose. Vous pouvez compter sur moi.

Il réussit à convaincre Rose de boire un peu d'eau fraîche et de se sécher les yeux. Pendant que Mel regardait par la fenêtre d'un œil morose, Rose sortit un petit ours en peluche jaune de son sac.

— Je vous ai apporté le doudou de David. Et voici une photo… Ma voisine a dit que vous en auriez sans doute besoin.

— Ces objets me seront utiles, en effet.

Il prit le jouet et sentit une violente bouffée d'émotion lui tordre les tripes. Le chagrin de la mère, comprit-il. Il aurait à traverser les émotions de Rose, pour tenter de percevoir, au-delà, la réalité actuelle de l'enfant.

Quant à la photo, il la posa sans la regarder. Il n'était pas encore prêt à se livrer à un quelconque travail parapsychique, pour le moment.

— Vous avez ma parole, Rose. Je ferai ce qui est en mon pouvoir pour retrouver votre enfant, promit-il en l'aidant à se relever.

— Je ne sais comment vous remercier. C'est tellement précieux pour moi de penser que vous allez nous venir en aide… Il faut que je trouve une nouvelle raison d'espérer, vous comprenez ? Mon mari et moi, nous avons un peu d'argent de côté. Si vous m'indiquez vos tarifs, je...

Sebastian secoua la tête.

— Ne vous inquiétez pas pour cela. Nous verrons pour le paiement plus tard.

— Rose, tu veux bien m'attendre un instant dans la voiture, s'il te plaît ? demanda Mel d'une voix calme et maîtrisée que démentait l'éclat courroucé de ses yeux verts. Je vais communiquer à M. Donovan les quelques informations que j'ai réussi à glaner jusqu'à présent. Ça pourra peut-être l'aider dans ses... euh... recherches.

Un pâle sourire éclaira les traits tirés de Rose.

— D'accord. C'est une bonne idée. Je te remercie.

Mel attendit que son amie soit hors de portée de voix pour laisser exploser son indignation.

— Combien espérez-vous lui extorquer, au juste, pour votre petit numéro d'escroc ? Je vous signale qu'elle gagne sa vie comme serveuse. Et que son mari est mécanicien. Ces gens ont des petits moyens.

Il s'adossa nonchalamment contre le chambranle.

— A votre avis, mademoiselle Sutherland... Ai-je l'air de manquer de moyens pour vivre ?

Elle émit un petit rire narquois.

— Non, vous croulez sous l'argent, n'est-ce pas ? Vous n'avez même pas l'excuse de faire votre sale boulot par nécessité. J'imagine qu'à vos yeux, tout cela n'est qu'un jeu ?

Mel tressaillit lorsque les doigts de Sebastian se resserrèrent autour de son poignet.

— Non, ce n'est pas un jeu pour moi, mademoiselle Sutherland.

Sa voix basse vibrait d'une telle violence contenue que Mel cilla.

— Les facultés que j'ai n'ont rien d'une farce, ajouta-t-il entre ses dents serrées. Et voler des enfants dans leur berceau est également tout le contraire d'une joyeuse plaisanterie.

Mel planta son regard dans le sien.

— Je ne veux pas la voir souffrir inutilement.

— Là-dessus, au moins, nous sommes sur la même longueur d'ondes. Mais dites-moi, pourquoi l'avez-vous accompagnée ici, si mes méthodes vous horrifient à ce point ?

— Parce que Rose est une amie. Et qu'elle m'a demandé de venir.

Sebastian hocha la tête. De la part de Mel Sutherland, il pouvait accepter un tel argument. Il sentait chez cette fille une loyauté à toute épreuve envers ceux qu'elle aimait.

— Et mon numéro sur liste rouge ? C'est vous qui l'avez trouvé ?

Elle haussa les épaules.

— C'est mon boulot.

— Vous êtes un bon détective ?

— Naturellement que je suis un bon détective ! rétorqua-t-elle, le regard étincelant.

— Parfait. Je suis également doué pour ce que je fais. Cela va nous permettre de travailler ensemble.

— De *travailler ensemble* ? Et qu'est-ce qui vous fait penser que j'accepterai de... ?

— Vous le ferez par amitié pour Rose. Et parce que vous ne voulez pas passer à côté d'une chance, même infime, de retrouver David. Imaginez ne serait-ce qu'un instant que je sois vraiment qui je prétends être. Ce serait de la folie de vous priver d'une telle aide, non ?

Mel ne répondit pas. Elle sentait la chaleur qui émanait de ses doigts. Comme si un fluide s'échappait de ses mains, s'insinuant à travers la surface de sa peau pour infiltrer l'intimité même de sa chair. Non sans stupéfaction, elle s'aperçut qu'elle avait peur. Pas physiquement, bien sûr. C'était beaucoup plus profond que cela. Elle n'avait encore jamais perçu une présence aussi forte, aussi subtilement envahissante que celle de cet homme.

Mel déglutit.

— J'ai pour habitude de travailler seule.

— Moi aussi, acquiesça-t-il avec calme. Par principe. Mais nous allons faire abstraction de nos principes.

Avec la rapidité d'un serpent se jetant sur sa proie, Sebastian fit une incursion éclair dans le mental de Mel. Juste histoire d'y amener un petit quelque chose qui lui ferait perdre son air hautain.

— Je reprendrai contact dès que possible, *Mary Ellen*.

Il eut le plaisir de la voir se figer, les lèvres légèrement entrouvertes.

Mel se remémora fébrilement la conversation qu'ils venaient d'avoir pour tenter de se souvenir si Rose l'avait appelée par son vrai prénom. Il lui semblait que non, mais d'où aurait-il sorti ce « Mary Ellen », sinon ?

Ebranlée malgré elle, Mel dégagea son poignet prisonnier.

— Ne me faites pas perdre mon temps, Donovan. Et évitez de m'appeler Mary Ellen, O.K. ?

Secouant la tête avec irritation, elle partit en direction de sa voiture. Elle avait beau ne pas être médium, elle *savait* sans avoir à se retourner qu'il la suivait des yeux avec un petit sourire ironique.

2

Après le départ des deux jeunes femmes, Sebastian suivit un instant des yeux la voiture grise qui descendait en direction de la route. Il était à la fois amusé et irrité par les vibrations de colère que Mel Sutherland avait laissées dans son sillage.

Sacré caractère, songea-t-il. Et une belle dose d'énergie pour couronner le tout. Il ne faudrait pas longtemps à une fille comme celle-ci pour épuiser un homme paisible. Or Sebastian se considérait comme fondamentalement dépourvu d'agressivité.

Il ne lui déplairait pas de l'asticoter un peu, en revanche. Juste pour le plaisir de voir voler les étincelles. Même au risque de se brûler légèrement.

Mais pour le moment, il était trop fatigué pour tirer le moindre plaisir de ce genre de petit jeu. Et il regrettait déjà d'avoir accepté d'aider Rose alors qu'il s'était juré de rester ferme dans son refus.

C'était l'action conjuguée des deux jeunes femmes qui avait fini par avoir raison de lui, en fait. L'une si digne, si émouvante dans son chagrin, et qui semblait avoir placé en lui ses ultimes espoirs. Et l'autre tranchante, belliqueuse, provocante. Avec chacune d'elles prise individuellement, il aurait sans doute réussi à camper sur ses positions.

Mais il avait été pris dans le feu croisé de leurs émotions

contradictoires. Et avant de savoir ce qui lui arrivait, il s'était retrouvé impliqué.

Sebastian soupira. Bon, puisqu'il s'était engagé à le faire, il se concentrerait sur le jouet et la photo et laisserait venir les visions. En priant pour que les images qui se présenteraient resteraient de l'ordre du supportable.

Mais avant de faire quoi que ce soit pour le bébé de Rose, il s'accorderait quelques heures de détente pour se réconcilier avec la vie dans ce qu'elle avait de plus sain, de plus joyeux et de plus pur.

Juste à côté de la maison, se trouvaient un vaste enclos et des écuries d'un blanc étincelant. Avant même d'avoir atteint la barrière, il fut salué par un hennissement. Le son était si familier, si accueillant que Sebastian sourit, oubliant déjà en partie sa fatigue.

Le superbe étalon noir et sa compagne blanche comme l'albâtre se tenaient face à lui, figés dans une immobilité parfaite, telles deux élégantes pièces d'échec dessinées par un sculpteur de génie.

Au bout de quelques secondes, la jument sortit de son état de fixité pour agiter la queue et avancer son museau vers lui. Les deux chevaux auraient pu sauter la barrière et se sauver. Ils en étaient capables l'un et l'autre puisqu'ils le faisaient régulièrement avec lui en selle. Mais ils avaient passé ensemble une manière de pacte : l'enclos pour Eros et Psyché n'était pas une cage mais un lieu de vie.

— Alors, ma belle ? murmura Sebastian en caressant la joue d'un blanc immaculé, l'encolure longue et élégante. Tu t'es bien occupée de ton compagnon ?

La jument souffla doucement à travers ses naseaux. Il vit luire dans ses yeux noirs ce qu'il se plut à interpréter comme une étincelle d'humour. Elle hennit doucement lorsqu'il bondit par-dessus la clôture pour la rejoindre. Puis elle se laissa caresser de bonne grâce lorsqu'il passa la main sur ses flancs rebondis.

— Plus que quelques semaines, murmura-t-il.

Sous ses mains, il devinait la vie qui grandissait en elle — pour l'instant, calme et endormie. De nouveau, il eut une pensée pour Morgana. Tout en ayant conscience que sa cousine aurait hurlé en apprenant qu'il l'associait en pensée à une jument gravide !

— Ana s'est bien occupée de toi ? demanda-t-il doucement en embrassant Psyché sur le front, rasséréné par la nature paisible du pur-sang arabe. Enfin… je ne sais pas pourquoi je te pose la question. Connaissant Ana, il est évident que tu as été traitée comme une reine.

Il continua à lui parler et à la caresser un long moment avant de se tourner vers l'étalon qui se tenait à son côté, la tête levée, les oreilles frémissantes.

— Et toi, Eros ? Tu as pris soin de ta dame ?

En entendant son nom, l'étalon se dressa sur ses jambes arrière en poussant un cri presque humain. Une telle fierté se dégageait de l'animal que Sebastian éclata de rire en se rapprochant de lui.

— Je sais que tu ne voudras jamais l'admettre, mais je suis persuadé que je t'ai manqué, Eros.

Sebastian tapota ses flancs brillants et le fit partir au galop tout autour de l'enclos. Au second tour, il empoigna la crinière et monta l'étalon à cru. Lorsqu'ils s'envolèrent par-dessus la clôture pour partir au galop dans la nature sauvage, Psyché les regarda s'éloigner d'un regard indulgent — comme une mère amusée de voir ses deux petits jouer ensemble.

En milieu d'après-midi, Sebastian se sentait déjà nettement ragaillardi. Le sentiment d'horreur qu'il traînait depuis Chicago devenait un peu moins lancinant. Mais il continuait à éviter le petit ours en peluche jaune qu'il avait laissé en évidence sur le canapé. Il se retira dans sa bibliothèque, avec ses plafonds à caissons et ses murs entièrement tapissés de livres anciens, et se plongea dans ses titres et ses cotations en Bourse. Sebastian détenait une dizaine de sociétés, désormais, dont il était le propriétaire ou l'actionnaire majoritaire. Gagner de l'argent l'amusait. Il s'intéressait aussi bien à l'immobilier qu'à l'import-export. L'année précédente, il s'était passionné pour le lancement d'un nouveau magazine. Tout comme il avait financé — entre autres — l'installation d'une ferme d'élevage de poissons-chats dans le Mississippi.

Il était suffisamment habile pour réaliser des profits conséquents, suffisamment avisé pour confier la direction de ses sociétés à des mains plus expertes que les siennes et, assez capricieux pour vendre et acheter ses titres sur un coup de tête.

Sa richesse était pour lui une commodité. Il dépensait souvent sans compter et appréciait la liberté que lui donnait sa grande fortune. Mais s'il avait grandi dans l'opulence, l'argent pour lui représentait avant tout des chiffres avec lesquels on pouvait s'amuser à jongler. A ses yeux, les affaires étaient un jeu. Et il prenait plaisir à gérer ses portefeuilles de titres, comme il en avait à disputer une partie de poker ou de tarot.

Ses profits, il les redistribuait aussi très largement sous forme de dons aux œuvres. Ce qu'il faisait non pas par intérêt fiscal ou par philanthropie, mais tout simplement pour des raisons éthiques. Cela dit, il aurait été surpris, embarrassé — voire même irrité — si on lui avait dit qu'il était au fond un individu profondément moral.

Sebastian continua à se livrer à des activités relaxantes pendant le restant de l'après-midi. Il travailla un peu, s'offrit un long moment de lecture, puis s'exerça à lancer un nouveau sort. Sans grand succès, il fallait le reconnaître. Les sortilèges étaient la spécialité de sa cousine Morgana. Lui-même n'avait pas le quart de son talent, mais il s'obstinait quand même. Il avait le goût de la compétition et refusait de s'avouer battu, même s'il savait parfaitement qu'il n'égalerait jamais sa cousine.

Son don à lui se bornait à voir ce que les autres ne voyaient pas.

Il s'entêtait cependant à essayer de jeter des sorts, tout comme un brillant acteur se serait mis en tête de faire des claquettes ou de chanter des airs d'opéra.

Après deux heures passées en tentatives infructueuses, Sebastian renonça, écœuré, et passa dans la cuisine pour se préparer un repas élaboré. Il mit un CD de ballades irlandaises avant de passer à table et déboucha une bouteille de vin à trois cents dollars, aussi nonchalamment que s'il décapsulait une bière.

Après le dîner, il s'accorda un long bain à remous. Les yeux clos, il laissa un calme bienfaisant descendre en lui pendant que l'eau bouillonnait doucement. Puis vêtu d'un simple caleçon, il regarda le soleil se coucher dans une explosion majestueuse de rouges sanglants et d'orangés lumineux.

Mais lorsque la nuit tomba et qu'un manteau d'obscurité recouvrit l'océan, il sut qu'il ne pourrait pas différer l'épreuve plus longtemps. Il redescendit au rez-de-chaussée et dédaigna l'éclairage électrique pour allumer quelques bougies et de l'encens. Non pas qu'il ait besoin d'une ambiance particulière pour travailler. Mais simplement parce que le rituel lui apportait un certain réconfort moral.

L'odeur de vanille et de bois de santal lui rappelait le petit cabinet de magie dans lequel officiait sa mère au château Donovan. Un plaisir olfactif qui ne manquait jamais de le rasséréner. Pendant quelques instants, il resta debout près du canapé. Puis, après un long soupir — comme un charpentier fatigué se résigne à reprendre son marteau et ses clous —, il se pencha sur la photo de David Merrick.

Il découvrit un tout jeune visage, heureux et rayonnant de charme. Un visage qui l'aurait fait sourire s'il n'avait pas été en état de concentration. Des mots se rassemblèrent dans son esprit — des mots anciens, des mots secrets. Dès qu'il fut certain d'avoir capté ce qu'il voulait capter, il reposa la photo et prit dans ses mains l'ours en peluche jaune au regard implorant.

— Très bien, David, dit-il tout haut, laissant sa voix résonner dans le vide soudain habité de la pièce. Laisse-moi voir un peu où tu en es...

Il n'y eut ni éclair de lumière blanche, ni révélation fulgurante. Il partit simplement à la dérive. Ses yeux se transformèrent, passant du gris fumé à celui de l'ardoise avant de s'épaissir comme les nuages dans un ciel d'orage. Son regard devint fixe, ses paupières cessèrent de cligner et les images se présentèrent. Hésitantes, tout d'abord. A peine lisibles. Comme des esquisses à demi tracées. Ses mains qui tenaient le jouet d'enfant restaient détendues, mais le reste de son corps s'était comme pétrifié dans une immobilité de pierre. Sa respiration se fit lente... très lente... comme s'il était plongé dans un profond sommeil.

Avant de se mettre en relation télépathique avec David, il dut se frayer un chemin difficile à travers le chagrin et la peur dont le jouet s'était chargé au contact de ses parents. Sans perdre sa concentration, Sebastian dut naviguer entre ces affects, laissant de côté le chagrin d'une mère en larmes, cramponnée à l'ours en peluche qui était tout ce qui lui restait encore de son bébé adoré ; le désarroi d'un jeune père au regard las qui berçait sa femme dans ses bras et tentait, en vain, de la consoler de l'inconsolable.

Comme elles étaient fortes, ces émotions où s'entrechoquaient la peur, la terreur et le désespoir ! Mais plus puissantes qu'elles encore, il y avait l'amour.

Peu à peu, Sebastian réussit à franchir la barrière émotionnelle parentale pour entrer en résonance avec les perceptions de l'enfant. Lorsque les visions commencèrent à venir, ce fut à travers le regard d'un tout-petit qu'il vit le monde.

Un monde qui, pendant quelques mois, s'était réduit à un seul visage : celui d'une mère. A travers les yeux de David, Sebastian vit Rose penchée sur le berceau. Il s'abreuva à son sourire ; perçut la douceur de ses mots, entendit l'infinie tendresse dans sa voix. Puis peu à peu, il commença à discerner d'autres traits. Ceux du père. Simples. Ouverts. Généreux. Avec des mains râpeuses. Maladroites et tendres.

Là aussi, il y avait de l'amour. Un amour différent de celui de la mère, et néanmoins tout aussi intense. Avec une nuance de fierté aussi. Sebastian sourit en percevant chez le jeune père l'envie secrète de jouer un jour au football avec son fils dans le jardin de leur future maison.

Les images, les sensations glissaient, s'emboîtaient, se fondaient l'une en l'autre… Cris. Sanglots. Pleurs de panique au cœur de la nuit étrangère. Des peurs encore sans nom et sans visage que venaient apaiser des mains tendres et une voix douce comme le lait et le miel… Hurlement de la faim qui tordait le ventre… Plénitude nourricière du sein offert.

Et puis il y avait les plaisirs de la découverte. Plaisirs visuel, sonore et tactile. Les jeux d'ombre et de lumière. Les couleurs. La chaleur du soleil. La douceur caressante des sons et des voix.

La santé, la vie, le désir de grandir, dans le corps d'un tout-petit.

Un autre visage apparaissait régulièrement dans l'univers de David : Mary Ellen, les traits adoucis par une lumineuse tendresse, s'amusant à faire danser le petit ours jaune devant lui. Ses mains étaient tendres, un peu hésitantes, lorsqu'elle le soulevait de son berceau pour le tenir au-dessus de sa tête et presser des baisers sur son ventre rond en riant aux éclats.

Sebastian tenta de nommer les émotions qu'il sentait émaner d'elle. Mais il y avait chez elle une nostalgie indéfinie, des désirs encore imprécis qu'elle n'avait clairement pas encore réussi à élucider elle-même et sur lesquels il aurait été bien en peine de mettre une étiquette.

« A quoi rêves-tu donc, Mary Ellen ? aurait-il voulu lui demander. Quelles sont ces aspirations que tu ressens mais que tu ne t'avoues pas ? »

L'image de la jeune femme se brouilla et disparut avant qu'il ait pu obtenir une réponse à ces questions.

Sommeil de nourrisson. Rêves simples et paisibles. Un rayon de soleil jouant sur les draps, juste à portée d'un petit poing fermé.

La douceur de l'ombre, fraîche comme les baisers d'une mère.

Puis le réveil brutal, incongru. Les poumons se remplissaient pour hurler, mais une main venait étouffer le cri. Se trouver happé, emporté par des bras étrangers qui sentaient l'inconnu, la transpiration et la peur. Un visage à peine entrevu dont Sebastian s'efforça d'enregistrer les traits.

Etre porté, tenu trop serré et attaché à la hâte à l'arrière d'une voiture. Odeurs de nourriture rance. De café renversé. De sueur masculine.

Sebastian voyait, sentait, suivait l'enchaînement discontinu des images, des perceptions, des sentiments. Les séquences obtenues étaient partielles et incomplètes, bien sûr, puisqu'elles correspondaient au vécu d'un tout petit enfant terrifié.

Mais elles avaient au moins le mérite d'exister. Et il avait désormais un point de départ pour commencer ses recherches.

Morgana ouvrit sa boutique à 10 heures du matin. Luna, la chatte blanche, la suivit dans le magasin et s'installa sur le comptoir pour procéder à sa toilette. Passant derrière le tiroir-caisse, Morgana sourit lorsque son ventre heurta la machine. Elle devenait de jour en jour plus volumineuse. Et adorait voir son corps s'arrondir. Elle ne concevait rien de plus merveilleux au monde que de sentir le poids et le contour de la vie qui se formait en elle.

Elle sourit en revoyant Nash, son mari, le matin même, lorsqu'il s'était soudain rejeté en arrière, les yeux écarquillés par la stupéfaction.

— Hé, Morgana ! Regarde. C'est un pied ! C'est incroyable. J'arrive presque à compter les orteils !

Morgana souriait toujours lorsque la porte de la boutique tinta.

— Sebastian ! s'écria-t-elle en ouvrant les bras à son cousin. Enfin de retour !

— Depuis deux jours, oui.

Il lui prit les deux mains, les embrassa avec affection, puis recula d'un pas pour l'examiner.

— Eh bien ! On peut dire que vous prenez de la place, ta progéniture et toi !

— N'est-ce pas ?

Morgana contourna le comptoir pour le rejoindre. Sa grossesse déjà avancée n'avait pas atténué l'aura de sensualité qui lui avait toujours été propre. D'elle émanait ce rayonnement très particulier, propre à certaines jeunes mariées et aux femmes enceintes très épanouies. Sa longue chevelure noire bouclée tombait sur une robe rouge moulante qui dessinait son beau ventre bombé et mettait ses jambes en valeur.

— Je n'ai même pas besoin de te demander si tu vas bien, commenta Sebastian en souriant. Il suffit de te regarder pour constater que tu es très en forme.

Morgana l'examina avec une moue soucieuse.

— J'ai l'impression qu'on ne peut pas en dire tout à fait autant de toi, Sebastian. J'ai appris que tu avais aidé la police à retrouver le tueur de Chicago ? Les recherches ont été rudes ?

Même si elle posait la question avec le sourire, il vit la profonde sollicitude dans son regard.

— Assez, oui. Mais c'est fini maintenant.

Il hésitait à en dire plus sur les trois semaines de cauchemar qu'il venait de traverser, lorsque trois clientes entrèrent dans la boutique et commencèrent à fureter entre les herbes médicinales en sachet, les cristaux, les encens, les huiles magiques et les plants de mandragore en pot.

— Tu n'es pas seule pour tenir la boutique, au moins ? s'inquiéta Sebastian.

— Non, Mindy doit arriver d'un instant à l'autre.

— Qu'est-ce que j'entends ? On me demande ! s'exclama la vendeuse en franchissant la porte ouverte.

Mindy gratifia Sebastian d'un sourire cent pour cent pur charme.

— Salut, beau gosse.

— Bonjour, beauté.

Au lieu de se retirer dans l'arrière-boutique comme il le faisait d'habitude lorsqu'il y avait du monde, Sebastian erra dans le magasin, examinant des pierres, reniflant des bougies, scrutant les miroirs de divination à motif celtique.

Morgana profita du premier moment de calme venu pour le rejoindre.

— Chercherais-tu un support de divination ?

Sourcils froncés, il fit tourner une petite sphère en obsidienne entre ses doigts.

— Tu sais bien que je n'en ai pas besoin.

Une lueur gentiment ironique brilla dans le regard de Morgana.

— Ça, je le sais, oui. Mais tu ne serais pas par hasard en train de t'exercer à jeter un nouveau sort ?

Malgré la fascination que la pierre exerçait sur lui, Sebastian la reposa avec nonchalance.

— Sûrement pas, dit-il effrontément. Les sortilèges ne sont pas mon rayon. Ces pratiques-là, je te les laisse volontiers, magicienne.

Sa cousine lui jeta un regard suspicieux.

— Comme j'aimerais pouvoir te croire, cher cousin !

Elle prit la pierre et la lui posa d'autorité au creux de la main.

— Tiens. Cadeau. Rien ne vaut l'obsidienne pour protéger contre les énergies négatives.

Songeant que sa cousine le connaissait trop bien, il fit rouler la pierre entre ses doigts.

— Dis-moi, Morgana, en tant que commerçante, tu dois savoir qui est qui dans cette ville, j'imagine ?

— Plus ou moins. Pourquoi ?

— Que sais-tu au sujet de Sutherland Investigations ?

— Mmm… Ce nom me dit quelque chose. C'est une agence de détectives, non ?

— Exact.

— Il me semble bien que… Dis-moi, Mindy, ce n'est pas ton petit ami qui a eu recours aux services de Sutherland Investigations ?

Mindy, qui était en train de conclure une vente, ne tourna même pas la tête.

— *Quel* petit ami ?

— Celui qui a l'air d'un intello, avec les cheveux longs et les petites lunettes rondes. Il travaille dans les assurances.

— Ah, tu veux parler de Gary !

Mindy adressa un sourire rayonnant à sa cliente et lui rendit sa monnaie.

— Voici pour vous, madame. Je pense que ce jeu de Tarot ésotérique devrait répondre pleinement à votre attente… Gary est un *ex*-petit ami, précisa-t-elle en aparté. Il était beaucoup trop possessif à mon goût, cet homme-là. Quant à Sutherland, elle travaille régulièrement pour sa compagnie d'assurances, en effet. Il paraît qu'elle fait du très bon boulot.

— Tiens, tiens… Sutherland est une femme ? releva Morgana en haussant les sourcils. Y aurait-il anguille sous roche, Sebastian ?

Il lui pinça le bout du nez en souriant.

— Pas du tout, chère curieuse. J'ai promis d'aider quelqu'un et Sutherland enquête déjà sur le cas. Voilà pourquoi je me renseigne à son sujet.

— Mmm… Et elle est jolie, cette détective ?

— Non, répondit-il en toute sincérité.

— Moche, alors ?

— Non plus. Elle est… particulière.

— Les « particulières » sont généralement les plus fascinantes. Sur quel genre d'affaire allez-vous travailler ensemble ?

L'humeur de Sebastian s'assombrit.

— Un enlèvement. Un bébé de six mois.

— Oh, mon Dieu.

D'un geste instinctif, Morgana porta la main à son ventre.

— Je suis désolée… Et le bébé ? Tu sais s'il est encore… ?

— Il est vivant, oui. Et bien traité.

Morgana ferma les yeux, soulagée.

— Mmm… Il s'agit du bébé qui a été kidnappé alors qu'il dormait dans son parc, il y a deux mois ?

— Oui, c'est celui-là.

Elle prit ses deux mains entre les siennes.

— Tu le trouveras, Sebastian. Bientôt.

Il hocha la tête.

— C'est mon intention, en effet.

Le hasard voulut qu'au même moment, Mel soit en train d'établir une facture pour la compagnie d'assurances « Le Souscripteur ». Elle travaillait pour eux sur une base mensuelle ; un arrangement qui avait le mérite de lui garantir un revenu stable. Mais il lui arrivait d'avoir à leur facturer des frais supplémentaires, en plus du forfait qu'elle touchait chaque mois. Le métier qu'elle exerçait comportait toujours une part non négligeable d'imprévu.

Avec une légère grimace, Mel massa son épaule douloureuse. Elle avait manqué se retrouver à l'hôpital lorsque l'un de leurs assurés — prétendument immobilisé chez lui par une hernie discale — l'avait surprise en train de le photographier alors qu'il changeait sa roue avant droite. Une roue qu'elle avait elle-même dégonflée une demi-heure auparavant.

Pour le reste, la semaine avait été plutôt profitable sur le plan professionnel.

Seule l'affaire « David Merrick » demeurait en souffrance...

David. A aucun moment, elle ne parvenait à détacher ses pensées de son visage, de son sourire, de son petit corps potelé. Et si des facteurs émotionnels menaçaient d'entacher sa lucidité ? Elle savait pertinemment qu'elle devait garder la tête froide si elle voulait être efficace dans son travail.

Etait-ce parce qu'elle se sentait trop concernée par le sort de David qu'elle n'avait toujours pas avancé dans ses recherches ? Elle s'était démenée, pourtant. Patiemment, elle avait interrogé tout le quartier, même lorsque les témoins avaient déjà été entendus par la police. Tout comme ses collègues des forces de l'ordre, elle s'était retrouvée avec trois descriptions différentes d'un véhicule inconnu qui serait resté garé, plusieurs jours durant, à quelque distance de l'appartement de Rose et de Stan.

Elle avait également eu droit à quatre versions très contrastées d'un « individu louche » qui aurait été repéré par plusieurs personnes de la rue, quelques jours avant l'enlèvement.

Le terme « d'individu louche » l'avait fait sourire, tant il semblait sortir tout droit d'un roman policier. Depuis quatre ans qu'elle exerçait son métier, Mel savait que les enquêtes réelles étaient nettement moins fascinantes que les fictives. Son travail consistait essentiellement à traiter des montagnes de paperasse et à rester des heures assise dans une voiture à lutter contre l'ennui en attendant que quelque chose se passe enfin. Le reste du temps, elle le passait pendue au téléphone. Ou à questionner les gens, bien sûr. En sachant que la moitié d'entre eux refusait de parler. Et que les trois quarts de ceux qui parlaient bavardaient sans discontinuer sans rien avoir à dire.

De temps en temps, il lui arrivait d'avoir droit à un extra : se faire secouer comme un prunier par un gorille de cent kilos armé d'un couteau, par exemple.

Cela dit, Mel n'aurait pas changé de travail pour un empire.

Mais à quoi bon exercer avec talent un métier extraordinaire, si on n'était même pas capable d'aider les gens que l'on aimait ? Des proches, elle n'en avait pas eu tant que cela dans sa vie. Et Rose et Stan occupaient une place à part dans son affection. Ils lui avaient apporté quelque chose de très précieux, tout simplement en l'intégrant dans leur petit cercle familial. En partageant David avec elle.

Elle aurait été prête à se jeter au feu si cela avait permis de leur ramener leur bébé.

Glissant sa facture dans une enveloppe, Mel prit le dossier de David qui n'avait pas quitté la surface de son bureau depuis deux mois. Un dossier qui restait ridiculement maigre, malgré le travail effectué. Sur une fiche, elle avait consigné avec soin sa taille, son poids ainsi que ses empreintes digitales. Elle connaissait son groupe sanguin et n'avait pas manqué de mentionner la fossette minuscule qu'il avait sur le côté gauche de la bouche parmi les signes descriptifs.

Mais aucun des rapports qu'elle avait lus sur l'enlèvement ne précisait que ladite fossette se creusait de façon attendrissante lorsque David riait. Et comment décrire le son de son rire ? L'éclat rieur de ses yeux bruns lorsqu'on le soulevait haut dans ses bras pour faire l'avion ?

La disparition de l'enfant avait laissé en elle une sensation de vide que rien ne semblait devoir combler. Mais même si elle était régulièrement en proie à la tristesse et au découragement, elle savait que son désarroi n'était qu'une pâle version du calvaire que vivait Rose.

Mel ouvrit la chemise cartonnée et en sortit le portrait de David, pris à l'occasion de ses six mois par un photographe professionnel. La séance de pose avait eu lieu à peine une semaine avant le kidnapping. Radieux, David regardait l'objectif, ses joues rondes plissées par un sourire, tandis qu'il serrait contre lui le petit ours en peluche jaune qu'elle lui avait offert le jour où elle était venue le voir pour la première fois à l'hôpital. Ses cheveux roux commençaient tout juste à s'épaissir, songea Mel, le cœur serré, en observant la photo.

— Nous allons te retrouver, mon bébé, murmura-t-elle. Je te jure, bonhomme, que je te sortirai de là quoi qu'il arrive.

Les mâchoires serrées, Mel se hâta de replacer la photo dans l'enveloppe. Elle devait rester calme, détachée et rationnelle si elle voulait faire correctement son travail de détective. Pleurer en regardant le portrait de David ne l'avancerait à rien. C'était à peu près aussi vain et stérile que d'embaucher de beaux médiums au regard inquiétant et à la bouche un peu trop bien dessinée.

Dire que Sebastian Donovan l'irritait aurait été un euphémisme. Cet individu l'exaspérait de la pointe de ses boots au sommet de son crâne. Elle n'avait qu'une envie :

lui mettre un bon coup de poing dans la figure pour effacer une fois pour toutes le petit sourire autosatisfait qu'il semblait arborer en permanence.

Même sa voix la faisait grincer des dents. Ou plutôt, non, pas sa voix. Son ton, plutôt. La froide arrogance qu'il mettait dans son attitude. Sauf lorsqu'il s'adressait à Rose, en revanche. Là, il était capable de faire preuve de patience et de gentillesse.

Mais seulement parce que ce charlatan comptait tirer parti de la naïveté d'une victime dévastée par le chagrin. Ulcérée, Mel enjamba une pile d'annuaires et atteignit le réfrigérateur à l'entrée de la pièce, entièrement bourré de boissons fraîches, elles-mêmes bourrées de caféine. Oui, songea-t-elle. Ce Donovan avait honteusement manipulé Rose en lui donnant de faux espoirs.

David finirait par resurgir, elle en avait la certitude. Mais grâce à des méthodes d'investigation méticuleuses et logiques. Et non par le biais d'un cinglé de « voyant » avec des bottes à six cents dollars.

Mel était juste en train de se faire cette réflexion lorsque les bottes en question apparurent dans son champ de vision.

Elle ne prononça pas un mot, mais demeura appuyée au chambranle, sa bouteille de Coca à la main, son regard vert lançant des éclairs. Sebastian ferma la porte derrière lui et prit le temps d'examiner les lieux.

En matière de locaux, il avait vu pire. Mais il avait aussi vu mieux. Le bureau en métal gris qui avait dû être récupéré dans un surplus militaire était fonctionnel mais résolument inesthétique. Deux meubles de rangement, toujours en métal, avaient été poussés contre une cloison qui aurait bien eu besoin d'un coup de peinture. Deux chaises — l'une violette et l'autre d'un rouge fané — étaient placées de chaque côté d'une table bancale dont le plateau portait des marques de brûlures de cigarettes.

Sur le mur derrière lui, une très jolie aquarelle représentant la baie de Monterey contrastait de façon surprenante avec l'austérité de l'ensemble.

Pour des raisons mystérieuses — et a priori indéfinissables —, l'odeur qui flottait dans la pièce avait la fraîcheur d'une prairie au printemps. Dans le dos de Mel, il entrevit une cuisine minuscule où régnait le plus parfait désordre.

Ce fut plus fort que lui. Enfonçant les mains dans ses poches, il sourit.

— Pas mal, votre piaule.

Elle prit une seconde bouteille et la laissa pendre entre deux doigts d'un geste nonchalant.

— Qu'est-ce qui vous amène, Donovan ? Vous avez besoin des services d'un détective ?

— Je boirais volontiers la même chose, s'il vous en reste.

Elle hésita un instant puis, avec un haussement d'épaules, alla sortir une bouteille du réfrigérateur.

— J'imagine que vous n'êtes pas descendu de vos montagnes uniquement pour que je vous offre un soda.

— Peut-être pas, non. Mais je les refuse rarement lorsqu'ils se présentent.

Il dévissa la capsule et but une gorgée tout en laissant courir sur Mel un regard attentif. Elle portait des boots usés et un jean délavé. Et son regard, une fois de plus, exprimait une profonde méfiance.

— Vous êtes plus souriante que jamais, ce matin, Mary Ellen.

— Ne m'appelez jamais comme ça, vous m'entendez ? rétorqua-t-elle d'un ton rogue.

— C'est pourtant un très joli prénom — délicieusement désuet. Mais je reconnais que « Mel » correspond mieux à votre personnalité.

Elle lui jeta un regard noir.

— Qu'est-ce que vous venez fiche ici, Donovan ?

Il cessa de sourire.

— Retrouver David Merrick.

Mel faillit s'y laisser prendre. Il semblait tellement sincère, tout à coup, qu'elle fut à deux doigts de lui tendre la main.

Se ressaisissant juste à temps, elle se percha sur un coin du bureau et se croisa les bras sur la poitrine.

— Inutile de faire votre cirque avec moi, Donovan. Nous sommes entre nous aujourd'hui. Alors je vais être très claire : il est hors de question que je « collabore » avec un individu de votre genre. J'ai accepté devant Rose parce qu'elle est à bout de nerfs et qu'elle ne sait plus à quel saint se vouer. Mais les gens de votre espèce, je les connais. Vous êtes trop rusé, de toute évidence, pour tomber dans les discours racoleurs habituels : vous ne promettez pas le bonheur, la fortune et les retours d'affection à moins de vingt dollars.

Elle gesticula avec sa bouteille avant de reprendre une gorgée.

— Vous, vous n'appartenez pas à l'espèce des marabouts de foire, c'est évident. Vous ne courez pas après les petits gains. Vous seriez plutôt du style caviar et Dom Pérignon. J'imagine que votre façon à vous de prendre votre pied est d'entrer en transe sur la scène d'un crime et de lâcher quelques paroles d'oracle — en présence des médias, de préférence. Le hasard aidant, il doit même vous arriver de tomber juste de temps en temps. Et c'est tant mieux pour vous, Donovan. Mais je n'ai pas l'intention de vous laisser profiter du malheur de Stan et de Rose pour asseoir votre réputation. Et il est hors de question que vous vous serviez de la disparition de David pour satisfaire votre ego.

Sebastian décida que ces propos le laissaient de marbre. Ce que la détective blonde pensait de lui n'avait aucune espèce d'importance. Il était là pour David Merrick. Point final.

Mais ses doigts s'étaient crispés sur le goulot de sa bouteille. Et lorsqu'il ouvrit la bouche, sa voix rendit un son un peu trop suave.

— Vous avez déjà fait le tour complet de ma personnalité, on dirait, Sutherland ?

Elle le toisa avec arrogance.

— Evidemment que je vois à travers votre jeu. Vous me prenez pour une débutante ? Alors je propose que nous cessions de nous faire perdre du temps mutuellement. Si vous estimez que nous vous devons quelque chose parce que vous avez pris la peine de recevoir Rose hier, envoyez-moi la facture. Je vous réglerai vos « honoraires ».

Sebastian réalisa qu'il n'avait encore jamais éprouvé le besoin compulsif d'étrangler une femme jusqu'à présent. Mais pendant une fraction de seconde, il se vit avec les mains serrées autour du joli cou hâlé de Mel. Et la vision lui parut particulièrement plaisante.

— Vous vous croyez très forte, n'est-ce pas ? lança-t-il avec une ironie glaciale. Une grande spécialiste de la vérité, comme vous, ne s'en laisse pas conter.

Il posa la bouteille vide sur le bureau, repoussa avec impatience les objets qui s'y amoncelaient et réussit à extraire une feuille de papier et un crayon du chaos.

— Qu'est-ce que vous faites ? demanda-t-elle lorsqu'il libéra un peu de place sur le plateau en métal.

— Un dessin. Vous me paraissez être le genre de fille qui ne comprend que ce qui est concret et tangible.

Mel fronça les sourcils en regardant la main de Sebastian aller et venir sur la feuille blanche. Elle avait toujours été jalouse — férocement jalouse — des gens qui dessinaient avec facilité.

Elle continua à siroter sa boisson, en se disant qu'il pouvait bien faire ce qu'il voulait. Que ça ne l'intéressait pas, de toute façon. Mais lorsqu'un visage d'homme émergea peu à peu des traits et des courbes qu'il jetait sur le papier, son attention fut forcément attirée.

Elle finit, malgré elle, par se pencher de plus près sur le portrait. Et par se rapprocher de Sebastian Donovan, par conséquent. Il émanait de lui une odeur assez plaisante de cuir et de chevaux. Elle songea aux deux pur-sang magnifiques qu'elle avait entrevus près de sa maison. Le violet profond de son améthyste attirait son regard, l'hypnotisant à demi.

Mel se laissa aller à penser qu'il avait des mains d'artiste. A la fois fines et fortes. Expertes et élégantes. Et douces, aussi, sans doute. Habituées à déboucher des bouteilles de champagne. Ou à déshabiller de jolies femmes.

— Généralement, je combine volontiers les deux activités, observa-t-il.

— Pardon ?

Passablement abasourdie, Mel leva les yeux vers lui. Et constata qu'il avait cessé de dessiner. Debout, plus proche qu'elle ne l'avait cru, il tenait rivé sur elle un regard d'une déconcertante acuité.

— Excusez-moi, Mel. Considérez que je n'ai rien dit.

Sebastian s'en voulait d'avoir lu dans ses pensées. Généralement, il s'interdisait ce genre d'intrusion. Mais il n'avait pas pu résister à la curiosité lorsqu'il l'avait surprise à observer ses mains avec fascination.

— Parfois, il vaut mieux éviter de penser trop bruyamment, fit-il remarquer avec désinvolture en lui tendant le dessin. Voici le portrait de l'homme qui a enlevé David.

La logique la plus élémentaire aurait voulu qu'elle ignore le dessin. Ainsi que le dessinateur. Mais quelque chose d'étonnamment *juste* dans le portrait frappait son attention. Sans dire un mot, elle passa de l'autre côté du bureau et sortit le dossier de David d'un tiroir. Quatre portraits robots avaient été établis par la police. Elle en sélectionna un et le compara au visage d'homme dessiné par Sebastian.

Ce dernier était plus précis. Et moins standard, surtout. Le témoin interrogé par les services d'identité judiciaire n'avait pas remarqué la petite cicatrice sous l'œil gauche ni la dent ébréchée. Il n'avait pas capté non plus — ou pas su décrire — l'expression de fiévreuse panique dans le regard. Mais pour le reste, il s'agissait bien du même homme. C'était la même forme de visage, le même écartement des yeux, les mêmes cheveux ondulés sur le front légèrement dégarni.

Bon. Inutile de crier au miracle pour autant. On pouvait juste en conclure que Donovan avait un informateur dans la police.

Reposant le dessin, Mel se laissa tomber dans son fauteuil de bureau qui grinça bruyamment.

— Et pourquoi celui-ci plutôt qu'un autre ?

Il haussa les épaules.

— Parce que c'est celui-ci qui m'est apparu en vision. Il conduit une Mercury marron avec intérieur beige. Le siège arrière est déchiré à gauche. Il aime la musique country. C'est du moins ce qu'il écoutait en conduisant David à destination. Il allait vers l'est…

Sebastian s'interrompit et, pendant une fraction de seconde, son regard devint tranchant comme un rayon laser.

— … vers le sud-est, plus exactement, précisa-t-il lentement.

Mel ne put s'empêcher de hocher pensivement la tête. L'un des témoins avait mentionné une voiture marron, en effet. Un véhicule sans signe distinctif particulier, qui était resté garé pas très loin de l'appartement de Rose. Et cela, plusieurs jours d'affilée.

Là encore, Sebastian avait pu obtenir l'information par la police. Et rien de plus simple pour lui que d'inventer quelques détails invérifiables comme la musique country et la banquette arrière lacérée.

Mais s'il existait une chance, même minime, pour que ses informations soient valables…

— Bon. Un visage et une voiture, résuma-t-elle d'un ton neutre en s'efforçant de réprimer le tremblement d'excitation dans sa voix. Pas de nom ? Pas d'adresse ? Pas de numéro d'immatriculation ?

— Vous êtes une femme difficile à satisfaire, Sutherland.

Sebastian réprima un soupir. Il lui aurait été facile de la haïr, pourtant. Si seulement il n'y avait pas eu la lueur de souffrance dans son regard qui disait qu'elle se serait jetée au feu si cela lui avait permis de sauver David Merrick…

Tant pis. S'il ne pouvait pas la détester spontanément, il la détesterait par principe.

— Une vie d'enfant est en jeu, observa-t-elle, les mâchoires crispées.

— David est en sécurité. Et entouré de soins attentifs. Il est déstabilisé et pleure un peu plus qu'avant. Mais à aucun moment, on ne lui a fait du mal depuis l'enlèvement.

Une boule se forma dans la gorge de Mel. Elle désirait tellement le croire qu'elle était presque tentée de prendre ces affirmations pour argent comptant.

— N'allez pas raconter ce genre de choses à Rose, ordonna-t-elle fermement. Ça la rendrait folle.

Sebastian poursuivit sans tenir compte de l'interruption.

— L'homme qui l'a arraché de son parc suait la peur. Il a placé David à l'arrière de sa voiture et l'a remis à une femme, quelque part à l'est d'ici. Cette dernière a changé David et l'a vêtu d'une salopette rouge et d'un T-shirt rayé. Il a voyagé ensuite dans un siège-auto. Il avait un anneau de dentition que la femme lui a donné pour jouer. Ils ont roulé une grande partie de la journée. Puis ils se sont arrêtés dans un motel. Il y avait un dinosaure devant la porte. Elle lui a donné un petit pot et un biberon de lait, lui a fait prendre son bain. Et comme il pleurait lorsqu'elle l'a couché, elle l'a pris dans ses bras et l'a bercé jusqu'à ce qu'il s'endorme.

— Où étaient-ils ? demanda-t-elle dans un souffle.

— Dans l'Utah.

Il fronça les sourcils.

— A moins que ce ne soit l'Arizona ? Non. Plus probablement l'Utah… Le lendemain, ils sont repartis, toujours en direction du sud-est. Elle est calme et ne manifeste aucune crainte. Pour elle, c'est juste un travail comme un autre. Ils finissent par atteindre un centre commercial, quelque part dans le Texas. L'est du Texas. Elle s'assoit sur un banc… C'est l'heure d'affluence et on voit passer beaucoup de monde. Un homme vient prendre place à côté d'elle. Il laisse une enveloppe sur le banc et repart avec David dans sa poussette.

Mel ne dit rien. Elle écoutait, troublée par l'impression de réalité qui se dégageait de son récit.

— Le lendemain, même scénario : nouveau départ, nouveau trajet en voiture. David est fatigué, désorienté. Il veut ses parents, son chez-lui, ses objets familiers. L'homme qui l'a pris en charge est vêtu avec élégance et le conduit dans une belle maison en pierre. Il y a un grand jardin avec de vieux arbres. Dans le Sud, cette fois… Le paysage évoque la Georgie, précisa Sebastian après avoir fermé les yeux un instant. Une femme s'avance et fond en larmes en recevant David dans ses bras. L'homme qui est à côté d'elle lui entoure les épaules et lui sourit. Ils rayonnent de joie l'un et l'autre. David a une jolie chambre bleue, décorée à son intention. Il y a un motif de voiliers sur la frise blanche. Et le mobile suspendu au-dessus de son berceau est un carrousel avec des animaux de cirque. Ils l'appellent Eric désormais.

Mel était livide lorsqu'elle réussit à ouvrir la bouche.

— Je ne vous crois pas.

— Je sais. Et néanmoins une partie de vous s'interroge. Oubliez vos préjugés par rapport à mes pratiques, Mel. Pensez à David.

— Qu'est-ce que vous croyez ? Qu'il m'arrive de l'oublier, ne serait-ce qu'un instant ?

Elle se leva d'un bond, les mâchoires crispées, en brandissant le dessin.

— Donnez-moi au moins *un* nom, bon sang ! Un lieu, une personne, un numéro de rue ! N'importe quoi de concret !

— Parce que vous croyez que ça fonctionne comment, un voyant ? La divination est un art. Ou un don. Je peux vous décrire ce que je vois. Mais je ne suis pas un ordinateur programmé pour ressortir une banque de données !

Avec un haussement d'épaules, elle laissa retomber le portrait sur une pile de papiers.

— Qu'est-ce que vous voulez que je fasse de tout ça si vous ne me donnez aucune information *vérifiable*, Donovan ?

Il frappa du plat de la main sur le bureau, si bruyamment qu'il la fit tressaillir.

— O.K., madame la détective cartésienne, vous allez m'écouter, maintenant : je viens de passer trois semaines enfermé dans un hôtel à Chicago. Trois semaines à voir dans ma tête un monstre en train de découper les gens en morceaux. J'ai même senti dans mes tripes le plaisir que lui procurait sa bestialité. Et tout ce temps, il a fallu surmonter la nausée, laisser revenir les visions, encore et encore, pour tenter de retrouver le tueur avant qu'il ne recommence à frapper. Alors si je ne suis pas assez rapide à vos yeux, Sutherland, c'est dommage pour vous, mais je n'ai pas l'intention de me laisser harceler, c'est clair ?

Mel n'essaya pas de le contredire. Non parce qu'il l'avait effrayée par son explosion de violence verbale. Mais parce qu'elle avait perçu sur son visage l'écho du cauchemar qu'il venait de traverser.

Elle prit une profonde inspiration.

— Bon. Je vais être franche avec vous, Donovan : je ne crois ni aux bonnes fées, ni aux méchantes sorcières, ni aux fantômes qui sortent la nuit chargés de chaînes.

Il ne put s'empêcher de sourire.

— Intéressant. Rappelez-moi de vous présenter ma famille à l'occasion.

— … Mais je suis décidée à utiliser toutes les ressources, toutes les pistes qui se présenteront, sans en laisser une seule de côté, même si elle paraît farfelue. Je suis même prête à faire tourner les tables si cela peut m'aider à retrouver David.

Elle reprit le dessin.

— J'ai déjà au moins un élément concret : un visage. Je vais commencer avec ça.

— *Nous* allons commencer avec ça, rectifia Sebastian.

Mel ouvrait la bouche pour répliquer lorsque le téléphone sonna.

— Ici Sutherland Investigations, lança-t-elle en décrochant… Oui, oui, c'est Mel… Tu dis que tu as du nouveau, Rico ?

Sebastian qui l'observait avec curiosité vit son regard briller d'un éclat plus soutenu. Un sourire presque carnassier joua au coin des lèvres gourmandes.

« Finalement, elle est jolie ! », constata-t-il, non sans une pointe de contrariété, pendant que Mel continuait à gesticuler au téléphone.

— Hé, tu me connais, Rico ! poursuivit-elle en s'emparant d'un stylo pour griffonner une adresse. Tu sais que tu peux me faire confiance… Oui, oui, je vois très bien où c'est… Génial !

Elle écouta de nouveau en hochant la tête.

— O.K., pas de souci. Je connais la consigne : je ne sais pas qui tu es, je n'ai jamais entendu parler de toi. Jamais vu ta belle petite gueule. Et je te laisse une enveloppe chez O'Rileys.

De nouveau, Mel marqua une pause, puis elle éclata de rire.

— Inutile de rêver, Rico. Je t'ai déjà dit que je ne couchais jamais avec mes informateurs.

Lorsqu'elle raccrocha, Mel jubilait.

— Désolée, mais je vais être obligée de vous mettre à la porte, Donovan. J'ai une petite affaire à traiter en urgence.

— Je vous accompagne.

Sebastian regretta sa proposition avant même d'avoir fini de la formuler. Il se serait d'ailleurs rétracté sur-le-champ si la réaction de Mel n'avait pas été aussi méprisante.

Elle éclata de rire.

— Désolée, mais ce n'est pas un boulot pour amateur. Je ne peux pas m'encombrer d'un poids mort.

— Ecoutez-moi bien, Sutherland : nous allons être amenés à travailler ensemble — pour une durée qui sera, j'espère, la plus brève possible. Je sais de quoi je suis capable de mon côté. Mais je n'ai pas la moindre idée de la façon dont vous fonctionnez. J'aimerais vous voir à l'action avant de démarrer une quelconque collaboration avec vous.

Un sourire, lentement, se dessina sur les traits de Mel.

— C'est de l'action que vous voulez, Donovan ? Eh bien, vous allez en avoir. Et même un peu plus que vous n'en souhaitez. Attendez-moi ici une minute. Je vais commencer par me changer.

3

Pour s'être changée, elle s'était changée, en effet. Lorsque Mel rejoignit Sebastian à peine dix minutes plus tard, elle portait une jupe orange en cuir souple, à peine plus grande qu'une serviette de table.

Et les jambes qu'elle dévoilait avec une joyeuse impudeur étaient plus que sublimes : miraculeuses.

Elle avait également apporté quelques modifications intéressantes au niveau de ses traits. Soulignés de noir, ses yeux paraissaient plus grands, plus langoureux, surtout. Sa bouche avait pris une teinte pourpre et un aspect distinctement voluptueux. Quant à ses cheveux… Comment elle avait réussi ce tour de force, il n'aurait su le dire, mais au lieu de paraître coupés à la diable, ils avaient l'air sensuellement décoiffés. Comme si elle sortait tout juste de son lit et ne demandait qu'à y retourner.

Accompagnée, de préférence.

Deux grands anneaux dorés pendaient à ses oreilles, tombant presque jusque sur son top noir moulant. Tellement moulant qu'il aurait fallu qu'un homme soit dans le coma pour ne pas se rendre compte qu'elle ne portait pas de soutien-gorge dessous.

SEXE. Le mot s'inscrivit dans l'esprit de Sebastian en lettres majuscules. Ce qui s'offrait à ses yeux était sauvage, désinhibé et ostensiblement disponible.

Il se vit sur le point de faire une remarque suggestive.

Mais étrangement, ce fut presque un reproche qui tomba de ses lèvres.

— Où pensez-vous aller dans une tenue pareille ?

Mel fronça les sourcils.

Il fit un louable effort pour détacher les yeux de ses jambes. Même le parfum qu'elle avait mis était une invitation ouverte à l'amour.

— Vous avez l'air d'une…

— Oui, je sais.

Avec un sourire réjoui, elle pivota devant lui pour se faire admirer.

— J'ai l'air d'une poule, c'est ça ? Ça va peut-être vous surprendre, mais ça marche du tonnerre, ce genre de tenue. La plupart des hommes se fichent éperdument qu'une fille soit jolie ou non, à condition qu'elle exhibe un maximum de peau nue et qu'elle dissimule le reste sous des vêtements suffisamment ajustés.

Sebastian jugea préférable de ne pas relever cette dernière remarque.

— Et on peut savoir pourquoi vous vous habillez comme ça ?

— Ce sont les accessoires du métier, Donovan.

Elle glissa la bride de son sac sur une épaule, sans préciser à Sebastian qu'il contenait un autre « accessoire du métier » qu'elle emportait partout avec elle.

— Si vous avez toujours envie de venir, je propose qu'on file sans tarder. Je vous expliquerai en route comment je compte procéder.

Comme elle se glissait au volant de sa voiture, sa jupe se releva encore de quelques centimètres supplémentaires. Sebastian réussit stoïquement à ne pas rester bouche bée. Quant à Mel, elle souriait jusqu'aux oreilles, comme si elle se rendait à une sympathique petite fête entre amis.

— O.K., c'est parti ! lança-t-elle dès qu'il eut pris place

sur le siège passager. Et maintenant, ouvrez grand les oreilles, Donovan. Je vais vous briefer sur mon affaire…

La voiture bondit sur la chaussée. La conduite de Mel était tout aussi rapide et efficace que sa façon de s'exprimer, constata Sebastian tandis qu'elle lui livrait un rapide exposé des faits.

Une vague de vols avait été signalée sur Monterey ces six dernières semaines. Exclusivement du matériel électronique. Télévisions, lecteurs de DVD, chaînes hi-fi. Une bonne partie des victimes était assurée à la Mutuelle du Souscripteur. La police avait quelques pistes, mais rien de très solide. Et comme il s'agissait chaque fois de vols modestes ne dépassant pas les quelques centaines de dollars, les forces de l'ordre avaient d'autres priorités.

— … Comme toute compagnie d'assurances qui se respecte, le Souscripteur déteste avoir des dédommagements en série à verser, commenta Mel en franchissant un feu à l'orange. C'est pourquoi ils m'ont demandé de mener l'enquête de mon côté.

Sebastian fronça les sourcils lorsque la vieille voiture émit un son alarmant.

— Votre moteur aurait besoin d'un réglage.

— Possible, marmonna Mel avec indifférence. Qu'est-ce que nous disions déjà ? Ah oui. J'ai fait quelques investigations et j'ai appris que deux types vendaient des télévisions, radios, lecteurs et autres à l'arrière d'une camionnette. Oh, pas par ici, bien sûr. Ils ne sont pas idiots. Ils opèrent à Salinas ou à Soledad.

— Et comment avez-vous découvert leur petit trafic ?

Elle lui adressa un sourire suave.

— C'est ce qu'on appelle du travail de terrain, ça, Donovan.

Il ne put s'empêcher de regarder ses jambes et l'imagina arpentant « le terrain » dans cette tenue provocante.

— Mmm… Je vois.

— Et puis j'ai Rico, mon indic. Il a eu quelques soucis avec la justice qui l'ont rendu méfiant envers les forces de l'ordre. Mais pour une raison ou pour une autre, il semble s'être attaché à moi. Il est plus à l'aise avec les détectives qu'avec les flics, je suppose.

Sebastian toussota, s'éclaircit la voix.

— Ça doit être la raison, oui.

— Rico connaît beaucoup de monde, poursuivit-elle. Il s'est fait des relations en prison, lorsqu'il a été condamné quelques mois pour vol avec effraction. Le cambriolage a longtemps été sa spécialité.

— Vous avez des amis formidables, dites-moi.

Mel rit doucement.

— Rico a la bonne vie. Il me fait passer quelques infos ; je lui fais passer quelques billets. Ça lui évite de recommencer à crocheter des serrures pour vivre. Il passe le plus clair de ses journées à traîner sur le port. De préférence, le plus loin possible des zones fréquentées par les touristes. C'est là qu'il a ses bars attitrés. L'autre soir, il s'est lié d'une belle amitié avec son voisin de tabouret, un type déjà passablement éméché qui répondait au doux nom d'Eddie. Mon ami Rico apprécie encore plus la boisson lorsque ce n'est pas lui qui paie la note. L'alcool aidant, nos deux buveurs en viennent aux confidences. Et comme ils sont devenus de vrais amis à la vie et à la mort, notre Eddie emmène Rico visiter un vieil entrepôt désaffecté. Et que contenait-il à votre avis ?

— Du matériel électronique de seconde main à prix discount ?

Mel le gratifia d'un bref sourire approbateur.

— Je vois que vous avez bien suivi mon histoire, Donovan.

— Ce que je ne comprends pas trop, en revanche, c'est pourquoi vous n'appelez pas les flics.

— Pour qu'ils puissent s'attribuer le mérite de

l'arrestation ? Ce n'est peut-être pas le coup de filet du siècle, mais c'est une jolie petite prise quand même. Et je ne vais pas la laisser passer sous mon nez.

— Il vous est venu à l'esprit, je suppose, que ces braves gens pourraient ne pas se montrer très coopératifs ?

Lorsqu'elle sourit de nouveau, ses yeux brillèrent d'un éclat désarmant.

— Ne vous inquiétez pas, Donovan. Je vous protégerai. Maintenant voici comment vous pouvez intervenir...

Lorsqu'ils se garèrent sur le petit parking devant le bar, quelques minutes plus tard, Sebastian fit la grimace. Le rôle que Mel souhaitait le voir jouer le laissait sceptique. Mais il était pour ainsi dire au pied du mur...

Sebastian, qui avait des goûts d'esthète, examina d'un œil sombre la construction de bois dépourvue de fenêtres. « Glauque, songea-t-il. Résolument glauque. » Il avait conscience que la plupart des bars avaient un aspect sinistre à la lumière du jour. Mais celui-ci était du genre lugubre même en pleine nuit.

Le « Lulu's Bar » était construit en rondins grossiers peints d'une hideuse couleur verte qui s'écaillait tristement par endroits. Une bonne douzaine de voitures était déjà garée devant l'établissement alors qu'il était à peine midi.

Mel fronça les sourcils tout en laissant glisser son trousseau de clés dans son sac.

— Haut les cœurs, Donovan. Et essayez d'avoir l'air un peu moins...

— Un peu moins quoi ? Humain ?

« Elégant » était le mot qui lui avait traversé l'esprit. Mais elle se garderait bien de lui faire cadeau de ce qualificatif flatteur.

— Un peu moins coincé. Et par pitié, ne vous avisez pas de commander un chablis ou un château machin chose.

— Boire du vin blanc ? Ici ? Vous voulez ma mort ?

— Bon. Prenez une bière, comme tout le monde. Et contentez-vous de suivre le mouvement. Vous verrez que tout se passera très bien.

Ce qu'il se contenta de suivre, en l'occurrence, fut le mouvement cadencé de ses hanches. Et plus il contemplait le postérieur joliment dessiné qui ondulait devant lui, plus il doutait que les choses « se passeraient très bien ».

L'odeur du bar lui assaillit les narines dès l'instant où ils poussèrent la porte : des relents mêlés de bière rance, de sueur sale et de tabac froid. Un vacarme indescriptible s'élevait du juke-box. Sebastian, qui se flattait pourtant d'avoir des goûts très ouverts en musique, se demanda combien de temps il aurait à subir ce déferlement sonore innommable.

Les clients alignés aux comptoirs étaient de sexe masculin dans leur écrasante majorité. Sebastian dénombra une longue série de bras musclés, ornés de tatouages où les serpents, les dragons et les têtes de mort formaient la symbolique dominante.

A leur entrée, tous les regards se tournèrent dans leur direction, glissant sur lui avec dédain pour se fixer sur Mel avec un enthousiasme manifeste. Nullement intimidée, cette dernière alla percher ses jolies fesses gainées de cuir sur un des tabourets. Elle plissa les lèvres en une moue boudeuse.

— Tu pourrais au moins me payer une bière pour te faire pardonner, lui reprocha-t-elle d'une voix si détonante de sensualité qu'il lui fallut un moment pour se souvenir qu'il était censé lui donner la réplique.

— Arrête de râler pour un oui ou pour un rien, ma caille. Je t'ai déjà dit que c'était pas ma faute.

Ma caille ? Mel réprima la tentation de lever les yeux au ciel.

— Ouais, ben, c'est *jamais* ta faute, de toute façon.

Tu prends une cuite et c'est pas ta faute. Tu perds cent dollars au poker avec tes copains et, comme par hasard, tu n'y peux rien… Hep ! Tu me mets une bière ? lança-t-elle au barman.

Sebastian leva deux doigts pour en commander une à son tour et se plaça à côté de Mel au comptoir.

— Je t'ai déjà expliqué qu'on m'a joué un tour de salaud. Et pourquoi tu n'arrêtes pas de me harceler comme ça ?

— Ouais, c'est ça. Tu me prends pour qui ? Pour Cosette ? J'en ai marre, moi, de tes scénarios catastrophes à répétition.

Lorsque le barman posa les deux bières devant eux, Mel vit Sebastian tendre la main pour prendre son portefeuille dans sa poche arrière. Et réalisa juste à temps que l'objet, à lui seul, valait sans doute autant que le bar dans son ensemble. Sans parler des billets verts et des cartes de crédit dont il était sans doute bourré.

Elle lui jeta un bref regard d'avertissement qu'il capta instantanément. L'air gêné, il laissa tomber les bras le long de ses flancs.

— *Quoi* ? Qu'est-ce qu'il y a encore ? Tu n'as même plus de quoi me payer une mousse ? Génial. De mieux en mieux.

Avec une moue dégoûtée, Mel extirpa deux billets froissés de son sac.

— On ne peut jamais compter sur toi, observa-t-elle d'une voix vibrant de mépris. Tu sais que tu es un vrai *loser*, Harry ?

Harry ? Sebastian n'eut pas à se forcer pour lui jeter un regard exaspéré.

— Je vais avoir des rentrées d'argent bientôt. J'ai joué au tiercé, ce matin. Et j'ai eu de bons tuyaux.

— Ouais, c'est ça. Tu vas bientôt crouler sous le fric, c'est sûr, maugréa-t-elle en lui tournant le dos.

Grâce à la description que lui avait fournie Rico, il fallut moins d'une minute à Mel pour repérer le dénommé Eddie. C'est lui qui se chargeait du transport et de la vente des marchandises. Et d'après Rico, il avait un faible marqué pour tout ce qui portait jupon.

Croisant les jambes, Mel bougea le pied au rythme de la musique en s'arrangeant pour capter l'attention d'Eddie. « C'est un homme comme toi que j'ai cherché toute ma vie », disait son regard langoureux. Mais Sebastian lisait dans ses pensées un message nettement moins flatteur. « Espèce de gros plein de soupe bouffi de graisse et à moitié chauve », songeait-elle avec mépris.

Sebastian tourna la tête pour se faire une idée par lui-même. A moitié chauve, Eddie l'était incontestablement. Mais si sa silhouette était bel et bien pesante, l'adiposité n'était pas seule en cause. Sa masse musculaire était également plus qu'imposante.

— Ecoute-moi, trésor, dit-il en posant la main sur l'épaule de Mel.

Elle le repoussa avec une moue méprisante.

— J'en ai assez de tes histoires, Harry. Plus qu'assez, même. C'est toujours la même chose avec toi. Non seulement tu ne ramènes pas d'argent à la maison, mais tu bouffes aussi le mien. Tu n'es même pas capable de trouver cinquante dollars pour que je porte la télé à réparer. Et comment je fais pour voir mes feuilletons, moi ?

— Tu sais très bien que ce n'est pas bon pour toi d'être toujours fourrée devant le petit écran.

— Ah ça, c'est la meilleure !

Les yeux étincelants, les poings sur les hanches, Mel lui fit face.

— Quand je pense que je me tue toute la journée à bosser comme serveuse pendant que monsieur se la coule douce ! Et tu as le culot de me faire des reproches parce que je regarde une petite émission de temps en temps ? C'est un plaisir qui ne coûte rien, je te signale !

— Ne coûte rien, ne coûte rien... Va falloir sortir cinquante dollars quand même, si tu tiens absolument à la faire réparer, cette télévision.

Elle le repoussa d'un geste excédé et se laissa glisser de son tabouret de bar.

— Je te fais quand même remarquer que tu viens de perdre le double aux cartes, Harry.

— Arrête de m'enquiquiner avec ça, bon sang !

Sebastian commençait à se prendre au jeu. Il s'amusait d'autant plus que Mel lui avait donné pour mission de la secouer un peu.

— Rouspéter et te lamenter, c'est vraiment la seule chose que tu saches faire, ma pauvre fille.

Il l'agrippa avec force par les épaules et la tête de Mel tomba en arrière. Elle leva vers lui des yeux étincelant de défi. Sa bouche étonnamment sensuelle se plissa en une moue boudeuse.

Le regard rivé sur ses lèvres, Sebastian en oublia un instant le rôle qu'il était censé jouer.

Mel vit distinctement la lueur de désir dans ses yeux. Elle ne brilla qu'une fraction de seconde, mais l'impact sur elle fut saisissant. Son cœur cogna soudain si violemment qu'elle crut qu'il lui traversait la poitrine.

— J'en ai vraiment marre de toi, Harry, lâcha-t-elle, avec un peu moins de conviction qu'elle ne l'aurait voulu.

Pour se remettre les nerfs en place, il la secoua énergiquement.

— Rien ne t'empêche de te tirer, si tu n'es pas contente.

Mel se força à prendre une voix tremblante.

— Attention, je te préviens, Harry, si tu me frappes encore une fois comme tu l'as fait l'autre soir, tu sais ce qui va se passer.

La frapper ? Qu'allait-elle chercher là...

— Allez hop. Commence par bouger tes fesses d'ici,

Crystal. On va poursuivre cette petite conversation dehors, toi et moi.

Sebastian poussait Mel en direction de la porte lorsqu'il trouva son chemin barré par un torse musculeux aux dimensions imposantes. Un T-shirt trempé de sueur moulait cette mâle poitrine.

— La petite dame t'a demandé de la lâcher, je crois ?

Il leva les yeux sur le visage bovin d'Eddie. A son côté, Mel versait sa petite larme, sans hésiter à en rajouter allègrement dans son rôle de femme battue. Sebastian se redressa légèrement pour affronter l'adversaire.

— Te mêle pas de ça, toi, lança-t-il au redresseur de torts.

Du plat de la main, Eddie le repoussa sur son tabouret. Sebastian demeura un instant le souffle coupé sous l'impact. Dans le cas d'Eddie, l'expression « avoir des mains comme des battoirs » n'était pas seulement une image, songea-t-il en grimaçant ostensiblement.

Eddie se tourna vers Mel, un sourire enjôleur aux lèvres.

— Qu'est-ce que je fais ? Je l'emmène dehors pour lui donner une petite leçon ? Je suis sûr que ça lui fera passer l'envie de frapper les dames.

Mel se sécha les yeux sur un dernier petit hoquet et se donna un temps de réflexion avant de répondre à cette charmante proposition. Sebastian commençait à avoir des sueurs froides lorsqu'elle se décida enfin à secouer la tête.

— Non, laissez tomber, murmura-t-elle en posant une main tremblante sur le bras de son nouveau chevalier servant. Il ne vaut pas la peine qu'on perde du temps pour lui, de toute façon.

— Comme vous voudrez.

Mel le gratifia d'un regard admirateur.

— Vous êtes drôlement sympa, vous alors. Ça devient tellement rare, de nos jours, de tomber sur un homme qui se soucie de protéger une femme.

Eddie se rengorgea.

— Vous voulez venir vous asseoir un moment à ma table ? Je vous offre un verre. Ça vous changera les idées... Et vous me raconterez les misères qu'il vous a faites.

— Ah, vous alors ! Vous êtes *tellement* gentil avec moi, susurra Mel d'un air attendri lorsqu'il lui passa autour de la taille un bras gros comme un cuissot de bœuf.

Comme elle s'éloignait avec Eddie, Sebastian se leva et fit mine de leur emboîter le pas en relevant ses manches. Mais un des joueurs de billard qui avait assisté à la scène lui chuchota qu'il ferait mieux de se rasseoir s'il tenait à sa peau.

Sebastian se tassa sur un tabouret à l'extrémité du bar et s'enferma dans un silence morose.

Une heure et demie plus tard, il n'avait toujours pas bougé de sa place et il commençait sérieusement à trouver le temps long. Pas même moyen de commander une seconde bière pour se distraire, puisqu'il était censé ne pas avoir d'argent sur lui ! Il lui fallait donc *en plus* endurer les regards hargneux du barman pendant qu'il grignotait des cacahuètes et faisait durer son fond de verre.

Sebastian regrettait amèrement d'avoir suivi Mel dans cette expédition fumeuse. Il avait mieux à faire que de rester cloué sur un tabouret de bar, à respirer des odeurs de crasse, de fumée et de sueur pendant que la jeune femme qui l'accompagnait gloussait de plaisir en se faisant tripoter par un mastodonte ! Même si Mel n'était rien pour lui, il y avait des limites à ce qu'un homme pouvait supporter. Et la façon qu'elle avait de rire chaque fois que les grosses pattes d'Eddie lui caressaient la cuisse commençait à lui porter sur les nerfs.

Au fond, il se demandait ce qui le retenait de la laisser se débrouiller toute seule avec son gros plein de soupe et de rentrer tranquillement chez lui en taxi.

Aux yeux de Mel, tout se déroulait on ne peut mieux, en revanche. « Monsieur Eddie », comme elle l'appelait — pour le plus grand plaisir de celui-ci — en était à sa cinquième bière et se montrait de plus en plus détendu. Et comme la plupart des individus sous l'empire de la boisson, il parlait en abondance. Les hommes comme lui adoraient se vanter en présence des femmes. Surtout celles qui les écoutaient bouche bée en les couvant d'un regard ébloui.

Il venait de se faire une belle somme d'argent, Eddie. Et il ne demandait qu'à en dépenser pour elle, si le cœur lui en disait.

Crystal était partante, bien sûr. Elle n'avait pas trop le temps tout de suite, car elle reprenait le travail dans moins de deux heures. Mais à 1 heure du matin, elle aurait fini son service. Et là, si Monsieur Eddie le souhaitait…

Une fois Eddie amadoué, elle lui raconta sa pathétique histoire. Les six mois cauchemardesques qu'elle venait de passer avec Harry. La façon dont l'argent filait entre les doigts de ce pauvre type. Ses accès de mauvaise humeur. Son sale caractère. Alors qu'elle ne demandait pas grand-chose. Quelques jolis vêtements. Aller danser de temps en temps. S'amuser un peu, quoi.

La situation avait commencé à prendre une tournure vraiment tragique depuis que la télévision avait cessé de fonctionner. Alors que depuis deux mois elle mettait de l'argent de côté pour s'acheter un magnétoscope afin d'enregistrer ses séries préférées pendant qu'elle travaillait. Et voilà que son téléviseur la lâchait brutalement.

Et comme par hasard, ce bon à rien d'Harry avait perdu toutes leurs économies au poker. Et elle n'avait même plus de quoi payer la réparation.

— Et moi, la télé, je n'arrive pas trop à m'en passer, vous comprenez ? précisa-t-elle avec une moue pensive en prenant une gorgée de sa seconde bière.

Eddie, lui, venait d'entamer sa septième.

— Il y a un feuilleton que je ne rate jamais normalement. Parce qu'il y a pas mal de scènes d'amour et ça me rend… enfin… toute chose, quoi, précisa-t-elle avec un léger soupir en se passant la pointe de la langue sur les lèvres.

Le regard rivé sur sa bouche, Eddie lui posa la main sur le genou.

— Vaut mieux être deux pour regarder ce genre de truc, non ?

— C'est sûr, acquiesça-t-elle avec un sourire entendu. Si seulement, ma télé marchait, ce serait chouette. J'aime bien faire ça dans la journée, en fait. Etre au lit quand les autres travaillent.

— Il fait jour maintenant, observa Eddie.

— Ouais. Mais je n'ai pas de télévision, riposta-t-elle en pouffant de rire, comme si c'était la blague du siècle.

— Si tu veux, je peux t'arranger ça.

Elle commença par écarquiller les yeux en dardant sur lui un regard luisant d'espoir. Puis elle baissa pudiquement les paupières.

— Oh, c'est drôlement gentil de ta part, Eddie. Mais je ne vais quand même pas te laisser payer la réparation pour moi. Ce ne serait pas juste.

— Pourquoi t'embêter à mettre de l'argent dans un vieux poste ? Ce serait bien mieux si tu en prenais un neuf.

Crystal haussa les épaules.

— Oui c'est ça. Et une rivière de diamants pendant que tu y es !

— Pour les diamants, je ne peux pas faire grand-chose. Mais pour ce qui est du poste, j'ai une combine.

Avec une exclamation de joie incrédule, elle posa la main sur son genou.

— Non ? Vas-y ! *Comment ?*

Eddie gonfla le torse.

— Il se trouve que la télévision, c'est mon domaine.

— Wouah ! Tu es vendeur de matériel électronique ? Ou tu me fais marcher ?

— Je ne te fais pas marcher.

Mel rit de bon cœur.

— Alors c'est vrai, ce que tu racontes ? Tu pourrais me procurer une télé ? Non, ce serait vraiment trop classe. Je ne sais pas comment je pourrais te remercier pour un cadeau pareil.

Eddie eut un sourire entendu.

— Tu as peut-être une petite idée de la façon dont tu pourrais me témoigner ta reconnaissance ?

— Mmm...

Mel se pencha à son oreille et lui murmura une suggestion tellement crue que Sebastian aurait été estomaqué de l'entendre.

Même Eddie mit un instant à recouvrer son souffle. Il vida sa bière d'un trait et lui tendit la main.

— Viens avec moi, ma belle. J'ai une petite surprise pour toi.

Mel se laissa entraîner sans se faire prier. Et passa à côté de Sebastian sans même lui accorder un regard. Mais en priant très fort pour que ce soit bel et bien une télévision qu'Eddie avait l'intention de lui montrer...

— Où allons-nous ? s'enquit-elle avec un sourire enjôleur lorsqu'ils sortirent à l'arrière du bâtiment.

Eddie lui décocha un clin d'œil.

— Dans mon bureau, ma puce. Nous avons un joli petit commerce, par ici, mon associé et moi.

Ils traversèrent une espèce de terrain vague jonché de bouteilles de verre cassées et de détritus divers pour atteindre un bâtiment en béton grand comme la moitié du bar. Eddie frappa trois coups brefs et la porte s'ouvrit. Un homme d'une trentaine d'années portant de grosses lunettes cerclées d'écaille les examina d'un œil méfiant.

— Qu'est-ce qui se passe, Eddie ?

— Je t'amène une demoiselle qui aurait besoin d'une télé en urgence.

Il passa le bras autour des épaules de Mel.

— Crystal, ma chérie, je te présente Bobby.

Le dénommé Bobby fronça les sourcils.

— Ecoute, Eddie, je ne crois pas que ce soit un bon plan. Tu sais aussi bien que moi que Franck va être furieux.

— Franck se prend pour le chef mais il n'a pas plus de droits que moi, bougonna Eddie en se frayant un passage de force.

« Génial ! songea Mel en regardant autour d'elle. La caverne d'Ali Baba ! » Sous les néons du plafond était empilé un assortiment impressionnant de matériel électronique.

Mel battit des mains en poussant une exclamation de délice.

— Oh là là, Eddie ! C'est merveilleux ! On se croirait dans un vrai magasin !

Continuant à jouer son rôle, Mel se dirigea vers les télévisions, caressant chaque écran d'une main langoureuse, comme si elle enfonçait les doigts dans un manteau de vison.

Très sûr de lui, Eddie croisa les bras sur sa poitrine.

— Choisis celle qui te plaît, trésor. Nous ne faisons pas du commerce de détail, ici. C'est juste l'entrepôt où nous stockons notre marchandise.

— Il ne va pas être content du tout, Franck, commenta nerveusement Bobby.

Eddie sourit.

— Si personne ne lui dit rien, il n'y aura pas de soucis. On est bien d'accord ?

Bobby qui ne faisait pas le poids face à son collègue se résigna à hocher la tête.

— Je ne vais pas te trahir, Eddie. Mais quand même… Amener une nana ici… Tu crois que ce n'est pas un peu risqué ?

— Ne t'inquiète pas pour elle. Elle a de belles guibolles mais pas grand-chose dans le caillou. Je vais lui donner un poste et en échange, je me la farcis comme je veux. C'est pas beau, la vie ?... Alors, ma chérie ? Tu en as trouvé une qui te plaît ?

— Elles sont toutes tellement belles ! minauda Mel. Tu penses vraiment que je peux en choisir une et l'emporter chez moi ?

Eddie s'approcha pour lui pincer les fesses.

— T'inquiète, je te dis. On a une assurance en cas de casse. Il suffira que notre ami Bobby déclare que l'une d'elles a été endommagée pendant le transport, et le tour sera joué.

— Le tour *est* joué, oui, répliqua Mel froidement en sortant son P38 de son sac. Mais pas tout à fait de la façon dont tu l'imaginais, Eddie.

— Un flic ! hurla Bobby tandis qu'Eddie, plus lent à réagir, la contemplait avec des yeux ronds. Et merde, Eddie ! T'es trop con. Tu t'es fait piéger comme un débutant.

Mel hocha la tête et pointa son arme sur le complice d'Eddie qui se préparait à s'éclipser.

— Belles capacités de déduction, Bobby... Non, non, n'essayez pas de nous fausser compagnie. Asseyez-vous là par terre. Et ne bougez plus.

— Quelle garce, marmonna Eddie d'un ton méditatif qui aurait dû mettre Mel en garde. Normalement, les poulets, je les sens de loin, pourtant.

— Je suis détective privé, Eddie. Je ne dégage peut-être pas tout à fait les mêmes odeurs qu'un policier ordinaire.

Elle pointa son pistolet vers la porte.

— Trêve de plaisanteries, maintenant. Les mains sur la tête et on sort d'ici.

Avec un rugissement de fauve, Eddie se jeta sur elle. Mel aurait pu se servir de son arme. Mais avec le risque de tuer ou de blesser grièvement. Or Eddie n'était qu'un petit voleur de seconde zone. Il ne méritait pas de prendre une balle.

Au lieu de se servir de son arme, elle se jeta sur le côté, comptant sur son agilité et sa souplesse pour venir à bout d'un homme encombré par son poids et ivre, de surcroît.

Il la manqua d'un centimètre à peine et atterrit tête la première dans une TV à écran géant qui éclata sous le choc. Dûment assommé, Eddie s'effondra sans connaissance.

Mel perçut un son dans son dos. Elle se retourna juste à temps pour voir Sebastian surgir dans l'entrepôt et passer un bras autour de la gorge de Bobby. D'une simple torsion, il réussit à lui faire lâcher le marteau avec lequel il s'apprêtait à l'assommer.

— Tu as la tête tellement dure que tu n'aurais sans doute même pas senti le coup, commenta Sebastian, furieux. Et comment se fait-il que tu ne m'aies pas dit que tu avais une arme ?

— Tu es censé être médium, non ?

Sebastian ramassa le marteau et se tapota le creux de la paume.

— Brillante réplique, Sutherland.

Avec un léger haussement d'épaules, Mel se concentra sur son butin.

— Jolie prise. Et si tu allais appeler les flics pendant que je garde un œil sur nos deux camarades ?

— Puisque tu me le demandes si gentiment…

Sebastian fulminait. S'il n'était pas intervenu, le petit maigre à lunettes lui aurait vraisemblablement ouvert le crâne. Mais c'était trop attendre de Mel que d'espérer qu'elle se fende d'un remerciement. Sebastian hésita un instant à lui faire une remarque cinglante. Mais elle avait l'air tellement contente d'elle que ç'aurait été gaspiller sa salive.

Avec un soupir résigné, il sortit en claquant la porte.

Une heure supplémentaire s'était écoulée lorsque Sebastian sortit enfin du bar et trouva Mel perchée sur le capot de sa voiture. Elle était occupée à fournir les détails de sa capture à un officier de police visiblement de fort mauvaise humeur.

Un dénommé Haverman, se remémora Sebastian. Il avait déjà eu affaire à lui à une ou deux reprises. Oubliant aussitôt le policier, il se concentra sur Mel.

Elle avait ôté ses anneaux et, de temps en temps, se frottait distraitement les oreilles en parlant. A l'aide d'un mouchoir en papier, elle avait retiré le plus gros du maquillage dont elle s'était tartiné le visage. Et le contraste entre sa bouche vierge de rouge à lèvres, ses joues naturellement empourprées et ses yeux fardés avait quelque chose d'irrésistible.

Et dire qu'il avait hésité à lui concéder un certain charme ! Vue sous une certaine lumière, elle n'était pas simplement jolie, mais carrément époustouflante. En fait, Mel Sutherland avait plusieurs visages. Et cette diversité d'aspects, bizarrement, le troublait au plus haut point.

Cela dit, Mel pouvait être moche ou belle, jaune ou violette, vêtue comme une déesse ou affublée comme une mendiante. Il était bien trop furieux contre elle pour s'intéresser à son physique. De quel droit l'avait-elle entraîné dans cette douteuse aventure ? Même si, au départ, il était venu de son plein gré, c'est elle qui avait fixé les règles. Des règles auxquelles il s'était plié, contraint et forcé, et qu'il désapprouvait énergiquement.

Elle était entrée seule dans l'entrepôt en compagnie d'un type massif comme deux joueurs de rugby. Et armée, en plus. Pas d'un délicat petit revolver de poche. Mais d'un énorme pétard.

Qu'aurait-elle fait si elle s'était trouvée obligée de l'utiliser ? Ou si, pire encore, cette montagne de chair avait réussi à lui prendre le P38 pour le retourner contre elle ?

— Vous avez vos sources et j'ai les miennes, expliquait Mel à Haverman. J'ai eu un tuyau, je m'en suis servie. Chacun ses méthodes, précisa-t-elle en haussant nonchalamment les épaules. Vous n'avez rien à me reprocher, lieutenant.

— Je veux savoir qui vous a mise sur le coup, Sutherland, insista Haverman, sourcils froncés.

— Rien ne m'oblige à vous le révéler.

Soudain saisie d'une idée lumineuse, Mel réprima un sourire.

— Cela dit, comme je vous aime bien, Haverman, je vais vous faire une confidence.

Se penchant vers l'officier, elle pointa l'index sur Sebastian.

— C'est lui.

— Sutherland…, protesta Sebastian.

D'un discret clin d'œil, Mel lui fit signe d'entrer dans son jeu.

— Allez, Donovan, qu'est-ce que ça peut faire ? Il n'y a aucune raison de garder le secret sur les révélations que tu as eues l'autre jour dans ta boule de cristal… Je te présente le lieutenant Haverman, au fait.

— Nous nous sommes déjà rencontrés.

— C'est vrai, maugréa le policier.

Haverman paraissait franchement démoralisé. Comme si cela ne suffisait pas que des détectives privés de sexe féminin fassent le travail de la police à sa place ! Si, *en plus,* elles se faisaient aider par des illuminés, que resterait-il bientôt des forces de l'ordre ?

— Je croyais que vous étiez spécialisé dans les histoires de meurtres en série et de disparition, Donovan. Ne me dites pas que vous vous intéressez aussi aux télévisions volées ?

— Une vision est une vision, rétorqua Sebastian sentencieusement.

Mel pouffa de rire.

— Et comment se fait-il que vous soyez allé la trouver, *elle* ? voulut savoir Haverman. D'habitude, c'est à la police que vous vous adressez.

Sebastian haussa les épaules.

— C'est vrai. Mais il faut quand même dire ce qui est : la détective a de bien plus jolies jambes.

Mel riait si fort qu'elle faillit en tomber de son capot de voiture. Haverman leur jeta un regard noir et finit par s'éloigner en grommelant.

— Bravo, Donovan. Tu as été parfait, approuva Mel en le gratifiant d'une bourrade. J'étais loin de penser que tu aurais les qualités requises.

Il haussa un sourcil ironique.

— J'ai de nombreuses qualités dont tu ignores tout, Sutherland.

— Ouais, c'est ça.

Mel tourna la tête pour regarder Haverman monter dans sa voiture.

— Ce n'est pas un mauvais type en soi. Mais il pense que la place des détectives privés est dans les pages d'un livre. Et qu'une femme, c'est fait pour rester aux fourneaux.

Rayonnant de satisfaction, Mel s'accorda le luxe de rester assise au soleil sur le capot de sa voiture quelques minutes de plus.

— Tu as fait du beau boulot… Harry.

Il dut réprimer un sourire.

— Merci, Crystal. Mais la prochaine fois, avant de me lancer dans quoi que ce soit avec toi, je tiens à connaître tous les détails de l'opération à l'avance.

— Oh, ça m'étonnerait qu'il y ait une prochaine fois. Mais je me suis bien éclatée avec toi sur ce coup-ci.

— Eclatée…

Il prononça le mot lentement, prenant conscience, tout à coup, que c'était bel et bien du plaisir qu'elle avait ressenti.

— Ça t'amuse *réellement*, n'est-ce pas ? T'habiller

comme une catin, mimer une scène de ménage en public, faire baver de désir une montagne de muscle avec un cerveau comme un pois chiche…

Mel lui offrit un sourire radieux.

— J'ai droit à quelques avantages en nature comme tout le monde, non ?

— Et ça t'a « éclatée » aussi d'être à deux doigts de te faire fendre le crâne ?

— Ce sont les risques du métier, Donovan. Et l'essentiel, c'est que je sois encore entière, non ?

Se sentant en excellentes dispositions envers lui, Mel lui tapota le bras.

— Allez, Donovan, détends-toi. Je t'ai dit que tu t'en étais très bien tiré.

— Je suppose que c'est ta façon de me remercier pour t'avoir sauvé la peau ?

— Hé, n'exagérons rien. J'aurais pu me débrouiller avec Bobby. Mais j'ai apprécié le coup de main. O.K. ?

— Non.

Il posa les deux mains à plat sur le capot, de chaque côté de ses hanches.

— Ce n'est pas « O.K. » du tout, même. Si c'est ça, ta façon de fonctionner, nous allons avoir à définir un code de conduite.

— *J'ai* un code de conduite, Donovan : le mien, rétorqua Mel en soutenant son regard.

Les yeux de Sebastian plongés dans les siens étaient couleur de fumée à présent. Pas la fumée triste, comme celle qui flottait dans le bar ; mais une fumée gaie ; une fumée de feu de bois.

— Et maintenant, ôte-toi de là, Donovan.

« Essaye de me faire bouger, si tu peux. »

Sebastian fut surpris — contrarié, même — que cette riposte enfantine ait failli lui échapper. Il n'était plus un gamin. Alors pourquoi réagissait-il comme un adolescent à l'attitude insolente de Mel, à son menton fièrement levé, à son regard rebelle ?

Il serra les poings, tenté de la prendre par les épaules et de la secouer jusqu'à faire disparaître ce demi-sourire provocateur qui flottait sur ses lèvres.

Au lieu de quoi, il la souleva du capot si vite que Mel, déconcertée, n'eut pas le temps de mettre ses techniques de self-défense en pratique. Elle n'était toujours pas revenue de sa stupéfaction, lorsqu'il l'attira dans ses bras et saisit son menton entre ses doigts.

— Hé ! Tu as perdu la tête ou quoi ? Tu ne crois quand même pas que…

Au moment précis où la bouche de Sebastian se posa sur la sienne, le reste de sa phrase se tarit, ses mots se perdirent dans une confusion obscure, les rouages de sa pensée se mirent au point mort. Se dégager de son étreinte aurait pourtant été un jeu d'enfant pour Mel. Elle aurait pu pivoter sur le côté et le balancer par-dessus une épaule ; ou lever le genou et le précipiter à terre. Mais elle n'en fit rien, se contentant de rester là, debout, passive, à laisser les lèvres de Sebastian la plonger dans un état semi-crépusculaire.

Lui était désolé d'avoir réagi ainsi à la provocation. Enlacer de force des jeunes femmes non consentantes ne figurait pas dans son code éthique. Et il était d'autant plus désolé que le baiser de Mel ne ressemblait en rien à ce qu'il en attendait. Compte tenu de son caractère emporté, il avait pensé cueillir un fond d'acidité sur ses lèvres. Sa bouche aurait dû être un peu âpre, un peu dure, avec des saveurs plutôt tranchantes.

Or il ne percevait que douceur dans son baiser.

Rien de sucré ni d'exagérément suave. Mais une pointe de miel sauvage, une irrésistible richesse d'hydromel. Un enchantement pour le palais auquel il était impossible de se soustraire. Une source d'abondance à laquelle il aurait pu boire sans jamais se lasser.

« Finalement, les mains de Sebastian ne sont pas si douces », fut la première pensée un peu cohérente qui traversa l'esprit de Mel. Elles étaient dures et fortes — impérieuses, même. Elle sentait la pression de ses doigts à l'arrière de sa nuque, là où sa peau n'était plus qu'incandescence.

Il l'attira plus près et leurs deux corps enlacés ne formèrent plus qu'une silhouette unique dessinée sur le gravier. Submergée par un éclair de pur plaisir, Mel noua les bras autour de son cou et sortit de sa passivité pour prendre et donner à son tour.

Sebastian jura tout bas contre ses lèvres et leur baiser s'emballa de façon vertigineuse. Le cœur de Mel battait partout, de la pointe de ses orteils au sommet de son crâne. Son corps entier n'était plus que pulsations sonores, résonnant à ses oreilles comme un train lancé à toute vitesse au cœur d'un tunnel obscur.

Un train qui l'emportait vite, toujours plus vite, en direction d'une lumière qu'elle devinait proche… tellement proche…

— Hep ! Vous deux ? résonna une voix derrière eux que Mel gomma d'emblée de son univers sonore.

Elle sentit, en revanche, les lèvres de Sebastian articuler un juron.

— Hola, les amoureux ?

En entendant les pas crisser derrière eux dans le gravier, Sebastian éprouva des envies de meurtre. Il garda un bras autour de la taille de Mel et maintint fermement la pression de ses doigts sur sa nuque avant de tourner son attention vers l'intrus, un homme entre deux âges, coiffé d'une vieille casquette de base-ball.

— Vous n'avez pas l'impression de déranger, par hasard ? lança-t-il, furieux.

— Hé, faut pas vous exciter comme ça, l'ami. Je voulais juste savoir pourquoi le bar était fermé. A cette heure-ci, il devrait être ouvert normalement.

— Ils sont tombés en panne de vodka.

Déjà, Sebastian sentait Mel s'écarter de lui. Il réprima stoïquement un long chapelet de jurons.

— Ouais, ben, tout ce que je demandais, c'était une petite bière, moi, bougonna l'homme à la casquette en se détournant pour regagner son camion.

Mel avait croisé les bras devant sa poitrine, comme pour se protéger.

— Mary Ellen…

— Ne m'appelle pas comme ça !

Mel eut un mouvement de recul et heurta la voiture derrière elle. Elle sentait ses lèvres gonflées, humides, comme palpitantes. Et devait se faire violence pour ne pas y porter les doigts. Son pouls battait dans sa gorge à un rythme rapide et pour le moins irrégulier. Elle prit une profonde inspiration dans l'espoir de ramener son souffle à la normale.

Puis elle songea à la façon dont ils s'étaient embrassés et sentit le feu lui monter aux joues. Il s'en était fallu de peu qu'elle ne tombe enlacée avec lui sur le gravier du parking. Non seulement, elle avait accepté qu'il la touche, mais elle en avait redemandé.

Pour le moment, les ardeurs de Sebastian semblaient s'être calmées. Mais quelque chose dans son regard suggérait qu'elles pourraient renaître d'un instant à l'autre.

Par fierté, Mel refusa de battre en retraite. Mais elle se raidit imperceptiblement, prête à réagir au premier assaut.

— Qu'est-ce qui t'a pris de te jeter sur moi comme ça, Donovan ?

Sebastian hésita. Il aurait pu se glisser un instant dans les pensées de Mel. Juste histoire de se faire une idée de ce qu'elle ressentait vraiment. Mais il estima avoir déjà pris suffisamment de libertés avec elle.

— Pour être franc, je n'en ai pas la moindre idée.

— Eh bien, la prochaine fois qu'il te vient une de ces pulsions inexplicables, tu te retiens, d'accord ?

A la grande surprise de Mel, la réponse de Sebastian l'avait blessée. Qu'avait-elle espéré, au juste ? Qu'il lui avoue avoir été frappé par la foudre, dévoré par une inextinguible passion ?

Vexée, elle leva le menton.

— Me faire tripoter pour la bonne cause, dans le cadre professionnel, je peux le supporter, Donovan. Mais pendant mes heures de congé, c'est *niet*. Ai-je été assez claire ?

Pendant une fraction de seconde, elle crut voir un éclair de rébellion scintiller dans ses yeux. Mais il finit par hocher la tête.

— Tout à fait claire, oui. Le message se résume à peu près à « bas les pattes », c'est ça ?

— Exact. Je suis contente que nous nous comprenions.

Avec un léger haussement d'épaules, Mel plongea la main dans son sac pour sortir ses clés de voiture. Elle n'avait pas l'intention de faire un drame de cet épisode sans importance. Moins ils en parleraient, plus vite ce malencontreux baiser serait oublié.

— Bon. On s'arrache d'ici, Donovan ? Je n'ai pas que ça à faire.

Sebastian fit un pas dans sa direction et la vit tressaillir comme une biche prise au piège. Il réprima un sourire. Sa réaction à fleur de peau n'était pas pour lui déplaire.

— Rassure-toi. Je voulais juste t'ouvrir la portière, Sutherland.

— Inutile de te fatiguer avec ce genre de simagrées, marmonna-t-elle en se glissant au volant. Et dépêche-toi un peu, O.K. ? J'ai du boulot qui m'attend.

— J'ai une question, fit-il en se laissant tomber sur le siège passager. Il t'arrive de manger de temps en temps ?

Mel démarra en trombe.

— Généralement quand j'ai faim, oui. Pourquoi ?

Le fond d'inquiétude dans son regard enchanta Sebastian.

— Comme je n'ai rien mangé depuis ce matin, à part quelques cacahuètes au bar, je t'offrirais bien un casse-croûte quelque part.

Mel médita sur son invitation en se demandant visiblement quelles chausse-trappes elle dissimulait.

— Je mangerais bien un bout, moi aussi, admit-elle finalement. Mais chacun paye sa part.

Il sourit et se cala contre son dossier.

— O.K., Sutherland. C'est une affaire qui marche.

4

Mel passa l'essentiel de la matinée du lendemain à faire du porte-à-porte dans le quartier de Rose. Armée du portrait dessiné par Sebastian, elle refit patiemment la tournée de ses témoins. En début d'après-midi, elle avait recueilli quatre identifications positives, trois invitations à boire un café et une proposition lubrique.

L'un des témoins qui avaient reconnu l'homme du portrait, confirma également la description que Sebastian lui avait faite de la voiture. Portière cabossée y compris. Mel eut beau se creuser la tête, elle ne parvint pas à trouver une explication rationnelle à cette coïncidence.

Malgré le malaise que lui inspira cette découverte, elle poursuivit obstinément ses recherches. L'un des noms figurant sur sa liste de témoins ne cessait de résonner dans sa tête. Elle avait comme un pressentiment que Mme O'Dell, de l'appartement 317, en savait plus qu'elle ne le disait.

Pour la seconde fois, ce jour-là, Mel frappa à la triste porte marron, au troisième étage et s'essuya les pieds sur le paillasson vert décoré de marguerites, avec le mot « Bienvenue » inscrit en grandes lettres. De l'intérieur de l'appartement, lui parvenaient les sons habituels : pleurs d'enfants et applaudissements nourris ponctuant une émission télévisée populaire.

Exactement comme la première fois, le battant s'écarta

de quelques centimètres. Le visage maculé de chocolat d'un petit garçon apparut dans l'entrebâillement. Mel n'eut pas à se forcer pour lui sourire.

— Bonjour. Ta maman est là ?

— Je réponds pas aux gens que je connais pas, rétorqua gravement le garçonnet.

— C'est bien. Tu peux peut-être aller la chercher, alors ?

L'enfant coinça sa chaussure dans l'écartement de la porte.

— Si j'avais un fusil, je pourrais te tirer dessus, tu sais.

— Mais comme apparemment tu n'en as pas, ça doit être mon jour de chance.

Elle s'accroupit devant lui, son visage à la hauteur du sien.

— Tu as mangé de la crème au chocolat, à ce que je vois. Je suis sûre que tu as eu le droit de lécher la cuillère, lorsque ta maman a fini de la préparer.

Le petit garçon la dévisagea avec un soudain intérêt.

— Comment tu le sais ?

— Elémentaire, mon cher monsieur Chocolat. Les traces sont encore fraîches et comme tu viens juste de terminer ton déjeuner, cela m'étonnerait que ta maman t'ait autorisé à en manger un bol entier.

L'enfant lui jeta un regard de défi.

— Et comment tu sais que j'en ai pas mangé en cachette ?

Elle sourit, amusée par sa jeune intelligence.

— Parce que si tu avais piqué de la crème au chocolat sans rien dire à ta mère, tu te serais dépêché d'effacer les traces, au lieu de garder les preuves sur toi.

Le petit garçon allait répondre lorsque la silhouette de la mère se dessina derrière lui.

— Billy ! Combien de fois faudra-t-il que je répète que tu dois m'appeler avant d'ouvrir la porte ?

D'une main, Mme O'Dell tira son fils en arrière. De l'autre, elle tenait un bébé en larmes.

— Encore vous ! s'écria-t-elle. Qu'est-ce que vous voulez, encore ? Je vous ai déjà dit tout ce que je savais ce matin.

— Vous m'avez été d'une grande aide, madame O'Dell. Mais j'ai essayé de recouper les différents témoignages et il reste encore un ou deux points obscurs que je voudrais tenter d'éclaircir avec vous.

Tout en parlant, Mel pénétra sans y avoir été invitée dans le séjour encombré de jouets.

— Je suis vraiment confuse de vous déranger encore alors que vous avez déjà été tellement coopérative tout à l'heure.

Mel s'étrangla presque en prononçant cette dernière phrase. Mme O'Dell avait été sèche, suspicieuse et pour le moins inamicale. Et tout laissait à penser que son attitude n'irait pas en s'améliorant.

— J'ai regardé votre portrait robot, dit Mme O'Dell tout en calant sa petite fille sur une hanche. Et je vous ai dit tout ce que je savais. Tout comme à la police, d'ailleurs.

— Oui, bien sûr, j'en suis consciente. Et je comprends qu'il vous soit pénible d'être interrompue ainsi alors que vos journées sont déjà surchargées.

Mel enjamba un escadron de soldats de plomb renversés par un petit camion de pompiers rouge.

— Mais vos fenêtres donnent juste au-dessus de l'endroit où nous supposons qu'était garée la voiture du kidnappeur.

Mme O'Dell posa sa petite fille qui atterrit lourdement sur sa couche en se laissant tomber par terre devant la télévision.

— Oui. Et alors ?

— Il se trouve que j'ai remarqué à quel point vos vitres étaient impeccables. Elles sont de loin les plus propres de tout l'immeuble. Vues d'en bas, de la rue, elles scintillent comme du diamant.

Le compliment adoucit sensiblement l'humeur de Mme O'Dell.

— La tenue de ma maison compte beaucoup pour moi. Le désordre, je le tolère — on ne peut pas y échapper avec deux petits. Mais je n'ai jamais supporté la crasse.

— En tout cas, j'imagine que pour avoir des vitres aussi impeccables, vous devez y passer beaucoup de temps ?

— Ne m'en parlez pas. Avec la proximité de l'océan, on a des traces de sel, tout le temps.

Avec le sixième sens propre aux mères, Mme O'Dell tourna la tête par-dessus l'épaule au bon moment.

— Billy, ne laisse pas ta petite sœur mettre tes soldats crasseux dans sa bouche. Prête-lui plutôt ton camion.

— Mais, maman…

— Juste pour un petit moment.

Mme O'Dell revint à leur conversation.

— Où en étais-je ?

— Les marques de sel, lui rappela Mel obligeamment.

— Exact. Et je ne vous parle pas de la poussière. Ni des fumées des gaz d'échappement… Et puis, il y a les traces de doigts, bien sûr. Je passe ma vie à chasser les empreintes.

« Nous sommes deux dans le même cas », songea Mel en réprimant un sourire.

— J'imagine que cela représente beaucoup de travail de garder ainsi votre maison impeccable tout en élevant deux enfants en bas âge.

Mme O'Dell renifla dédaigneusement.

— Tout le monde ne partage pas votre avis sur la question. Beaucoup de gens pensent que tant que vous ne vous promenez pas avec un attaché-case à la main pour vous rendre à votre bureau tous les matins, vous ne représentez pour ainsi dire rien du tout.

— Je considère que s'occuper d'une famille est la plus belle carrière qui soit.

Mme O'Dell sortit le chiffon à poussière qu'elle avait

fourré dans la poche arrière de son short et entreprit de frotter la table.

— Ma foi. Ce n'est pas moi qui vous dirais le contraire, mademoiselle Sutherland.

— Pour en revenir aux vitres, reprit Mel, avec calme. J'imagine que vous devez les laver souvent ?

— Une fois par mois. Avec la régularité d'une horloge.

— Lorsque vous les faites, vous devez avoir une bonne vue sur le quartier.

Mme O'Dell reprit son air pincé.

— Contrairement à ce que l'on pourrait penser, j'ai mieux à faire dans la vie que d'espionner mes voisins.

— Ça, j'imagine, oui. Vous êtes beaucoup trop occupée. Mais il arrive que, même en s'activant, on remarque certaines choses — sans vraiment le vouloir. Elles s'imposent à nous sans qu'on y prenne garde.

Radoucie, Mme O'Dell hocha la tête.

— Il est vrai que je ne suis pas aveugle. J'ai remarqué que cet individu louche traînait dans le quartier. Je vous l'ai dit, d'ailleurs.

— Oui, bien sûr... Mais j'ai pensé qu'en lavant vos vitres, vous auriez pu noter la présence de cet homme dans sa voiture. J'imagine qu'il vous faut bien une heure pour nettoyer tous vos carreaux ?

— Cinquante minutes, très exactement.

— Un peu plus de trois quarts d'heure, donc. Si vous vous apercevez que, pendant tout ce temps, une personne reste assise dans une voiture sans bouger, cela peut vous intriguer, non ?

— De temps en temps, il descendait faire un tour.

— Ah oui ?

Mel se demanda si elle pouvait se risquer à sortir son carnet de son sac pour prendre des notes. Mais mieux valait poursuivre ainsi pendant que Mme O'Dell était en confiance. Elle retranscrirait ses propos plus tard.

— Les deux jours, ajouta Mme O'Dell.

— Les deux jours ?

— Celui où j'ai fait mes vitres et celui où j'ai lavé mes rideaux. Mais franchement, je ne me suis pas posé trop de questions. Je n'ai pas l'habitude de me mêler des affaires des autres, vous comprenez ?

— Oui, je comprends.

« Mais moi, c'est mon métier de me mêler des affaires des autres, ajouta Mel à part elle. Et j'ai besoin que tu me donnes un peu plus d'informations. »

— Est-ce que vous vous souvenez des dates exactes auxquelles vous avez vu cet homme dans sa voiture ?

— Je fais toujours mes carreaux le premier du mois, qu'il pleuve ou qu'il vente. Deux jours plus tard, j'ai remarqué que les rideaux n'étaient pas très nets. Alors je les ai décrochés pour les mettre à laver. Je l'ai vu sur le trottoir d'en face, ce jour-là. Je m'en souviens très bien.

— David Merrick a été enlevé le 5 mai.

Le visage sombre, Mme O'Dell tourna les yeux vers ses propres enfants qui se chamaillaient gentiment devant la télévision.

— Oui, je sais. Ça m'a fendu le cœur, cette histoire. Enlever un petit bébé, pratiquement entre les bras de sa mère ! Si ce n'est pas malheureux. Je n'ai pas laissé Billy sortir seul de l'appartement de tout l'été.

Mel posa la main sur son bras afin d'établir un contact. De personne à personne. De femme à femme.

— Vous n'avez pas besoin de connaître Rose Merrick pour savoir ce qu'elle éprouve, n'est-ce pas ? Vous êtes une mère.

L'argument porta. Mel vit des larmes monter dans les yeux de Mary O'Dell.

— Si seulement je pouvais faire quelque chose pour aider ces gens ! Mais je n'ai malheureusement rien noté de plus au sujet de cet homme que ce que je vous en ai déjà dit… Ah, si seulement, notre quartier pouvait être plus sûr ! Une mère devrait pouvoir laisser son enfant sortir faire une course ou aller voir un copain sans avoir à se demander à tout instant s'il ne va pas lui arriver quelque chose de terrible.

— Je suis de votre avis. Rose et Stan Merrick ne devraient pas avoir à se réveiller chaque matin en se demandant s'ils reverront un jour leur bébé disparu. Quelqu'un a pris David et l'a emporté à bord de son véhicule, madame O'Dell. Un véhicule qui est resté garé sous vos fenêtres. Même si vous n'avez pas accordé d'attention particulière à cette voiture sur le moment, essayez de creuser votre mémoire. Vous avez pu enregistrer un détail ou deux, une caractéristique, même infime…

— Cette espèce de poubelle qui lui servait de voiture ! Qu'auriez-vous voulu que je remarque sur un tas de tôle pareil ?

— Elle était rouge ? Noire ?

Mme O'Dell haussa les épaules.

— C'est difficile à déterminer, vu qu'elle disparaissait sous la crasse. Je dirais plutôt marron, à tout prendre. Verte, à la rigueur… Mais je penche pour le marron.

Mel tenta sa chance.

— Et les plaques d'immatriculation ? Elles n'étaient pas d'ici, je suppose ? La voiture devait venir d'un autre Etat ?

Mme O'Dell médita quelques instants, puis secoua la tête.

— Non. C'étaient des plaques californiennes. Tout en faisant mes vitres, je me souviens d'avoir laissé dériver mes pensées un moment… Vous savez comment ça se passe. Je me disais que ce monsieur était peut-être venu en visite. Chez des amis. De la famille. Puis je me souviens d'avoir pensé qu'il ne devait pas venir de si loin que cela, puisque sa voiture était immatriculée en Californie.

Croisant mentalement les doigts, Mel tenta de contenir son excitation.

— Quand j'étais petite, j'avais un jeu que j'aimais bien. Ma mère et moi, nous passions beaucoup de temps en voiture et elle essayait de m'occuper, car je trouvais le temps long. Vous savez ce que c'est, n'est-ce pas ? Les enfants ont vite tendance à s'ennuyer sur les longs trajets.

— A qui le dites-vous ! s'exclama Mary O'Dell avec, pour la première fois, ce jour-là, une trace d'humour dans le regard.

— Pour me distraire donc, ma mère m'incitait à essayer de former des mots avec les lettres que je voyais sur les plaques des véhicules devant nous. Ou de créer des expressions amusantes, à partir des initiales.

— Nous faisons la même chose avec Billy. Mais la petite, elle, n'est pas encore en âge. Et elle passe son temps à...

— Peut-être avez-vous regardé les lettres figurant sur ses plaques tout en lavant vos vitres. Sans même y penser, si vous voyez ce que je veux dire.

Mel la vit faire un effort sincère pour solliciter sa mémoire. Les yeux clos, le visage concentré, Mme O'Dell réfléchit quelques instants. Mais elle finit par secouer son chiffon à poussière avec impatience.

— Ecoutez, ça ne sert à rien. Je ne vois pas comment j'aurais mémorisé ses numéros de plaque, de toute façon. Je n'ai pas l'habitude de jouer à des jeux d'enfant en faisant mes vitres. Ce n'est plus de mon âge.

— Bien sûr que non. Mais on le fait parfois par automatisme. Et puis en y repensant, on...

— Ecoutez, mademoiselle Sutherland, j'aimerais pouvoir vous aider. Sincèrement. Mais j'ai toujours eu pour principe de me mêler de mes affaires et de ne pas m'occuper de ce qui se passe chez le voisin. Je n'ai plus rien à ajouter maintenant et je suis en train de prendre du retard dans mon ménage.

Consciente qu'elle se heurtait à un mur, Mel sortit une de ses cartes de visite de sa poche.

— Si jamais quelque chose vous revient, vous me passerez un coup de fil ?

Billy tourna les yeux dans leur direction.

— Ça faisait « loup ».

— Billy, je t'ai déjà dit de ne pas te mêler de la conversation des adultes, le gronda sa mère.

Le petit garçon haussa les épaules et fit rouler le camion de pompiers en direction de sa petite sœur qui riait aux éclats.

— Qu'est-ce qui faisait loup ? demanda Mel.

— La voiture.

Billy imita le bruit de la sirène.

— L O U, ça fait loup, expliqua-t-il tout en jouant.

Mme O'Dell soupira.

— Loup s'écrit avec un « p » à la fin, Billy. Franchement, tu me désespères. Tu rentres au CE1 en septembre et…

Mel lui posa la main sur le bras.

— Une seconde, madame O'Dell, je crois que ce que dit Billy pourrait être important. Tu as vu la voiture, Billy ? La voiture marron sale ?

— Ben oui… Tous les jours, quand je rentrais de l'école. C'était le tour de la maman de Freddy.

— Avec la mère de Freddy, nous faisons les trajets scolaires une semaine sur deux, précisa Mme O'Dell.

— Elle me déposait juste derrière la voiture marron. Je n'aime pas rentrer de l'école avec Freddy parce qu'il me pince chaque fois.

— Et tu as joué au jeu des plaques d'immatriculation avec la voiture marron, Billy ?

— Ben… comme les lettres faisaient un mot qui ressemblait à loup, ça me plaisait bien.

— Et tu es absolument sûr que c'était bien la voiture

marron et pas une autre que tu croisais en rentrant de l'école ?

Le petit garçon réfléchit un instant.

— Oui, oui, je suis sûr. Je la voyais tous les jours. Mais elle n'était pas toujours garée du même côté de la rue. Et puis quand ça a été le tour de maman, elle n'y était plus.

— Tu te souviens peut-être aussi des chiffres, Billy ?

Il secoua la tête.

— Non, les chiffres, j'aime pas trop. Je préfère les lettres... Dis, maman, si un l avec un o et un u, ça ne fait pas loup, ça veut dire quoi, alors ?

Avec un large sourire, Mel se pencha pour l'embrasser sur sa joue maculée de chocolat.

— Pour cette fois-ci, ça veut dire « merci », Billy. Et bravo pour ton sens de l'observation !

Mel chantait presque lorsqu'elle regagna son bureau. *Enfin* elle avait obtenu quelque chose. Un indice concret. Le début d'une piste. Ce n'était peut-être pas grand-chose, mais elle était sortie de la longue phase de stagnation où elle n'avait cessé de tourner en rond.

Elle prit une boisson fraîche dans le réfrigérateur et mit le répondeur en route. Tout en écoutant ses messages d'une oreille distraite, elle continua à se féliciter d'avoir si bien employé son temps ce jour-là. Un solide travail d'investigation : voilà ce qu'elle venait d'accomplir. Ce qui prouvait tout de même que, tôt ou tard, la persévérance finissait par payer. Elle était persuadée que la police n'avait jamais tenté d'interroger Billy O'Dell, par exemple. Ni de revenir inlassablement à la charge lorsqu'un témoin se refermait sur lui-même en lâchant ses informations au compte-gouttes.

De la persévérance, de la méthode et de l'intuition —

tels étaient les trois éléments clés sur lesquels reposait une enquête réussie.

L'intuition, pour Mel, avait toujours fait partie de l'arsenal de base de tout bon détective. Mais c'était autre chose — tout à fait autre chose — que les fumeuses visions d'un « voyant ».

Son sourire se fit ironique lorsqu'elle songea à Sebastian. C'était sans doute un pur hasard si sa description de la voiture coïncidait avec la réalité. Ou alors il avait un contact dans la police, comme elle l'avait supputé d'emblée.

Mel se frotta les mains. Elle imaginait déjà la tête qu'il ferait lorsqu'elle lui annoncerait sa trouvaille du jour. Sebastian Donovan verrait ainsi de quoi un vrai détective était capable — sans télépathie ni boule de cristal.

Cela dit, elle se sentait d'humeur charitable, aujourd'hui. Suffisamment pour reconnaître que Sebastian avait aussi ses bons côtés. A son grand étonnement, le repas de la veille en sa compagnie s'était déroulé dans une atmosphère très agréable. Donovan s'était bien gardé de lui faire la moindre avance. Il avait été bien avisé de s'abstenir, d'ailleurs. Car, cette fois-ci, elle l'aurait étalé par terre sur-le-champ. Mel en était intimement persuadée.

Il avait même eu la délicatesse de laisser ces histoires de sorcellerie de côté. La conversation n'avait roulé ni sur les esprits frappeurs, ni sur les revenants ou autres « entités ». Ils avaient parlé de choses aussi ordinaires que le cinéma et la littérature. Et les observations de Sebastian l'avaient intéressée.

Lorsqu'il ne l'irritait pas, sa voix rendait un son plutôt agréable — avec juste une pointe d'accent irlandais. Lequel accent se faisait plus marqué lorsqu'il murmurait des mots sans suite en laissant glisser ses lèvres sur les siennes.

Enervée que ses pensées dévient de nouveau sur ce fichu baiser, Mel secoua la tête. Pourquoi revenir sur un épisode, somme toute, insignifiant ? Des baisers, elle en avait déjà échangé de toutes sortes. Et elle ne nourrissait aucune opposition de principe contre leur pratique.

Mais elle entendait choisir elle-même le lieu, le moment... et le partenaire. D'ailleurs, si ce baiser précis l'avait ébranlée à ce point, la cause devait être recherchée uniquement du côté de l'effet de surprise.

Autrement dit, si d'aventure Sebastian l'embrassait une seconde fois, elle ne ressentirait rien de vraiment marquant.

Avec un peu de chance, d'ailleurs, elle n'aurait même plus besoin de Sebastian Donovan et de ses tours de passe-passe pour poursuivre l'enquête. Elle avait quelques contacts dans la police. Si elle appelait les personnes qu'il fallait avec son demi-numéro de plaques d'immatriculation, il se pourrait fort bien que...

La voix de Sebastian sur le répondeur l'interrompit net dans ses réflexions.

— Ah, Sutherland... Dommage que tu sois absente. J'imagine que le fin limier doit être parti fureter sur de nouvelles pistes.

Mel tira la langue en direction du répondeur. Une réaction parfaitement puérile, elle était la première à l'admettre. Mais le rire qui perçait dans la voix de Sebastian était un peu trop chargé d'ironie à son goût.

— J'ai réussi à clarifier un peu mes visions et j'ai obtenu deux ou trois éléments supplémentaires qui devraient t'intéresser. Le pneu arrière droit de la voiture marron est quasiment lisse. Et notre homme pourrait être ennuyé en cas de crevaison, car sa roue de secours est dégonflée.

— Oui, c'est ça, s'esclaffa-t-elle en se levant pour arrêter le répondeur. Son moteur a aussi besoin d'une vidange et il est en panne de liquide essuie-glaces, j'imagine ?

— Autre détail, poursuivait allègrement Sebastian. La voiture est immatriculée en Californie. LOU2544.

Le doigt en suspens au-dessus du répondeur, Mel demeura bouche bée.

— ... Je pense qu'avec cette information, une pro comme toi ne devrait pas avoir trop de difficultés à retrouver le propriétaire. Tiens-moi au courant, mon cœur, tu veux bien ? Je serai chez moi ce soir. Bonne chasse à l'homme, Mary Ellen.

Jurant avec force, Mel coupa le répondeur.

Mel n'aimait pas ça. Elle n'aimait pas ça du tout, même. Et néanmoins, elle rétrograda pour s'élever le long de la route étroite qui menait au nid d'aigle de Sebastian. Qu'il ait tiré ce fichu numéro de plaques d'un rêve, d'une vision ou par le biais d'elle ne savait quelle manœuvre psychique, elle n'y croyait pas une seconde. Mais comme il lui avait procuré le tuyau, elle se sentait moralement tenue de lui communiquer le résultat de ses recherches.

Lorsqu'elle arriva au bout de l'allée abrupte, elle se gara entre une grosse Harley Davidson et un 4x4 dernier cri. Elle descendit de voiture, partagée entre l'excitation qu'elle ressentait à progresser enfin dans son enquête et l'irritation d'avoir de nouveau affaire à Donovan.

En haut des marches du perron, elle actionna un heurtoir en cuivre qui représentait un loup montrant les dents. Elle attendit quelques instants puis, comme rien ne venait, elle jeta un coup d'œil à l'intérieur de la maison. Elle vit le grand séjour dans lequel Sebastian les avait reçues, Rose et elle, ainsi qu'une magnifique bibliothèque. Mais aucune trace de Sebastian.

Si sa conscience le lui avait permis, elle serait remontée dans sa voiture et aurait regagné Monterey. Mais ç'aurait été mesquin de sa part de tourner bride alors que Sebastian lui avait assuré qu'il serait présent. Avec un léger soupir, elle se résigna à contourner la maison pour partir à sa recherche.

Elle le trouva dans un enclos à chevaux, le bras passé

autour de la taille d'une jeune femme blonde, moulée dans un jean étroit. Ils riaient et le son que formaient leurs rires mêlés suggérait une intimité profonde.

Au grand étonnement de Mel, elle ressentit une violente bouffée de colère. Elle se fichait éperdument qu'il ait une amie ou non. Il pouvait même avoir un harem complet si ça lui chantait. La relation entre eux était strictement professionnelle.

Mais le fait qu'il se permette d'embrasser une femme un jour et d'en enlacer une autre le lendemain disait assez quel genre d'individu était Sebastian Donovan.

Un sale type.

N'importe. Elle était venue pour lui donner des informations. Et si elle le dérangeait en pleine scène de séduction, tant pis pour lui. Enfonçant les mains dans ses poches, elle se dirigea à grands pas vers la clôture.

— Donovan ?

Sebastian et sa compagne se retournèrent d'un même mouvement. Mel vit que la jeune femme blonde n'avait pas seulement une silhouette de rêve. Elle était également très jolie. D'une beauté douce de colombe avec de grands yeux gris paisibles et une bouche délicate aux lèvres pleines qu'agrémentait une amorce de sourire.

Mel se sentit comme un chien bâtard face à la perfection d'un afghan de pure race.

Sebastian murmura quelque chose à l'oreille de sa belle amie, déposa un baiser sur sa tempe soyeuse, puis vint s'appuyer à la barrière.

— Alors, Sutherland ? L'enquête avance ?

— J'ai reçu ton message.

— C'est ce que j'avais pensé, oui. Ana, je te présente Mel Sutherland qui exerce à Monterey comme détective privé. Mel, Anastasia Donovan, ma cousine.

— Enchantée.

Ana s'avança vers la clôture et tendit la main à Mel.

— Sebastian m'a expliqué que vous recherchiez un bébé enlevé. J'espère que vous le retrouverez rapidement.

— Merci.

Mel prit la main tendue. Il y avait quelque chose de si apaisant dans le contact et dans la voix qu'elle sentit son animosité retomber instantanément.

— Les parents du petit garçon doivent être terrifiés.

— Ils ont peur, oui. Mais ils gardent espoir. Et ils tiennent bon.

— Je suis sûre que ça doit être un immense soutien pour eux d'être aidés par quelqu'un qui tient à leur enfant presque autant qu'eux.

— Je l'espère, en tout cas, murmura Mel.

Anastasia sourit.

— Je vais vous laisser avec Sebastian. J'imagine que vous avez à travailler.

— Ne partez pas pour moi, surtout, protesta Mel en tournant les yeux vers les deux chevaux magnifiques qui se tenaient immobiles à côté de Sebastian. Je n'en ai que pour une minute.

— Prenez tout votre temps.

Gracieuse comme un cabri, Ana sauta par-dessus la barrière.

— J'étais sur le point de m'en aller, de toute façon… Tu seras des nôtres demain pour notre soirée cinéma, Sebastian ?

— C'est à qui de choisir le film ?

— Morgana. Elle dit qu'elle a des envies de meurtre. Donc elle a choisi d'aller voir un thriller.

— O.K. Je vous retrouve demain soir, alors… Et encore merci pour la tanaisie. Je peux m'en servir comme vermifuge, alors ?

— Tout à fait… Mel, à bientôt, j'espère. J'ai été ravie de faire votre connaissance.

— C'est réciproque.

Repoussant les cheveux qui lui tombaient sur les yeux, Mel regarda Anastasia s'éloigner.

— Elle est belle, murmura-t-elle.

— En effet, acquiesça Sebastian. A l'intérieur comme à l'extérieur.

— Vous avez l'air d'être vraiment très proches, pour des cousins.

Les lèvres de Sebastian s'incurvèrent en un sourire.

— C'est vrai. Nous sommes très liés. Ana, Morgana et moi avons passé la plus grande partie de notre enfance ensemble. En Irlande, d'abord. Et ici ensuite. Et puis, nous avons quelque chose en commun, tous les trois — quelque chose qui nous sépare de ce qui est considéré comme la norme. Ça nous a soudés pour le meilleur et pour le pire.

Mel leva les sourcils et se tourna vers lui.

— Tu veux essayer de me faire croire qu'elle fait dans la voyance extralucide, elle aussi ?

— Pas exactement, non. Ana, n'est pas médium. Elle a d'autres talents.

Il effleura la frange de Mel.

— Mais tu n'es pas venue ici pour me parler de ma famille.

— C'est vrai.

Elle changea légèrement de position, de manière à se placer hors de sa portée, tout en réfléchissant à la meilleure manière de le remercier sans s'humilier.

— J'ai vérifié le numéro de plaques. J'avais déjà réussi à en obtenir la moitié par moi-même lorsque j'ai eu ton message, d'ailleurs.

— Ah oui ?

— J'ai trouvé un témoin.

Mel aurait préféré mourir sur place plutôt que d'admettre qu'elle avait sué sang et eau pour obtenir trois misérables petites lettres.

— Toujours est-il que j'ai appelé mon contact au service des immatriculations.

— Et alors ?

— La voiture appartient à un certain James T. Parkland, domicilié à Jamesburg.

Posant un pied chaussé d'une botte sur la partie basse de la barrière, elle s'accouda, cheveux au vent, pour regarder les chevaux. Elle aimait leur odeur. Le calme qui émanait de leur présence.

— J'ai été faire un tour à l'adresse indiquée, bien sûr. Mais James Parkland n'y vit plus. Je suis tombée sur son ex-logeuse, par contre, et Mme Selma Doolittle s'est montrée très volubile au sujet de son ex-locataire. Il faut dire qu'il a disparu d'un coup, sans prévenir alors qu'il lui devait deux mois de loyer.

La jument s'avança jusqu'à la clôture et effleura l'épaule de Mel. Par automatisme, elle leva la main pour la caresser.

— J'ai entendu pis que pendre sur l'ami James — dit Jimmy. « Il n'a jamais rien su faire d'autre dans la vie que de se fourrer dans les ennuis. Plutôt beau garçon, oui. Mais jamais un sou sur lui. L'argent lui filait entre les doigts, que c'en était effarant. Quand il s'agissait d'acheter un pack de bière, par contre, il avait toujours la somme nécessaire, comme par hasard. » La logeuse affirme qu'elle lui portait un intérêt purement maternel. Mais quelque chose me dit que ses sentiments pour Jimmy n'étaient pas tout à fait platoniques. Sinon, elle n'aurait pas été aussi remontée contre lui.

— Il lui doit quand même deux mois de loyer, mine de rien, observa Sebastian, tout en regardant Mel caresser l'encolure de Psyché.

— L'argent, c'est une chose. Mais elle avait l'amertume des amoureuses trahies dans la voix.

Sebastian hocha la tête. Il se fiait d'instinct à l'intuition de Mel.

— J'imagine que le dépit l'a rendue bavarde ?

— J'ai eu du mal à l'arrêter, admit Mel avec l'ombre d'un sourire. Jimmy avait la passion du jeu. Les paris sportifs, principalement. Mais il lui arrivait aussi de perdre de l'argent aux cartes. Selma pense qu'il avait dû s'endetter lourdement les derniers mois, car des visiteurs suspects avaient commencé à se présenter chez lui.

Mel jeta un coup d'œil à Sebastian.

— Le genre de visiteurs avec « des nez cassés et des bosses sous leur imperméable à l'endroit où ils ont leur arme ». En désespoir de cause, Jimmy a tenté de taper de l'argent à sa logeuse, mais Selma n'a rien voulu lâcher. Quelque temps plus tard, Jimmy lui a annoncé qu'il avait enfin trouvé le bon plan pour se sortir de la galère. Les derniers jours qu'il a passés chez elle, il était nerveux, irritable, et sursautait pour un rien. Puis il est parti en pleine nuit. La dernière fois qu'elle l'a vu, c'était une semaine avant le kidnapping de David.

— Intéressant.

— Cela me donne des éléments sur lesquels travailler, en tout cas.

— Et maintenant ? Quelle est la prochaine étape ?

Mel fit la moue.

— Même s'il m'en a coûté, j'ai communiqué mes informations à la police locale. Plus nous serons nombreux à chercher Jimmy, mieux cela vaudra.

Sebastian passa la main sur le flanc rebondi de Psyché.

— Personne ne le trouvera en Californie. Il est loin, très loin de Monterey, à présent.

— Oui, j'imagine qu'il a dû…

— Je n'imagine pas, moi, Sutherland. Je sais. En ce moment, il erre en Nouvelle-Angleterre. Il est encore trop nerveux, trop inquiet pour prendre le risque de se poser quelque part.

— Ecoute, Donovan…

— Lorsque tu as fouillé sa chambre, as-tu remarqué que le second tiroir de sa commode ne fermait pas ?

Elle l'avait remarqué, mais elle ne dit rien. Sebastian eut un geste exaspéré de la main.

— Je ne m'amuse pas à des jeux de salon, Mel. Tout ce que je veux, c'est récupérer cet enfant. Et sans tarder, de préférence. Rose est en train de perdre espoir. Et si elle cesse complètement d'y croire, elle pourrait représenter un danger pour elle-même.

Une peur panique saisit Mel à la gorge.

— Comment ça ?

— Tu sais ce que je veux dire. C'est le moment de faire appel à un réseau le plus large possible. Mets-toi en contact avec la police du Vermont et du New Hampshire et communique-leur le signalement de Jimmy. Il conduit une Toyota rouge à présent. Le numéro des plaques n'a pas changé.

Mel ferma un instant les yeux.

— Je vais aller voir Rose.

Avant qu'elle puisse s'éloigner, Sebastian posa la main sur la sienne.

— Je l'ai appelée tout à l'heure. Pour le moment, ça va. Elle tiendra le coup avec ce que je lui ai appris au sujet de son fils.

— Je t'ai déjà dit que je ne voulais pas que tu lui donnes de faux espoirs.

— Tu as ta façon de travailler. J'ai la mienne.

Les doigts de Sebastian se resserrèrent sur les siens.

— Il lui fallait un peu d'espoir auquel se raccrocher, Mel. Juste une lueur, une consolation pour l'aider à traverser le désert de ses nuits. Elle n'en peut plus de se lever et de se pencher sur un petit lit vide. Or il faut qu'elle continue à attendre. Et à y croire.

Sous le calme de sa voix, elle perçut une angoisse, une frustration voisines de celles qu'elle éprouvait elle-même.

— Tu as peut-être raison, admit-elle avec lassitude. L'essentiel, c'est que Rose tienne bon, en effet. Ce serait affreux si elle faisait une bêtise maintenant, alors que nous approchons du but. Mais si Parkland est effectivement en Nouvelle-Angleterre…

— Ce n'est pas toi qui mettras la main dessus la première, compléta Sebastian. Et ça te met en rogne.

— Exact.

Elle prit une profonde inspiration et se décida à tout lui dire.

— J'ai pris contact avec un de mes collègues en Georgie.

— Tu as des relations partout dans le pays, Sutherland.

— Disons que j'ai passé vingt années de ma vie à déménager quatre fois par an en moyenne. En bref, je connais un avocat en Georgie qui m'a recommandé un détective en qui il a une entière confiance. Je l'ai appelé et il s'est engagé à procéder à quelques vérifications.

— Cela veut dire que tu admets que David se trouve bel et bien quelque part dans le Sud ?

— Cela veut dire que je ne prends pas le risque de passer à côté d'une piste, quelle qu'elle soit. Si j'avais eu des certitudes, j'y serais allée moi-même.

— Lorsque tu seras convaincue et que tu feras le déplacement, je viendrai avec toi.

— Oui, c'est ça.

Il pouvait attendre longtemps, s'il espérait la persuader de la réalité de ses pouvoirs. Mais elle devait tout de même reconnaître une chose : elle avançait beaucoup plus vite depuis que Donovan était associé à l'enquête.

— Bon, c'est quoi, alors, ces visions qui te viennent ? Des perceptions extrasensorielles comme on les étudie à l'université de Columbia ?

Sebastian ne put s'empêcher de sourire. Cela lui ressemblait de tenter d'appréhender logiquement ce qui resterait à jamais du domaine de l'inexplicable.

— Pas tout à fait, non. Toi tu parles de l'espèce de sixième sens que tout le monde a — dans une certaine mesure —, même si la plupart des gens ne s'en servent pas. Cela explique les flashes, les prémonitions, certains rêves, des impressions de déjà-vu. Ce que je suis moi est à la fois beaucoup plus et beaucoup moins que cela.

Mel aurait souhaité des explications plus précises. Mais elle doutait de pouvoir les obtenir de quelqu'un comme Sebastian.

— C'est un peu mystérieux à mon goût, tout ça.

— La plupart des gens sont terrifiés par tout ce qui échappe aux catégories de l'entendement logique. Il y a même eu des époques où les personnes dites « différentes » étaient brûlées, noyées ou pendues.

La main toujours posée sur la sienne, Sebastian l'examina avec attention.

— Mais toi, tu n'as pas peur, n'est-ce pas ?

— Peur de toi ?

Elle éclata de rire.

— Non, Donovan. Tu ne me fais pas trembler, rassure-toi.

— Cela pourrait venir, murmura-t-il, comme pour lui-même. Mais j'ai toujours pensé qu'il était préférable de vivre dans le présent. Quelle que soit la connaissance que l'on puisse avoir de l'avenir.

Mel faillit crier lorsqu'un brusque influx de chaleur partit de la paume de Sebastian pour pénétrer dans la sienne. Lui demeura impassible. Pas un muscle de son visage n'avait bougé.

— Tu aimes les chevaux.

Mal à l'aise, elle retira sa main.

— Oui, c'est vrai, admit-elle en haussant les épaules. Pourquoi ne les aimerais-je pas ?

— Tu les montes, parfois ?

Mel résista à la tentation de se toucher la paume. La source de chaleur avait disparu, mais la sensation de brûlure persistait, comme si elle avait approché la flamme d'une bougie de trop près.

— J'ai pratiqué un peu l'équitation, dans le temps. Mais il y a des années que je ne me suis pas remise en selle.

Sebastian ne dit rien, mais l'étalon dressa les oreilles, comme s'il avait entendu un signal. Il trotta jusqu'à la barrière en piaffant.

— Il a l'air redoutable, celui-là, commenta Mel.

Ce qui ne l'empêcha pas de caresser le cheval en riant.

— Tu sais que tu es beau comme un dieu, toi ?

— Eros a son caractère, en effet. Mais il est également capable de douceur. Psyché aura son poulain dans quelques semaines, donc elle ne peut pas être montée. Mais rien ne t'empêche de faire un tour sur Eros, si ça te tente.

— Un de ces jours, peut-être.

Mel cessa de flatter l'encolure du cheval. Avant que la tentation d'accepter ne devienne trop forte.

— Bon. Il serait temps que je rentre.

Sebastian hocha la tête. Avant que la tentation de lui proposer de rester ne devienne trop forte.

— C'est du beau boulot que tu as fait, en tout cas. Il ne t'a pas fallu longtemps pour retrouver la trace de Parkland.

Le compliment la prit tellement au dépourvu qu'elle se surprit à rougir.

— Bah… c'est juste un travail de routine. Lorsque j'aurai la piste qui me mènera tout droit à David, là, oui, ce sera du « beau boulot ».

— Nous commencerons dans le désert.

Bientôt, songea Sebastian. *Très bientôt.*

— Et le cinéma, Sutherland, ça te dirait ?

Elle cligna des yeux d'un air surpris.

— Pardon ?

Il changea de position. Le mouvement à peine perceptible les rapprocha l'un de l'autre. Mel frissonna. Pourquoi sa haute silhouette dressée juste devant elle, de l'autre côté de la barrière, lui apparaissait-elle autant comme une promesse que comme une menace ?

— Demain soir, nous allons voir un film, mes cousines et moi. Et je pense que ma famille devrait t'intéresser.

— Je ne suis pas du genre sociable, Donovan.

A son tour, Sebastian sauta par-dessus la clôture. Avec autant d'aisance et de souplesse qu'Ana. Mais Mel ne pensa pas à une biche en le voyant prendre son élan. Ce fut l'image d'un loup qui s'imposa à son esprit.

A présent que rien ne les séparait plus, elle sentit un vent de plaisir et de peur lui courir sur la peau, en longues vagues caressantes.

— Cela te fera du bien de te laisser distraire par un film pendant deux heures. Ensuite, il se pourrait que nous ayons un déplacement à faire, toi et moi.

— Si tu commences à me parler par énigmes, Donovan, nous n'irons strictement nulle part.

— Fais-moi confiance, au moins sur ce point, suggéra-t-il doucement en lui posant la main sur la joue.

La pression de ses doigts était légère — infiniment légère. Et néanmoins, elle se sentit privée de force. Incapable de se soustraire à son contact.

— Une soirée en compagnie des Donovan nous fera du bien à l'un comme à l'autre.

Mel avait du mal à respirer et elle savait que sa voix la trahirait si elle ouvrait la bouche pour lui répondre. Elle pesta énergiquement et en silence. Il ne faisait que lui toucher la joue, bon sang. Il n'y avait tout de même pas de quoi se pâmer sur place !

— Désolée, Donovan, mais j'ai de la peine à croire que quelque chose qui ait à voir avec toi puisse être bon pour ma personne.

Sebastian sourit, amusé par la lueur inquiète qui agrandissait ses yeux verts, leur conférant une beauté presque émouvante.

— C'est une invitation au cinéma. Pas une proposition louche comme celle qui t'a été faite ce matin, par le célibataire qui vit au troisième étage de l'immeuble de Rose.

Sidérée, Mel recula d'un pas. Il pouvait s'agir d'une simple supposition, songea-t-elle. Mais de là à tomber juste pour le numéro d'étage…

— Comment sais-tu cela ?

— Je passerai te prendre à temps pour la séance de 9 heures. Et je t'expliquerai peut-être.

Il leva la main avant qu'elle puisse décliner.

— Tu m'as dit que tu n'avais pas peur de moi, Sutherland. Prouve-le.

C'était une manœuvre pour la pousser à accepter. Mais Mel avait beau en être consciente, elle n'en tomba pas moins dans le panneau.

— Bon, d'accord. Mais je paye ma place.

— Comme tu voudras.

Mel se détourna. C'était plus facile de réfléchir lorsqu'elle échappait à ce regard à la fois patient, pénétrant et amusé.

— Au revoir, alors ?

— Au revoir, oui.

Le sourire de Sebastian s'effaça tandis qu'il la regardait s'éloigner. Ils se reverraient, oui. Et même plus souvent que Mel ne l'escomptait. Lorsqu'il avait posé la main sur la sienne, il avait vu. Il n'avait pas regardé — pas volontairement, en tout cas.

Mais il avait vu.

Et même si l'idée ne lui plaisait qu'à moitié, il savait désormais que la relation entre eux ne resterait pas exclusivement professionnelle.

Il avait eu une vision de leurs deux corps enlacés dans la clarté rosée du crépuscule. La peau de Mel avait l'éclat, la beauté des pêches mûres sous ses doigts. Dans ses yeux verts, il avait lu la peur. Et puis autre chose encore, de plus tendre et de plus secret. Les fenêtres étaient grandes ouvertes et on entendait les sons qui marquaient l'approche de la nuit, les premiers éveils des créatures nocturnes, les chants secrets de l'obscur.

Sourcils froncés, Sebastian leva les yeux vers la fenêtre au-dessus de lui dont les carreaux fermés reflétaient le couchant. Derrière ces vitres, se trouvait le lit où il dormait. Où il rêvait.

Le lit qu'avant la fin de l'été, il partagerait avec Mel Sutherland.

5

Mel avait un programme chargé, ce jour-là. Il lui restait quelques formalités administratives à régler pour boucler une enquête sur une personne disparue. Elle avait entamé des recherches sur une fraude présumée à la Mutuelle du Souscripteur. Et puis il y avait le petit garçon qui avait poussé la porte de son agence en lui annonçant qu'il venait louer ses services pour retrouver son chien perdu.

Elle avait ouvert un nouveau dossier pour le chien. Inscrit son nom ainsi que l'adresse et le numéro de téléphone de son jeune propriétaire. Et s'était solennellement engagée à traiter l'affaire dans les meilleurs délais. Pour des honoraires qui s'élevaient à deux dollars et sept cents — le tout versé en petite monnaie.

Son déjeuner — ou du moins, ce qui en tenait lieu — Mel le prit à son bureau, sans lever le nez de ses dossiers. Tout en croquant quelques cornichons avec un morceau de pain et du fromage, elle passa des coups de fil à la police locale, puis à celles du Vermont et du New Hampshire. Elle relança ensuite son collègue en Georgie.

Mais personne n'avait rien de nouveau à lui apprendre.

Toutes les polices des Etats-Unis avaient le signalement de James T. Parkland. Toutes également recherchaient David Merrick. Mais personne, jusqu'à présent, n'avait trouvé quoi que ce soit.

Mel pesta, consulta sa montre et composa le numéro

de la Société Protectrice des Animaux pour leur donner la description du chien fugueur. Puis, trop agitée pour rester en place, elle prit la photo que le petit garçon lui avait donnée de son meilleur ami canin et partit en repérage.

Trois heures plus tard, elle trouva Megakong endormi dans l'arrière-boutique d'un poissonnier de Fisherman's Warf. Grâce à un bout de corde fournie par le commerçant, Mel réussit à entraîner Megakong jusqu'à sa voiture et à l'installer sur le siège passager.

De quel mélange de races ce chien était issu, elle n'aurait su le dire, mais elle avait rarement vu une bête aussi énorme. Inquiète à l'idée qu'il puisse s'échapper de sa vieille décapotable pendant le trajet du retour, elle l'attacha avec la ceinture de sécurité. Et eut droit, en cours de manœuvre, à un grand coup de langue humide sur la figure.

— Tu sais que tu exagères, mon vieux ? marmonna-t-elle en s'installant au volant, à côté de lui. Tu me prends peut-être pour une innocente, mais je sais pertinemment que tu t'es sauvé pour courir les filles. Ton jeune ami Mark est malade d'inquiétude à ton sujet. Et où est-ce que je te retrouve ? Tranquillement installé dans une arrière-boutique en train de boulotter de la soupe de poisson.

Loin d'afficher le moindre remords, l'énorme chien parut sourire, la langue pendant d'un côté, le museau levé au vent tandis que la voiture prenait de la vitesse.

— La fidélité, tu sais ce que c'est, au moins ? s'enquit-elle d'un ton de reproche.

En guise de réponse, Megakong posa sa tête massive sur son épaule et émit un gémissement affectueux.

— C'est ça, fais-moi du charme, pendant que tu y es. Mais je les connais, ceux de ton espèce — toujours prêts à courir après la première femelle qui vous passe sous le museau. Alors inutile d'espérer obtenir quoi que ce soit de moi. Je vois à travers ton jeu, camarade.

Mel n'en leva pas moins la main de son levier de vitesse pour gratter le chien derrière une oreille.

Sebastian venait juste de garer sa moto devant son agence lorsqu'elle arriva avec Megakong trônant sur le siège passager. Il ne put s'empêcher de rire lorsqu'il vit les soixante-quinze kilos de poils et de muscle paradant à côté d'elle.

— C'est bien féminin, ça, comme attitude. Tu étais censée avoir rendez-vous avec moi et je te retrouve flanquée d'un autre mâle.

— Megakong est un peu plus mon type.

Repoussant les cheveux qui lui tombaient sur les yeux, Mel essuya les traces de baisers canins sur sa joue.

— Qu'est-ce que tu fabriques ici, au fait, Donovan ? Ah oui, le cinéma ! reprit-elle avant qu'il puisse la renseigner. Ça m'était complètement sorti de la tête.

— C'est flatteur.

Il s'écarta pour libérer le passage lorsque Mel défit la ceinture de sécurité qui retenait le chien.

— Il a l'air sympathique, cet animal, commenta-t-il.

— Je suppose, oui. Allez, Megakong. Tout le monde descend. C'est fini, la promenade en voiture.

Elle tira de toutes ses forces sur la corde, mais le chien continua à haleter et à sourire sans bouger d'un centimètre. Amusé par le spectacle, Sebastian s'adossa contre le capot.

— Tu n'as jamais songé à lui faire prendre quelques cours d'obéissance ?

— C'est une maison de redressement qu'il lui faudrait, oui ! Mais il n'est pas à moi. Il appartient à l'un de mes jeunes clients.

Mel tira de toutes ses forces.

— Allez, Megakong, un effort ! Bouge tes fesses de cette voiture.

Comme s'il avait simplement attendu qu'elle le lui demande, le chien bondit de son siège. Renversée au passage, Mel atterrit tout droit dans les bras de Sebastian. D'un geste secourable, il la rattrapa par la taille.

Mel foudroya le chien des yeux tout en essayant de reprendre son souffle.

— Tu sais que tu es une vraie brute, toi ?

Megakong dut considérer qu'il s'agissait d'un compliment, car il se lança aussitôt dans une démonstration de ses divers talents. Il se coucha, roula sur le dos, se releva, donna sa patte à serrer à qui voulait bien la prendre.

Mel rit de bon cœur, ne réalisant que tardivement qu'elle était toujours dans les bras de Sebastian, le dos en appui contre son torse. D'un geste vif, elle détacha ses mains qu'il tenait nouées autour de sa taille.

— Lâche-moi.

Sebastian réussit à lui caresser le bras avant qu'elle ne parvienne à se dégager.

— Tu supportes donc si peu qu'on te touche, Sutherland ?

— Disons que ça dépend du toucheur.

Le cœur battant un peu trop rapidement à son goût, elle essuya du revers de la main les quelques poils de chien accrochés à son jean.

— Tiens, rends-moi service, Donovan, et garde un œil sur cette chose poilue pendant que je passe un coup de fil, O.K. ? Pour des raisons qui me dépassent, le jeune maître de ce cabot tient à le récupérer coûte que coûte.

Sebastian s'accroupit devant le chien et passa ses longs doigts élégants dans la fourrure bouclée.

— Pas de problème.

A peine quelques minutes plus tard, un petit garçon arriva en courant sur le trottoir en tirant une grande laisse rouge derrière lui.

— Oh, mon Megakong !

Le chien bondit sur ses pattes. Avec un aboiement joyeux, il se jeta sur son jeune maître avec toute la délicatesse d'un rugbyman effectuant un tacle. Ils roulèrent ensemble sur le trottoir en un joyeux méli-mélo de poils, de rires enfantins et de coups de langue canins.

Un bras passé autour du cou massif de Megakong, Mark se dressa sur son séant.

— Merci bien, m'dame. J'sais pas comment vous avez fait, mais vous avez été supergéniale. Comme les vrais détectives à la T.V.

— Merci. Je suis flattée de ressembler à un vrai détective, déclara Mel très sérieusement en échangeant une vigoureuse poignée de main avec son jeune client.

— Je vous dois encore de l'argent, m'dame ?

— Non, nous sommes quittes. Mais tu devrais lui faire tatouer ton numéro de téléphone dans l'oreille pour la prochaine fois où il lui prendra des envies de vagabondage.

Mark acquiesça gravement tout en fixant la laisse au collier de Megakong.

— Quand ma maman va voir ça ! Elle ne croyait pas que j'avais embauché un détective. Allez, viens, mon chien. On rentre à la maison.

Megakong bondit sur le trottoir et l'enfant le suivit. Pendant quelques minutes encore, son rire joyeux continua à flotter en écho dans la rue baignée par les derniers rayons du soir.

Sebastian céda à la tentation de passer la main dans les cheveux de Mel.

— Il a raison, murmura-t-il. Tu as été géniale.

Elle haussa les épaules, contrariée d'être aussi sensible au son de sa voix, au contact de ses doigts.

— C'est mon gagne-pain, Donovan.

— Je suis sûr que tu t'es fait un paquet d'argent sur cette affaire.

Avec un léger rire, elle tourna la tête vers lui.

— Ne sous-estime pas mes gains. J'ai quand même empoché deux dollars et sept cents. De quoi me payer un sachet de pop-corn au cinoche.

Elle cessa abruptement de rire lorsqu'il effleura ses lèvres des siennes. Un baiser ? Non, pas à proprement parler... C'était quelque chose de plus léger... Comme un signe d'affection.

— Pourquoi as-tu fait cela ? demanda-t-elle.

Sebastian enfourcha sa moto et lui tendit un casque.

— Comme ça... Allez, grimpe, Sutherland. Je déteste arriver en retard à la séance.

Mel avait toujours eu un faible pour le cinéma. Enfant, c'était une de ses distractions favorites. Dès que les lumières s'éteignaient dans la salle, elle baignait dans un délicieux anonymat, oubliant son perpétuel statut de « petite nouvelle de la classe ».

Rien ne ressemblait autant à une salle de cinéma qu'une autre salle de cinéma. L'odeur sucrée des bonbons et du pop-corn, les sols un peu collants, le glissement des pas dans la salle, les murmures étouffés étaient partout les mêmes.

Au fil des errances de sa mère, Mel avait souvent recherché un élément de stabilité au cœur des salles obscures. Et ce soir, avec Sebastian et sa famille, elle ressentait la même impression de détente et de confortable anonymat. La musique était effrayante à souhait ; l'intrigue la tenait en haleine. Un tueur sévissait dans les rues d'une ville et Mel n'avait rien d'autre à faire que de rester tranquillement assise à suivre les rebondissements du scénario.

Elle était assise entre Sebastian et sa cousine Morgana. Sa *superbe* cousine Morgana.

Mel avait déjà entendu les rumeurs les plus folles au sujet de Morgana Donovan Kirkland. En ville, on chuchotait que la jeune femme était une sorcière. Une affirmation que Mel avait toujours trouvée parfaitement grotesque.

La rencontre avec Morgana ce soir avait achevé de la

convaincre que ces racontars ridicules étaient dépourvus de fondement. Impossible d'imaginer la somptueuse Morgana en sorcière caquetante sillonnant le ciel sur son balai. L'idée même était à hurler de rire.

Cela dit, ces rumeurs de sorcellerie devaient être profitables pour son commerce. On disait d'ailleurs que sa boutique ésotérique ne désemplissait pas.

Le mari de Morgana, Nash Kirkland, était un scénariste célèbre qui s'était spécialisé dans les scripts de films d'horreur. Mel connaissait bien ses films qui lui avaient arraché ici et là quelques frissons plaisants et autres délicieux cris de terreur.

Nash Kirkland lui plut d'emblée. Contrairement à la plupart des célébrités d'Hollywood qui se sentaient tenues d'afficher une excentricité à tous crins, il avait un comportement simple, ouvert, et paraissait très amoureux de sa femme.

Morgana et Nash restèrent assis main dans la main pendant toute la durée du film. Sans jamais verser pour autant dans le genre de sentimentalisme affiché qui aurait fait grincer les dents de Mel. Leur attitude reflétait une complicité solide et sereine, au contraire, qu'elle se surprit presque à envier.

Anastasia occupait le siège à gauche de celui de Sebastian. Elle n'avait pas de compagnon attitré, de toute évidence. Mel se demanda pour quelle raison une fille aussi miraculeusement belle se retrouvait seule dans la vie.

« Question, idiote, Mel ! » se rappela-t-elle à l'ordre. Comme si une femme n'était vraiment femme que si elle partageait l'existence d'un homme !

Mel se cala confortablement dans son siège et avala une poignée de pop-corn.

— Tu as l'intention de vider ce cornet toute seule ?

— Mmm ?

Absorbée par le film, elle tourna distraitement la tête

et se trouva nez à nez avec Sebastian, si près que leurs lèvres se touchaient presque.

— Tu m'en donnerais bien un peu, non ?

Elle le regarda un instant fixement, sans saisir le sens de sa question. Les yeux de Sebastian brillaient d'un éclat tellement particulier dans le noir qu'elle ne parvenait pas à s'arracher à sa contemplation muette.

Lorsqu'il effleura du doigt le sachet sur ses genoux, elle cligna des paupières.

— Euh oui, bien sûr. Sers-toi tant que tu veux.

Sebastian ne se fit pas prier. Il percevait le trouble de Mel — ses inquiétudes, aussi. Tout en picorant du pop-corn, il inspirait son odeur dont il avait déjà répertorié chaque nuance. S'il affûtait ses sens, il pouvait percevoir d'elle des signes encore plus subtils. Comme le bruit de son pouls, par exemple. Calme et régulier, la plupart du temps. Avec des accélérations brusques pendant les scènes de suspense.

Comment son cœur battrait-il s'il lui prenait la main, maintenant ? Ou s'il tournait la tête pour s'emparer de cette bouche large, bien dessinée et vierge de rouge à lèvres ?

Sebastian s'interdit d'avoir recours à ses visions pour obtenir des réponses. Il devrait s'armer de patience et attendre. Laisser leur attirance suivre son cours.

Mais ce fut plus fort que lui. Il ne put résister à la tentation d'aller faire une petite incursion dans les pensées de Mel.

« Mais quelle idiote, cette fille ! Puisqu'elle a vu que quelqu'un la suivait, pourquoi s'enfonce-t-elle dans les ruelles les plus *sombres* ? C'est fou comme les femmes réagissent toujours stupidement dans ces thrillers ! Bon, ça y est. Elle court à perdre haleine dans le parc, maintenant ! L'endroit idéal pour se faire trancher la gorge sous un buisson. Dix contre un, qu'on va la voir trébucher… Et voilà ! C'était couru d'avance. Celle-ci mérite bien d'y passer. »

Mel avala encore un peu de pop-corn et Sebastian

l'entendit songer distraitement qu'elle aurait dû mettre plus de sel.

Puis brusquement, le flux de ses pensées s'arrêta, se perdit dans une confusion indéchiffrable. Tournant les yeux dans sa direction, Sebastian constata, stupéfait, qu'elle s'était fermée à la présence étrangère en elle. Sans pour autant comprendre ni analyser le phénomène. Mais elle avait réagi à son envahissement subtil en bloquant d'instinct tout accès.

Le fait qu'elle en soit capable l'intrigua. A part les membres de sa famille, personne, généralement, ne percevait ses intrusions lorsqu'il faisait de la lecture de pensée à distance.

Autrement dit, il y avait une forme de pouvoir occulte chez Mel. Un pouvoir nié, inexploité. Mais un pouvoir quand même. Tenté d'aller y voir de plus près, Sebastian hésita jusqu'au moment où Ana lui donna un discret coup de coude.

— Sebastian, arrête… Tu sais que tu n'as pas le droit, lui chuchota sa cousine à l'oreille.

Hochant la tête, il refréna sa curiosité et se concentra sur le film. Alors qu'il se servait en pop-corn, ses doigts heurtèrent ceux de Mel par mégarde.

Elle tressaillit, comme électrocutée. Il retrouva le sourire.

— Et maintenant, il me faut une pizza d'urgence, annonça Morgana en sortant du cinéma. Je vote pour le restaurant italien le plus proche.

Nash lui effleura affectueusement les cheveux.

— Je croyais que tu avais opté pour un repas mexicain, ce soir.

Elle porta la main à son ventre.

— Exact. Mais *nous* avons changé d'avis.

— Va pour la pizza, acquiesça Ana. Sans anchois, pour toi, Morgana… Mel, ça vous dit ?

Mel se sentait curieusement à l'aise avec le petit groupe. En phase, même.

— L'Italien, c'est parfait pour moi. Je rêve d'un énorme plat de pâtes.

— Désolé, mais nous n'avons pas le temps de dîner avec vous ce soir, Mel et moi, intervint Sebastian en lui posant la main sur l'épaule.

Un mélange d'étonnement et de curiosité se peignit sur les traits de Morgana.

— *Toi,* tu nous abandonnes avant le repas ? C'est une première ! Quand il s'agit de manger, il est toujours partant, d'habitude. Notre cousin Sebastian a des appétits d'ogre, précisa Morgana à l'intention de Mel. Vous seriez stupéfaite de le voir à l'œuvre.

— Mel a l'esprit beaucoup trop pratique pour s'étonner de quoi que ce soit, objecta Sebastian. Lorsque quelque chose la surprend, elle se contente de considérer que cela n'existe pas.

Ana enfonça le coude dans les côtes de son cousin.

— Arrête de la taquiner, Seb… Tu ne peux vraiment pas faire un effort pour rester un moment de plus ? Il y a une éternité que nous n'avons pas passé une soirée ensemble.

— Une autre fois, Ana.

— Pour ma part, je n'ai aucune obligation, protesta Mel. Je dîne avec vous.

— Excellente initiative, acquiesça Nash. Puisque Sebastian nous fausse compagnie, je vous raccompagnerai chez vous. Passer la soirée avec trois belles femmes ne me fait pas peur.

Morgana tapota la joue de son mari.

— C'est très généreux de ta part, mon chéri. Mais je crois que Sebastian a d'autres projets pour son amie.

— Je ne suis pas « son » amie. Je…

— C'est exact, l'interrompit Sebastian en resserrant la pression de ses doigts sur son épaule. Bon appétit à vous trois. Et je vous promets que nous ferons mieux la prochaine fois.

Il embrassa ses cousines, serra la main de Nash et s'éloigna sur le trottoir en l'entraînant d'autorité avec lui.

— Tu ne crois pas que tu pousses le bouchon un peu loin, Donovan ? explosa Mel dès qu'ils eurent fait trois pas. C'est quoi ce comportement possessif, tout à coup ? Non seulement j'avais envie de rester avec eux, mais en plus je meurs de faim !

Il lui posa d'autorité un casque sur le crâne.

— Je te nourrirai plus tard.

— Je ne suis pas un cheval, marmonna Mel en attachant le casque. Je peux me nourrir sans l'aide de personne.

Contrariée, elle se percha sur la moto derrière lui. Pour une fois qu'elle se sentait bien dans un groupe !

— Ne fais pas la tête, Sutherland.

— Je ne fais jamais la tête.

Mel posa les mains sur les hanches de Sebastian lorsque la grosse cylindrée accéléra sur la chaussée déserte. Elle aimait rouler ainsi, à l'air libre, en savourant le plaisir de la vitesse. Songeant que, si tout allait bien, elle aurait bientôt les moyens de s'offrir sa propre moto, Mel se laissa bercer par de plaisants rêves d'avenir, tout en épousant par automatisme les mouvements de Sebastian. Ses bras avaient glissé autour de sa taille, quasiment à son insu. Elle ne pouvait s'empêcher de savourer la façon dont leurs deux corps étaient ajustés l'un à l'autre. Comme si les vibrations puissantes du moteur les soudaient en une entité indissociable.

Il fallait reconnaître que Sebastian avait une anatomie magnifique. Non qu'elle s'intéressât à la question, bien sûr. Mais étant collée contre lui par la force des choses, elle pouvait difficilement échapper à certains constats. Son dos était dur comme de l'acier sous le cuir souple de son blouson. Il avait des hanches minces, des bras puissants, des épaules bien dessinées.

N'était-il pas surprenant, pour un adepte inconditionnel de la boule de cristal, de jouir d'une aussi belle condition physique ? Il était bâti comme un joueur de tennis professionnel, plus que comme un oracle voué à des activités méditatives.

Cela dit, son commerce de visions ne devait guère l'accaparer plus de deux ou trois heures par jour. Ce qui lui laissait amplement le temps de monter ses chevaux, de faire du footing ou de pratiquer la musculation.

Mel méditait distraitement sur ces questions lorsqu'elle s'aperçut soudain avec stupéfaction que la moto s'engageait sur la rampe d'accès de l'autoroute.

Elle frappa un coup bref sur son casque.

— Hé, l'explorateur ! Tu t'es trompé de piste. C'est de l'autre côté que ça se passe !

Sebastian fit mine de ne pas comprendre.

— Pardon ?

Mel réagit exactement comme il l'avait espéré. Elle se colla plus étroitement contre lui pour lui parler à l'oreille.

— J'ai dit que tu partais dans la mauvaise direction. Nous sommes déjà à plus de dix kilomètres de chez moi.

— Je sais où tu habites.

— Alors que faisons-nous, ici, loin du monde civilisé ?

— C'est sympa de faire un tour par une belle nuit d'été, non ?

Mel grinça des dents. Dans l'absolu, oui. Mais personne, à sa connaissance, ne lui avait demandé son avis.

— Je n'ai pas envie de faire un tour, Donovan.

— Je pense que l'endroit où je veux t'emmener devrait t'intéresser.

— Ah oui ? Et ça se trouve où ?

Sebastian doubla une voiture.

— A environ mille kilomètres d'ici. Dans l'Utah.

A 3 heures du matin, allant et venant sur l'asphalte sous l'éclairage blafard d'un parking de station-service, Mel tentait de rétablir la circulation dans le bas de son corps ankylosé. Tout en jurant et en pestant qu'elle n'avait jamais eu aussi mal aux fesses de sa vie.

Son cerveau, lui, n'était pas ankylosé du tout, en revanche. Elle était peut-être fatiguée, endolorie et grincheuse après quatre heures passées sans bouger à l'arrière d'une moto. Mais mentalement, elle restait en pleine possession de ses moyens.

Et tout à fait apte, donc, à concocter un bon scénario d'assassinat visant la personne de Sebastian Donovan. Si seulement, elle avait eu son arme sur elle, la question aurait été vite réglée. Elle l'aurait contraint à s'arrêter dans un endroit désert où elle l'aurait descendu sans une hésitation. Il lui aurait suffi ensuite de jeter son corps dans un ravin où personne ne l'aurait retrouvé avant plusieurs semaines, voire plusieurs années.

Cela dit, le frapper à mort lui procurerait sans doute des sensations plus intenses. Sebastian la dépassait de dix bons centimètres et il pesait facilement vingt kilos de plus qu'elle. Mais elle se sentait capable de l'emporter quand même. Il ne lui resterait plus alors qu'à dissimuler la moto dans un coin, à monter dans un autocar et à reprendre tranquillement le travail au matin.

Mel s'étirait les jambes en arpentant le parking. De loin en loin, un poids lourd lancé à vive allure passait avec fracas dans la nuit. Mais pour le reste, tout n'était qu'obscurité et silence. Par moments, une sorte de hurlement se faisait entendre dans l'obscurité. Un son qui évoquait l'aboiement du coyote et qui lui aurait donné la chair de poule si elle n'avait pas été aussi remontée contre son kidnappeur.

Mel envoya un coup de pied dans une canette vide qui alla rouler au loin. Sebastian avait été malin. Il avait roulé des heures et des heures avant de s'arrêter. Et à présent qu'elle était coincée en pleine nuit dans un trou perdu à cinq cents kilomètres de chez elle, quel recours lui restait-il, à part l'assommer et lui voler son engin ?

Lorsque, enfin, il s'était résolu à faire une halte pour prendre de l'essence, elle était descendue d'un bond, l'avait frappé à coups de poing et couvert d'insultes. Mais Sebastian s'était contenté d'attendre patiemment qu'elle finisse par se calmer. Puis il lui avait expliqué — toujours aussi patiemment — qu'il voulait refaire l'itinéraire suivi par James T. Parkland. Et voir le motel où David avait passé une nuit en compagnie de la première femme qui l'avait récupéré.

Comme si ce soi-disant motel avec un dinosaure devant la façade existait ailleurs que dans son imagination malade ! Effarée, Mel secoua la tête. Il fallait se rendre à l'évidence : elle se retrouvait seule à 3 heures du matin sur un parking désert avec le bas du corps à moitié paralysé et un médium cinglé pour toute compagnie. Et onze dollars et quatre-vingt-sept cents sur elle pour affronter cette situation désespérée.

— Sutherland ?

Mel se retourna juste à temps pour attraper la barre chocolatée que lui envoya Sebastian. Elle ouvrit la bouche pour recommencer à l'insulter, mais dut se concentrer pour saisir la canette qui arrivait également dans sa direction.

Comme il était occupé à faire le plein, elle se résigna à faire le premier pas et alla se planter devant lui.

— Ecoute, Donovan, essaye d'être raisonnable, O.K. ? J'ai une agence à faire tourner, des clients qui comptent sur moi. Tout le monde ne peut pas se permettre de traverser la moitié du pays en moto pour courir après des motels fantômes !

— C'est une belle région, pourtant. La Sierra Nevada est toute proche. Un endroit très apaisant où j'aime beaucoup venir camper.

— Si tu ne fais pas demi-tour *tout de suite* pour me ramener à la maison, tu vas être « apaisé » pour l'éternité, Donovan.

Lorsqu'il plongea ses yeux dans les siens pour la regarder vraiment, Mel s'aperçut qu'aucune trace de fatigue ne marquait les traits de Sebastian. « Oh non… », songea-t-elle, démoralisée. Il venait de passer quatre heures à rouler et il avait l'air aussi frais et dispos que s'il venait de se payer une semaine de thalasso.

Consciente qu'il irait jusqu'au bout de son périple insensé, Mel secoua la tête.

— Tu es fou. Fou à lier, tu m'entends ? Nous ne pouvons pas aller jusque dans l'Utah. C'est beaucoup trop loin.

Notant qu'elle frissonnait dans la nuit froide, Sebastian ôta son blouson en cuir et le lui tendit.

— Allez, un petit sourire, Mel. Songe que nous sommes déjà à mi-chemin.

Découragée, elle ferma les yeux.

— Il doit y avoir un arrêt d'autocar quelque part, marmonna-t-elle en enfilant le blouson pour se diriger vers la boutique de la station-service.

— C'est ici que Jimmy s'est arrêté avec David pour prendre de l'essence.

Ce fut plus fort qu'elle. Elle s'immobilisa au son de la voix de Sebastian.

— Il avait rendez-vous à 20 heures pour remettre le bébé.

— N'importe quoi, marmonna Mel.

Mais elle avait la gorge étrangement serrée.

— Le caissier de la station-service l'a reconnu lorsque je lui ai montré le dessin. Il avait remarqué Jimmy à cause de sa nervosité. Au lieu de se garer devant la boutique, il était allé poser sa voiture au fin fond du parking. Intrigué par son comportement, le gardien de nuit l'a tenu à l'œil, en pensant qu'il tenterait peut-être de partir sans payer.

Mel laissa Sebastian parler jusqu'au bout sans l'interrompre. Puis elle tendit lentement la main.

— O.K. Donne-moi ce portrait. Je veux en avoir le cœur net une fois pour toutes. Je vais interroger le caissier moi-même.

Les yeux rivés sur son visage, Sebastian écarta un pan de son blouson et retira le papier plié dans la poche intérieure. Au passage, ses doigts effleurèrent sa poitrine à travers la doublure. Et s'attardèrent un quart de seconde de plus que nécessaire.

Mel savait qu'elle respirait trop fort et trop vite. Elle savait aussi qu'avec n'importe qui d'autre, le contact serait resté anodin ; que l'éclair de plaisir qu'elle avait ressenti était lié à son attirance pour Sebastian.

En mesure de rétorsion, elle lui arracha le portrait des mains et se dirigea vers la boutique à grandes enjambées furieuses.

Sebastian eut tout juste le temps de finir de faire le plein lorsqu'il la vit ressortir. Elle était plus pâle encore que lorsqu'elle y était entrée. Mais son regard était déterminé.

— C'est bon, lança-t-elle entre ses dents serrées. On continue.

Elle ne s'assoupit pas comme elle le faisait, enfant, lorsqu'elle roulait de nuit avec sa mère. S'endormir sur une moto serait suicidaire. Mais ses pensées vagabondèrent, mêlant présent et passé, frôlant le no man's land du rêve. Elle revit le sourire radieux de sa mère, si heureuse chaque fois qu'elle conduisait des nuits entières vers des destinations inconnues. Retrouva la sensation d'être allongée avec la tête sur les genoux maternels, bercée par la musique à la radio, flottant dans un entre-deux où veille et sommeil se rejoignaient.

Ses paupières s'alourdirent, tombèrent… Elle piqua du nez et se réveilla en sursaut en sentant sa tête casquée atterrir contre le dos de Sebastian.

— Tu veux qu'on s'arrête un moment ? lança-t-il par-dessus l'épaule.

— Non, ça va. Continue.

L'aube pointait lorsque Sebastian, assailli par la fatigue à son tour, dut faire une halte pour prendre un café. Affamée, Mel engloutit une pâtisserie avec un thé.

— Je crois que je te dois un vrai repas, depuis le temps que je te traîne de station-service en station-service, observa Sebastian alors qu'ils s'accordaient cinq minutes pour se détendre les jambes dans une zone rocheuse et accidentée au nord-ouest de l'Utah.

— Pour moi, tout ce qui est bourratif, qui s'avale rapidement et qui cale l'estomac *est* un vrai repas, déclara Mel en léchant ses doigts couverts de sucre glace.

Ses yeux étaient cernés, nota Sebastian. Il s'en voulait de l'avoir entraînée de force dans cette épuisante escapade. Mais il avait agi à l'instinct, comme d'habitude. Lorsqu'il lui passa le bras autour des épaules, elle se raidit une fraction de seconde, puis se détendit sans chercher à se dégager. Comme si elle avait perçu qu'il s'agissait de sa part d'un simple geste de réconfort et d'amitié.

— Ce n'est plus très loin, maintenant, lui assura-t-il. Nous devrions y être dans une heure.

Mel hocha la tête. A présent qu'elle avait choisi de le suivre de son plein gré, elle était prête à aller jusqu'au bout.

— Je me fiche de la longueur du trajet, murmura-t-elle. Tout ce que j'espère, c'est qu'il nous rapprochera de David d'une façon ou d'une autre.

— Nous le saurons une fois que nous serons arrivés.

— J'aimerais tellement pouvoir ramener cet enfant à

Rose, chuchota-t-elle, soudain à bout de forces, en laissant aller la tête contre son épaule.

De nouveau, elle sentit un éclair de chaleur, comme un minuscule choc électrique. Les yeux écarquillés, elle voulut fuir, mais il la retint contre lui.

— Regarde, Mel. Le soleil se lève.

S'abandonnant de nouveau, elle posa la tête sur son épaule. Ensemble, ils virent fleurir l'aube grise et la nuit froide du désert céder la place aux premières chaleurs du jour. Un flux de couleurs monta de l'horizon et se répandit comme une encre au cœur des nuages bas. Les ternes étendues de sable se teintèrent de rose et d'or. Dans moins d'une heure, le soleil de plomb aurait effacé ce flamboiement coloré et le désert écrasé de chaleur serait rendu à son immensité monotone.

Mais en cet instant marqué par la beauté de tous les commencements, le paysage noyé de couleurs était pure féerie.

Quelque chose passa entre Sebastian et elle, alors qu'ils assistaient côte à côte au déploiement du jour. Comme si des milliers de fils invisibles entrelaçaient entre eux une trame aussi ténue qu'indestructible.

Cette fois-ci, lorsqu'il l'embrassa, ce fut avec une douceur qui n'appelait aucune question. Mel ne chercha ni à résister, ni à comprendre, d'ailleurs. Le baiser découlait naturellement du lieu, du moment et des fatigues partagées de la nuit. Elle n'avait plus l'énergie nécessaire pour combattre les forces qui la poussaient vers Sebastian et qui croissaient en elle comme un fruit.

Sebastian aurait voulu lui demander plus — bien plus. Et il savait qu'ici, face au désert rutilant, il pouvait prendre et obtenir ce qu'il voulait. Mais il sentait la fatigue de Mel. Sa confusion. La peur qui la tenaillait au sujet de David.

Il se contenta donc de l'embrasser avec légèreté et douceur — pour le réconfort plus que pour le désir. Lorsqu'ils s'écartèrent l'un de l'autre, cependant, il comprit que ce qui débutait là ne serait pas brisé.

Sans un mot, ils grimpèrent de nouveau sur la moto et repartirent vers l'est, en direction du soleil.

Dans le sud de l'Utah, tout près de la frontière de l'Arizona, ils atteignirent un lieu indéfini, à peine visible sur la carte, rassemblant quelques maisons, une station-service, un café qui servait de vraies *tortillas* de maïs, et un motel.

Avec une statue en plâtre représentant un brontosaure dressée sur le parking.

— Oh…, murmura Mel, les yeux écarquillés lorsqu'elle découvrit le dinosaure à la peinture tristement écaillée. Oh, bon sang…

Lorsqu'elle descendit de la moto, ses jambes ne tremblaient pas uniquement à cause de la fatigue du voyage.

— Allons voir si c'est ouvert, proposa Sebastian en l'entraînant vers la réception.

— C'est donc bel et bien une vision que tu as eue ? chuchota-t-elle.

La sentant vaciller, il lui passa fermement le bras autour de la taille.

— Apparemment, il n'y a pas d'autre explication, si ?

C'était un choc de la voir soudain si désarmée, si fragile.

— Ce qu'il te faut, c'est une chambre, Mel. Je veux que tu te reposes quelques heures avant de repartir.

— Je vais très bien, rétorqua-t-elle.

Mel décida que si elle devait entrer en état de choc, ce serait pour plus tard. Pour l'instant, elle avait besoin de se maintenir en mouvement. Ensemble, ils franchirent la porte et pénétrèrent dans un petit bureau à peine rafraîchi par le ventilateur qui tournait au plafond.

Sebastian sonna et, quelques instants plus tard, on

entendit des pas traînants sur le lino. Un homme d'une quarantaine d'années aux joues mal rasées, aux yeux gonflés par le sommeil, surgit de derrière un rideau jaunâtre.

— Je peux vous aider ? marmonna-t-il.

Sebastian sortit son portefeuille.

— Il nous faudrait une chambre. La 15 si possible.

— Vous avez de la chance. Elle est libre.

L'employé de la réception se tourna pour prendre une clé sur le tableau derrière lui.

— C'est vingt-huit dollars la nuit. Pour le petit déjeuner, vous avez le café un peu plus loin sur la route — ouvert vingt-quatre heures sur vingt-quatre. Vous voulez bien signer ici, s'il vous plaît ?

Sebastian régla le prix de la chambre, puis sortit un billet de vingt dollars qu'il posa sur la réception avec une photo de David.

— Vous vous souvenez de ce bébé ? Il a séjourné une nuit ici, il y a environ deux mois.

L'hôtelier se désintéressa de la photo mais regarda amoureusement le billet de vingt dollars.

— Vous avez de ces questions, vous, bougonna-t-il. Comme si je pouvais me souvenir de tous les clients qui passent ici.

— La femme qui accompagnait l'enfant était jolie. Une rousse d'une trentaine d'années qui roulait en Chevrolet.

L'homme haussa les épaules.

— Tant que mes clients payent leur note, je ne me mêle pas de leur vie.

Mel poussa discrètement Sebastian du coude et prit la relève.

— Vous me faites l'effet d'être quelqu'un d'observateur. Il me semble que si une belle rousse passait ici avec un bébé plutôt mignon, vous le remarqueriez. Vous lui avez peut-être indiqué où elle pouvait trouver du lait frais. Ou des couches.

Il bâilla ostensiblement.

— Je ne m'occupe que de ce qui me regarde, je vous dis. Les problèmes des autres ne m'intéressent pas.

— Mais vous pourriez avoir à vous soucier des vôtres, de problèmes.

Mel avait durci imperceptiblement le ton. L'hôtelier pâlit.

— Comment cela ?

— Lorsque l'agent Donovan — je veux dire, M. Donovan — vous a demandé si vous aviez déjà vu ce bébé, il m'a semblé que vous aviez l'intention de réfléchir sérieusement à sa question. Je me trompe ?

Le propriétaire du motel s'humecta les lèvres.

— Vous êtes flics ? Des agents du FBI ou un truc comme ça ?

Mel se contenta de sourire.

— Disons « un truc comme ça » et on en restera là. Et puisque nous nous comprenons, vous et moi, nous allons essayer de nous entendre sans faire trop de vagues.

— C'est un petit motel tranquille ici.

— Tout à fait. Un endroit paisible. Tellement paisible que si cette femme et ce bébé avaient passé la nuit ici, vous vous en souviendriez. Il ne doit pas y avoir tant de monde que cela qui séjourne ici.

L'hôtelier se rembrunit un peu plus encore.

— Elle n'est restée qu'une seule nuit, en réglant sa chambre d'avance. Le bébé s'est tenu relativement tranquille et elle est repartie à la première heure le lendemain. On ne fait pas plus discret, comme cliente.

Le cœur battant d'un espoir insensé, Mel se força à garder un ton détaché.

— Donnez-moi un nom, mon pote.

— Vous êtes drôle, vous ! Comment voulez-vous que je m'en souvienne ?

— Vous avez un registre, que je sache ? Elle a dû inscrire son nom.

Posant le doigt sur le billet de vingt dollars, Mel le fit glisser en direction de l'hôtelier.

— Vous avez la liste de toutes les personnes qui ont séjourné ici. Et vous gardez également une trace des appels qu'ils passent de leur chambre... Tenez et si vous recherchiez l'information pour nous ? Si vous vous montrez coopératif, M. Donovan fera peut-être un effort financier supplémentaire.

Jurant tout bas, l'employé tira une boîte en carton de sous son bureau.

— Je m'occupe de vérifier les communications. Pour le registre, vous n'avez qu'à regarder vous-même.

Mel fit signe à Sebastian de s'en charger. Elle savait avec certitude désormais qu'il trouverait ce qu'ils cherchaient beaucoup plus rapidement qu'elle.

— Susan White ? dit-il en levant les yeux du registre. J'imagine qu'elle ne vous a pas présenté de pièce d'identité ?

— Elle a payé en liquide, bougonna le propriétaire. C'est un hôtel, ici, pas une prison. Vous voudriez que je soumette tous mes clients à une fouille corporelle ou quoi ?... Ah, voilà ! Un appel longue distance, annonça-t-il. Et elle est passée par l'opérateur.

Mel sortit un carnet et un stylo de son sac et nota la date et l'heure.

— Et maintenant, la question gagnante, l'ami, et je ne veux pas entendre de baratin, mais une réponse directe. Seriez-vous prêt à jurer sous serment que l'enfant que voici a passé la nuit dans cet hôtel en mai dernier ? s'enquit-elle en lui fourrant la photo de David sous le nez.

Le réceptionniste soupira.

— Si ça s'impose vraiment, je le ferai. Mais il n'est pas question que je mette les pieds dans un tribunal, hein ? En tout cas, c'est bien ce bébé-là qui était avec la femme. Je me souviens de ses fossettes et de ses cheveux roux.

— Parfait. Merci pour votre aide. Je vous laisse vous arranger avec mon collègue pour votre petit bonus.

Mel se dirigea vers la porte comme un automate. Il était hors de question qu'elle fonde en larmes, bien sûr. Mais elle préféra quand même patienter dehors pendant que Sebastian rangeait la photo et tendait un second billet de vingt dollars à l'hôtelier.

— Ça va ? demanda-t-il lorsqu'il la rejoignit devant la réception.

Elle déglutit.

— Très bien, oui.

— Il faut que je voie la chambre, Mel.

— D'accord.

— Tu peux rester dehors, si tu préfères.

— Non, non. On y va.

Sans un mot, ils longèrent le trottoir défoncé et pénétrèrent dans la chambre 15. Mel s'assit sur le lit et tenta de mettre un peu d'ordre dans ses pensées pendant que Sebastian se concentrait.

Les yeux clos, il voyait le bébé, allongé dans un petit lit de voyage, gémissant dans son sommeil, chaque fois qu'un rêve d'angoisse venait le perturber. La femme avait laissé la lumière de la salle de bains allumée. Afin de rassurer l'enfant, sans doute. Elle avait regardé la télévision un moment, passé son coup de fil, puis elle s'était couchée. Mais son vrai nom n'était pas Susan White. Elle s'était dissimulée sous tant d'identités différentes au fil des années qu'il avait un peu de mal à s'y retrouver. Quelque chose lui disait que son prénom d'origine était Martha. Mais elle se faisait appeler autrement, désormais. Même « Susan White » faisait désormais partie du passé. La femme rousse avait déjà choisi un autre nom d'emprunt.

Quelques semaines à peine après ce voyage avec David, elle avait transporté de nouveau un autre bébé vers une autre destination. Mais Sebastian décida d'attendre que

Mel soit reposée avant de lui soumettre cette nouvelle information.

Lorsqu'il s'assit à côté d'elle sur le lit, elle continua à regarder droit devant elle, les yeux perdus dans le vague.

— Pour l'instant, je préfère ne pas savoir comment tu t'y es pris pour avoir toutes ces informations, d'accord ? murmura-t-elle d'une voix étranglée par les larmes qu'elle refusait de verser.

— D'accord.

— Elle l'a gardé avec elle dans la chambre ?

— Oui.

— Et il ne lui a été fait aucun mal ?

— Aucun, non.

Mel s'humecta les lèvres.

— Et tu sais où elle l'a emmené ?

— Jusque dans le Texas. Mais elle ignore où il a été conduit ensuite. Elle n'est qu'un simple maillon de la chaîne.

Mel prit une longue inspiration pour endiguer les larmes qui menaçaient de monter.

— Mais toi tu affirmes qu'il se trouve en Georgie, n'est-ce pas ? Tu en as la certitude ?

— Oui.

Elle serra les poings sur ses genoux.

— Où, exactement ? Tu peux essayer de le déterminer ?

Sebastian était fatigué. Plus qu'il ne désirait l'admettre. Et s'il se concentrait maintenant, il se viderait du reste de ses forces. Mais Mel était au bout du rouleau. Et elle avait besoin de savoir, d'avancer.

— Je peux faire une tentative. Mais je vais être obligé de sortir de la chambre. Laisse-moi seul un moment, d'accord ?

Les yeux clos, Mel acquiesça d'un signe de tête. Sebastian s'éloigna ; le temps s'écoula. Elle sentit avec soulagement que le besoin de pleurer s'atténuait peu à peu. Les larmes, pour Mel, n'étaient pas à proprement parler une faiblesse. Elle les considérait simplement comme une perte de temps.

Lorsque Sebastian revint dans la chambre, elle l'accueillit avec calme, les yeux secs. Lui, en revanche, était livide, avec les traits marqués par l'épuisement. Mel s'étonna de ne pas avoir remarqué plus tôt à quel point il avait le regard cerné.

Peut-être parce qu'elle ne l'avait jamais regardé avec attention jusqu'à présent ? Soudain touchée par un je-ne-sais-quoi de vulnérable en lui, elle se leva pour se porter à sa rencontre. Solitaire par essence, elle n'avait jamais été démonstrative dans ses affections. Et pourtant, ce fut de sa propre initiative qu'elle prit les deux mains de Sebastian dans les siennes.

— J'ai l'impression que tu as besoin de ce lit plus que moi. Accorde-toi une sieste d'une heure. On verra ensuite comment on procède.

Sebastian ne répondit pas, mais retourna ses mains pour scruter l'intérieur de ses paumes.

— Les carapaces les plus solides cachent parfois des cœurs tendres, commenta-t-il en plongeant son regard dans le sien. Sous tes airs de dure à cuire, tu es une femme très douce, Mel. Très attirante, aussi.

Ce qu'il fit alors la laissa un instant muette. Il porta ses doigts à ses lèvres. Personne, jamais, n'avait eu un tel geste envers elle. Etrangement, cette espèce de baisemain ne lui parut ni ridicule ni affecté. Mais tendre et séduisant, au contraire.

— Ça y est. Je sais où est David, Mel. Il vit désormais dans une banlieue résidentielle d'Atlanta. Un endroit appelé Forrest Park.

Mel resserra la pression de ses doigts sur les siens. De sa vie, elle n'avait agi sur la base d'une information sans procéder à des vérifications préalables. Mais aujourd'hui serait une exception.

— Allonge-toi sur le lit, ordonna-t-elle. J'appelle le FBI, puis je contacterai l'aéroport le plus proche. On y va direct.

6

Mel dormait d'un sommeil de plomb.

Sebastian but une gorgée de vin, repoussa sa chaise et observa sa copassagère, étendue de tout son long sur le canapé, dans la cabine principale de son jet privé. Lorsqu'il lui avait proposé de faire venir son propre pilote dans l'Utah, Mel n'avait même pas émis une protestation. Elle s'était contentée de hocher la tête tout en continuant à prendre des notes dans le petit carnet qui ne la quittait jamais.

Dès l'instant où ils avaient atteint leur altitude de croisière, elle s'était allongée en annonçant qu'il lui fallait une heure ou deux pour « recharger ses batteries ». Puis, les yeux clos, avait glissé presque instantanément dans le sommeil.

Etrange périple, songea Sebastian. Après avoir roulé une nuit entière en direction du soleil levant, ils fendaient maintenant les cieux en sens inverse. Par quel caprice du destin zigzaguait-il ainsi à travers le continent en compagnie d'une femme qui l'attirait, le déconcertait et l'exaspérait tout à la fois ?

Mel s'agita, émit un son léger, puis souleva les paupières. En moins d'une seconde, il vit se dissiper le voile ensommeillé qui embrumait ses yeux verts. Elle s'étira avec l'efficacité et la grâce des vraies sportives, puis roula en position assise. Prête à affronter le monde, de toute évidence.

— On est encore loin d'Atlanta ? s'enquit-elle en passant une main impatiente dans ses cheveux rebelles.

— A moins d'une heure, maintenant.

— Parfait.

Mel leva la tête, huma l'air.

— C'est de la nourriture que je sens ?

Il ne put s'empêcher de sourire.

— Dans la cuisine, oui. Tu peux également prendre une douche, si ça te dit.

— O.K. Merci.

Une douche ? Mel ne se le fit pas dire deux fois et fila dans la salle de bains, impressionnée par le luxe inouï dont Sebastian s'entourait. Il lui avait fallu faire un effort pour ne pas rester bouche bée lorsqu'il n'avait eu qu'à claquer des doigts pour faire surgir son avion privé. Avion était un faible mot, d'ailleurs. Il s'agissait d'un véritable appartement volant, avec des tapis précieux partout, une chambre à coucher avec salle de bains et une cuisine trois fois plus grande que la sienne.

A croire que la voyance nourrissait son homme. Et grassement, même.

Pestant contre sa propre négligence, Mel se reprocha une fois de plus de ne pas avoir pris plus de renseignements sur Sebastian Donovan. Mais elle avait été tellement convaincue que Rose renoncerait à faire appel à lui, qu'elle n'avait même pas rassemblé les informations habituelles sur ses origines, sa formation, son expérience professionnelle.

Résultat, elle se retrouvait lancée en plein ciel avec un homme dont, au fond, elle ne savait rien.

Dès son retour à Monterey, elle remédierait à la situation en effectuant les recherches de base. Sauf si tout se passait comme elle l'espérait et qu'ils réussissaient à ramener David avec eux, bien sûr. Une fois leur mission menée à bien, elle n'aurait plus aucune raison de revoir Sebastian Donovan.

Songeuse, Mel se drapa dans un peignoir et passa dans la chambre attenante. Si sa route et celle de Sebastian devaient se séparer bientôt, elle essayerait d'en savoir un peu plus sur lui quand même. Ne serait-ce que pour satisfaire sa curiosité.

Mel ouvrit l'armoire de Sebastian et, sourcils froncés, inspecta sa garde-robe. Mmm… ce garçon avait clairement un faible pour les matières nobles : soie, cachemire et lin. Repérant une simple chemise en jean, elle l'arracha résolument de son cintre. Après la soirée et la nuit qu'elle venait de passer, elle était plus que mûre pour un changement de tenue.

Elle enfila la chemise puis, les sens soudain en alerte, pivota sur elle-même. Constatant qu'elle était seule, Mel haussa les épaules et se traita mentalement d'idiote. Pendant une fraction de seconde, elle avait cru que Sebastian se trouvait là, dans la même pièce, juste à portée de main.

L'explication était simple, en fait : elle s'était sentie littéralement enveloppée par son odeur en enfilant un de ses vêtements.

Elle ferma les yeux et se concentra sur le profil olfactif de Sebastian Donovan. Quelque chose de boisé, d'animal, d'érotique. D'à la fois subtil et indéfinissable. Comme s'il avait réussi à capter les senteurs d'une forêt obscure sous la lune.

Contrariée par ses propres divagations, Mel secoua la tête et se hâta d'enfiler son jean. Si elle continuait comme ça, elle finirait par croire aux sorcières et aux lutins pour de bon !

Relevant ses manches de chemise, elle passa dans la cuisine, attrapa une banane, dédaigna un pot de caviar, et jeta un peu de jambon et de fromage entre deux tranches de pain.

— Tu n'aurais pas un fond de moutarde qui traîne ? cria-t-elle en direction du salon.

— Je devrais pouvoir te trouver ça.

Mel étouffa un cri lorsque la voix de Sebastian s'éleva juste dans son dos. Ce type était décidément impossible ! Il se déplaçait aussi silencieusement qu'un fantôme, comme s'il glissait d'une pièce à l'autre sans toucher le sol.

Sebastian lui tendit le pot de condiment et sortit un verre à pied.

— Je te sers une goutte de vin ?

— Volontiers, oui, murmura-t-elle tout en tartinant son sandwich de moutarde. Je t'ai emprunté une chemise, au fait.

— Tu as bien fait.

Pris dans une turbulence, l'avion se mit soudain à danser. Sebastian la rattrapa par la taille alors qu'elle allait perdre l'équilibre.

— Le pilote a annoncé que ça risquait de chahuter un peu. Nous n'allons pas tarder à descendre sur Atlanta.

Mel leva le visage vers lui. Et ressentit ce qu'elle avait déjà éprouvé dans le désert : l'impression d'un commencement. Aurait-elle été plus rassurée, si elle avait pu discerner également la fin de ce quelque chose qui débutait ?

— Nous ferions mieux de nous attacher, alors, murmura-t-elle en détournant les yeux.

— O.K. Va t'asseoir. Je t'apporte ton vin.

Avec un soupir de soulagement, elle échappa à la troublante proximité de Sebastian. En s'installant avec son sandwich, Mel sentit son regard insistant posé sur elle.

— Il y a un problème ?

— Je me disais qu'il était grand temps que je t'offre un repas digne de ce nom.

— Tu ne me dois rien, Donovan.

Mel prit une gorgée de vin et se surprit à fermer les yeux, tant les arômes ensorcelaient le palais.

— J'aime bien payer ma part, précisa-t-elle en soulevant de nouveau les paupières.

— J'ai remarqué cela, oui.

Elle pencha la tête sur le côté.

— Certains hommes trouvent cela intimidant.

— Ah oui ?... Personnellement, cela ne m'effraie pas, précisa-t-il avec l'ombre d'un sourire. N'empêche que j'aimerais beaucoup dîner avec toi, une fois que nous aurons ramené David. Pour célébrer notre réussite commune.

— Ça pourrait se faire, concéda-t-elle. Nous jouerons à pile ou face pour tirer l'addition au sort.

Sebastian se mit à rire.

— Tu es une fille charmante, Mel... Tu sais que tu ne m'as encore jamais dit ce qui t'avait poussée à choisir ton métier ?

— Détective privé ? J'ai toujours été observatrice, en fait... Noter les détails, même les plus infimes, reconstituer les pièces d'un puzzle, comprendre comment les événements s'enchaînent, comment les personnalités fonctionnent... ça me va comme un gant.

Mel s'assit en tailleur sur son siège. Ragaillardie par sa sieste, portée par une nouvelle bouffée d'espoir, elle se sentait en grande forme.

— En tant qu'inspectrice de police j'étais raisonnablement bonne. Mais comme je fonctionne mieux toute seule qu'en équipe, je suis devenue une détective privée remarquable, précisa-t-elle sereinement.

— Tu préfères jouer tes parties en solitaire, si je comprends bien ?

— Disons que ça me permet de suivre à fond mes intuitions... Et toi ?

— Dans ma branche, on est solitaire par définition, Mel.

De nouveau son regard pénétrant plongea dans le sien.

— Et tes « intuitions », comme tu dis, sur quoi se fondent-elles ?

Le voyant venir, Mel sourit.

— Le détective a du flair, c'est connu. Mais ça n'a

aucun rapport avec tes visions. Le don de seconde vue, connais pas.

Il leva son verre à sa santé.

— Mais il y a quand même un peu de ça, non ?

Avec un léger soupir, elle finit par hocher la tête.

— O.K., Donovan... Disons « qu'il y a un peu de ça »...

Mel avait toujours eu du mal à déléguer lorsqu'elle enquêtait sur une affaire. Elle n'avait rien contre le fait de collaborer avec les autorités locales, cela dit. Mais à condition qu'on lui laisse le soin de fixer elle-même les règles.

Ce fut pour David — et uniquement pour David — qu'elle consentit à ne pas faire un scandale dans le bureau de l'agent fédéral Thomas A. Devereaux.

— J'ai eu des échos très favorables à votre sujet, monsieur Donovan, précisa ce dernier après leur avoir fait signe de s'asseoir. De la part de différents collègues qui ont été *très* impressionnés par vos prestations.

Observant Sebastian du coin de l'œil, Mel trouva qu'il avait l'air d'un roi trônant face à sa cour. Aux compliments de Devereaux, il répondit par un simple hochement de tête.

— J'ai eu l'occasion de prêter mon concours à l'occasion de quelques enquêtes fédérales, en effet.

— La dernière en date étant Chicago, acquiesça Devereaux en feuilletant un dossier. Une sale affaire. C'est regrettable que cet assassin n'ait pas pu être arrêté plus tôt.

— C'est le moins qu'on puisse dire, oui, murmura Sebastian.

Les images cauchemardesques commençaient à s'estomper. Mais il savait qu'elles ne disparaîtraient jamais tout à fait.

— Quant à vous, mademoiselle Sutherland...

Tout en massant d'une main son crâne chauve, Devereaux

remonta les lunettes qui lui tombaient sur le nez, avant de compléter gravement.

— … Vous avez la réputation d'être compétente.

— Me voilà rassurée, ironisa Mel.

Sans tenir compte du regard d'avertissement de Sebastian, elle posa les deux coudes sur le bureau.

— Sérieusement, Devereaux, on pourrait peut-être arrêter là les présentations, non ? Les parents du bébé disparu se consument dans l'attente depuis plus de deux mois. Et David Merrick est à quelques kilomètres d'ici.

— C'est ce qu'il nous reste à prouver, l'interrompit Devereaux en ouvrant un second dossier. Après votre coup de fil de ce matin, nous avons mis pas mal de monde sur l'affaire. Un de nos agents dans l'Utah est allé interroger votre témoin au Motel des Dunes. Et ce dernier a reconnu formellement David Merrick. Nous avons également diffusé le signalement de la pseudo-Susan White.

— Alors pourquoi sommes-nous assis dans ce bureau à ne rien faire ?

Sourcils froncés, Devereaux l'observa par-dessus ses lunettes rondes.

— Et comment pensez-vous procéder, mademoiselle Sutherland ? Frapper à toutes les portes de Forrest Park en demandant aux résidents si, par hasard, ils n'auraient pas volé un bébé, au cours de ces trois derniers mois ?

Comme elle ouvrait la bouche pour protester, il la devança en levant un index grassouillet.

— Nous avons commencé à recenser tous les enfants de sexe mâle âgés entre six et neuf mois qui vivent dans les environs. Certificats d'adoption et actes de naissance sont en cours de vérification. Nous avons également la liste de tous les couples avec jeunes enfants nouvellement installés à Forrest Park. Je suis persuadé que, demain matin, en procédant par élimination, nous devrions être très proches du but.

— *Demain matin* ? Ecoutez, Devereaux, cela fait vingt-quatre heures, que nous courons d'un bout à l'autre du pays, Donovan et moi. Et maintenant que David est pour ainsi dire à porté de main, vous nous demandez de patienter toute la soirée et toute la nuit ?

Devereaux la gratifia d'un regard glacial.

— Faites-nous confiance, mademoiselle Sutherland. Je vous appellerai dès que j'aurai du nouveau.

Mel se leva d'un bond.

— Je connais bien David et je pourrai l'identifier au premier coup d'œil. Si je fais un tour dans le quartier en mettant en place un système de...

— Désolé, mais je vous arrête tout de suite, mademoiselle Sutherland. Cette affaire relève désormais des compétences des instances fédérales. Nous ferons éventuellement appel à vous pour identifier l'enfant, mais avec les empreintes digitales dont nous disposons, nous pouvons nous passer de vous.

Se désintéressant ostensiblement d'elle, Devereaux se tourna vers Sebastian.

— J'ai décidé d'agir sur la base des informations que vous nous avez communiquées après avoir pris conseil auprès de l'agent spécial Tucker de Chicago que je connais depuis vingt ans. Tucker m'a parlé de vous avec beaucoup d'estime, monsieur Donovan. Par égard pour mon collègue et ami, et parce que j'ai un petit-fils de l'âge de David, je ne vous recommanderai pas de regagner la Californie sur-le-champ.

— Merci de votre compréhension, monsieur Devereaux.

Sebastian se leva et prit Mel par le coude. Il lui serra le bras avec force, évitant juste à temps qu'elle ne couvre l'agent fédéral d'insultes.

— J'ai réservé des chambres à l'hôtel des Deux Chênes, précisa-t-il. Vous pourrez nous joindre là-bas demain matin.

Satisfait de sa réaction, Devereaux se leva et leur serra la main.

— J'aurais dû lui cracher à la figure, marmonna Mel dès qu'ils eurent franchi le seuil. Les agents fédéraux ont toujours traité les détectives comme des chiens.

— Il a accepté de nous écouter et de mobiliser ses hommes sur cette affaire. Songe qu'il aurait aussi bien pu nous claquer la porte au nez en nous traitant d'illuminés.

Mel était tellement remontée qu'elle oublia de protester lorsqu'il contourna leur voiture de location pour lui ouvrir sa portière.

— S'il a tenu compte de nos indications, c'est uniquement parce que son copain de Chicago s'est pris d'admiration pour toi.

Sebastian se glissa au volant.

— Oublions Chicago, O.K. ? J'imagine que ce n'est pas la peine de te proposer d'aller boire un verre à notre hôtel pour enchaîner sur un paisible dîner en terrasse ?

— Tu plaisantes, j'espère ? Ce qu'il me faut, c'est une paire de jumelles. Et un appareil photo.

— On devrait pouvoir te trouver ça.

Mel hocha la tête.

— Parfait… Aucune loi ne nous interdit d'aller nous balader tranquillement en voiture dans les quartiers résidentiels en fin d'après-midi, n'est-ce pas ?

— Aucune, non, acquiesça Sebastian en prenant la direction de Forrest Park. Et pourquoi pas une petite marche, d'ailleurs ? Rien de plus délassant qu'une promenade à pied dans une avenue paisible des beaux quartiers.

Mel le gratifia d'un sourire rayonnant.

— Tu sais qu'au fond, tu n'es pas si mal que ça, comme type, Donovan ?

Il éclata de rire.

— On m'a rarement fait un aussi beau compliment.

— Tu crois que tu pourrais…

Mel se mordit la lèvre et ravala la fin de sa question tandis qu'ils parcouraient à allure réduite les longues avenues bordées d'arbres de Forrest Park.

— Si je peux reconnaître la maison dans laquelle il vit ? compléta Sebastian pour elle-même. A terme oui, cela devrait être possible.

— Et comment… ?

Là encore, Mel laissa l'interrogation en suspens et porta les jumelles à ses yeux.

— Tu aimerais savoir comment je m'y prends, c'est ça ?

Il sourit et bifurqua sur la gauche — plus sur un coup de tête que pour des raisons délibérées, estima Mel.

— C'est un peu difficile à expliquer en trois mots. Je t'en parlerai peut-être plus tard si tu as toujours envie de savoir.

Lorsqu'il mit son indicateur de changement de direction et se gara le long du trottoir, Mel lui jeta un regard intrigué.

— Qu'est-ce que tu fais ?

— Ils viennent souvent le promener par ici après dîner.

— Quoi ?

— En poussette. Juste avant le bain.

Sur une impulsion, Mel lui prit le menton et tourna son visage vers le sien. Pendant une fraction de seconde, elle vit l'éclair jaillir dans son regard, soudain plus noir que la nuit.

— Où est-il ? s'enquit-elle dans un murmure.

— Juste là. Dans la maison de l'autre côté de la rue. Celle avec les volets bleus et le grand cèdre dans le jardin.

Il l'attrapa par le poignet alors qu'elle avait déjà la main sur la portière.

— Stop !

— S'il est ici, j'y vais et je le récupère ! C'est le bébé de Rose ! Ces gens n'ont pas le droit de…

— Réfléchis cinq minutes avant de faire n'importe quoi !

Il la prit par les épaules et la plaqua non sans mal contre le dossier du siège. Elle avait beau être mince comme une liane, elle était dotée d'une force saisissante.

— David ne court aucun danger, Mel. Tu ne peux pas faire irruption chez ces gens maintenant. Tu sais pertinemment qu'il y a une procédure à respecter.

Les yeux de Mel lançaient des éclairs. On aurait dit une déesse courroucée prête à invoquer la foudre.

— Ils ont volé David et tu voudrais que je les laisse faire !

— Non, ils ne l'ont pas volé. Ils ne savent pas qu'il a été kidnappé. Ils pensent qu'il s'agit d'un enfant abandonné par sa mère. Ou en tout cas, ils ont réussi à se convaincre que l'adoption était légale car ils désiraient si passionnément un enfant qu'ils se sont laissé manipuler.

Furieuse, elle secoua la tête.

— Ce n'est pas *leur* bébé.

Il radoucit la pression de ses doigts sur ses épaules.

— Non, ce n'est pas leur bébé, c'est vrai. Mais pendant ces deux mois, ils l'ont aimé et traité comme un fils. Pour eux, il est Eric et c'est l'enfant qu'ils aiment. Ils sont convaincus qu'ils forment désormais une vraie famille et qu'ils le verront grandir, faire des études.

Frappée par la justesse de l'argument, Mel se mordit la lèvre.

— Mais quand je pense à Rose…

— Pas plus tard que demain soir, Rose serrera son enfant dans ses bras, assura-t-il en lui effleurant la joue.

— Bon, très bien. Tu peux me lâcher, maintenant.

D'une main tremblante, elle s'empara des jumelles.

— Tu as eu raison de m'empêcher de me précipiter ventre à terre. Avant d'agir, il faut déjà avoir des certitudes.

Elle pointa les jumelles sur une grande baie vitrée et vit des murs pastel derrière de fins voilages. Un canapé couvert de jouets. Un transat pour bébé. Une jolie jeune femme brune apparut dans son champ de vision. L'inconnue tourna la tête d'un mouvement gracieux, sourit à une personne invisible.

Puis elle ouvrit les bras.

— *David,* chuchota Mel. Oh mon Dieu… C'est lui… C'est vraiment lui.

Les doigts crispés sur les jumelles, elle vit l'homme qui portait l'enfant le remettre à sa compagne.

Et David souriait aux anges…

— Allons marcher un peu, proposa doucement Sebastian.

Mais elle secoua la tête.

— Non. Je les photographie d'abord. Si nous voulons convaincre Devereaux d'agir, autant lui apporter des preuves sur un plateau.

Patiemment, elle fit une douzaine de photos tandis que les « parents » de David jouaient avec lui dans leur grand salon. Sa poitrine lui faisait mal. Tellement mal qu'elle ne put s'empêcher d'y porter la main.

— Allons faire un tour à pied maintenant, décréta-t-elle en posant l'appareil à ses pieds. Il commence à faire moins chaud. En principe, ils devraient sortir bientôt pour la promenade.

— Si tu essayes de leur arracher David de force…

— Je ne suis pas stupide, rétorqua-t-elle sèchement. Tout à l'heure, je ne savais pas ce que je disais. Mais dans mon métier, on respecte la procédure, Donovan.

Ils descendirent de voiture chacun de leur côté et se rejoignirent sur le trottoir.

— Nous aurons l'air plus naturel si nous marchons en nous tenant la main, suggéra Sebastian.

Mel haussa les épaules.

— Pourquoi pas ? Le ridicule n'a jamais tué personne.

— On peut dire que le romantisme t'étouffe, Sutherland.

Levant leurs deux mains jointes, il porta ses doigts à ses lèvres. Le juron qu'elle émit tout bas le fit sourire.

— J'ai toujours aimé me promener dans des quartiers

comme celui-ci, sans jamais pour autant avoir eu envie d'y vivre. C'est incomparable, comme ambiance, non ? Les jolis gazons bien verts, tondus au millimètre ; le voisin taillant ses rosiers...

Il sourit à un petit garçon qui passait en pédalant de toutes ses forces sur son vélo.

— ... Les odeurs de barbecue, poursuivit-il en lui caressant distraitement le creux de la paume. Les rires et les jeux d'enfants.

Mel avait toujours rêvé de se faire une niche à elle dans un quartier comme celui-là, avec de belles et vastes maisons noyées dans la verdure. Mais elle aurait préféré mourir plutôt que de l'admettre.

— ... Le vacarme des tondeuses, enchaîna-t-elle avec une grimace démonstrative... Les voisins trop curieux qui vous espionnent derrière les rideaux... Des chiens hargneux qui aboient du matin au soir.

Comme pour souligner son propos, un gros chien-loup se rua dans leur direction en jappant furieusement. Sebastian tourna la tête vers lui et le regarda fixement. Le chien s'immobilisa net, gémit faiblement, puis repartit, la queue entre les jambes.

Mel haussa les sourcils.

— Joli. Tu as d'autres tours comme ça, dans ton sac ?

Sebastian lui lâcha la main pour lui passer le bras autour des épaules.

— Ce n'est pas un « tour », c'est un don... Respire, Mel, lui murmura-t-il à l'oreille. Tout va très bien se passer.

— Je ne suis pas inquiète.

— Tu es tendue comme une corde de violon.

Sa main glissa jusqu'à sa nuque qu'il entreprit de masser.

— Hé, Donovan ! Bas les pattes !

Mais alors même qu'elle cherchait à se dégager, il opéra une légère pression et elle sentit tous ses muscles se fluidifier comme par miracle.

— Ça aussi, c'est un don, précisa-t-il en la ramenant contre lui. Si je t'avais nue sous la main, il ne me faudrait pas longtemps pour dénouer tes points de tension... Avant de passer à la suite...

Il sourit de son expression stupéfaite.

— Ce n'est que justice après tout, que je te révèle certaines de mes pensées, puisqu'il m'arrive d'avoir accès aux tiennes. Et je t'avoue que je suis de plus en plus obsédé par l'idée de ta nudité.

Gênée et redoutant de rougir, Mel regarda droit devant elle.

— Je te conseille d'oublier rapidement tes obsessions, Donovan.

— J'essaye. Mais on ne se débarrasse pas d'une idée fixe comme cela.

— Je déteste qu'on flirte avec moi, marmonna-t-elle.

— Mais, ma chère Mary Ellen, je ne flirte pas, j'exprime crûment mon désir. C'est différent. Si je te disais par exemple que tu as des yeux magnifiques qui me rappellent les collines de mon pays natal — ça, oui, ce serait du flirt. Si je partais sur de vibrantes descriptions de ta chevelure botticellienne ou si je te chuchotais que ta peau est aussi douce que les nuages dont le ventre caresse parfois le sommet des montagnes Santa Lucia, tu pourrais m'accuser de tentative de séduction, en effet.

De drôles de sensations naissaient dans l'estomac de Mel. Ce n'était pas déplaisant, a priori. Et pourtant, elle n'avait qu'une hâte : que cela cesse.

— Si tu me faisais ce genre de baratin, Donovan, je m'inquiéterais pour ta santé mentale.

— Exact. C'est pourquoi, j'ai opté pour une approche directe. Je te veux dans un lit, Mel — dans *mon* lit, plus précisément.

S'immobilisant sous un chêne, il la fit pivoter dans ses bras pour la tourner vers lui.

— J'ai envie de te déshabiller lentement, de caresser le velours de tes cuisses… Je veux voir ton regard chavirer dans l'amour. Je veux t'entendre crier mon nom…

Le visage penché sur le sien, il attrapa délicatement sa lèvre inférieure entre ses dents.

— Et quand tu auras joui, je n'aurai plus qu'une envie : te donner du plaisir de nouveau.

Comme il la sentait frissonner dans ses bras, il cessa de lui mordiller la lèvre pour lui donner un long baiser brûlant.

— Voilà. C'est assez direct comme approche ?

Mel cligna des yeux et constata non sans étonnement que ses propres mains reposaient paumes ouvertes contre le torse de Sebastian. Sa bouche était gonflée, douloureuse, affamée. Et son cœur affolé faisait autant de bruit qu'un canon.

— Tu es fou, murmura-t-elle.

— Fou de te désirer ou fou d'admettre que j'ai envie de toi ?

— Fou de penser que je pourrais me laisser convaincre de faire un tour rapide entre tes draps. Nous nous connaissons à peine !

Il lui saisit le menton entre les doigts et l'embrassa de nouveau.

— Tu me connais mieux que tu ne le penses, Mel… D'autre part, je ne me souviens pas d'avoir prononcé le mot « rapide ».

Elle ouvrait la bouche pour répondre lorsqu'il lui saisit la main.

— Ça y est. Ils sortent, annonça-t-il sans se retourner.

Par-dessus l'épaule de Sebastian, Mel vit la porte de la maison s'ouvrir.

— Traversons la rue, proposa-t-il. Cela te permettra d'identifier clairement David lorsqu'ils passeront à notre hauteur.

Les nerfs de nouveau tendus à se rompre, elle se laissa entraîner sur le trottoir opposé. En voyant David, elle se cramponna d'instinct à Sebastian en lui glissant le bras autour de la taille.

Comme il avait changé, en deux mois ! Mel réprima le flot de larmes qui menaçait de jaillir. Déjà, on devinait le petit garçon en lui. Il portait des vraies chaussures en cuir rouge et ses cheveux avaient poussé.

Mel se mordit la lèvre pour ne pas prononcer son nom lorsque David porta son attention sur elle. Un sourire un peu étonné se dessina sur ses traits, puis son visage s'éclaira et il lui tendit les bras.

— Mon fils a un faible pour les jolies femmes, observa fièrement le « papa » au passage, en souriant à Mel et à Sebastian.

Clouée sur place par l'émotion, Mel vit David se retourner dans sa poussette, puis pousser un cri de protestation. La jeune femme brune se pencha aussitôt sur lui en lui murmurant des paroles rassurantes.

— Il m'a reconnue, chuchota-t-elle d'une voix saccadée. Il s'est souvenu de moi.

— Oui, il s'est souvenu. Il existe un lien très fort entre David et toi.

Sebastian la rattrapa alors qu'elle faisait un pas chancelant en direction de la poussette.

— Non, Mel. Pas maintenant. Nous allons appeler Devereaux.

Le son de sa propre voix lui parvint, étouffé par la chemise de Sebastian.

— Inutile de me serrer comme ça… Je ne vais pas m'effondrer.

Mais elle ne chercha pas à se dégager de son étreinte pour autant.

— Oui, je sais. Tu plies, mais tu ne te romps pas.

Il pressa les lèvres contre sa tempe, passa doucement la

main dans ses cheveux et attendit que les tremblements finissent par se calmer.

Pour Mel, ce fut une des épreuves les plus cruelles de son existence de patienter debout devant la maison aux volets bleus pendant que Devereaux, accompagné d'un agent fédéral de sexe féminin, se trouvait à l'intérieur.

Depuis un bon moment déjà, un bruit déchirant de sanglots leur parvenait à travers les fenêtres ouvertes. Mel luttait ferme pour ne pas se laisser toucher par la réaction de désespoir de la jeune femme brune. Mais elle avait beau se raisonner, elle avait la gorge nouée par un mélange de révolte, de colère et de compassion profonde.

Enfonçant les mains dans ses poches, elle arpenta le trottoir. C'était long. Trop long. Et elle n'en pouvait plus d'attendre. Malgré leur insistance la veille au soir, Devereaux était resté inébranlable. Et il avait fallu s'armer de patience jusqu'au matin avant que l'agent fédéral décide enfin de passer à l'action.

Inutile de préciser qu'elle n'avait pas fermé l'œil de la nuit. Mais elle n'était toujours pas délivrée de ses peines pour autant. Plus d'une heure s'était écoulée depuis que les deux agents fédéraux étaient entrés dans la maison.

— Tu crois qu'ils vont y passer la journée ou quoi ? s'emporta-t-elle en se tournant vers Sebastian.

Il lui caressa le bras d'un geste rassurant.

— Ils ne nous laisseront pas partir avec David avant des heures, Mel. Le temps de faire les analyses de sang et les vérifications d'empreintes.

— Oui, je sais. Mais je veux être avec David en attendant de pouvoir le ramener à sa mère. Cet enfant, je le connais depuis qu'il est né ! Ils ne vont quand même pas le confier à une inconnue alors que je suis là et que je peux m'en occuper.

Elle enfouit le visage dans ses mains avant de poursuivre dans un murmure.

— Parle-moi de ces gens qui l'ont adopté, Donovan... S'il te plaît...

Sebastian s'était préparé à cette question.

— Elle, elle était enseignante. Mais elle a arrêté de travailler à l'arrivée de David. Elle aimait son métier mais voulait se consacrer entièrement à leur enfant. Lui est ingénieur. Ils sont mariés depuis huit ans et, dès le début, ils ont eu le projet de fonder une famille. Ce sont des gens honnêtes, Mel. Mais leur désir d'enfant était tellement grand qu'ils constituaient une proie facile pour des escrocs...

Mel baissa les yeux.

— Je suis désolée pour eux, chuchota-t-elle. Et d'autant plus en colère contre les monstres qui ont abusé de leur confiance.

— C'est un commerce révoltant, en effet, murmura Sebastian.

Mel hocha la tête et continua à faire les cent pas sur le trottoir. Lorsque la porte de la maison aux volets bleus s'ouvrit enfin, elle s'immobilisa, le cœur battant à tout rompre.

Devereaux se dirigea droit sur elle.

— Vous connaissez l'enfant, n'est-ce pas ? Vous pensez qu'il se sentirait en sécurité avec vous ? demanda-t-il à brûle-pourpoint.

— Je crois que oui. David m'a reconnue hier, murmura-t-elle. J'imagine que je devrais pouvoir le rassurer.

Devereaux frotta son crâne chauve.

— Le bébé braille tout ce qu'il sait. Il est perturbé par la réaction de M. et Mme Frost, je suppose. Et comme je vous l'ai expliqué ce matin, nous ne pourrons pas le rendre à ses parents avant d'avoir les résultats des prises de sang... Ça le calmerait peut-être si vous lui teniez compagnie en attendant que tout soit réglé. Vous accepteriez de monter en voiture avec l'agente Baker ?

— Pas de problème.

Le cœur battant, Mel se tourna vers Sebastian.

— Donovan ?

— Je vous suivrai. Ne t'inquiète pas.

Dans un état presque second, Mel pénétra dans la maison aux volets bleus. Derrière la porte close d'une chambre à coucher, on entendait toujours des pleurs désespérés. Comme un automate, Mel poursuivit son chemin, longea un couloir et enjamba un cheval à bascule pour pénétrer dans la nursery. Sur les murs bleu pâle, se détachait une frise avec des bateaux à voile. Et au-dessus du lit à barreaux tournait un mobile avec des animaux de cirque.

La bouche sèche, Mel dut se rendre à l'évidence : la chambre de David était exactement telle que Sebastian la lui avait décrite.

Mais le frisson qui la parcourut ne dura qu'une fraction de seconde. Déjà, elle se penchait sur l'enfant qui sanglotait dans son petit lit.

— Oh, mon pauvre bébé.

Elle pressa son visage contre le sien.

— Mon David…

Elle le calma en lui murmurant des paroles de réconfort, sans plus se soucier des larmes qui ruisselaient sur ses propres joues.

— Tu ne comprends plus rien à ce qui t'arrive, hein, mon bonhomme ? Mais c'est fini, maintenant. Tout va rentrer dans l'ordre.

Sur un dernier hoquet, David porta les poings à ses yeux, puis laissa échapper un petit soupir et sa tête chuta sur son épaule.

— Dors, mon petit chéri. On va rentrer à la maison. Cela fait deux mois que ton papa et ta maman t'attendent.

7

— Jamais je ne pourrai te remercier assez de ce que tu as fait pour nous, Mel. Jamais.

Debout à la fenêtre de la cuisine, Rose observait son mari et son fils qui riaient aux éclats en faisant rouler entre eux un gros ballon orange.

— Je ne peux pas me lasser de le regarder, murmura la jeune femme.

— Je comprends ce que tu ressens.

Mel rejoignit son amie à la fenêtre et passa un bras autour de ses épaules amaigries. Rose s'essuya les yeux avec un coin de son tablier et prit sa main dans la sienne.

— Je n'en crois pas mes yeux. Il est en si bonne santé. J'étais tellement terrifiée à l'idée de ne plus jamais le revoir, Mel. Des fois, ça me faisait trop mal. Et je n'avais plus qu'une envie : mourir pour ne plus rien sentir.

— Il ne faut plus y penser, Rose. David est de retour. La vie va reprendre son cours.

— Grâce à toi et à M. Donovan.

Rose s'éloigna de la fenêtre, mais son regard ne cessait de glisser vers son fils, comme s'il lui était impossible de le quitter des yeux, ne serait-ce qu'un instant. Combien de mois — d'années — lui faudrait-il avant de se sentir rassurée de nouveau ? se demanda Mel, révoltée.

— Parle-moi de ces gens chez qui il vivait, Mel, la

supplia Rose. J'ai demandé aux agents du FBI. Mais ils étaient...

— ... muets comme la tombe, compléta Mel. Tout ce que je peux te dire, c'est que David était en bonnes mains, Rose. C'est un couple très aimant, profondément désireux de fonder une famille. Leur seul tort a été de faire confiance à un avocat véreux.

De nouveau, le regard de Rose glissa sur son fils.

— Je n'en reviens pas qu'il ait grandi à ce point... Je crois qu'il a déjà commencé à faire ses premiers pas avec eux, en leur tenant la main.

La voix de Rose vibrait d'amertume. Parce qu'elle avait manqué tant de regards. Tant de sourires. Tant d'étapes dans la vie de son enfant. Mais à sa colère, à ses regrets venait se mêler une grande compassion pour une autre mère, dans une autre ville qui n'avait plus, désormais, qu'un berceau vide sur lequel se pencher.

— Je sais qu'ils l'aimaient, Mel. Et pour elle, c'est une souffrance encore pire que la mienne. Moi, au moins, il me restait l'espoir. Alors qu'elle, elle l'a perdu pour toujours.

Les mains de Rose se crispèrent sur le plan de travail.

— Et celui qui nous a fait ça ? Le voleur d'enfants ? On ne sait toujours pas qui c'est, n'est-ce pas ?

— Pas pour le moment, non, murmura Mel. Mais tôt ou tard, je finirai par l'épingler, je te le promets.

— Tu continueras à collaborer avec M. Donovan, n'est-ce pas ? Lui non plus n'aura pas le cœur tranquille tant qu'il n'aura pas trouvé le coupable.

— Sebastian ? Tu l'as revu ?

Un sourire éclaira le visage de Rose.

— Il est passé nous dire un petit bonjour, oui. Nous avons discuté un moment.

— Ah bon ?

Mel estima qu'elle feignait l'indifférence à merveille. L'expression de Rose se radoucit.

— Il a rapporté le nounours jaune de David. Et il lui a offert un petit bateau à voile.

Un voilier ? Comme ceux qui l'entouraient dans sa jolie chambre chez les Frost ? Oui, une aussi délicate attention ne la surprenait pas de la part de Sebastian.

— C'est un joli geste, admit-elle.

— Il comprend si bien les choses, observa Rose. A la fois ce que nous avons enduré, Stan et moi. Et le calvaire que ces gens d'Atlanta traversent en ce moment… C'est peut-être pour ça qu'il a refusé d'être payé.

— Il n'a pas accepté d'honoraires ? s'enquit Mel en s'efforçant de ne rien laisser transparaître de son immense curiosité.

— Pas un centime, non. Il a dit que si nous voulions absolument donner quelque chose, Stan et moi, nous n'avions qu'à envoyer la somme à une association humanitaire. Je crois que M. Donovan veut continuer à chercher.

— Continuer à chercher ?

— Il a dit qu'on ne pouvait pas laisser ces trafiquants d'enfants continuer à se comporter ainsi impunément. Que c'était inadmissible que les êtres humains soient arrachés à leurs parents et vendus comme des petits chiots.

— Il a raison, acquiesça Mel en récupérant son sac sur la table de la cuisine. Il faut que je file, Rose.

Son amie ouvrit de grands yeux.

— Tu ne restes pas manger avec nous ?

Mel embrassa la jeune femme sur la joue.

— Une autre fois avec plaisir, mais là, ce n'est vraiment pas possible. J'ai un truc urgent à régler.

Peut-être avait-elle trop tardé pour lui rendre visite ? Mel ralentit lorsqu'un nuage cotonneux glissa juste au-dessus d'elle sur la petite route escarpée. Et songea que leur retour de Georgie ne remontait qu'à trois jours.

On ne pouvait pas dire que Sebastian avait fait beaucoup d'efforts pour la revoir de son côté. Puisqu'il était descendu voir Rose, qu'est-ce qui l'aurait empêché de parcourir quelques centaines de mètres de plus pour faire un saut jusqu'à son agence ?

Mais apparemment, il n'avait pas jugé utile de se déplacer. Malgré tout le blabla qu'il lui avait sorti sur ses yeux, ses cheveux et sa peau. Mel pianota du bout des doigts sur le levier de vitesse. S'il l'avait désirée *vraiment*, comme il le prétendait, il serait déjà revenu à la charge.

Elle n'attendait que cela depuis leur retour. Comment savoir, en effet, si elle aurait envie de le repousser, s'il ne lui faisait plus aucune avance ?

Bon. Puisque le loup refusait de sortir de sa tanière, elle irait le débusquer dans son repaire. De toute façon, ils auraient été appelés à se revoir un jour ou l'autre. Ne serait-ce que pour régler certains détails pratiques.

Convaincue qu'elle était psychologiquement armée pour affronter le fauve à domicile, Mel emprunta l'allée cahoteuse qui montait chez Sebastian. A mi-pente, elle dut freiner brusquement lorsqu'un cavalier juché sur un étalon noir lancé au grand galop traversa la piste devant elle. A la vue du cheval à la robe luisante et de l'homme à la peau brune qui montait à cru, ses cheveux d'ébène au vent, Mel eut l'impression de remonter les siècles et de se retrouver à l'époque des chevaliers, des magiciens et des dragons.

Eblouie par la beauté de cette vision d'un autre âge, Mel regarda le cavalier et sa monture disparaître dans une écharpe de brume pour resurgir un peu plus haut en plein soleil. Jamais elle n'avait eu une telle impression de splendeur, de puissance et d'unité.

Lorsque l'écho des sabots martelant le sol se fut évanoui dans le silence, Mel secoua la tête, passa une vitesse et reprit sa progression vers le sommet.

Quelques minutes plus tard, elle trouva Sebastian dans l'enclos à chevaux, en train d'étriller Eros. Même debout à côté de sa monture, il gardait l'allure d'une figure mythique. Jamais elle n'avait mesuré à quel point il était unique... différent, vibrant d'une énergie qui n'était pas celle des autres hommes. L'exaltation de sa chevauchée se lisait encore sur son visage. Et il semblait déborder de force vitale. Avec un léger frisson, Mel songea que si elle le touchait en cet instant, elle se brûlerait sûrement les doigts.

Sebastian lui sourit par-dessus la crinière de l'étalon.

— Désolé de ne pas avoir pris le temps de te saluer, tout à l'heure. Mais je n'aime pas brider l'élan d'Eros lorsqu'il est lancé au maximum de sa vitesse.

— Aucune importance. Ne t'inquiète pas.

En vérité, elle était ravie qu'il n'ait pas immobilisé sa monture. S'il lui avait adressé la parole, juché sur son étalon noir, elle aurait sans doute été trop impressionnée pour aligner deux phrases cohérentes.

— Je passe juste en coup de vent, Donovan. Tu as deux minutes à m'accorder pour que nous fassions le point ?

— Je devrais pouvoir trouver un peu de temps à te consacrer, oui.

Posant le genou du cheval sur sa cuisse, il entreprit de nettoyer un sabot.

— Tu as vu Rose ?

— J'en viens, justement. Elle m'a dit que tu étais passé chez eux. Et que tu avais apporté un voilier pour David.

Sebastian leva un instant les yeux avant de passer au sabot suivant.

— J'ai pensé que cela pourrait lui faciliter la transition, d'avoir un objet qui lui rappellerait les deux mois où il a vécu avec les Frost.

— C'est une belle attention de ta part.

Il se redressa et passa aux jambes avant.

— Je ne me comporte pas toujours forcément comme la dernière des brutes.

Mel posa un pied sur le premier barreau de la clôture.

— Rose m'a expliqué que tu avais refusé d'être payé.

— Je crois t'avoir déjà fait observer que je n'avais pas besoin d'honoraires pour vivre.

Mel se pencha par-dessus la clôture pour caresser l'encolure d'Eros. Et tenta de se persuader que ce cheval n'avait rien de surnaturel ni de magique. C'était juste un animal magnifique dans la fleur de l'âge.

Plus ou moins comme son maître, d'ailleurs.

— Je me suis renseignée un peu à ton sujet. Apparemment, tu as le sens des affaires, Donovan.

— On peut appeler ça comme ça, oui.

— Le fait que tu aies disposé d'une jolie petite fortune au départ a sans doute dû faciliter pas mal les choses.

Il examina le dernier sabot.

— Quand on a de l'argent, c'est plus facile d'en gagner. Mais c'est aussi plus facile d'en perdre.

— C'est vrai, admit-elle. J'ai également eu les détails de ta mission à Chicago. J'imagine que l'expérience a été rude.

Mel vit les traits de Sebastian s'altérer et regretta d'avoir abordé le sujet. Ce n'était pas le genre de souvenirs qu'il prenait à la légère, de toute évidence.

— Ça a été rude, oui. Echouer n'a jamais été ce que je préfère.

— Echouer ? Mais tu as aidé la police à mettre la main sur le meurtrier. C'est grâce à toi qu'ils ont pu l'arrêter.

— Cinq vies perdues, ce n'est pas ce que j'appelle une réussite.

Le visage fermé, il donna une petite claque sur les reins de l'étalon qui partit au trot rejoindre Psyché.

— Tu entres un moment avec moi, Mel ? Je voudrais me passer sous la douche.

— Sebastian ?

C'était la première fois qu'elle l'appelait par son prénom. Il s'immobilisa net, la main sur la clôture, juste au moment où il s'apprêtait à sauter. Elle posa ses doigts sur les siens.

— Cinq vies perdues, oui. Mais combien de sauvées ? Tu le sais ?

— Non.

Il franchit la barrière d'un bond et atterrit juste devant elle.

— Non, je ne sais pas. Mais je te remercie d'avoir posé la question.

Il lui prit le bras.

— Tu viens ?

Mel hésita. Dehors, à l'air libre, elle se sentait en sécurité. Avec tout l'espace nécessaire pour réagir, au cas où une manœuvre se révélerait nécessaire. Mais refuser de le suivre constituerait un aveu de faiblesse.

— O.K. J'ai un projet dont j'aimerais te parler, Sebastian.

— C'est ce que j'ai cru comprendre, oui. Tu as dîné ?

— Pas encore, non.

— Très bien. Nous parlerons en mangeant.

Ils pénétrèrent dans la grande maison moderne par une entrée latérale, traversant une terrasse de bois de séquoia, bordée de belles jarres en terre cuite débordant de fleurs. Ils entrèrent directement dans une vaste cuisine immaculée entièrement décorée dans des tons de bleu roi et de blanc.

— On se croirait dans un magazine de décoration haut de gamme, murmura-t-elle.

Avec un léger sourire, Sebastian se dirigea vers un petit réfrigérateur avec une porte de verre. Il choisit une bouteille, la déboucha et lui servit un verre.

— Tiens, voici pour t'aider à patienter, le temps que je me lave. Fais comme chez toi.

Mel le prit au mot. Dès l'instant où il eut le dos tourné, elle descendit de son tabouret et commença à inspecter les lieux. Pas par indiscrétion. Juste pour comprendre un peu mieux qui était Sebastian Donovan. Car s'il y avait une personne au monde dont elle souhaitait percer l'énigme, c'était bien lui.

Un ordre méticuleux régnait dans la cuisine. Tout était propre, étincelant, soigné. Plusieurs bouquets d'herbes sèches étaient accrochés tête en bas dans un encadrement de fenêtre, au-dessus de l'évier. Mel alla les renifler un à un et trouva leur odeur à la fois plaisante et vaguement mystérieuse.

Elle ouvrit un tiroir au hasard et vit un alignement d'ustensiles destinés à la pâtisserie. Sourcils froncés, Mel secoua la tête. Où était le désordre ? Et les secrets qui généralement s'y trouvaient mêlés ?

Plus intriguée que découragée, elle reprit son verre de vin et sa place sur le tabouret, quelques minutes seulement avant le retour de Sebastian. Il s'était habillé entièrement de noir — jean et chemise — et ses pieds étaient nus. Lorsqu'il se servit à boire à son tour, elle songea que Sebastian Donovan ressemblait à ce qu'il prétendait être : un être à part, doué d'étranges et fascinants pouvoirs.

Avec un léger sourire, il fit tinter son verre contre le sien et se pencha pour la regarder dans les yeux.

— Tu me fais confiance ?

— Pardon ? chuchota-t-elle, tétanisée.

Son sourire s'élargit.

— Pour choisir le menu.

Troublée, Mel plongea le nez dans son verre.

— Bien sûr. Fais comme tu veux. Je mange de tout, en fait.

Lorsqu'elle le vit sortir des ingrédients du réfrigérateur, elle fronça les sourcils.

— Ne me dis pas que tu as l'intention de faire le repas toi-même ?

— Bien sûr que si. Pourquoi ?

— Je pensais que tu commanderais une pizza ou un

truc de ce genre… C'est une vraie corvée de préparer à manger, non ?

Sebastian entreprit de ciseler des herbes fraîches dans un bol.

— Pour moi, c'est une détente, au contraire. Ça m'aide à décompresser.

Mel se passa la main dans les cheveux et le regarda procéder d'un œil sceptique.

— Tu aimerais peut-être que je t'aide ?

— Toi ? Tu ne sais pas cuisiner.

Elle haussa les sourcils.

— Et comment sais-tu cela ?

— J'ai eu un aperçu de ta cuisine. Tu crains l'ail ?

— Pas du tout, non.

Sebastian écrasa une gousse à l'aide d'une fourchette. Le menton en appui sur une main, Mel constata, non sans étonnement, qu'elle éprouvait du plaisir à le regarder aller et venir, éplucher et découper des tomates, mettre de l'eau à bouillir.

— Tu avais quelque chose à me dire, Mel, je crois ?

Soudain ramenée à la réalité de sa mission, elle tressaillit.

— Pour Rose, Stan et David, tout est bien qui finit bien, mais… C'est quoi ces espèces d'herbes sèches que tu viens de mettre dans ta sauce ? s'interrompit-elle, sourcils froncés.

— Oh, rien de très mystérieux. De l'origan. Du romarin. Une pointe de sarriette.

— Ça sent bon.

Tel que Sebastian lui-même, d'ailleurs. De nouveau, il était comme enveloppé de cette même odeur troublante de sous-bois aux notes musquées, mousse de chêne, dont la sensualité, par moments, lui coupait littéralement les jambes.

Mel but une gorgée de vin.

— … Mais pour M. et Mme Frost, en Georgie, la vie

a pris des allures de cauchemar, poursuivit-elle d'une voix sombre. Autrement dit : nous avons fait du bon boulot, c'est vrai, mais nous n'avons pas terminé ce que nous avons commencé.

Sebastian plaça ses blancs de poulet dans une poêle. Il lui plaisait de voir Mel dans sa cuisine, très occupée à observer ses préparations culinaires avec une attention un rien méfiante.

— Continue, l'encouragea-t-il.

— Nous avons rendu David à sa famille. En cela, nous avons rempli notre mission. Mais nous n'avons pas mis la main sur le coupable. Or, il n'est pas le seul bébé à avoir été volé.

— Qu'est-ce qui te fait dire cela ?

— Simple déduction logique. Ces gens sont trop bien organisés pour se limiter à une opération ponctuelle. Il est clair qu'il s'agit d'un trafic déjà constitué.

— C'est juste, admit-il en remplissant leurs verres.

Mel descendit de son tabouret. Elle avait toujours eu l'impression de penser plus clairement lorsqu'elle avait les deux pieds sur le sol.

— Comme élément de départ, nous avons l'avocat qui était en contact avec les Frost pour les assister dans leur soi-disant « procédure d'adoption ». Mais il y a fort à parier que l'individu en question a disparu dans la nature depuis longtemps.

Sebastian hocha la tête.

— Je le redoute également.

— Quoi qu'il en soit, nous avons affaire à une organisation bien structurée, agissant à l'échelle nationale. Une véritable entreprise, en somme. J'imagine qu'ils se sont assuré les services d'un homme de loi pour tout ce qui est papiers officiels. L'adoption, en effet, en requiert un certain nombre. Il se peut également qu'un médecin soit impliqué. Ou en tout cas quelqu'un qui serait mêlé de près ou de loin à l'industrie de la fertilité. Les Frost ont passé des quantités d'examens avant de se décider à adopter. J'ai vérifié.

Sebastian retourna la viande dans la poêle.

— J'imagine que le FBI a vérifié également.

Mel hocha la tête.

— Tout à fait. Notre ami Devereaux ne reste pas inactif. Mais de mon côté, j'aime bien aller au bout de ce que j'entreprends. Je me suis donc penchée sur la psychologie des couples stériles. Et j'ai découvert que ceux qui veulent à tout prix fonder une famille sont prêts à *tout* pour y parvenir. D'autre part, ces gens n'hésitent pas à payer des sommes astronomiques, parfois : des examens de plus en plus sophistiqués et coûteux, des interventions, des traitements. Et quand rien ne marche, ils payent pour avoir le bébé de quelqu'un d'autre.

Se rapprochant de la cuisine où s'activait Sebastian, Mel se pencha pour renifler la sauce.

— Mais dis-moi, elle n'a pas l'air mauvaise du tout, ta petite mixture, commenta-t-elle avec un sourire gourmand.

— Merci. Mais ne te laisse pas détourner de ton sujet.

— Désolée. Qu'est-ce que je disais déjà ? Ah oui : les adoptions. Je sais que, dans la plupart des cas, elles se passent dans les règles et qu'elles représentent une solution satisfaisante pour toutes les parties concernées. Mais dans un domaine aussi délicat et passionnel que le désir d'enfant, il y aura toujours des canailles pour flairer le gain facile.

— C'est un filon en or, en effet.

Sebastian désigna le vaisselier bleu près des portes-fenêtres.

— Ça va bientôt être prêt. Je te laisse mettre la table ?

Suivant ses instructions, Mel trouva couverts, assiettes, et serviettes tout en poursuivant, imperturbable, son exposé.

— Mais la canaille à laquelle nous avons affaire n'est pas le premier petit malfrat venu. C'est quelqu'un de discret, d'intelligent, avec un sens brillant de l'organisation. Ce n'est pas à la portée de n'importe qui de balader ainsi un bébé volé à travers tout le pays.

Sebastian hocha une fois de plus la tête.

— Pour l'instant, ton raisonnement est parfait. Je n'ai rien à objecter.

— Je pense que c'est lui — la tête pensante du réseau — qu'il faut viser. Pour l'instant, Parkland court toujours. Mais la police finira par mettre la main sur lui. Ce n'est pas un pro — juste un délinquant de seconde zone, criblé de dettes, acculé à faire un « gros coup ». J'imagine qu'il ne sait pas grand-chose mais qu'il pourra quand même fournir quelques indications. Indications que Devereaux et ses collègues garderont pour eux seuls.

— Logique, oui... Tiens, prends la bouteille de vin et assieds-toi.

Sans même penser à protester, elle s'installa, les jambes repliées sous elle, sur la banquette qui épousait l'arrondi d'une fenêtre.

— Connaissant le FBI, ils refuseront de communiquer leurs infos à un détective privé. Alors qu'avec toi, ils seront forcément beaucoup plus coulants. Après tout ce que tu as fait pour eux, ils te doivent bien une faveur.

— C'est un fait, acquiesça Sebastian en posant les assiettes garnies sur la table.

— Si tu le leur demandes, ils te fourniront une copie de l'interrogatoire de Parkland, une fois qu'ils l'auront coffré. En insistant un peu, tu pourrais même obtenir d'eux qu'ils te laissent l'interroger toi-même.

Sebastian goûta les *penne* et les trouva excellents.

— Peut-être, oui... A condition que je décide de poursuivre.

Choquée, elle lui attrapa le poignet.

— Parce que tu envisagerais de ne pas finir ce que tu as commencé ?

Sebastian tourna vers elle un regard si étrangement pénétrant que les doigts de Mel se desserrèrent d'eux-mêmes et que son bras retomba sans force sur la table.

— Si, répondit-il enfin.

Mal à l'aise, elle roula un peu de mie de pain entre ses doigts.

— Alors où est l'obstacle ?

— Il n'y en a pas. J'ai décidé de t'aider.

Mel laissa échapper un soupir de soulagement. Elle se garda bien de le toucher, cette fois. Mais elle lui sourit avec chaleur.

— Merci, Sebastian. C'est une belle faveur que tu me fais. Je te revaudrai ça.

— Attends. Je n'ai pas encore posé mes conditions. Nous travaillerons *ensemble*, pour commencer.

Elle en lâcha sa tranche de pain.

— Ecoute, Donovan, tu sais que j'ai l'habitude de fonctionner seule. Et puis, nous n'avons pas les mêmes méthodes, toi et moi. Tes visions, tes machins, ça me stresse.

— O.K. Tes méthodes à toi — tes armes, tes machins — me stressent également. Donc, je propose un compromis. Nous nous accommodons de nos excentricités mutuelles et nous nous concentrons sur le but à atteindre. L'essentiel étant quand même d'aller jusqu'au bout de ce que nous avons commencé, comme tu viens toi-même de le souligner.

Mel réfléchit un instant.

— Il est vrai que si nous faisions équipe, toi et moi, nous pourrions leur tendre un piège. Nous faire passer pour un couple. Stérile, cela va sans dire… Mais attention, Donovan, si nous décidons de collaborer d'un peu près, il faudra définir un ensemble de règles et les observer strictement, se hâta-t-elle de préciser.

— Cela va sans dire, Mary Ellen.

— Ne m'appelle pas Mary Ellen ! Et arrête de me regarder avec ce petit sourire !

Pour chasser son trouble, elle vida méticuleusement son assiette. Puis leva sur lui un regard appréciateur.

— C'est excellent… Du travail d'artiste. Et pourtant, je n'ai pas eu l'impression que tu te sois beaucoup fatigué.

— Tu me flattes.

Elle se mordilla la lèvre puis éclata de rire.

— Ne le prends pas mal. Je pensais simplement qu'une nourriture élaborée, comme celle-ci, exigeait un travail démesuré. Ma mère avait souvent des jobs de serveuse et, le soir, elle nous ramenait des restes. Mais c'était toujours de la nourriture de fast-food. Rien de comparable avec ce que tu cuisines, toi.

— Et que devient ta mère maintenant ?

— Elle continue de changer d'horizons tous les deux ou trois mois. La semaine dernière, j'ai reçu une carte postale du Nebraska.

— Et ton père ?

Une ombre de tristesse ternit un instant l'humeur de Mel.

— Je ne me souviens plus de lui.

— Ta mère est contente de tes choix professionnels ?

— Ah, oui. Très enthousiaste, même. Il faut dire qu'elle ne manque jamais une série policière à la T.V… Et tes parents à toi ? Que pensent-ils de ta vocation ? Ça ne les choque pas que tu aies la réputation d'être le grand marabout de Monterey ?

Sebastian sourit.

— Grand marabout n'est peut-être pas le titre qui convient. Quant à mes parents, ils apprécient que je perpétue la tradition familiale.

Mel soupira dans son vin.

— Et à quoi ressemblez-vous, lorsque vous êtes tous ensemble ? A une assemblée de sorciers en plein sabbat ?

— Non, Mel, répondit-il, très calmement. Nous ressemblons à une famille.

Elle vida son verre d'un trait et le posa — un peu bruyamment — sur la table.

— Bon. Je suis forcée de m'incliner devant la pertinence de tes visions puisqu'elles nous ont menés tout droit jusqu'à David. Mais ça ne signifie pas pour autant que je suis prête à tout gober aveuglément... J'ai lu quelques articles de fond sur les questions de télépathie et de voyance, admit-elle. Et j'ai vu que certains spécialistes tout à fait respectables s'étaient penchés sur ces phénomènes.

— Comme c'est rassurant. Je vais enfin pouvoir dormir sur mes deux oreilles.

Mel lui jeta un regard noir.

— Je suis cartésienne, *moi*. J'ai besoin de comprendre. C'est ainsi que j'ai appris qu'en raison de sa complexité et de son inaccessibilité le cerveau humain demeurait toujours en majeure partie un mystère pour les scientifiques. Des études assez concluantes ont été conduites sur des phénomènes de télépathie, par exemple. Ou sur des personnes capables de lire une carte à jouer sans la retourner. Je veux bien admettre qu'il se passe des choses étranges et inexpliquées dans le domaine parapsychique. Mais ne me demande pas de m'intéresser à la poussière de fée, aux lignes de la main, et autres attrape-nigauds de ce genre, on est bien d'accord ?

— Un soupçon de poussière de fée ne te ferait pas de mal, pourtant. Il faudrait que j'en touche un mot à Morgana.

— Restons sérieux, Sebastian...

— Mais je *suis* sérieux, protesta-t-il en lui prenant la main. Je suis né avec du sang d'elfe dans les veines. Mon hérédité remonte jusqu'à Finn, le Celte. Et mon don est de double vue. Un don qui n'a rien à voir avec la logique ou avec la science, mais qui est mon héritage et ma destinée.

Mel s'éclaircit la voix.

— Ecoute, je ne voudrais pas avoir l'air sceptique, mais...

— Mais tu veux des preuves, c'est ça ?

— Disons que si nous travaillons ensemble, j'aimerais avoir une idée de l'étendue de tes… talents.

— D'accord. Pense à un chiffre entre un et dix… *Six* ! s'exclama-t-il avant même qu'elle ait eu le temps d'ouvrir la bouche.

— Ah non, ça ne compte pas. Je n'étais pas prête.

— Mais c'est le chiffre qui t'est venu à l'esprit, oui ou non ?

— Peut-être. Mais laisse-moi le temps de me préparer.

Mel ferma les yeux, se concentra.

— Voilà… Essaie maintenant.

Elle avait une grande force psychique, constata Sebastian en se heurtant à un esprit barricadé. Pour la distraire, il lui prit la main et lui mordilla les doigts.

— Trois.

— C'est juste, reconnut-elle en soulevant les paupières. Et maintenant, dis-moi comment tu procèdes.

Il posa ses lèvres au creux de sa paume.

— Je sens, c'est tout… Tantôt, ce sont des images, tantôt des mots, tantôt des émotions impossibles à décrire… En ce moment, tu te demandes si tu as bu trop de vin car ton cœur bat trop vite et ta peau est brûlante. Et tu as la tête qui tourne.

— Ma tête va très bien, protesta-t-elle en dégageant sa main. Ou du moins, elle irait bien, si tu t'abstenais de venir l'envahir. Je le sens quand tu…

— Oui, je sais. Tu le perçois quand je me branche sur tes pensées.

Sebastian reprit son verre de vin et se renversa contre son dossier.

— Tu sais qu'il s'agit là d'une faculté rare, Sutherland ? A part les gens de ma famille, personne, en général, ne se rend compte de quoi que ce soit. Si tu veux développer tes dons parapsychiques, je me ferai un plaisir de te guider.

Mel réprima un léger frisson.

— Non merci. Mon cerveau me convient très bien tel qu'il est. Et je n'aime pas spécialement que l'on vienne s'y balader, d'ailleurs. Donc, règle numéro un…

— Entendu. Je ne lirai dans ton esprit que si tu me le demandes expressément.

— Tu dis ça, mais qu'est-ce qui me prouve que… ?

— Je tiens parole, Mel.

— Parole de sorcier, alors ?

— Parole de sorcier, si tu veux.

Si elle le voulait ? Pas vraiment. Mais elle était décidée à lui faire confiance.

— Seconde règle : toutes les informations sont mises en commun. On partage et on ne retient rien pour soi.

Il lui adressa un sourire aussi charmeur que redoutable.

— Excellent principe. Je trouve que nous nous sommes déjà beaucoup trop retenus comme ça, toi et moi.

— Attention, Donovan. Il s'agit d'une collaboration de nature professionnelle.

— Nous serons très pro, je te le promets, déclara-t-il en faisant tinter son verre contre le sien. Dîner ensemble peut être considéré comme une activité professionnelle ?

— Il ne s'agit pas non plus de s'enfermer dans une rigueur absurde. Ce que je veux dire, c'est que nous serons amenés à jouer le rôle d'un couple marié désirant un enfant. Et il faudra veiller à ne pas… à ne pas…

— A ne pas perdre de vue les frontières entre réalité et fiction ? Je crois comprendre ce que tu veux dire. Tu as un projet précis en tête ?

— J'ai mon idée, oui. Mais il faudrait que le FBI coopère.

— Je me charge d'obtenir leur aval.

Mel sourit. C'était exactement la réaction qu'elle avait espérée.

— Avec leur aide, nous pourrons nous construire une identité solide. Ils nous fourniront le certificat de mariage, les relevés bancaires, les références fiscales, tout ce dont nous aurons besoin pour être crédibles. Le plan, c'est d'attirer l'attention de l'organisation sur nous. Il faudra que nous soyons riches, mais pas trop influents quand même, pour ne pas faire peur. Nous serons nouvellement implantés dans la ville où nous choisirons de nous installer. Sans liens d'amitiés forts. Sans famille. Notre nom figurera sur les listes d'attente de plusieurs agences d'adoption légale et on trouvera notre dossier dans au moins deux cliniques célèbres spécialisées dans les méthodes de fécondation artificielle de pointe. Une fois qu'ils auront mis la main sur Parkland, nous pourrons sans doute définir l'endroit où nous aurons les meilleures chances d'être repérés par les kidnappeurs.

Sebastian fronça les sourcils.

— Attendre l'arrestation de Parkland ? Ça risque d'être long. Je te propose une solution de compromis : je décide du lieu et du moment et je te laisse organiser la suite. Ça te va ?

Elle hésita un instant.

— Si tu choisis le lieu et le moment, il faudra que ce soit pour des raisons valables et que je juge acceptables.

— Ça marche. Affaire conclue, Sutherland ?

— Affaire conclue.

Un frisson d'excitation parcourut Mel. Elle l'attribua à la perspective d'une enquête qui promettait d'être fascinante et se leva pour débarrasser.

Sebastian lui posa la main sur l'épaule.

— Laisse. Nous verrons cela plus tard.

Mais Mel continua à empiler plats et assiettes et se dirigea d'autorité vers l'évier.

— Pas question. Tu as cuisiné ; je me charge de la vaisselle.

— Laisse, je te dis.

Lorsqu'elle se retourna pour récupérer les verres et les

couverts sur la table, Sebastian se tenait juste derrière elle. Mel voulut l'éviter mais il la retint par le bras.

— La vaisselle ne se fera pas toute seule, protesta-t-elle. Et surtout ne me dis pas que tu as l'intention de faire nettoyer ta cuisine par une armée de nains, lutins ou autres elfes de maison !

— Je n'emploie pas ce genre de serviteurs... Pas en Californie, en tout cas.

Comme elle lui jetait un regard découragé, Sebastian lui massa doucement la nuque.

— Voilà que tu recommences à te crisper. Tu étais décontractée pendant le dîner, pourtant. Tu as même souri à une ou deux reprises. Et j'ai trouvé ça adorable.

— Je déteste que l'on me touche, protesta-t-elle, sans pour autant se dégager.

— Pourquoi ce refus du contact physique ? C'est une forme de communication comme une autre. On peut se parler avec les yeux. Avec la voix. Avec les mains.

Les siennes, de mains, glissaient sur ses épaules, dénouaient les muscles, soulageaient les points de tension.

— Toucher n'est pas forcément dangereux, murmura Sebastian.

— Pas forcément. Mais ça peut l'être, murmura-t-elle en songeant que s'il continuait ainsi une minute de plus, elle allait finir par se liquéfier.

Avec l'ombre d'un sourire, il laissa glisser les paumes dans son dos.

— Et depuis quand le danger te fait-il peur, Mel ?

Elle leva le menton.

— Je suis venue ici pour te parler, Sebastian.

— Et je t'ai écoutée, observa-t-il en l'attirant plus près.

Mel secoua la tête. Elle laissa reposer la main sur le torse de Sebastian, dans un geste qui ne constituait ni un refus, ni une invite.

— Arrête tes petits jeux, Sebastian.

Il pencha la tête et lui posa un baiser sur le bout du nez.

— Tu n'as pas envie de jouer ? Dommage. Ce sera pour une prochaine fois, alors. Ce soir, de toute façon, j'ai d'autres projets pour nous que le jeu.

Mel avait de plus en plus de difficulté à respirer.

— Ecoute, Donovan. Je reconnais qu'il existe une certaine attirance physique entre nous, mais ça ne veut pas forcément dire grand-chose.

— En effet. Ça ne veut pas forcément dire grand-chose. Ta peau est d'une douceur incomparable, Mary Ellen. Tu caches une fragilité étonnante sous tes airs de grande fille coriace.

— Arrête de dire n'importe quoi, O.K. ?

Mais lorsqu'il passa la main sous son T-shirt pour caresser sa peau nue, elle se sentit aussi fragile et délicate qu'une fleur rare. Avec un son qui se situait à mi-chemin entre le gémissement et le soupir, elle s'abandonna à son étreinte.

Il posa ses lèvres dans son cou.

— Je commençais à perdre patience, à force de t'attendre. Mais je savais que tu finirais par venir à moi tôt ou tard.

— Je ne suis pas venue à *toi*, Donovan, murmura-t-elle en se pressant contre lui, les doigts noués dans sa nuque.

Mais au fond d'elle-même, n'avait-elle pas su dès le début qu'ils en arriveraient là tôt ou tard ?

— Il me faut encore un temps de réflexion, protesta-t-elle tout en couvrant son visage de baisers. Je ne suis pas complètement sûre... Et je déteste me tromper.

— Mmm... Personne n'aime se tromper, commenta Sebastian en l'attrapant par les hanches. Mais rassure-toi, en l'occurrence, il ne s'agit pas d'une erreur.

Sans se faire prier, elle se pendit à son cou et noua les jambes autour de ses reins. Mais alors même qu'elle se laissait porter dans le couloir, elle continuait à tergiverser :

— Et si le fait de coucher ensemble se répercutait

négativement sur nos performances professionnelles ? Je ne me le pardonnerais pas si nous échouions à cause de ça… Le seul problème, c'est que j'ai envie de toi, admit-elle soudain dans un murmure. Tellement envie de toi…

Le sang battit furieusement aux tempes de Sebastian.

— Pourquoi cela nous empêcherait-il de travailler ensemble ? Quel rapport ?

— En principe, c'est contre-indiqué, chuchota-t-elle, déjà pantelante, tandis qu'il montait l'escalier. Absolument contraire aux règles.

D'un coup de pied triomphal, il ouvrit la porte de sa chambre.

— Alors brisons quelques règles, toi et moi.

8

Il était rare que Mel agisse sur un coup de tête. Des risques, elle en prenait quotidiennement dans son métier, bien sûr. Mais jamais sans avoir mesuré minutieusement les conséquences au préalable.

Or avec Sebastian, ce soir, elle ne mesurait plus rien. C'était la plongée en aveugle dans l'inconnu. Et pourtant, un instinct tout-puissant lui ordonnait de rester.

Et de faire confiance.

Elle était toujours nouée à Sebastian, les jambes enserrant ses reins, les lèvres gonflées de ses baisers. Ce n'était ni la timidité, ni un reste de pudeur qui la faisaient hésiter encore. Mais le pressentiment qu'il ne serait pas anodin de partager le lit de cet homme.

La certitude confuse qu'elle ne serait plus tout à fait la même, une fois que leurs corps se seraient mêlés. Epousés.

Elle leva une dernière fois les yeux sur Sebastian. Et ce qu'elle vit sur son visage répondait point pour point à son attente.

Mel se surprit à sourire. Se laissant glisser le long du corps de Sebastian, elle se trouva acculée contre le pied du lit. Sans que son regard ne quitte le sien, il caressa le haut de ses cuisses, remonta jusqu'à ses hanches, longea ses flancs. Ses mains s'attardèrent sur le côté de ses seins avant de s'immobiliser à ses tempes. Un long frisson la parcourut lorsqu'il noua les doigts dans ses cheveux et attira son visage contre le sien pour s'emparer de sa bouche en un long baiser plein de générosité et de fougue.

Son corps était si étroitement lové contre le sien que Mel sentit une frontière tomber, comme si la surface entière de sa peau devenait plus perméable, plus réceptive, plus ouverte. A chaque inspiration, elle percevait l'extraordinaire énergie contenue en lui — une force vibrante, animale. Mais c'était sa bouche, surtout, qui lui faisait perdre la raison. Insatiable, possessive, elle jouait de la sienne comme d'un instrument de musique. Et en tirait une gamme infinie d'émotions : le désir et le doute ; les peurs et les élans possessifs.

Comme si, en prenant ses lèvres, il avait pris tout le reste — y compris sa volonté.

Sebastian nota l'instant précis où elle bascula dans l'abandon. La bouche de Mel tremblait ; son corps contre le sien était à la fois ferme et sans force. Une faim animale s'empara de lui — un désir tranchant comme une lame, fulgurant comme l'éclair.

Il rejeta la tête en arrière et pendant une fraction de seconde, il apparut à Mel semblable à son fier cheval noir, aussi cabré, aussi triomphant. Ses yeux bleu-gris étaient plus noirs qu'une nuit sans lune. Et elle devina en lui un désir sans frein. Primitif. La promesse d'un déchaînement qui la fit trembler. De peur, d'abord. Puis de victorieuse exaltation.

Ce fut cet acquiescement silencieux que Sebastian lut dans son regard. Ce défi muet auquel il choisit de répondre.

En un seul geste précis, brutal, il déchira son T-shirt en lambeaux. Elle poussa un léger cri qu'il étouffa aussitôt sous un baiser dévorant. Alors même qu'ils tombaient bras et jambes enlacés sur le lit, les mains de Sebastian couraient déjà sur son corps, caressant, malaxant, prenant et tourmentant.

En réponse, elle tira sur sa chemise, arrachant les boutons, faisant craquer les coutures, tandis qu'ils roulaient dans les draps. C'est seulement lorsqu'elle sentit enfin sa peau nue contre la sienne que Mel prit le temps de pousser un long soupir de contentement.

Mais Sebastian ne lui laissa que très peu de temps pour souffler ; et moins de temps encore pour réfléchir. Il l'emmena en plein cœur de la tempête, dans des hauteurs traversées d'éclairs, déchirées par la foudre, balayées par des vents hurlants. Mel savait que leurs ébats se déroulaient dans le monde physique. Il n'y avait rien de surnaturel dans ses caresses ; aucun sortilège dans ses baisers. Et pourtant, elle se sentait emportée dans un univers fantasmagorique ; un monde au-delà du quotidien et de l'ordinaire, plus splendide encore que la lumière rose du couchant qui illuminait les montagnes alentour.

Le lieu où l'entraînait Sebastian était plaisir, tourbillon, vitesse. Et elle ne fut pas étonnée lorsqu'il lui chuchota quelques mots dans un langage inconnu qui la fit frissonner.

« Généreuse, songea Sebastian, à travers le brouillard qui obscurcissait ses pensées. Et si forte. Capable de se donner tout entière. »

Baignée par les dernières lueurs pourpres du couchant, la peau de Mel était dorée comme celle d'une guerrière parée pour le combat. Elle était mince et longue, souple et agile tel un fantasme. Et réagissait à son toucher comme s'ils faisaient l'amour ensemble tous les jours depuis des mois. Il entendit son cri étranglé et sentit ses ongles s'enfoncer dans son dos lorsqu'elle s'enflamma une première fois au feu de ses caresses, le corps secoué de soubresauts.

Alors même que les bras de Mel glissaient sans force de ses épaules, il recommença à l'embrasser, à la caresser, à accélérer le flux du sang dans ses veines, jusqu'au moment où il l'entendit chuchoter son nom comme un appel.

Se plaçant en appui au-dessus d'elle, il contempla son visage. Il vit ses yeux mi-clos, chavirés par le plaisir, ses lèvres gonflées, tremblantes, sur lesquelles glissait par à-coups un souffle suppliant, saccadé.

— Viens avec moi, Mary Ellen.

Comme elle nouait les bras autour de lui, il vint en elle. Et il sut, alors qu'ils dansaient sauvagement vers l'extase, que les plus beaux sortilèges ne requéraient d'autre magie que celle du cœur.

Elle crut entendre de la musique. Une musique irréelle et douce. Une musique du cœur. Mel sourit, amusée qu'une telle formulation lui traverse l'esprit, et se tourna vers Sebastian. Mais elle ne sentit que le vide à son côté.

Bien qu'il fît nuit noire, elle sut immédiatement qu'elle était seule dans la chambre. Se dressant sur son séant, elle chercha la lumière à tâtons et finit par trouver l'interrupteur de la lampe de chevet. Mel cligna des yeux et regarda autour d'elle. Ainsi, elle n'avait pas rêvé. Elle était dans la chambre de Sebastian. Ils avaient fait l'amour.

Ne voulant pas l'appeler, elle se pencha pour ramasser la chemise de Sebastian qui gisait froissée sur le sol. Glissant les bras dans les manches, elle partit en direction de la musique.

Le son, étrangement, ne semblait pas provenir d'une source bien définie. Il lui fut également impossible de déterminer s'il s'agissait de voix humaines ou de cordes, de cors ou de flûtes. C'était comme une vibration mélodieuse où l'air lui-même se faisait instrument, produisant une harmonie à la fois étrange et magnifique.

Mel se déplaçait à l'instinct, suivant un corridor qui partait sur la gauche. Elle gravit une volée de marches et vit la lumière dansante des bougies dans une pièce au bout du couloir. Des odeurs de cire, de santal et de benjoin imprégnaient l'atmosphère où flottait une fumée légère.

Sans se rendre compte qu'elle retenait son souffle, Mel

s'immobilisa à l'entrée de la chambre aux murs lambrissés de bois clair, éclairée par des dizaines de fines chandelles blanches. La pièce comportait trois fenêtres en forme de croissants de lune. Mel se souvint de les avoir aperçues de l'extérieur et comprit qu'ils se trouvaient dans la partie la plus haute de la maison, celle qui faisait face aux rochers et à l'océan.

Au-dessus de sa tête, des vasistas étaient ouverts, offrant une vue directe sur les étoiles et sur le ciel. Les chaises, les tables, les quelques consoles auraient été plus à leur place dans un château médiéval que dans une maison moderne de Big Sur.

Mel ne croyait pas à la magie. Elle savait qu'il y avait toujours un tiroir caché, une carte dissimulée dans une manche, un double-fond quelque part. Mais dans cette chambre étrange, elle aurait été prête à jurer que l'air vibrait de présences invisibles, comme si des milliers de cœurs battaient autour d'elle.

Sebastian était assis au centre de la pièce, au milieu d'un pentagramme en argent incrusté dans le sol de bois. Il lui tournait le dos et gardait une immobilité de pierre qu'altérait à peine le mouvement presque imperceptible de son souffle. Mel avait toujours été curieuse mais, plus fort encore que l'envie de savoir, fut le besoin de respecter son intimité.

Il éleva la voix juste au moment où elle se détournait pour regagner la chambre.

— Je suis désolé de t'avoir réveillée, Mel.

— Ce n'est pas toi. C'est la musique.

Elle joua nerveusement avec l'un des boutons encore accrochés à sa chemise.

— Quand je l'ai entendue, ça m'a donné envie d'aller l'écouter de plus près. Alors je suis venue et…

Surprise, elle s'interrompit pour regarder autour d'elle.

Mais ne vit rien qui ressemblait de près ou de loin à un équipement audio.

— Mais d'où vient-elle, au fait ? s'enquit-elle en ouvrant de grands yeux.

— De la nuit, tout simplement.

Sebastian se leva et lui tendit la main. Mel rougit à la vue de sa nudité superbe.

— J'ai une tendance naturelle à toujours mettre mon nez partout. Mais ce n'était pas mon intention d'envahir ton domaine privé, murmura-t-elle, gênée.

— Ton arrivée ne m'a pas dérangé. J'avais juste besoin de faire le vide, de clarifier mes pensées. Mais c'était impossible avec toi, à mon côté.

— Parce que ?

Il saisit ses doigts entre les siens et déposa un baiser au creux de sa paume.

— Trop d'interférences.

— Je suis désolée. J'aurais dû rentrer chez moi hier soir.

— Sûrement pas, non.

Presque intimidée, Mel recula d'un pas.

— Je ne suis pas vraiment coutumière de ce genre de choses, admit-elle tout bas.

Elle avait l'air si jeune. Et si fragile, aussi, avec sa chemise qui lui arrivait à mi-cuisses, ses cheveux que l'amour et le sommeil avaient emmêlés, ses yeux verts écarquillés.

— Puisque tu as fait une exception pour moi, puis-je me permettre de te dire que tu fais ce « genre de choses » à merveille ?

Elle se surprit à sourire.

— Il est vrai que nous avons fait des étincelles, admit-elle. Ça t'arrive souvent de t'asseoir nu par terre avec une vingtaine de bougies autour de toi ?

— Seulement quand je reçois l'irrésistible appel de la méditation naturiste…

Amusée, Mel se détendit et laissa libre cours à sa

curiosité naturelle. Elle fit le tour de la pièce, examinant avec intérêt ses calices, ses dagues aux manches finement sculptés.

— C'est quoi, ce truc-là ?

— Un miroir de divination vieux comme le monde. La légende dit qu'il a appartenu à Viviane.

— Viviane ?

— Ah, Sutherland, tes lacunes m'effraient ! Viviane était une sorcière dont on dit qu'elle a emprisonné Merlin endormi à l'aide des sortilèges qu'il lui avait lui-même enseignés.

— Mmm… Triste histoire. Et cette boule en quartz, à quoi sert-elle ?

— A rien de particulier. Le miroir non plus, d'ailleurs. Ce sont juste des objets traditionnels que je garde parce qu'ils sont dans ma famille depuis des générations.

Sebastian éprouva le désir de lui faire un cadeau. Il n'avait pas oublié la tristesse dans ses yeux lorsqu'elle lui avait confié qu'elle n'avait gardé aucun souvenir de son père.

— Ça t'intéresserait de voir ?

— Voir quoi ?

— Voir comme je vois, précisa-t-il doucement. Viens, je vais te montrer.

Il prit la boule de cristal dans une main et l'entraîna au centre de la pièce.

— Ecoute, Sebastian, je ne pense pas que…

— Agenouille-toi.

Il se plaça à côté d'elle.

— Le passé ou l'avenir, Mel ? Que choisis-tu ?

Avec un petit rire nerveux, elle s'accroupit sur ses talons.

— Tu n'es pas censé mettre un turban pour officier ?

Il lui effleura la joue.

— Plutôt le passé, non ? Ton avenir, je pense que tu préfères le déterminer toi-même.

— Ça, c'est vrai. Mais…

— Pose tes mains sur la boule, Mel. Et n'aie pas peur.

— Je n'ai pas peur. C'est juste une sphère de verre.

Mais elle frissonnait un peu quand même.

— Ma tante Bryna, la mère de Morgana, m'a offert cette boule de cristal à l'occasion de mon baptême. Elle m'a permis de m'exercer à voir comme d'autres apprennent à faire du vélo.

Mel scruta la sphère de verre plein. Elle était fraîche et douce. Comme un lac de montagne entre ses doigts. Sebastian posa les mains juste en dessous des siennes.

— Regarde à l'intérieur, dit-il. Et vois.

Au début, Mel ne discerna que les lignes de fracture du verre, scintillant comme des arcs-en-ciel. Puis il y eut des ombres. Et des ombres à l'intérieur des ombres. Des formes mouvantes. Des couleurs.

— Continue, insista Sebastian.

Sa voix ne semblait pas venir de l'extérieur, mais résonner à l'intérieur de sa tête. Le premier visage que distingua Mel fut celui de sa mère. Tellement jeune encore. Avec les yeux trop maquillés et un rouge à lèvres trop pâle. Mais son regard était rieur et elle rayonnait d'un bonheur qui la rendait radieuse. Jamais Mel n'avait imaginé que sa mère avait été aussi belle. Alice regardait amoureusement un jeune homme en uniforme blanc. Coiffé d'un béret de marin, il portait sur ses épaules une petite fille âgée d'environ deux ans, vêtue d'une robe rose.

Le cœur de Mel battit plus fort dans sa poitrine. Cette petite fille…

— C'est moi, murmura-t-elle. Moi sur les épaules de mon père.

En arrière-plan, on voyait un navire gris de la marine. Un peu plus loin, une fanfare jouait une marche militaire, dont les accents martiaux étaient recouverts par le brouhaha des conversations sur le quai.

Elle vit l'homme jeter la petite fille en l'air. Et Mel

sentit son estomac se soulever dans la chambre éclairée par les bougies tandis que l'enfant qu'elle avait été prenait son essor. Puis ce fut la descente vertigineuse et les mains rassurantes de son père se refermant sur sa taille. Pour la première fois, Mel vit ses yeux, luisant de fierté, d'excitation et d'amour.

Puis il la reposa par terre et prit sa mère dans ses bras. Au creux du cristal, Mel regarda ses parents s'embrasser passionnément. Puis le tout jeune homme qui avait été son père les salua gaiement avec son béret, jeta son grand sac marin sur l'épaule et monta à bord du navire.

Et la boule, entre ses mains, ne fut plus qu'une jolie sphère muette, avec des lignes brisées à l'intérieur.

— Mon père, chuchota-t-elle... Il était dans la marine. Il voulait voir le vaste monde. Ce jour-là, il partait de Norfolk. Je n'avais que deux ans à l'époque et je ne me souvenais plus de rien, même si ma mère m'a souvent raconté la scène. Il était triste de nous quitter mais excité à la perspective du voyage.

Sa voix se brisa.

— Et puis il y a eu une tempête terrible et il a disparu en mer. A vingt-deux ans. Ce n'était encore qu'un gamin, au fond.

Mel scruta un instant le fond de la boule puis leva les yeux vers Sebastian.

— Ce n'est pas seulement un effet de mon imagination, n'est-ce pas ? J'ai vraiment *vu* mon père ?

Il lui caressa doucement les cheveux.

— Oui, tu as vu. Mais je ne te l'ai pas montré pour te rendre triste, Mary Ellen.

— Je ne suis pas triste. Je regrette seulement de n'avoir gardé aucun souvenir. Je regrette aussi pour ma mère qu'elle en ait gardé trop. Je n'avais pas compris jusqu'ici à quel point elle l'aimait. Mais j'ai été heureuse de les voir ensemble, tous les deux, avec ce regard rayonnant d'amour.

Elle abandonna la boule de cristal aux mains de Sebastian.

— Merci, murmura-t-elle.

— Ce n'était pas grand-chose à côté de ce que tu m'as apporté ce soir.

Mel fronça les sourcils.

— Ce que je t'ai apporté ?

— Toi, en l'occurrence.

Toussotant vaguement, elle se remit sur pieds.

— C'est une façon de formuler les choses.

— Et comment les formulerais-tu, toi ?

Tournant les yeux vers lui, Mel sentit son ventre tressaillir délicieusement au souvenir de leurs étreintes.

— Nous sommes adultes, l'un et l'autre.

— C'est un fait.

— Indépendants, précisa-t-elle en reculant d'un pas lorsque Sebastian s'avança vers elle.

— On peut le dire comme ça, oui.

— Responsables.

— Admirablement, chuchota-t-il en lui passant la main dans les cheveux. Tu es belle, à la lumière des bougies, Mary Ellen.

— Ah non, ne commence pas ! protesta-t-elle en repoussant sa main.

— Ne commence pas quoi ?

— A m'appeler Mary Ellen. Et à verser dans les compliments de type eau de rose et clair de lune.

Il lui caressa le cou sans quitter son visage des yeux.

— Tu n'aimes pas ce qui est romantique, Mel ?

Encore sous le coup de la scène qu'elle avait vue au creux de la boule de cristal, Mel prit une profonde inspiration pour se remettre les idées en place. C'était le moment ou jamais de garder la tête froide. Et de redéfinir leurs règles de base, pour commencer.

— Ecoute, Donovan, on va clarifier les choses, toi et moi.

Sebastian laissa glisser les mains jusqu'à sa taille.

— Bonne idée. Quelles sont nos positions, alors ?

— Comme je te le disais tout à l'heure, nous sommes deux adultes responsables et physiquement attirés l'un par l'autre.

Il déposa un baiser sur sa tempe.

— Jusque-là, je ne vois rien à objecter.

— Et tout ira bien, tant que nous vivrons cette relation de façon lucide et raisonnable.

— Ah, là, je crains que nous ne nous heurtions à de grosses difficultés.

— Je ne vois pas pourquoi, protesta-t-elle.

Sebastian remonta ses pouces le long de sa cage thoracique et décrivit de petits cercles sur ses seins.

— Je ne me sens ni très raisonnable, ni très lucide, tel que tu me vois en ce moment.

Les genoux de Mel se dérobèrent sous elle. Sa tête tomba en arrière.

— Il suffit de définir les priorités, murmura-t-elle dans un souffle.

De la pointe de la langue, il lui entrouvrit les lèvres.

— Les priorités, je les connais : la première est de faire l'amour, là, tout de suite et jusqu'à épuisement de nos forces.

Mel se laissa entraîner sur le sol sans lui opposer la moindre résistance.

— Bien, murmura-t-elle. C'est un bon début.

L'après-midi tirait à sa fin et Mel n'avait pas encore eu une seconde pour souffler depuis qu'elle avait quitté la maison de Sebastian sur les chapeaux de roues, à 10 heures passées.

Alors que son emploi du temps était toujours réglé au millimètre, elle avait commencé la journée avec un retard conséquent. Une première ! Il fallait dire que ce n'était pas tous les jours non plus qu'elle passait la nuit avec un sorcier.

Si elle n'avait pas eu un rendez-vous avec un client, des dossiers en attente et une intervention au tribunal en fin d'après-midi, elle ne serait sans doute pas allée travailler du tout.

Avec un léger sourire, Mel se tapota les lèvres de la pointe de son stylo en songeant à tout ce que Sebastian avait fait pour tenter de la retenir chez lui.

A vrai dire, il avait su se montrer *très* convaincant. Mais le travail était le travail. Et elle avait une agence à faire tourner.

La bonne nouvelle du jour, c'était que James Parkland avait été arrêté par la police du New Hampshire. Mieux encore : elle avait réussi à soudoyer un agent qui lui avait faxé illico une copie de l'interrogatoire.

Elle avait même le nom de la personne auprès de qui Parkland s'était endetté en jouant au casino. Un bon début qui l'amènerait sans doute à faire un tour à Tahoe dans la semaine. Restait maintenant à s'assurer les bonnes grâces de Devereaux, si elle voulait faire accepter leur projet.

— Alors ? Ça enquête dur par ici ? s'enquit Sebastian en poussant la porte de l'agence.

A sa vue, Mel fut envahie par un étrange vertige. La tête lui tourna tellement pendant quelques secondes qu'il lui fallut un moment pour réussir à ouvrir la bouche.

— Je m'apprêtais à fermer pour la journée, en fait.

— Alors j'arrive au bon moment... Mais que vois-je ? Est-ce vraiment toi ?

Lui prenant la main, il la mit debout pour examiner son tailleur en lin et ses escarpins.

— Je sors du tribunal, expliqua Mel lorsqu'il effleura le sage collier de perles qu'elle portait à son cou. Une affaire de divorce un peu épineuse. J'ai essayé de m'habiller en dame.

— C'est très réussi. Tu sais que tu me plais, comme ça ?

— Alors regarde-moi bien, car tu ne me reverras pas de sitôt dans ce genre d'accoutrement. Ça prend trois fois plus de temps à enfiler qu'un jean et un débardeur... Tiens, j'ai eu la copie de l'interrogatoire de Parkland, tout à l'heure, annonça-t-elle en lui tendant le fax.

Le regard de Sebastian s'éclaira.

— Déjà ? Bravo !

Pendant qu'il parcourait le texte des yeux, elle commenta en lisant par-dessus son épaule.

— Naturellement, l'ami Jimmy se considère comme une victime. Il s'est vu acculé, menacé, poussé à bout. C'est un gentil garçon qui ne voulait de mal à personne mais il craignait pour sa petite vie... Je suis étonnée qu'il n'ait pas évoqué le camion de pompiers rouge que son alcoolique de père a refusé de lui offrir pour l'anniversaire de ses cinq ans, observa-t-elle avec ironie.

Sebastian hocha la tête.

— Parkland s'est laissé prendre dans un engrenage. Et c'est une addition salée qu'il s'apprête à payer... Tiens, tu as vu ? Il précise que le « job » lui a été proposé par téléphone et qu'il n'a jamais vu son interlocuteur.

— Nous avons affaire à des gens prudents... Tu veux boire quelque chose ?

Sebastian accepta d'un signe de tête et la suivit dans la cuisine tout en continuant à lire la déposition.

— Cinquante mille dollars pour un enlèvement d'enfant ! C'est maigre en regard de la peine de prison qui l'attend.

Mel lui tendit un soda.

— Il devait trente-cinq mille dollars à un casino à Tahoe. Et il savait que s'il ne s'arrangeait pas pour les payer très vite, il se retrouverait définitivement défiguré.

Curieux de découvrir le reste des appartements de Mel, Sebastian passa dans la pièce voisine.

— Et pourquoi David plutôt qu'un autre ?

— Le mari de Rose a effectué une réparation sur la voiture de Parkland, il y a cinq mois. Et Stan était tellement fier de son fils qu'il montrait des photos de lui à qui voulait bien les regarder. Alors, quand Parkland est parvenu à la conclusion qu'il préférait le kidnapping à une séance de chirurgie esthétique sauvage, il a immédiatement pensé à David, qui est un très beau bébé.

— Mmm...

Sebastian se frotta le menton en examinant la chambre à coucher de Mel. Tout portait du moins à croire qu'il s'agissait d'une chambre à coucher, puisque la pièce comportait un lit étroit, aux draps défaits. D'un autre côté, il pouvait aussi s'agir d'un séjour, dans la mesure où un gros fauteuil rembourré faisait face à une table basse couverte de livres et de magazines. Sans parler du poste de télévision portatif qui trônait sur un petit meuble bancal.

— C'est ici que tu vis ?

— Apparemment, oui.

Du bout du pied, Mel repoussa une paire de boots qui traînaient au milieu de la pièce.

— Désolée pour l'état des lieux mais la bonne est en congé sabbatique pour dix ans, ironisa-t-elle. Quoi qu'il en soit, notre Jimmy a accepté d'enlever le bébé, a reçu ses instructions par téléphone et a retrouvé la rousse à l'endroit indiqué.

— Mmm... Tu sais qu'il faut de l'audace pour mélanger du violet et de l'orange dans un même espace ?

— J'aime les couleurs vives.

— Et des draps rouges.

— Ils étaient en solde, rétorqua-t-elle avec impatience. De toute façon, comme je dors dans le noir, ils pourraient être mauves à pois verts, ça ne ferait aucune différence... Tu ne crois pas que nous avons plus urgent à faire que de parler de ma déco, Donovan ?

— Les lieux ont leur importance, commenta Sebastian

en soulevant un bol en forme de tête de chat dans lequel elle avait jeté en vrac une épingle à nourrice, une collection de boutons dépareillés, deux balles de revolver et un bon de réduction sur son prochain achat de boissons fraîches. Apparemment, l'ordre n'est pas ta préoccupation première ?

— Je suis ordonnée dans mon travail.

— C'est vrai.

Sebastian reposa le bol et prit un livre.

— Tiens, tiens... *Le Manuel de l'Evocation Spirite* ?

— Je me documente, précisa Mel en rougissant.

Il se contenta de sourire.

— Je pense que ton esprit est très organisé, en effet. Très synthétique. Mais tes émotions, elles, sont chaotiques.

Elle repoussa sa main lorsqu'il voulut jouer avec ses perles.

— Au cas où tu ne l'aurais pas remarqué, nous sommes engagés dans une conversation *professionnelle*, Donovan.

— Le professionnel peut attendre. Tu viens de me dire que tu avais terminé ta journée, dit-il en défaisant un bouton de sa veste de tailleur. Et je n'ai pensé à rien d'autre, depuis ce matin, qu'à te retrouver. Dans un lit, de préférence.

Mel se surprit à respirer plus vite.

— Tu n'as rien eu de plus constructif à faire pour t'occuper l'esprit ?

— Je ne considère pas que penser à toi soit une perte de temps. Bien au contraire... Mais j'ai quand même pris quelques arrangements *professionnels* qui devraient t'intéresser.

Elle tourna la tête juste à temps pour éviter sa bouche.

— Quels arrangements ?

— J'ai eu une longue conversation avec l'agent Devereaux et son supérieur. Et je leur ai exposé notre projet, bien sûr.

Mel ouvrit de grands yeux.

— Et alors ?

— Nous aurons la réponse dans deux jours.

Il lui prit les deux mains pour les lui emprisonner dans le dos.

— Mais en attendant, cette nuit nous appartient.

— Dis-moi, d'abord...

— Non, je vais te *montrer* d'abord. Te montrer qu'on peut aussi ne rien penser, ne rien sentir, hormis le plaisir, chuchota-t-il en laissant glisser ses lèvres sur les siennes. Je n'ai pas été doux avec toi, cette nuit.

— Ce n'était pas forcément de la douceur que je te demandais.

Il lui mordilla la lèvre.

— Mais te voir si féminine ce soir me donne envie de te faire l'amour différemment... Je veux expérimenter la lenteur, étirer le temps jusqu'à l'infini, te couvrir de caresses jusqu'à ce que le désir te rende à moitié folle...

Elle eut un rire un peu rauque.

— C'est déjà quasiment chose faite.

— Un peu de patience, Mary Ellen. Je n'ai même pas encore commencé.

De sa main libre, il lui retira sa veste de tailleur. Puis déposa une pluie de baisers dans son cou, sur ses épaules, à la naissance de ses seins.

Déjà, les premiers frissons de plaisir couraient sur la peau de Mel. Pourquoi elle autorisait Sebastian à lui immobiliser les mains dans le dos, elle n'aurait su le dire. Mais elle ne pouvait nier le plaisir qu'elle ressentait sous ses caresses — lentes, exhaustives, expérimentales.

Elle sentit son souffle chaud glisser sur sa peau lorsqu'il détacha son soutien-gorge. Même les pieds au sol, les jambes calées contre le lit, elle avait l'impression de flotter en apesanteur pendant qu'il se délectait de son corps comme si elle était un banquet livré à sa gourmandise experte.

Sa jupe glissa le long de ses jambes. Il siffla doucement en découvrant son porte-jarretelles.

— C'est tellement inattendu, Mary Ellen…

Elle gémit et renversa la tête en arrière. Une brûlure traversa les reins de Sebastian et il lutta contre la tentation de laisser son désir se déchaîner. Qui aurait cru que ce corps musclé, presque anguleux, l'exciterait à ce point dans ces charmants dessous de soie et de dentelle ?

Il n'avait plus qu'une envie : prendre, dévorer, posséder. Mais il lui avait promis de la tendresse. Alors il s'agenouilla au-dessus d'elle, appliqua doucement ses lèvres sur les siennes, et tint parole.

Mel constata que Sebastian avait raison : c'était facile d'oublier. Facile de se noyer dans des océans de plaisir. Facile de ne plus désirer que lui.

Les caresses de Sebastian tissaient autour d'elle un voile de sensualité tendre. Elle sentait son corps tout aussi vivant qu'il l'avait été la veille — tout aussi désiré et, en même temps, honoré pour une féminité dont elle avait tendance à oublier l'existence. Sebastian explorait sans relâche, la révélait à elle-même, exhumait en elle un fond de douceur secrète. Oubliées hâte et furie. La terre tournait au ralenti, l'air était doux, l'amour se faisait langueur.

Puis, d'un coup, elle sentit le cœur de Sebastian battre à un rythme sauvage contre le sien ; ses murmures se firent pressants, sa voix plus rauque que la nuit. Et elle comprit qu'en l'envoûtant petit à petit, il s'était laissé prendre lui-même au sortilège.

Mel s'ouvrit à lui, l'attira au plus secret. Et quand il se tendit tel un arc en criant son nom, elle le reçut en elle comme une promesse.

9

— Ah non, on n'achète plus rien, cette fois ! protesta Mel lorsque Sebastian s'immobilisa devant la vitrine d'une boutique de luxe. Nous avons déjà perdu suffisamment de temps comme cela.

— Comment ça « perdu du temps » ? Nous préparons notre future opération. Je ne conçois pas d'activité plus sérieuse.

Avec une brève exclamation écœurée, Mel glissa les pouces dans les poches de son jean.

— Passer une journée entière à faire les magasins ? Tu appelles ça une occupation sérieuse ?

— Ma chère Sutherland, tu sais que j'adore te voir en jean, mais en tant que digne épouse d'un homme d'affaires en vue, il faudra te résigner à varier un peu ta garde-robe.

— Avec ce que j'ai déjà acheté comme vêtements, on pourrait habiller trois personnes normales pendant une année entière ! Je vais avoir besoin d'un camion pour faire livrer tout ça chez toi.

Sebastian lui jeta un regard faussement peiné.

— Tu me désespères, Mel. Même le FBI se montre plus coopératif que toi.

— Mais je coopère ! Cela fait des heures que j'essaye des trucs et des machins. Avec cet énorme tas de fringues, je devrais avoir amplement de quoi tenir mon rôle, non ?

— Presque. Il te manque encore la petite touche

finale. Tiens, regarde cette robe, sur le mannequin. C'est exactement ce qu'il te faudrait.

Mel se mordilla la lèvre en examinant le vêtement en question.

— Mais c'est un truc à paillettes.

— Et alors ? C'est contraire à ta religion ? Tu es politiquement opposée aux paillettes ?

Elle soupira.

— Pas vraiment, non. C'est juste que j'aurais l'impression d'être un sapin de Noël, avec ce machin qui scintille sur le dos. Et puis, elle est courte et serrée. Je suis sûre que je ne pourrais même pas m'asseoir.

— Il me semble pourtant me souvenir d'une certaine minijupe en cuir orange portée dans un certain bar…

— La jupe en cuir, c'est différent. Je la mets pour travailler.

— Parce que ce n'est pas du travail, là, peut-être ?

Vaincue, Mel fit la grimace.

— Bon, d'accord, Donovan. Je m'incline.

— Sois un bon petit soldat, dit-il en lui tapotant la joue. Et entre donc essayer cette robe.

Elle grogna, marmonna et jura tout bas. Mais ne s'en résigna pas moins stoïquement à faire son devoir. Amusé, Sebastian la laissa entrer dans la cabine d'essayage et se mit en quête d'accessoires. S'il y avait une fille au monde que la mode n'intéressait *vraiment* pas, c'était bien Mel Sutherland. Pour les besoins de son rôle, elle revêtirait consciencieusement les tenues ad hoc. Mais sans même se rendre compte qu'elle était d'une beauté spectaculaire lorsqu'elle faisait un minimum d'effort de toilette.

Cela dit, il la trouvait tout aussi sublime avec ses jeans, ses boots et ses T-shirts…

« Par la barbe de Merlin, tu es sérieusement atteint, Donovan ! » Résigné à son sort, Sebastian sélectionna une petite pochette de soirée pour aller avec la robe noire à paillettes. Sa mère lui avait dit un jour que l'amour était à la fois plus douloureux, plus intense et plus irrépressible lorsqu'il vous tombait dessus sans prévenir.

Et il ne pouvait que lui donner raison à présent qu'il en faisait l'expérience.

Jamais il n'aurait imaginé pouvoir éprouver autre chose qu'une curiosité amusée pour une fille comme Mel, pourtant. Elle était directe, agressive, coléreuse. Et cultivait un style qui n'avait rien de tendre ni de féminin.

Mais elle était également — et avant tout — sincère, courageuse, généreuse et d'une loyauté sans faille. Et quel homme pourrait résister à une langue acérée, doublée d'un cœur d'or ? Certainement pas Sebastian Donovan.

Pour amadouer Mel complètement, il lui faudrait du temps et de la patience. Elle était trop prudente et trop peu sûre d'elle-même — contrairement aux apparences — pour lui donner son cœur spontanément. Qu'importe ! Il saurait attendre.

Et il s'abstiendrait d'avoir recours à la divination pour vérifier si Mel et lui avaient un avenir commun.

Comme un amant ordinaire, il laisserait l'amour suivre son cours. Et vivrait les affres du doute plutôt que de chercher à lire le livre du destin. Tout en froissant doucement entre ses doigts une étole de soie tissée main, Sebastian s'avoua que c'était essentiellement la peur qui l'empêchait de se servir de son art. Peur de se trouver confronté à une vision où il verrait Mel se détourner de lui, fuyant l'être à jamais « différent » que ses pouvoirs avaient fait de lui…

— Bon, j'ai réussi à l'enfiler, ton espèce de robe, s'éleva la voix impatiente de Mel derrière lui.

Il se retourna et demeura un instant muet.

— Qu'est-ce qu'il y a ? s'inquiéta-t-elle en baissant les yeux pour s'examiner d'un air sceptique. Je l'ai mise à l'envers ?

Il se mit à rire.

— Pas du tout. Mais il n'y a rien de tel pour faire monter la tension d'un homme, qu'une belle fille longue et mince dans une robe noire moulante.

Mel leva les yeux au ciel.

— Donovan, sois charitable, et arrête tes compliments à la noix, O.K. ?

Mais déjà la vendeuse fondait sur eux d'un air extasié.

— Epoustouflante ! Magnifique ! On dirait que ce petit modèle a été créé rien que pour vous, madame ! A ce propos, monsieur, j'ai un pantalon de soirée de soie rouge qui devrait être superbe sur votre femme. Si vous voulez jeter un coup d'œil.

— Donovan, non..., plaida Mel d'une voix suppliante.

Mais il était déjà parti vers le fond de la boutique.

Trente minutes plus tard, Mel sortait sur le trottoir, prête à exploser.

— Cette fois, c'est fini. Terminé. Je préfère encore être attachée vivante sur une fourmilière que de mettre encore une fois le pied dans une cabine d'essayage. De toute façon, j'ai de quoi tenir mon rôle pendant une décennie avec les tenues que j'ai déjà.

— Quelque chose me dit que l'opération durera deux semaines, fit observer calmement Sebastian. C'est le temps que nous devrions passer au bord du lac Tahoe avant d'atteindre notre but.

Mel s'immobilisa, attentive soudain à bien choisir ses mots.

— Je sais que, sans toi, je n'aurais jamais obtenu le soutien du FBI, Sebastian. Et je suis tout à fait consciente que tu n'as aucun intérêt personnel en jeu, dans l'histoire...

— Pas plus ni moins que toi. Tu n'es pas payée non plus pour ce que nous allons faire.

— Je me fiche d'être payée ou non.

Il lui posa un baiser sur le front.

— Non. Parfois on fait les choses simplement parce qu'elles s'imposent d'elles-mêmes. Parce qu'on est prêt à livrer n'importe quel combat pour ne pas voir d'autres familles traverser ce que Rose et Stan ont enduré pendant deux mois.

Mel hocha la tête.

— Au début, je me battais uniquement pour Rose. Mais maintenant, il y a aussi Mme Frost. Je crois que je n'oublierai jamais les sanglots de cette femme qui s'est retrouvée face à un lit d'enfant vide.

— Je sais ce que tu ressens.

— Cela dit, je ne me prends pas pour mère Térésa ! se hâta-t-elle de préciser.

Un sourire joua sur les traits de Sebastian.

— Bien sûr que non.

Il l'embrassa de nouveau et ils recommencèrent à marcher. De nouveau, Mel choisit ses mots avec précaution.

— Si nous nous installons à Tahoe à la fin de la semaine, nous vivrons pour ainsi dire ensemble.

— Forcément, oui. Cela te pose un problème ?

— Pas à proprement parler, non. Mais nous devrons passer aux yeux de tous pour un couple marié. Et amoureux, de préférence.

— Puisque nous sommes censés vouloir un enfant, cela paraît logique de nous afficher comme des amoureux, oui.

Se sentant vaguement ridicule, Mel se força à poursuivre.

— Ce que j'essaye de te faire comprendre, c'est que je peux être assez… convaincante lorsque je joue un rôle. Et qu'il ne faudra pas pour autant en déduire que…

— En déduire que quoi ? s'enquit-il en jouant avec une mèche de ses cheveux.

Mel se sentit rougir.

— Je ne voudrais pas que tu t'affoles en pensant que je risque de mélanger réalité et fiction.

— Oh, c'est un danger que je crois pouvoir affronter sans trop d'angoisse.

Le ton de Sebastian était si léger que Mel eut la pénible impression de chipoter pour des vétilles.

— Bon, enfin, je disais ça par souci de clarté, marmonna-t-elle en détournant la tête.

Sebastian lui prit la taille et la fit pivoter vers lui.

— A propos de mariage et de fiction, je pense qu'il serait grand temps que nous nous exercions un peu, toi et moi.

— Quoi ?

— Embrasse-moi, Mary Ellen. Montre-moi que tu sais être une épouse aimante.

— En pleine rue ?

— C'est notre comportement public qui compte. Ce que nous faisons dans l'intimité importe peu... Tu rougis.

— Pas du tout.

— Si, si, je confirme : tu rougis. Il faudra te surveiller, d'ailleurs. Ce n'est pas forcément une réaction logique chez une femme mariée depuis cinq ans qui lave mes chaussettes et qui m'écoute ronfler toutes les nuits.

Mel lui appliqua une bourrade amicale.

— Tu ne ronfles pas, pour commencer. Et la lessive, c'est ton domaine. Nous sommes un couple moderne.

— Que nenni, ma belle... N'oublie pas que tu as renoncé à une belle carrière dans la banque pour te consacrer exclusivement à ton foyer, ton mari et à tes futurs enfants. La fée du logis, c'est toi.

— Ne m'en parle pas, chuchota-t-elle en nouant les bras autour de son cou. Je me demande ce qu'une femme au foyer peut bien faire de ses journées, d'ailleurs.

— Nous serons en vacances, tous les deux, dans un premier temps. Ce qui nous permettra de passer beaucoup de temps au lit.

— Bon, d'accord, le lit, je veux bien. Puisque c'est pour la bonne cause.

Elle l'embrassa, alors. De sa propre initiative. Faisant danser sa langue sur la sienne. Consciente que leurs cœurs mêlés accéléraient leurs battements.

— Si nous avions réellement été mariés depuis cinq ans, nous n'aurions peut-être pas échangé un baiser comme celui-là, si ? s'enquit-elle d'une voix rêveuse lorsque leurs bouches mêlées se séparèrent enfin.

— Mais bien sûr que si, quelle question.

Sur cette réponse définitive, Sebastian lui prit le bras et l'entraîna dans la boutique de Morgana.

— Joli spectacle…, commenta cette dernière en reposant l'œuf en malachite qu'elle était en train d'astiquer. Si vous aviez continué à vous embrasser comme ça deux minutes de plus, vous auriez fini par arrêter la circulation.

Sebastian sourit à sa cousine.

— C'était juste un test.

— Dis-moi, Seb, Nash est dans l'arrière-boutique et il râle tout ce qu'il sait parce qu'il s'est mis en tête de décharger une de mes commandes. Tu ne veux pas lui donner un coup de main ?

Dès que Sebastian eut disparu dans le fond du magasin, Morgana apposa le panneau « Fermé » sur la porte de la boutique.

— Nash devient très protecteur depuis quelque temps, précisa-t-elle en levant les yeux au ciel. Il refuse que je continue à porter le moindre carton.

— C'est normal dans votre état, non ?

Morgana haussa les épaules.

— Je suis forte comme un Turc. D'ailleurs, il existe d'autres moyens pour déplacer les objets.

— Euh, sans doute… Oui, fut tout ce que Mel trouva à répondre.

— Nous avons pour principe de ne pas nous exhiber en tant que sorciers, nous les Donovan. Sebastian exerce son talent publiquement mais il garde le silence sur ses méthodes. Les gens ne font pas la différence entre lui et la Madame Irma du coin. Pour ma part, je me contente de laisser circuler les rumeurs. Et du coup, la boutique ne désemplit pas. Quant à Ana... elle a d'autres dons qu'elle utilise à sa manière.

Mel leva les mains en signe d'impuissance.

— Je vous avoue que je me sens largement dépassée par vos particularités familiales. J'étais déjà sceptique à cinq ans, lorsqu'on m'expliquait que la « petite souris » venait récupérer les dents de lait sous l'oreiller des enfants. Alors quand on me parle d'objets qui se déplacent à distance et de conversations avec les défunts...

— On sent en vous quelqu'un de très rationnel, Mel. Mais je crois que vous avez pu vérifier par vous-même que les visions de Sebastian ne reposaient pas que sur du vent ?

Elle se mordit la lèvre.

— Je ne peux pas nier l'évidence, en effet. Sebastian a accès à un savoir qui n'est pas celui de tout le monde.

Morgana rit doucement.

— Sebastian est unique. Il a beau être le plus grand voyant de son époque, il tient mordicus à développer d'autres pouvoirs qui ne sont pas a priori les siens. Il n'a jamais été doué pour jeter les sorts, par exemple. Mais il refuse de l'accepter et s'entraîne sans relâche.

— Ah vraiment ? s'enquit Mel, fascinée par ce nouvel aspect de la personnalité de Sebastian.

— C'est une de ses petites faiblesses, admit Morgana. Son don de vision est stupéfiant, en revanche. Et sur ce plan, personne ne lui arrive à la cheville. Mais assez parlé de nos petites rivalités familiales ! Si je me suis arrangée pour vous prendre un instant à l'écart, c'est parce que Sebastian et vous êtes très proches, à l'évidence.

Mel se sentit rougir.

— Nous avons un projet professionnel commun, lui

et moi. Et une relation d'ordre... disons plus personnel s'est instaurée entre nous également.

— Entendons-nous bien, Mel : loin de moi l'idée de vouloir m'immiscer dans la relation personnelle en question. Mais je suis très attachée à Sebastian. Alors promettez-moi de ne pas user du pouvoir que vous avez sur lui pour le mettre en danger.

— Du pouvoir que j'ai sur Sebastian ? Mais le sorcier, c'est lui ! Je vous assure que je n'ai pas l'ombre d'un seul pouvoir ! s'écria Mel, stupéfaite. Et je ne vois vraiment pas en quoi je pourrais être dangereuse pour lui. Vous pensez que je l'entraîne dans une aventure risquée en m'associant avec lui sur ce projet ?

— Ah non, pas du tout. C'est juste que...

Sur le point de préciser ses inquiétudes, Morgana se ravisa soudain en jubilant. Mel, en vérité, ne se doutait de rien ! Dans sa magnifique innocence, elle n'avait même pas conscience que Sebastian était profondément épris d'elle.

— Comme c'est délicieux ! commenta-t-elle, ravie.

— Euh... Morgana, si vous pouviez clarifier votre pensée, murmura Mel, de plus en plus déconcertée.

Avec un sourire soudain rayonnant d'affection, la cousine de Sebastian lui passa un bras autour des épaules.

— Considérez que je n'ai rien dit. Nous, les Donovan, avons tendance à nous serrer les coudes et à nous protéger mutuellement. Mais je vous apprécie beaucoup, Mel. Et j'aimerais vous offrir quelque chose de ma boutique.

— Oh, mais ce n'est pas nécessaire !

— Une nécessité, non. Mais un plaisir, oui.

Morgana se dirigea vers une des vitrines et prit une pierre bleue accrochée à une très belle chaîne en argent.

— Je ne peux pas accepter un cadeau pareil ! dit Mel. C'est un objet de valeur.

— La valeur est une notion relative. Je vois que vous

ne portez pas de bijoux. Mais considérez ce petit cadeau comme un talisman. Ou comme un outil, si vous préférez.

Mel examina la pierre dont les tons s'étageaient entre le bleu pâle et l'indigo.

— Il s'agit d'une variété de tourmaline, précisa Morgana. Elle a une excellente action anti-stress.

Et c'était aussi un très bon canal pour allier la sagesse à l'amour. Un aspect sur lequel Morgana jugea plus avisé de garder le silence.

Alors que Mel se confondait en remerciements, la tête de Nash apparut dans l'entrebâillement de la porte.

— Euh… Morgana ? J'ai une cinglée au téléphone qui s'inquiète des effets du quartz rose sur son quatrième chakra.

— Pas une cinglée, Nash, rectifia Morgana patiemment. Une cliente.

— Oui, bon, d'accord. Eh bien, la cliente en question souhaite élargir son chakra du cœur ou un machin comme ça, précisa Nash en décochant un clin d'œil à Mel. J'ai failli lui donner l'adresse de l'hôpital psychiatrique le plus proche mais je préfère te laisser poser ton diagnostic toi-même.

Morgana leva les yeux au ciel.

— Le quartz rose a une très bonne action sur anahata, le chakra du cœur. Mais je vais prendre l'appel moi-même. Ça me paraît plus sûr.

— Vous vous y connaissez en chakras, vous ? demanda Nash à Mel dès que sa femme eut le dos tourné.

— Mmm… Ça se mange ou ça se danse ?

Nash lui appliqua une tape affectueuse dans le dos.

— Je crois que nous allons nous entendre, vous et moi… Sebastian est juste à côté. Entrez donc lui tenir compagnie pendant que je finis de ranger deux ou trois cartons.

Lorsqu'elle pénétra dans la cuisine adjacente, Mel trouva

Sebastian assis, le regard perdu dans le vague, avec une bière à la main. Il se leva à son entrée.

— Je te sers quelque chose à boire, Mel ?

— Je prendrais bien la même chose que toi. Morgana arrive. Elle donne une espèce de... consultation par téléphone.

Sebastian lui tendit une bouteille et découvrit son nouveau collier.

— Je vois que tu as déjà choisi un colifichet sur place.

— Morgana me l'a offert. C'est joli, non ?

— Très.

La propriétaire des lieux les rejoignit au bout de quelques minutes.

— Désolée d'avoir dû vous abandonner ainsi mais j'ai eu une petite urgence... Je suppose que tu es venu voir si ton paquet était arrivé, Sebastian ?

— J'espérais que tu l'aurais reçu, en effet.

De la poche de sa robe, Morgana sortit une petite boîte en argent martelé.

— Je pense que ceci devrait convenir pour l'usage que tu veux en faire.

Sebastian se leva et lui prit l'objet des mains. Il regarda Morgana au fond des yeux.

— Si c'est ton choix, je suis confiant. Tu sais que je me fie entièrement à ton jugement.

— Tout comme je me fierai toujours au tien, Sebastian.

Morgana prit son visage entre ses mains et l'embrassa sur le front.

— Que les dieux et les vents te soient favorables, cousin. Tu as ma bénédiction... Je pense qu'il vaut mieux que je vous laisse, maintenant.

Intriguée par leur manège, Mel interrogea Sebastian du regard.

— C'est quoi, cet objet en métal ? Et pourquoi Morgana nous ménage-t-elle ce tête-à-tête, tout à coup ?

— Elle sait que je préfère agir sans témoin pour faire ce que j'ai à faire avec toi.

Une pointe d'inquiétude crispa le sourire de Mel.

— Euh... Et c'est quoi, ce que tu as l'intention de « faire avec moi », au juste ? De la sorcellerie ? Ce n'est pas douloureux, au moins ?

— C'est garanti sans douleur, assura-t-il en ouvrant la boîte.

Mel jeta un bref coup d'œil à l'intérieur et aurait reculé d'un pas si elle n'avait pas été adossée au plan de travail. Sur un fond de velours sombre, reposait une bague. De fines tiges en argent ancien formaient un motif compliqué autour d'une pierre centrale d'un rose délicat cerclé de vert.

— Qu'est-ce que c'est ?

— C'est aussi une tourmaline. Mais de la tourmaline melon d'eau, cette fois.

Il sortit le bijou et l'examina longuement à la lumière.

— On prétend que cette pierre permet à deux personnes unies par un lien fort de communiquer entre elles.

— C'est une propriété intéressante, murmura Mel, la gorge soudain nouée par une émotion inexplicable. Mais que veux-tu que je fasse d'une bague ?

Ce n'était pas exactement ainsi que Sebastian aurait souhaité procéder, en l'occurrence. Mais il se contenta de déposer le bijou au creux de sa paume.

— Mets-la à ton doigt. Il te faut une alliance.

— Pardon ?

— Nous sommes censés être mariés depuis cinq ans, ma belle, précisa-t-il sèchement.

Mel fronça les sourcils en se demandant pourquoi la pierre verte et rose vibrait ainsi dans sa main. Un effet de son imagination, sans doute.

— Oui, c'est vrai. Mais un simple anneau en or aurait pu faire l'affaire, non ?

— Il se trouve que je préfère quelque chose d'un peu moins standard. Ça te pose un problème ?

Dans un mouvement d'impatience qui prit Mel au dépourvu, il lui glissa d'autorité la bague au doigt.

— Bon, bon, inutile de t'énerver, fit-elle d'un ton apaisant. Tout ce que je voulais dire, c'est que nous aurions pu passer dans n'importe quel grand magasin et…

— Tais-toi.

Carrément choquée cette fois, Mel plissa les yeux d'un air menaçant.

— Ecoute, Donovan, si tu crois que tu peux…

Mais il la saisit avec force par les épaules.

— Une fois dans ta vie, Sutherland, sois charitable et accepte de procéder à *ma* manière, sans ergoter, sans tergiverser et sans demander d'explications.

Elle lui jeta un regard noir.

— Si tu veux que nous fonctionnions ensemble, Donovan, ce n'est pas à ta manière ni à ma manière, mais à *notre* manière que nous procéderons. C'est clair ?

Sebastian lui lâcha les épaules.

— Désolé. Je n'ai pas l'habitude de perdre mon calme. Un de nos principes fondamentaux, à nous autres sorciers, est de ne jamais utiliser nos pouvoirs dans le but de nuire. Or tu es la première personne au monde qui me met dans la tentation de lui jeter des sorts féroces, rien que pour le plaisir de faire du mal.

Avec un léger haussement d'épaules, Mel reprit sa bière.

— C'est ce que j'appelle des menaces en l'air, Donovan. Ta cousine m'a confié que tu étais nul en sortilèges.

— Détrompe-toi. Je ne suis pas le meilleur, c'est vrai. Mais il se trouve que j'en maîtrise quand même quelques-uns.

Sebastian attendit qu'elle ait bu une gorgée de bière. Puis il se concentra de toutes ses forces.

Mel s'étrangla, poussa un léger cri et porta les mains à sa gorge. Elle avait l'impression d'avoir avalé de l'eau de feu.

— Tu vois que pour celui-ci, je ne m'en tire pas trop mal, commenta-t-il avec un large sourire pendant qu'elle luttait pour reprendre son souffle.

— Charmant. Vraiment charmant, maugréa-t-elle en repoussant sa bière. Je ne sais pas pourquoi tu es d'humeur aussi massacrante, tout à coup, Donovan. Mais dorénavant, réserve tes joyeuses petites farces pour Halloween, d'accord ?

— Joyeuse petite farce ? Tu appelles ça une *farce* ? s'enquit-il d'un ton menaçant en faisant un pas dans sa direction.

Mel allait riposter lorsque la porte s'ouvrit, livrant passage à Anastasia qui entrait avec un plateau de fleurs séchées calé contre une hanche.

— Oh, excusez-moi ! s'écria-t-elle. Je ne tombe pas au meilleur moment, de toute évidence. Je reviendrai un peu plus tard.

— Ana, non ! Ne sois pas ridicule. Tu ne vas pas repartir comme ça !

Ecartant Mel d'autorité, Sebastian prit le plateau des mains de sa cousine. La belle Anastasia les examina avec l'ombre d'un sourire amusé aux lèvres.

— Salut, Sebastian… Ravie de vous revoir, Mel.

Mais lorsque le regard d'Ana tomba sur la bague, ses yeux s'écarquillèrent.

— Quelle splendeur ! Je peux la voir un instant ?

Anastasia prit la main de Mel dans la sienne et la souleva pour voir la tourmaline à la lumière. Reconnaissant la pierre fétiche que Sebastian avait conservée comme un véritable trésor sa vie durant, elle échangea un rapide regard avec son cousin.

— Cette bague semble avoir été conçue exprès pour vous, Mel, commenta-t-elle gravement. Prenez-en soin.

— Merci. Je veillerai à ne pas la perdre. D'autant plus qu'il s'agit d'un emprunt.

— A votre place, je ne sais pas si j'accepterais de la rendre, commenta Ana d'un ton énigmatique. Mais je passais juste en coup de vent. A bientôt, vous deux. Je vous laisse finir de vous disputer tranquillement.

Avec un rapide sourire pour son cousin, Ana passa dans l'arrière-boutique rejoindre Nash et Morgana. Mel se percha sur un coin de la table et planta son regard dans celui de Sebastian.

— Alors ? Tu as envie de te battre ?

Il prit la bière qu'elle avait entamée et but une gorgée.

— Je ne me sens plus très motivé. Et toi ?

— Pas franchement, non. Je ne suis pas en colère contre toi, en fait. Juste un peu sur les nerfs. Cette opération sous couverture, au lac Tahoe, ce n'est pas du travail de débutant. Je t'avoue que c'est la première fois que je m'attaque à un aussi gros morceau.

Sebastian s'assit à côté d'elle sur la table.

— Et tu n'as pas envie de te louper, c'est ça ?

Mel hocha la tête.

— C'est exactement ça. Parvenir à mettre un terme à ce trafic de bébés, c'est devenu comme une obsession pour moi… Et puis, il y a aussi ce qui se passe entre toi et moi.

Il lui prit la main et la serra fort dans la sienne.

— Et alors ?

— Et alors, c'est important aussi. J'aimerais vraiment que nous réussissions à rester clairs et à ne pas tout mélanger. Pour ne rien gâcher, ni d'un côté ni de l'autre. Parce que je tiens à… parce que je tiens à ce que ça marche. Sur les deux plans.

Sebastian porta ses doigts à ses lèvres.

— Moi aussi.

Mel lui sourit presque tendrement.

— Tu sais ce que j'aime chez toi, Donovan ?

— Non ?

— Tu es capable d'embrasser la main d'une fille d'un

air pénétré sans avoir l'air ridicule. Et je te promets que c'est un exploit.

Bien des heures plus tard, alors que la nuit était silencieuse et la lune déjà pâle, Mel se tourna vers lui dans son sommeil. Toujours endormie, elle noua les bras autour de son cou et se blottit contre lui, son corps doucement pressé contre le sien.

Sebastian frotta la pierre qu'elle portait à son doigt. S'il maintenait son pouce appuyé sur la tourmaline, il pourrait rejoindre Mel dans ses rêves. L'idée était tentante. Presque aussi tentante que de la réveiller en lui faisant l'amour.

Il hésitait encore entre les deux possibilités lorsque les écuries lui apparurent en vision. Au moment précis où une odeur de paille et de sueur chevaline lui venait aux narines, il entendit la jument hennir.

Mel cligna des paupières lorsqu'il se glissa sans bruit hors du lit.

— Qu'est-ce qui se passe ? demanda-t-elle d'une voix ensommeillée.

— C'est Psyché. Elle a commencé à mettre bas.

Repoussant les draps, elle tâtonna à la recherche de ses vêtements.

— Il faudrait appeler un vétérinaire, non ?

Sebastian secoua la tête.

— Ana va venir.

— Tu veux que je lui passe un coup de fil ?

— C'est inutile. Elle saura.

Se précipitant à la suite de Sebastian, Mel sautilla sur le palier en finissant d'enfiler ses boots.

— Je vais faire bouillir de l'eau, peut-être ?

Avec un léger sourire, il s'immobilisa au beau milieu de l'escalier et l'attira dans ses bras pour l'embrasser.

— Oui, je veux bien. Mais seulement pour le café.

— Dans les films, ils font toujours bouillir de l'eau pour les accouchements, marmonna-t-elle, vexée, en bifurquant vers la cuisine.

Le café finissait de couler lorsque Mel entendit une voiture s'immobiliser devant la maison. Impressionnée, elle secoua la tête. Ainsi Ana, avertie par quelque mystérieux sixième sens, était bel et bien arrivée à temps.

En pénétrant dans les écuries avec une Thermos et trois tasses, elle y trouva les deux cousins.

Agenouillée à côté de la jument, Ana lui murmurait des mots étranges à l'oreille.

— Tout va bien ? s'inquiéta Mel en s'accroupissant auprès d'elles.

— Oui, chuchota Ana en caressant l'encolure de Psyché. Ça ne va pas être long… Détends-toi, Sebastian.

La voix d'Ana était aussi douce et apaisante qu'un vent frais sur les sables du désert.

— Je sais que tout va bien se passer, riposta Sebastian, visiblement très tendu. Mais elle souffrira tout de même.

Mel lui tendit une tasse de café.

— Tiens, voilà pour toi, papa. Si tes nerfs prennent le dessus, tu pourras toujours aller arpenter le box voisin avec Eros.

— Ce serait une bonne idée d'aller calmer l'étalon, Sebastian, suggéra Ana par-dessus l'épaule.

— O.K. Je m'en charge.

— Une goutte de café, Ana ? proposa Mel.

La cousine de Sebastian se redressa pour boire le breuvage noir et âcre. Elle ouvrit de grands yeux en avalant sa première gorgée.

— Désolée. C'est un vieux réflexe professionnel de préparer un café à réveiller les morts, commenta Mel, gênée.

— Aucune importance. Comme ça, j'aurai ma dose de caféine pour la semaine.

Ana ouvrit une poche en cuir posée à côté d'elle et en

sortit des feuilles et des pétales séchés qu'elle fit avaler à la jument.

— Ce sont des herbes médicinales qui favorisent les contractions, précisa-t-elle en sélectionnant des cristaux qu'elle posa sur le flanc de Psyché... Mel, je pense que vous avez un bon fluide dans les mains. Caressez-lui la tête. Et le reste se fera tout seul. Il n'y a rien de plus naturel au monde.

Rien de plus naturel, peut-être. Mais rien de plus miraculeux, également. Telle fut du moins l'impression de Mel pendant que Sebastian, Ana, Psyché et elle unissaient leurs efforts pour mettre le poulain au monde.

Pendant les quelques heures que dura la mise bas, elle fut également impressionnée par la compassion qui transparaissait dans les beaux yeux gris d'Ana. Pendant un instant, elle crut lire dans son regard une expression de souffrance terrifiée. Mais celle-ci disparut instantanément lorsque Sebastian rappela sa cousine à l'ordre.

— Ana ! Arrête ça tout de suite !

— C'était juste pour lui accorder quelques secondes de répit, murmura la frêle jeune femme blonde.

Sebastian secoua la tête et voulut faire une remarque. Mais la jument eut une puissante contraction et un premier sabot apparut. Tout se passa alors très vite. Un deuxième sabot surgit. Et la tête du poulain suivit de près. Moins d'une heure plus tard, Psyché, encore couchée sur le flanc, faisait la toilette du nouveau-né.

Satisfaite, Ana roula ses instruments dans son grand tablier.

— Je reviendrai jeter un coup d'œil ce soir, mais je ne me fais aucun souci. Ils sont en parfaite santé l'un et l'autre.

Sebastian attira sa cousine dans ses bras et la serra fort un instant.

— Merci, Ana.

— De rien. Ce fut un plaisir… A bientôt, Mel. Vous vous êtes bien débrouillée pour une première fois.

Spontanément, Ana lui posa un baiser sur la joue avant de regagner sa voiture.

— Quelle nuit ! s'exclama Mel en posant la tête sur l'épaule de Sebastian. Mais je ne regrette pas d'avoir été présente.

Il lui passa le bras autour de la taille.

— Je suis content que tu aies été là.

— C'est la première fois que j'assiste à une naissance, en fait. C'est merveilleux mais épuisant ! J'aurais bien fait une grasse matinée demain si je n'avais pas eu plusieurs affaires en cours à l'agence.

— Ici aussi, tu as des affaires en cours.

— Ah oui ?

— Absolument, confirma Sebastian en la soulevant dans ses bras. Il y a quelques heures, pendant que tu dormais, j'étais partagé entre l'envie de te rejoindre dans ton rêve et celle de te réveiller.

— Me rejoindre dans mon rêve ? Parce que tu es réellement capable de faire une chose pareille ?

Avec une mimique faussement peinée, il la porta jusque dans l'escalier.

— Ah, Sutherland, quand apprendras-tu à me croire sur parole ?

— Je ne sais pas quelle est la nature exacte de tes projets, Donovan, mais au cas où tu ne l'aurais pas remarqué, nous sommes un peu crasseux, l'un et l'autre.

— Aucune importance. Nous allons prendre une douche.

— Bonne idée. Je crois que… *Sebastian* ! Stop !

Elle hurla de rire lorsqu'il enjamba le rebord de la baignoire et ouvrit les robinets en grand.

— Espèce d'idiot ! Nous sommes encore habillés !

— Pas pour longtemps, lui assura-t-il avec un large sourire avant de l'embrasser à corps perdu sous l'eau chaude.

10

Aux yeux de Mel, Mme Donovan Ryan — le personnage qu'elle avait endossé pour les besoins de l'enquête — n'était pas un personnage très fascinant. Cette pauvre Mary Ellen Ryan courait les boutiques au minimum une fois par semaine, adorait se faire faire les ongles et perdait un temps fou à se maquiller, se pomponner et pratiquer toutes sortes de soins élaborés sur sa personne.

Mais Mel devait reconnaître que la logistique de l'opération sous couverture frisait la perfection. Elle sortit sur la grande terrasse de bois de l'élégante maison contemporaine où « M. et Mme Ryan » venaient de s'installer et regarda la lune se refléter sur le lac aux eaux cristallines. Le cadre était tellement magnifique qu'elle se demandait parfois si elle ne rêvait pas.

La perspective de vivre avec Sebastian dans un lieu aussi idyllique avait quelque chose d'irréel, d'excitant. Mais elle n'oubliait pas qu'ils étaient là en mission commandée, bien sûr.

« Mary Ellen et Donovan Ryan » formaient un de ces couples modernes qui attendaient de la vie qu'elle comble la moindre de leurs exigences.

Or s'ils avaient réussi sur à peu près tous les plans, ils se heurtaient à l'échec dans un domaine crucial : la conception. Mais ils avaient bon espoir que le changement de cadre opérerait des miracles. C'est pourquoi ils avaient quitté Seattle pour s'établir sur les rives du lac Tahoe.

Lorsque Mel avait découvert la superbe demeure de deux étages mise à leur disposition pour leur opération d'infiltration, elle n'avait pas manqué de s'étonner de la générosité du FBI. Sebastian avait alors précisé avec désinvolture qu'il s'agissait d'une de ses résidences personnelles, achetée six mois plus tôt sur un coup de tête.

Hasard ou divination ? se demanda Mel, avec une certaine dose de fatalisme. Elle préférait ne pas se pencher de trop près sur la question.

— Alors ? Prête à écumer les casinos, ce soir, ma chérie ?

Sourcils froncés, Mel se tourna vers Sebastian.

— Attention, Donovan : ce n'est pas parce que nous sommes censés être mariés que tu dois prendre l'habitude de m'appeler mon cœur, ma chérie, mon amour et tout le bataclan.

— Grands dieux non, quelle horreur !

L'ironie du ton aurait fait bondir Mel si elle n'avait pas été impressionnée par la vue de Sebastian en tenue de soirée. Il fallait reconnaître que, sorcier ou pas sorcier, il avait une sacrée allure.

— Montre-toi à la lumière, Mel, que je te voie.

— J'ai enfilé tout ce que tu m'as dit de mettre, maugréa-t-elle. Même la lingerie fine.

— Tu es tellement accommodante, ma chère madame Ryan, que c'est un véritable bonheur de te servir de camériste.

Le sarcasme était si aimable qu'elle ne put s'empêcher de sourire. Sebastian lui prit la main et la fit pivoter devant lui.

Il songea que le pantalon de soirée rouge avait été un très bon choix, en définitive. Et la veste argent, également. Quant aux boucles d'oreilles en rubis, elles ajoutaient juste ce qu'il fallait de raffinement et d'élégance.

— Tu es superbe. Essaye juste de prendre un air moins grognon et ce sera parfait.

— Je hais les talons, grommela-t-elle. Et j'ai perdu tout l'après-midi à cause de cette espèce de coiffeur visagiste qui se prend visiblement pour le plus grand créateur vivant !

— Le résultat est très réussi, en tout cas.

— J'ai cru qu'il n'en finirait jamais de mettre tous ses produits, de couper une mèche par-ci, d'en lisser une autre par-là.

— Ce fut une rude journée, apparemment ?

Mel soupira avec impatience.

— Il n'y a pas eu que le coiffeur, Sebastian ! Il a également fallu passer chez la manucure. Encore une séance interminable avec des petits ciseaux, des limes et autres outils de torture pour repousser les cuticules. Tu t'imagines, toi, passer des heures d'affilée avec une vraie volière autour de toi, qui pépie sans relâche et te pose des questions hyperdirectes sur ta vie sexuelle et tes préférences en matière de petites culottes et d'épilation intime ? Et le pire, c'est que j'ai dû faire semblant d'apprécier et de passer du bon temps. Il s'en est fallu d'un cheveu qu'elles ne me collent également un soin du visage.

Mel eut un léger frisson.

— Je ne sais pas au juste ce qu'elles entendent par là, mais je leur ai dit qu'il fallait que je rentre d'urgence à la maison pour préparer le dîner. Comme excuse, on ne fait pas plus bidon, tu es d'accord avec moi ? Eh bien, elles l'ont toutes gobée sans sourciller.

— Sauvée de justesse, donc.

— Je crois que, si je devais passer le reste de ma vie à fréquenter les salons de beauté, je me jetterais dans le lac tout de suite.

— Allons, allons, un peu de patience, Sutherland. Ce ne sera qu'un mauvais moment à passer.

— Tu as raison, admit-elle, vaguement contrite. Et il faut

reconnaître que je n'ai eu aucun mal à faire circuler mon message, pour le coup. Toutes ces dames savent désormais que j'ai un mari merveilleux et une maison magnifique et que cela fait des années que nous essayons d'avoir un enfant. Les femmes adorent ce genre d'histoire, de toute évidence. Alors, je me suis laissée aller aux confidences. Tout y est passé : les examens, les traitements, les FIV, les agences d'adoption. Je ne leur ai rien épargné.

— Bravo, Sutherland. Tu as fait du bon boulot.

— Mieux que cela même : j'ai obtenu le nom d'un gynécologue censé faire des miracles dans le domaine de la stérilité. Plus les coordonnées de deux avocats spécialisés dans les problèmes d'adoption.

— Ce pourrait être le début d'une piste.

Mel hocha la tête.

— Demain, je vais essayer de me trouver un club de fitness. Pendant qu'ils m'infligeront une de leurs séances de torture, je continuerai à me faire des « amies » et à rassembler des informations.

— Un sauna, un hammam ou un massage peuvent aussi être un plaisir, Mel. Même pour la plus endurcie des détectives.

Gênée, Mel enfonça les mains dans les poches de sa veste.

— Je suis désolée si je suis parfois un peu grincheuse, Sebastian. Je sais que tu investis des sommes colossales dans ce projet.

Il lui prit le menton entre le pouce et l'index.

— L'argent n'est pas un problème pour moi. Et je n'ai pas oublié dans quel état j'ai trouvé Rose lorsque tu l'as amenée chez moi. Je me souviens également du désespoir de Mme Frost. Je crois que nous menons un combat important, toi et moi. Et je suis prêt à y mettre du mien.

Elle lui prit la main et noua les doigts aux siens.

— Je sais. Et je devrais t'être reconnaissante au lieu de ronchonner sans arrêt.

— Peut-être. Mais tu ronchonnes tellement bien... Allez, viens, Sutherland. Allons tenter notre chance au jeu. Je sens que nous sommes dans une phase de veine, tous les deux.

Le Silver Palace figurait parmi les plus beaux casinos de Tahoe. Des cygnes blancs flottaient gracieusement sur les eaux bleues de la piscine intérieure et une débauche de floraisons exotiques ornait des jarres géantes. La salle de casino était immense. Un personnel stylé se hâtait de table en table et le champagne coulait à flots. D'enivrantes odeurs de tabacs fins, de parfums de luxe et d'argent flottaient dans l'atmosphère.

— Et dire qu'on trouve encore des gens pour venir jeter leur argent par les fenêtres dans des endroits pareils, commenta Mel en secouant la tête. C'est pourtant un fait connu qu'on sort toujours perdant d'un casino.

Sebastian se pencha pour lui mordiller le lobe de l'oreille.

— Oublie ton esprit pratique cinq minutes, d'accord ? Nous sommes ici pour notre seconde lune de miel. Pas vrai, mon petit sucre ?

— Arrête, tu vas me faire vomir, dit-elle en le gratifiant d'un sourire rayonnant. Mais tu as raison. Allons acheter des jetons.

Ce n'était pas par hasard que Mel et Sebastian avaient choisi de venir jouer au Silver Palace. D'une façon ou d'une autre, ils espéraient entrer en conversation avec Jasper Gumm, propriétaire du casino et... créancier de James T. Parkland.

Sebastian et elle jouèrent aux machines à sous, gagnèrent quelques dollars et en perdirent d'autres, burent un peu de champagne pour l'ambiance et jouèrent leur rôle de couple amoureux avec une facilité et un naturel qui inquiétaient Mel chaque fois qu'elle se donnait le temps d'y réfléchir.

Elle s'efforçait de ne rien prendre au sérieux, bien sûr. Ni les petites attentions dont l'entourait Sebastian ; ni le fait que sa main se trouvait toujours à sa portée lorsqu'elle tendait la sienne.

Ils étaient amants, d'accord. Mais cela ne faisait pas d'eux des amoureux pour autant. Ils avaient de l'affection l'un pour l'autre, c'était indéniable. Et Sebastian lui inspirait un respect chaque jour croissant. Mais cela ne signifiait pas qu'ils passeraient le reste de leur vie ensemble. La bague qu'elle portait à son doigt n'était qu'un faux-semblant ; la maison qui abritait leurs ébats un simple décor de théâtre. Rien que de l'illusion en carton-pâte pour deux acteurs partageant un même plateau.

Dans quelques semaines — un mois tout au plus — il lui faudrait rendre la bague et quitter la belle maison au bord du lac. Peut-être Sebastian et elle auraient-ils l'occasion de se revoir de temps en temps après la fin de leur mission. Mais rien n'était moins sûr. Elle avait toujours été solitaire. Et les gens qui avaient traversé sa vie ne s'y étaient jamais arrêtés très longtemps.

Et pourtant, quand elle essayait d'imaginer sa vie future — sa vie sans Sebastian —, elle était assaillie par une impression de vide presque insoutenable.

— Qu'est-ce qui t'arrive ? demanda Sebastian en lui massant la base de la nuque. Tu es tendue, tout à coup.

— Mais non, tu te fais des idées.

Même sans lire dans ses pensées, Sebastian restait étonnamment sensible à ses sautes d'humeur. Mel chassa ses pensées sombres et désigna une table de black-jack.

— Allons tenter notre chance par là, proposa-t-elle. Nous verrons bien ce qui se passera.

— Pourquoi pas ?

Sebastian passa le bras autour de ses épaules en s'installant à leur nouvelle table. Il nota que Mel jouait avec une efficacité remarquable, malgré son manque évident d'expérience. Son esprit pratique et sa vivacité l'aidaient à obtenir des scores tout à fait honorables. Ce qui ne l'empêchait pas, par ailleurs, de garder la salle à l'œil. Et il était persuadé que rien ne lui échappait.

Pendant que Mel jouait, il fit un rapide tour de table pour sonder les états d'esprit de chacun des joueurs en présence. Après avoir eu un aperçu des appétits et des obsessions en présence, il fixa son choix sur un couple d'étudiants en voyage de noces. Jerry et Karen Goldman étaient jeunes, amoureux et délirants d'enthousiasme. Sur les cent dollars qu'ils avaient réussi à rassembler au départ, il ne leur en restait que cinquante. Mais ils s'amusaient comme deux enfants.

Jerry, le mari, hésitait à doubler sur le quinze. Sebastian n'eut qu'une légère incitation mentale à donner et le jeune homme demanda une seconde carte au croupier. Il ouvrit de grands yeux lorsqu'il tira un six.

Usant subtilement de ses pouvoirs, Sebastian continua ainsi à faire gagner Jerry qui doubla, puis tripla ses gains.

Stupéfait par ces successions inattendues de coups de chance, le jeune couple riait, s'exclamait, hurlait de joie.

— On dirait qu'ils ont une bonne étoile, tous les deux, commenta Mel, amusée par leur réaction enthousiaste.

— Mmm, murmura Sebastian, le nez dans son champagne.

Sans se rendre compte que la voix intérieure qui lui dictait ses actions n'était pas la sienne, Jerry continuait à parier des sommes de plus en plus élevées. Déjà le bruit courait dans le casino qu'un gagnant se trouvait à la table trois et les gens commençaient à s'agglutiner autour d'eux. A chaque nouveau gain de Jerry, des applaudissements nourris s'élevaient.

Karen, la jeune mariée, avait posé la tête sur l'épaule de son mari et souriait aux anges.

— Oh, Jerry ! C'est magique, non ?

Le mot fit tressaillir Mel. Elle leva les yeux de ses propres cartes pour observer son « mari » du coin de l'œil.

— Donovan... ? chuchota-t-elle. Qu'est-ce que tu fabriques ?

— Ne t'inquiète pas, murmura-t-il en lui tapotant la main. J'ai mes raisons.

Mel comprit le but de la manœuvre lorsque Jerry atteignit les dix mille dollars en jetons. Un individu de haute taille, vêtu avec une élégance remarquable, apparut dans le fond du casino pour se diriger vers leur table. Avec sa moustache blonde soigneusement lissée, son hâle et son allure, c'était incontestablement un bel homme.

Et pourtant, Mel ressentit une répulsion immédiate. Quelque chose dans son regard bleu et froid fit monter un frisson tout le long de sa colonne vertébrale.

— J'imagine que c'est Gumm qui s'inquiète de voir filer son argent ? murmura-t-elle à Sebastian.

Il ne répondit pas mais lui serra la main en signe d'acquiescement.

— Apparemment, c'est votre jour de chance, commenta Jasper Gumm en s'adressant au jeune couple.

— Ça, on peut le dire, oui ! s'exclama Jerry. Je n'avais encore jamais gagné à quoi que ce soit de ma vie, même pas au jeu de l'Oie ! Je n'en reviens pas d'avoir une baraka pareille, tout à coup !

— Vous séjournez à l'hôtel ?

— Oui, c'est notre première nuit. Nous sommes en voyage de noces, Karen et moi.

— Alors permettez-moi de vous féliciter personnellement. Je suis Jasper Gumm et ce casino-hôtel m'appartient.

Pendant que le propriétaire s'entretenait avec le jeune couple, Mel glissa à l'oreille de Sebastian :

— Je dois avouer que tu as trouvé une méthode originale pour faire sortir le loup de son antre.

— J'imagine qu'il en existe de plus directes, mais je ne suis pas mécontent de moi.

— Et tu as fait deux heureux, en plus ! Tu en as terminé avec nos deux jeunes héros ?

— Complètement, oui.

— Alors à moi de jouer.

Mel prit son verre et se leva pour se rapprocher des heureux gagnants. Le jeune couple remerciait Jasper Gumm avec effusion et se préparait à quitter la table.

— Nous espérons vous revoir bientôt dans notre salle de casino, déclara Gumm. C'est toujours un grand plaisir pour nous, au Silver Palace, lorsque nos clients repartent gagnants.

Au moment où le propriétaire du casino se détourna pour s'éloigner, Mel se plaça juste sur sa trajectoire. Un petit mouvement rapide du poignet et le champagne gicla hors de son verre.

— Oh, je suis désolée, s'exclama-t-elle en tapotant la manche humide de Gumm. Quelle maladroite, je fais.

— Mais pas du tout. Je suis seul responsable.

Gumm sortit un mouchoir immaculé de sa poche pour sécher la main de Mel et avisa son verre vide.

— Je vous dois une boisson, madame.

Mel secoua la tête en souriant.

— Non, non, rassurez-vous. Mon verre était déjà presque vide. Heureusement pour votre costume, d'ailleurs ! Mon mari et moi, nous jouions en face du jeune couple de gagnants. Et j'avoue que je n'ai pas pu résister à la curiosité d'aller voir de plus près cette impressionnante pile de jetons.

— Ma chérie, le champagne, c'est fait pour être bu, pas pour être jeté sur les gens, observa Sebastian d'un ton enjoué en se joignant à la conversation.

Mel se pendit à son bras.

— Je me suis déjà excusée, expliqua-t-elle en riant.

Gumm et Sebastian se présentèrent en se serrant la main.

— Enchanté, monsieur Ryan, fit Gumm. Vous êtes clients de l'hôtel ?

— Pas de l'hôtel, non. Nous venons plus ou moins en voisins… Mary Ellen et moi sommes depuis peu résidents de Tahoe, précisa Sebastian en couvant Mel d'un regard amoureux. Et nous en profitons pour nous accorder une seconde lune de miel.

— Alors, soyez la bienvenue parmi nous. J'aurais d'autant plus plaisir à remplacer votre champagne perdu, madame Ryan, que vous êtes désormais des nôtres.

Gumm appela un serveur.

— C'est très aimable à vous, le remercia Mel. Et je suis très impressionnée par votre casino. Il est superbe.

— Je vous remercie. A présent que nous sommes voisins, j'espère vous revoir souvent par ici. Notre restaurant jouit d'une excellente réputation. Et je pense que vous apprécierez nos boutiques.

Lorsque le serveur revint avec une nouvelle bouteille et deux verres, Gumm poussa la courtoisie jusqu'à les servir lui-même.

— Dans quelle branche d'activité exercez-vous, monsieur Ryan ?

— L'immobilier. Nous avons vécu quelques années à Seattle, Mary Ellen et moi. Mais nous avions envie d'un changement. Et j'ai l'avantage de pouvoir exercer mon métier partout.

— C'est également votre cas, madame ?

— Pour ma part, j'ai décidé de laisser mes objectifs de carrière de côté. Pour quelques années du moins.

Gumm hocha la tête.

— Vous avez envie de vous consacrer à votre petite famille, j'imagine ? Vous avez des enfants ?

Le sourire de Mel se crispa, comme s'il venait de toucher un point sensible.

— Pas encore, non. Mais je pense que le changement de climat, l'altitude, le lac... Enfin, le cadre paraît idéal pour élever une famille, dit-elle d'une voix légèrement tremblante, comme si elle cherchait à maîtriser une émotion contenue.

— Il n'y en a pas de meilleur, lui assura Gumm. Et sachez que j'aurais toujours le plus grand plaisir à vous accueillir au Silver Palace.

— Bien joué, glissa Sebastian à Mel dès qu'il se fut éloigné.

— Pas mal, oui, en effet. Qu'est-ce qu'on fait, maintenant ? On se lance à la roulette ? Au poker ? Ou on se balade en se regardant amoureusement dans les yeux ?

Sebastian se penchait en riant pour l'embrasser lorsqu'il s'immobilisa, la main sur son épaule.

— Tiens, tiens... Intéressant.

— Quoi ?

— Bois ton champagne, mon amour, et souris.

Passant le bras autour de ses épaules, Sebastian la guida vers la table de la roulette.

— Maintenant, regarde discrètement la femme qui discute avec Gumm. La rousse, juste à côté de l'escalier.

— Oui, je la vois. Un mètre soixante-huit, cinquante-quatre kilos, teint clair. Entre vingt-huit et trente ans.

— Aujourd'hui, elle se fait appeler Linda, mais elle était Susan White lorsqu'elle a transporté David, il y a un peu plus de deux mois.

Mel faillit lâcher son verre.

— La kidnappeuse rousse... Et que fait-elle ici ?

— Je pense qu'elle couche avec Gumm. En attendant sa prochaine mission.

L'expression de Mel se durcit lorsqu'elle vit Susan alias Linda se diriger vers les toilettes.

— Tiens-moi ça, ordonna-t-elle en collant son verre dans les mains de Sebastian.

— Mais très volontiers, ma chérie, murmura-t-il alors qu'elle s'éloignait déjà.

Mel prit place devant une des élégantes coiffeuses en palissandre et entreprit de retoucher son maquillage. Lorsque Linda vint s'asseoir face au miroir voisin du sien, elle en était à sa troisième couche de rouge à lèvres.

— Zut, s'exclama Mel. Je me suis encore cassé un ongle.

Linda exprima sa compassion par une grimace complice.

— Il n'y a rien de plus énervant, non ?

— Ne m'en parlez pas. Et je viens de me les faire faire, en plus. Je n'ai jamais eu de chance avec mes ongles... Les vôtres sont magnifiques, entre parenthèses, commenta Mel en faisant mine de chercher une lime dans son sac à main.

— Vous trouvez ? Il faut dire que j'ai une excellente manucure.

Hochant la tête d'un air entendu, Mel sortit son poudrier et son pinceau.

— Rien n'est plus précieux qu'une bonne manucure. Je ne sais pas si vous êtes d'ici, mais nous sommes nouveaux dans la région, mon mari et moi. Et je n'ai pas encore eu le temps de trouver mes marques au niveau soins de beauté, centre de fitness et tout ça.

— Inutile de chercher plus loin, s'exclama Linda en retouchant sa coiffure d'une main experte. C'est ici, à l'hôtel Silver Palace, que vous trouverez les meilleurs entraîneurs et les équipements les plus sophistiqués. Quant au centre de beauté et d'esthétique, il est de toute première qualité.

— Merci pour le tuyau. Je viendrai demain prendre tous les renseignements.

— N'hésitez pas à leur dire que vous venez de ma part. Je m'appelle Linda Glass.

— Entendu. Je n'y manquerai pas.

Lorsque Mel eut disparu, Linda se pencha en souriant

vers le miroir. Si cette fille s'inscrivait au fitness du Silver Palace, elle toucherait une jolie commission.

Et il n'y avait pas de petits profits, après tout…

Quelques heures plus tard, Mel, allongée à plat ventre sur le lit dans la chambre ultradesign qu'elle partageait avec Sebastian, griffonnait sur son éternel carnet. Elle portait un haut de pyjama d'homme qui lui arrivait à mi-cuisses — sa tenue préférée pour traîner à la maison.

Dès le lendemain, elle s'inscrirait au centre de fitness et prendrait rendez-vous avec l'esthéticienne du Silver Palace. Et tant pis s'il fallait en passer par un soin du visage. Avec un peu de chance, elle croiserait Linda Glass et elles passeraient une partie de la journée à papoter entre filles.

— Qu'est-ce que tu fabriques, Sutherland ?

— Je médite sur mon programme de demain, dit-elle distraitement en continuant à prendre des notes. Tu crois que c'est douloureux, l'épilation à la cire ?

— Ça risque, oui.

Il laissa glisser un doigt caressant sur son mollet nu.

— Je te trouve douce, à souhait, telle que tu es, d'ailleurs.

— Peut-être. Mais il faut que je m'arrange pour passer une partie de la journée à me faire massacrer d'une façon ou d'une autre si je veux justifier ma présence au Silver Palace.

Lâchant son stylo, elle tourna la tête vers Sebastian. Et constata qu'il portait le bas du pyjama dont elle arborait le haut. « Nous fonctionnons comme un vrai couple », songea-t-elle, soudain estomaquée par cette troublante évidence.

Sebastian lui tendit le verre qu'il tenait à la main.

— Tu en veux une goutte ?

— Mmm… C'est quoi ? Du cognac ? J'ai toujours trouvé que ça avait un goût de médicament.

— Peut-être parce que tu n'as jamais eu l'occasion d'en déguster un bon.

Mel se dressa sur les coudes pour boire pendant que Sebastian se plaçait à califourchon sur elle pour lui masser les épaules.

— Tu es encore tendue, commenta-t-il.

Elle avala une gorgée et fit la grimace.

— Juste un peu excitée, peut-être. Je commence à me dire que ça va marcher. Que notre opération peut aboutir.

— Bien sûr qu'elle va aboutir. Pendant que tu feras épiler tes jolies jambes à la cire demain, je serai occupé à jouer au golf.

— Dans le même club que notre ami Gumm, je parie ?

— Exactement.

— Je trouve que notre petite équipe tient le choc, Donovan… Mais pour le jeune couple de gagnants, ce soir…

— Oui ?

— Tu n'as pas peur des conséquences ? Imagine que lui se prenne pour un as du black-jack et qu'il sombre dans la dépendance ?

Sebastian rit doucement et releva la veste de pyjama pour poser un baiser dans son dos.

— Ne t'inquiète pas pour ça. L'argent qu'ils ont gagné ce soir leur servira d'apport personnel pour financer la maison de leurs rêves. Ils estimeront l'un et l'autre qu'ils ont eu le coup de chance de leur vie et qu'un pareil miracle ne se reproduira pas. Ils auront trois enfants. Et traverseront une grosse crise conjugale dans six ans. Mais ils devraient la surmonter, a priori.

Mel secoua la tête.

— Tu m'étonneras toujours, Donovan. Mais si c'est effectivement le cas…

— Si c'est effectivement le cas, tu peux cesser de t'angoisser pour la terre entière et te concentrer enfin sur ma personne.

Avec un léger sourire, elle posa le cognac sur la table de chevet.

— Je pourrais faire cela, oui.

Se tortillant sous lui, elle lui attrapa les mains, lui fit une prise fulgurante et réussit à le renverser sur le dos.

— Et voilà. Tu es cuit, Donovan.

— Je crois, oui.

L'immobilisant sous elle, Mel lui posa une série de baisers sur le front, le nez, les lèvres.

— Et inutile d'espérer que je te lâche avant un bon moment. Tu sais que le cognac a un bien meilleur goût sur toi que dans un verre ?

— Essaye encore une fois pour être tout à fait sûre.

Les yeux étincelant d'humour, elle se pencha pour l'embrasser longuement.

— Mmm... Oui, ma première impression se confirme. Je crois que je vais me réconcilier avec le cognac.

Mêlant ses doigts aux siens, elle lui mordilla le cou et les épaules, charmée qu'il la laisse se repaître de lui à son gré. Elle joua avec son désir et avec le sien, prenant plaisir à laisser glisser les mains sur son corps, à promener ses lèvres sur son torse et sur son ventre. En frottant sa joue contre sa chair, elle ne ressentit pas que de l'excitation mais une émotion profonde, puissante comme une drogue, qui l'envahit tout entière.

Elle en avait la gorge nouée, les yeux brûlants. Et son cœur était comme du métal fondu dans sa poitrine.

Avec un profond soupir, Mel revint à ses lèvres.

Ce soir, c'était Mel, la sorcière, songea Sebastian. Elle était la magicienne, sûre de son pouvoir. Et comment en douterait-elle encore alors qu'elle lui avait tout pris — son cœur, son âme, son avenir — et qu'elle tenait l'ensemble au creux de ses paumes ?

Sebastian lui murmura son amour, encore et encore, dans

la langue de ses pères, une langue dont Mel n'entendait pas le sens.

Ils bougèrent ensemble, flottant sur le lit comme sur un lac enchanté. Lorsque la lune commença à descendre dans le ciel, ils étaient perdus l'un en l'autre, comme enveloppés dans un filet de magie pure.

Ce fut Mel qui finalement se dressa au-dessus de lui, son corps mince luisant sous la lumière pâle, ses yeux noircis, chavirés par le désir. Jamais elle ne lui avait paru aussi belle.

Et jamais, surtout, il ne l'avait sentie sienne comme en cet instant.

Il la saisit par les hanches pour la placer sur lui. Leur chevauchée intime fut à la fois douce et sauvage. Mel se cambra, la tête renversée en arrière pour le prendre au plus profond d'elle-même.

Leurs mains se trouvèrent et ils se raccrochèrent l'un à l'autre pour la dernière course vers le sommet. Lorsqu'il n'y eut plus de montée possible, lorsqu'il se fut vidé en elle et que leurs chairs comblées ne furent plus que langueur rassasiée, elle retomba sur lui, sans même s'inquiéter de ses joues baignées de larmes.

Avec un petit sanglot, elle enfouit le visage dans son cou.

— Ne me lâche pas, murmura-t-elle. Garde-moi serrée toute la nuit.

Et il la tint dans ses bras pendant que le cœur de Mel menait contre l'évidence de l'amour un combat perdu d'avance.

11

Dès son arrivée au centre de fitness du Silver Palace Mel réussit sans difficulté à distraire l'attention de la jeune femme de l'accueil pendant quelques minutes. Ce qui lui permit de jeter un coup d'œil sur le planning et de caler ses rendez-vous en fonction de ceux de Linda Glass.

Ce fut la partie facile de sa mission.

Ce qui l'attendait était autrement moins confortable, en revanche : il s'agissait à présent de gagner l'amitié de la rousse. A la sueur de son front, selon toute vraisemblance.

Mel se présenta à son premier cours d'aérobic et constata qu'une douzaine de femmes étaient déjà présentes. Elle adressa un sourire amical à Linda qui vint à sa rencontre tout en ajustant d'une main le bandeau qui retenait son opulente chevelure.

— Ainsi vous êtes venue faire un essai ? demanda-t-elle. Vous n'avez pas perdu de temps depuis hier soir !

Mel pinça une couche de cellulite imaginaire sur le haut de ses cuisses.

— Avec le déménagement, j'ai dû interrompre mon entraînement. Quinze jours sans exercice, ça commence à se voir.

— Ne m'en parlez pas, acquiesça Linda. Chaque fois que je dois partir en voyage, je…

Elle s'interrompit lorsque le professeur mit un CD et commença à sautiller sur place en levant les bras.

— C'est parti, mesdames… Etirez-vous !

Se tournant vers le miroir, la jeune instructrice cria ses ordres tout en donnant énergiquement l'exemple. Mel qui estimait avoir une excellente condition physique n'en fut pas moins mise à rude épreuve. A la moitié du cours, elle nourrissait déjà une solide aversion contre leur jeune professeur, avec sa queue-de-cheval sautillante, sa voix criarde et sa forme olympique.

— Encore un lever de jambe, un seul, et je la tue, marmonna-t-elle.

Linda, en nage, lui adressa un sourire complice.

— Si vous avez besoin d'aide, comptez sur moi, commenta-t-elle, hors d'haleine. Cette fille doit à peine avoir vingt ans. Elle mérite une mort violente.

Mel rit de bon cœur et continua à transpirer. A la fin du cours, elles s'effondrèrent sur le sol en riant.

— Pff…, se lamenta Mel en s'essuyant le visage avec une serviette. Voilà ce que c'est que d'arrêter de faire du sport pendant dix malheureux jours. Et dire que je me suis inscrite pour une journée entière !

— Ne m'en parlez pas. Pour ma part, j'enchaîne directement avec une séance de cardiotraining.

Mel ouvrit de grands yeux surpris.

— Ah oui ? C'est amusant ! J'ai opté pour le même programme.

Linda se leva en souriant.

— Bon. Dans ce cas, allons souffrir de concert.

Elles passèrent ensemble du rameur au vélo, sans oublier le tapis de course. Puis elles enchaînèrent avec une séance de musculation. Plus elles transpiraient et plus elles devenaient complices. La conversation porta d'abord sur le sport puis dévia sur les hommes.

Elles s'accordèrent un sauna ainsi qu'un bain à remous et, au final, se retrouvèrent côte à côte, sur deux tables de massage voisines.

— Je n'arrive pas à croire que tu aies renoncé à une aussi belle carrière dans le secteur bancaire pour rester chez toi, commenta Linda, le menton posé sur ses coudes repliés.

— Je t'avoue que j'ai encore du mal à réaliser, moi aussi.

Mel soupira tandis que la masseuse lui pétrissait le dos. Elle marqua un temps d'hésitation pour bien montrer à Linda qu'elle abordait un sujet sensible.

— En fait, nous essayons depuis des années d'avoir un enfant, mon mari et moi. Et comme aucune méthode n'a fonctionné jusqu'à présent, j'ai pensé qu'un changement de vie radical opérerait peut-être un miracle. Même si je ne me berce plus vraiment d'illusions sur la question.

— Ça doit être une épreuve pour vous, commenta Linda.

— Il est vrai que c'est une immense frustration. Donovan et moi sommes enfants uniques l'un et l'autre et, depuis le début de notre mariage, nous rêvons d'une grande famille. J'estime que nous avons tant de choses à offrir, en tant que parents ! Une maison confortable, une situation financière stable et un mariage solide. Mais avec mes problèmes hormonaux, les chances pour que je puisse concevoir un enfant sont quasi nulles.

Linda hocha la tête.

— Surtout ne le prends pas mal, mais vous avez déjà envisagé l'adoption ?

— Si nous l'avons envisagée ? murmura Mel avec un sourire mélancolique. Tu n'imagines pas le nombre de listes d'attente sur lesquelles nous sommes inscrits. Mais nous souhaitons l'un et l'autre accueillir un bébé plutôt qu'un enfant qui a déjà un vécu derrière lui. Et l'adoption d'un nourrisson exige de nombreuses années d'attente.

Mel s'interrompit pour se tapoter les yeux avec un mouchoir.

— Je suis désolée, dit-elle d'une voix altérée. Je n'aurais pas dû aborder ce sujet.

Linda tendit le bras de la table voisine et posa la main sur la sienne.

— Ne t'inquiète pas pour ça. Entre femmes, on comprend ces choses-là, non ?

Dans le restaurant du centre de fitness, elles commandèrent chacune une salade d'épinards et un jus de fruits frais. Très vite, Linda s'arrangea pour ramener la conversation sur la vie privée de la très naïve et très sentimentale Mary Ellen Ryan.

Ainsi poussée aux confidences, Mel s'en donna à cœur joie et lui livra une version hautement romantique de sa rencontre avec « Donovan Ryan ». Elle s'étendit ensuite longuement sur ses différentes expériences de procréation assistée, versa quelques larmes pour ponctuer son récit et finit par sourire courageusement.

— Et toi, Linda ? Tu n'as jamais songé à te marier ?

Linda secoua la tête en riant.

— Oh, non. J'ai essayé une fois, il y a très longtemps. Mais c'est trop contraignant pour moi. Ma relation avec Jasper me convient à la perfection, en revanche. On s'apprécie mais chacun garde sa liberté.

Mel ouvrit de grands yeux.

— J'admire ton indépendance. Je ne sais même pas si je serais encore capable de vivre loin de Donovan.

— Chacune sa formule, Mary Ellen. Tu as un mari qui t'adore, une vie confortable, une belle maison. C'est parfait, non ?

— Presque…, chuchota Mel.

Linda lui tapota la main.

— Crois-moi, tout s'arrangera une fois que votre bébé sera là.

Quand Mel revint à la maison, elle était exténuée.

— Te voilà enfin, cria Sebastian du balcon du premier étage. J'étais à deux doigts d'appeler police secours.

— Fais venir deux brancardiers, plutôt.

Sebastian se leva d'un bond et dévala l'escalier.

— Qu'est-ce qui t'arrive ? Tu es blessée ? Je savais bien que j'aurais dû garder un œil sur toi.

Mel laissa tomber son sac de sport à ses pieds et s'affaissa sur une chaise pour retirer ses chaussures.

— Blessée ? maugréa-t-elle. Si seulement il ne s'agissait que de cela ! Mais je suis tombée sur une instructrice d'aérobic sadique et jolie comme une rose. Ensuite je suis passée entre les mains d'une espèce d'amazone qui m'a attachée à toutes sortes d'appareils de torture. Et je n'ai rien mangé d'autre depuis ce matin que cinq misérables feuilles de salade d'épinards.

Sebastian l'embrassa tendrement sur le front.

— Mon pauvre bébé.

— Attention, Donovan. Je suis d'humeur à frapper. Et tu es la seule victime potentielle.

— Et si je te préparais une petite collation ?

Radoucie, Mel le suivit dans la cuisine et fouilla dans les placards à la recherche d'un paquet de chips.

— Tu sais que Linda se paye une journée complète de remise en forme comme celle-ci au moins deux fois par semaine ? C'est maladif cette recherche obsessionnelle de la santé, non ?

Avec un soupir d'aise, elle s'installa à la table de verre avec son paquet de chips et une boisson sucrée.

— Tu vois, cette fille… Linda… Elle a l'air tout à fait normale, au premier abord. Plutôt sympa, même. Et puis, peu à peu, en bavardant, tu t'aperçois qu'elle est intelligente mais froide comme de la glace. Il n'y a pas d'émotions, pas d'empathie, chez elle. Elle fait semblant, mais tu sens que c'est complètement artificiel.

Sebastian leva les yeux de l'énorme sandwich qu'il préparait pour elle.

— Vous avez eu l'occasion de discuter, alors ?

— Pour parler, on a parlé, oui. Surtout moi, d'ailleurs. Je lui ai raconté l'histoire de la vie de Mary Ellen Ryan du premier chapitre jusqu'au dernier : l'accident qui a coûté la vie à mes parents lorsque j'avais vingt ans. Ma rencontre avec toi, deux ans plus tard. Notre coup de foudre mutuel.

— Nous avons eu le coup de foudre ? releva Sebastian en posant le sandwich devant elle.

Elle hocha la tête.

— Et tu as été merveilleux, bien sûr. Tu m'as couverte de roses blanches, tu m'emmenais danser au clair de lune et tu me comblais des attentions les plus délicates.

Sebastian sourit en la regardant mordre dans le pain frais à pleines dents.

— Il faut reconnaître que j'étais fou amoureux de toi, commenta-t-il à mi-voix.

— Complètement. Tu m'as même suppliée à genoux de t'épouser, c'est te dire. Mmm… Excellent, ce sandwich. J'en étais où déjà ?

— J'étais en train de te supplier de m'accorder ta main.

— Ah oui. Mais j'ai été prudente. Nous avons d'abord vécu un an ensemble avant que j'accepte que tu me passes ta bague au doigt. Et depuis, notre vie est un conte de fées.

— Un océan de félicité, en effet, acquiesça Sebastian.

Mel fronça les sourcils.

— Tu vois, au début, j'avais des scrupules à mener Linda en bateau. Mais dès que j'ai commencé à parler de ma soi-disant stérilité, j'ai vu que la machine à calculer se mettait en marche chez elle. Il était *évident* qu'elle cherchait à me manœuvrer pour m'arracher le maximum d'informations. Je veux sa peau, Donovan.

— Nous l'aurons. Vous devez vous revoir ?

— Après-demain. Nous avons rendez-vous au centre

d'esthétique. Et je t'interdis de rire, mais il est même question que nous allions faire les boutiques ensemble.

— Il faut souffrir dans nos métiers…

— Tu dis ça, toi qui as passé la matinée à pousser une petite boule blanche sur une herbe verte et tendre.

— Aurais-je oublié de te préciser que j'ai le golf en horreur ? Je suis tombé sur Gumm au quatrième trou. Tout à fait par hasard, bien sûr.

— Naturellement.

— Nous avons terminé le jeu ensemble. Gumm trouve que j'ai une épouse absolument charmante.

— C'est un homme de goût.

— Nous avons parlé affaires, bien sûr. Et je lui ai donné quelques conseils judicieux en matière d'investissements immobiliers. Il a de l'argent à placer, semble-t-il… Puis nous avons bu un verre au bar du club, et j'ai réussi à caser dans la conversation que j'aurais aimé avoir un fils, mais que nous avions du mal à démarrer une famille.

— Un fils ? Pas une fille ?

— Je pense que le fils passait mieux dans ce genre de conversation entre hommes.

— Mmm… Et comment Gumm a-t-il réagi ?

— Il a exprimé sa sympathie, mais sans insister. Alors j'ai changé de sujet de conversation.

— Ah oui ?

— Je crois que cela aurait éveillé sa méfiance si je m'étais lancé dans de longues confidences. Deux hommes sur un terrain de golf n'abordent pas forcément les mêmes sujets que deux femmes partageant une banquette de sauna.

Mel réfléchit un instant et finit par hocher la tête.

— Tu as raison. Il y a une certaine pudeur virile à respecter.

— J'ai une bonne nouvelle, en revanche : nous sommes invités à dîner vendredi soir par Gumm et sa belle.

Se penchant vers Sebastian, Mel l'embrassa sur les lèvres.

— Tu es un as, Donovan.

— N'oublie pas que nous formons une équipe de choc... Tu as fini de manger ?

— Pour le moment, oui.

— Bon, alors viens t'entraîner pour vendredi, décréta-t-il en la tirant vers lui.

Mel lui jeta un regard méfiant.

— Tu ne vas pas recommencer à me faire essayer des tenues de soirée, au moins ?

— Jamais de la vie. Nous sommes censés être follement amoureux, Mel.

— Merci de me le préciser mais je connais le scénario.

Sebastian la propulsa en direction de la chambre à coucher.

— Je crois fermement aux vertus de la pratique. Donc, je suggère que, d'ici à vendredi, nous fassions l'amour le plus souvent possible.

Avec un soupir faussement résigné, Mel se pendit à son cou.

— Bon, puisqu'il n'y a vraiment pas moyen de faire autrement... Comme tu le disais toi-même tout à l'heure, il faut souffrir dans nos métiers.

En tant que membre des forces de l'ordre d'abord et détective privé ensuite, Mel avait connu nombre de situations inconfortables. On l'avait frappée, insultée, menacée et couverte d'injures. On lui avait claqué des portes au nez et elle avait essuyé autant de coups que de propositions douteuses. Une fois même, on lui avait tiré dessus.

Mais tout cela lui avait paru nettement moins terrifiant que le soin complet visage et corps auquel elle avait souscrit dans le salon de beauté et d'esthétique du Silver Palace.

Pendant qu'on lui appliquait une quelconque pâte

onctueuse sur la figure, Linda et elle parlèrent de mode et de coiffure. Mel se félicita d'avoir passé la soirée de la veille à potasser des magazines féminins jusqu'à saturation.

Plus tard, pendant la douloureuse séance d'épilation à la cire, Mel s'étendit longuement sur les charmes de leur nouvelle vie à Tahoe.

— La maison est tellement bien située. La vue sur le lac est merveilleuse. J'ai hâte de connaître un peu plus de monde pour organiser des soirées chez nous.

— Jasper et moi, nous pouvons vous présenter autant d'amis que vous le voudrez. Comme nous sommes dans l'hôtellerie, nous avons un réseau étendu de relations.

— Ce serait merveilleux, Linda.

Mel jeta un coup d'œil sur ses doigts de pieds et s'efforça de paraître ravie et non horrifiée de voir les ongles de ses orteils peints en fuchsia.

— Mon mari m'a dit qu'il était tombé sur Jasper en jouant au golf, l'autre jour... Donovan est un passionné de golf. Je crois qu'il y passerait sa vie, confia-t-elle à Linda en priant sadiquement pour que ce vilain mensonge contraigne Sebastian à se rendre tous les jours sur le green.

Il n'y avait aucune raison, après tout, pour qu'elle soit seule à souffrir.

— J'adore me faire dorloter comme ça, murmura Linda, les yeux clos.

Elles étaient installées toutes les deux dans des fauteuils de relaxation et se faisaient masser les mains pendant le temps de pause du masque capillaire qu'on leur avait appliqué sur le crâne.

Mel étouffa un bâillement en se demandant s'il était possible de mourir d'ennui.

— Oui, c'est merveilleusement relaxant, acquiesça-t-elle. Cela fait longtemps que tu travailles ici, à l'hôtel ?

— Deux ans. La plupart du temps, je suis du soir. Ce qui me permet de profiter de mes journées. J'adore mon métier. La majorité des gens qu'on rencontre ont beaucoup d'argent. C'est le genre d'individu que je préfère ! Cela dit, ton mari n'a pas l'air de s'en sortir trop mal non plus — professionnellement et socialement.

Mel eut un sourire attendri.

— Oh ! Donovan est un vrai magicien, en effet. En affaires comme pour le reste.

Linda laissa passer quelques secondes de silence pensif.

— Tu sais, Mary Ellen, à propos de ce que tu m'as confié l'autre jour...

Mel feignit la gêne.

— Oh, je suis vraiment désolée de t'avoir infligé ces confidences. Je ne sais pas ce qui m'a pris.

Linda balaya sa manifestation d'embarras d'un geste élégant de sa main manucurée.

— C'est bien naturel, au contraire. Je crois que si tu m'as parlé comme ça, c'est parce que ça a tout de suite collé entre nous. Ton histoire me touche beaucoup. Et du coup, j'ai pas mal réfléchi à la question. Arrête-moi si tu trouves que je me mêle de ce qui ne me regarde pas, mais avez-vous déjà songé à l'adoption privée ?

La question qu'elle espérait ! Mel dissimula sa jubilation sous un soupir attristé.

— Tu veux dire, passer par un avocat qui représente des jeunes filles enceintes désireuses de donner leur enfant à la naissance ? Nous avons fait une tentative dans ce sens, il y a environ un an. En croyant enfin toucher au but, d'ailleurs. Tout se déroulait à la perfection et nous avons même eu une longue discussion avec la future mère biologique. Nous avions déjà choisi nos prénoms. Et à la dernière minute, la mère a changé d'avis... Tu imagines l'horreur...

Mel se tut et détourna la tête, comme pour dissimuler son émotion.

— Ça a dû être une expérience affreuse, commenta

Linda. Toutefois, on m'a parlé d'un homme de loi qui a placé déjà de nombreux bébés en adoption. Je ne le connais pas personnellement mais j'ai entendu dire que c'était quelqu'un de fiable. Je ne te promets rien, bien sûr. Et je ne veux surtout pas te donner de faux espoirs. Mais si tu le souhaites, je peux me renseigner.

Mel ferma un instant les yeux. Puis elle les ouvrit lentement et soutint le regard de Linda dans le miroir.

— Si tu veux bien faire ça pour moi, je t'en serai reconnaissante toute ma vie, murmura-t-elle.

Une heure plus tard, en sortant de l'hôtel, Mel tomba tout droit dans les bras de Sebastian. Elle rit aux éclats lorsqu'il l'embrassa à pleine bouche.

— Qu'est-ce que tu fabriques ici, Donovan ?

— A ton avis ? Je joue mon rôle de mari amoureux impatient de retrouver sa moitié.

Il l'examina en souriant. Maquillés, ses yeux verts paraissaient plus grands et plus lumineux encore. Ses lèvres étaient de la même couleur fuchsia que ses ongles. Et sa nouvelle coiffure adoucissait ses traits.

— Bon sang, qu'ont-ils fait de toi ?

— Je t'interdis de ricaner, Donovan.

— Je ne ricane pas. Tu es superbe. Mais plus tout à fait ma Mel à moi.

Elle fit la moue.

— Tu ne crois pas si bien dire. J'ai eu droit à mon épilation à la cire. Intégrale, en plus. Ce fut un acte de barbarie pure.

— Aïe !

Mais elle lui noua les bras autour du cou en riant.

— Et j'ai les orteils roses. Je me sens ridicule !

— J'ai hâte de découvrir ça.

Sebastian l'enlaça et ils quittèrent l'hôtel bras dessus bras dessous.

— J'ai eu du nouveau par l'intermédiaire de Devereaux : Gumm a demandé toutes sortes de renseignements sur les Ryan de Seattle.

Les yeux de Mel brillèrent d'excitation.

— Et Linda, par pure bonté d'âme, veut nous mettre en contact avec un homme de loi spécialisé dans les adoptions privées… Le piège fonctionne. On les tient, Donovan !

De la suite présidentielle, au dernier étage du casino-hôtel, Gumm et Linda observaient Mel et Sebastian.

— Ils sont vraiment très amoureux, murmura Linda avec un sourire amusé. Quand elle prononce son nom, elle a le regard tellement chaviré que j'en arrive à me demander s'ils sont *réellement* mariés depuis cinq ans.

Jasper fronça les sourcils.

— J'ai pourtant reçu une copie de leur certificat de mariage. D'après les renseignements que j'ai pu obtenir sur eux, les Ryan sont bien ce qu'ils prétendent être. D'ailleurs, si c'étaient des agents sous couverture, on ne percevrait pas une pareille intimité physique entre eux.

Linda lui jeta un regard inquiet.

— Des agents sous couverture ? Mais enfin, Jasper, qu'est-ce qui te fait penser une chose pareille ? Il n'y a aucun moyen de remonter jusqu'à nous.

— Tu oublies ce qui s'est passé avec les Frost.

— Bon, ce n'est pas de chance pour eux qu'on leur ait enlevé le petit. Mais nous n'avons pas laissé de traces.

— Nous avons laissé Parkland, Linda. Et je n'arrive pas à remettre la main sur lui.

Avec un haussement d'épaules, Linda pressa son corps contre celui de son amant.

— Bah, il doit se planquer dans un coin. Il était mort de peur, ce pauvre type.

— Ce qui me chagrine, c'est que vous vous soyez croisés, toi et lui.

— Il était trop paniqué pour faire attention à moi. Avec ça, il faisait nuit et j'avais un foulard sur la tête. Honnêtement, je ne me fais aucun souci pour Parkland.

Jasper fit descendre lentement la fermeture Eclair de sa robe. Linda attira son visage contre le sien.

— Avec les Ryan, nous allons toucher la commission de notre vie, Jasper. Je suis sûre qu'ils sont prêts à payer un maximum pour avoir un bébé. Ces deux-là, je les sens bien. Je te promets, c'est dans la poche.

Les « époux Ryan » et Jasper et Linda devinrent rapidement inséparables. Ils sortaient dîner ensemble, se retrouvaient au casino, déjeunaient au club et s'affrontaient en double sur les courts de tennis.

Après dix jours passés à mener la grande vie, Mel commençait à donner des signes d'impatience. A plusieurs reprises, elle se risqua à questionner Linda sur l'avocat qu'elle avait mentionné. Mais celle-ci lui répondait gentiment mais fermement qu'il lui fallait attendre.

Rongeant son frein, Mel continua à s'adonner à des activités diurnes pour riche oisive.

Et à partager ses nuits avec Sebastian.

En essayant de ne pas trop écouter les messages que lui envoyait son cœur. Avant tout, elle avait une mission professionnelle à accomplir. Le fait qu'elle soit tombée amoureuse en pleine enquête devait rester accessoire. Même s'il lui arrivait secrètement de redouter le moment où tout serait terminé et où rien ne les forcerait plus, Sebastian et elle, à jouer l'enivrante comédie du mariage et de l'amour…

Suivant une suggestion de Linda, Mel accepta d'organiser une soirée chez elle. Il aurait été difficile de refuser alors qu'elle était censée *adorer* rassembler le maximum de beau monde dans ses salons.

Comme elle enfilait en toute hâte sa robe noire à paillettes, Mel luttait contre une nervosité croissante. Et si elle commettait un faux pas, révélant ainsi à toute la bonne société de Tahoe qu'elle n'était qu'une pitoyable imitation de la merveilleuse femme d'intérieur qu'elle prétendait être ?

— Flûte et zut ! jura-t-elle tout haut au moment où Sebastian entrait dans la chambre.

— Quelque chose ne va pas, ma chérie ?

— Rien ne va, *mon chéri*. Et pour couronner le tout, j'ai coincé ma fermeture Eclair.

Sans l'ombre d'un effort, il résolut le problème.

— Et voilà. Je vois que tu as mis la tourmaline.

Avec une grimace résignée, Mel enfila ses escarpins.

— Morgana m'a assuré que cette pierre était efficace contre le stress. Mais je crois que, dans l'état où je suis, il m'en faudrait une à chaque doigt. C'est complètement idiot, je sais, mais je suis morte de trouille ! Les rares fois où j'ai invité du monde chez moi, c'était pour partager un pack de bières et deux pizzas.

— Rassure-toi. Ce soir, tu n'auras rien d'autre à faire qu'à sourire. J'ai vu que le traiteur était déjà en bas.

— Je suis quand même censée être l'hôtesse, non ?

— Tout à fait. Ce qui signifie que tu vas laisser une armada de serveurs faire le travail pour toi et que tu recevras tous les compliments sans lever le petit doigt.

Mel sourit.

— Vu sous cet angle, ça paraît surmontable… Désolée si j'ai parfois les nerfs à fleur de peau. Mais j'ai tellement hâte que ça bouge, Sebastian !

— Patience, ma belle. Patience. La personne que nous recherchons sera ici ce soir.

Elle demeura un instant interdite.

— Tu as eu une vision ? Et tu ne me le dis que maintenant ?

— Pas vraiment une vision, non. Tout ce que je sais, c'est qu'elle sera là et que je la reconnaîtrai une fois que je la verrai. Alors haut les cœurs, O.K. ?

— O.K.

Mel jeta un coup d'œil dans le miroir et s'estima satisfaite.

— Bon, qu'est-ce que tu en dis, mon petit chou d'amour ? On descend accueillir nos invités ?

Sebastian fit la grimace.

— Appelle-moi de tous les noms que tu voudras mais pas ton « petit chou d'amour » !

— Zut. Et moi qui croyais que je commençais enfin à entrer dans la peau de mon personnage !

Finalement, tout se passait plutôt mieux que prévu. Mel regarda avec satisfaction les petits groupes d'invités qui déambulaient entre la terrasse et le salon. Tout le monde avait l'air de prendre du bon temps. La musique était classique, la température idéale, le buffet excellent.

Et c'était un plaisir de voir Sebastian jouer son rôle de maître de maison. Il circulait entre ses invités sans jamais oublier de la couver d'un regard amoureux au passage. Ou de s'arrêter un instant pour lui effleurer la joue, lui murmurer quelques mots tendres ou la consulter sur l'organisation de la soirée.

Il était tellement crédible dans son rôle de mari aimant que pour un peu, elle s'y serait laissé prendre.

Linda vint la rejoindre, superbe dans une robe blanche qui dégageait ses belles épaules dorées.

— Décidément, ton mari t'adore. Si je trouvais son sosie, je crois que je me laisserais tenter par un second mariage.

— Il n'y en a pas deux comme lui, rétorqua Mel spontanément. Donovan est unique.

— Dans ce cas, tu es la reine de la soirée, Mary Ellen. Non seulement, tu es la femme la plus heureusement mariée du monde, mais ta réception est très réussie.

— Merci. C'est en grande partie grâce à toi, d'ailleurs. Je ne sais pas ce que je serais devenue si tu ne m'avais pas recommandé ce traiteur.

Linda lui serra la main.

— Tu sais que c'est toujours un plaisir pour moi de te rendre service. Mais si tu as une minute à me consacrer, j'aimerais te présenter une de mes amies. Tu m'as dit que je pouvais emmener qui je voulais, n'est-ce pas ?

— Bien sûr. Cette réception, c'est un peu la tienne aussi. Jasper et toi, vous êtes devenus de si bons amis !

— Nous avons beaucoup d'affection pour vous également.

Linda lui prit la main et l'entraîna dans le grand salon.

— Ah, Harriet, je vous cherchais ! Ma chère Harriet, j'aimerais vous présenter mon amie Mary Ellen Ryan qui est également notre hôtesse. Mary Ellen... Harriet Breezeport.

— Enchantée, madame Breezeport.

Mel serra une main fine et pâle dans la sienne. L'amie de Linda avait la soixantaine bien sonnée. Mince comme un roseau, elle présentait un aspect fragile qu'accentuaient encore la blancheur de neige de ses cheveux et la forme en demi-lune de ses lunettes.

— Je suis ravie de faire votre connaissance, ma chère enfant. Linda m'a beaucoup parlé de vous. Voici mon fils, Ethan.

Le dénommé Ethan était aussi pâle que sa mère, très mince, avec des yeux noirs, perçants comme ceux d'un oiseau. Mel lui serra la main, murmura quelques paroles de politesse puis concentra de nouveau son attention sur la frêle Harriet à la voix fluette.

— Permettez-moi de vous apporter une chaise, madame Breezeport. Ainsi que quelque chose à boire.

— Oh, je prendrais volontiers une goutte de vin. Mais je ne voudrais surtout pas vous déranger. Ethan va s'en occuper.

Comme son fils s'éloignait en direction du buffet, Harriet sourit.

— C'est un bon garçon. Il est aux petits soins avec moi. Vous êtes nouvelle ici, à Tahoe, m'a expliqué Linda ?

— Oui. Nous venons de Seattle, Donovan et moi.

— C'est un agréable changement pour vous, je suppose. Ethan et moi avons un joli appartement ici où nous venons nous reposer de temps en temps.

Elles bavardèrent ainsi quelques minutes. Puis Sebastian vint les rejoindre et Mel fit les présentations.

— Ma chère petite Linda m'a dit le plus grand bien de vous, monsieur Ryan, déclara Harriet de sa voix douce en serrant la main de Sebastian. Je crains d'avoir accaparé votre charmante épouse, comme une vieille égoïste que je suis.

— Je vous comprends d'autant mieux que j'ai souvent tendance à la monopoliser moi-même. D'ailleurs, je suis venu vous la voler un instant. Juste un petit souci en cuisine. Nous n'en avons pas pour très longtemps.

Sebastian entraîna Mel à sa suite, chercha en vain un coin tranquille où parler, et finit par la pousser dans un débarras.

— Hé, Donovan ! Qu'est-ce qui te prend ? Tu crois que ça se fait, dans le beau monde, de pousser sa femme dans un placard à balais ?

Elle vit luire ses yeux dans l'obscurité.

— C'est elle, chuchota-t-il.

— Elle, qui ? Et tu as l'intention de me séquestrer longtemps dans ce réduit ?

— La charmante vieille dame. C'est la personne que nous recherchons.

Mel demeura un instant bouche bée.

— Tu plaisantes ?

— Pas du tout.

— Parce que tu veux vraiment me faire croire que cette délicate *lady* à qui on donnerait le bon Dieu sans confession est à la tête d'un réseau de kidnappeurs d'enfants ?

Il se pencha pour l'embrasser.

— Je suis sûr de ce que j'avance. Nous touchons au but, Sutherland.

12

Au cours des deux journées qui suivirent, Mel eut l'occasion de revoir Harriet Breezeport à plusieurs reprises. Elle avait toujours autant de mal à imaginer la délicate vieille dame en redoutable cerveau d'une organisation criminelle. Mais Devereaux s'était renseigné : ni Ethan ni Harriet Breezeport n'étaient propriétaires d'un appartement à Tahoe. Et tout portait à penser qu'ils s'étaient présentés sous une identité d'emprunt l'un et l'autre.

Lorsque le « contact » survint, cependant, ni Harriet ni son fils n'étaient dans les parages. Il apparut sous la forme d'un inconnu hâlé muni d'une raquette. Et il aborda Mel alors qu'elle venait de disputer une partie de tennis avec Linda.

Elle était assise au bar du club et attendait Sebastian qui jouait au golf avec Jasper lorsque le tennisman au sourire étincelant s'inclina devant elle.

— Madame Ryan ?

— Oui ?

— Je me présente : John Silbey. Une amie commune a bien voulu m'adresser à vous. Puis-je m'entretenir avec vous un instant ?

Mel prit l'air hésitant qui lui parut convenir à sa situation de femme mariée.

— A quel sujet, monsieur Silbey ?

— Je sais que ce n'est pas très orthodoxe de procéder

ainsi, mais cette amie commune m'a parlé un peu de vous. Et je pense que votre mari et vous pourriez être intéressés par mes services.

Mel haussa froidement les sourcils mais son cœur battait la chamade.

— Nous cherchons un jardinier, en effet. Cependant je doute que vous ayez le profil correspondant au poste.

John Silbey rit de bon cœur.

— Désolé, mais le jardinage n'est pas ma spécialité, en effet. Je suis avocat.

— Ah ? chuchota-t-elle, les yeux luisant d'un mélange qu'elle espéra réussi de timidité et d'espoir.

La voyant appâtée, Silbey se percha sur un tabouret à côté du sien.

— Ce n'est pas ma façon habituelle d'aborder mes clients potentiels, madame Ryan. Mais en vous voyant là, j'ai pensé que ce serait une bonne occasion pour nous de faire connaissance. Votre mari et vous envisageriez éventuellement une adoption privée, je crois ?

Mel s'humecta les lèvres.

— Je... Nous avons rencontré beaucoup de difficultés dans nos recherches, monsieur Silbey. L'année dernière, déjà, nous avons tenté de passer par un avocat, mais à la dernière minute, l'arrangement est tombé à l'eau. Et... et je ne voudrais pas passer une seconde fois par une déception aussi cruelle, vous comprenez ?

— Quelle déchirante déconvenue pour vous, en effet. Mais je suis très attentif, pour ma part, à ne jamais donner de faux espoirs à mes clients. J'ai déjà eu l'occasion de représenter plusieurs mères naturelles qui, pour des raisons diverses, n'ont pas souhaité garder leur enfant. Toutes, en revanche, voulaient être certaines que leur bébé trouverait un foyer confortable, des parents aimants, une ambiance familiale saine et détendue. Ma tâche consiste à repérer des familles répondant à ces critères. Et je dois dire que chaque adoption réussie que j'ai pu orchestrer a été pour moi une merveilleuse expérience.

« Et lucrative, surtout », ajouta Mel à part elle. Elle sortit un mouchoir de son sac et le froissa nerveusement entre ses doigts.

— Notre plus cher désir est d'offrir un foyer à un enfant, monsieur Silbey. Si vous pensez pouvoir nous aider, fixez-nous un rendez-vous à votre cabinet et nous viendrons dès que possible.

— En fait, je préférerais vous rencontrer dans un cadre plus informel. L'idéal serait que je vous voie chez vous, dans votre lieu de vie, afin de pouvoir fournir à ma cliente une description de l'ambiance, du décor. C'est important pour ces jeunes femmes de pouvoir se représenter le contexte dans lequel vivra leur bébé.

— C'est une excellente idée, acquiesça Mel avec enthousiasme.

« Tu n'as même pas de cabinet, n'est-ce pas, sale imposteur ? », pensa-t-elle.

— Je n'ai malheureusement aucune disponibilité pour les deux semaines qui viennent, précisa Silbey, sourcils froncés.

Mel n'eut aucun mal à feindre la déception.

— Dommage. Mais j'imagine que depuis le temps que nous attendons, deux semaines de plus ou de moins…

Il fit mine d'hésiter quelques secondes avant de lui adresser un sourire amical.

— Ce soir, en revanche, je pourrais à la rigueur dégager une heure, si vous le souhaitez.

— Oh, monsieur Silbey… Ce serait merveilleux.

— 19 heures ? Ça vous irait ?

— Ce serait parfait.

Convaincue qu'elle était observée, Mel veilla à poursuivre la comédie après son départ. Elle se tapotait les yeux avec un mouchoir et larmoyait dans son thé glacé lorsque Sebastian et Jasper la rejoignirent après le golf.

— Mary Ellen ? s'exclama Sebastian en lui prenant la main. Il est arrivé quelque chose ?

Elle se leva et essuya ses larmes en riant.

— Oh, Jasper, je suis vraiment désolée de me donner en spectacle ainsi ! J'ai quelque chose de très, très important à te dire, Donovan.

Gumm lui tendit galamment un mouchoir de soie.

— Ce n'est pas une mauvaise nouvelle, j'espère ?

— Au contraire. C'est un grand bonheur ! Tu veux bien m'excuser auprès de Linda ? J'ai vraiment besoin de voir Donovan seule quelques instants.

— Mais certainement. Je comprends tout à fait.

Dès que Jasper se fut éloigné, Mel posa sa tête sur l'épaule de Sebastian.

— J'ai vu le contact, annonça-t-elle à mi-voix tout en continuant à sourire et à pleurer de joie. Un soi-disant avocat qui m'a plus ou moins promis de nous trouver un bébé… Prends un air réjoui.

— Mais je le suis.

Sebastian l'embrassa, autant pour son propre plaisir que par souci de vraisemblance.

— Il vient chez nous ce soir à 19 heures, murmura Mel en glissant un bras autour de sa taille. Rentrons à la maison. L'air commence à être un peu trop vicié à mon goût, par ici.

— Alors ? demanda Linda à Gumm alors qu'ils suivaient discrètement le couple des yeux.

— Elle est bouleversée, ça se voit comme les yeux au milieu de la figure. Ils sont tellement fous de joie qu'ils poseront un minimum de questions et payeront le montant maximum. Je pense que lui, tout seul, se montrerait plus méfiant. Mais il est tellement entiché d'elle qu'il fera tout ce qu'elle lui demandera.

Linda émit un petit rire.

— C'est sûr qu'il est accro, commenta-t-elle. Tu as déjà sélectionné la marchandise ?

Gumm commanda deux cocktails puis se renversa contre son dossier pour allumer une cigarette.

— Ryan m'a dit qu'il voulait un fils. Alors on va tâcher de lui faire ce petit plaisir. Nous avons une infirmière dans le New Jersey prête à nous prélever un beau bébé mâle directement à l'hôpital.

Il consulta sa montre.

— Il serait temps que je passe un coup de fil à Harriet, d'ailleurs. L'heure est venue de déclencher le processus.

Mel s'était longuement préparée à son rôle lorsqu'elle ouvrit à Silbey à 19 heures précises. Elle lui tendit une main légèrement tremblante.

— Je suis tellement heureuse que vous ayez pu nous accorder un moment dès aujourd'hui !

Elle le conduisit dans leur grand séjour en bavardant de façon ininterrompue.

— Comme vous voyez, la maison est spacieuse et agréable, même si nous n'avons pas entièrement fini de l'aménager. Une des pièces là-haut fera une merveilleuse chambre d'enfant… Donovan ?

Elle adressa un sourire tremblant à Sebastian qui se versait un whisky à l'autre extrémité de la pièce.

— M. Silbey est arrivé, mon chéri.

Sebastian joua également son rôle à la perfection, laissant deviner une évidente nervosité sous un flegme de façade. Mel et lui s'assirent côte à côte sur le canapé en se tenant la main, comme pour se soutenir mutuellement.

Silbey se montra plein de sollicitude et de tact et leur

posa une longue série de questions destinée à tester leurs aptitudes en tant que futurs parents. Il était loin de se douter que deux agents fédéraux, postés au premier étage, enregistraient toute la conversation.

Très satisfait du tour que prenaient les événements, « l'avocat » finit par refermer le dossier qu'il avait ouvert sur ses genoux et leur adressa un sourire approbateur.

— Parfait ! Choisir un foyer pour un enfant est une affaire très délicate, observa-t-il. Mais à la lumière des réponses que vous m'avez fournies, je peux d'ores et déjà vous affirmer que vous correspondez point pour point aux attentes d'une de mes jeunes clientes. Il faudra que je lui passe un petit coup de fil d'abord, bien sûr. Mais je pense que nous devrions aboutir rapidement à un accord.

Mel leva des yeux noyés de larmes vers Sebastian et ils se sourirent tendrement.

— Je suis tellement heureuse, chuchota-t-elle.

Silbey enchaîna sur un long discours sirupeux concernant les devoirs et responsabilités des futurs parents adoptifs avant de conclure :

— Je vois que vous avez mûrement réfléchi et que votre désir d'enfant est authentique. Il reste un point toutefois sur lequel vous souhaiterez peut-être vous donner un temps de réflexion : les frais. Je sais à quel point cela peut paraître terrible d'avoir à mettre un prix sur quelque chose d'aussi inestimable qu'un enfant, mais il y a malheureusement une réalité concrète à prendre en compte. Une somme forfaitaire est versée à titre de dédommagement à la mère. Et naturellement, il y a mes honoraires, les frais de dossier, etc.

— Nous en sommes conscients, acquiesça gravement Sebastian.

— Je vous demanderai donc un premier acompte de 25 000 dollars, ainsi qu'un second et dernier versement de 125 000 dollars une fois que toutes les formalités seront accomplies.

Sebastian ouvrit la bouche pour protester mais Mel leva vers lui un regard suppliant. Il se pencha pour l'embrasser.

— L'argent n'est pas un problème, assura-t-il à Silbey.

— Très bien. La future mère vit seule et souhaite terminer ses études. Elle a donc pris la difficile décision de se séparer de l'enfant qu'elle s'apprête à mettre au monde. Ma cliente ne souhaite pas que son identité soit divulguée.

— Oh, monsieur Silbey… Que pouvez-vous nous dire d'autre au sujet de l'enfant ?

— Ma cliente est à terme et devrait accoucher d'un jour à l'autre. Je pense qu'elle sera très soulagée d'apprendre que son bébé a désormais une vraie famille. Je vous promets que sous quarante-huit heures vous aurez une réponse ferme et définitive.

Mel versa encore quelques larmes puis ils raccompagnèrent Silbey jusqu'à la porte. Dès qu'ils furent seuls elle laissa exploser sa fureur.

— L'infâme salaud !

Sebastian lui posa les mains sur les épaules.

— Nous allons bientôt mettre un terme à leur odieux trafic, Mel. Ce n'est plus qu'une question de jours. Peut-être d'heures.

— On les aura, c'est vrai. Mais en attendant, tu sais ce qu'ils vont faire, n'est-ce pas ? Voler un bébé à sa mère ! Sans doute directement dans une clinique ou un hôpital. Et je ne peux pas supporter l'idée que nous soyons — même indirectement — responsables de cet enlèvement. Imagine la torture que va vivre cette femme !

Sebastian soupira.

— Son enfant lui sera rendu très vite, Mel. Et nous devons aller jusqu'au bout si nous voulons réunir les preuves nécessaires pour mettre tout ce petit monde derrière les barreaux.

Aller jusqu'au bout, oui. C'était exactement ce qu'elle avait l'intention de faire. Mais à sa façon. Et sans en parler à Sebastian, sinon, il l'empêcherait d'agir comme elle l'entendait.

Elle prit une profonde inspiration.

— Bon. Il ne nous reste plus qu'à réagir comme le ferait n'importe quel heureux couple de futurs parents.

— C'est-à-dire ?

— Sortir retrouver nos amis les plus chers. Et célébrer l'événement en leur compagnie.

Assise dans un des salons du Silver Palace, Mel leva son champagne.

— A vous deux qui avez été pour nous de si merveilleux amis depuis le début !

Linda fit tinter en riant son verre contre le sien.

— Ah non ! Ce soir, nous ne buvons qu'aux futurs parents.

— Nous ne vous remercierons jamais assez, Jasper et toi, pour le service que vous nous avez rendu, protesta Mel.

Gumm lui tapota la main.

— Ce que nous avons fait est dérisoire. Linda s'est contentée de parler de vous à un ami.

— Mais le résultat est tellement immense que… que…

Mel, qui avait déjà pleuré jusqu'à l'écœurement ce jour-là, réussit stoïquement à répandre quelques larmes de plus.

— Vraiment, je suis désolée…

Se levant d'un bond, elle se hâta vers les toilettes. Exactement comme elle l'avait espéré, Linda la rejoignit.

— Quelle idiote je fais ! s'exclama-t-elle en se tapotant le visage à l'eau fraîche.

— Mais non, voyons. C'est bien connu que les futures mères pleurent pour un oui ou pour un non.

Mel sourit faiblement en sortant son poudrier de son sac.

— Cela t'ennuierait d'aller me chercher un verre d'eau pendant que j'essaie de réparer les dégâts ?

— Assieds-toi. Je reviens tout de suite.

Estimant qu'elle disposait de vingt secondes tout au plus, Mel ouvrit le sac à main de Linda et en extirpa la clé de leur suite. Elle la glissait dans la poche de son pantalon de soirée lorsque Linda revint.

— Merci, s'exclama-t-elle en acceptant le verre. Tu me sauves la vie.

L'étape suivante consistait à s'esquiver pendant vingt bonnes minutes sans que son absence n'attire l'attention. Mel proposa à ses trois compagnons de se détendre dans la salle de casino avant le dîner. Puis elle prétexta un coup de fil à passer et s'éclipsa alors que les trois autres étaient occupés à rire aux éclats à la table de craps.

Elle prit l'ascenseur direct jusqu'au dernier étage et consulta sa montre avant d'introduire la clé de Linda dans la serrure. En vingt minutes, ce serait bien le diable si elle ne trouvait pas une preuve. Tout ce qu'il lui fallait, c'était un papier, un document quelconque établissant les liens de Gumm et de Linda avec Silbey et les Breezeport. Or, connaissant Gumm, elle était persuadée qu'il avait gardé une trace écrite de ses transactions.

Mel embrassa la suite d'un regard rapide. Elle avait conscience qu'elle prenait un gros risque. Mais la pensée qu'un nouveau rapt de nourrisson se préparait la mettait en rage. Et c'était le seul moyen d'accélérer les arrestations.

Se dirigeant d'abord vers un grand buffet en ébène, elle le fouilla méthodiquement. Puis elle passa systématiquement de meuble en meuble, cherchant des doubles-fonds, des tiroirs secrets. Derrière une rangée de livres, elle repéra un coffre. Et pesta tant et plus de ne pas être en mesure de le forcer.

Il ne lui restait plus que trois minutes sur le temps imparti lorsqu'elle trouva enfin ce qu'elle cherchait, placé en évidence dans une des chambres. L'objet de ses convoitises était posé innocemment sur un secrétaire en acajou et se présentait sous la forme d'un livre de comptes relié de cuir.

Au début, elle ne vit que des dates de livraison et de commandes pour les différentes boutiques de l'hôtel. Découragée, elle se préparait à renoncer lorsque des entrées un peu particulières attirèrent son attention.

« Marchandise acquise le 21/01. Tampa. Récupérée le 22/01 Little Rock. Livrée le 23/01 Louisville. Réception le 25/01 Detroit. Commission : 10 000 $ »

Retenant son souffle, Mel tourna les pages.

« Marchandise acquise le 05/05 Monterey. Récupérée le 06/05 Scuttlefield. Livrée à Lubbock le 08/05. Réception à Atlanta le 11/05. Commission 12 000 $ »

David, comprit Mel en jurant à voix haute. Tout était là, soigneusement consigné : des bébés — des êtres humains — enlevés comme des paquets, désignés comme de la marchandise, payables à réception !

Les lèvres serrées, elle continua à tourner les pages. Et tomba sur l'entrée la plus récente :

« Nouvelle commande passée par HB. Chargement du paquet bleu entre le 22/08 et le 25/08, West Bloomfield, New Jersey. Itinéraire habituel. Paiement attendu le 31/08. Commission estimée : 25 000 $ ».

Mel prit le livre de comptes et vérifia d'un rapide coup d'œil que tout était en place. Elle traversait la suite au pas de course pour aller rejoindre les trois autres en bas lorsqu'elle entendit la porte s'ouvrir.

— Oh, il ne va pas avoir de mal à la retrouver, s'éleva la voix de Linda. Elle doit encore pleurer dans un coin.

Avisant une porte de placard, Mel s'y dissimula en toute hâte.

— Elle va passer la soirée à larmoyer et à parler layette, grommela Gumm. Je frémis d'avance.

— Hé, il ne faut pas trop cracher dans la soupe. Moi, pour 25 000 dollars, je suis prête à disserter sur les laits maternisés pendant une heure ou deux.

La voix de Linda s'éloigna tandis qu'elle passait dans la chambre à coucher.

— C'était une bonne idée d'organiser le dîner ici. Plus nous entretiendrons cette amitié, moins ils se poseront de questions. Et une fois qu'ils auront l'enfant, ils ne penseront plus à rien d'autre.

— C'est exactement l'avis d'Harriet. J'ai été un peu surpris qu'elle ait tenu à rencontrer les Ryan personnellement avant de prendre sa décision. Mais elle est devenue plus prudente depuis l'épisode Frost.

Mel prit une profonde inspiration puis elle pressa les doigts sur la pierre de sa bague. La tourmaline melon d'eau était censée favoriser la communication entre deux personnes unies par un lien fort, avait dit Sebastian en la lui passant au doigt. Fermant les yeux, elle se concentra de toutes ses forces : « Sebastian ramène tes fesses par ici et fais-toi accompagner par la cavalerie. Ne tarde pas trop surtout. »

Ce qu'elle s'apprêtait à faire était risqué mais la manœuvre lui paraissait jouable. Elle glissa le livre de comptes dans son sac qu'elle posa par terre. Puis elle sortit de son réduit.

— Ils vont faire circuler la marchandise par Chicago, précisait Gumm dans la chambre voisine.

— J'assumerai le transport à partir d'Albuquerque, intervint Linda. Ça nous fera toujours une petite rentrée d'argent supplémentaire.

Elle tourna la tête en sursaut lorsque Mel heurta délibérément le pied d'une chaise.

— Qu'est-ce que c'est ?

Gumm bondit et immobilisa Mel en lui faisant une clé de bras.

— Jasper ! Mais arrête, voyons ! Tu me fais mal !

— C'est le risque que l'on court à s'introduire par effraction chez autrui.

— Je… je m'étais juste allongée un moment, balbutia Mel. Je ne pensais pas que ça vous dérangerait.

— Qu'est-ce que ça signifie ? vociféra Linda. Que fais-tu ici ?

— C'est une taupe, lâcha Gumm entre ses dents. J'aurais dû le savoir. Le sentir.

Linda fronça les sourcils.

— Un flic, tu crois ?

Ouvrant de grands yeux effrayés, Mel se débattit faiblement.

— Je me reposais un peu, c'est tout, bredouilla-t-elle en laissant tomber à dessein la clé qu'elle avait à la main.

Avec une exclamation furieuse, Linda se pencha pour la ramasser.

— C'est mon trousseau. Elle a dû me le dérober en douce.

Jasper lui assena une gifle d'une telle violence que Mel vit trente-six étoiles. Elle jugea prudent de changer de stratégie.

— Hé, doucement, les gars. Vous n'êtes pas obligés de frapper comme des brutes. Je faisais mon boulot, c'est tout.

Jasper la fit asseoir sans ménagement sur le canapé.

— C'est-à-dire ?

— Mon vrai métier, c'est actrice. Comme je me trouvais sans contrat, Donovan m'a proposé de jouer un petit rôle. Lui est détective privé.

« Dépêche-toi, Donovan, bon sang. Je sens que tu n'es

plus très loin, mais ça commence à urger sérieusement », pria Mel en silence.

Elle darda sur Gumm et Linda un regard paniqué.

— J'ai fait ce qu'il m'a demandé mais, personnellement, je me fiche bien de savoir comment vous gagnez votre vie. La délation, c'est pas mon truc. Ce n'est pas moi qui irais vous chercher des poux dans la tête.

Sans répondre, Gumm alla sortir un revolver d'un tiroir de son bureau. Mel déglutit.

— Euh… Vous n'avez pas besoin de ces petits joujoux avec moi. On pourrait peut-être essayer de s'expliquer calmement ?

— Une actrice de série B et un crétin de détective, résuma Linda d'un air écœuré. Et qu'est-ce qu'on fait maintenant ?

— On n'a pas le choix, de toute façon, bougonna Gumm.

— Ecoutez, laissez-moi partir d'ici et je ne dirai rien à personne. Je n'ai rien vu, rien entendu.

— Toi, la ferme ! intima Linda d'une voix glaciale.

Mel haussa les épaules et se tut. Jasper se frotta le crâne.

— La première chose à faire, c'est avertir Harriet. La vieille peau va être sacrément contrariée car il faudra donner un contrordre à l'infirmière. Il est hors de question de prendre un bébé si nous n'avons plus d'acheteur.

Linda gratifia Mel d'un regard noir de haine.

— Et voilà. 25 000 dollars qui passent à la trappe. Je t'aimais bien, Mary Ellen. Mais là, je te jure que je serai la première à applaudir quand Jasper te réglera ton compte.

— Hé, tu ne vas pas me faire ce coup-là ! Toi et moi, on…

Linda lui imposa silence en la repoussant avec violence.

— Jasper, trouve quelqu'un pour te débarrasser d'eux dès ce soir. Il faudra également éliminer le détective. On fera ça chez eux. Il suffit de mettre en scène un meurtre suivi d'un suicide. Le coup classique.

— Je m'en charge.

Lorsqu'on frappa à la porte, Linda plaqua la main sur la bouche de Mel.

— Monsieur Gumm ? C'est le service d'étage.

— Ah merde, voilà le dîner, bougonna Jasper en tendant le revolver à Linda. Emmène-la dans notre chambre et veille à ce qu'elle se tienne tranquille. Je vais arranger ça.

Lissant ses cheveux blonds en arrière, Gumm alla ouvrir au serveur qui poussait une table roulante devant lui.

— Merci, Antonio. Vous pouvez tout laisser comme ça. Nous dresserons la table nous-mêmes. Nos amis ne sont pas encore arrivés.

— Mais si, mais si. Nous voici au grand complet, même, annonça Sebastian en entrant dans la suite. Jasper, j'ai le plaisir de te présenter un convive supplémentaire : l'agent spécial Devereaux du FBI.

Dans la pièce voisine, Linda jura avec force. Mel, elle, avait un sourire jusqu'aux oreilles. D'un violent coup de talon, elle écrasa les orteils de l'adversaire et fit voler le revolver. Puis, elle s'offrit le luxe d'envoyer son poing dans le visage stupéfait de Linda.

— Celui-là, il est pour Rose.

Sebastian était furieux contre elle. Toute la soirée, alors qu'ils étaient en conférence avec Devereaux et d'autres agents du FBI, il lui opposa un silence glacial. Même cet ingrat de Devereaux manifesta un certain mécontentement à son égard. Ce que Mel jugea d'autant plus mesquin de sa part qu'elle lui avait mâché le travail. En s'arrangeant pour qu'il prenne Gumm et Glass sur le fait, elle lui avait tout de même apporté les coupables sur un plateau.

Que Sebastian soit irrité contre elle lui paraissait plus justifié, en revanche. Ils étaient censés travailler ensemble et ne pas avoir de secrets l'un pour l'autre. Mais elle avait une expérience, des techniques professionnelle qui n'étaient pas les siennes.

Et tout s'était déroulé à la perfection, non ? Alors pourquoi s'obstinait-il à lui faire une tête de six pieds de long ? Elle lui avait posé la question à plusieurs reprises. Pendant qu'ils faisaient leurs bagages, au cours du trajet en avion et, de nouveau, à leur arrivée à Monterey.

Mais il s'était contenté chaque fois de la regarder fixement en guise de réponse. Et les dernières paroles qu'il lui avait lancées en partant l'avaient laissée muette et désolée.

— J'ai tenu ma parole, Mary Ellen. Toi non. Pour moi, tu n'es pas digne de confiance. Et c'est rédhibitoire.

Ils s'étaient séparés ainsi deux jours plus tôt. Et depuis, pas de nouvelles. Ravalant sa fierté, Mel avait même fait l'effort de l'appeler elle-même. Mais elle avait raccroché en tombant sur le répondeur. Dire qu'elle estimait lui devoir des excuses aurait été exagéré. Mais elle pensait qu'il méritait une dernière chance — une ultime occasion de se montrer raisonnable.

Assise à son bureau, la tête entre les mains, Mel hésita à appeler Ana ou Morgana pour leur demander d'intercéder en sa faveur. Mais ce serait une solution lâche.

Il ne lui restait plus qu'à prendre le taureau par les cornes. Se levant d'un bond, elle saisit ses clés de voiture au passage. Elle le traquerait chez lui, le plaquerait contre un mur s'il le fallait, mais elle le forcerait à écouter jusqu'au bout ce qu'elle avait à lui dire.

Pendant toute la montée sinueuse jusque chez Sebastian, Mel prépara leur entrevue en répétant à voix haute. Elle tenta l'approche théâtrale et volubile ; puis enchaîna sur une déclaration grave et solennelle. Elle essaya même brièvement l'attitude contrite et repentante.

Mais comprit très vite que ça ne pourrait pas marcher.

Le plus simple serait de se diriger droit sur lui, de l'attraper par le col de sa chemise et de lui *ordonner* d'arrêter de faire la tête.

Et si, d'aventure, elle ne le trouvait pas chez lui, elle attendrait le temps qu'il faudrait.

Sebastian était bien là. Mais Mel n'était pas sa seule visiteuse, en l'occurrence. Trois voitures inconnues étaient garées devant chez lui. Dont une limousine si longue que, de mémoire d'homme, on n'en avait certainement jamais vu de pareille.

Debout à côté de son modeste véhicule personnel, Mel méditait sur la conduite à suivre lorsqu'une voix féminine à l'accent irlandais prononcé s'éleva derrière elle.

— Tiens, tiens... Une blonde aux yeux verts. Je t'avais bien dit que quelque chose le préoccupait.

Mel tourna la tête en sursaut et vit une jolie femme vêtue d'une grande robe longue et fluide. Elle était accompagnée d'un homme de haute taille, d'allure victorienne, avec son lorgnon, ses jodhpurs et ses grandes bottes.

— Certes, ma chère, tu avais remarqué qu'il était perturbé. Mais c'est moi qui avais deviné qu'il y avait une femme là-dessous, rétorqua l'élégant personnage.

— Oui, mais quand même...

Les mains tendues, la femme s'avança vers Mel.

— Soyez la bienvenue, ma chère enfant.

— Euh, je vous remercie, mais je cherchais...

— Bien sûr que c'est lui que vous êtes venue voir ! répliqua l'inconnue en riant. Qu'en penses-tu, toi, Douglas ?

— Jolie, répondit ce dernier. Pas du genre à se laisser faire.

L'homme l'examinait avec un regard si semblable à celui de Sebastian que Mel comprit brusquement à qui elle avait affaire.

— Naturellement, Sebastian ne nous a pas dit un mot à votre sujet, enchaîna son père.

Mel rougit. Si Sebastian était en pleine réunion de famille, elle choisirait un autre moment pour le coller au mur et lui souffler ses quatre vérités au visage.

— Je ne veux pas le déranger alors qu'il a du monde. Dites-lui simplement que je suis passée, vous voulez bien ?

— Voyons, voyons ! Ne vous sauvez pas comme ça ! Je suis Maureen, au fait, se présenta sa mère en lui prenant le bras. Je comprends que vous soyez tombée amoureuse de Sebastian, mon enfant. Personnellement — mais j'admets ne pas être tout à fait neutre dans l'histoire — j'estime que vous ne pouviez pas faire de meilleur choix.

Prise de panique, Mel chercha désespérément un moyen de fuir.

— Ecoutez... Je préférerais revenir une autre fois.

— Il ne faut jamais remettre au lendemain ce qu'on peut faire le jour même, décréta Douglas en la poussant gentiment à l'intérieur... Sebastian ? Regarde qui est là !

— Sebastian est en haut, annonça Morgana en déboulant de la cuisine avec un grand plat à la main... Ah, c'est vous, Mel ?

— Euh... J'étais sur le point de repartir, en fait.

Morgana lui sourit avec chaleur.

— Petite querelle d'amoureux, c'est ça ? Ne vous inquiétez pas. Sebastian ne fait jamais la tête bien longtemps.

— Puisque vous êtes en famille, je préfère vous laisser entre vous, déclara Mel le plus énergiquement possible.

Mais Maureen lui tenait le bras dans une étreinte d'acier. Et elle semblait fermement résolue à lui présenter l'ensemble de la tribu Donovan. Une femme de haute taille et à la voix grave se tenait devant les fourneaux. Mel reconnut Nash en grande discussion avec un homme au regard si perçant qu'elle se sentit clouée sur place lorsqu'il tourna vers elle ses yeux étranges.

— Je vous présente ma sœur Camilla — la cuisinière — et

Matthew, mon beau-frère, lança Maureen. Ah, et voici mon autre sœur, Bryna, la mère de Morgana.

Bryna qui était aussi saisissante de beauté que sa fille lui serra la main.

— Enchantée. Ne vous laissez pas intimider par la smala Donovan, surtout. Nous avons tous débarqué à l'improviste ce matin.

Mel sourit faiblement.

— Je suis certaine que Sebastian doit être ravi de vous avoir, tous. Quoi qu'il en soit, je passais juste en coup de vent et…

Mais il était déjà trop tard. Sebastian entra dans la cuisine en compagnie d'un homme petit, râblé, au regard pétillant d'humour.

— Et voici, Patrick, le père d'Ana, compléta Maureen.

Ce fut plus facile pour Mel de se concentrer sur ce dernier que de lever les yeux vers Sebastian.

— Enchanté, s'exclama le dénommé Patrick en lui tapotant la joue. Vous restez dîner avec nous, j'espère ? Vous avez bien besoin de vous épaissir un peu… Camilla, ma divine, ma fleur de lune, quels sont ces fumets délicieux qui viennent à mes narines ?

— Du goulasch.

Patrick décrocha un clin d'œil à Mel.

— Et pas un seul œil de triton dans la potion, je vous le promets.

— Je vous remercie, vraiment. Mais il m'est impossible de rester.

Rassemblant son courage, elle se tourna vers Sebastian.

— Je suis désolée, bredouilla-t-elle alors qu'il continuait à darder sur elle un regard calme et indéchiffrable. J'aurais dû appeler avant de passer… Je reviendrai un de ces jours.

Sebastian se tourna vers le reste de sa famille.

— Excusez-nous une seconde, voulez-vous ? Mel n'a pas revu le poulain depuis la naissance.

Il la rattrapa par le coude juste au moment où elle allait s'esquiver.

— Sebastian, non, protesta-t-elle à mi-voix. Tu as du monde.

Le « monde » en question se déplaça massivement vers la fenêtre de la cuisine pour assister à la scène.

— C'est ma famille, Mel. Ils peuvent comprendre. Et vu que tu as fait le déplacement jusqu'ici, j'imagine que tu dois avoir quelque chose à me dire.

— C'est exact. Et je parlerai quand tu cesseras de me tirer par le bras.

Il la lâcha devant l'enclos où le poulain tétait sa mère.

— Très bien. Je t'écoute.

— J'ai eu Devereaux au téléphone. Linda a fait des aveux complets. Les Breezeport et Silbey ont été arrêtés et…

— Je suis au courant de tout cela, Mel.

— Ah.

Les mains enfoncées dans ses poches, elle concentra un instant son attention sur les chevaux avant d'exploser.

— Mais enfin, Sebastian ! Tout a marché à la perfection, non ? Les criminels sont arrêtés ; les enfants vont être rendus à leurs parents ! Alors pourquoi es-tu remonté contre moi comme ça ?

— Tu ne le sais vraiment pas ? rétorqua-t-il d'un ton dangereusement calme.

— J'ai agi au mieux en fonction des circonstances ! Il s'en est fallu d'un cheveu qu'un autre bébé ne soit volé. C'était inscrit dans le livre de comptes.

— Le livre que tu as récupéré dans la suite de Gumm et de Linda. Toute seule et de ta propre initiative.

Mel se raccrocha des deux mains à la barrière.

— Si je t'avais parlé de mon projet, tu aurais essayé de m'empêcher de le mettre à exécution.

— Je n'aurais pas *essayé* de t'en empêcher. Je l'aurais fait.

— Tu vois bien ! Si je t'avais parlé de mes intentions, nous aurions perdu un temps précieux.

La colère que Sebastian avait lutté pour contenir explosa d'un coup.

— Mais tu as pris des risques insensés ! Tu avais la joue complètement tuméfiée !

— Un risque calculé, riposta-t-elle. Et c'était *ma* joue.

— Elle avait un revolver braqué sur toi, Sutherland !

— Ça a duré à peine une minute ! Ecoute-moi bien, Donovan, le jour où je ne serai plus capable de maîtriser une cruche comme Linda Glass, c'est que je serai bonne pour la retraite. Je n'ai pas supporté l'idée d'un nouveau rapt d'enfant, alors j'ai agi avec mes tripes.

Une telle force de conviction brûlait dans le regard de Mel qu'une partie de la colère de Sebastian retomba.

— Je savais ce que je faisais, Sebastian. Et même si j'ai pu te donner l'impression que je t'excluais de mon plan, ce n'était pas le cas. Je t'ai appelé et tu le sais.

— Et si j'étais arrivé trop tard ?

— Ça n'a pas été le cas.

— Il reste que tu ne m'as pas fait confiance.

Les yeux verts de Mel étincelèrent d'indignation.

— Mais enfin, qu'est-ce que tu crois ? Si je n'avais pas été certaine de pouvoir compter sur toi, je me serais glissée hors de la suite avec mes preuves sous le bras. Ni vu ni connu.

Elle saisit les pans de sa chemise et le secoua.

— Je ne suis pas suicidaire, Donovan ! C'est parce que j'ai une entière confiance en toi que je me suis laissé surprendre par Gumm et Linda ! Parce que je savais que l'équipe que nous formions, toi et moi, fonctionnait du tonnerre. C'est ce que j'ai essayé de t'expliquer mais tu refusais de m'entendre. Je savais que, s'ils s'empareraient de moi, Jasper et Linda parleraient en ma présence et me fourniraient des éléments de preuve utiles.

Sebastian se détourna un instant pour tenter de mettre de l'ordre dans ses pensées. Malgré sa colère, il pouvait entendre désormais le point de vue de Mel. C'était effectivement un vote de confiance qu'elle lui avait adressé. Même si ce n'était pas de cette façon qu'il aurait souhaité qu'elle le lui manifeste.

— Reconnais que tu t'es mise en danger, Mel. Gravement, même.

— Mais évidemment que je me suis mise en danger ! s'écria-t-elle. Et ce n'est ni la première fois, ni la dernière ! Je suis détective et le danger fait partie de ma vie, Sebastian.

Elle déglutit pour chasser le nœud qui s'était formé dans sa gorge.

— Toi aussi, j'ai dû t'accepter tel que tu étais. Et crois-moi, ça n'a pas été si facile. Si tu veux que nous soyons… amis, il faudra que tu m'acceptes comme je suis.

— J'admets que tu as raison. Mais je persiste à ne pas aimer tes façons de procéder, décréta-t-il en détournant la tête.

Elle cligna des paupières pour éclaircir sa vision.

— Et je suis censée aimer les tiennes, peut-être ?

Debout devant la fenêtre de la cuisine, Camilla secoua la tête.

— Il a toujours été têtu comme une mule.

Patrick tapota avec affection le postérieur de son épouse.

— Je te parie dix livres que c'est elle qui finira par l'emporter. Mais attention, hein. Pas de manipulations magiques pour influer sur les résultats !

— Chut ! intima Ana. On n'entend plus ce qu'ils se disent.

Mel se mordilla les lèvres.

— Je suis désolée.

— *Pardon* ? Désolée, toi ?

Tournant le regard dans sa direction, il découvrit avec stupéfaction qu'elle avait les yeux pleins de larmes.

— Mary Ellen…

— Non, laisse-moi, protesta-t-elle en s'essuyant les joues d'un geste rageur. J'ai encore autre chose à te dire. Dans mon métier, j'ai besoin de faire ce que j'estime être juste. Et je persiste à penser que j'ai agi au mieux. Mais je regrette quand même que tu sois en colère contre moi, parce que… parce que…

Elle se dégagea avec brusquerie lorsqu'il voulut la prendre dans ses bras.

— Arrête. Je ne suis plus ta chère Mary Ellen Ryan. Je n'ai plus besoin d'être chouchoutée comme un bébé ! Tu étais furieux et je peux le comprendre. Je ne t'en veux pas non plus de m'avoir plaquée.

— De t'avoir plaquée ? Disons que j'ai pris mes distances sous peine de t'étrangler de mes mains ou de te poser un ultimatum que tu aurais vraisemblablement rejeté.

Mel prit une brève inspiration tremblante.

— Je me rends compte que je t'ai blessé en agissant comme je l'ai fait. Mais je veux que tu saches que ce n'était pas du tout mon intention.

— Même chose en ce qui me concerne.

Mel décida de clore cet épisode douloureux avec un minimum de dignité.

— Quoi qu'il en soit, je tenais à clarifier les choses. Je voulais également te dire que nous avons fait un super boulot ensemble. A présent que c'est chose faite, il ne me reste plus qu'à te rendre ceci.

Retirer la bague de Sebastian fut un des actes les plus difficiles qu'elle ait jamais eu à accomplir.

— Voilà. Apparemment les inséparables Ryan optent pour le divorce, commenta-t-elle avec un petit rire de dérision.

— En effet, oui.

Sebastian prit la bague encore tiède au creux de sa paume et lut dans son regard qu'elle souffrait. Et même si ce n'était pas très noble de sa part, il conçut une grande satisfaction de cette douleur.

— Mary Ellen Ryan me manquera sans doute de temps en temps, commenta-t-il avec l'ombre d'un sourire. Mais j'ai une nette préférence pour Mel Sutherland.

Surprise, Mel cligna des paupières.

— J'étais persuadée du contraire.

— Quelle idée ! Je commençais à m'ennuyer un peu avec elle. Elle ne me contredisait jamais et passait son temps à se faire les ongles.

Glissant une main derrière sa nuque, il amena son visage contre le sien.

— Elle aurait préféré mourir plutôt que de se promener vêtue de ce jean et de ce T-shirt qui te vont si bien.

— En effet. Ce n'était pas son style, acquiesça-t-elle en luttant contre une nouvelle montée de larmes. Oh, Sebastian, il faut encore que je t'avoue quelque chose.

Nouant les bras autour de son cou, elle se pressa en tremblant contre lui.

— Dis-moi.

— Par rapport à toi et à moi, je... je... Oh, ce n'est pas possible, je n'y arriverai jamais !

Elle se rejeta en arrière, les yeux brillant de larmes.

— J'ai trop peur... S'il te plaît... Lis dans mes pensées, Sebastian.

Les yeux de Sebastian s'obscurcirent mystérieusement. Il écouta les mots d'amour qu'elle lui hurlait en silence et sourit.

— Encore, chuchota-t-il en prenant ses lèvres. Je veux l'entendre encore... Et à haute voix, cette fois.

— Surtout ne crois pas que j'attende quoi que ce soit de toi en retour. C'est juste que...

— ... que je t'aime, acheva-t-il pour elle.

Elle sourit faiblement.

— Oui, je ne voulais pas mélanger amour et travail,

mais ça s'est fait quand même. Et j'ai pensé que tu avais droit à la vérité. Mais je ne m'attendais pas à trouver toute ta famille réunie en arrivant.

— Laquelle famille se trouve actuellement agglutinée devant la fenêtre de la cuisine. Et nous écoute avec une religieuse attention.

— *Quoi* ?

Mel se retourna en sursaut, faillit trébucher et se rattrapa in extremis.

— Oh ! Mon Dieu… Je file, Donovan.

Levant la main pour le saluer, elle s'immobilisa net en constatant que la bague avait resurgi miraculeusement à son doigt.

Sebastian fit un pas dans sa direction.

— Cette pierre, je l'ai conservée toute ma vie comme mon bien le plus précieux. Et je l'ai confiée à Morgana pour qu'elle la fasse sertir dans la monture de son choix. Pour Mary Ellen Ryan, certes, mais avant tout pour toi. Parce que tu es la seule femme au monde que je souhaite la voir porter. La seule femme au monde avec qui je veux partager ma vie. Deux fois, déjà, je te l'ai mise au doigt, Mel. Et les deux fois, le geste a eu valeur d'engagement pour moi.

Il lui tendit sa main offerte.

— Personne, jamais, ne t'aimera plus que moi.

Les yeux de Mel étaient secs, de nouveau. Et ses nerfs s'étaient calmés, comme par miracle.

— Tu penses vraiment ce que tu viens de me dire ?

L'ombre d'un sourire joua sur ses lèvres.